유태수 전집

유태수 전집

유서현 엮음

도서출판 b

유태수柳泰洙는(1951 ~ 2015)은 1991년 『시와시학』 신인작가 공모에서 「당신의 눈雪」 외 5편이 당선되면서 시인으로 문단에 나왔다. 이후 1994년 제1시집 『창밖의 눈과 시집詩集』을, 2000년 제2시집 『이 겨울의 열매』를 출간했다. 또한 그는 한국문학 연구자로도 활동하면서 「시의 인식에 관한 연구」(1977)를 비롯한 여러 편의 논문을 발표했다.

그의 글들을 모아 『유태수 전집』을 간행하게 되었다. 이 책은 크게 제1부 시, 제2부 논문, 제3부 산문·기타로 구성되어 있다. 시편에는 제1, 2시집의 작품들과 더불어 유고 작품들을 함께 수록했다. 유고 작품은 시인이 제3시집 발간을 위해 정리해둔 원고를 기본으로 삼되, 과거에 잡지에 발표되었으나 시집에 수록되지 않았던 작품들과 시인의 창작노트에 '복원요要'라고 표시된 작품들도 추가했다. 유고 작품 중에는 제1, 2시집에 수록된 작품의 원작 혹은 개작이라고 생각되는 작품도 있었으나 시인의 의도를 해치지 않기 위해 최대한 그대로 실었다. 논문과 산문의 경우 내용에 영향이 가지 않는 선에서 현행 한글맞춤법에 따라 정정하여 표기하였다.

문학연구자로서의 유태수는 일제강점기 주요 시인들의 '시론'을 전반적으로 검토한 초기 논자 중 하나였다는 점이 주목된다. 그의 첫 논문

「시의 인식에 관한 연구」는 당시 한국문학계의 시 연구 지형이 시만을 다루거나 시인만을 다루는 연구로 양분되어 있어 시와 시인 양자를 매개하는 연구가 필요하다는 문제의식에서 출발했다. 그는 시인 및 비평가가 시에 대해 가졌던 인식을 구명하는 일이 이 문제를 해결하는 데 도움을 줄 수 있다고 보았고, 이를 위해 그때까지 부수적인 자료로 간주되었던 시론을 본격적으로 분석했다. 이 논문에서 전개된 몇몇 세부 주제는 후속 연구로 이어진다. 1920~30년대 문인들이 신문학으로 나아가기 위해 수용·변용했던 핵심적인 문예사조에 대한 정리는 「한국에 있어서의 주지주의 문학의 양상」(1990)에서 더욱 체계적으로 이루어지며, 시인들의 운율 의식에 대한 고찰은 「자유시 논의의 전개 과정」(1993)에서 심화된다.

대상의 인식이라는 문제에 대한 이와 같은 관심은 또한 유태수 자신의 시를 관통하고 있기도 하다. 그의 두 시집 제목에서도 잘 드러나듯이 유태수의 시세계의 주된 계절은 겨울이다. 그러나 그 속에서 그가 바라보고 있는 것은 기실 겨울이 아니라 겨울의 열매, 그 보이지 않는 생명이다. 보이지 않는 것들을 향한 시선은 아내와 아이들이 있는 일상에서 시작해 존재론적인 질문으로 확대되기도 하고, 거대담론에 가려진 필부필부의 역사를 되살려내기도 한다. 그리하여 '어둠을 누르는 빛이 어둠을 감싸 안는 빛이 되듯이', 보이지 않는 것들이 보이는 세계를 감싸 안는 역설의 미학이 성립한다. 이 책에 실린 해설에서 이러한 유태수의 시세계에 대한 더욱 주밀한 독해를 확인할 수 있다.

이미 짜인 구조 위에서 부정의를 찾는 것이 아니라 구조가 짜이는 원리 자체에 내재된 부정의를 통찰하는 것이 현대사회가 나아가야 할 방향이라고 할 때, 비가시적인 대상을 인식하는 문제에 대해 창작과 연구 양 방면에서 유태수가 던진 질문들은 여전히 사유할 가치가 있다. 이 책이 그러한 논의에 작은 보탬이 될 수 있기를 바란다.

　　　　　　　　　　　＊　＊　＊

　남은 이야기는 딸의 목소리로 전한다.

　아버지는 2000년대 중반까지 세 번째 시집을 준비했다. 그러나 당시
말기에 접어들었던 알코올의존증이 기억력 장애를 일으키기 시작했고,
결국 원고를 완성하지 못한 채 오랫동안 입원 생활을 하다 2015년
세상을 떠났다.

　막내로 태어난 나는 말년의 아버지밖에 기억하지 못한다. 아버지는
교수였고 시인이었다지만 내게는 그보다 먼저 알코올중독자였다. 아버
지의 술과 나의 무관심 때문에 우리는 제대로 된 대화를 나눈 적도
없다. 그러나 성인이 되어 나 역시 문학을 전공하게 되었고, 내 아버지가
아버지일 뿐만이 아니라 선학이기도 하다는 사실을 외면하기 어려웠다.
그때부터 아버지의 글을 모으고 읽어가기 시작했다. 유쾌한 작업은
아니었다. 아버지가 그다지 활발히 업적을 쌓은 연구자가 아니라는
판단이 들었을 때는 실망스러웠고, 아버지의 손글씨로 고백된 자괴감이
나 외로움을 읽을 때는 더 이상 원고를 정리하고 싶지 않게 심란했다.
하지만 지금 내가 공부하는 문헌들을 젊은 아버지도 공부했다는 것을
볼 때마다 뒤늦은 대화를 나누고 있다고 생각했다. 그리고 아버지가
세 번째 시집을 내려고 모아둔 원고 뭉치를 발견했을 때는 이 전집을
완성하겠다고 스스로에게 약속하게 되었다.

　이 책이 나올 수 있게 해주신 도서출판 b 선생님들과, 흔쾌히 새로운
시 해설을 써주신 홍승진 선생님, 그리고 사랑하는 가족들께 이루 다
말할 수 없는 감사를 전한다. 이 책을 준비하는 내내 나는 내가 아버지와
대립하면서도 그의 인정을 원하는 전형적인 서사 속 자식을 닮았음을
부인할 수 없었지만, 내가 언제까지나 간직하고 싶은 것은 아버지에

7

대한 기억이 아니라 그를 대신해 가족을 지켰던 어머니, 오빠, 언니에
대한 기억이라는 사실 또한 변하지 않는다.

2020년 초봄

유서현

제1부 시

| 창밖의 눈과 시집 _ 제1시집 |

14

제2부 논문

제3부 산문 · 기타

제1부

시

제1시집

창밖의 눈과 시집 _ 시와시학사, 1994

당신의 눈雪

보았는가, 눈이 내린 후 눈 쌓인 광경을. 산수화에서, 창가에서, 혹은
짧은 여행길에서
　어디에 눈이 내리고 앉아 있는가를 보았는가

　나무 한 그루 있고 그 밑에 누워 쳐다보지 않아도 눈은
　내리는 곳에만 내리고 쌓이는 곳에만 쌓여 있음을

　짐작하는가, 당신의 심정은 눈을 온통 눈으로 화하게
　하려함을. 책 표지에서, 그리고 거리에서
　당신 심정이 비고 또 비어 있는 곳에 있음을 들여다보았는가

　당신이 있고 당신의 마음속에 내가 있어도 눈은 머물러 있는 곳에만
주저앉아 있음을

—『시와시학』 3, 1991. 9.

당신의 겨울

겨울은 추웠다
열심히 만든 얼굴
분장 밑은 어지럽다

당신의 광장

당신에게서 당신의
것을 안다는 것은 어려우리라
생각합니다 왜냐하면
당신은 당신을 모르고
있기 때문입니다

탁자 위에 놓은 찻잔과
혹은 소주잔도 미세한
공간을 가지고 있기
때문입니다
커다란 광장이
그 빈터를
다 간직할 수 없기
때문입니다
가슴에 더욱더 큰 것을
새겨 넣을
수 없기 때문입니다

당신의 낚시

얼굴이 보이지 않아 말문이
열리지 않으리라 믿고
　목소리 들리지 않아 근육의
움직임 고정되리라 믿는
　굳어 있는 얼음 밑은 당신

당신의 바다

저더러 바다의 이야기를 해달라고 당신은 말합니다 그러한 당신의 얼굴은 보이지 않는군요 마치 바다같이 제가 지나온 바다는 조그마한 싹도 메말라 있습니다 "모두들 저만치서 돌고 있었다 외할아버지의 재봉틀소리가 집 앞 바닷가에 식수를 일구어내고 바다로 빠져드는 옷을 깁는 발자국소리 누런 베옷의 어머니 삯바느질의 밤이 이어지고 있었다" 투명하게 당신의 손끝이 보이는군요 마치 바다같이 저는 제 발바닥에 대고 끌고 끌리면서 여기까지 왔습니다 "뜨락에 미역이 심어져 있었다 다가서며 재촉하는 무지의 비 큰아버지 아버지 그리고 작은아버지를 안은 할아버지 속살을 내보이며 다가서는 한라 바다의 쪼개짐은 당신의 목소리" 그런데 당신은 바다의 무슨 이야기를 듣고 싶다고 하십니까 당신은 바다가 달려오는 것을 보셨습니까 바다가 달려오리라는 것을 예감이라도 하시겠습니까 당신은 찢기어나는 바다를 만져보셨습니까 찢겨난 바다는 또다시 찢기어난다는 것을 상상이라도 하시겠습니까 당신은 바다의 무슨 이야기를 듣고 싶다고 하십니까 "바다는 바다를 돌리지 않으려고 바다를 바다는 애써 돌리지 않으려고 바다는 바다를 돌이키지 않으려고 돌이키지 않으려고 바다는 잠을 이루지 못한다" 당신의 눈망울이 기인 머리카락에 감추어져 있군요 마치 바다같이 저는 바다의 소용돌이를 발바닥만을 끄을면서 예까지 왔습니다 "비와 바람과 울음이 발길을 바다로 돌린다 바다는 뚝뚝 피를 흘리고 있다" 그런데 당신은 바다의 무슨 이야기를 듣고 싶다고 하십니까 바다의 이야기는 해드릴 수가 없습니다 바다는 당신의 바다입니다

당신의 산

묻고 싶습니다. 당신의 산이, 가만히 없어지는지를
우물터 대신 물이 수직으로 내려 꽃히는지를
몇 번씩 분장하는 당신의 전부를 묻고 싶습니다.
산에서 활갯짓하는 것도

신발은 아무래도 좋았다 ― 라고 말할 수 없습니다.
발바닥을 느낄 수 없는 등산화는 이야기할 수 없습니다.
발바닥으로 바다에서, 그리고 산에서 물론 들에서
혹은 개울에서도, 발바닥으로 건져 올리면

모오든 것이 걸려옵니다.
장바닥에서도

산으로 가는 길입니다. 그리고
올라가는 길입니다. 내려가는 길을 아시는지요
견문도, 풍광도, 간식도, 아니 커피도 드셔야지요

묻고 싶습니다. 있었던 것을 있었던 대로
당신이 부숴버리든 만들든, 그건 그대로
세우건, 부수건 당신의 산.
당신에게 묻고 싶습니다.

당신의 시

무서웁군요,
커피숍에서의 석 잔의 커피가 이젠
가볍게 다가들던 겨울 산도
꼭 쥐어오는 손도
소양강도, 당신에 대한 나의 호흡도

당신의
오빠와 오빠와 오빠와
언니와 새 언니와
그리고는 동생과 동생의 언어가 들어올 때

이해할 수 없음을 이해할 수 없을 때
말할 수 없음을 말할 수 없을 때
서로 잡을 수 없음을 잡을 수 없을 때
이 처절한 당신의 외로움

울음이었을까
어쩌면 웃음일지도 모르는
춘천 벌판 부는 변두리 바람 더불어
달려가는 당신

당신은 시를 써보겠다고 하십니다

그러면 원고지, 펜을 준비해드리지요

비가 오는 것을 먼저 쓰시고 다음엔
발목에 젖어드는 것을 쓰십시오
발목에 잠긴 빗물이 당신을 지나
머리로 치솟는, 그
치솟는 것을 쓰십시오.

당신의 겨울 편지

지난 봄 여름에 고개를 끄떡이며
조리에 닿지 말 일이었으니
아스팔트에 겨울비가 온다 한들
당신, 아니 그대
겨울 편지를 진정 받으시려는가

당신의 뒷모습

피어나는 꽃을 향한 꽃 이파리의 균열
숨 막히는 햇살
자취를 감춘 꽃샘
그림자 지는 전설
마을에 와 앉은 여름비
일구어내는 샘물

꽃 이파리에 부딪는 소리에 거꾸로 선 아름드리 나무
세 번째 장맛비가 좇는
당신의 뒷모습

당신의 어깨

빗물의 흐느낌을 당신의 색실은
견고하게 짜주시는군요

오후의 빗발을 감당한 당신의 어깨는
버스정류장 앞을 서성이게 하지 않는군요

그리고 당신은 비가 됩니다
비는 다시 당신의 어깨를 타고
내게 목마름으로 오릅니다

늘 비에 젖은 듯한 당신의 어깨는
투명한 창밖 도시의 풍경,
당신이 내미는 물감입니다

당신의 시간

드러내지 않으려는 그대의 안팎을
비밀로 하여 캐내려는가
뜻 없이 언어가 사슬을 이루고
나를 풀어 헤치는가

고개를 돌리며 폭로하는 명확을
다시금 속살로 파묻으려는가
의미를 부여하며 고리를 절단하는
그대는 또 다시 나를 얽어매려는가

당신의 하는 일은

나 한국화를 들여다보다 문득
비오는 모습이 드물구나 했다
아파트 베란다 새시를 바라보니
비가 오는데 할 만했다

다가가 내려다보는 아스팔트
빗소리 없으니
비는 흙에만 내린다
마음에 들리지 않는 빗소리
어디에도 없는 비
죽은 비

어느 나무인가 풀인가의
뿌리가
기관지에 좋다는 걸 들어 친구 부인에게
일러주지만
컹컹하는 아이, 기침소리 다스리지 못하고

요즘 날씨 소식, 황사 현상 설명해주지만
비가 짙게 내려 외출 꺼리는 당신
한약방 찾지 못하는
당신

절차탁마^{切磋琢磨}

당신의 하는 일은

당신의 등산

목에 닿지 않는 풀잎의 울음
끈질긴 날들의 애상

는적는적한 힘
숨죽인 고전음악
겨울 산과 마음껏 질투

섬

방파제를 가로 따라 움직이던 물결의 일순 정지
속살이 내비칠지도 몰라
음험하게 언어를 툭 끊는 섬

— 『시와시학』 3, 1991. 9.

흰 눈이 깔린 무관한 창밖

흰 눈이 깔린 무관한 창밖
어쩔 수 없이 박경리 씨의 『토지土地』가 애증의 단계를
넘지 못하면서 혼자 있는데 그 흐름을
우리는 왜 가늠하지 못하는가

생명이 있는 한 영원을 기대할 수 없나니,
새가 먹으면 날갯짓
나무는 줄기를 뽑고
물이 머금으면 호수가 된다
우리가 날개가 되고 줄기가 되고 호수가 될까

그건 내게 할아버지를 불러내지 못한다
동리에 지천으로 피어 있는 제주, 문주란도
아무리 흰 꽃으로 무수히 피어 향기를 춘천에 날린다 해도

우리는 언제
선배들의 춤을 배워
보는 이
그냥 지나게 할 수 있겠느냐
이 겨울, 눈 날리듯

함몰하는 꽃

꽃이 사랑,
사랑의 와중에 휩쓸리며
함몰한다

그를 그가 아니게
물을 붓는
원예사의 손끝

창틀은 너무 높아 꽃향기만 보인다

내게 다가오는 자세

처음
아가의
손에
담기는
눈처럼
차가움과
따스함과
일순
정적

풍경의 저편

창유리가 부서져 날리고
한쪽 귀에 걸린 안경이 흘러내리고
의자에서 무너져 내려 앉는
어쩔 수 없음의 엄청난 파괴
가슴에서 울리는 소리.
붉은 벽돌이 무너져 지하실로 밀려들고
잔해는 소리를 낮춰가며
유혹을 감행해왔다.

꽃잎 하나

꽃잎 하나 떨어진다
계단 하나 부수어진다

나 하나 숨죽인다

너무 깊이 관여했던가보아
아이가 심히 우는 사이

어른은 같이 함몰하지 못하니

가을과 화병

물을 부었지
화병에 그리고 어항에
가을은 물을 머금고
익사하고 있었지

편지 쓰는 법

눈뜨고 며칠 몇 년을 응시해온
편지, 마음대로 쓰는 법 아느냐 너희들
이라고 해도 마음 내켜야
알 수 있는 것

그래도 살아 있는 것이 있다면

1
어깻죽지가 아파왔다
하늘이 짓누르며
바람이 어깨를 친다
어깻죽지가 아프다

삼일로 입체 교각에 붙어 서서 행렬이 끊이기를 기다리는 나를
본다
아침에 나간 길에 고인 물이 조금 썩어 저녁에 있음을
알고
낯선 이에게 짖어대는 개들이 조금씩 덜 짖는 것을
듣고
날씨는 추워져 날아가는 오염처럼 거리는
빠르다

고시공부 하러 절에 간 친구들이 고시에 합격하여 도시로
온다 얄리얄리 얄랑셩 그들은 돼지
살찐 돼지를 썰어 술을 먹고 싶을 때
의자와 탁자와 어색한 아부를 하는 술집 여자

어깻죽지가 아프다
강물에 돌팔매질을 하며

강이 얼기를 기다린다

2
그해 겨울
고향에 내려가서
외조부의 재봉틀소리를 들었다
바다 가까운 농가

밤에 불을 밝힌 포구는
새벽이면 소란을 멈추고
소의 방울소리는 저녁
숟가락에 담겨 잠에 쓰러진다

살아 움직이는 것이 있다면
죽여버리겠다
살아서 보고 말을 하고 듣는 것이 있다면
모두 죽여버리겠다

겨울은 발밑에 깔리고
강물은 얼고
그 밑에 살아 움직이는 것이 있다면
아, 그래도 살아 움직이는 것이 있다면

개천절 오후

짙은 냄새 속에서 돼지갈비와
소주를 놓고
마늘을 한 입, 입에 넣었다

슬며시 나는 연기를
아무데도 비유할 수 없는
이제 나는 몸짓을 그만두었다

서투른 손끝으로 신문지를 달래며
개천절 날
기념식장, 수많은 사람을 보았다

하늘이 열었으매
분명 나는 여기 있다
서투른 몸짓이 있다

뱃전에 걸터앉는 소녀

소녀는 맨발로 섬과 섬 사이를 뛰어
아침상에 마련된 싱싱한 여름 물고기를
뜨거운 모래밭에 묻는다

모래를 밟으며 바다로 스며드는
여주인은 오늘도 발자국소리를 타고
멀리 청진淸津에서 내려오고

소녀와 함께 끊임없이
술병 속으로 목조어선과 함께 떨어진다
꽂은 뜨락에 매어놓은 이파리가 떨어지는 소리를 듣는다

뱃전에 걸터앉는 소녀

눈 녹는 소리

개인 하늘에도 나와 친구 사이에
뚝 뚝 물이 떨어지고 있다
눈 녹는 소리 눈 녹는 소리

산

하늘과 땅을 이어놓은 길을 걷는다
바람은 불어와
사라져
남은 바람은 스스로 발밑에 가라앉는다
산은 안으로 가라앉는다

문

혼자 네거리에 섰다가
다시금 혼자 길을 건널 사람은
꽃이 피었다가 지고
혹은 문이 열리고 닫히는
짧은 시간을 알리라

개울에 담긴 발가락

차디찬 개울에 담긴 열 개의 발가락
변두리엔
바람이 없다
내일과 어제를 매장한 오늘
죽음을 보았는가
발가락 새에 배어 있는 자유의 물갈퀴

잔디를 보며

건네주지
못하는 가을

뒹굴지 못하거나
땅에 묻히거나
피어올라 오르며
사라지는 입김
따스하거나 차거나
살아 숨 쉬는 흙
거짓된 잔디

강얼음

멀리서 소리 없이 녹아드는 강물의 얼음. 진실로 밟아본 이에 대한 경모. 밤을 새우고 아침나절 잠이 들 때 주위에 꽉 찬 몸짓이 눈을 뜨며 힘찬 작업으로 살아나 거짓 없이 돌출하는 보리의 푸름은 질척거리는 도회지 한복판에서 걸음을 멈추게 하고 표현되지 않는 체념은 신문과 속담의 구절로 메워지며 강얼음은 소리 없이 녹는다.

늘 그런가

맑은 사발이 어지럽다
어지러운 앞뒤

번민보다 집 없는 나의 가족보다
남폿불 밑에서 일기를 쓰는 나의 조그만 손보다
더 끌리는 현재

새 소리 어디에도 보이지 않는 효자동 꾀꼬리 동산
오물이 잔뜩 깔린 동숭동의 세느강

지난해부터 보아온 성당 주위엔
새로이 나무 하나 크지 않았다
시간을 약간씩 어기며, 남모르게 어기며
뿌리를 내어지르는
누가 나무를 기억할 것인가

늘 우리들의 사발은 깨지고
담았던 바다가 다시 발밑에 고인다
철퍼덕거리며 고인다

모의 냄새

비가 내리고 있다. 빗방울이 닿은
모의 끄트머리. 모와 모 사이의 못물
빗방울의 뿌리가 닿는 모의 뿌리.
논두렁에 닿는 빗소리. 발바닥에 닿는
비. 머리칼에서 묻어나는 비의 냄새.

상처

따스한 손이었습니다 생명력의 손은 안개가 걷히고 난 후의 처음으로
눈에 띄는 돌과도 같습니다 당신의 손을 보는 것은
힘이 드는군요 당신의 상처를 이야기하는 것처럼

소리 죽여 내다보는 창밖

소리 죽여 내다보는 창밖에는
없는 부끄러움
환한 어둠의 거리에는
없는 난처함이
있다

샘물에서 맑은 얼굴을 건져내면
입안으로 흐르는 울음

통로

이토록 오랜 통행
줄을 이어 과목들이 나를 스치며
제자리에 굳어지는 나상을 제작한다

통로의 확대 속에
거기에 더불어 자라난 상
바람과 비, 낙엽과 울음이
햇발과 웃음이
뚜렷한 영상을 또한 일궈내며
통행한다

몇 번의 난도질 끝에 팔려가버린
뜰 안팎의 과목의 인과
나상은 자리를 떠
통로에 깊숙이 잠든다

비 내리는 풍경

내려다보는 서울. 비가
내리는구나. 비 내리는 풍경은 늘
고향 제주濟州로다. 풍경은 안에서 살고
지나가며 들으며 읊어보아야 "아 그놈의 그놈의
그리고 그놈의 풍경." 바닷물이 언제 어디서 얼마나
그 얼마나 들어오는지 나는 아는가 나는 아는가. 모두를
한꺼번에 뭉뚱그릴 비릿내음

회피하는 자에게. 절감하도록
만드는 자에게.

님의 손짓

님은
손짓을
하기도 하고

님은
손짓을
거두기도 한다

쑥쓰럽게,

우리는 어느 때 마주하며 손을 내밀 것인가 움츠릴 것인가

허망한 수사가
아닌가

중년

혹은 술집, 보이지 않는 넓이
혹은 커피잔, 망연한 비망록
혹은 빈 바구니에 담겨지는 여수麗水 처갓집 앞, 바다
발목 하나 적셔주지 못하는 몇 년간의 예감

그리고, 혹은 응시 속에 간혹
간혹 떨리는 겨울바람

겨울의 비

걸어가지 못하는 짜증처럼
내리는 비

서걱이는 대나무에
본명을 드러낸 명자나무에
닫힌 당신의
겨울의 비

어쩌는가

내게 들리는 이 어처구니없음은

밭을 뒤집어 뜰을 키워내려 함은
호박의 자람과 빗소리를 동시에 들을 수 없는 까닭이다
불안으로 하여 살찌게 함은
키움과 키워짐을 가려내지 못하는 까닭이요

견고함이 잘 읽히지 않아
텅 빔과 예컨대 허무가 다른가 같은가
마디가 풀린 올올이 같은가 다른가

지나가고 지나오고 부딪히고 부딪침이 이렇게 어렵게 느껴진 적은
없다
아니었을까, 아니었을까 하고 있었다

햇빛 속에 항아리가 잠긴다 마치 감나무에 둘러싸인 주인 없는
집을 지키고 있듯이 슬픈 산도 떨어져 구르는 오뉘탑도 아니었다
가을 산에 감이
툭툭 구어져 나올 뿐인 것

이야기를 해다오 나의 바다 아닌 당신의 바다를
내게 들리는 이 어처구니없음을

서울에서 어머니께

한강을 왕복하면서 생각했습니다.
강물이 흐르기도 하고 강물이
멈추어 고여 있기도 하다고
하여 한강을 포기했습니다.

도시를 들여다봅니다
제자리에 앉은 은은한 30년생 진백眞柘 분재
수놓아지는 비상하는 청노루의 웃음
처녀, 역시 웃음
도시가 뿌리를 드러냅니다.

토요일 저녁, 덕시글거리는, 비오는 종로 길바닥에
누워 간질 앓는 중년 여인이 있습니다.

어머니
일요일의 오전이란
수선스런 부둣가의 누군가가 가고 내가 가듯
그리고 오랫동안 가버린
어머니, 서울에서

한강을 두 번 왕복하면서, 두 번
생각했습니다. 강물이 흐르기도 하고, 강물이

멈추어 고여 있기도 하다고, 하여
한강을 포기했습니다.

맑은 술잔

난 내게 물었다
차가운 겨울
분해되는 당신더러
맑은 술잔을 들고

문제를 내던지며 슬며시 피고
지는 꽃의 기억은
비가 왔는지 눈이 왔는지
내가 가는지

말없는 곳에서 앓고
멀리 있는 순간을 응시하며
계단 하나 내려간다
바람이 부는지

그림틀과 같은 술잔이
간혹 감싸임의 미학이 되고
나는 내게 온다
그리고 던져진다. 뿌리 없는 술잔

저녁 무렵

오후와 저녁이 바뀌는 무렵
아닌데 아닌데 하며 지냈다
기웃거리며
불붙는 듯, 타오르는 듯할 무렵

붕어

어항 속의 붕어는
모두
살해되어야 한다

여자는 하늘과 땅에서 잠자고
슬며시 떠 있는 어항 속의 붕어
모두 살해되어야 한다

탁자 위의 어항은
어항으로
놓여 있고
붕어는 붕어로
있고
행위는 행위답게 놓여 있고

어느 날 아침
길가 조그만 못에서
죽음이
서로를 바라보며
그렇게
지냈다

여자는 하늘과 땅에서 잠들고
어항 속의 붕어는
모두 살해되어야 한다

절정에 선 아가

머리를 반듯이 천정을 향하게 하고
팔과 다리를 가지런히 놓아

손과 발이 맞닿을 듯이 동그스럼히
아가는 절정에 불현듯 홀로 선듯

꿈속인가보아 하고 다독이면
아가는 그예 한번 구른다

4월, 춘천에서 부는 바람

춘천의 4월이 바람으로 꽉 차 있음을
춘천에서 4월을 지내온 우리는 안다

바람이 왜 이렇게 부는가 하는 우리에 대해
대답을 해주지 않는 것은, 허어 참, 쓸데없이, 진달래꽃이
우리들의 주위를 빈틈없이 감싸며
불안하게 돌고 있기 때문이다

4월 춘천에는
바람이 왜 이리 날카롭게 찌르는가에 대해
대답을 해주지 않는 이유는 우리가
오늘과 내일을 놓고 망설이기 때문이다

또다시 대답을 해주지 않는 것은
창틀을 덜컹이며
우리의 바람이
우리의 실내로 들어오고 있기 때문이다

대답을 해주지 않으므로
4월, 춘천은 바람만 분다

억새풀

1
깨진 병 사이
아니, 이름 지워진 병조각 가운데
이삭은 물론 가지조차
허어옇게 촉루가 되어
　　　물가를 향하는가
　　　기슭을 바라는가
억새, 꽂혀 있다.

어제 내린 눈은 산에 닿고
초봄은 늦가을 빛으로 벼랑을 이루고
물이 차면 앉지 못할
펑퍼짐한 돌에서
　　　물 밑을 헤매는가
　　　허공을 가르는가
나, 붙박여 있다.

2
눈을 들어 정면을 응시하라
수면이 내려
억새 보이지 않는가

수면이 오르면
억새풀
물 밑에서 생장을 거듭하는가

억새와 나란히 앉아 직선으로 놓이면
하늘은 계절을 모르고
나, 물밑으로 가라앉는다

햇빛 받듯

예감豫感이 적절히
멈추면
물안개 응시하는
낚시꾼이 될 일이다
혼자만의 부끄러움을
햇빛 받듯
진 채

얼굴

붉은 꽃이 산재한
산등성이의
깊이를 누가 낚는가

잠든 얼굴을
본다
잠든 얼굴을 본다

먼 목소리처럼
출렁이며 출렁이며
이제

── 아아 아가는 ──

내게
붉은 꽃잎을
얼굴은
뿌리며 온다

그대와 그대가 만나 손을 잡는다 해도

그대와 그대가 만나 손을 잡는다 해도
춘천역 광장은 비어 있다
헬리콥터의 이륙, 착륙이 쉬지 않음으로
기차를 오르고 내리는 그대가 머묾으로
광장은 함께 있음을 뿌리째 드러내지 않는다
잎을 다 떨군 거목이 광장의 하나일지라도
그대를 저편으로 멀리 하고 있음으로
역사驛舍 너머 소양강의 흐름을 알고 있다 할지라도
광장은 늘 가득 참을 보여주지 않는다
고개 들어 춘천 안내판의 선과 점을 따라가지만
풍경은 가시철조망에 잘려져
아스팔트 속 자갈 밑에서 분주하기만 하고
지상에 남은 시력 나쁜 그대
광장이 비어 있음을 보지 못하리라
예서 보면 춘천의 진산鎭山, 봉의산정도
그 아래 도청 건물도 그 아래 아래 아파트와
올라가는 신축 건물도 보이건만 그래 그 속
시장을 가는 그대도 길을 건너는 그대도 보이건만
흐린 눈은 가을 코스모스, 흔들리리라
간혹 헌병 둘이 철거덕 소리 내며 다가서지만
막아서는 바람 없으니 그대 되돌아가고
미제 깡통맥주, 검붉은 오징어다리 그 자리에 있어

흔쾌히 그대에게 악수를 청하지 못하리라
여러 해 전 늦가을 막차를 타기 위해 달려와
역전 식당에서 국밥을 먹으며 바라다본
멈춰 서 있던 완행열차, 텅 빔을 실어갔지만
이 철길의 마지막 역사驛舍와 광장은 그 후에도
늘 허기로 남아 있다

목소리

어디서 들려오는지
주위에 산재한 사이로
푸릇푸릇 엿보이는 내 조그만 목소리
자라며
눈물을 붉혀가는 목소리

꽃을 대하기 위하여

정녕 응시할 사물이 있으리라
나의 얼굴을 대하기 위해 매일매일 머리를 감는
사물이 있으리라

나는 지금껏 꽃을 제대로
발음하지 못했다
생명의 눈은 항상 나의 눈을
피하며 터왔다
꽃은 꽃피우기 위하여 꽃피는가

아내 잠들고
깨우지 않으려고 조용히 차가운 겨울
맺혀 떨어지는 꽃과 함께
정녕 응시할 사물이 있으리라

초복에 있었던 일

들여다보아도
아무리
바깥은
제 모습을 보여주지 않았다

초복 다음 날
이중의 창으로 아파트는 차단되고

무더위와 여름의 색채를
압도하며

비를 간단하고 단순하게 만들고 있었다

구름

아가는 초기
컹컹하며 잠을 못 잔다 열이 있다
안경으로 바라다보는 여의사가
찬 손 부비며 아가 배에 대고
한 말
말을 건네 볼까 손을 내밀어올 거야
아가의 아픔일까 나의 무지일까

만나지도 못하는 서로 쳐다만 보다가 빗겨가는 구름

안개

안개는 에워싸거나 사라지는 줄 알았다 피어나는 안개라는 시구詩句를
읽을 때마다 못마땅했다 거짓말한다고 그랬다

바깥 기운을 볼 수 있는 베란다에서
안개가 급작스런 인식으로
피어나는 걸 보니
그리 과한 몸짓이 아닌 걸 알겠다

몸이 좋지 않아 누워 있는 아내
눈 밑의 티눈을 찾아낼 셈이었다

철길과 순대

서울에선 철길이 낯설다
철길은 서울 아닌 시골을 지나야만
감겨드는 먼지와 흔드는 손짓이 있는
철둑을 제 집처럼 여기는 시골에 있어야만
[그럴까]
철길 옆 순댓집에 앉아
소주 한 잔, 하찮으리라는 오늘을 씹는다
따각따각하는 순대의 소리를 듣는다
[그런데]
철길이 있던 그대로 있고
앞으로 있던 그대로 있어야 함을
불안하게 느끼고 바라보는 중년이
철길 위 턱 고이고 있다
그 옆, 소녀가 있다
[그리고]
철길 옆 순댓집에서 바라보면
중년은 팔뚝까지 보이고
소녀는 입 위만 보인다
그리고 곧장 사라지는 건 소녀다
그리고 서서 한참 있는 건 중년이다
[모름]
서울엔 철길이 낯설다

완행을 타고 내려만 갔다 올라오면서
뇌까리는 소리는 서울엔 낯설다는 소리다
[그럴까]

남의 이름으로 아픔이 온다

아픔이 온다
의자 위의 어제의 나른함이
바닥의 오늘의 숨 가쁨으로

정하지 못한 삶의 위에서
남의 이름으로
결코
평균일 수 없는 위치에서

한 모금 한 모금,
이기기 위해 혹은

이겨야함을 이기기 위해
남의 이름으로
아픔이 온다

눈

밤에도 낮에도, 안팎에도
그 울분에도
그 수치심에도 불구하고
다만
누워볼 때 보이는 곳만 제외하고
오로지
구석구석을 돌봄이 없이
내리고 쌓이고 제 스스로 녹는다

국화 이야기

그게 국화 스스로 피어나는 것만도 못 한 어설픈 생리이려니 해도
저 난시들에 의해 하고많은 발작들이 들고 일어나 혹은 잠재우니 내
또한 시간으로 이야기할밖에 조금이라도 국화를 볼 양이면
　말이지

접목을 하면서

상하로 이등분하여 따로따로 분에 올리고 보면
좋은 모양이 될 것이다. 잎이 아래 위도, 아래도,
제대로 달리고 무엇보다 굵기가 이만하니

　　이야기를 억지로 피하면서
　　시를 만들고자 하듯
　　뿌리 한번
　　보지 못한 레몬나무
　　모양으로 모양내기

될 것이다, 아니다, 레몬을
실재다, 아니다, 현실이다, 이다
노리듯 꾸겨진 시를
발로 찬다

　　있는바 그것의 은혜
　　로움을 손끝에
　　묻히기
　　전에 피가 베어난 엄지손가락
　　이게 사실일까
　　있는바 바람에
　　레몬나무 *끄떡인다*

푸르스름한 속을
내어 보인 레몬

홍매도 사군자인가

형상 다른 잎들이
한줄기에 달린다
하나는 둥그스름하고
톱니가 가장자리에 있는데
한편은 글쎄 길쭘해
지난 봄 새로 입주해
아파트 앞에서 사들일 적엔
분홍꽃이더랬는데
내년 봄, 둥그스름한 잎과
혹시 흰 꽃이
흐드러지게 피지 않겠지
매화라 하기에
매일 지켜보기는 한다만
그 무정한 잎들 위에
사시만 놓여 있는 걸
매화타령 잘하는
친구에게 주어버릴까
벌레 잘 끼는 이 매화
오며가며 하는 아파트 앞
화단에 심어야 하나
그러니 하니
한줄기 형상 다른 내 두 팔이

제각기 머리 위를
휘젓지 뭔가

우리들의 화를 재볼 수 있을까

모든 것에 깊이와 넓이, 부피와 무게가 있어
우리는 일정함을 거느릴 수 있어 좋다

모든 것에 척도가 있는 것만도 아니라
우리는 좌충우돌을 구사할 수 있어 좋다

우리들은 우리들의 화를 몇 세제곱센티미터 혹은 몇 그램으로 재볼
수 있을까

직선도 멀리서만 곧다

아픔은 아픔을 가까이서 초대하고
자신은 자신에게서 접근하기를 거부한다
눈 내리는 아픔도 창밖에서만 이루어지고
온갖 직선은 멀리서만 곧다

평균적 아픔

아들의 몸이
이렇게 뜨겁고 아픈데
나는 모르고 있다
사람들은 평균적 아픔이라고 한다
나의 몸이
저렇게 뜨겁고 아프면
나는 알까
평균적 아픔이라고 할까
한의에게는 가보지 않았지만
아마 너는 아프지 않고 네 아들만
아픈 것이라고 할 것이다

언제나 절망하고 만다
평균적 아픔에 도달하지 못해

―『시와시학』8, 1992. 12.

의료원에 아들을 데리고 가서는

서걱이는 가을 잔디 같은 기침, 기침하는
먹는 음식과 보는 티브이 프로가 달라진
미열의 아들을 데리고 춘천의료원 소아과로 간다
체온계 하나 겨드랑이에 끼워주고
회진 나간 의사를 기다리는 진찰실 밖 대기실
일제 때부터의 건물이었을거야 저리 낡았으니
버드나무의 흔들림 없는 흔들림을 본다, 바람 부는 날
바랜 이파리 몇 개 달고 있는 가을 나무, 서 있다
5층 중환자실 이쪽으로 등을 보이고 있는
창가의 회색빛 잠바의 사람, 서 있다
넘어질 듯 걷는 환자의 팔을 겨드랑이에 끼고
보호자가 아들 곁을 스쳐간다
안과를 찾는 중노인이 두리번거린다
간이 서가대의 제약사 사보는 그 자리에 있고
모여 있는 병들도 늘 그러한 춘천의료원, 대기실

똑바로 보고 걸을 수 있음이 즐거운가, 한다
바깥을 보고 땅을 디딜 수 있음을 하고 있는가, 한다
앉아 무심히 발을 흔들흔들하는 아들을 곁에 놓고

숲은 아름다움이 아니다

그대 앉은 숲은
제자리를 떠나지 않는다
황토 빛 얼굴의 그대와
저녁노을, 가슴에 담은
그대들이
숲속 나무들로 서 있으려니
하면
내려진 블라인드를 올리고
뜨거워져가는 햇빛 속을 바라본다

그러나 다가가
보라
새들은 날아오르지 않고
덩달아 슬픔조차 보이지 않아
숲 사이 나무되어 서성이니
숲은 환청을 멈추고
소음과 썩은 나뭇잎만 못 한
울분을 받아들인다
더할 나위 없는 애처러움과 부끄러움과 거짓을
흘리고 가버린 그대들을
숲은 마음 놓고 앉아
바라만 보고

숲은 차라리 썩어 있음이
그리움 대신
도사리고
지난 날 안겨준 하나하나
스스로 나무 밑동에 뿌리며
타살되니
블라인드를 내린다 그대는
숲을 만든다, 이 세기世紀에

눈은 배경으로 내리고

눈은

두 눈 감게 만들어 덩달아
이제사 아, 생각키운 1943년을
인쇄 잉크로 잠재우며
내리고
멀리 제주도 남제주군 대정읍
씨로 올라와 넓은 잎의 문주란
썩어가는 뿌리로
내리고

눈은

썰매 타야할 언덕, 아예 없는
어린 아들을 부풀게 하는
스키장의 눈으로 부들부들 떨면서
내리고
우리들의 가정, 뒤편
겨울 산이 놓여 있음을
알게 해주며
내리고

눈은

아침 출근길이었을 거야, 빨리
혹은 더디게
유년과 사무실로 가게 하며
내리고
그 밑에, 분명, 어제의 우리,
발자국이 있었음을 짐짓 없게
하며
내리고

눈은
배경으로만
내리고

— 『시와시학』 8, 1992. 12.

비에 젖으니 1

한결같은 나무들의 6월의 성장이 무엇에 젖어드는지
혼자 술집에 남아 있게 하는 친구의 언변 좋음에 망연자실이 무엇에
젖어드는지
딸애의 고열이 무엇에 젖어드는지

공사장 근처를 달리는 저어 승용차의 물탕이 무엇에 젖어드는지
최근 발굴된 을사조약의 허위가 무엇에 젖어드는지
입덧하는 아내가 꺼려하는 외출이 무엇에 젖어드는지

또 당신은 아시는지요

우산 쓰고 다니면서 혹은 차창 너머
젖어듦이 보이기만 하고
혹은 젖어가는 젖어듦을 아는 척만 할 때
젖어듦이 무엇에 젖어드는지

비에 젖으니 2

놓았다 다시 꺼낸 『추사집秋史集』이
비에 젖어든다.
젖은 건 저번,

구겨진 책 바깥의 우리
제주도의 한란과
춘천의 대추나무

비가 올 때
책과 식물과 우리가
바라보는 비

제주도 저 남쪽 대정읍
추사김정희적거지秋史金正喜謫居地의 소슬함
구겨지는 시선의 날카로움
젖지 않으려면

무명無明 1

호수와 강이 저마다의 미덕을 스스로 키우듯
바람은 땅 속에서 치솟음이 아니고
비가 나뭇잎에서 내림이 아니고
강가에서
강에 서서
무명에서 일어나는 저 미덕을 보아라

무명無明 2

회양목 잎 나지막하게 듣는 늦은 봄비

천천히 잎을 올리는 너희들 진달래, 개나리

적셔지는 비, 적시는 뿌리, 푸짐한 곳곳의 흙

낯익은 발자국소리, 비를 끝내는 우산 속은 인간

무명無明 3

아픈 이는 신음소리를 참고
그리고 하루를 보냈다
가냘픈 하루는 가냘픈 신음소리
아픈 이는 늘상 아프다

창밖의 눈과 시집^{詩集}

창밖의 눈이 분분^{粉粉}히 날린다고 했지

　　어린 딸은 자기 팔 베고
　　곤히 자고
　　앞집 계집아이와 아들은
　　병원놀이하고
　　아내는, 아내는 설거지
　　조용히 설거지하고

따스한 전기장판에 비스듬히 누워
　　시집을 펴드니

눈은 눈보라로 벼락 치듯 하고
어린 딸은 침대 밖으로 구울고
아들은 코피를 흘리며
깨어지는 우리들의 그릇

　　아 생살 잘근거리는
　　살기 돋친 시집이여

— 『시와시학』 3, 1991. 9.

문학사^{文學史} 독후기^{讀後記}

남녀노소 빈부귀천 할 것 없이
전부가 다 세사^{世事}에 눈 뜬 문학자^{文學者}가 아니었던가
김부식^{金富軾}을 올리기도 내리기도 하며
외간여자 치마 속 길이도 정확히 지척^{咫尺}으로 재지 않았던가
외나무다리라도 오고감이 있는 법이어늘
가기만 한다면
이편에서 넋 놓아 다리 지키고 앉아 있었을까
논두렁의 잡초는 무성한 거목으로 번듯 섰고
베틀은 안방에 고요히 앉아 있지 않았던가
죽지 말 일이었다
역사를 알고 자람은 사라짐을 공유치 말자 함이 아니었던가
십대 이십대 조손^{祖孫}이 모두 모여 앉아 역사 아닌 한잔 술에
명경지수 비추듯 바라보았어야 할 일이 아니었던가
창 안팎 차안^{此岸} 피안^{彼岸} 상거^{相距}는 비교가
될 법한 일이던가

추사 김정희 선생

1
거목이고 싶었을 것이다
작은 화폭에 극히 보일 듯 말 듯 점으로 얼굴을
내밀다
추웠을 것이다
액자 속에 갇혀 사계四季를 벗어나고자 하지 않다

2
바다의 큼은 무너질 때가
크므로 난청難聽은 크다
그리고 큼은 길다
일엽편주 제주 앞 바다

3
자그마한 귤나무 사이 우뚝
서 있다, 바람의 집중集中
바다의 끝이 보이는 곳에서 물결은
시작한다, 견실한 치아
뿌리부터 썩는다

이 씨의 시

그의 시를 읽으면 옆구리가 자꾸
결려온다 그의 시를 잔잔히
음미해가면 혓바닥에 바늘이
돋는다 그의 시와 더불어
마지막 시의 마지막 단어와 함께 배반이
온다 누구의 배반인가
동숭동에서 피어나던
라일락처럼 그의 시는 후각을 마구
후비고 들어온다
언제부터였는가 바깥
따스한 햇볕 아래서 시름시름
시름이 골방에서 신음소리를
온 사방에 흩뿌리며
다니는 그는 술도 조금
해본 그는 초상을 메고 어느 지하도를
내려가고 있는가 커다란
눈에 휘파람을 조금
아는 그는 지금 어느 뜨락에서 명료히
햇살을 세고 있는가

그의 시는 어느 곳에도 바다는
없고 둘러보아도 배 띄울 호수

조차 없거늘
그의 시는 햇살인가 아닌가

회의會議 전말기顚末記

양켠 다지, 아마? 양켠에 팔걸이를 거느린,
거느린? 그것 참 표현 안 좋네 아무튼
그 소파에 앉아 있는 폼, 그것에
엉거주춤 앉을 수밖에 없는 철제의자가
어디멘가 근처 자세하고 있는데 그게 글쎄
같은 것이라고 하면, 당신
일어설 게야. 분명.

어느 의자 하나 없어 십중팔구 서 있어야
하는데 그땐 분명, 당신.
서 있을 게야, 아냐?

그래 창밖을 내다볼밖에, 창 너머
마침 비올 듯한데 탈춤 연습하는 학생들
보여? 당신 보기에 어때
그 파알 들어올린 모양, 어설퍼?
다리를 어디로 내릴까 착잡할 게
같은 심정이라고? 아니지, 아니야

팔과 다리가 비올 듯 아니 올 듯
그 사이에 어우러지면
당신, 비겁하게 잔디가 젖었으면 하겠지

보기 싫어?
얘기 들어봐. 집에 돌아갈 아홉 시를
서로서로 확인하는
어려움의 결단의 의지의 표명
을 손들겠어? 당신?
창 너머로 들리기만 하는 북치는 학생들의 표명
물러남의 논리? 논리를
논리로 인색치 아니하게 보완해야지
자리함을 눈짓으로 빛나게 해야지

더 들어봐 다리와 팔의 합치는
불건강한 오류이고 논리와
눈짓의 일치는 한 말로, 뭐?
야합이라고? 정말 어두움이 보여?
눈 밑과 창밖을 살피며, 당신
이제 깊숙이 앉아 있어야 할 게야
소파든, 철제의자든, 잔디밭이든
알아들어?

이제 집에 가야지. 회의 끝났으니.

동생의 방에서

그는 늦게 방에 들어온다
늦게 들어온다는 전화 목소리엔 그럼에도
피곤하지 않구나
숨어 있음인가 감싸여 있음인가

그 방은 날씨 이야기가 보이지 않음으로
생략하기로 한다
책상 머리맡에 단재 선생의 얼굴이, 그리고
호랑이가 있음으로 해서이다
책꽂이엔 한라산도 있고

어머니 회갑 날 아들로서 부르는 노래
갈라진 목소리에 모아진 소리, 소리
숨은 소리
감싸인 소리

보이는 죽음

누군가의 죽음이 전화선을 타고 온다
우리의 부고가 아니다
누군가의 관이 저 앞에 안치된다
봉투가 그 앞에 놓인다
누군가의 손이 주위를 잡는다
우리의 손은 비어옴을 뿌리친다

다행스레 집에 온다
조화를 둘러싸고 관을 묻고 일어나 흙을 털고
넘어지며 엎어지며 손에 묻은 흰 눈을 털고
집에 온다 다행스레

손에 묻은 비린내
떨치려고 전화선을 잇는다

주위는 온통 전화 중이다

—『시와시학』3, 1991. 9.

10월의 끝

몇몇이 모여
술을 마시자고 한다

부드럽고 자그마한 것에
더 마음이 끌리신다는 노인을 모시고

넥타이를 바르게 고쳐 매며
술잔을 올리고 덕담을 나누자고 한다

인기척 드문 조그마한 한식집 한켠에서
몇몇이 모여

흔들리지 않는 자세를 유지하며
들리지 않는 목소리를 지켜나가자고 한다

일척간두 벼랑에선 10월의 끝
술잔에서 술이 넘쳐 탁자를 부수고

그만

몇몇이 모여 술잔을 건네고
제각기 마시고 뿔뿔이 흩어진다

몇몇이 모인 10월의 끝이여
모임의 끝이여

재불작가(여기서는 화가들을 말함인데)들
이 모여 2세들로 하여금 민족정신을 잃게 하
지 않기 위해, 즉 한국어 학교를 세우려고
작품들을 모아 고국에 보내 자선 모금 전시
회를 열게 했는데 한 점도 팔리지 않고 어느
성당에 그냥 쌓여 있다고, 그 얘기가 우리
티브이 뉴스에 나왔다

전람회에 가기는 쉽지가 않다
복사된 팸플릿이 그래서 잘 보인다
누가 뭐라 하던

시인인 그의 출구

온기가 고르게 배어 있는 중앙 보일러식 아파트
거실에 엎드려
보이지 않는 치욕과 사랑이 어디에서 날아오는가
생각하던 시인인 그는

쉴 새 없이 나다니는 아내의 입에 매료되어
일어나 시인인 그는
컴퓨터를 작동
낱말을 모니터에 적어 넣는다

아내의 눈화장에 웬 수입 고기, 엘에이 고기가 거들고
아파트 분양 광고지는 아마 거울에 걸려 있는가 싶더니
가을의 썩은 낙엽은 창틀을 넘어 책장에 가라앉고
초보 여자 운전자의 과감한 서울 진입과 사고가
전화 벨소리를 낮익게 하니
아내 대신 세상 안팎을 돌아다니는 장모님이 프린터된다

서재와 거실을 돌아다니다 시인인 그는 현관을 바라본다
자동센서가 켜졌다 꺼지는 순간
그 사이 시인인 그는 출구를 놓친다
그래 아내의 입매를 바라본다
컴퓨터는 꺼놓지 않은 채

제2시집

이 겨울의 열매 _ 시와시학사, 2000

한계령에 서서

1
뿌리, 믿음, 계곡이 깊어지면
우리의 어깨가 산의 어깨를 닮는가

2
백두대간을 가로지르면서
넘어가는 고갯길 편하면서 간단치가 않다
며칠 내려부은 눈발 때문만은 아니다
주변이 자귀나무 스스로 몸 부대끼기는커녕 먼 산만 바라보고 있으니
보이지 않는 계곡물 따라 올라오지 않는 수치심을 감출 수 없다
유년의 다짐은 자동차 매연처럼 뒤엉켜 꺼내지 못하고
부들부들 떨며 나무둥치가 일어서
그리움을, 외로움을 패대기치는데
놀라워라 내리던 눈발이 잠시 그쳐 산, 산등성이
허리 굽혀, 허리 굽혀, 허리 굽혀라 하는 산, 산허리
그 산 중턱에 서서 아래를 보고 위를 쳐다본다

3
뒤틀려 제 품성 찾은 소나무, 그늘져 미끄러지는 콜타르 칠한 46번국도
한계령에 서면
어디에설까 바람 몰고 와 우리를 스치고, 우리를 상처로 남아 서게

하고

　산마루에 엎드린 안개 연초록으로 다시 무채색으로 전조등을 느닷없이 켜게 하여

　그 한복판에 이를 수 없어 기슭을 더듬는다.

겨울밤 2

창틀 꼭꼭 여며 바람 잃어

가슴 활활 헤쳐 소리 잃어

인동 나무 뿌리 잃고

내려오는 눈 받아줄 마음 잃어

문상 가는 길

깊게 건드리지 않도록 아픔은 길게 한다
섣달 중순 겨울 한가운데로 비가 꽂히고 있다
어느 때인가 부서진 병조각에 발목을 절름거리게 하고
전화 드리고 받고 벨을 누르고 알았다 하시고
현관에 곁에서 젖은 빗방울 다 떨구게 하시고
죽음의 곁에는 무엇이 있을까. 위로 아래로 그리고
옆으로, 그리고 왜 서 있을까
그때 후였을까 겨울비 쏟아져 후두둑. 묵상하고 후두둑
화단의 난잎이 부러지듯 팔꿈치 움직이지 못하게 하고
결코 만나지 않겠다는 듯 창문에 붙잡힌 빗방울
언젠가 덜컹거렸으나 아픔이 되어 바닥으로 내려가
자갈 뚫고 강 마을 근처 개울 지나 강으로 흘러가고
겨울비, 아무에게나 드나드는 것이 아니었음을 알 수 있으니
겨울비, 마음대로 내리고 내려짐이 아니함을 또한 못 박히듯 알리
아픔은 깊이 있게 가라앉고

—『시와시학』 32, 1998. 12.

이 겨울의 열매

땅의 중심에서 나무 키만큼 멀리
떨어져 껍질이 벗겨진다
멀리 들에 나가 앉았어도
맑은 얼음장 위로 껍질이 얹혀 있다
숲은 숲길을 보이지 않으려 한다
하얗게 드러난 눈길을 뒤로 하여
숲길은 겨울로 간다

그늘 아래 평상 펴놓고 나무 한 그루
오롯이 키우면 나뭇잎 뒤 사람
명징하게 차가운 겨울

그 싹이 나무의 휴식을 일러주고
낙엽이 그 나무의 생명을 보여주듯
연초록 새잎이 검은 초록을
더욱 힘 있게 만든다
어둠을 누르는 빛이 어둠을 감싸 안는 빛이 되듯이

무얼 보고도 무언지 모르고
움직임 없는 명사만 몇몇 알아
동사와 형용사가 필요치 않은
아파트 창가에 붙어서면

어린 시절 엎혀놓고
가지 많은 나무는
눈 덮인 산을 마루마루,
허리허리 잘라낸다

뿌리내리지 못하여 안개로 흐르고
하나 남은 상록수 실내 분재분에 서서
허리를 접고 귀 기울인다
제주의 낮은 오름과 이어도 사이
물질 모습 보여주며 하늘 깊숙이 멀어져가는
이 겨울, 눈앞의 나뭇가지들
이 겨울의 열매

술맛을 잃어간다

술맛을 잃어간다
약사동 풍물시장 골목길에서
빠득이 둘이 평상에 앉아
볶은 뻘건 돼지껍데기
막소주 목젖으로 넘기면서
술맛을 잃어간다

바위를 이리저리 옆에 끼고
산골 물 흘러내리는
포석정 거꾸로 세워놓은 듯
청평사 올라가는 계곡에서
발 담그고 동동주 한 사발
두 사발씩 마시면서
우리는 술맛을 잃어간다

사람과 자연의 소음 속에서
그대 목소리 살별처럼
흐려지고 날아 떨어지고
그대에게 닿지 못하는
우리의 교감交感, 불감不感 속에서
진정 술맛을 잃어간다

긴긴 폭설이 바람과 함께
우리 집 뒷산에 한없이
웅크리고 앉아
문밖출입 아니 할 때
편지 몇 줄 쓰지 못하며
그대와 나 술맛을 잃어간다

답사 후기

산 속 헤매어 개울 빠지어
'한강이 깊다 해도 모래 위에 쌓여 있고
당신 잘나 뻐긴다 해도 남자 품안에 놀고'
노인네 이 얘기 저 노래 듣고 온다지만
산과 강 냄새 완강히 묻혀오지 못한다

행운의 편지

당신도 행운의 편지를 받아 보셨는지요
보내는 이 이름 없이 어느 날인가
문득 주어지는 당신의 세세한 주소와 성명 석 자

둘러보면 부러져 부서진 장미꽃 화분 같은 비에 젖은 우산살
밥풀 그대로 팽개진 그릇들의 개수통 물 흐르는 소리

허리에 묻은 물기 닦아내며 받아드는 직사각형 하얀 봉투
그 밀봉된 봉투 당신은 받아보셨는지요

글씨는 정갈하게 씌어졌던가요
당신의 젖은 손이 혹시나 잉크를 번지게 하지는 않았는가요
당신이 좋아하시는 숫자가 칠이지는 아니겠지요
칠이 좋아 그 몇 배수 예컨대 칠칠은 사십구 해서
마흔아홉 통의 편지를 쓰시지는 않으시겠지요

잠시 설거지를 멈추고 손과 마음을 마르게 하여 책상 앞에
혹은 안방에 당신의 편한 자세로 편지지에 엎어져
누군가를 위해 씌어지는 행운의 편지

행운에 대해, 그 운이라는 어휘에 대해 생각해보셨는지요
오는지, 뛰어가는지, 붙잡을 수 있는지, 엎드려서,

혹은 누워서 안을 수 있는지, 뒤척이며 몸부림칠 때 스쳐 가는지,
혹은 당신의 남편이, 아이가 귀가할 때 한 아름 안고 오는지

불운에 대해서도 생각해보셨겠지요
걸어오는지, 가는지, 팽개칠 수 있는지, 엎드려서 누워서
비눗방울 날리듯 보낼 수 있는지, 모로 누워 깊은 낮잠에 빠질 때
스며드는지, 혹은 당신의 딸아이가 외출할 때 남기고 가는지,
혹은 가지고 들어오는지

오늘 저녁 무렵 저는 받아 보았습니다
뜯어본 건 행운의 편지였습니다

허나 불운이여 오너라 문을 닫으마 하며 찢어 발겼습니다
덕분에 사십구 명의 행운이 날아갔습니다
덕분에 사십구 명의 불운도 찾아가지 않겠지요

행운과 편지 드문 90년대 행운의 편지 쓰기여
미친 시대여

후예 後裔

누구의 후예도 아니다
아무런 마음의 가시도 없었고
실상 낡은 의자를 배경으로
깊은 잠이 않고 있을 뿐
아무렇지도 않은 질서를
앨범에서 끄집어내
새롭게 알아보려는
그것은
누구의 후예도 아니다

심심한 우리의 성탄절

반짝이는 안방 티브이의 그림
눈이 아니고 비 내리는
크리스마스에

몸을 일으켜 내다보는 교회의
네온사인 탑, 밤에만
켜질 터이고

아버지의 영광은커녕 아들조차 오지 않아
동반 방화 자살한 노부부의 셋방집
화면에 드러난 그슬린 검댕이
춘천서 무심히 듣는다
너도나도 산타가 되어
빈손으로 빈 마음을 전하는데

어디 나가볼까 하면 아침나절 성당
혼자 다녀온 아내는 힘들여 창밖의 비를 가리키고
어린 딸은 고요한 밤 거룩한 밤 어두메 구친밤
연창하지만 아들은 진정 아빠가 보낸
유치원 산타가 선물을 주는 로버트 놀이 하고
허긴 가볼 데 없는 심심한 아빠

눈이 아니 와서 그런지 예전에 보이던
성가대조차 오지 않으니
이틀을 방에서 빵 먹으며 보내는
아아, 심심한 우리의 성탄절.

티브이 명작 아동만화

아들과 함께 티브이 앞에 앉아
소공자小公子
보고 있으려면
동양, 서양 할 것 없이
어른들은 죄가 많아
아동들에게 배워야하는구나 하는
염이 들어
슬몃 보다 말고
나가 담배를 꺼내본다
잎이 떨어져 낙엽에 둘러싸인
가을 집 앞 나무
과연 어린이는 어른의
어른인가 한다
그럼, 나는 귀족은 아니지 하고
다시 티브이에 다가가면
아, 담배 냄새하며
제 엄마가 억지로 보내는
내가 보기엔 꼭 쿵푸 같은
어느 새 아들은
태권도 연습을 한다
아아 아들과 함께 누리는
이 화평이여,

지금 옥수수의 대답을 듣기 위하여

검붉어지고 있었다 옥수수
붉은 수수밭처럼 외국영화처럼
타오르지 못하고 거센 바람에
나울나울거리는 옥수수들이
뿌리를 스스로 거둬가고 있었다

비를 뿌리며 불량종자 그게 씨인가
하늘이 아는데 그럼 옥수수 잘려야지
씨가 아는데 그게 하늘인가 그래
옥수수는 잘려야지

슬픔이 크다 해서 그게 다 큰가 했다
노여움이 치솟는다해서 다 솟는가 했다
그제서야
붉지 아니 할 거야 붉은 수수가 아니니
잘릴 거야
옥수수가 옥수수답게 대답했다

우리들의 기차여행

기차를 타면 잠이 잘 와
흔들림이 기억에 없는 요람 같고
옆 좌석의 우리도 그 옆의 우리도 잠자니
최면에 걸리는 것 같아 기차의 좌석에만 앉으면
약간의 배고픔과 소주 한 잔 정도는 이미 역전에서 채웠고
우리들처럼 뛰어 몇 시간 전부터 자리를 맡을 필요가 없으니
차안에서 사먹기도 뭐 그렇고
아끼고 싶은 시간이 이 여행에 배당된 것도 아니니
약간의 취기가 바깥 구경이나 신문 구경을 시들하게 하고
우리를 찾아도 우리 역시 잠들어 있으니
잠이 잘 와 기차에 앉으면
상체를 기댄다든가 긴 머리카락을 우리에게 흔들리게 하는
혹은 코를 곤다든가 입을 벌리고 있는 그런 우리들은 물론 없지
잠을 자고 있는 게 아닌가
눈만 감고 있는 겐가
기차를 타고 서울까지 춘천까지 터널로만 다니는구나
아침에도 낮에도 우리를 컴컴하게 만드는구나
보이지 않는 우리를 만드는구나
빼어난 경춘가도의 물안개는 어디에 있는데
계절에 따라 맛을 더하는 산수는, 벼 베기 끝난 들판은
일제 때부터 서 있는 그대로 꾀죄죄한 역사와 역사로
한 발 내딛었다가 거두어들이는구나

잠 속에서의 우리들의 기차여행은 없구나

봉의산, 혹은 우리 집사람의 어깨

어디에서고 산이 보이긴 한다.
우리 집사람 설거지할 때 어깨 같은 봉의산
우리 집사람 어깨 뒤에서 모르게 보아야 보인다

눈 녹은 봉의산 자락이 늦은 겨울에 흘러내린다.
우리 집사람 발목에 감긴 설거지물이 아득하듯이
색깔과 빛을 알려주지 않고 저 혼자 서서 흘린다

양쪽 어깨에서 내려오는 등성이
서로서로 흘러가 어우러진 줄기
그 어디에서 잠시 멈추는가, 돌아서는가

우리 집사람 나보고 봉의산 가보았는가 묻는다
여기서 소양강이 멀다고 할밖에
산과 강이 하나이었으면 하는 터에

'는는'

작년 입시 때엔 시동도 걸리지 않았지
입시 때라면 추워야 하는데
많이 누그러졌지, 날씨 말이야
암, 속말을 누가 하겠는가
시동을 걸고 손 부비며 차가운 차 안에서

긴 복도를 걸어간다
시험문제지, 아니 답안지
응시자 현황, 아니 부정조사서
스탬프, 사인펜이 담긴 검은 플라스틱 백을 들고
대학입시 감독하러 교실 문을 연다

말이 백십 분이지, 백십 분간 서 있어보라
앉아 있음과 견주어보며, 백십 분간
앉아 시험 문제지를 뚫어지게 바라보라, 백십분 간
서 있으며, 말이 백십 분이지
어디 그게, 이게 인생이 아닐 것인가

우리 이맘 때 자네 부모님
아니 누님들 뭐 '하실까' '는는'
맞아 '는는'.
추위도 교실 밖으로 나온

우리들보다 더 추우셨을 터

들은 그대 이야기 내 것일 수 있는가

장모님 댁 다녀오는 길
그대는 기차 안에서 옛일을 말해준다

어려웠을 때였단다, 자식 없는 집안에서
곱게 여아를 키우겠다고
(그 대가는 모르겠다. 그대 입만
쳐다보고 앉았으니)

장모님께서 데리고 가다, 방앗간 근처
물가에 닿았단다. 그래도 씻어 데려가야
하지 않느냐는 불현듯 생각에
얼굴 닦아주다 얼굴 마주치니
순간 발길을 돌리셨다고
그날 장모님 일 아니 나가시고 딸 옆에
있는 걸 본 장인어른
담배만 물으셨다

왜 그대는 내게 이야기하는가
춘천 집에 다와 가는데

들은 이야기가 내 이야기가 될 수 있는가
내 것으로 할 수 있는가

왜 그대는 장모님을 떠나 내게 이야기하시는가

연필

소나기들과 바람들이 하루걸러 왔다갑니다.
봄은 가을하늘보다 더 멀리 있습니다.
늘 보던 앞산이 웬일인가 눈을 크게 뜹니다.
개나리, 진달래 꽃잎이 떨어집니다.
흰 철쭉, 분홍 철쭉, 더 짙게 붉은 철쭉
소풍 나온 것처럼 서성서성이고 있습니다.
사연이 있어야 꽃도 잘 보입니다.
가까이 다가가도 바람에 흔들립니다.
눈과 마음을 닫아도, 아아 닫아도
산은, 그 산은 산으로 난 제 길을 갑니다.
바람에 소나무 거침없이 쓰러집니다.
아아, 아아 이렇게 풍경 이야기하자고
연필 든 게 아니었는데 말입니다.

진전사지陳田寺址*를 찾아봄

올라가는 길이 평탄하다
옆으로 낮게 겨울 지난 갈대밭 위로
나의 두 아름 넘는 검게 탄 바윗돌 놓이다

중장비가 동원되어 길을 막다
팔톤트럭 위로 그 돌을 올리려 하고 있다
시간을 잃은 구름이 멈춰 내려다 보다

숨죽이는 신라 적 갈대밭을 지나다
관산冠山 바라는 여행자女行者 하나 따라
진흙길을 디뎌 밟다

――――――

――――――

진전사지陳田寺址. 신라 선문구산의 효시인
가지산파의 초조 도의 국사가
창건한 진전사 가는 길

이미 경내에 들어섰었을 터
개울과 참대와 진흙길, 갈대밭과
기왓장 널린 산자락이 적막

서 있는 건 삼층석탑
먼저 간 행자는 합장을 마치고
따스한 풀잎에 앉았다 날아간다, 부도^{浮屠} 쪽으로

약사여래와 아미타불 그 아래
팔부신중, 천인좌상의
삼층석탑

선뜻 다가서지 못하다
발 주위 기와조각을 스치며
거기 머물다

서늘한 각고의 손끝에 매달려
저 설악으로 동해로 뻗쳤으련만
여래들의 얼굴만 떼어졌다

몸을 돌이키니 있어야 할 시공의 구름이 보이지 않다
흐름을 잊어버린 사람들의
들판에서 내려가는 길을 잃다

* 강원도 양양군 강현면 둔전리 소재 절터.

녹지 않는 눈

아이가 내 곁에서 잠자고
녹지 않은 눈 밑 땅 속
핏줄을 놓은 채
신석기시대 사금파리
뿌리로 자라고 있다

오늘 사방으로 금승이 쳐지고
마을 사람들 멀리서
발굴 작업하는 외지인을 바라본다
발밑이 흔들리는 소리는
여기 그들 명당자리에서
금관 출토 때문일 것

차가운 은발 가득 찬 겨울
찬연한 금빛 관은 서울로 모셔지고
들춰지는 사금파리
우리 껀데, 내 껀데
그들 빈손이 쥐어진다

── 연고가 없는 곳으로 유출되다니
시위를 해야지

저기 저,
저어기, 머언
녹지 않은 눈을 뚫고
웃음소린가 울음소리인가

할아버지 내 곁에서
아이를 보듬는다
실핏줄 보이지 않는 은빛 적막강산에
니꺼 내꺼 싸움에
눈이 녹지 않는다
뿌리가 보이질 않는다

—『시와시학』 22, 1996. 6.

다시 추사 김정희 선생

　선생께서 제주도 남제주군 대정읍 우리 고향에 귀양 오실 때 며칠 뱃길을 하루 만에 날라 바다를 건너시고 귀양 오셔서 족자에 서기를 보여주시고 한란을 찾아주시고 하셨지요

　　어찌 추사의 부작란을 배우랴
　　억새풀 가득 찬 한라산 서쪽 능선
　　천백고지 찬바람은 박제 노루를 치받고
　　시르미 차로 한기를 밀고 있을 때
　　눈을 찌르는 유리병 속의 배양 한란
　　봄, 용기를 해체하여 분에
　　이끼, 난석과 함께 심으라지만
　　소나무 밑동 낙엽 뚫고 이파리
　　치솟던 한란
　　이제 한란의 인큐베이터
　　춘천 아파트 오디오장 위에 올려 있다
　　어찌 화분 속에 뿌리 넣어두고
　　그대를 건져낼 수 있으랴
　　어찌 유리병 속에 한란을 가두어 놓고
　　옛적 추사의 부작란을 배우랴

　형님의 상에도 참례하시지 못함은 물론 부인의 부고를 해 넘겨 들으셨으니 가시 울타리의 형벌이 가당키나 하셨겠습니까

젊으실 적 연경에 가실 때에는 "개연기별상^{慨然起別想} 사해결지기^{四海結知己} 여득계심인^{如得契心人} 가이위일사^{可以爲一死} 일하다명사^{日下多名士} 염선부자이^{艶 羨不自己}"라고 조선 땅에 지기 없음을 한하셨는데 그 넓고 깊은 한적들은 모두 저 일본 땅에 있다 합니다

이제 대정읍 한 모퉁이 선생의 적거지가 이층으로 단장되어 보이지마 는 복사본만 그것도 몇 점이 진열되어 있으니 선생의 뿌리가 여기에 있음인지 분간키 짐작이 되지 않습니다

비와 바람과 손길이
뿌리를 다듬어줍니다
문을 열어
발을 땅에
내딛어야지요

돌하르방이 서 있을 것입니다
용서하십시오

---

* 개연히 한 생각 일으키니 / 사해^{四海}에 지기를 맺고저 / 만약에 마음에 드는 사람 찾기만 하면 / 위해서 한 번 죽기도 하련만 / 하늘 끝 저쪽엔 명사가 많다니 / 부러움 을 주체 못 하네

우리들의 마비

1
언제부터였는지
모로 누워 꼼짝없이 새우잠을 청하면서
팔은 구부러진다
어깻죽지에서 손가락 끝까지 직선으로
저려온다
손이 팔을 주무르며 마비를 풀려고 하나
우리들의 마비는 당당하다

마비는 아픔이 아닌가
어느 시대건 어려운 시대가 아니겠느냐만
근심하는 건 삶일 것인가
어느 누구건 아프지 않겠느냐만
아픈 자만이 이겨내지 못하는 걸

우리들의 마비는 남긴 흔적을 찾지 못한다
우리들의 마비 근처에는 아무도 없다

2
꽃 피니 베어버렸다는 대나무밭은 예전 검은 흙으로 돌아가고
대나무밭 위를 제주 바닷바람이 혼자 불어갔다
할머님 돌아가시고 5일장, 돼지 4마리 잡고

우리 손자들 서울서 내려왔다
오동나무 지팡이 잡고 낮이 무척 선 사람들 문상을 울면서 받았다

하루 지나고. 맏상제이신 큰아버지께서 일본에서 오셨다
아버님은 돌아가신 지 7년, 작은아버님도 5년 산토리 위스키 몇 병이었
을까, 4일 동안
된장 푼 텁텁한 젊을 적 맛 자리물회, 4일 동안
큰아버지는 비틀거리지 않으시고 일을 마치셨다
징용 가시던 날, 할머님께서 울지들 말라고 하셨다는데
죽음이 확인되며 죽음이 죽음과 만나 엎드려 곡하노니
우리들 모시고 산에서 내려오지 않을 수 있는가

아들인 나는 아버님을 잘 알지 못한다
학교 선생을 바라신 아버님
문맹인 할아버님이 도장을 찍으셨다
관동군에서 훈련 받으시고, 해방 후
군 생활을 하시다. 어머니의 말씀
섬을 떠나 육지에서 대륙으로 끌려 다니신 거다
할머님 돌아가셨는데, 서울 근교에 누워 계시다

또 있다. 작은아버님. 큰 키, 마른 몸매. 이게 다다
막내이면서 제사 모신 작은아버님

한 아들 타지에 보내고 두 아들 먼저 죽이고
손주들 사투리 알아듣지 못하는 텃밭에서
할머님 검은 흙을 어루신다
어느 여름 날 고향에 갔다 서울로 오려는 날
할머니께서 손을 잡으신다
손바닥 다섯 번 접은 5천 원짜리
손등에 주름살이 보인다
어떻게 비유로 말할 수 있는가, 할머님의 손주름을

검은 흙속에 순이 돋는다
섬찍한 대나무순이, 줄기뿌리에 연달아
다복솔처럼 대나무가 자란다

아아 나는 바라보는가

3
감춘다고 감추어지는 줄 아는가
아는 이 감추어주고
모르는 이 눈감아주니
감춘다고 감추어지는 줄 아는가

허나 우리들의 마비는 여전하고
덩달아 아픔 또한 길게 이어지리니
어느 때 어느 곳에서 만나
읍하고 말씀드릴 수 있겠는가

굽어 살피소서 할 수 있으랴

청둥오리

이젠 듣지 못하는구나
이 목각 솜씨의 주인이
뉘인지를

먹물 한가지로 그대들 모두를 토해내듯
인두질 한가지로
청둥오리 몰고
수양버들 가지 밑을
도롱이 들쳐 입고 낚시 가는
짙은 갈색 베잠방이의 어부
연꽃 잎 쓰고 나막신 신은
옅은 갈색의 손자
데리고 가는 모습을
옅은 갈색 주름살과 수염으로 내려다보는
진한 갈색 손자의 입술

사람으로 태어나 무엇을 남길 것인가
우리 동네 한 할아버지,
국민학교 교감으로 정년퇴임하시고
풍에 걸려 걸음을 못 하시다.
19평 아파트 줄여 13평으로
옮기셔야 하는데

한아름 넘는 갈색 사진과 흑백 필름들,
청둥오리 몰고 낚시 나가는
할아버지 새겨진 바가지 한 점
보기 그리 어렵지 않은 돌멩이 몇 개
할머니가 옆집 사는 내게 주신다

양자인 아들, 택시 기사하다
일 년 병원 생활하니, 손주 놓고
며느리는 가출하다

어느 장터에 앉아 인두질한 작품인가
지금 내 시선을 붙잡아 놓은 바가지
사람으로 태어나 사람 모습을 남길 것이냐

칼국수

장맛비에 속살이 달라붙듯 평상에 누웠다가
앉아 먹는 수박 얼음 입을 데어 떼지 못하는구나
음력 유월, 만든 사람은 먹지 못하는구나
한낮 방바닥 어머니 곁에 앉아 칼국수 만들었을까
신문지 넓게 퍼져가는 밀가루 반죽
올라서다 주눅 들고, 질펀하다 얼핏얼핏
물먹은 밀가루, 너덜너덜 반죽
다리몽둥이로 밀고, 주전자 뚜껑으로 떠내는
육십 년대 말 이음새 풀린 칼국수 재료로구나
색깔 없고 두께 없는 칼국수 국물 같은 장맛비
난蘭과 쑥이 한 화분에서 자라나니
안경 벗고 들여다만 본다 음력 유월
보는 사람은 알지 못하는구나
호흡이 닿지 않는 아파트 미루나무
장맛비에 올이 풀어지니 해지고, 해지니 퍼지고
퍼지니 바로 보지 못하는구나

새벽에 그대

그때와 지금을 구별하지 못하며
이곳과 그곳을 알아내지 못하니
그대 부른다고 그대 올 수 있을 것인가

그러나, 깨어나지 않은 어지러움, 일어나보라
그대 곁을 계곡물 흐르는 소리
그대 곁 안개–숨소리

옛 사람들을 닫아두고
붉은 흙 보이는 나무뿌리 거머쥐어
바깥, 아무도, 아무것도 보이지 않음을 응시하면

손잡고 싶어도 계곡 저편에 서 있는 그대
안개 저편으로 보이지 않는 그대
그대만 부른다고 그대 올 수 있을 것인가

그때와 지금을 구별하지 못하며
이곳과 저곳을 알아내지 못하니
그대 부른다고 그대 올 수 있을 것인가

봄에 시를 쓰지 못한다

1
봄이 오면 봄을 쓰리라

봄에 바람이 불어오다
부엉부엉
봄이 불어오다

봄에 쫓기다 쫓기다
왼쪽 팔이 저려오고
깨어나면 다른 팔이
아프다.

여수에서 올라와 조금 벌어진
분홍빛 동백꽃 망울
엊저녁 미처 거둬들이지 못한
아내와 아이들의 가득한 감기

봄에 바람이 불어오다
옆집 아니면 윗집 소리로
나인듯 아닌듯

봄에 시를 쓰지 못하게 한다

2
글쎄 학인지 황새인지 단학인지
해오라기인지
보라매에서 송골매인지
한 마리 잡혔다
식사 조절을 하고 어디선 무게를 재고
방울을 달고
꿩을 사냥케 한다
어디선 공중 강타로 찢어발기고
예선 머리에 상처만 입히고
호이호이, 우우 불러
혹은 모여 꿩탕을 끓여먹고
혹은 새 한 마리 죽음이 맹수 둘에 값한다고 말하고
혹은 둘러 모여 쳐다보고
혹은 미세하게 눈시울을 적신다

늪지대를 기어서 가면 악어 떼가 나올라
들판을 헤매다보면 매부리가 보일라

3
갇혀보는 것이 어디 매일리야

앉아 바라보느니 한 계절이고
새로 문예회관 건물은 보이는데
걸어 디딜 길은 어디에 없어

놀이터엔 쇠다리만 걸리고
더불어 나다니지 못한다

봄을 일렁이지 못하리니
중국에서 회오리쳐온 황사만 탓하리니
눈에 보이지 않으리니

그대 아닌 듯 싶어
봄에 시를 쓰지 못한다

그대를 위해, 산발적으로 발사할 수밖에

그대 어느 얘기 들었을까
흑인이 노예이며

아일랜드인 곧 석탄노무자라는 걸
박 씨의 소설 무슨무슨 빛을
읽었으리
목표가 없으니 그대 또한
그대로이리
간혹 그 얘기며 소설에서 목표를 보았으리
목표가 무엇인가 할 때
믿음이, 혹은 신이
누구는, 진지하게 꽃을 피울 때
그대 아닌 나의 모습에서
그대 걷는 길 아닌 나의 길에서
내가 아는 나의 전화에서, 티브이에서
소문에서, 내 탓에서
그대는 아름다움이 시들어버리고

아픔을 키우며 살아갈 일이다
병을 키우며 병원에 갈 일이
아니다 힘들게 상형문자로
무기력을 본다 허나 넉넉히 아프지

않다면야 이유 없이 아프다
그대 그래 할 리 있으랴

그를 찾아서

오랫동안 소식이 끊겨 만날 수 없었던
그의 방에 가니, 그는 긴요한 일이 있는 듯
의자에서 일어나지도 않은 채 맞아주었다
탁자 한 모서리 괴석에 담뿍 숨어 있는 난이 보였다
슬픔을 미려하게 감추어야 하느니

슬픈 일이었다 남들의 시에서 왜
그리움과 외로움만 끄집어내어
제방 허물 듯 탁자 위에 늘어놓는지
높이를 가진 등성이에서
손가락에 감기는 풀이 무엇인지 알면서

또 보자고 하여 술집에 내려가니
그는 아직 오지 않고 혼자 술 마시고 있자니
술집 가운데와 네 구석마다 한 아름에
한 자 넘는 항아리에 난이 꽂혀 있었다
끝자락이 보이게끔 돌아서야 하느니

모를 일이었다
남과 다르지 않아 따옴표 없어도
푸르디푸른 그날따라 햇살과 만나는
개울물이 흘러감과 야생란의 솟구침을 알면서

소양댐, 수몰지구 사람의 천막주점, 혹은 우리의 평상을 위하여

Ⅰ
고함치는 건 술이 아니라 술병의 상표
술병 들어 유리 거기 귀대고 들어보면
만져지지 않는 것은 없어서 아쉬움이 아니라
강 건너지 마오마오 하는 허연 머리에
미친 늙은이 혹은 그 처의 손길

Ⅱ
스테인리스 스틸 대접
속의 빙어 떼를 들여다본다.
속이 보이는 빙어는 수몰된 소양댐 물처럼 뵈는 게 없으니

소양호에서 불어오는 바람은
비닐 천막 속 불꽃을 올렸다 내렸다 하고
오봉산 산자락 청평사 날아온 이파리는
숲 빼앗긴 날짐승인 양 바닥을 휑휑하게 하고

열 집에 한두 집만 제 주인인 수몰민에게 주어진 소양댐 정상의
천막주점.
대접 속에서 빙어들이 머리를 치고 꼬리를 막고
제 몸뚱아리 흘려보낸다.

'글쎄, 돈도 마련 못 하고, 그보다도 여길 뜨면
머릿속에서도 지워질 듯하니'
빙어를 닮아 속이 허하다는
주점 주인은 죽은 빙어를 골라내 튀길 준비를 한다.

III
이야기 나누는 건 평상^{平床} 나뭇결 따라 앉아 있는 것
바라보면 산화공덕의 꽃잎 평평히 떠가고
내려다보면 푸르고 하양
고 그 밑으로 검은 시장 바닥.

성묘

I
마을
우리들의
외로움, 만나러

II
눈을 들어 산 끝을 보면
푸르름과 바람이 맞닿아

우리들
외로움, 만나러

III
고개 숙여 보이는 물결이었을까, 아닐까
그 산과 그 강
갈피갈피
흔들리는 우리들의 끝의 흔적
우리들의 보살핌
약수터 너머 공동묘지
시신屍身의 흘러내린
물 마시다보면
어느 누가 앉아 있다

보는 것은 삶을 봄이 아니라
그것을 보라함이거늘
우리들의 끝을 본다.

IV
아버님은 경기도 야산 공동묘지에 묻히셨다
묘지 넘어가 지난 해 캐어 옮겨 심은 진달래는
올해도 한식날 이파리만 우리 눈치 보며 달고
늦지 않았는데 꽃을 보여주지 않았다
우리들의 성묘하기.
즐겨 피우시던 담배, 연기가
묘지 옆 따라 산등성이 아래로
일어서야 바라보이는 한강 하구 새들처럼
아아 떼 지으며 낮게 깔리며
우리들의 성묘하기.

여전히 보이지 않는다
잡초를 손에 쥐고 놓으실 줄 모르시는

진리의 문으로, 미래의 광장으로
— 없음은 없다고 하여도 뒤돌아 갈 수 없고
있음은 있음으로 하여 살아난다

그대 진리의 문으로 들어가 보라
그대 보이는 길
길가에 서 있음만으로도 충분한, 그 빼어남
곁으로 백령문화관
음악, 무용, 연극, 아니 그대
더욱 기릴 것은 평생교육원

그대 처음을 다시금 생각해야 하느니
그대 뒤돌아보라
이 자리에서

천천히 걸어갈 일이다
발바닥 밑의 블록이 어떤 재질인지
디자인인지, 감각인지
쉽게 생각하는 우리말과 우리글에 대해
꾀죄죄한 우리 초가집에 대해
덩더꿍 덩더꿍 소리
우리만 아는 앞뜰 공간에서
혹은 천지관 백록관에서
알아야 하는 그러나 외면하는
말, 말, 말 들

걸어가며 발바닥을 들어볼 일이다.
48년의 움직임이 나래밭에서
그 오랜 하숙촌에서
잠시 잊혀진 박물관에서

보이고 보이지 않는
감추어지고 감춘
이름 모를 아닌 이름 아는 잣나무로
백령이 커 나왔으니

천천히 들어오게 하라
가벼운 바람에 들리는가, 귓속말로 들리는가
바람은 연적지에 불고 있는데
휘어져 대운동장에 감추어져 있는데
이제 천천히 나가게 하라.
오솔길로 그대들의 이야기로
또한 그대들의 사랑으로

사실을 알고 옳음을 믿고
사실을 사랑하며 옳음을 안아주며
사실과 같이 하며 옳음과 같이 하며
그대들과 같이 하며

이로 하여
미래의 광장으로 꺼지지 않는
그대 그리고 불빛
천천히 넓게, 그대
미래의 광장에 있으리라.

    —강원대학교 개교 48주년 기념 축시(1995. 6. 13.)

그가 한가함에 대해 생각해보고 있는 거다

남쪽 베란다에 나와 봐도
동수만 다른 같은 아파트가 보이고
부엌 쪽으로 북쪽 베란다에 서도
시선을 낮추지만 않으면
또 다른 같은 아파트가 보이는
집단주거지역에서 그는
그들이 무슨 생각을 할까 생각해본다.
간혹 장독이 몇 개 놓인 베란다에
아마 중년 이상으로 보이는 그들이 보일 때
그는 그들이 외롭다 생각할까 생각해본다.
아파트를 나서 산책을 간다, 뒤로 돌면
개발제한구역이다.
눈을 들면 겨울이 지나가는 들판이 보이고
도랑에서 물이 흘러내리는 것,
매일 아침 맑디맑은 안개를 마루에 앉아볼 때
그는 그들이 그립다 생각할까 생각해본다.
직업 때문에 가정을 버린 여성과
남자를 위해 자신을 바친 여자와
여자라고 해왔기에 여자인 여자,
모여 술들을 마신다고 했을 때
그는 그들이 외롭다 그립다 생각할까 생각해본다.
그는 자신이 외롭다 생각할까 그립다

생각할까 생각해본다.
한가로운 산책 끝에 그는 한가함은
외로움이 아니고 그리움이 아니라고 생각해본다.
생각을 버리고 달릴까 하고 그는 생각해본다.

고탄리, 혹은 찌와 낚싯바늘

물이 있는 곳에는
반드시 있으되
춘천 고탄리 붕어.

폭은 넓고
옆으로 납작하며
비늘은,
크고
기와처럼 줄지어 있고
등 쪽은
알맞게 짙은 노란색,
배 쪽은 은빛 띠고
있어야 하며
입수염 없으니

갑각류,
실지렁이,
수서곤충,
작은 동식물의 씨앗 비롯하여
거의 모든 유기물을 먹되

겨울이면 깊은 곳으로 들어가 11년 되어 월척 377mm로 하천 중류

흐름이 완만한
물가,
호수 변두리,
특별하게 수초 많고
의지가지없는
따스한 물안개에

토산부, 부어, 즉어
금즉, 금부어, 하포즉
아니면 전차표, 월남 붕어,
아니면 셋매기, 쌀붕어,
호박붕어, 호송어, 희나래,
땅붕어, 휘나래, 맥붕어

나와 붕어 사는 데는
노장老莊이 말한 대로
한 곳이 아니거니와

그곳으로 매일 달려가
초점은 문제가
될 수 없음이
물가에 대 하나 펴고

앉아 초점, 함께
문제가 흘러 들어감을
보지 못함일까 하는데

문제는 나고
초점은 물이고
넘어지는 갈댓잎처럼
나는 낮고 강물은
더더욱 낮아지고
뒤척이는 앞산
엉겅퀴인가는
물속에 잠겨 들어
보이지 않고
없어지지 아니 하고
다시 살아나니

내가 문제고 환경이고
내가 초점이고 흐려짐이고
내가 현대 문제이고 양심이고
내가 현대 철학에 걸린 부어.

그는 연필을 깎는다

그는 연필을 깎는다
겨울 산행의 배낭을 꾸리는 앉음새로
오늘 그는 연필을 깎다 말고
쓰레기통에 떨구어진 나무껍질을 본다
그는 없어지지는 않았으나 잃어버린
지하철역을 돌이켜본다
그의 아내 처녀시절 자취했던
신설동, 산행의 약속인 그 역을
그는 아내와의 다툼을 가다듬듯이
그러다 죽는다면 하고
심을 다듬는다
연필을 여러 자루 깎아 가지런히 놓고
그는 책상 위 곳곳의 서류
메모지를 가지런히 한다
그 사이 먼지가 정리된다
잠시 깎아놓은 연필을 바라본다
그는 연필로 '산을 찾는 일'이라고 쓸까 한다
그는 겨울 산을 바라다본다
겨울 산을 위한 배경이 가지런히 놓여 있다
눈이 오고 잠시 그친다
다시 겨울 산을 바라본다
겨울 산을 위한 배경이 흩어지고 부러지고

팽개쳐져 있다. 그 위에 눈이
덮이고 배경은 보이지 않는다
겨울 산을 찾지 못한 그는 돌아선다
화이트칼라로 지울까, 종이를 구겨버릴까 한다
컨트롤 알트 앤드 델 키로 날려 보낼까 한다
그는 다시 연필을 깎는다, 그리고
그리고는 두 줄로 그어버릴까 한다

—『시와시학』22, 1996. 6.

우리들은 왜 술을 마시러 가는가

1

우리들은 왜 술을 마시러 가는가
회 접시의 산 낙지 다리 꿈틀거리듯
어제의 이야기도 끝이 나지 않아
우리들은 다시 술을 마시러 간다
언제부터 이야기가 시작되었는가
그 서두는 무엇이었는가
초저녁의 술집은 긴장으로 붉어지고
허기와 갈망이 눈 끝에서 부서진다.
바닷가에서 돌 틈 문어다리 흐느적이듯

2

우리들은 왜 술을 마시러 오는가
수채 구멍 덮개 밑에 얽힌 머리카락
뜨거운 물에 몸을 담그면
휩쓸려 아래로 빠져나갈 텐데
말 달리는 움직이는 그림은
갈기갈기 어제를 채찍으로 매질할 텐데
우리들은 골목으로, 담장 그림자로
익숙하게 술 마시러 온다
서로서로 등 돌려 앉아 귀는 남 준 채
그네들 문화적 교양이 술잔 잡은

우리들의 손 힘을 우리도 모르게
강화시킨다

3
72년이었지? 아마
쌀막걸리가 법령으로 제조, 판매 금지된 게
수저로 홈이 여기저기 파이고
나무탁자엔 담뱃불 지진 자국까지
흡사 우리들의 이야기처럼
지리멸렬했지
그해였을 거야
고성방가가 금지된 것도
사족이지만 단발령도 있었어
아니야 단장발령이지
스트레스가 흔하지 않았던 그때
우리들은 이야기만 하고
노래를 못 불렀지
노래는 혼자 해도 되니
뭐, 해될 거 있어?
막걸리 말고 소주 먹어봐
이야기 되나, 노래밖에
더 돼?

4
이젠 질문을 말아
왜 마시러 가는지, 오는지
음주가무 즐기지 마
모여서 여럿이서 먹되, 혼자 마셔
노래는 속으로 부르고
해답을 찾지 말아
욕이 나오니
욕도 속으로 해
토하지 말고
지저분하니

그곳으로 가서

그곳으로 가서
일정한 표지판과 휴게소를 지나
힘든 몸짓으로 한라 산행을 택하고
한 계절이나 지나온 길을 보살핀들
혼자이리

새는 그곳에 가서
부리를 초습지에 찌르고
혹은 자맥질을 하고
폭신해 뵈는 털에 얹고 자고
그러다가 한 계절 지나
다시 저곳으로 간다

그곳으로 가서
송악산 봉우리를 옳게 아흔아홉 개로 세고
형제섬을 찾으며
사십 년도 안 된 유채꽃밭 더듬은들
하늘을 올려다보지 않으니
외로우리

새는 그곳에 가서
길목과 머묾이 일정하고

늘 경계를 게을리 하지 않고
발밑에 내려다보지 않으니
예대로 질서 있게
다시 저곳으로 간다

수첩을 바꾸며

장마가 끝날 때 그대는
수첩을 바꾼다
누구나 할 것 없이
적어놓은 큰 수첩장의
네임 텔 팩스 어드레스
그리고 우편번호에서
이름과 전화번호만을
작은 수첩에 옮겨 적는다
지니기 수월하라고
옮기기 싫어도 한때이거니
하고 옮기지만
그 누구는 그 작은 수첩에 주소까지 옮겨진다 다른 이의 칸에 넘쳐나도
바깥에서 연서 쓰지 않을 줄
번연 알면서도 이때
큰 수첩장도
꼼꼼히 살펴진다
전국 우편번호는
그 수가 얼마나 될까
그대만이 소유하는 번호는
그대 집의 번호
그리고 서울과 지방에 몇몇 개
형광연필로 표시해두었던

중요한 이들의 우편번호,
새로이 칠해지는 것보다
원래대로 있었더라면
하는 번호가 더 많아진다
연말이나 연초에
새로 장만하지 않는 그대
연중에 수첩을 바꾼다
그래서
그대는
며칠이고
수첩을
만지작거린다

　　　　　　　　　　　　　　—『시와시학』 22, 1996. 6.

난蘭

진정으로 진정으로 사랑하시나요

흘러흘러 되풀이되는 구름다발, 올올이 풀린 벗어나는 잎새 마디

꿈과 껍질

아버님 20주기 제삿날 밤이다
어렵게 참돔 오른 줄 이제 아는
둘째에게 어머니께서
먼 곳에서 먼 시간을 뚫고 피어났던 꿈들을
마름질해 한 땀 놓으신다

억새풀 있지? 그 밭에를 갔지 잡초 뽑으러. 억새풀 밭에 잡초요?
억새는 지붕 덮는 거라서 잡초 뽑아줘야 해. 가니 시커멓게 맷돌방석만하
게 억새풀이 자라 있었어. 그래 솎아 주다보니 잡초고 뭐고 다, 억새풀도
다, 뽑혔다. 그런데 제대로 된 건 하나 없었지만 놋쇠 그릇 한 소쿠리나
파내이고 집에 왔단다. 이게 보니 금金이라 주산 놓다가 깼단다. 네가
태어났단다.

어머니 손가락에서 벗어나면 둥근 반지 아니듯
가슴에 방울방울지던 꿈들은
내 노트에 옮겨지는 순간 껍질로 남아 움직이지 못한다
20년대에 태어나 속살을 지켜오신

앉아서

아스팔트는 청청

아침 참새 떼 지어 지르는 소리를
귀하다 하면, 자네
또한 그 무렵이지 아마, 아파트 베란다에 까치가 선회하는 것
넋 놓아 자네가 본다면
자네, 무릎을 칠 수 있겠는가

하늘은 탁탁

움직이는 것은 숨 쉬지 않는다

숨 쉬는 대엽 풍란의 꽃핌을 본다
윈도우 와이퍼 혹은 우산 밑에 숨 쉬는
잔디와 어우러져 꽃 진 철쭉, 조경수로 심은 소나무
자라나는 숨 쉼을 본다.

아스팔트는
비에 젖고
사라져버린
머언 산
보느냐고 묻는데
온몸으로 빗물을 받고 막다른 길로 가니

움직이는 마음이
숨 못 쉰다.

대엽 풍란의 꽃핌, 잔디와 어우러져 꽃 진 철쭉, 조경수로 심은 소나무
떨어지는 가끔씩의 산, 산, 산들.

숨어 있는 그대

나뭇가지는 감춰져 있다가는
내려오는 눈 속에서 빛을 낸다
눈은 점점이
공간을 넓혀준다
그대 눈뜨게 한다

캠퍼스 잔디밭에 내려앉는다
4월 춘천에 내려오는 눈은
희끗희끗
씨앗을 뿌린다
그대 자라게 한다

산등성이 저기
저 나뭇가지에서부터 내려오는 눈은
발밑까지 내려가고
하늘은 눈이 없구나
땅 속은 눈이 없구나
그대 숨어 있구나

겨울 그대

겨울 낮 눈발이
그대 작은 은귀걸이 생그렁이듯
날리고
섬돌 아래 난초 하나 보이지 않으니
그대 눈발 거두며
되짚어올 수 있으려나.

문 첩첩 닫치고
죽지 접은 새의 걸음을 듣고
있음인가
추사 김정희 세한도 빈 곳을 듣고
있음인가
그대 돌아앉아.

한 곳에 머물러 있으려 해도
그대 저 눈발로 빠르게 올라가고
창가에 서서히 겨울
들려오고
그대 턱 고인 손, 하얗게 가는 은반지
어디에 올 수 있으려나.

그대 추신 받아볼 수 있으려나

넓은 화선지에 세한도 그려내고
여백에 추신으로 시외버스길 내어놓고
봉함을 하고 겉봉에 이름 석 자 적는다
우체국에 가서 등기우표 붙이고
직원에게 건네주지만
편지함에 넣는 소리 듣지 못하고
그대 또다시 겨울로 들어간다
앞뒤 페이지 두 장의 사연 그만두고라도

그대 추신이나마
받아볼 수 있으려나

초겨울 첫눈 그만 하얗게 멎고

바람이 분다
초겨울 첫눈 그만 하얗게 멎고
어지러움의 잔뿌리 나의 이 그늘진 곳에 뒤척인다
강물이 몸짓을 낮게 낮게 내보이고

낚시꾼 하나 손을 흔든다
붕어 하나 잡고
다시 강에 돌려주고
앉아 있는 게로구나
같이 손들어 가라앉고

강물이 나직하게 몸짓을 내보인다
바람이 불고
초겨울 첫눈 그만 하얗게 멎는다
어지러움의 잔뿌리 나의 이 그늘진 곳에 뒤척인다

그대 옆에 가기

기차 타면 그대 옆
가만히 앉아 가기
가며 그대 이야기
귀담아 듣기
오월 말 차창 밖 숲
애기대로 푸르르기
오징어 살 거품처럼 침 흘리기
신문지상 또한
말 그대로 어지럽기
일제 때부터 다니는
이 기차 안에서
옆이 보이지 않는
견고한 굴 속에서
그대의 쏘는 목소리
무너져 내리고
그대의 자세 굳어져
술 한 모금씩 마신
그대의 눈
차디찬 오월 눈발
비 오는 오후
덧칠하리라
울음이 거리를

감싸 안게 할 수 없듯
감각이 바다를
그득 안게 할 수 없듯
그대 우상
그대만의 것

고여 있는 나무

그대를, 사랑함을 알 수 있음이
가을에서 봄으로 바로 감이 아니라
겨울은 지나가야 하지 않느냐 한들
나뭇잎 흔들려 까치둥지 서려 있다는 미루나무 바라봄에
비할 수 있겠습니까.

저녁 어스름 창가에 서서
창틀 붙들고 발돋움하며 파르스름한
새벽하늘을 봄이라고 말한들
소나기 퍼붓던 자리에 발밑에 고이는 빗물에
댈 수 있겠습니까.

그대를, 사랑함을 알 수 있는 길이
그대 사랑함을 말할 수 있는 길이라고 한들
어찌 한 자리에 땅 속까지 목까지 파묻혀
주위를 둘러봄에 기댈 수 있겠습니까.

가을 그대

그대
멀리에서
떠나와
이곳 작은 도시,
버스길을 모른다.

그대 내릴
버스
쳐다보다

뒤돌아보니 화원 유리창 너머 그대 물기서린 늦가을 국화잎

숨죽이며 기침하는 그대

숨죽이며 기침하는 그대
이마에 손을 대지 못함이여
멀리서 겨울바람
바라보기만 하는 그대

어디선가 그대는
굳은 땅 속에서 솟구치기를 준비하는
한란寒蘭의 새 촉

감히 난석을 들어내
확인하지
못함이여
어리석음이여

하얀 손등으로 입 막으며 기침하는.
무거운 열이 있음이여

빛

1
잿빛 도회지
해는 달
산은 비구상
어머니께서 말씀하시길
자근자근 내리는 눈
보이지 않는 빛

20km가 정상속도
아침 출근길 누워 있는 사람들
잿빛 성에 낀
열 수 없는 차의 창문
볼 수 없는 빛

아버지 제사 모시러 가는 길
혼자 화장지를 꺼내
차창을 닦는다
대중가요와 우스개소리
떠올랐다 사라지는 빛

2
죄송합니다.

돌아가신 은사
정한모 선생님의
시집 『원점에 서서』를
검토하면서
오늘
아버지 생각을 했습니다.

제 바로 옆, 곁에
할아버지 얼굴을 모르는 손자는
명작 만화를 보고 있고
할아버지도 모르는
손녀, 그 애,
오빠 옆에 얌전하게
앉아 있습니다.
아버지
시아버님의 사랑을 모르는 며느리
지금 머리 아파 인삼차 잔을 들고
망연히 눈 내리는
겨울
아파트 밖을 바라보고 있습니다.
정한모 선생님은 주례를 서주셨습니다.
아버지께서도 보셨겠지요.

아버지께서도 보셨겠지요.
정한모 선생님도
일제 말 징용을 당했더랍니다.
그리고
귀국했습니다. 읽어 드릴까요,
"제각기 해방된 고국을 찾아
죽을 고비를 몇 번이고 넘기면서 돌아와야만 했다"
만주에서 관동군으로 끌려 다니시면서
훈련받으신 아버지께,
남양인가 하셨는데
귀향열차에 컴컴하게,
그리고 여수 앞 바다를
새겨보지 못하신 아버지께
지금 아버지께서는 타향,
김포군 야산 공동묘지에
누워 계십니다.

아버지.
눈발이 날리고 있습니다.
무엇을 어떻게 해야 하는지
돌아가신 지 20년

지상에 남아 어둠에 갇혀
지하에 머무르셔도
빛이었음을
이제야 아버지의 부재를
빛으로 파악해야 합니다.
막막하고 또렷한 빛으로

3
딸아 네가 태어난 그때는
아버지인 내가 모두 다 싫어한 그때

한번 빙판에 뒤집혀 곤두박질하고
햇빛 아래서만 물을 만지던 너, 딸아

너의 어머니가 성사표 받으러
성당에 들어가 있는 동안

눈 온 다음날 성당 넘어 마른가지가
또다시 빛을 흩뿌릴 시간

아버지의 무릎을 베고 누워 너는
어머니, 아버지의 겨울을 듣는다

딸아 눈 녹은 물이 아스팔트가 아니라
지하로 아래로 아래로 스며들 때

샘밭에서 어머니

1
아프시다
멀리 있는 아들의 집에 오신 어머니
아프시다
아들인 내가 봐도

잠시 쉬시고 서울 가시다
안부전화 드리니
웬 전화를 그리 하느냐고
꾸중하시다

어머니의 외로움인가 아니
아들인 나의 슬픔인가
아픔이 깊으면 말이 없으리니
슬픔을 놓다

2
우리 현대사 속에서 인간의
이야기가 얼마나 되는가
남자와 여자와 자녀의 이야기가
피라미 떼 죽듯 있지 않은가

지금 나는 물론 모른다
춘천서 서울 가는 열차의 모습을
기차, 걸리는 시간, 앞뒤에 앉은 사람들
모르는 척 잠자듯 하는 모습들을

내 아들 기차를 태워주니
기차, 걸리는 시간, 일어서 보이는
앞뒤의 사람들 모습을
물어본다. 알 리 있으랴

3
춘천 시내에서 소양댐 가는 샛길
세월교에 앉아 맞은편을 바라다본다
눈을 들어 하늘을, 내려 강물을
그리고 돌아 어머니의 손끝

휴전 이후에야 아버님을 만나
여러 임지를 다니신 아버님을 좇아
마지막 임지로 선택당한 강원도
샘밭 이 마을까지 오시다

1961년 7월 여름방학 중간

우리 형제는
군용트럭을 타고 다시 서울로
옮겨졌다

1974년 돌아가실 때까지
우리는 어머니의 삯바느질로
생활과
공부를 하였다

일어서지, 예, 한번
가보셔야지요, 글쎄
알 수 있을까, 강폭이
이렇게 넓어졌다는 말씀이시다

세월교 건너 윗샘밭부터 아랫샘밭까지
61년도 어머니의 터를 찾으신다.
지금 콘크리트 길, 차가 지날 수 있고
빨래는 집 안에서 한다

빨래하러 밭 하나 지나갔는데,
어디로요, 여긴가,
글쎄 모르겠다, 강이 이렇지

않았는데, 넓어져서요

아니 그것도 그렇지만, 그게
아니고, 지나갈 밭이 없으니,
하긴 33년 세월이 지났으니
그냥 가자

공간은 변했지만 어머니
시간은 언제나처럼의 강물이었다
어머니의 제주와 서울과
춘천은 어머니의 손끝이었다

4
얼마나 시간이 흘렀을까
93년 12월의 끝에서
언제나 이때쯤 열리는 한란이려니
안경을 벗고 뒤돌아본다

멀리 고향 제주에서 올라오게 하다
이곳 춘천에서 꽃봉오리를 잠재우니
아직도 파랗게 잠재우니
어둠이 깊으면 믿음을 잃으니

늘 그렇듯이 그 길로
보리차 한 잔 따라 마시러 식탁으로 간다
널려 있을 신문지, 파지뭉치 같은 어둠
간혹 피하며, 걸리며

서재에 들어 창으로 보이는 눈 눈 눈
손끝이 스위치를 잡아당기니
습관처럼 울리는 기침소리
그리고 가래처럼 떨구어지지 않는 외로움

승선기의 후렴을 위하여

바다의 잔인함을 알리라
바다에 떠돌며, 바다에 떠돌며
바다에 나가게, 바다에 나가게
바다의 잔인함을 알리라

붉은 재단을 겨워하시던 외할아버지는
손자에게 손놀림만을 일러주신 채
바다와 뭍을 동시에 일구시는 할아버지는
몸짓만을 일러주신 채

밭 나가시는 할머니, 할머니를 잃어버린 후
물 길러 가시는 어머니의 치마끈을 잃어버린 후
자갈과 자갈 사이의 진흙에 빠져들다
바닷가에서 종일 목말라했다

몸짓을 잃어버리고
손놀림을, 눈짓을 잃어버리고
잃어버림을 잃어버리고

바다에 빠지며, 바다에 빠지며
이어도 사나, 이어도 사나
바다에 빠지며, 바다에 빠지며

바다의 잔인함을 알리라

하선을 위하여

어느 날 바닷가에 내버려진 바다를 보았다
바다는 온몸이 갈기갈기 찢기고
손과 발등에 박힌 바닷바람을 뽑아들고
피에 맺힌 목소리로 모래밭을
모래밭을 향해 부르짖고 있었다
뽑힌 바닷바람은 바다를 산산이 허공에 산화하며
긴 바닷가를 행진해 갔다

그 후 바닷가에 앉아 바닷바람을 맞으며
바다를 간혹 보았다

딸

훼손되지 않은 3년 6개월의 생
감자 먹고 두부 먹고 맛있어?
아빠가 물어보는 거야, 맛있어?

아빠 옛날 애기할게요
—— 옛날에 도깨비가아 ——
딸의 도깨비는 온 집안의
물건이며 가구들을
들었다 놓았다 바수다 맞췄다
지옥에도 보내고 천사로 만들기도 하고
호랑이를 타기도 하고
아파트에 살기도 하다가
스스로 예쁜 딸이 된다

훼손되지 않은 딸의 생
물음과 참을성 없음으로 이루어진다

시드는 마당

누이와의 어린 다툼
아버지께서 돌아가실 무렵까지

나의 오랜 잠에서
산 7번지 작은 주위가
부서진다
나의 어린 추위에서 어깨를
짓눌린다
감성이 한없이 줄어간다

나의 수치가 너의 슬픔이
되지 못하고
너의 슬픔이 나의 수치가
되지 못하고

우리의 마당이 시들어간다

진달래 피듯, 아침에

우리들의 삶이 눈에 뜨이는가
저 멀리 보이는 것은
허옇게 드러난 산 속, 어느 부분

아침에 어떤 방식으로든지 일어나는
바로 우리들처럼
슬픔이로다, 슬픔이로다
나지막이 뇌까리니
우리들의 삶이 자세한가

우리들의 삶이 저어 멀리 보이는가
진달래 피듯, 아니 진달래진달래 피듯
그리고 갈봄 가듯

축강에서

—포구 근처 방파제를 우리는 축강이라고 불렀다. 일제 말기, 군항으로 구축하다말아 항구 시설이 반파된 선체의 조각처럼 널려 있었고, 저녁 산보길이기도 했고 동네 어른들의 낚시터이기도 했는데, 가까운 곳에서의 조업 후의 귀로였다.

축강에 서면
곤두박질하는 바위도 가라앉는 하늘도
물질나간 우리들의 어머니도
죄어드는 거대한 유혹이었다

낯선 이가 축강에서 상어를 쪼개어 팔았다
검게 탄 팔뚝에서 흐르는 내장 줄기
물보라를 이루며 뻗치는 습기
둔중한 칼등이 비수처럼 날아왔다
검게 찌든 행주가 하얀 손바닥에
쥐어졌다 임시 탁자는 곧 거두어졌다

낯선 이의 장화 속의 악취와
발길을 돌릴 수 없는 우리들의 무지가
고여 있었다
집으로 돌아가기에는 너무 어두웠다

땅

―어릴 적 기억으로 시골집에 서 있던 돌하르방은 어느 날이었을까,
내가 커서 가봤을 때는 깎여 넘어져 있었고 그날 밤 나는 온통 내가
집에 들어가고 나올 때 어떻게 했었는지 골몰하는 꿈만 꿨다

돌하르방이었습니다
돌 모자 쓰고 돌로 눈을 하고
손에 든 것을 보여주지 않는
나의 시 위에 이제 앉은
당신은 돌하르방이었습니다

순수한 결정체로 응집되어
뿌리 뽑힌 한란寒蘭인 듯하지만 말입니다
주름이 잔뜩 낀 할머니 손등인 듯하지만 말입니다
손에 쥐면 사라지는 바다
형체인 듯하지만 말입니다

돌하르방이었습니다
돌로 지혜를 가리고 돌이 되어버린
꽃이 피어 뿌리째 뽑힌 아버님의 말씀이었던 거대한 대나무밭이었습
니다
바다를 보여주지 않는 고향이었습니다

— 잠이 들어 바다는 의미를 놓고 오마고 했다. 무서웠다.

산수경석

낯익은 산수경석^{山水景石}
자그마한 돌이 하나, 떨어져
나와 있다.

그해 여름, 폭포의 명확한 끝과 나는
동질성을 포착한다
형은 작은 바위 이끼 위에
깊이를 감당하려는 듯
풀숲과 덤불로 한없이 이어진 유혹, 아버지
이끼는 휘청거리며 비끄러매기도 하고
슬몃 자리를 비키기도 한다
깊이는 바라봄인가
던져짐인가 끝은

자그마한 돌, 뒤로 하고
눈에 시린 산수경석
몸짓을 하고 있다.

우는 자 우리는,

― 자살한 사촌 동생에게

저 먼 역사의 한 줄, 바다 저편
삶과 삶이 마주친 어렴풋한 생명체, 그 하나
기억의 미래를 위한 지향인가, 어지러운가

나의 삶이, 우리의 삶을 형성하는가
나와 나의 삶이, 우리의 삶을 형성하는가
어쩌는가 우리의 삶이 나의 삶을 이루어내는가

누가, 폭포를 바다를 향해 간다고 하는가
마르고 말라, 이끼 퍼런 못은 누구의 삶인가
그래 가는가, 가슴 애린 우리들의 삶이

우리들의 삶이, 꽃에 의해 이루어지나
우리의 삶이, 산의 절정 그에 의해서 이루어지나
옆으로 구부러지는가, 우리들의 삶이

잘 자라고 자란 유채의 속, 땅 밑의
속살을 움켜쥐었는가, 우리의 손길은
우리의 것인가, 아닌가, 늙는가

우는 자 우리는, 삶에 충실함인가
우는 자 우리는, 역사에 직접인가

우리는, 모독인가, 우는 자

아버님의 바다는

몇 년간 시내를 다니면서
바다를 재웠다

비원^{秘苑}에서도 김포읍^{金浦邑}
에서도

아버님은
차라리 하나의 견고한 수목^{樹木}

빛이 뽀얗게 와 닿는 순간
바다로 변하고 말았다

허공에서 핀 꽃이, 홀로
허공에서 운다면야

아물지 않은 상처가
멈춰 서서

누가
이 바다를 수확할 것인가

유고 시편

살아 있음에 대하여 1

경춘선을 타게 되면 좌석에 신경을 쓰는 때가 있지. 창가에 앉게 되었을 때도. 옆으로 보이는 것이 어느 땐 나지막한 산, 그 사이 잎들. 다른 땐 북한강.

조부님 제사를 지냈다. 어린 조카는 누구의 상차림이냐고 질문을 했다. 너희 아빠의 할아버지라는 대답을 해주었다. 누구냐고, 누구냐고, 하고 있었다.

어머니 싸주신 음식보따리와 87년 10월 어느 날 신문을 들고 다시 서울을 떠났다. 좌석에 신경을 쓰면서. 옆 좌석의 사람이 잠을 좋아할 것이라고 생각하면서. 옆으로 보이는 것은 풍경, 다른 옆도 풍경.

지나가고 지나오고 부딪히고 부딪힘이 이렇게 어렵게 느껴진 적도 없다. 없었더라면 하는 생각도 들었다. 아니었을까, 아니었을까, 하고 있었다.

살아 있음에 대하여 2

아침 나갈 때는 구두를 신고 들어오는 저녁때는 구두를 벗지 조금씩
끈적끈적한 진흙을 묻혀서, 첫날 냄비에 매운탕을 끓이고, 나면 엷은
접시에 국물 없이 생선뼈 하나 무 조각 그 빛의 야채가 나오지 약간씩
매캐한 탄 냄새가 섞이면서, 그러고 나면 밤늦은 무렵 진지하게 편지를
쓰고 아침 봉투를 쓰지 못하지 한번은, 꼭 한번은 찢겨져야 할.

살아 있음에 대하여 3

팔순 할머니, 육순 할머니
둘만 사시는 옆집에서
상喪이 났다.

몇 십 년이 갔을까 오늘 아침까지
며느리 노릇을 하셨다니, 아니 합쳐서
40년 속을 내 어찌 헤아릴 수 있으랴

외출하고 돌아오니 검은 옷 흰 옷들
생각키에 늙은 상주의 호읍號泣을
들은 건 다음날 새벽

커다란 천막 두 개 속에서 들리는 소리는
그뿐이니 그게 상주 소리랄 수밖에 그 속에서,
옳고 바름이, 그르고 틀림이 왜 필요한지

살아 있음에 대하여 4

세상 돌아가는 사람들에게는
몇몇 가지 술책이 뒤따르련마는
이치를 궁구하고 비법을 만들고자 하는
사람들이 살아 있음에 대하여

눈뜨고 며칠 몇 년을 응시해온
편지 마음대로 쓰는 법 아느냐 너희들
이라고 해도 마음 내켜야
알 수 있는 것

아기를 붙잡아 앉히고 무얼 하나
아빠의 점만 봐도 아빠 아파 하는 아이를 두고
세파에 비유 하나 물길에 비유 하나
살아 있음에 대하여 부질없음이 부질없음에 관하여

후렴조後斂調

네가 나에게 이 바다를 준다 해도
...

네가 한아름 꽃다발을 내게 준다 해도
...

네가 나에게 그 미완성을 준다 해도
...

눕기 혹은 일어나기

아 누워 지내누나
아 누우니 흘러가는구나

아, 또 누우니 삶이 저기. 저기, 어기적. 어기적, 아니 잠깐 돌아누우니

신문 뉴스의 손끝이 얼굴되기. 우리의 시가 노래되기
우리가 때려눕기.

ㅐㅉ가 어렵다.
눕기가 어려운 것이 아닌가

혹은 일어나야 할 지면紙面. 시간이 아닌가
윤리적으로 일어나기. 아, 일어나누나 일어나 지내누나

잊어야 하는 것들을

1
심야에
바람이 어디서 불어오는지
알려고 애를 쓰다 잠들어본 일이
있는가
나의 자유와 예속의 나날이
내가 바라는 바가 아니라고
소리치며 밤바람을 달래본 일이
있는가

2
잊어야할 것을 잊어버리지 못함을
무심히 날아온 어릴 때의 편지에 답장을 쓰며, 그의 얼굴을
그리고 그가 지금 무얼 하는지를

3
아픈 이는 신음소리를 참고
그리고 하루를 보낸다
가냘픈 하루는 가냘픈 신음소리
사라져가는 시계視界는 절망케 하고
아픈 이는
늘상

아프다

4
꽃이 생명의 외풍에 휩쓸리며
함몰한다
그러나 그를 과거의 그가 아니게 물을 붓는 정원사의 손끝
창틀은 너무 높아 꽃향기만
보인다

5
심야에
흘러나오는 이국의 독창을 한번 듣고 잊어야 할 때가
온 것 같다.
심야에 내게 가까이 다가들며 꽃잎이 질 때 꽃의 이름과 꽃의 형해形骸와
꽃의 그 향기를 잊어야 할 때가
온 것 같다.
막소주燒酒를 형사와 나눠 마시며
한잔 건네며
이젠 술을 술로 이해해야 한다고 소음에 묻어 이야기하는 걸
잊어야 한다.

토요일 오후엔

토요일 오후엔 우리 잡담을 말자
먼 곳이 가까웁게 생각키우는
그리하여 웃음을 머금게 하는

누군가의 시가 생각난다
천막에 찢겨져 강가에
시체처럼 얼려졌다는 시가

꼭지에서 흘러나오는 수돗물이
물 이외의 무엇이겠는가
끊어진 전선이 허공에 운다

토요일 오후엔 우리 잡담을 말자
평면으로 넘어진 흰 빨래 모양
스스로의 단절을 일깨우는

편지를 받으려고

멀리 이곳을 떠난 벗의
편지를 받으려고
가냘픈 거주지를 떠나지 못한다.
낯익은 장맛비를 바라보면서
살이 살 이외의 것에 의해 닳는다
통곡과 폭풍의 혼효 속에서
짧은 몸을 일으켜 세우면
조화造花에서 풍겨 나와
주위에 가득 차는 입김
벗에 의해 폐를 잃고
서로서로 잃고
빗방울이 빗방울을 잃고
창이 난 벽이 벽을 잃고
독서가 독서를 잃고
희극이 희극을 잃고
서성이면서
가로수와 가로수를 바라보면서
웃는 얼굴과 웃는 얼굴을 들여다보면서
멀리 떠나간 벗의 편지를 받으려고
희미한 거주지를 어쩌지 못한다.

절대음 絶對音

목구멍에 닿지 않는
풀잎의 나지막한 울음과 두어 날의 비애로
시작과 끝을
어루만지는 우리들에게
시장바닥의 어물 파는 아주머니의 목청과 같은
질펀질펀한 힘이
진정 고여 있어야 하는 것이다.

숨 쉬며 고전음악을 들어야 하고
도회지의 상점에서
맘껏 질투하는 힘으로
어깨를 들썩이게 해야 하는 것이다.
흙을 밟지 못하는 우리들에게
차디찬 힘은
진정 필요한 것이다.

성의 죽음

나의 성^城이 슬퍼지면서, 점점 더 매몰되어가는 성곽의 모서리에서 바람 잔 하늘을 바라보지 못하고, 낙엽에 불과했던 경악의 오늘을 다물면서 이젠 초토^{焦土}의 결빙 아래 화답을 한다.

슬퍼지면서 비가 내리는 동토의 잔재를 짓밟고 사뭇 가고 오는 기인 내력의 깃발.
언젠가 내가 아닌 마음으로 아침 길을 걸을지도 모르는…

성은 하나 둘 앳된 아이로 퇴색되어가고 온건한 날의 슬퍼지면서 말발굽 소리에 아슴푸레 엿보이는 작업복 차림의 초토 그만 박물관에 방치된 모형 성곽을 멀찌감치 유리창 밖에서 동토의 산재한 얼음을 들고 내가 아닌 마음으로 바라본다.

—『형성』5(2), 1971. 여름호.

영등포시장 입구

무엇인가를 이겨보려는 의지를 키워보려고
영등포시장 입구에 서면
갑자기 지고 싶은 생각이 든다
건축공사장 4층에
올라앉아 잠시, 아닌 척 하지만
올라가고 싶어 올라가진 않는다
지고 싶은 생각은
한강을 넘어오면서부터
불쑥불쑥 치밀어 오른다
여의도에 대교가 있다만
한강 전부를 건널 수는 없다
영등포시장 입구에 서면
침묵으로 가득 참을 알게 되는
이유를 나는 알고 있다
지나가며 툭툭 부딪쳐도 그냥, 지나고
휑휑한 바람이 발바닥을 통해서
지나가는 시장에서
영등포시장 입구는 조용하고
그냥 지고 싶은 생각이 든다

—『시와시학』3, 1991. 9.

흔들리는 남폿불 아래서

아버님을 차디찬 땅에 하관한 뒤
그토록 많은 울음을 버렸다.
한낱 바람이 지나가는 혼적 보며,
발밑에 깔려 있는
타다만 소나무 솔의 대신 우는 소리.
오늘 개천을 지나면서
온간 오욕과 그들이 남긴
개천에 향을 흩뿌렸다.
슬며시 분노가 자면
카바이드 불빛 밑에서 살던 추운 문학의
날리는 소리.
바삭바삭 타는 참새가
입술 껍질이 장엄히도 벗겨져 내리고
주위에 깔린
난로와 수통과 먹다 남은 삶의 후반부를
울어줄 그 소리를 찾는다.
누구의 음성일까.
희미한 모습은 그 아름다움을 더불어 가고
언덕 너머 묘지로 가는 길
손에 쥐어지는 겨울의 소리는
치열하게 추하다.

— 『시와시학』 3, 1991. 9.

소리를 찾아서

소리 모두 잠잠한 가운데 지상을 우르릉 밟으며 벌떡 일어서는 보리
겨울 한복판에 서서

소리에 파묻혀 있던 한 소리
전화선 대신 산길 돌아 찾아가는
구불구불 육필 편지
보이지 않는 사연 들리는 소리

한 소리만이 소리가 된다는데 고요함 잠재우며 뿜어 나오는 연초록
잎맥
기다리는 계절의 가장자리

—『시와시학』 32, 1998. 12.

여름의 무더위 속에서

보이지 않을 때 보러가자고 했다
비가 내리지 않는다,
비는 내리지 않는다,
발레리가 말을 했을 거다. 다음과 같이
"죽은 자들의 집 위로
내 그림자가 지나간다
그 가녀린
움직임에 나를 순응시키며"
그중에 죽은 자들의 집은
무덤들이라고 했고.
그간의 사진들 서로 돌려보고
여기저기 기웃기웃 이야기하고.
비가 오고 있을까, 아니면
눈보라가 휘날리고 있을까
선의 아름다움을 빼앗긴 중국식 양철판 지붕 아래
광개토대왕비 아닌 호태왕비好太王碑가,
바람 부는 날 만주벌판 키 큰 수숫대마냥
마음과 몸이 다 같이 흔들리며
쇠사슬로 한 뼘씩 한 발자국씩 묶인 채
눈 나쁜 후손들 어릿하게 하며,
왜 허허벌판에 서 계셨을까
흙으로 만든 성이었을망정 삼면이

절벽이오

한 가닥 압록강 줄기인 걸

모르는 그만큼 느끼질 못할까,

아는 만큼 느끼는 것인가

눈보라 날리는 엄동설한 대왕비大王碑 보러

만주벌판에 가자고 한들

따라갈 수 있겠느냐

뿌리 깊은 물

이제 오느냐
추석 전 벌초하러 가다
불효다 불효로다 하면서 들여다볼밖에
뿌리 깊은 나무요, 샘이 마르지 않은 물

(중국 돈 150원 주고 흥정한 촛물 입힌
호태왕好太王 모조비碑와
들어가지 못하고 밖에서 바라만 보던
양철판 지붕 아래 놓인
국강상광개토경평안호태왕비國岡上廣開土境平安好太王碑
눈 나쁜 후손들 어릿어릿하게 하신다)

아버님 돌아가신 지 헤아려보면
칠십사 년이었으니까 벌써 이십여 년
오십여 년 전 만주, 북경 근처 승덕承德이란 동네
관동군으로 훈련받으신 아버님

장백산 아니 백두산 가는 길
역마살 돋는 노래 속에 자그마하게
묻히게 부르는 제주도 민요 오돌또기
'오오돌또기저기춘향나아온다
다알도바알꼬내까머리로갈거나'

은사시인가 하면 그 누구는 자작이라고
자작인가 하면 누구는 사스레라고
눈 뜨지 못하고 바라만 보이는 나무 나무 사이
훈련을 받으셨을 아버님 아버님 사이
아들은 중국 버스 타고 이도백하二道白河를 거스른다

근심지목根深之木이면 풍역불올風亦不兀이고
원원지수源遠之水면 한역불갈旱亦不竭인가
아버님의 귀향은

또 말씀하신다
이제 오느냐

— 『시와시학』 49, 2003. 3.

그대를 향하여 1

결코 만나지 않겠다는 듯
기차 창문에 붙잡힌 빗방울들
언젠가 우리들의 덜컹거림으로
선이 되어 철도 침목으로 내려가리
철도 자갈을 뚫고 강촌 근처
개울을 지나 북한강으로 흘러가리

논바닥 가득 베여 서로 바라보며
쌓인 낟가리
내년을 위한 객토 작업에 논바닥이
진흙탕이 되어 논병아리
갈색으로 개울 한가운데로 나아가
그렇게 서서히, 한가롭게 앉으리

그대를 향하여 2

바람도 물도 햇볕과 같은 자리에
한란 한 촉 놓고
난석들이 무얼 하는지 모르나
보이는 건 검은 점 푸른 이파리
난꽃이 지기를 기다린다
난향이 내 가슴에 스며들기를 기다린다
그대 마음까지 흠뻑 젖기를 바라고 또 바란다

돌하르방을 보며

눈
내 그대를 모두 사랑할 수 없으리니
초겨울 농가 가득 쌓이는 첫눈
그대만을 사랑하리
눈송이 하나 손 안에 담아 감싸듯이

꽃
이 그늘진 나의 곳에는
항상 거미줄,
빗물이 있다

해오라비
흰 꽃 피우지 아니한 백매화
백색 화분에 움츠린 비상하는
해오라비

질質
아파트 뒤 야산
유난히 윤곽으로 자리한 늘푸름 너머
짙푸름에 산뜻한 부끄러움

꿈

새하얗게 밤을 새워 기다리다
아예 일찌감치 잠에 들다
잠에는 시간이 흘러가지 않는다

  구름
삐죽이라고밖에 할 수 없는 피뢰침 위에
하얀 타일 그 건너편에
나에게 가까이
내게
한 움큼
구름이 있다

  새
어느 시인은 소쩍 소리 들으면 소쩍새라 하고
뻐꾹 소리엔 뻐꾸기
또 쫑알쫑알 재재거린다고 종달새라 하였다

도시에서
들리는 소리

사랑하기

내 그대만을 사랑하리
그대 모두를 사랑할 수 없으리니

아늑한 산자락 마을서
쫓겨나 산등성이로 밀려 앉은
초가집
그대를 향한
우리 외로움
외로움 만나러 짙은 가을비 속으로
기차 타고 가리

내 그대들 모두 사랑할 수 없으리니
그대만을 사랑하리

— 『시와시학』 49, 2003. 3.

그대의 끝

눈을 들어 산 끝을 보라
푸르름과 바람이 맞닿은 추석절
고개를 내려 북한강을 보라
그 산과 강 갈피갈피
흔들리는 그대들의 끝의 흔적
그대들의 양식
흔들다리 건너 붉게 바뀌는 자리
가다보면 어느 한 할아버지
앉아 있을 것이다
보라는 것은 삶을 보라함이 아니라
죽음을 보라함
그대의 끝을 보라

우리들의 성묘하기

아버님은 경기도 야산 공동묘지에 묻히셨다
묘지 넘어 캐어다 옮겨 심은 진달래는
올해도 한식날 이파리만 우리 눈치 보며 달고
늦지 않았는데 꽃을 보여주지 않았다.
…성묘…
즐겨 피우시던 담배, 연기가
묘지 옆에서 산등성이 아래로
서야 바라보이는 한강 하구처럼
아아 떼 지으며, 낮게 깔리며
…오늘 추석…
여전히 아버님은 보이지 않는다
잡초 손에 쥐고 놓으실 줄 모르는 어머니만 보인다

국내성國內城 터

눈을 크게 뜰 것
배가 고파도 참을 것
그리고 사진기를 들이대지 말 것
그리하면 조용히 걸어 다닐 것

튀긴 음식을 먹을 것
우리 식으로 살아 있는 것 예컨대 두부, 부추를 먹을 것
최근 한국의 의사 왈 '공격성'이 본성임을 믿을 것
이 만주벌판을 와볼 것
국강상광개토경평안호태왕비國岡上廣開土境平安好太王碑와   호태왕비好太王碑
의 차이를 알 것

확실하게 다시 알 것
내가 선생임을 알 것
눈을 크게 뜰 것
배가 고파도 참을 것
그리고 사진기를 들이대지 말 것
그리하면 떠들며 돌아다닐 것

빛으로 바뀌는 칼바람처럼
— 강대신문 창간 44주년을 축하하며

산자락 칼바람 빛으로 바뀌고, 강물 팔 벌려 헤쳐 나가듯
새로운 발을 떼어놓게 한 것이 어제오늘이 아님을 알고
새천년 강원도 춘천에 서서 새로이 우리의 산을 우러른다

1956년부터 담아낸 우리들의 몸과 몸짓
때로 발행 중지, 배포 금지 나아가 소각까지 당하면서
자유와 민주, 복지를 눈으로 보여준, 그대는 산

뻐꾸기, 굴뚝새 그 새 소리 알아주고, 쑥부쟁이, 애기똥풀 찾아주고
동강을 제 길대로 흐르게 하고
검은 탄광을 상처로 기억하게 한다

흐르는 강물 얼지 않듯이, 나뭇잎 스스로 떨어지듯이
바람 부는 긴 길을 홀로 가는 그대, 그대 산만큼 외롭지 않으리
겨울은 얼어붙은 호수 수면처럼 탱탱한 겨울이어야 하리

—『강대신문』861, 2000. 1. 15. 게재

우리에겐 우리의 계절이 필요하다

1

비가 내리면 쓸쓸하다고 하는 사람들이 있다
눈이 외롭다고 하는 사람들이 있다.
낙엽이 져봐라 발길로 뚝뚝 허공을 차는 사람들이 있다.
꽃이 피면 멈추는 사람이 있다.

혼자서 뒹굴고 싶은가, 사람들아.

2

겨울이 간다 그리고
아픔이 길다
레일 위를 구르는 경춘선 기차바퀴소리
앞의 콜록거림과 나의 시선을 **빼앗는**
앞과 뒤, 그리고 옆 — 옆은 두 곳이니까
잘 가거라 그리고 잘 있거라
도회지 한 복판의 전철역 쓸쓸한 금요일 오후
가락국수 먹던 자리, 역에서 사라지고
배고파라, 바람이 분다.

3

그들 눈에 또 그러한 것이 보였다
그곳에서 조금 더 걸어가자.

그만 가지, 그게 그런데
[그들은 돌아 있다. 뒤돌아서]
그러한 것과 그러한 곳을 지나
처음의 그곳으로 왔다.
서로서로 묻지 않고
처음 그것과 돌아선 곳이 같은가
그러한 것과 그곳을
서로서로 묻지 않고

4
습지에 가보고 싶다
남자의 가슴과 함께
구렁텅이와 습지에 빠진
맑은 눈의 여자와 함께
소파에 누워 다시는 일어나지
못할 것 같은
푸른 하늘엔 구름이 흘러가지
않을 것 같지 않은 날

비의 반란

그녀는 술에 취해 들어왔다, 밤에
그리고 스르르 무너졌다
다음 날 천둥·번개가 있었다
그리고 비가 왔다

차 사고가 났다.

— 2002. 10.

달

그 옛날 달은 무서웠다
진흙탕에 작게 흔들리는 달은
불그스름하게 하늘을 물들이며 일어서는 것이었고
불빛 하나 없는 논둑길을 따라 그림자를 가로세로로 만들어나가는
것이었고

나를 세우기도 눕히기도 하는 달은
중천에 올라 내 허기를 내리꽂히는 가을 장대비처럼
부풀리고 쓰러지고 싶은 노적가리 뒤로 숨고
그 옛날 달은 무서웠다 밤의 나무이파리처럼

― 2002. 10.

영혼의 골격

양어장 주인이 풀어놓은 붕어, 잉어는
잠시 물밑바닥으로 내려가
돌 틈에 자리 잡는다.
수초에 심란한 잉어, 붕어들은
사선斜線으로 나뭇잎 그림자를 좇아
오르내린다.
사바세계에 갇혀 있는 줄도 모르고
상하좌우로 몇 십 년 물살에 떠밀려 다닌다.
영혼에 물들어오고 침수되어가며
소용돌이 끝이 보이지 않는다.
부러진 골격이 눈에 띄지 않는다.

— 2002. 8. 29.

바람의 시원始原

    찻집에서 들려오는 음악은 역 광장 비둘기를 움직이게 하지 못하고
찻집 2층에서 내려다보이는 행인들은 건축공사장 지붕이 놓여가듯
하나하나 흩어져 제 갈 길로 가고, 바람의 시원은 보이지 않고 그녀의
머리를 단정하게 쓸어주고, 자그마하게 올라오는 금요일 오후, 술에
취해 정신 잃은 마음의 거지, 나무 주변은 쭈그러진 캔, 타다만 담배꽁초
마치 왼발 오른발이 해변 가 모래 속에 빠지듯 맥 풀린 잿빛 20세기의
공룡 같은 갈비뼈가 멈춰서고.

— 2002. 9. 27.

자라나는 그대
— 졸업생을 위해

느닷없이 밀어닥친 하얀 눈동자
불순물 없이 까만, 어깨의 앞뒤로 넘어갔다, 넘어오는 머리카락
플라타너스 옆에 서 있는가 하면 어느 새, 그를 위하여
식당 따스한 아랫목에서 벗어나 윗목에 앉아
가는 연습을 남몰래 했을 그대
어른이 되어 떠난다, 그대

간질간질한 목, 터지지 않는 기침을 지니고
그대 홍수에 휩쓸려 떠나간 후
그는 굵지 않은 나무뿌리에 매달려
그림자처럼 검은 옷을 입고 비오는 이 대낮에
웅덩이에 사진 아닌 얼굴을 남기고

— 2002. 8. 30.

남한강을 지나며

남한강가, 거기를 지나며
지난날 튼튼함을 생각하며 눈물을 흘렸다.
강 건너편 자작나무 가지 위에
검고 흰 새 한 마리 걸려 있고
기차는 그 새 따라가고자 멈춰서 있다.
탈출하고자 한다.
위아래로 밀폐된 차안의 거친 신경은
엠티 가는 학생들의 끊어진 기타줄
영혼은 끓는 주전자
주둥이의 김처럼 뿌옇게 창에 서리고
세어보지도 못하는 강은 아픔을
덮으며 기찻길을 따라간다.
아니야, 길이 강을 따라갔다는 거지.

— 2002. 10. 23.

순이라는 애

순이라는 애가 있었어요.
한때 남해바닷가에 살았대요.
어릴 때 많이도 아팠대요.
한과韓菓 만들어 다도해로 팔러 다니는 엄마 기다리며
학교도 못 가고 그래서 친구도 없었어요.
나는 정적을 깨지 않았어요.
내게는 아무도 없었어요.
갈매기가 있는 줄도 몰랐어요.
동백꽃만 몇 년 만에 피는지 아세요.
매일매일 피나요.
나는 영혼이 어디 있는지 알고 싶지 않았어요.
바다 물살은 모래를 덮으면서
그 물살은 조개를 파묻으면서
다시 바다로 흘러나갔대요.

머리를 벽에 부딪혀 머리가 두 조각으로 깨어질 듯한 아픔을 참았는데,
주위가 살 속을 파먹고 들어가 내장으로 갔대요.
그 애에겐 제석천帝釋天이 필요해요, 동방의 수호신이여!
그러나 겨울 북풍이 분대요.
상처와 아픔은 안으로만 파고들고
붓다는 말씀하시죠. 상처는 어디 있는가?
상처를 노출시켜라, 완벽하게

얕은 빗방울이 바다에 떨어져도
바다는 색을 변하게 하지 않았대요.
그러나 남해는 어떤 것이 된대요.
그 애의 눈물이 보태졌으니까.

섬은 도시 안에 있었대요.
섬은 도시 바깥으로 나가려 하고
도시는 섬을 끌어들이려 했었대요.
순간 섬이 표류했대요.
하늘과 바다 사이
섬으로 떨어진 순이라는 애
처음에 그 애는 공중에 있었대요.
구름과 나란히 있었대요.
여름 장맛비가 오고
돌산 갓이 쑥쑥 자라고
그 잎이, 그 잎이 그 애를 때려도
그 애는 공중에 있었대요.
돌아오는 길
그 애는 떨어졌대요.
추락했대요
갓 뿌리를 더듬어
그 애는 떨어져 있었대요.

"하루가 억지로 간다"

그에게 시간은 억지로 간다.
마치 하늘에서 구름을 끌어내리는 아이의 발버둥처럼
아니 인도의 보도블록 사이, 하늘로 향하는,
곧 하이힐 뒤축에 눕고 마는 잡초처럼
시간은 빠르지도 느리지도 않고
그에게 억지로 간다.
저주받은 천형인가.
알코올은 구제불능의 형벌인가.
어린가, 나이가 들었는가.
많이 마셨는가. 여자와 함께 들었는가.

　　　　　　　　　　　　　　　　　　　— 2002. 8. 1.

도시의 섬

섬은 도시 안에 있다.
섬은 도시 바깥으로 나가려 하고
도시는 섬을 끌어들이려 한다.

순간 섬이 표류한다.
하늘과 지상 사이
15층 도시에 회칠을 하다
섬으로 떨어진 사나이
숨죽인 도시의 섬

— 2002. 6. 15.

드러나는 빛

물들은 모여 빛이 난다
솟아나는 샘물은 논둑 가를 흘러가다
개울로 모여 빛을 한번 반짝인다.

알코올에서 벗어나기 위해
필요한 것은 무언의 빛
외투가 벗겨지면서 드러나는 생명

산책길을 따라
샘물은 강을 이루며
큰 강에 다다르기 전
또 한 번 뒤집으며
반짝 빛을 낸다.

— 2002. 6. 15.

갇혀 있습니다

가두고 있습니다… 나를
하늘과 땅 사이에
어제와 오늘 사이에 갇혔습니다
가두고 있습니다… 그대를
거리와 소음 사이에
어리둥절함과 멍청함 사이에 갇혔습니다.

— 2002. 6. 27.

아버님과 우리들의 어깨

지난겨울 단단히
내린 눈은 지금
아침마다 나뭇잎에서
아침이슬로 반짝이고.

전날 살아생전
아버님의 돈후함은
우리들의 어깨 위에서
힘을 받는다.

아아 그러나
그분이 떨구고 나간
허전함은 주위를 떠돌고.
벽이 하늘에서 내려온다.

― 2002. 7. 3.

풍경과 아픔과

지금껏 그리움을 핑계로 먼 풍경만을 이야기했구나
멀리서 산을 바라보기만 했고
강도 물빛도 움켜쥐고자 했다

일순 사라지는 것 그건 풍경이 아니었다
풍경을 둘러싼 틀이었다
틀 바깥은 얼마나 푸르고 넓은가

아픔의 언저리만 도는 사람아
그리하여 딱지만 떼면서 아픔을 잊는다는 사람아
아픔의 속이 얼마나 깊은지 모르는 속 좁은 사람아

잠이 들어 검은 신경은 어디까지나 간다, 깨어나 어딘지 모르는 곳
얼음이 녹는다, 관절이 해체되듯
풍경이 진하고 아픔이 깊게 숨어 있다

—『시와시학』49, 2003. 3.

병상 일기

1
마음에 드는 사람과의 만남은 즐겁다
마음에 드는 사람과의 식사는 더욱 즐겁다
마치 바라던 꽃이 피거나 비가 오듯이

잠시 쓰러졌기에 다음 날 검은 터널로 머리를 넣는다
MRI 촬영은 타악기 중심의 알 수 없는 현대 음악이었다
'10년 전에 내게 무슨 일이 있었는가' 그가 묻는다
사람에겐 떠나지 않는 죽음의 외투가 있지 않은가?

혼자 내버려둠은 오염된 강가의 해오라기
칙칙함이 섞여 있는 절름발이 현대 수묵화

2
빛에 놓인 고드름 녹아
물방울 되어 떨어지듯
링거병 속 링거 내 몸 속으로 들어온다
저 먼 들판
겨우살이용 곡식
다 거두어들이고
땅 속으로 스며들고

고개 들면 들려오는
맑고 푸른 하늘, 겨울
생명의 가고 오는 소리
새로운 피돌 듯
앞뒤로 물이 떨어져 흐르고

3
그들 눈에 또 그러한 것이 보였다.
그곳에서 조금 더 걸어가자
넘어지고, 하늘이 파랗고, 구멍 뚫린 불상의 잔해
그만 가지, 그게 아닌데
그들은 돌아섰다. 뒤돌아서
그러한 것과 그러한 곳을 지나
처음의 그곳으로 왔다.
처음 그곳과 돌아선 곳이 같은가
서로서로 묻지 않고

4
얼굴 보여 입술 열리려는데
반짝 1월의 눈발처럼
유리문은 열리고
그대 사라지고 닫혀

서울 가는 길은 늘 힘이 든다
바라보면 산과 들의 간힘과 가림이 선명하고
겨울강의 얼고 녹음이 분명하다
그대 그리운 만큼

5
마치 세상을 다 버린 것처럼 지하철 계단을 내려가는 여자
전철을 기다리며 진눈깨비 맞으며 자판기 커피 마시며 담배 피는
남자

30여 년 전 자주 다니던 이젠 삐꺽이지 않는 동숭동 학림 다방 계단
올라가 여전히 2층에 앉아 먼지 낀 창틀로 내다본다
그리운 얼굴은 곳곳에 길 건너편에
서 있다가 멈칫하다가
여전히 길을 건너오고 차에서 내린다
가고 오고 지나가는 사람들
모두 예전에 보았던 지금은 그리운 사람들
내겐 더 이상 오지 않는다

6
잘 가거라 그리고 잘 있거라

도회 한복판 전철역 쓸쓸한 금요일 오후
가락국수 먹던 자리, 성북역에서 사라지고
어디로 사라진 손님
잘 가거라…
잘 있거라 도막난 밤들
병실 밖을 헤매던 초겨울 눈발들
잘 있거라…

배고파라 바람이 분다

7
북한강의 얼음은 녹지 않고 깨져나간다
깨져 흩어져 있다가 모여 모여
아래로 아래로 나아가고
떠난 그 자리 검은 햇빛이 놓인다
모두 사라진 북한강을 거슬러 오르는
기차 안에서
그래서 북한강은 슬프다

눈물이 난다
풀리지 않은 2월 아침, 아가씨 하나 공중전화 부스에서 전화 건다
개찰할 때까지 기다리는데

기차는 역 구내로 들어온다고 하고
타고 내리는 곳에서도 여전히 뭔가 기다리는 아가씨
타고 내리는 곳 눈이 다 녹았다
눈부신 것 다 사라지고
눈물이 난다

계곡의 얼음은 더 늦게 녹는구나
청평에서 가평 가는 사이 얼음이 그대로 떠 있다

8
서울 어느 병원에를 바삐 걸어 올라가고 있었는데 사람 다니는 길에
심겨진 느티 옆으로 넓게 퍼진 춘란 밭을 여럿 보았지요. 늦가을에
흑녹색으로 길게 뻗친 난 잎, 예사 난분에 올라앉아 있는 거. 그에
델 수 있겠습니까. 잡초였다고 보여지던가요? 밭 주위로 아픈 이들
무심코 지나다니더니 해가 바뀌고 눈이 무척 많이 온 날 그에 파묻혀
겨우 난 잎을 몇몇 보여준 그 어느 대학병원을 다시 내려 왔는데 아
그게 난이 아니라 맥문동이란 팻말이 있지 않겠어요.

9
겨울이 간다
그리고
아픔이 길다

아픔의 그늘

아픔이 그대에게 가는 것이 아니라
내가 아픔을 기록하라 하네
아아 머물지 못하게 하네

마치 풍경 없는 깃발처럼
머리 곁으로 후두둑 터지는 아픔
창가에 다가서면 장마의 시작
떠나지 않는 아픔의 그늘
뇌종양은 나리꽃처럼 활짝 펴고

그대에게 아픔이 오는 것이 아니라
내게 아픔을 기록하라 하네
주저앉아 혼자 풍경이 되라 하네

보이지 않는 것은 말하지 않아야 하므로

붉으죽죽한 묵정밭
허공마저 덮고 있는 숲을 뚫고
여기 임진강가에 앉다
보이지 않는 것은 말하지 않아야 하므로
수초 속 남북을 오가는 붕어, 메기,
모래무지, 잉어 들여다보려
임진강가에 앉다
급류, 휘어져 내리는 동, 서쪽
숲에 가려 앞쪽
열리지 않는 우리의 속에
임진강가에 주저앉아 있다
이제 우리는 보이지 않는 것은
말하지 않아야 하므로

묘지

　고향 제주도 성묘 가지 못하는 중추절. 눈빛이 창밖을 향하는 대신
TV의 제주도 묘지에 머물러 있어야 했다. 산이 아니라 산정을 향하는
카메라의 눈. 그 눈을 읽는 기자들의 보이지 않는 냄새. 남의 삶과
삶의 모습. 남의 삶의 역사와 삶의 송두리를 마음대로 토해내는.

눈높이

사람 눈높이 위로는 꽃이 피지 않는다
위로 올라갈수록 녹색으로 진녹색으로 변하는 잎
그 뒤로 푸른 숲이 있고 퍼런 산이 있고 마침내
눈높이가 올라가는 하늘

사람 눈높이 아래로는 잎이 달리지 않는다
아래로 내려갈수록 갈색으로 흑갈색으로 변하는 둥치
그 앞으로 검은 흙이 있고 뿌리가 있고 마침내
눈높이가 내려앉는 땅

—『시와시학』 49, 2003. 3.

골격

자기 키만큼의 뿌리를 살리기 위해
흙을 본래 모습으로 만들듯이
마음의 상처도 그렇지만 몸의 상처는
안으로 점점 더 곪아 들어간다
적나라함과 흠집을 같이 지니고 있는 겨울나무의 골격
골격에 눈이 쌓이고 덮임만이 좋은 것은 아니지 않은가

—『시와시학』 49, 2003. 3.

언제까지나 푸르른 길입니다
— 최윤현 선생님의 회갑을 축수하며

부드러움과 너그러움은 푸르름입니다.

길, 그 어려운 길을 걸어옴은 푸르름입니다.
굽이굽이 돌아서 멀리서 오다 띄었다가,
경기도 화성이 춘천이 얼마거린데 오고감이 힘이 들어
그러나 바라보면 산, 들, 간힘, 가림이 선명하고
남보다 앞서 백두산 천지에 다다라 모든 이를 받아들이기 위해 고사를
지내듯
한강 서강의 얼고 녹음, 뚜렷함이 푸르름입니다.

춘란, 한란을 오롯이 키워내시고
그 어렵다는 국어 음운을 알기 쉽게 풀어주시고
숲을 이루는 대나무에 물을 주시고
가을이면 못생긴 모과를 베풀어주심도
강원도 곳곳의 사투리를 찾아내심도
그 힘드신 길, 길을 앞으로 걸어가심도 푸르름입니다.

펼치면 부드럽고 너그러움이 민요 한 자락 확 끼쳐오듯 푸르른.
언제까지나 푸르른 길입니다.

겨울 설악산에 서서

하나였을 게다
지나가면 계곡, 언 계곡물, 보고 싶은 건 그 아래 개울 그리고 강
하나였을 것이다
우리가 듣는 것은. 그곳에 사는 이, 살 만한 이, 그 아래 그림자.
어두워지고

한국의 산수화에 대해, 산수화에 담긴 은일隱逸
그리고 여백

산이 나온다
보았던 산은 그만두고
산이 나온다
스스럼없이
스스로
열고 닫는다

겨울 산 근처 묘를 보다가, 그 모습을 보다가
산을 보았다

천지에 다다르기

늘상 구름이나 안개에 섞인 바람. 한 차례 지나가면 색깔 없는 산, 들풀이 왜 천리평원에 시퍼렇게 들고 일어나는지.

다듬어질 수 없구나. 고요한 화산 분출구 각시투구꽃처럼 보아줄 수 없다.

초롱꽃 닮은 백두산 당잔대는 키가 작다. 천지 닿으니 뿌리 길다. 간절할수록 멀어지는 사람, 다가오지 않고

장백폭포 옆으로 기어 올라가 더듬기로 했다. 애기물매화, 하늘매발톱. 혹시나 밟을까, 가운데 이를 수 없어 기슭을 더듬게 한다. 뿌리 깊은 물, 마르지 않는 샘.

천지 다다라 천지 속을 들여다보며 천지에 손 담근다. 순간 명쾌하게 튀는 물방울. 수면 위로 미끄러지는 백두산 보고도 속을 파헤쳐보려 하다니, 순간 물방울 다시금 제자리에 앉는다.

들꽃, 물방울 그리고 거인
— 전상국 선생님의 회갑맞이를 축하드리며

홍천에는 너른 들이 있습니다
물걸리에는 들풀이 많습니다

이곳을 지나다보면 가로세로 지르는
표지석이 눈에 뜨입니다

땅과 강을 가르고
바위를 잘라냅니다

하나의 물방울이 모여 작고 낮은 흐름을 만듭니다
또 하나의 물방울이 보태져 조금은 큰 물줄기입니다
어디론가 가는, 아마 사랑으로 가는

들풀의 뿌리는 흐름을 만나
길고
깊게 뻗어갑니다

들꽃은 거인입니다

소리를 찾아서 3

흐른다는 자취만 남아 있는 개울
작은 모래톱 잔설 위
찍혀 있는 무언가 발자국
불안하다, 내려가 보지 못한다
내려가 보라, 만져보라 하지만
날아오르고, 잠자는 소리, 소리들
미루고 미루다가 끝내 끝장 보지 못하는
전화 숫자판에 얹힌 손가락처럼
보이지 않고 들리지 않는
그대는 누구인가 그대 소리는 무엇인가
안개 자주 끼는 이곳 춘천
낙엽과 새순 사이의 계절
빨리 가라, 만져보라 하지만
숨어 숨 쉬는 사라진 소리, 소리들
서서히 추욱 처지는 난잎
잎 뒷면 올록볼록한 물방울
손등인가 손바닥인가 갈라진 무늬
속이 보여야지 하는 말씀에
난을 들어서 난 속을 파헤친다
들여다보라, 헤쳐보라 하지만
숨어버리고 더 깊이 가라앉는 소리, 소리들

백담 가는 길

어떻게든 숨어, 떨고 있는 돌미나리, 미나리 이파리
백자 닮은 곡선 따라 뻗어 오르는 소나무 잎새
처마는 하늘을 향하여 치켜 올라가고
용마름은 땅을 감싸며 천천히 내려가

바위 움직이지 않고 그에 지나감이
바위를 기운차게 모여 하나 못 — 일담^{一潭}
골짜기 바람 닮은 줄기
바위 곁을 달리며 모여 둘 — 이담^{二潭}

또한 그대 보았는가, 듬성듬성 놓인 바위
돌미나리 붙지 아니한, 감싸 안으며
어루만지다 쓰다듬을까, 귀를 열게 하여
그 바위 움직이지 않으니 그 뿌리 — 백담^{百潭}

이에 이르러 모아지느니, 그 뿌리 뽑히지 않고
그 물 모여 그 선사^{禪師} 움직이지 않으니
우리 곁의 바위가 하나 둘, 그 위에도, 그 옆에도, 그 속으로도
모여모여 바위가, 흘러흘러 물이 있으니

우리는 지금 무엇을 보아야 합니까
— 강원대학교 신문방송학과 창과 10주년에

자그마하지 아니한데 이슬이 맺힌 여자의 눈동자는
우리 마음을 맑고 밝은 곳으로 이끌어갑니다.
깍깍 깍깍 또 다시 깍깍 그 산 너머 인기척이 있나 없나 하면
우리의 발길은 다시 돌아옵니다.
지금 우리는 어디에 있습니까.

10년, 들어주는 이 없고, 그곳 아는 이 없고
그 아래 그림자, 찾아가는 길 어두워지고
여름에도 얼음장 훤히 있듯, 10년이면
계곡, 계곡 물 아래 개울 있듯이
우리는 지금 무엇을 해야 합니까.

신문과 방송, 보도사진과 광고 그리고 언론 이론
우리의 마음을 휩쓸어가는 것입니다.
멀티미디어, 영상산업, 정보혁명
21세기에 들어서, 우리는 무엇이 되어
지금 우리는 무엇을 들어야 합니까.

어두움은 밝음이 아닙니다. 어두움은 그 자체입니다.
밝음만이 우리 앞에 놓여지지 않게 함, 구석은 자리일 뿐입니다.
어두움과 암흑, 그리고 구석진 자리를 둘러보면
어두워져 구석에 앉아 있는 우리들입니다.

우리는 지금 무엇을 보아야 합니까.

그렇듯 의연히 중심에 서서
— 춘천 MBC 표준 FM 개국을 축하하며

내려다보지 말고 오르라 오르라 하는 백두산 장군봉에서
설악산 지나 지리산을 감싸 안으며
남으로 남으로 이어져 다다른 제주도 마라도까지
우리의 백두대간, 그렇게 의연히 있듯이

한기 막고 열기 뚫어주는
질기고 억센 갈옷에서 올라와
하이얗게 순수와 순결, 순백을 지키는 자작나무로
우리 한민족, 의연히 그렇게 있듯이

아기의 보살핌에서
산양 무리와 수달,
금강초롱과 산천어까지
인간과 자연이 어우러지는
문화의 힘

사랑과 진실의 원류로
창의력의 수맥으로
전통 계승의 지맥으로
정론正論의 솟아오름으로
통일의 말씀으로
끊임없이 쉬지 않고 이어질

문화의 혼

한 번에 보인다 해도 다시 되새겨야 할
마을과 산이 하나가 되는 한강 상류,
정기로 우뚝 서 있는 춘천문화방송
누리를 넘어 우주로 뻗어가는 우리의 전파

그렇듯 민족과 역사의 한 가운데서 삼십에 이르렀으니
미혹되지 않음과 사리에 어긋남이 없음을 지나
21세기에 이르러서도 흔들리지 않으리
그렇듯 의연히 중심에 서 있으리

솔과 바다

소나무는 혼자 있어도 좋고
안면도 솔들처럼 무리지어도 좋다
그대 홀로 간다고 해도
앞서거니 이끌고 뒤서거니 뒤따르고
바다 메운 서산 간척지 너머
엷은 바다가 개울처럼 놓여 있고
개울은 빗방울을 모아가며
그대 앞에 바다를 펼쳐 놓았다

— 2002. 12.

마음의 구석으로 몰아넣은 뜰

가만히 흐느끼던 사라진 뜰에서
내 일찍이 겁 많은 아이
뒷집 계집애도 그렇지
어릴 때면 서로 같이 하나의 뜰에서 놀았건만
지금 내 뜰 안에 남은 귤밭은
언제나 도끼날을 기다리고 있었지
할머님 상여 먼 산을 돌아 사람들 사라지고
뜰도 사라지고 있었지
시詩도 없는 이 쓸쓸한 집 들어오는 어구, 동산을 넘어
하늘로 울어라 새여
바다로 빠져라 방어 떼들이여

— 2003. 1.

눈

우리의 눈은 우리를 속이고 있다. 붉은 색은 어둠 속에서 붉지 않다.
우리의 귀는 우리를 속이고 있다. 땅의 움직임은 겨울에만 들린다.
봄은 새싹, 여름은 건강한 뿌리, 가을은 낙엽 때문에 우리는 움직임을
못 본다.

하늘에서 내려오던 눈발이 바람을 만나 지상에 닿기 전 사라진다.
하늘의 축복이 우리에게 닿기 전 눈빛으로, 의식의 백지로 내려올 뿐.

슬퍼하자. 동정해줄 이 없다. 불쌍하다고 여기자. 비참하다고 생각하
자.

갈구하던 사랑이 멀어지고 건축물 밖으로, 일체의 순결을 허용하지
않는 여자.

— 2003. 1.

부산에서
— 오륙도 가는 뱃길

바다가 넓다지만 눈길이 닿는 곳까지다.
오륙도 돌아드는 여객선, 며칠간 고기잡이에 돌아오는
어선, 현해탄을 건너온 화물선이 나란히 바다의
아픔을 싣고 들러오고, 곳곳에 남아 있는
일제 치하의 상흔은 맑은 얼굴을 눈물로
얼룩지게 한다.

아픔이 눈길 너머까지 펼쳐져
있을 것이라고 생각말 일이다.
상처는 밖에서 오는 것이 아니라, 내 안에서
이 내 안에 웅크리고 있는 것이다.
마치 잠녀의 손이 닿지 않는 바다 속에
건강하게 살아 있는 전복처럼.

— 2003. 2. 6.

빛

그대는 바다를 항해하는 여객선의
현창에 부서지는 빛의 조각을 보았는가.
그 빛은 바닷물에 부딪혀 갈매기의
날갯짓으로 해안가 바위에 닿아
새똥이 되고 죽음이 된다.

— 2003. 2. 6.

겨울의 달

폭설 그친 지상에 연연하지 않고
달은 밤하늘에 날카롭게 벼려져 있다.
발 시려워 동동 구르다 밤하늘을 쳐다보면
칼은 외면을 하고 제자리에 의연히
붙박여 있다. 그도 외면을 하고 발자국을
눈 위에 남기며 걷다, 현관에 들어서다
다시 올려다봐도 달은 연연하지 않는다.
달은 무엇을 잃었을까, 왜 붙잡혀 있는가.
찾으려 하지도 않고 슬퍼하지도
않고 하늘을 찍고 있다.
어머니.

— 2003. 2. 10.

편지 속에서

그는 나날의 시간 속에서 잃어버리는 것이 많은가 봅니다.
그러나 그것들은 다시 시간 속에서 되살아나곤 합니다.
충격입니다, 은밀함입니다.
포도송이가 자꾸 커가고 있습니다.
커가는 잎과 열매와 무성한 바람, 그런 것들을 바라보고 있습니다.
해가 저무는 초저녁의 어둠, 유일한 낙이 됩니다.
밝음은 신경을 쪼개고 어두움은 무리지어 서 있습니다.
실체감과 평정함은 어디로 가버린 겁니다.
초록의 싱싱함이 눈앞에 펼쳐져 있습니다.
다소곳이 만나자는 생명의 냄새가 있습니다.
그는 축축하게 물기어린 생명의 목마름을 드러냅니다.
여인들은 아름답게 하루를 보냅니다.
행길에 아이를 업고 나선 젊은 엄마의 종아리 선이 섬세합니다.
천천히 길을 건너갑니다.
이곳저곳에서 흘러나오는 구수한 청국장 냄새가 전자오락기 소리와
섞입니다.
날카로운 스케이트보드의 바닥을 긁는 소리와 아이를 찾는 플래시가
터집니다.
그는 친구를 기다립니다. 조그만 대폿집에 가고 싶습니다.
그는 부처를 자주 생각합니다. 그러나 부처님은 아주 멀고 아득히
있습니다.
빛으로 가득 찬 어둠입니다.

그 앞에서 조금씩 명상이 자라고 있습니다.

— 2003. 3. 4.

아이야 울어라

아이야 울어라.
도시 속에 들어와야만 먹고 지낼 수 있단다.
먼지가 이는 장터가 아니라도 좋았다.
비탈진 언덕, 풀잎의 감촉은 없어도 좋았다.
군데군데 밑둥친 벼이삭의 찬 바닥도
이젠 아니라도 좋았다.
막걸리는 우리 끝난 다음에 마신단다.
아이야 울어라.
우주는 내게 항상 일정한 거리를 가진 상두
내가 숨을 쉬면 우주는 바스라지고
너희들의 박수는 언제나, 언제나
… 내가 기울어지면서 우주를 포옹하고 있을 때뿐
… 그래. 내가 삐끗 넘어져, 그래 넘어져
일어나지 못하고 그래 내 죽을 때 다 되었을 때

누워 있는 문은 문이 아니다

춥다
턱 언저리가 마치 뒤집혀 눈으로 덮인 산마루같이 춥다.
치과의사의 손가락도 차고
벽면에 걸려 있는 눈꽃을 뒤집어 쓴 구상나무의
태백산도 떨어질 것 같지 않다.

기차 창가로 무성한 숲. 숲들은 절망할 만큼
모든 걸 막아버린다. 이건 풍경이 아니다.
벽이다. 문은 어디 있는가

누워 있는 문은 문이 아니다.

문은 서 있다.
문짝 만드는 공방에도 문짝은 서 있다.
나무 덧대기와 한지가 발라지기를 기다리는 문
한쪽에 창호지가 찢어져 있는 문
문은 서 있다.

춥다.
하얀 물보라를 일으키며 모래밭을 쳐들어오는 전차처럼
귀뿌리가 내 몸에서 나가겠다고 한다.
춥다.

어린 시인

별과 달이 보이지 않는 하늘을 보며
어린 시인은 윤동주 님을 원망한다.
나는 무엇을 쓰라고.
아침 안개 속을 헤치며
어린 시인은 엘리엇 님을 떠올린다. 그리고
김광규 님의 「안개의 나라」를 읽다 시를 버린다.
나는 이 안개 속 어디에서 머무르라고
백두산 천지에 다다라
어린 시인은 말문이 막힌다. 이육사 님의
「광야」를 언급하기도 전에.
어린 시인은 울퉁불퉁한 보도블록이
깔린 인도에 드러난 모래 속으로
사막 속으로 **빠져** 들어간다.
식물원의 이름표 달린 식물만 아는
어린 시인은.

— 2003. 5. 19.

파주의 잉어

역사驛舍도 변하고, 여행자들도 바뀌었지만 애초부터 혼자 기차 타고
간다. 어디로와 왜를 잃어버리고 간다. 철교 아래 물 고여 있듯 간다.

뿌리를 박지 못하고 산다.
취사하고 족구했던 막사와 연병장이 허물어지고
부대 표지도 사라지고
지나가며 늘 떠올렸던 학창시절도
학교 교사가 없어지니 더불어 사라진다.
그리운 선배도, 보고 싶은 그대도
잘린 4월의 조림수처럼 잠깐 언뜻 떠오를 뿐
경복궁 지하만 지나가는 차인가
햇빛이 들지 않는다.

파주 파평리에 파평 윤씨는 먹지 못한다는 잉어가 그득한 윤씨 연못이
있다. 잡아가지들 않으니 수초는 나무만큼 자라고 숨이나 쉴 수 있을까,
걱정되는 연못이다. 어느 날 지나다 보니 그 수초들이 햇빛에 누워
바래지고 있었다. 동네 청년들이 잔치를 했단다. 양수기를 동원하여
가마니 째 건져 올렸단다. 그 후로도 파평 윤씨네는 잉어를 먹지 않았다.

— 2003. 5. 19.

영혼, 하루 쉬다

1
아내여, 목소리 좋은 날 아침
베란다 창가에 서면
번져오는 제주 한란에 빠져
졸졸대는 계절이 흐르고 있소.
어제는 비가 오지 않았소?
한겨울에 오는 봄비처럼
참지 못할 일이 어디 있겠소.
계절이 제자리를 잃고
정신 나간 도시는 더욱더 울어 제치오.
곳곳의 영혼, 하루 쉬는가 보오.
아내여, 눈앞이 밝아지는 아침.

2
꽂혀 있는 아픔의 중심을 향해
피는 지상으로 문득 솟구치는 전철같이
강물과 나란히 가는 세월교 위의
승용차같이 가로질러 질주하오.
빼지 못할 상처의 핵심을 직시하며.

3
상처를 손바닥으로 발바닥으로 슬슬 어루만지오.

그것은 재미가 솔솔 있소.
아내여, 내가 나의 발바닥을 긁어
상처를, 그대 모르게 농밀하게 하더라도
가벼운 흥분을 일으키는 풍경이
결국 뇌리에 깊이 꽂히더라도.
손가락으로 발가락으로 상처를 슬슬 어루만지는 것은
아주 얕게 고인 물에 종아리를 적시며 가듯
재미가 있소.

나를 움직이는 너를 감지하려고 하다

홍 승 진 (문학평론가)

1

작고 시인의 전집을 읽다보면, 바닥이 너무 깊어 캄캄한 구덩이와 마주치듯이, 외면하고 싶어도 어쩔 수 없이 들여다봐야 할 때가 온다. 특별히 심오한 사상을 설파해서가 아니다. 삶의 지혜나 교훈 따위를 제공해서도 아니다. 우리가 시에 사로잡히는 까닭은 애초부터 시에 담긴 메시지 때문이 아니었을지 모른다. 한 권의 시 전집이 한 시인의 움직임으로 다가올 때가 온다. 시로 전달하려는 메시지의 내용보다도, 그 메시지를 전달하려는 움직임의 방식이 독자들의 마음을 더욱 심하게 동요시킬 때가 있다. 보다 정확히 말하기 위해 더 움직여보자. 메시지를 전달하려고 움직이는 방식 자체가 그 시의 메시지를 본질적으로 드러낸다. 특별한 의미가 없는 것처럼 보이는 시에 우리가 사로잡히곤 하는 까닭도 그 때문이다. 그렇게 나도 유태수 시 전집을 읽다 멈추다 다시 읽고는 했다.

2

유태수 시의 화자는 대부분 겨울을 지내고 있다. 『창밖의 눈과 시집』이라는 그의 첫 시집 제목에서도, 『이 겨울의 열매』라는 두 번째 시집 제목에서도, 시적 화자는 겨울을 자신의 배경으로 삼는다. 이는 그가 춘천에서 시를 썼다는 사실과도 무관치 않다. 그는 춘천에서 직장을 다녔고 춘천에서 가정을 꾸렸다. 춘천은 눈이 많이 오는 곳이다. 또한 그곳엔 호수와 강이 많다. 때문에 그의 시를 읽으면 눈 내리고 강물 얼어드는 겨울날들이 끝없이 이어지는 느낌을 받고는 한다. 하지만 한 명의 시인이 하나의 계절을 근본 색조로 삼아 자신의 시 세계를 물들이는 움직임은 이례적이다. 이처럼 이례적인 인간의 움직임은 우리가 잘 모르던 움직임을 인식케 한다는 점에서 우리의 눈길을 끌어당긴다.

겨울로 배경을 채우려는 시적 화자의 움직임은 겨울 속에서 무엇인가를 보고 듣고 만지려는 시적 화자의 움직임과 연관성을 가진다. 표면적으로 그는 풍경을 더욱 잘 보고 듣고 만지기 위해 겨울을 필요로 하는 것처럼 보인다. 유태수 시편에서 시적 화자의 위치가 주로 아파트 베란다 창가라는 사실은 그와 같은 감지의 욕망을 뚜렷하게 드러낸다. 시적 화자가 창가에 서서 겨울 풍경을 감지하는 모습은 첫 번째 시집의 제목을 포함한 여러 시편 속에서 쉽게 찾을 수 있다. 이 지점에서 한 가지 중요한 모순을 찾을 수 있다. 겨울은 풍경이 가장 은폐되거나 정지하는 계절이다. 눈에 덮여서 은폐되거나 꽃도 잎도 강물도 움직임을 멈춘다. 유태수의 시편은 겨울을 그렇게 표현한다. 그렇다면 왜 시적 화자는 풍경이 가장 은폐되거나 정지하는 계절 속에서 풍경의 감지를 욕망하는가?

우리의 눈은 우리를 속이고 있다. 붉은 색은 어둠 속에서 붉지
않다. 우리의 귀는 우리를 속이고 있다. **땅의 움직임은 겨울에만 들린
다.** 봄은 새싹, 여름은 건강한 뿌리, 가을은 낙엽 때문에 우리는 움직임
을 못 본다.

— 「눈」, 1연 (강조는 인용자)

봄에 새싹이 돋아나고 여름에 뿌리가 뻗어가고 가을에 낙엽이 지는
것도 모두 움직임이다. 그것들이 움직이는 소리는 땅이 움직이는 소리와
뒤섞여 있다. 그처럼 뒤섞인 소리 속에서 시적 화자는 땅이 움직이는
소리 자체를 감지하고자 한다. 하지만 땅이 새싹과 뿌리와 낙엽과 떨어져
있을 때는 겨울뿐이다. 땅은 새싹이 돋고 뿌리가 내리며 낙엽이 떨어지는
곳이다. 땅은 여러 갈래로 움직이는 것들을 움직이게 하는 움직임의
원천이다. 시적 화자는 그러한 원천으로서의 움직임 자체를 보고 듣고
만지고 싶어 한다. 그것을 가장 잘 감지할 수 있는 계절이 곧 겨울이다.
시인에게 겨울과 어둠은 유의어다. 개별적으로 움직이는 것들이 아닌
움직임 자체를 감지할 수 있는 조건은 청각적으로 겨울이며 시각적으로
는 어둠이다. 어둠은 빛의 결여다. 빛은 색의 원천이다. 빛은 어둠 속에서
도 빛날 것이다. 반면에 "붉은 색은 어둠 속에서 붉지 않다." 이 시적
진술에서는 기만을 당한 자의 감정이 새어나온다. 붉은 색이 자신을
속인다는 분노와 슬픔 탓에, 시적 화자는 자신을 속이지 않는 빛을
감지하려고 한다. 그러한 빛은 어둠 속에서 감지할 수 있다. 어둠 속에선
원천 아닌 빛깔이 다 사라지고 원천이 되는 빛만 남을 것이다. 겨울
속에선 개별적으로 움직이던 것들이 모두 멈추고 그것들을 움직이게
한 원천만 남을 것이다. 새싹과 뿌리와 낙엽과 같이 움직이며 존재하는
것들의 의미를 이해할 수 없어서 시적 화자는 분노하는 듯하다. 어차피
멈추거나 소멸할 것들이라면 애초에 왜 움직이며 존재하기 시작했는지

를 이해하고 싶어서 시적 화자는 슬퍼하는 듯하다. 움직이고 있다가 사라지는 것들 너머엔 그것들을 움직이고 있게 한 원천이 있지 않을까. 그래서 시적 화자는 어둠 속에서 빛을, 겨울 속에서 풍경의 움직임을 감지하고자 한다.

> 땅의 중심에서 나무 키만큼 멀리
> 떨어져 껍질이 벗겨진다
> (…)
> 그 싹이 나무의 휴식을 일러주고
> 낙엽이 그 나무의 생명을 보여주듯
> 연초록 새 잎이 검은 초록을
> 더욱 힘 있게 만든다
> 어둠을 누르는 빛이 어둠을 감싸 안는 빛이 되듯이
>
> 무얼 보고도 무언지 모르고
> 움직임 없는 명사만 몇몇 알아
> 동사와 형용사가 필요치 않은
> 아파트 창가에 붙어서면
> (…)
> 뿌리내리지 못하여 안개로 흐르고
> 하나 남은 상록수 실내 분재분에 서서
> 허리를 접고 귀 기울인다
> 제주의 낮은 오름과 이어도 사이
> 물질 모습 보여주며 하늘 깊숙이 멀어져가는
> 이 겨울, 눈앞의 나뭇가지들
> 이 겨울의 열매

— 「이 겨울의 열매」, 부분

　여기에서 인식의 전환이 일어난다. 겨울이 아니라면 개별의 움직임들과 구별되는 움직임의 원천을 감지하기 힘들다. 어둠이 없다면 붉은 색과 구별되는 빛 자체를 감지할 도리가 없다. 겨울은 통념적으로 생명력의 활동과 상반되는 것처럼 여겨지지만, 시인에게는 생명의 움직임을 가장 생생히 그려낼 수 있게 하는 화선지의 여백이다. "어둠을 누르는 빛이 어둠을 감싸 안는 빛이 되듯이", 어둠은 빛나는 사물을 가리는 것이 아니라 그 빛남의 근원인 빛 자체를 나타내는 감광판이다. 나쁜 시인은 보이지 않는 것을 통해서 보이지 않는 것을 표현한다. 보통 시인은 보이는 것을 통해 보이는 것을 지시한다. 좋은 시인은 보이는 것을 통해 보이지 않는 것까지 전달한다. 유태수 시 세계의 유니크함은 겨울이나 어둠과 같이 움직임의 감각이 최소화된 상태 속에서 움직임 자체를 더욱 뚜렷이 감각하려는 시적 전략을 취한다는 점이다.

　아파트 베란다 창가를 경계로 시적 화자는 실내에 있고 그가 감지하려는 움직임은 실외에 있다. 그의 시선에 비친 창밖의 움직임은 시작과 끝의 양극이 길항하는 것으로 가득 차 있다. 나무에게는 움직임의 시작인 싹이 움직임의 정지인 나무의 휴식과 부딪치며, 움직임의 쇠퇴인 낙엽이 움직임의 발산인 나무의 생명과 맞물린다. 성인이 되어버린 시적 화자가 "어린 시절"의 "제주"에 관한 기억 속에서 숲속 나무를 바라보았으므로, 숲속 나무는 대극의 형상으로 시적 화자의 눈에 비친 것이다. 나무의 싹과 낙엽, 생명과 휴식, 연초록 새 잎과 검은 초록, 빛과 어둠이라는 일련의 대극들은 시적 화자가 삶을 막 시작했던 과거의 어린 시절과 죽음으로 저물어가는 현재의 성년 상태가 시공간 단절을 뛰어넘어 강렬하게 조응함을 잘 보여준다. 마치 고딕 양식 건물의 아치형 대들보가 양극단을 연결하는 모양새처럼. 시의 마지막 행이자 제목인 "이 겨울의 열매"는 그러한 대극을 집약한다. 나무가 겨울에 접어들면서 모든 것을 버리고 남긴 열매는 일 년의 주기를 매듭짓는 결산이자 새 생명을 잉태한 잠재력의 씨앗이다. 겨울 열매는 과거의 생명 활동과 미래의 생명 활동이 모두 그 속에 이어져 있고 모두 그 속에서 샘솟는 움직임의 원천이다.

하지만 그는 유리창을 사이에 두고 겨울 풍경의 열매와 떨어져 있다. 때문에 그는 움직임의 원천을 창밖으로 보면서도 그것이 무엇인지를 모른다고 말한다. 그가 아는 것은 오직 움직임 없는 명사 몇 개뿐이다. 명사에 형용사가 붙으면 그 명사의 정체성이 더 선명히 드러난다. 명사에 동사가 붙어야 비로소 그 명사는 움직일 수 있는 것이다. 형용사처럼 정체성을 부각시키며 동사처럼 생명력의 움직임을 불어넣는 원천과 단절된 채로, 시적 화자는 형용사와 동사를 잃어버린 명사의 파편처럼 고립감에 빠져 있다. 그는 나무 한 그루의 높이가 그 나무의 원천인 땅의 중심으로부터 얼마나 멀리 떨어져 있는지를 보여주는 것이라고 느낀다. 그의 생애 전체가 원천으로부터 멀어져온 과정임을 절감하는 것이다. 심지어 그는 자기 상태를 실내 화분에 갇혀 철사로 온몸이 옥죄여 있는 분재로 표현한다. 실내 분재는 자연에 뿌리를 못 내리고 인위적으로 변형된 부자유의 상태다. 원천을 감지하려는 시적 화자의 열망은 갈수록 거세어질 수밖에 없다. 명사처럼 고립된 시적 화자는 형용사와 동사 같은 움직임의 원천을 감지하고자 한다.

3

「이 겨울의 열매」에서 시적 화자는 원천으로부터 멀어진 자신의 삶을 "뿌리내리지 못하여 안개로 흐르"는 상태라고 말한다. 원천에 뿌리를 단단히 내린 삶은 안개처럼 정처 없이 떠돌지 않아도 될 것이다. 그러나 오늘날에 정처 없음을 느끼지 않는 사람이 얼마나 있겠는가. 자신이 어디에서 왔는지를 알지 못하고 어디로 가야 할지도 알지 못하며 되돌아가야 할 곳이 어디인지도 알지 못하는 것은 이 시대에 내던져진 인간의 운명으로 조건지어져 있다. 그런데 시적 화자는 이 정처 없음을 어째서 안개에 비유할까? 그는 춘천에 살고 있기 때문이다. 춘천엔 강과 호수가 많아 안개도 많다. 그의 부모는 제주도가 고향이고, 그 자신은 서울에서 태어났으며, 군인이었던 아버지의 부임지가 바뀔 때마다 강원도와 서울 등지를 전전했고, 춘천에서 아이를 낳아 가정을 이루었다. 시적 화자는 춘천의 자욱한 안개 속에 묻힐 때마다 …제주로 서울로 강원으로… 끝없이 흘러가며 흘러온 자기 삶의 내력이 그 도시를 온통 뒤덮은 것 같은 느낌에 에워싸인다.

유태수 시의 화자가 감지하고자 하는 원천은 제주와 춘천 등의 고향으로 표현되기도 한다. 고향이 시인의 원천을 의미한다는 식의 단순하고 평범한 시 해석은 피하고 싶다. 내가 흥미로워하는 점은 그의 시적 화자가 원천으로서의 고향을 회구하고 감지하며 언어화하는 방식에 있다. 특이하지만 자연스럽게도 시적 화자는 자신과 멀리 떨어져 있는 원천을 당신, 그대, 님, 너와 같은 이름들로 부른다. 제1시집의 1부 「당신을 위하여」는 당신에 관한 시편으로만 이뤄져 있다. 제2시집에서도 「그대에게 가는 길」이 2부의 제목임을 찾을 수 있다. 유태수는 김소월과 한용운의 시에 정통한 정한모와 김용직에게 한국 현대시문학사를 배웠다. (「제2회 『시와시학』 신인작품 당선소감」과 제1시집의 「자서」를 참조) 소월과 만해의 시적 화자는 멀리 떨어져 있으나 다시 결합하고자 하는 존재를 당신, 그대, 님, 너와 같은 이름으로 불렀다. 그런데 유태수 시의 화자가 감지하려는 원천으로서의 당신, 그대, 님, 너는 안개 속에 가려져 있는 존재로 그려진다. "붉은 흙 보이는 나무뿌리 거머쥐어

/ 바깥, 아무도, 아무것도 보이지 않음을 응시하면 // 손잡고 싶어도 계곡 저편에 서 있는 그대 / 안개 저편으로 보이지 않는 그대"(「새벽에 그대」, 부분). 여기에서 "뿌리"를 "거머쥐"는 몸짓은 자신의 원천을 포착하려는 시적 화자의 갈망을 드러낸다. 그리고 「상처」에서는 당신, 그대, 님, 너의 정체가 안개 속에서 드러난다.

> 따스한 손이었습니다 생명력의 손은 안개가 걷히고 난 후의 처음으
> 로 눈에 띄는 돌과도 같습니다 당신의 손을 보는 것은
> 힘이 드는군요 당신의 상처를 이야기하는 것처럼
>
> —「상처」, 전문

위 작품은 생명력의 손을 당신의 손으로 표현한다. 따라서 생명력이 곧 당신이라는 등식이 성립한다. 시적 화자에게 생명력을 불어넣는 존재는 모두 시적 화자가 감지하려는 당신, 그대, 님, 너인 것이다. 고향은 자신을 태어나게 했으며 자신의 정체성을 형성시켰다는 점에서 생명력이다. 아내도 자신을 살아가게 하는 존재며 자신의 사랑을 불러일으킨다는 점에서 생명력이다. 원천으로서의 생명력은 물리적 장소이기도 하고, 인격적 개체이기도 하며, 그것들 모두를 아우르는 우주이기도 하다. 우주 전체의 생명력이 고향으로 표현되기도 하고 아내로 표현되기도 하는 것이다.

이처럼 유태수 시의 화자는 모든 개별적 존재자들이 우주의 생명력 속에서 원천적으로 하나였다가 분화되어 발생한 것이라고 사유한다. 그에게 근본적으로 고통을 주는 것은 우주적 생명력 속에서 합일되어 있다가 각각의 개체들로서 분화되고 파편화되었다는 사실이다. 고향과 자신이 유리되어 있으며 아내와 자신이 서로 다르다는 사실은 참기 힘든 고통이다. "고향을 등지거나, 잊거나 혹은 잃어버린다면 그것은

항시 나를 더듬거리게 할 것이다. (…) 사회생활에서, 가정에서, 사랑에서
도 고향을 말하지 않거나 못한다면 그건 내게는 허위의식으로 보인다."
(「자서」, 『창밖의 눈과 시집』) 그러므로 자신과 멀리 떨어져 있는 원천으
로서의 생명력을 감지해내는 것은 고통스러운 상처를 감지하는 것과
같다. "당신의 손을 보는 것은/ 힘이 드는군요 당신의 상처를 이야기하는
것처럼" 생명력의 손길이 자기 존재로 뻗어나간 지점은, 다시 말해서
우주의 생명력으로부터 자기 존재가 분화되는 지점은 찢어진 원천의
상처처럼 시적 화자의 눈에 비친다.

　안개는 당신, 그대, 님, 너를 감추면서 드러낸다. 유태수 시의 화자에게
당신은 안개 없이 감지할 수 없는 존재다. 안개 없이도 당신이 잘 보이는
존재였다면, 안개에 숨은 당신을 감지하려는 욕망 자체가 생기지 않았을
지도 모른다. 유태수 시의 화자는 안개를 시적 인식의 방법론으로까지
끌어올린다. 이때 안개는 당신의 형상을 은폐하는 방해물인 동시에
당신의 형상을 감지할 수 있게 하는 매개체이기도 하다.

　　안개는 에워싸거나 사라지는 줄 알았다 피어나는 안개라는 시구^{詩句}
　를 읽을 때마다 못마땅했다 거짓말한다고 그랬다

　　바깥 기운을 볼 수 있는 베란다에서
　　안개가 급작스런 인식으로
　　피어나는 걸 보니
　　그리 과한 몸짓이 아닌 걸 알겠다

　　몸이 좋지 않아 누워있는 아내
　　눈 밑의 티눈을 찾아낼 셈이었다

　　　　　　　　　　　　　　　　　　— 「안개」, 전문

시적 화자는 안개를 은폐와 소멸의 역할로만 생각하다가, 안개야말로 "바깥"에 있는 당신의 "기운", 즉 생명력을 "볼 수 있"게 함으로써 "급작스런 인식"을 가능케 하는 것임을 깨닫는다. '에워싸다'나 '사라지다'와 같이 소극적인 동사로 표현하던 안개의 움직임을 '피어오르다'처럼 역동적인 동사로 새롭게 표현하는 시적 기법은 그러한 인식의 전환을 보여준다. '피어오르다'라는 동사는 시적 화자가 원천으로 여기는 생명력의 움직임 자체를 나타낸다. "아내"로서의 당신을 감지할 때도 인식의 방법은 동일하다. 아내가 건강한 모습일 때에는 아내를 제대로 감지할 수 없다. 아내가 "몸이 좋지 않아 누워 있"을 때에야 아내의 모습을 자세하게 들여다보게 된다. 그러다보면 "눈 밑의 티눈"처럼 평소에 감지할 수 없었던 아내의 숨겨진 모습까지 비로소 "찾아낼" 수 있는 것이다.

4

대상을 직접 그리기보다 대상이 숨겨진 부분을 그림으로써 대상을 더욱 잘 그려낼 수 있다는 사고방식은 동양 전통 미학과 맞닿아 있다. 유태수 시의 안개 낀 풍경들은 동양의 산수화를 연상시키기도 한다. 실제로 그의 시는 산수화에 대한 관심을 언급하기도 한다. 추사 김정희의 회화에 대한 관심도 그러한 관심의 연장이다. 하지만 유태수의 시적 지향은 단순한 복고주의와 거리가 멀다. 복고주의는 과거의 어딘가에 중요한 것이 있다고 전제하는 태도다. 그러나 유태수의 시에서 산수화는 지금의 여기에서 그에게 절실하고 소중한 것을 보고 듣기 위한 방법론이다. 산수화가 전통 미학의 답습이 아닌 인식의 방법론으로 전환됨에 따라서, 산수화의 전통적 기법과 의미망도 변형을 겪지 않을 수 없다.

하나였을 게다
지나가면 계곡, 언 계곡물, 보고 싶은 건 그 아래 개울 그리고 강
하나였을 것이다
우리가 듣는 것은. 그곳에 사는 이, 살만한 이, 그 아래 그림자,
어두워지고

한국의 산수화에 대해, 산수화에 담긴 은일隱逸
그리고 여백

산이 나온다
보았던 산은 그만두고
산이 나온다
스스럼없이
스스로
열고 닫는다

겨울 산 근처 묘를 보다가, 그 모습을 보다가
산을 보았다

—「겨울 설악산에 서서」, 전문

　1연이 시적 화자의 목표에 해당한다면, 2연은 그 목표를 이루기 위한
방법에 해당한다. 1연에서 시적 화자는 원천적으로 "하나였을 것"을
보고 듣고자 한다. 계곡과 개울과 강으로 각각 분화되기 전에 모든
물줄기들은 하나의 원천에서 샘솟았을 것이다. 그와 마찬가지로 개별적

존재자들로 분화되기 이전의 원천적인 "하나"를 시적 화자는 감지하고자 한다. 2연은 그 원천을 감지하는 방법으로서 "한국의 산수화에 대해" 이야기한다. "산수화에 담긴 은일과 여백"은 동양 전통 미학에서 중요한 두 개의 개념일 뿐만 아니라, 개별적인 존재자들이 원천적으로 하나였음을 감지하는 두 개의 방법론이다.

2연의 은일과 여백 중에서, 3연은 은일에 해당하며 4연은 여백에 해당한다. 은일은 명예나 권력 같은 세속적 가치를 저버리기 위하여 스스로를 숨기는 태도, 즉 주체적인 욕망을 소거하는 태도다. 3연에서 "보았던 산은 그만두고 / 산이 나온다"는 구절은 대상을 감지하는 주체의 시선과 그 시선에 담긴 욕망이 소거될 때에야 대상이 있는 그대로 드러날 수 있음을 표현한다. 다른 한편, 여백은 대상 자체를 직접 그리는 것이 아니라 대상이 아닌 부분을 통해 대상을 더욱 생생히 드러내는 기법이다. 모든 개별적 존재자들로 분화되기 이전의 원천적인 생명력을 직접적으로 감지하거나 형언한다는 것은 불가능에 가깝다. 당신을 에워싸는 안개를 그림으로써 보이지 않던 당신을 드러내듯이, "겨울 산 근처 묘"와 같은 죽음의 흔적을 바라볼 때에야 비로소 "산"과 같은 생명의 원천이 감지된다.

'산수화'가 아니라 "한국의 산수화"라고 표현함은 한국적인 것, 민족적인 것이라는 문제를 건드린다. 유태수는 등단 때부터 한국적인 시와 시론을 모색하고자 했다. "저는 우리의 시와 시론, 나아가서 한국적인 시와 시론이 무엇이고 어떠해야 할 것인가에 관심을 가져야 하리라고 생각합니다." (「제2회 『시와시학』 신인작품 당선소감」) 동양에서 일반적으로 향유한 산수화를 한국의 산수화로 특수화하는 전유는 어떻게 가능한가? 유태수의 시편은 산수화의 두 가지 근본 요소인 산山과 물水을 한국고전문학 『용비어천가』의 '뿌리 깊은 나무'와 '물이 깊은 샘'이라는 어구의 짝으로 전치시킨다. 산·숲·나무의 계열과 물·강·계곡의 계열이 짝을 이루고 있는 유태수의 시편은 대부분이 그 대구對句의 변주들이다. 『용비어천가』의 그 대구는 민족적 원천의 웅숭깊음 덕분에 한국 민족의 역사가 장구히 이어질 수 있음을 노래한다. 유태수 시의 화자는 고향이나 아내와 마찬가지로 민족적 원천이 화자 자신의 생명을 가능케 한다고 감지한다. (그가 추사 김정희의 특정 회화에 관심을 쏟는 이유도 원천적인 것의 문제와 연관된다. 그는 추사가 제주도 유배 시절에 그린 그림을 선호한다. 그에게 제주도는 자기 부모의 고향이라는 점에서 원천적인 장소다.)

민족적인 원천을 감지하기 위하여 동양 일반의 산수화를 한국적 산수화의 미학적–인식론적 방법으로 전유하는 태도는 백두산을 그리는 경우에 특히 두드러진다. "장백폭포 옆으로 기어 올라가 더듬기로 했다. 애기물매화, 하늘매발톱. 혹시나 밟을까, 가운데 이를 수 없어 기슭을 더듬게 한다. 뿌리 깊은 물, 마르지 않는 샘."(「천지에 다다르기」, 4연) 시인은 원천으로서의 고향을 백두산에서 감지해내는 것이 자신의 시 쓰기라고 말하기까지 한다. "시를 생각할 때마다, 그리고 시에 관한 이야기를 할 때마다 늘 저는 백두산 천지를 떠올립니다. (…) 왜 다른 곳은 그만 두고 백두산을 더 가고 싶은지, 그리고 왜 그곳에서 고향을 찾으려 했는지."(「앞머리에」, 『이 겨울의 열매』) 일차적으로 백두산은 민족정신의 상징이다. 그러나 삶의 감각과 밀착되어 있지 않은 상징의 추상성만으로는 원천의 생명력을 감지하기 어렵다. "사연이 있어야 꽃도 잘 보입니다."(「연필」, 7행)

> 이제 오느냐
> 추석 전 벌초하러 가다
> 불효다 불효로다 하면서 들여다볼밖에
> 뿌리 깊은 나무요, 샘이 마르지 않은 물

(중국 돈 150원 주고 흥정한 촛물 입힌
호태왕 모조비와
들어가지 못하고 밖에서 바라만 보던
양철판 지붕 아래 놓인
국강상광개토경평안호태왕비
눈 나쁜 후손들 어릿어릿하게 하신다)

아버님 돌아가신지 헤아려보면
칠십사 년이었으니까 벌써 이십여 년
오십여 년 전 만주, 북경 근처 승덕이란 동네
관동군으로 훈련받으신 아버님

장백산 아니 백두산 가는 길
역마살 돋는 노래 속에 자그마하게
묻히게 부르는 제주도 민요 오돌또기
'오오돌또기저기춘향나아온다
다알도바알꼬내까머리로갈거나'

은사시인가 하면 그 누구는 자작이라고
자작인가 하면 누구는 사스레라고
눈 뜨지 못하고 바라만 보이는 나무 나무 사이
훈련을 받으셨을 아버님 아버님 사이
아들은 중국 버스 타고 이도백하를 거스른다
—「뿌리깊은 물」, 1~5연

시적 화자는 추석 명절 무렵에 벌초를 하러 갔다가 "이제 오느냐'라는 무덤 속 아버지의 목소리를 듣는다. 이윽고 "뿌리 깊은 나무요, 샘이 마르지 않은 물"이라는 어구는 아버지가 묻힌 무덤과 광개토왕의 비석이 있는 만주를 연결시킨다. 광개토왕은 시적 화자의 민족적 뿌리이며, 아버지는 시적 화자의 계보학적 원천이다. 이처럼 추상적인 연관성을 넘어서, 아버지의 제주와 광개토왕의 만주는 생생한 사연으로 이어져 있다. 제주가 고향인 아버지는 일제 말기에 만주의 승덕(청더)에서 관동군으로 훈련을 받은 것이다. 그러므로 시적 화자는 백두산 여행길에서 제주도 민요 오돌또기를 떠올리며, 버스 차창 밖으로 스쳐가는 이도백하의 나무들을 훈련 받는 아버지의 모습들로 감지한다.

아버지의 역사적 체험은 후손의 기억 속에서 올바르게 전승되지 못한다. 역사적 체험의 흔적이 묻어 있는 나무들의 정체는 은사시나무 같기도 하고, 자작나무 같기도 하고, 사스레나무 같기도 한 것처럼 혼란스럽게 감지된다. 그 이유는 위 시의 2연에서 괄호의 형식으로 내밀하게 속삭여진다. 원천은 본래의 정당한 이름이 왜곡되었고, 그 가치가 심각하게 절하되었고, 접근조차 힘들 만큼 후손과 단절되었다. 그와 마찬가지로 폭력의 역사에서 아버지가 겪어야 했던 비극의 체험들은 후손의 기억 속에 뿌리내리지 못한 채 안개처럼 미약하고 모호한 흔적으로 풍화되어온 것이다. 인간을 희생시키는 역사보다도 그 희생의 기억까지 희생시키는 역사가 더욱 야만적이다. 자기 원천을 제대로 돌아보지 못하는 자들에게, 그렇게 "눈 나쁜 후손들"에게 원천은 "어릿어릿"하게만 보일 뿐이다. 뚜렷치 못한 원천은 그 원천으로부터 흘러나온 존재자들의 가치마저 흐릿하게 할 것이다. 「샘밭에서 어머니」는 시적 화자가 어머니와 더불어 춘천 천전리에서 가족사의 흔적을 찾으려 하였으나 끝내 아무런 파편도 찾지 못한 이야기를 담고 있다.

우리 현대사 속에서 인간의

이야기가 얼마나 되는가

남자와 여자와 자녀의 이야기가

피라미 떼 죽듯 있지 않은가

　　　　　　　　　　　—「샘밭에서 어머니」, 부분

　거대 담론에 따라 중요하다고 판단되는 사건들만이 선별적으로 기록
되는 거시적 역사 속에서, 민중의 삶에 얽힌 미시적 역사들은 왜곡과
가치 절하와 망각을 겪기 쉽다. 역사에서는 특정한 이름만이 기억하고
보존할 것으로 인정되며, 대다수 인간의 이름들은 망각하고 폐기해도
좋을 것으로 손쉽게 치부된다. 전자는 인간들을 억압한 편의 이름이며,
후자는 억압받는 인간들의 이름이다. 일제강점과 중일전쟁과 황국신민
화와 같은 이름들로만 간추려지는 한국의 현대사는 피라미 떼의 죽음으
로 가득 차 있는 역사다. 이름이 역사에 남지 않은 "남자와 여자와
자녀"의 역사야말로 진정한 "인간의 / 이야기"다. 비인간적인 역사에
대항하기 위해서는 인간적인 역사를 지금 여기로 회상해내야 하며
거기에 담긴 가치를 대안적인 것으로 미래화해야 한다. 생명력을 부정하
는 역사에 맞서 생명력으로서의 원천을 감지해내야 한다. 원천에의
감지는 존재론적인 동시에 역사철학적인 과제다.
　"저 먼 역사의 한 줄, 바다 저편 / 삶과 삶이 마주친 어렴풋한 생명체,
그 하나 / 기억의 미래를 위한 지향인가, 어지러운가 (…) 우는 자 우리는,
삶에 충실함인가 / 우는 자 우리는, 역사에 직접인가 / 우리는, 모독인가,
우는 자"(「우는 자 우리는, — 자살한 사촌 동생에게」, 부분) 역사의
지평은 인간의 삶을 억압하고 희생시키는 권력에 의해 이루어지는
것이 아니다. 역사의 지평은 그 권력에 의해서 억압받고 희생된 인간들의
삶으로, 삶과 삶이 마주친 어렴풋한 생명체들로 이루어진다. 역사는

눈물을 흘리게 하는 권력이 아니라 눈물을 흘리는 인간들에 의해서 이루어지는 것이다. 슬픔을 겪는 우리 인간은 역사에 직접이다. 겨울과 안개 속에서 생명력의 움직임을 감지하듯이, 유태수 시의 화자가 감지하려는 원천은 슬픔 속에서 꿈틀거리는 생명력이다. 원천을 감지하려는 그의 태도는 인간들 사이의 단절을 넘어서, 모든 인간이 슬픔으로 움직이는 하나의 생명력임을 감지하려는 것이다. 모독처럼 들릴지도 모르겠으나, 그는 우리 모두를 우는 자로 감지한다. 울음의 감지만이 나와 너 사이의 단절을 넘어서 너와 나를 '우리'라고 부를 수 있게 한다.

5

나를 맨 처음 움직이게 했으며, 지금도 움직이게 하고 있으며, 앞으로도 내 움직임의 원천이 될 당신. 시인은 당신이라는 움직임을 감지하려고 한다. 유태수 시의 화자는 자신의 원천을 풍경 속에서 감지하려고 한다. 역사의 주인공으로 기억되지 않지만 역사를 실질적으로 열어나갔던 남자와 여자와 자녀의 움직임이 뼈아픈 흔적으로 이 땅의 산과 강에 흩어져 있는 탓이다. 자기 생명의 원천인 어머니와 아버지가 과거의 역사에서 뿌리 뽑힌 채 표류하며 고통스러운 삶을 살아야 했던 것처럼, 그 원천에서 태어난 시인 자신도 현재까지 뿌리 뽑힌 채 표류하는 고통을 살고 있다. 풍경 속에서 원천을 감지한다는 것은 객관적으로 과거를 복원하는 일이 아니라, 지금 여기서 내가 겪어야 하는 고통과 맞물려 있을 때에야 그 진정한 의미가 포착되는 과거의 흔적을 발굴하는 일이다. 풍경 속의 원천을 단지 자신과 멀리 떨어져 있는 대상으로서 그리워하는 태도는 자신의 현재적 아픔과 직결되는 그 원천의 의미를 제대로 감지하지 못할 뿐이다. "지금껏 그리움을 핑계로 먼 풍경만을

이야기했구나 (…) 아픔의 언저리만 도는 사람아"(「풍경과 아픔과」,
부분) 유태수 시의 화자가 감지하려는 풍경 속의 원천은 자기 외부에
멀리 떨어져 있는 것이 아니라, 자기 내부의 아픔을 통해 감지되는
것이다. "그대에게 아픔이 오는 것이 아니라 / 내게 아픔을 기록하라
하네 / 주저앉아 혼자 풍경이 되라 하네"(「아픔의 그늘」, 3연).

 아픈 자의 시선으로 바라보지 않는다면, 바다는 그저 바다이리라.
원천으로부터 떨어져 있다는 사실 때문에 괴로워하는 인간의 시선에만
바다의 풍경에 숨어 있는 원천의 흔적이 드러난다. 유태수 시의 화자는
원천으로부터 뿌리 뽑힌 채 생명력을 잃어가는 자신의 고통 속에서
부산 바다를 바라보기에, 자기 부모 세대인 민중들이 일제강점기 동안에
수탈과 억압을 당했던 흔적들을 부산 바다의 풍경 속에서 감지해낼
수 있다. "아픔이 눈길 너머까지 펼쳐져 / 있을 것이라고 생각말 일이다.
/ 상처는 밖에서 오는 것이 아니라, 내 안에서 / 이 내 안에 웅크리고
있는 것이다."(「부산에서 — 오륙도 가는 뱃길」, 부분) 민중의 아픈 삶은
근현대사의 광풍에 쓸려 지워져갔지만, 그 희미한 흔적은 우리들이
새롭게 감지해야 할 원천으로 남아 있다. 「순이라는 애」는 민중들을
고향에서 도시로 내몰았던 폭력적 근대화의 조류 속에서, 아파했던
인간이 남긴 역사의 흔적을 감지해내는 작품이다. 이 아름다운 시와
마주할 수 있다는 이유만으로도 유태수 시 전집을 다시금 들여다보게
된다. 오랜 뒤에도 다시 들여다보고 싶어지도록, 이 시를 소개하며
글을 줄인다.

> 순이라는 애가 있었어요.
> 한때 남해 바닷가에 살았대요.
> 어릴 때 많이도 아팠대요.
> 한과 만들어 다도해로 팔러 다니는 엄마 기다리며

학교도 못 가고 그래서 친구도 없었어요.

나는 정적을 깨지 않았어요.

내게는 아무도 없었어요.

갈매기가 있는 줄도 몰랐어요.

동백꽃만 몇 년 만에 피는지 아세요.

매일 매일 피나요.

나는 영혼이 어디 있는지 알고 싶지 않았어요.

바다 물살은 모래를 덮으면서

그 물살은 조개를 파묻으면서

다시 바다로 흘러 나갔대요.

머리를 벽에 부딪혀 머리가 두 조각으로 깨어질 듯한 아픔을 참았는데,

주위가 살 속을 파먹고 들어가 내장으로 갔대요.

그 애에겐 제석천이 필요해요, 동방의 수호신이여!

그러나 겨울 북풍이 분대요.

상처와 아픔은 안으로만 파고들고

붓다는 말씀하시죠. 상처는 어디 있는가?

상처를 노출시켜라, 완벽하게

얕은 빗방울이 바다에 떨어져도

바다는 색을 변하게 하지 않았대요.

그러나 남해는 어떤 것이 된대요.

그 애의 눈물이 보태졌으니까.

섬은 도시 안에 있었대요.

섬은 도시 바깥으로 나가려 하고

도시는 섬을 끌어들이려 했었대요.

순간 섬이 표류했대요.

하늘과 바다 사이

섬으로 떨어진 순이라는 애

처음에 그 애는 공중에 있었대요.

구름과 나란히 있었대요.

여름 장맛비가 오고

돌산 갓이 쑥쑥 자라고

그 잎이, 그 잎이 그 애를 때려도

그 애는 공중에 있었대요.

돌아오는 길

그 애는 떨어졌대요.

추락했대요

갓 뿌리를 더듬어

그 애는 떨어져 있었대요.

— 「순이라는 애」, 전문

제2부

논문

시의 인식에 관한 연구

I. 서론

1. 문제의 제기

본고는 우리나라 시사詩史에서 시 이론을 통해 시인 내지 비평가가 지니고 있는 시에 대한 인식을 추출함으로써 그들이 시의 본질에 대해 어느 정도 타당한 물음을 던지고 있고 그 해결을 꾀하고 있는가를 고찰하려는 것이 목적이다. 그리하여 시만을 다루거나 시인만을 다루는 이중성을 지양하고 시론·시인론이라는 시에 관련하는 모든 양태의 종합적 고찰을 위한 시도의 일부로 출발한다. 이에는 시사에서 시의 형태 그리고 의미나 주제의 파악만으로는 완전한 해명이 불충분하며 당시 시인·비평가가 지니고 있는 시의 인식에 대한 탐구가 병행되어야 한다는 점에 그 준거를 두고 있다. 지금까지 시에 관한 많은 논의에서 시론은 부수적이며 하나의 방증의 자료로만 사용되어온 감이 있고 또한 그 시론들은 전체적인 조망 밑에서 다루어지지 않았기 때문에 각각의 단일한 시선으로 비쳐왔다.

개념이란 우선 자의성을 강하게 띠고 있다. 왜냐하면 여기서 말하고자 하는 개념이란 일단은 용어에서 출발하며 모든 용어는 그 문맥에 따라 어느 정도의 편차는 가지고 있는 것이기 때문이다. 이러한 혼란 또는 무책임한 개념의 사용에 대한 검토는 Austin Warren이 지적한 해결 방법[1] 밖에는 없을 것같이도 보인다. 그러나 우리의 경우는 이보다 좀 더 특수하고 넓게 퍼져 있다. 그 이유는 제일차적으로는 사용자가 의식적으로 사용하느냐 혹은 무의식적으로 사용하느냐에 있고 다음으로는 수입되어온 개념인가 자생적인 개념인가 하는 점, 그 다음으로는 특히 초기 시론의 경우 그 영향이 어떠했는가 하는 점을 들 수 있다. 그리고 이에 덧붙여 어휘에 대한 혼란의 이유도 지적되어야 할 것이다. 대부분의 이론이 가지고 있는 어휘는 수입인 경우건 자생적인 경우건 거의 모두가 한자어로 탈바꿈하여 나타나게 되는데 이는 간과하고 지나가기 쉬운 사실로서 사용자나 피사용자가 각기 다르게 제 나름대로 해석하기 쉬운 것이다.

그리고 또한 지적될 수 있는 것으로 시론 및 시작법 등이 자생적이라기보다는 외래 사조에 묻어 수입되었다는 점을 들 수 있다. 근대의 추구에서 시대에 뒤떨어졌다는 각성과 함께 많은 인사들이 서구의 문화를 수입하여 우리나라에 심으려고 애를 썼으나 전통적으로 내려온 문화인식과 새로운 문화인식의 갈등이 여러 방면에서 속출하였다. 특히 시의 경우에는 그 갈등이 극심했다. 시에 대한 구체적인 인식 없이 쓰여 오던 우리의 문학이 여러 가지 다양한 명제, 정의를 대동하고 나선

• • •

1. "모든 용어가 그 전후 관계에 있어서 특히 그 정반대의 입장의 것에 대해서 어떻게 사용되고 있는가 끊임없이 방심치 않고 주의하는 이외에는 이 난점을 직시(直時)로 해결하는 방책은 없는 것처럼 생각되는 것이다"(René Wellek · Austin Warren, 백철 · 김병철 공역, 『문학의 이론』, 신구문화사, 1974, p. 251).

서구의 문학과 접했을 때 그 갈등이 처음부터 합일점이 없이 괴리 현상을 나타내게 되는 것은 당연한 현상일는지도 모른다. 그러나 현재에 도 시가 계속해서 쓰이고 있는 것은 이러한 괴리 현상이 극복되어가고 있음을 증명해주고 있다. 따라서 어떠한 오류와 오해가 있었으며 그것은 언제 어떻게 시와 이론 양자에서 극복되었는가, 바꿔 말하면 우리 시에서 시에 대한 인식이 수입으로이건 자생으로이건 언제 어떻게 정상적인 궤도로 진입하게 되었는가는 우리 시사가 해결해야 할 중심 과제의 하나라고 생각한다.

이와 관련하여 인식에 대한 해명이 필요할 것이다. 우선 문학은 인식의 한 방식이라는 진술은 타당성을 지니고 있지만 이를 시·공간적인 면에서 그 어느 일면으로만 파악할 때 파생되는 오류는 제거되어야 할 것이다. 공간적인 측면에서 인식은 주관성을 배제할 수 없다. 다시 말하면 인식이 란 사람이 세계를 바라보는 태도이므로 그 인식 주체를 무시하고는 성립할 수 없는 것이다. 한편, 시간적인 측면에서 볼 때 흔히 역사의 기술에서 보듯 진화라는 개념이 자주 틈입되고 있음을 볼 수 있다. 그러나 인식이란 의식·무의식을 불문하고 하나의 발견의 형태이다. 즉 같은 대상을 놓고 옛날과 지금, 그 해석이나 평가가 달라진다 해서 후자가 전자에 비해 진화되었다고는 볼 수 없는 것이다. 그러나 우리의 시사가 진화의 형태인 듯 느껴지게 되는 것은 상당한 현실성을 지니고 있다. 물론 문화적 문맥을 무시하고 분석적 방법만으로 시를 검토할 때 진화라는 개념을 받아들이기 가 쉽다. 즉 후대의 고도의 방법론으로 통사를 기술할 때 범하기 쉬운 오류로 이러한 판단의 근거에는 현재의 완전성 혹은 완벽성을 암암리에 인정하고 있는 것이다. 그러나 좀 더 깊이 고구해보면 이러한 언급이나 진술이 타당성을 어느 정도 보이는 것은 우리의 시사 자체에 원인이 내재하고 있기 때문이다.

우선 초기시를 논할 때 당시에 직접 참여했던 시인들이나 현재 연구하고 있는 사람들이나 모두 '효시' 또는 '시초'라는 단어들을 서슴지 않고 쓰고 있음에서 대표적 근거를 볼 수 있다. 이 경우 '처음'이라는 표현은 다만 형태의 시도에 불과한 것이지 최초의 인식이라는 의미로 결코 해석할 수 없는 것이다. 형태면에서 또는 의식면[2]에서 미흡한 것은 어느 정도까지 인정해주어야 하고 또한 시 전체의 구조로 볼 때 여러 가지 하부 구조들 중 어느 하나의 미숙은 전체 구조의 미숙에 직결되기 때문에 위의 표현들이 일견 타당하게 보이는 것이다. 예를 들어 김억 등이 애써 주의를 집중했던 것이나 김기림 등이 강하게 나타내고자 했던 것들은 모두 전체 구조에서 그 어느 일부를 강조하고 혹은 어느 일부를 무시했기 때문에 모두 동일 차원에 머물러 있는 셈이다. 문제는 시의 이론에서 시의 구조에 대한 인식이 어떠했는가 하는 점에 귀결될 것이다. 이에 덧붙여 본론에서 서술되는 술어나 강조는 결코 발전이라는 점에서가 아니라 연대순이나 혹은 편의에 불과한 것이다.

아울러 "인식이란 어떠한 것이 확실한 지식인가 하는 것을 논의하는 것이다. 그저 주지周知된 것과 인식된 것은 다른 것이다."[3]라는 철학에 있어서의 해명도 시의 경우에 적절한 논의의 계기를 마련해준다. 즉 외래 사조 및 이론이 수입될 때, 수용자가 면밀한 검토 비판 없이 무조건 받아들인 경우와 그렇지 않은 경우에는 커다란 차이가 있기 때문이다. 이런 점에서 시와 시론과의 엄밀한 대응 검토가 필요한 것이다.

다음으로 점검해야 할 사항은 시 작품과 시론과의 관계이다. 문학 작품과 문학 연구 내지 문학 비평은 그 관계에 있어서 다양한 견해가 있고 또한 그 사이에 작가의 개입이 있을 수도 있으며 각각 그 견해들은

●　●　●

2. 이 점은 많은 시인 작가들의 정신 연령에 의함이다. 초기에 10대의 문학 활동과 20대의 문학 활동과는 현격한 차이가 있는 것이다.
3. 최재희, 『철학입문』, 교학사, 1977, p. 25.

타당한 일면들을 지니고 있음은 물론이다.

우리 시사가 가지는 특수한 상황에 비추어보면 두 가지로 대별할 수 있다. 첫째는 작품에서부터 문학 연구 내지 비평 등이 출발한다는 것으로 Aristotle에서부터 계속 이어져온 생각이다. 이 견해에서 주의할 점은 "문학 작품을 해명하고 판단하기 위하여 비평가는 어떤 도그마나 과학 속에 비평의 근거나 객관적 기준"[4]을 가지고 있는가를 판별해야 한다는 것이다.

둘째, 문학 연구 내지 비평이 문학 작품을 앞서가며 지도자의 입장에 있다는 견해가 있다. 그러나 이 견해는 비평의 직능을 과신하는 경우로서 "시적 효과의 행동 양식의 제시"[5]가 비평의 목적이라고 한다면 독자에 대한 제시가 아니라 시인에게 강요하는 행동 양식이다.

우리의 경우는 두 번째에 역점을 두고 검토해야 할 필요를 느낀다. 왜냐하면, 김기림도 지적했듯[6] 이론이 시 작품보다 승했고, 그 과잉된 이론이, 특히 소설의 이론이 의식사意識史에 중요한 부분을 담당하고 있기 때문이다. 그 원인으로는 우선 서구의 충격으로 인하여 시인 자신들이 알아야 한다는 급박한 상황 인식에서 도출된 것이 서구 이론의 성급한 수입이었고 또한 독자를 향한 계몽성의 주장에, 이와 아울러 당시 일제하에서의 민족 주체성의 강조·고취에 그 힘을 기울였던 이유

• • •

4. J. C. Carloni · Jean C. Filloux, 정기수 역, 『문예비평』, 을유문화사, 1977, p. 4.
5. William Empson, 「비평의 방법과 그 효용」, 『문학평론』 1권 2호, 1959. 2, p. 13.
6. "우리 작단의 통폐(通弊)가 있었다고 하면 그것은 너무나 수많은 문학원칙론이나 창작방법론이 쓰여지는 대신에 실제로 구체적 작품에 대한 과학적 분석과 그것을 기초로 한 비평이 지극히 드물었다는 일이라 생각한다. 신시운동이 있은 후 이십 년 가까운 동안 수천 편 발표된 시에서 거퍼 두 편이 과학적으로 분석 비평되었다는 소문을 우리는 듣지 못하였다"(김기림, 『시론』, 백양당, 1947, p. 32).

도 있었다. 그리하여 시 자체로부터 출발하여 이론의 정립을 보고 그 정립된 시론 내지 방법론이 발표되는 시 작품에 의해 끊임없이 수정 변화됨이 일반적임과 동시에 온당한 길임에도 불구하고 우리의 경우는 방법론의 도식성으로 시를 재단하는 경우가 흔했고 심지어 독자조차도 시론을 먼저 읽고 시를 시론에 맞추어 읽어왔던 것이다. 김기림의 경우는 물론이려니와 시와 시론의 미분리 상태에서도, 즉 한 개인의 경우에도 자신의 시론에 의해 시를 생산해내었고 나아가 시론이 공전하게 될 경우 스스로의 딜레마에 빠지는 경우도 적지 않았던 것이다. 이러한 점에서 시와 시론의 이중성이 노출되고 상당한 기간까지 표리의 관계를 지니지 못한 채 따로따로 혹은 시론으로 하여 시가 압도당하는 경우도 흔히 보게 되는 것이다.[7] 그러나 시의 경우는 소설의 경우처럼 그렇게 적극성을 띠지 못한 것도 사실이고 또한 시 이론의 양도 많다고 볼 수 없다.[8] 초기에는 대개 초보적인 문학 설명, 월평, 선후평 등이 고작으로 대개 양주동, 김억, 주요한 등에 의해 시작법,[9] 선후평 등의 형태로 나타났으며 그 후도 주로 시인이 시론을 다루어왔다. 한편 동인들 자신의 주장을 위한 주의主義의 형태로도 시론이 간혹 나타나기도 했다. 그러나 시작법, 선후평 등은 시란 무엇인가 하는 극히 궁극적이고 동시에 피상적

• • •

7. 이러한 예는 상당히 많다. 한 예로 김억이 처음의 모색 단계를 거쳐 정형에 경화되어 매너리즘에 빠진 것(정한모, 『한국현대시문학사』, 일지사, 1974, p. 62 참조) 등이 그것이다.

8. 문단 1년(1939)을 회고하는 좌담회가 『문장』지 주최로 열렸는데 그때 『문장』의 편집자이며 사회자였던 이태준의 다음과 같은 발언이 있었다. "창작시 속엔 시에 대한 비평도 있어야 할 것입니다. 편집자로서도 이후 생각하겠습니다"(『문장』 2권 1호, 1940, p. 191).

9. 양주동, 「시란 어떤 것인가?」, 『금성』 2호, 1924. 1. 주요한, 「노래를 지으시려는 이에게」, 『조선문단』 창간호~3호, 1924. 10~12. 김억, 「작시법」, 『조선문단』 7호~12호, 1925. 4~10.

인 물음에 그치고 만다.

궁극적인 물음을 다루게 된 주요한 이유는 우선 서구의 이론 내지 작품의 도입으로 인한 새로운 시 장르의 소개에 급급했던 탓이며 이와 아울러 시인 자신의 경험에[10] 토대를 두고 쓰였기 때문에 극히 주관적인 시론의 형태를 띨 수밖에 없었던 데에 있다. 또한 동인지에서 주의 주장으로서 발표된 시론은 대개 창간사나 편집후기 속에서 나타나게 되는데, 새로운 사조의 단편적 도입 그리고 시에 대한 인식의 부족으로 피상적이며 인상적인 시론을 벗어나지 못하고 있다. 그 후 동인지에서 벗어난 단계에서는 위와 같은 경향은 한편으로는 유지되고 한편으로는 본격적 시론·시인론이 등장하고 있다. 문단 상황이나 논쟁의 과정에서 자기의 옹호로서도 피력되었고 또한 초기의 시인·비평가의 혼유 상태[11] 에서 벗어나 각자의 역할을 하였기 때문이라고 볼 수 있다.

그럼에도 불구하고 시론은 여전히 소설론에 비해 그 절대량의 부족을 볼 수 있다. 그렇다면 이러한 부족 현상은 어떻게 설명되어야 하며 무엇을 의미하고 있는가? 작품의 융성과 시론의 쇠퇴 또는 그 역으로만 설명될 수 있을까? 사실상 시사에서 1930년대의 시에 대한 연구는 그 세부적인 점에까지 깊이 천착된 감이 없지 않다. 그러나 시사를 관류하는 좀 더 다양하고 밀도 있는 설명이 주어져야 할 것이다.

우선 전통적으로 내려오는 장르 즉 시조, 가사, 민요 등의 장르와 서구에서 도입된 소위 자유시와의 갈등이 지적될 수 있다.[12] 다시 말하면

● ● ●

10. 예를 들면 다음과 같은 진술. "처음으로 시가를 지으려는 이에게 제일 끽긴(喫緊) 하다고 생각하는 몇 가지 참고건(參考件)을 나의 시작 상 경험을 토대로 하야 통속적으로 써보려 합니다"(양주동, 「구상과 표현(1)」, 『문예공론』 2호, 1929. 6, p. 131).
11. 1930년대 전후까지는 전문직 비평가가 없었다(김윤식, 『한국근대시작가론고』, 일지사, 1974, p. 207 참조).

이조^{推溯}에서 별다른 이론 없이 쓰인 장르를 접하고 있는 탓으로, '자유'라는 용어 자체가 주는 이유[13]로 해서 시론의 부족 현상을 설명할 수 있을 것이다.

다음으로 지적될 수 있는 이유는 시는 곧 영탄이면 된다는 생각이 지배적이었다[14]는 점이다. 이는, 시는 감정의 표현이라는 주장에서 나타난다.

세상의 사람의 맘을 울림에는 이지의 그것보다도 감정의 그것이 더 많은 힘을 가졌습니다. (…) 지금 시단에서 내가 구하는 것은 이지의, 사색의 또는 철학적 시가가 아니고 보드랍은 감정의 서정적 시가임도 또한 무리가 아닐 것입니다. 이 점에서 나는 정서 또는 서정시가만을 지금 이 시단산책에서 적으랴고 합니다.[15]

시가 이지나 사색으로 이루어지지 않고, 자연발생적인 탄성에 의한다는 것은 René Wellek이 지적한 바와 같이 시를 "순수하게 가정적인

• • •

12. "필자의 의견으로는 조선의 신시운동이 성공하려면 반드시 민요를 기초삼고 나아가야 되리라 합니다"(주요한, 「노래를 지으시려는 이에게(3)」, 『조선문단』 3호, 1924. 12, p. 44)라는 진술에서 볼 수 있듯이 새로운 장르인 자유시에서 조선적 미를 찾음을 목표로 하다가 급기야는 음수율만으로 자유시를 이해해 버리고 만 것이 그 일례가 될 것이다.

13. 이러한 장르의 변혁 혹은 형태의 변혁에 대한 진지한 인식은 1940년대에 이르러서야 이룩된다. "시에 있어서도 한결같이 행을 가르고 연을 떼며 무엇 때문에 어떤 효과 측량 밑에 쓰는 것인지 연구하는 노력조차 없는 듯하다"(김광균, 「서정시의 제문제」, 『인문평론』 5호, 1940, p. 76).

14. "신시운동 발발 이래의 조선의 시는 대체로 표현주의의 시대를 벗어나지 못하였다. 즉 주관의 영탄이 시의 유일한 동기요 또한 과실이었다"(김기림, 앞의 책, p. 167).

15. 김억, 「시단산책」, 『조선문단』 6호, 1925. 3, p. 128.

X로" 처리하게 된다는 점에서 보다 치밀한 시론이 결부되지 못하고 있는 것이다. 이와 아울러 이러한 생각을 더욱 강하게 해준 것은 프랑스 상징주의의 수입 과정[16]에서 얻어진 '암시'라는 용어이다. 이 '암시'라는 말은 그 후 주지주의 이론 또는 모더니즘 이론, 카프 계열의 유물론 등의 수입이 있기 전까지 모든 시를 재단하다시피 한 말이었다.

　다음으로 지적할 수 있는 이유로, 어쩌면 가장 중요한 이유로서 시와 사회성의 관계가 소설과 그것과의 관계에 비해 덜 밀접할는지도 모른다는 점이다. 원래 문학 장르란 그 선택 과정이 사회적 현상과 대응하는 관계에 있는 것이다. 한 개인이건 사회건 간에 그 문학의 시각이 일반적으로 시에서부터라고 하는 것은, 다시 말하면 시를 선택한다는 것은 사회에 대한 시인의 대응력의 미숙이라는 점에서 설명할 수 있는 것이다. 1910년대부터 시작한 근대문학은 시로부터 시작하였고 그 후 소설을 쓴 작가들 역시 처음에는 시에서 출발하였던 것이다. 그러나 우리 문학의 경우에는 이에 못지않게 중요한 특수성이 개재하게 된다. 즉 계몽의식 내지 사명의식이 문학의 출발에 중요한 요인이었던 피지배 사회에서 사회적 대응력이 산문보다 덜 밀접한 시를 선택한다는 것은 그만큼 사회에 대한 시인의 태도가 도피적이었거나 소극적이었던 사실을 말해준다.

2. 연구방법

　첫째, 연대기적인 기술을 지양하고 우선 시에 대한 인식은 어떤 양상으

● ● ●

16. "시에서의 의미의 배제나 추방을 외치고 또한 감각적인 세계를 직접적으로 필사하는 것도 경시하여 「색채가 아니라 오직 뉘앙스만을」("Pas la Couleur, rien que la nuance!") 찾아 환기와 암시를 지고한 것으로 소원하는 상징주의의 주요 시론의 골자가 이때에 이미 도입된 것이다(정한모, 앞의 책, pp. 273–274).

로 그 출발을 보이는가, 둘째, 시가 이루어질 때의 두 가지 태도 즉
시 이전의 상태인 시정신, 체험의 측면과 시의 기술, 방법의 측면으로
나누어 살피고, 셋째, 위의 두 가지가 어떻게 종합 지향되는가의 순서로
다루었다. 그리고 일반적인 원론의 문제를 병행시킴으로써 우리 문학이
안고 있는 특수성과 보편성을 점검하려고 하였다.

대상의 범위는 1920년경부터 1940년경까지로 그 사이의 신문, 잡지,
단행본(시론 및 시집)에 나타난 시론·시인론을 중심으로 하고 시입문
·선후평·편집후기·월평·신간평을 보조 자료로 하였다. 그러나 이미
지적한 어휘 내지 개념의 혼란과 이론의 부족 현상 그리고 그 시론의
중요도에 대한 검증의 미비로 한계를 스스로 갖게 된다.

선행 업적으로는 김윤식 교수[17]의 노력이 두드러지며 정한모 교수[18]의
시사 전체를 관통하려는 기술과 신동욱 교수[19]의 비평사가 있다. 김윤식
교수의 『한국근대문예비평사연구』는 프로문학의 출발에서부터 1945년
까지의 범위로 주로 논쟁의 성격을 띤 논문들의 쟁점을 검토하는 방법으
로 기술되어 있고, 정한모 교수의 논저는 시사의 전체적 조망 하에
고전문학의 성격에서부터 출발하여 현재 1920년대 타고르의 수입까지
연구되어 있는데 자료의 방대함과 치밀한 분석으로 시와 시에 관련된
모든 사항이 총망라되어 있다. 신동욱 교수의 저서는 1920년대부터
1950년대 전후까지 네 항목으로 나누어 논쟁이나 논전보다는 비평가
개인별의 연구가 주로 다루어져 있다.

● ● ●

17. 김윤식, 『한국근대문예비평사연구』(1973), 『근대한국문학연구』(1973), 『한국근
　　대작가론고』(1974), 『한국근대문학의 이해』(1973), 『한국근대문학사상』(1974).
18. 정한모, 『한국현대시문학사』(1974).
19. 신동욱, 『한국현대비평사』(1975).

II. 인식의 과정

1. 인식의 출발

개항 이후 개화기 문학 특히 시를 지금까지 어떠한 각도에서 평가해 왔는가는 두 가지로 크게 나누어 정리해볼 수 있다. 그 하나는 백철 교수의 문학사[20]에서 보여주는 주제의 파악과 다른 하나는 정한모 교수[21]의 형태의 파악을 고려에 넣은 분석이 그 대표라 할 수 있다. 물론 두 번째의 태도는 개화기의 창가나 신시 등의 여러 형태의 시를 쓴 시인이 나름대로의 시론이나 시관을 가지지 못한 데도 원인이 있으나 보다 직접적인 원인은 당시 사회상의 반영 즉 계몽의식에 의한 시작이었다는 데에 놓여 있는 것이다. 다시 말하면 시를 하나의 방편으로 사용하였기 때문에 시 자체로 인식할 겨를도 없이 단지 계몽성을 띤 내용을 담을 그릇만을 필요로 하였던 것이다. 이 시기의 육당의 그 형태에 대한 실험은 실로 다양한 바가 있다.[22]

그러나 육당이 사회적 사상성에 치우쳐 있기는 하였지만 다음과 같은 투고 요령에서 시에 대한 인식을 보여주고 있다.

- 어수語數와 구수句數와 항목은 수의隨意
- 아못조록 순국어로 하고 어의語義가 통通키 어려운 것은 한자를

• • •

20. 백철, 『신문학사조사』, 민중서관, 1955.
21. 정한모, 『한국현대시문학사』, 일지사, 1974.
22. 위의 책, p. 152 이하 참조.

『방부傍付함도 무방하고

• 편중篇中의 조사措辭나 구상에다 광명·순결·강건의 분자分子를 포
  함함을 요하고

• 기교의 점은 별로 취取치 아니함[23]

첫째 항목에서는 전통 시가에서 내려오는 어·구수의 제한의 해방과
시적 체험의 영역 확장을 보여주고 있고, 이 점에서 그의 선구적인
면모를 엿볼 수 있으며, 둘째는 언문일치에 대한 의식, 셋째, 넷째는
육당이 요구하는 바를 나타내고 있다. 특히 네 번째는 시의 인식이라는
점에서 주의를 요하는 항목으로 기교라는 어의에 대한 해명이 있어야
하겠지만[24] 시에서 필수불가결한 미의식을 배제한 것이라고까지 확대
해석될 요인도 다분히 있는 것이다.

  썌가 저린 어름 밋헤 눌리고 피도 어릴 눈 구멍에 파무처 잇던
  억만 목숨을 건지고 집어내여 다시 살니난
  봄바람을 표장表章함으로
  나는 그을 질겨맛노라[25]

이 시는 육당의 초기의 작품으로 형태적인 면에서 정형성을 벗어난
작품으로 평가를 받고 있다. 그러나 봄바람을 형용하는 구절, 즉 위
인용 부분의 첫 두 행은 과장을 사용하고 또 산문적 형태를 띠고 있다.

● ● ●

23. 『소년』 제2년 제1권, 1909. 1.
24. 물론 고전 시가에 나타나는 진부한 수사·기교에서 벗어나야 한다고 해석할
   수 있으나 육당이 시에 대해 갖는 사회성 사상성에 대한 일방적 경도(傾度)를
   또한 추출해낼 수 있는 것이다.
25. 최남선, 「꼿두고」, 『소년』 제2년 제2권, 1909. 5.

즉 육당이 내용으로서 강건한 분자를 강조함으로 해서 사상성이 시적 체험으로 머물러 미처 시화되지 못한 채 산문적 진술로서 끝나고 말았다는 점에서 네 번째 항목의 삽입은 시에 대한 육당의 인식이 다른 목적 때문에 개발되지 못했다는 것을 드러내주는 것이다.

육당을 이은 김억과 주요한, 황석우, 양주동 등의 시에 대한 인식은 그 모색 방향을 약간씩 달리한 채 각각 선구적인 위치에 놓여 있다. 우선 백대진과 함께 『태서문예신보』를 통해 시론을 소개 내지 발표했던 김억은 그 후도 여러 잡지·신문에 그의 시론 및 시를 발표해왔다. 백대진의 글로는 「최근의 태서문단 영국편」(4호) 및 「불란서 시단」(9호)이 있고 김억의 글은 「호서아의 유명한 시인과 십구셰기 대표뎍 작물」(4호), 「쏘로꿉의 인생관」(9호~14호), 「프란스 시단」(10호~11호), 「시형의 음률과 호흡」(14호)이 있다.[26] 이상에서 김억의 글은 상징주의를 소개하고 있는 「프란스 시단」과 최초의 창작시론인 「시형의 음률과 호흡」으로 나누어질 수 있다.

「프란스 시단」은 후에 『폐허』 2호에 다시 「스핑쓰의 고뇌」[27]라는 제목으로 정리 설명되고 있다. 이와 아울러 그는 Verlaine 등의 프랑스 상징파 시를 번역하고 있다.[28] 특히 그의 프랑스 상징주의 시인에 대한 관심은 대단한 바 있다.[29]

● ● ●

26. 『태서문예신보』(영인본), 원문사.
27. 김억, 「스핑쓰의 고뇌」, 『폐허』 2호, 1920. 7, pp. 112-121.
28. 『태서문예신보』에 수록된 번역시는 해몽의 롱펠로우 11편, 김억의 뚜르게네프 6편, 베르렌느 5편, 기타 예이츠, 안낙크레온, 싀레후, 꾸리안, 보칸스, 탭프, 민스키, 구르몽프리비트 등이 각각 1편, 그리고 기타 번역 4편이 있다. 그러나 해몽의 번역은 시에 대한 인식 내지 미의식 그리고 번역 솜씨가 당시의 시적 감수성에 뒤떨어지는 정도이고 김억은 상징주의 소개와 아울러 그 시인들을 번역 소개하고 있으며 나름대로의 안목을 지니고 있었다.

이러한 소개와 번역을 거쳐 김억 개인의 지론으로 등장하는 것이 바로 「시형의 음률과 호흡」이다. 그의 주장은 두 가지로 첫째, 호흡은 시의 음률을 결정한다는 것과 둘째, 한국시에 맞는 시 형식을 개발해야 하나, 시형 음률은 시인 개인의 불가침입의 영역이라는 것이다.

인격은 육체의 힘의 조화고요 그 육체의 한 힘, 즉 호흡은 시의 음률을 형성하는 것이겠지요. 그러기에 단순한 시가보다도 시미詩味를 주는 것이요, 음악적이 되는 것도 또한 할슈업는 한아 한으의 호흡을 잘 언어 또는 문자로 조화시킨 까닭이겠지요[30]

조선말로의 엇더한 시형이 적당한 것을 몬져 살페야 합니다. 일반으로 공통되는 호흡과 고동은 어떠한 시형을 잡게 할가요 아직까지 엇더한 시형이 적합한 것을 발견치 못한 조선시문에서는 작자 개인의 주관에 맛길 수 밧게 업습니다. 진정한 의미로 작자 개인의 표현하는 음률은 불가침입의 영역이지요[31]

자유시를 비교적 정확히 파악하고 있고, 우리 시에 맞는 운율 개발의 필요성을 역설하고 있으면서도 그것을 "불가침입의 영역"으로만 처리해버린 데에는 우선 구체적인 운율의식이라기보다는 상징파 시에서 암시적으로 추리해낸 인식이라는 점과 음율 또는 운율이라는 개념이 지닌 혼돈 때문이었다.

● ● ●

29. "상징시는 개인의 감각과 정서에게 새롭은 해방과 가치 있는 자유를 위하여 용감하게 싸혼 가장 존경밧을 만한 희생된 선각자라는 감을 금할 수가 업습니다"(김억, 「작시법」, 『조선문단』 12호, 1925, p. 145).
30. 김억, 「시형의 음률과 호흡」, 『태서문예신보』 14호, 1919. 1. 30, p. 5.
31. 위의 글.

이것이 곧 김억의 한계였으며, 그 후까지도 운율이 주로 형태적인 면의 추구로만 일관된 우리 시의 한계였다. 즉 음보율, 음수율이 운율이라는 등식으로 운율을 생각했기 때문에 한국시에 맞는 운율로 4·4조, 7·5조 등의 음수율이 모색되었던 것이다. 내적인 운율에 대한 인식이 없었고 형태로서만 운율을 생각했기 때문에 김억은 후에 정형시로 안주하고[32] 마는 것이다.

그러나 전술한 육당의 시관이 보여주는 계몽의식을 배격했다는 점과 자유시에 대한 새로운 성찰, 피상적이나마 운율 및 음악성의 중시라는 점에서 김억의 시론이 차지하는 시사적 위치는 부정할 수 없을 것이다.

1920년대 초 세기말 풍조[33]가 만연되었던 시기에 등장한 동인지들 중 『폐허』(1920), 『장미촌』(1921) 등에서는 육당의 계몽의식과는 구별되는 시인의 사명의식을 고취함으로 해서 시로서 활로를 개척하려는 의지가 나타난다.

극도로 곤비困憊한 인간의 영혼은 쉬지 안코 「정신의 은둔소」를 찾난 것이다. (…) 물질계난 유한하나 정신계난 무한하야 (…) 그러면 우리난 적어도 정진한 순례자의 경건한 심정과 시인의 적염赤焰갓흔 정열과 철인의 전광갓흔 이지로 「침묵의 해海」와 「고독의 삼림」을 해매이면서라도 그 정신계 — 즉 시의 왕국 예지의 원園 — 안니 장미 촌을 차저 나가지 안니하면 안될 것이다.[34]

• • •

32. 정한모, 「근대민요시와 두 시인」, 『문학사상』, 1973. 5, p. 276.
33. 이미 1918년 김억은 상징주의를 수입 소개하는 『태서문예신보』의 글에서 데카당 스를 도입부에서 설명하고 있다.
34. 변영로, 「장미촌」, 『장미촌』 창간호, 1921. 5, p. 1.

변영로는 우선 정신계와 물질계의 대립에서 무한한 정신계로의 도약을 말하고 있으며 이는 경건한 심정, 적염 같은 정열, 전광 같은 이지로써 이루어진다고 하고 있다.

이러한 시인의 사명의식은 염상섭의 「폐허에 서서」[35]와 오상순의 「시대고^{時代苦}와 그 희생」[36]에 더욱 자세하게 부각된다.

> 우리 조선은 황량한 폐허의 조선이오, 우리 시대는 비통한 번민의 시대일다.[37]

오상순이 파악하고 있는 폐허는 식민지 상황을 포함한 보다 차원 높은 상황임을 알 수 있다. 그 상황에 시인은 굴복해야 하는가 아니면 상황을 극복해야 하는가의 양자택일에서 굴복한다면 폐허는 영원히 폐허로 남는다.

> 황량한 폐허를 뒷고 선 우리의 발밋테 무슨 한개의 어린 싹이 소사 난다. (…) 이 어린 싹은 다른 것이 아니다. 일체를 파괴하고, 일체를 건설하고, 일체를 혁신혁명하고 일체를 개조재건하고, 일체를 개방해 방하야 진정 의미잇고 가치잇고 광휘잇는 생활을 시작코자하는 열렬한 요구! 이것이 곳 그것일다.[38]

폐허라는 상황을 극복하는 단계를 보여준다. 그것은 다름아닌 파괴에 있는 것이다. 그러고 나서 재건설을 해야 한다는 것이다. 그 다음의

● ● ●

35. 염상섭, 「폐허에 서서」, 『폐허』 1호, 1920. 7, p. 1.
36. 오상순, 「시대고와 그 희생」, 위의 책, pp. 52-64.
37. 위의 글, p. 52.
38. 위의 글, p. 53.

단계에 영원한 창조를 위한 싸움이 놓인다.

> 또 제반 건설의 싸홈이 잇고 영원한 싸홈이 또 잇다. (…) 소극적으로
> 일체 곤란, 압박, 부자유, 불여의의 고통과 싸와 이기고 적극적으로
> 일체 진, 선, 미와 자유, 모든 위대한 것, 신성한 것, 숭고한 것을
> 엇기 위하여 싸혼다.[39]

식민지 상황인 곤란, 압박, 부자유 등은 물론 그것을 넘어서서 진선미
의 획득에까지 나아가야 한다는 것이다. 현실적 차원의 상황 극복과
보다 영원한 창조를 위해 희생을 무릅쓰고서라도 내일을 위해 오늘을
싸워야 한다고 주장하고 있다. 그리고 그는 싸움의 대상, 극복의 대상을
시대고로 대표한다.

> 취중就中 우리 운명에 대ᄒ야 직접 영향을 밋치고 가장 핍절하고
> 가장 절박한 관계와 지배권을 가진 것은 시대고時代苦일다. 왜 그리냐
> 하면 우리는 시대의 자子인 동시에 특히 우리는 비상한 시대에 처히
> 잇는 닭이다. 고로 시대고의 문제를 해결하면 기타의 고苦의 문제는
> 비교적 쉽게 해결될 수 잇지 안을가 싱각된다.[40]

그러나 정작 시대고란 구체적으로 무엇인가에 대한 언급은 없다.
다만 추측할 수 있는 것은 식민지 상황이라는 피상적인 느낌이나 세기말
풍조의 영향이라는 점뿐이다. 파괴와 건설의 대상에 대한 명확한 언급이
없이 다만 '영원한 창조'만을 공허하게 주장하고 있는 것이다.

● ● ●

39. 위의 글, pp. 55–56.
40. 위의 글, p. 56.

다음으로 초기 시단에서 시에 대한 인식은 여러 잡지에 실려 있는 선후평을 포함한 작시법을 통해서 드러난다. 양주동은 『금성』(1923)에 「시란 무엇인가」를 발표하였고, 주요한과 김억은 『조선문단』(1924)에 각각 「노래를 지으시려는 이에게」, 「작시법」을 연재하였다. 그러나 이들은 대개 시에 대한 보편적이고 상식적인 시 입문에 그치고 있다. 다시 말하면 짧은 문학 활동 중에 서구 이론 및 집필자 자신의 경험에 바탕을 두었기 때문에 '시란 무엇인가'라는 추상에 빠지기 쉬운 궁극적 질문과 대답으로 이루어져 있는 것이다.[41] 그러나 그 설명 중에서 몇 가지 시의 인식을 보여주는 중요한 발언을 간과해서는 안 될 것이다.

우선 주요한의 경우 첫째, 자유시에 대한 인식을 보여준다. 서구의 자유시라는 형태를 "고래로 나려오는 작법과 「라임」을 폐하고 작자의 자연스러운 리듬에 마초아 쓰기" 시작한 것으로 파악하고 나서 우리의 자유시 형태에 대해서는,

> 조선말로 시험할 째에 자유시의 형식을 취하게 된 것은 그 시대의 영향도 잇섯거니와 조선말 원래의 성질상 그러지 아늘 수 업섯슴이외다. 과거에 조선말 시가의 형식으로 말하자면 시됴이던지 민요이던지 운다는 법은 업섯고 다만 글자 수효(다시 말하면 「씰라블」의 수효)가 일뎡한 규률을 따를 뿐이엇습니다. 민요의 형식중에는 팔팔됴(여덟자 식 한 귀가 되는 것)가 가장 만헛습니다. 그러나 이런 형식이 심히 단됴한 것은 면치 못할 것입니다.[42]

• • •

41. 참고로 목차를 살펴보면 「노래를 지으시려는 이에게」: 과거의 시가 / 신시의 선구 / 자유시의 첫 작가 / 창조 및 그 후 / 자유시의 압길의 두 문제 / 신시와 우리말. 「작시법」: 서언 / 시란 무엇이냐 / 운문과 산문 / 서시(西詩)와 한시 / 새롭은 시가와 그 역사 / 시가의 종류
42. 주요한, 「노래를 지으시려는 이에게(1)」, 『조선문단』 창간호, 1924. 10, p. 49.

라고 밝히고 있다. 주요한이 한계를 느낀 것은 고전시가의 외형에서만 추출한 음보율 내지 음수율 때문이었다. 따라서 그가 벗어나려 한 것은 음수율이었지만 결국 정형성 전체를 부인하게 되고 나아가 운율의 전면 부정이 자유시라는 극단에까지 이르게 된다.

둘째, 내용과 형식의 일원론을 인정하면서도 내용을 더욱 중요시하고 있다.

> 고래로 던하든 걸작이 그 기교 여하보다도 그 속에 잇는 사상과 정서의 가치에 의한 것이외다.[43]

주요한은 형식을 주로 시어에 관계된 것으로 파악하고 있다.

> 시어를 가지고 논하자면 첫째 시는 산문과 다른 일종의 고유한 형식이 잇다는 것을 닛지 안을 것이외다.[44]

한편 내용에 대해서는,

> 첫재는 개성에 충실하다 함이오, 둘재는 조선 사람된 개성에 충실하라 함이외다.[45]

라고 하여 개성을, 특히 민족적인 개성을 강조하고 있다. 이는 곧

• • •

43. 주요한, 「노래를 지으시려는 이에게(2)」, 『조선문단』 2호, 1924. 11, p. 47.
44. 주요한, 「시선후감」, 『조선문단』 11호, 1925. 9, p. 95.
45. 주요한, 「노래를 지으시려는 이에게(2)」, 앞의 책, p. 48.

민족의 주체성을 뜻하는 것으로 해석된다. 이와 아울러 주요한은 모방의 배제와 배타적이고 국수적인 민족주의 부정도 역설하고 있다. 상식적인 발언에 지나지 않지만 당시의 현실 내지 문학 상황에서 그 진로를 상당히 올바르게 설정하고 있음을 알 수 있다. 당시의 문학 상황은 주요한 자신도 지적하고 있듯이[46] 무비판적으로 들어오는 외래 사조의 모방이 성했고, 한편으로는 새로이 일어서기 시작한 프로계열이 민족문학과 대치하여 그 세력을 확대시켜나가고 있을 때였다. 이러한 상황에서 예술가 특히 시인 자신이 개성을 지녀야 한다는 것과 민족적 개성을 보존해야 한다는 것은 초기 육당이 놓쳐버린 인식과[47] 아울러 식민지 상황에 대처하는 시의 자세를 일깨워주는 것이다.

셋째, 이상의 모든 것을 염두에 두면서 새로운 시가 개척해나가야 할 바를 다음 두 가지로 집약시키고 있다.

첫재는 민족덕 정조와 사상을 바로 해석하고 표현하는 것 둘재는 조선말의 미와 힘을 새로 차저내고 지어내는 것입니다[48]

우선 전술한 바와 대응시키면 첫째 항목은 내용에 해당하는 개성의 강조이고 둘째 항목은 형식에 해당하는데 그 방향을 다음 두 가지로

● ● ●

46. "나는 근래 우리 청년작가들 중에 외국서 드러온 악마주의, 유미주의, 데카단주의 를 챵됴하는 사람의 큰 발뎐을 의문으로 압니다"(주요한, 「노래를 지으시려는 이에게(3)」, 『조선문단』 3호, 1924. 12, p. 45).

47. 주요한은 시집 『아름다운 새벽』의 「책끗헤」에서 육당의 시관에 대한 부정적인 발언을 하고 있다. "개렴(槪念)으로 노래를 부르려는 이가 잇습니다. 더욱이 민중예술을 주창하는 이 사회혁명적 색채를 가진 이 중에 그런 이가 잇습니다. 그러나 그런 시는 십중팔구가 「개렴」의 노래가 됨니다"(조선문단사, 1924. 12, p. 167).

48. 주요한, 「노래를 지으시려는 이에게(1)」, 앞의 책, p. 50.

제시하고 있다.

> 첫재 외국어의 직역은 결코 조선말이 못될 것이외다 (…) 둘재
> 고어의 부활이 결코 조선말이 아닙니다.[49]

여기에서 주요한은 다만 당시의 시어에 대한 상대적 반발 작용으로
외국어의 직역과 고어의 부활만을, 조선적 말의 미와 힘의 모색에 대한
저해 요소로 지적하고 있을 뿐이다.

> 이상 두가지는 일종 소극덕 제한에 불과하고 적극덕으로 엇더한
> 것이 조선말의 미라고 하는 것은 리론으로 업습니다.[50]

다만 그는 "어근은 어디서 왓던지 현재 우리 감각에 반향을 니르킬만
한 생명잇는 말"을 발견하고 창작하는 것이 시인의 직무라고, 시어에
대한 각성을 보여주고 있는 것이다.

새로운 시에 대한 출발점과 제거해야 할 난점들을 제시하고 있으나
그는 조선의 개성에 충실해야 한다는 자기 논리를 추구하다가 급기야는
신시 운동의 성공은 시조나 한시가 아닌 민요, 동요를 기초로 삼아야
한다고 역설하고 있다.

> 순전한 민요덕 긔분에서 출발하려는 이들의 장래를 큰 흥미를 가지
> 고 봅니다.[51]

● ● ●

49. 주요한, 「노래를 지으시려는 이에게(2)」, 앞의 책, p. 44.
50. 위의 글, p. 44.
51. 위의 글, p. 45.

한편 김억은 주요한의 「노래를 지으시려는 이에게」가 끝난 후 『조선문단』 7호부터 「작시법」을 연재하기 시작하였다. 전술한 「시형의 음률과 호흡」의 설명보다는 좀 더 구체적인 어휘로 시에 대해 설명하고 있으나 여전히 운율의 강조가 계속되고 있으며 1925~26년에 발표한 글[52]에서 프로계열에 대한 반발 및 소위 기교과중자技巧過重者에 대한 비판에도 운율의 역점은 여전하다.

우선 그는 시에 대한 정의를 "현실적 창작적 상상과 직관을 음악적 형식으로 표현한 감정"[53]이라고 하고 표현 방법으로 다음 네 가지를 들고 있다.

> 침묵한 문자와 소리내이는 음향과 쥐놀줄 아는 무도舞蹈와 그리하고
> 문자와 음향과 무도도 아모 것도 업는 색채의 네가지가 잇어 이 표현의
> 매개물이 됩니다.[54]

그러나 이 방법 네 가지는 이전의 설명보다는 다소 구체적이긴 하지만 애매모호한 어휘의 사용으로 그 정확한 뜻을 밝혀내기는 곤란하다. 다만 여기서 그가 문자 음향 율동 색채를 시의 기술 내지 방법으로 언급했다는 점에서 가치를 인정해야 할 것이다. 즉, 프로계열의 내용편중의 시와 기교만을 중시하려는 시에 대해 그 어느 것에도 편재하지 않고 무엇보다도 시인의 개성을 역설하고 있으며, 또한 그 방법까지 제시하고 있는 것이다.

●　●　●

52. <동아일보>에 실린 「직관과 표현」(1925. 3~4) 및 「예술 대 인생문제」(1925. 5~6), 「현시단」(1926) 등.
53. 김억, 「작시법」, 『조선문단』 7호, 1925. 4, p. 23.
54. 김억, 「문예 대 인생문제」, <동아일보>, 1925. 6. 9.

둘째, 김억이 말하는 새로운 시는 제 1단계로 전통시가에 대한 의식적 단절을 통해 이루어진다는 것이다. 그는 모범으로 삼을만한 시형이나 참고가 전무하다고 한 후

> 고전적 시형, 표현방식을 반항하고 일어난 근대의 시가는 모두
> 새로운 시가[55]

라고까지 말하고 있다. 물론 여기에서 고전적 시형이란 형태를, 다시 말하면 전형을 말하는 것이고 표현방식이란 진부한 수사 등을 가리키는 말이기는 하지만 김억은 딛고 있는 지반을 스스로 무너뜨리고 있는 셈이 된다. 제 2단계로 그는,

> 미래에 대하야서도 두가지 희망이 잇스니 일, 향토혼을 담을 것
> 이, 언어를 존중히 할 것입니다 (…) 동양의 시가에는 이지가 업는
> 대신에 어데까지 감정의 홀인 눈알이 보이는 것 하나만으로도 짐작할
> 수 잇슴에 불구하고 우리는 우리의 순정한 서정을 버리고 만히 서양의
> 이지적 서정을 상탄賞嘆하였음니다 (…) 언어라는 것은 신성한 것[56]

라고 하여 향토혼과 언어의 존중을 새로운 시가의 요목要目으로 언급하고 있다.

이상 살펴본 바에 의하면 김억은 시에 대한 투철한 인식 없이, 모범으로 삼을 만한 시형이 없음과 전통 단절에의 의욕 그리고 향토혼의 고취를 서로 아무런 연계성 없이 그때그때의 편의에 따라 언급하고

* * *

55. 김억, 「작시법」, 『조선문단』 11호, 1925. 9, p. 77.
56. 김억, 「현시단」, <동아일보>, 1926. 1. 14.

있는 것이다. 김억의 시론의 근거는 상징주의에 있고 또한 운율 및 자유시에 있는데 그 근거를 뒷받침할 만한 확고한 이론들이 차츰 기반을 잃어가고 있는 것이다.

지금까지 육당에서부터 1920년대 초기에 이르기까지 시에 대한 인식을 살펴보았다. 육당의 계몽의식 및 번영로, 오상순 등의 사명의식 그리고 김억, 주요한 등의 시론에서 보여주는 자유시, 운율, 주체성 및 개성의 강조, 한국어에 대한 자각 등은 인식의 출발로서 정상적인 길을 택하였으나 여러 가지 개념의 혼란과, 고전시에 대한 무지, 구체적 방법의 흠핍^{欠乏}, 그 실천의 미비로 그것이 더욱 심화·확대되지 못하고 단편적인 이론으로만 그쳤다.

2. 외래사조의 수용

2.1. 상징주의

상징파의 시론 및 시 작품의 번역 소개는 시사에서 중대한 의미를 지닌다. 그것은 상징주의가 우리나라의 근대시가 출발한 시기에 수입되었고, 그 후의 대부분의 시, 시론이 상징주의에 대한 답습이나 극복으로 이루어졌기 때문이다.

상징주의의 수입은 『태서문예신보』를 통하여 백대진과 김억에 의해 시작되었으며 『창조』, 『폐허』의 주요한, 황석우 등에 의해 1920년대 초까지 이루어지고 있다. 전자는 주로 프랑스의, 후자는 일본의 상징주의를 수입하고 있다. 이에 대한 평가[57]는 아직 완전히 내려있지는 않으나,

●　●　●

57.　정한모, 「상징주의 시론의 상륙」, 『한국현대시문학사』, 일지사, 1974, pp. 275-285.

다음 몇 가지 점에서 그 중요성은 두드러진다.

첫째, 시 형태에 대한 문제로 자유시와 음악성에의 경도^{傾度}의 이론적 근거, 둘째, 시에 대한 인식 바꾸어 말하면 시를 쓸 때의 인식, 비평에 관한 문제, 셋째, 상징주의의 영향에 대한 끈질긴 반발들이 거론되어야 할 것이다.

상징주의에 대하여 김억은 『태서문예신보』의 「프란스시단」과 『폐허』의 「스핑쓰의 고뇌」에서 소개하고 있는데, 2년의 간격이 있음에도 그 내용은 대동소이하다.

김억의 상징주의에 대한 언급은 다음과 같이 요약되어 있다.

> 상징주의란 무엇이냐? 상징파 시인들은 잡기 어려운 이해를 쉬여나는 신비적 해답을 우리에게 제공한다. 마는 「기술^{記述}을 말아라 다만 신비로운 암시」 그것인 듯하다. 상징은 신비의 환치라고도 생각할 슈 잇다.[58] (방점 – 인용자)

"「기술을 말아라 다만 신비로운 암시」 그것"이라고 비교적 적확하게 상징주의의 일면[59]을 붙잡았지만 그것은 김억 자신에게조차 "신비적 해답 (…) 그것인 듯"했기 때문에 다음과 같은 한계를 지니게 된다. 첫째 의미를 무시한 점이다.

● ● ●

김용직, 「초창기 상징파시의 수입상」, 『한국현대시연구』, 일지사, 1974, pp. 46–57.

58. 김억, 「스핑쓰의 고뇌」, 앞의 책, p. 117.

59. "상징주의 시인은 주술적 암시성을 위해 단어를 사용한다."(Symbolist poets use words for their magical suggestiveness) Alex Preminger(ed.), *Princeton Encyclopedia of Poetry and Poetics*, Princeton University Press, 1965, p. 836.

상징파 시의 특색은 의미에 잇지 안이하고 언어에 잇다. 다시 말하면 음악과 갓치, 신경에 닷치는 음향의 자극이다.[60]

"감정을 포함해서 시인의 내면에 숨겨져 있는 사상이건, 인간이 구하는 초자연적인 완벽한 세계를 형성하는 플라톤적인 의미에서의 이데아이건, 요는 현실을 뛰어넘어서 그 배후에 있는 이데아의 세계를 헤쳐 들어가려는 시도"[61]가 상징주의라고 한다면 김억은 이러한 이데아에 대한 근본적 인식을 애초부터 염두에 두지 않고 역시에서 얻은 평면적이고 지엽적인 관찰에 의존하여 상징주의를 이해하고 있는 것이다.

둘째 김억은 음악성에 대해 다음과 같이 말하고 있다.

엇지ㅎ엿으나 음악처럼 진보된 예술은 업다. 모든 표현의 자연적 매개자는 음악밧게 업다. 유형시를 바리고 무형시로 간 상징파 시가의 음악과 갓치 희미한 몽롱을 냉매冷罵한다.[62]

재래의 시형과 규정을 무시하고 자유자재로 사상의 미운微韻을 잡으려는─ 다시 말하면 평측平仄이라든가 압운押韻이라던가를 중시하지 아니하고 모든 제약 유형적 율격을 버리고 언어의 음악으로 직접 시인의 내부생명을 표현하랴는 산문시다.[63]

즉 음악을 통해서 암시에 이른다고 보는 것이며, 구체적 방법으로 산문시를 주장하고 있다. 그러나 우선 시는 음악과 동일시되려는 것이

• • •

60. 김억, 「스핑쓰의 고뇌」, 앞의 책, p. 117.
61. Charles Chadwick, 김화영 역, 『상징주의』, 왕문사, 1974, p. 11.
62. 김억, 「프란스 시단」, 『태서문예신보』 11호, p. 6.
63. 김억, 「스핑쓰의 고뇌」, 앞의 책, pp. 119-120.

아니라 음악의 상태를 동경할 뿐이라는 것의 몰각에 오류가 있고[64] 다음에 음악성을 율격으로만 파악하려 했다는 점에도 오류가 보인다. 김억이 음악성을 이끌어낸 것은 P. Verlaine의 시법Art Poétique의 한 행 「무엇보다도 먼저 음악을」이라는 구절이다. 그러나 P. Verlaine는 프랑스 의 전통적인 형식에 대해 전적으로 반발한 것도 아니고 심지어 나중에는 각운脚韻은 프랑스 시에 있어서의 기본적 요소라고까지 말하고 있다.[65] 또한 상징파 시인 특히 A. Rimbaud가 타파하려고 했던 것은 율격에 그치는 것이 아니라 보다 더 구속적인 제약에서 해방되려는 시도였었다.

셋째, 중요한 점인데도 김억이 놓친 점은 상징주의 시에서 결코 배제하 지 않은 감각 내지 이미저리이다. 상징 역시 이미저리의 한 부분이라는 견해도[66] 있거니와 상징주의 시인들이 애써 배격했던 것은 묘사나 수사 이었지 이미저리는 아니었던 것이다.

> 상징주의자에게서 단어의 힘은 문장과, 상호 관련된 이미지들에서
> 암시적인 발전들을 통해, 그리고 음악성과 대표적인 음 — 관계의
> "음성상징Phonetic Symbolism"이라고 명명된 것을 통해 외연적이고 일상
> 적인 언어의 한계를 넘어간다.[67]

● ● ●

64. 다음의 설명을 참조: "월터 페이터(Walter Pater, 1839~1894)가 1873년에 죠르지오 느(Barbarelli Giorgione, 1477~1510)에 관한 에세이에서 지적했듯이 「모든 예술은 음악의 상태를 동경한다」고 믿게 된 이유는 참으로 음악이 상징파가 추구한 암시력을 갖고 있기 때문에 상징파가 잘라버린 말이 갖는 명확성의 요소를 제거하고 있기 때문이다"(Charles Chadwick, 앞의 책, p. 9).
65. 위의 책, pp. 40–41.
66. Alex Preminger(ed.), 앞의 책, p. 366.
67. "For the symbolists the power of the word goes far beyond ordinary denotative verbal limits through suggestive developments in syntax and interrelated images and though what may be termed the "phonetic symbolism" of musicality and connotative sound relationships"(위의 책, p. 836).

에서 볼 수 있듯이 이미저리와 음악성이 함께 시에 기여하고 있는 것이다.

넷째로는 자유시와 산문시의 개념 혼용이다. "직접 시인의 내부생명을 표현하라"는 비교적 정확한 이해였으나 "모든 제약 유형적 율격을 버리라"는 것이 산문시로 직결될 수는 없는 것이다.

다섯째, 김억은 데카단에 대한 소개를 상징주의 이전에 할애하고 있다.

> 그들은 인생의 근저에 숨어 있는 큰 모순에 쓴지 안코 괴롭워 하엿다.
> (…) 그들은 정말로 시인적 시인이다.[68]

여기에서 김억이 경도하고 있는 것은 시론이나 시를 떠난 시인의 생활에 대한 것이다. 그리고 상징주의가 그 이전의 센티멘털리티에 대한 부정이며, 감성과 상상력의 융해를 복귀시키자고 하는 운동임[69]에도 불구하고 데카당스와 상징주의를 함께 다루고 있는 것이다.

이러한 시인의 생활에 대한 경도와 센티멘털리티의 무의식적 옹호는 당시의 상황과 계몽의식의 여건이 복합되어 그 실마리를 풀 수 없게 되어 『백조』, 『폐허』 동인들의 시작 태도에 큰 작용을 했던 것이다.

의미의 배제와 센티멘털리티의 결합은 프로계열의 성립에도 그 영향 및 근거를 주었고 이와 아울러 음악성에의 치중으로 인한 감각·이미지의 무시 및 센티멘털리티의 결부는 그 후에 '센티멘털리티 = 음악성'이라는 등식을, 따라서 '센티멘털리티의 부정 = 음악성의 부정 = 감각·이미

• • •

68. 김억, 「스핑쓰의 고뇌」, 앞의 책, pp. 115-116.
69. Alex Preminger(ed.), 앞의 책, p. 836.

지의 편중'이라는 일방적인 시론 및 시작 태도를 가져왔던 것이다.

2.2. 모더니즘

시의 인식이라는 측면에서 볼 때, 모더니즘의 수용은 체험만을 다루어 온 시론에서 본격적인 방법론의 도입이라는 점에서 중요한 의의를 지닌다. 그러나 모더니즘이라는 어휘 자체가 지니는 복잡하고 다양한 의미로 말미암아, 그리고 우리가 받아들일 때의 문화 정치적 상황으로 해서 정확한 정리는 물론 실패와 성과를 둘러싼 비판이 끊임없이 이루어지고 있다.

만약 모더니즘의 적용 범위를 넓히면 어느 시대에건 모더니즘은 존재한다.[70] 그러나 문학의 경우 대개는 T. E. Hulme의 반反휴머니즘론에서부터 출발하는 것이 보통이며, 그 하위 개념으로 주지주의를 비롯한 이미지즘, 슈르리얼리즘 등을 포괄하고 있다.

T. E. Hulme의 사상의 기초는 19세기 학문·철학의 오류인 연속의 원리Principle of Continuity를 부정하고 세운 불연속의 원리Principle of Discontinuity 에 있다. 실재의 세 가지 영역인 ① 수학 물리학 과학의 무기적 세계 ② 생물학 심리학 역사에 의해서 취급되는 유기적 세계 ③ 윤리적 종교적 가치의 세계, 이 삼자는 모두 절대적 성격을 지니고 있고 절대적 존재라는 점[71]이 바로 불연속의 원리이다. 이러한 절대적 존재를 망각하여 서로서로 영역을 혼동하고 있는 것이 낭만주의이며 따라서 Hulme은 휴머니즘의 붕괴를 선언하였고 현대예술은 생명예술Vital art에서 기하학적 예술Geometrical art로의 이행이며, 이는 대세계적 태도의 결과에서 나타

● ● ●

70. 유종호, 「모더니즘의 공과」, 『이십세기의 문예』, 박영사, 1964, pp. 239–240.
    Roger Fowler(ed.), *A Dictionary of Modern Critical Terms*, Routledge & Kegan Paul, 1973, p. 118.
71. T. E. Hulme, 김용권 역, 『반휴매니즘론』, 신양사, 1964, p. 10.

나는 것으로 문학에서는 각각 낭만주의와 고전주의로 해당시키고 있다.

이어 T. S. Eliot의 이론은 '감수성의 이론'과 '개성 배제의 이론'이, I. A. Richards의 이론은 '포괄의 시 이론'이 그 근간을 이루며 모두 T. E. Hulme의 바탕 위에 펼쳐지고 있다.[72]

이상과 같은 서구의 모더니즘 이론은, 기독교의 절대이념의 몰락으로 등장한 과학에 의한 합리주의 세계관도 역시 서구인에게 새로운 행동양식, 가치기준, 윤리질서를 제시해줄 수 없었다는 절박한 상황에서 이루어진 것이다.

이러한 역사적, 문화사적 문맥이 우리와 다르다는 점에서 우리의 모더니즘은 출발부터 방향이 달랐던 것이다. 모더니즘의 수용은 T. E. Hulme, T. S. Eliot, H. Read, I. A. Richards 등의 이론을 소개한 최재서의 "봉건사상과 무방법의 극복을 역설한 이원조의 휴매니즘의 모색"[73], 그리고 의도적으로 20세기 문학을 추구하려 한 김기림 등에 의해 이루어졌다.

최재서는 소설과 비평에 관한 평론 내지 논문에 주력하였지만 「기상도」를 검토한 「현대시의 생리와 성격」이나 단평 신간평 등에서 시에 있어서 주지주의 이론을 바탕으로 논리를 전개하고 있다.

그의 수용 전개 이론은 현대사회의 특질이 혼돈성임을 전제하고 나서 출발한다.

「병실의 공기가 문학을 덮고 있다. 현대에 있어서 비평은 대부분이 진단이다. 새로운 각도로부터 볼 때에 문학은 위대한 혹은 민감한

• • •

72. 이창배, 『이십세기 영미시의 형성』, 민중서관, 1972, pp. 20–41.
73. 김규동, 「모더니즘의 역사적 의미」, 『월간문학』, 1975. 2, p. 52.

정신의 병증세로서 날아간다.」이것은 스토니아G. W. Stonier가 작년에
현대 주지주의문학을 해부한 「꼭·마꼭」에서 한 말이다. 현대문학의
혼돈성을 갈파한 명언으로서 이곳에 인용한 것이다.[74]

이 혼돈성 가운데서 주지주의 문학이 출발한다고 하고 그 예로 상거한
네 사람의 이론을 약술하고 있다. 대체로 정확하게 이론을 수입 소개하는
과정에서 그가 얻어낸 시론은 다음 몇 가지가 있다.
첫째, 현대라는 상황을 보는 태도이다.

> 시의 효용은 충실한 생의 활동과 아울러 자유로운 충동의 조화를
> 우리에게 줌에 있다. 그러나 문제는 그 현대적 의의이다. 말할 것도
> 없이 우리는 과도기에 서고 있다. 이 과도기의 성질과 내용을 일일이
> 나열할 필요는 없을 것이다. 다만 우리가 당면하고 있는 과도기는
> 국부적이나 지별적地別的 과도기가 아니라 세계인류가 생활의 근저로
> 부터 동요를 받고 있는 과도기라는 것을 부언하면 그만이다.[75]

여기에서 수용하고 있는 서구이론 내지 사상의 근거를 탐색하지
않고, 단지 받아들임으로써만 끝나는 피상적 문제의식이 드러난다.
둘째로 T. E. Hulme의 이론에서 도출된 낭만적 시와 고전적 시의
대립적 성질에 대한 글이 있다.

> 낭만적 비평태도에 대하야 고전주의 부활은 시의 죽엄을 의미한다.
> 웨그러냐하면 시란 결국 무한에 대한 동경과 거기서 만족치 못한

● ● ●

74. 최재서, 「현대주지주의문학이론」, 『문학과 지성』, 인문사, 1938. 6, p. 1.
75. 최재서, 「비평과 과학」, 위의 책, pp. 38-39.

비애를 표현할 유일한 수단이기 때문이다. 그러나 고전적인 것은
센티멘탈리즘과는 아모 상관도 없다.[76]

이 글에서 논리의 모순을 노정하고 있는데, 이론의 수입이 토착화하지
못하고 공전하고 있음을 보여준다. 즉 최재서 자신의 시에 대한 인식을
스스로 센티멘털리티라고 말하면서, 이와 동시에 고전주의에의 맹목적
애착도 보여주고 있다.

셋째는 T. S. Eliot의 개성 배제 이론에서 얻은 인식이 있다.

시내용의 풍부와 변화는 소재 그 물건에 있는 것이 아니라 소재의
결합양식에 있는 것이다.[77]

비록 배워온 이론이지만 1930년대까지 일관된 체험의 측면으로서의
인식을 뛰어넘어 방법의 측면에까지 인식을 확장한 발언이라고 할
수 있다.

한편 김기림은 당시에도 많은 논란의 주체와 대상이었고 현재에도
연구자들에 의해 다양한 평가를 받고 있다. 특히 그가 시론에 맞추어
시를 쓰려 했다는 점에서 평가는 더욱 복잡한 양상을 띤다. 즉 시의
실패는 시론의 수용의 실패라는 일방적인 추론에서, 성과보다는 패배에
더 많은 초점이 맞추어져 왔던 것이다. 그러나 공보다 과에 역점을
두는 연구자들도 말머리에는 고평高評을 빼놓지 않고 있다. 당시 상황에
비추어 김기림의 등장은 대단한 일이었다는 것을 인정하고 있는 셈이나,

• • •

76. 최재서, 「현대주지주의문학이론」, 앞의 책, p. 11.
77. 위의 글, p. 15.

그러한 상황에 비추어 모더니즘의 수용이나 김기림의 시론은 인정하고 있지 않은 것이다.[78]

김기림 자신도 1940년에 반성과 변호를 하고 있다.

> 우리는 혹은 지난날 십년동안 서양의 혼돈을 수입하지 않았나 하는 의문을 걸어보았다. 사실 오늘에 와서 이 이상 우리가 「근대」 또는 그것의 지역적 견지인 서양을 추구한다는 것은 아모리 보아도 우수워졌다. (…) 이런 의미에서 우리는 오늘을 단순한 서양사의 전환이라고 부르지 않고 보다 더 함축 있는 의미에서 세계사의 전환이라고 형용한다.[79]

김기림은 1930년대 초부터 시작과 비평 활동을 시작하였으나 여러 외래이론의 탐색을 통해 1930년대 말과 1940년대에는 자신의 나름대로의 시론을 확립하였다.[80] 그는 T. E. Hulme, T. S. Eliot, H. Read 등으로부터는 비평방법, 낭만주의 배격, 현대문명관 등을, I. A. Richards로부터는 언어에 대한 자각을, Imagism을 비롯한 Dada, Surrealism 등으로부터는 시의 방법 등을 탐색했으며, 이외에도 많이 있다.

> 그속에 인간이 참여하는 것을 극도로 배제하는 예술이 있다. 예술뿐

● ● ●

78. 다음의 진술에서 김기림의 실패는 필연적이었으나 김기림 단독의 패배만은 아니라는 점을 음미할 필요가 있다. "서구에서 모더니즘은 그들 전통과 문화적 이념에 의하여 발생된 필연적인 산물이지만 한국의 그것은 단순히 외래적이며 이질적인 것에 지나지 않기 때문에 한국적 전통과의 사이에 미묘한 갈등을 전제하지 않을 수 없다"(오세영, 「모더니즘 그 발상과 영향」, 『월간문학』, 1975. 2, p. 57).
79. 김기림, 「우리 신문학과 근대의의」, 『시론』, 백양당, 1947. 11, pp. 65-66.
80. 위의 책 제1부 「방법론 시론」에 수록된 논문들이 그 성과이다.

만 아니라 근대문명의 모든 영역에서 인간이 쫓겨나고 있는 사실을 누구나 쉽사리 지적할 수 있는 일이다. 인간의 흠핍 그것은 근대문명 그 자체의 병폐와 문학에 있어서 인간을 거부하는 이러한 주장을 일쯕이 영국에서는 「T. E. 흄」이 체계를 세워서 나중에는 「T. S. 엘리엇」 에 의하야 계승되었다.[81]

이렇게 해서 T. E. Hulme이나 T. S. Eliot는 "인간의 냄새라고는 도모지 나지 않는 「삐잔틴」의 기하학적 예술을 존중"[82]했다고 하며 Eliot의 시는 근대문명의 반영에 불과하며 이것이 곧 그의 한계라고 지적하고 있다.[83] 여기서 지적되고 있는 것은 T. E. Hulme의 기하학적 예술관 및 고전주의 예술관 그리고 T. S. Eliot의 개성 배제의 이론이다. 김기림은 휴머니즘 경향에 대한 반동의 시대적 의의를 인정하고 있고[84] 역시 T. E. Hulme의 사상은 옳게 파악하고 있지만 T. S. Eliot의 수용 경우는 다르다.

T. S. Eliot의 개성이 배제된 감정은 "실지의 감정actual emotion과 예술 감정art emotion을 구별하여 예술 감정은 그것이 시인의 정신을 거쳐 나왔지 만 시인의 일시적 실지 감정이 아니고 개성이 배제된 새로운 감정"[85]이 다. 그러나 이에 못지않게 Eliot가 강조하고 있는 것은 "시인은 개성을 표현할 것이 아니라 특수한 매개체의 구실을 해야 한다"[86]는 그 매개체 즉 집중성, 포괄성, 극적구도의 성격인 것이다. 그러나 이러한 용해된

• • •

81.　김기림, 「인간의 흠핍」, 위의 책, p. 226.
82.　위의 책, p. 232.
83.　김기림, 「의미와 주제」, 위의 책, p. 246.
84.　김기림, 「인간의 흠핍」, 위의 책, p. 232.
85.　이창배, 앞의 책, p. 30.
86.　위의 책.

개성을 김기림은 인간성으로 파악하여 여기에서 인간성 흠핍의 회복을 부르짖는 소위 건전한 오전의 시론을 도출하고 있다.[87] T. S. Eliot가 방법의 측면까지 확장하여 내세운 이론을 김기림은 체험의 측면으로만 소박하게 받아들이고 있는 것이다. 그리고 김기림은,

> 시는 물론 일상회화에서 그 기초를 둔 것이나 객관 세계에 관한 지식하고 아모 관련도 없다. 다만 사람의 심적태도의 어떤 조정調整에 봉사할 뿐이다. (…) 다만 그 작품[엘리엇의 「창머리의 아츰」]이 우리의 마음에 일으키는 어떤 내부적태도의 조정이 있을 뿐이다. 그러므로 주지주의의 시에 있어서조차 그것이 관련하는 것은 지식이 아니고 지성에서오는 내부적 만족이다.[88]

라고 시에 있어서의 지성에 대하여, 시인 및 독자의 양 측면을 언급하고 있는데 주지주의에서 지적이라는 것이 "표현하는 태도"가 아닌 "대상을 대하는 태도"로 파악될[89] 때, 김기림은 주지주의 이론의 핵심인 지성에 대해 정확히 인식하고 있는 것이다. 그러나 그의 시들이 대부분 객관세계에 대한 지식으로 끝남이 많은 것은 T. S. Eliot에 대한 몰이해 및 극도로 의도적인 문명비평의 결과이었다.

다음으로 I. A. Richards의 이론은 T. E. Hulme, T. S. Eliot의 이론과 연결하여 파악되어야 하는데 김기림은 특히 I. A. Richards에 대하여는 각별한 탐구가 있었다.[90] I. A. Richards의 이론 역시 유미주의에 대한

● ● ●

87. 김기림, 앞의 책, p. 227.
88. 김기림, 「시와 언어」, 위의 책, pp. 27-30.
89. 최창호, 「주지주의」, 『이십세기의 문예』, 앞의 책, p. 353.
90. "해방후 발간된 『시의 이해』는 숫제 그 전편을 리처즈의 『문예비평의 원리(Princi ples of Literary Criticism)』의 요약, 소개를 위한 시도로 바치고 있다"(김용직,

반발로 이루어지고 있는데 이론의 전개 과정을 보면 다음의 단계를 밟고 있다. 첫째, 일상체험은 예술체험과 다를 바 없으나 단지 예술체험이 일상체험에 비해 완전 형태의 경험이라는 차이만이 있을 뿐이다. 둘째, 여기에서 포괄의 시Poetry of inclusion의 이론이 나오는데 이전의 시가 체험의 동질적 충동의 균형 조화임에 비해 포괄의 시는 체험의 이질적 충동의 균형 조화이다. 셋째, 이러한 이질적 충동으로 인한 시는 지시적 기능을 가진 과학용어와 구별되는 정의情意적 기능의 시적 언어인 의사진술Pseudo-Statement로 이루어진다. 넷째, 여기에서 비논리의 아이러니가 나온다. 여기까지가 정의적 요소와 지시적 요소의 대립 개념이다.

그러나 그는 나아가서 Coleridge의 상상력 이론을 원용하여 지시적 : 정의적 대립을 극복하고 하나의 세계로서의 시, 지식으로서의 시라는 근본 개념을 이루어내고 있다.[91]

이러한 I. A. Richards의 이론 전개에서 김기림이 추출한 것은 가진술 즉 시와 과학적 명제에 대한 이론과 시의 과학화이었다. 이와 아울러 시어에 대한 각성을 가지게 되었고 또한 피상적이나마 시를 하나의 체계로 인식하게 되었다.

> I. A. 리촤-즈는 과학의 명제와 구별해서 시를 「가진술假陳述」이라고 규정했다. 시와 과학은 서로 적대해야 한다고 선동한 것은 주로 십구세기의 반동적 노인들이었다.[92]

• • •

　　앞의 책, pp. 269-270).

91.　이창배, 앞의 책, pp. 30-41 참조.

92.　김기림, 「시와 언어」, 앞의 책, p. 24.

여기에서 김기림이 I. A. Richards와 그 근본적인 전제 및 출발을 같이 하고 있음을 볼 수 있다. 즉 I. A. Richards가 예술체험을 일상체험보다 우위에 두어 강조한 신비, 영감, 천재 등에 대한 반발로의 출발은 역시 김기림이 그 당시 만연되었던 센티멘털리티에 가까운 감정의 직접적 토로에 대한 극복의 의지를 보여주고 있다는 점과 그 문화사적 요인의 일치를 보여준다. 그러나 김기림의 커다란 오류의 하나라고 지적받는[93] 시의 과학화는 I. A. Richards의 논리 추구 방향과는 거리가 멀게 된 것이다. 심지어 "과학의 세계를 노래하는 시"[94]라는 데에 와서는 앞서 그가 정확하게 지성을 파악한 데 비해 "대상의 지적"으로 지성을 파악하고 있는 것이다.

I. A. Richards는 이러한 기본 전제에서 구체적 시의 방법인 포괄의 시의 이론을 이루어내었고 나아가 시적 언어의 영역 확대를 꾀하였으나 김기림의 수용은 과학에 매달려 현대시의 명제를 다음과 같이 제시하고 있을 정도이었다.

기계에 대한 열렬한 미감, (…) 동動하는 미 (…) 일의 미[95]

그러나 시가 언어로 쓰인다는 인식, 체험의 영역 확대 등은 I. A. Richards에게서 수용한 중요한 점이었다.

모더니즘을 한국적 상황으로 축소하고 나아가 심화 확대의 요인을 제거한 것은 김기림이 받아들인 이미지즘으로서이다. 물론 한편으로는 소위 모더니스트라고 불리는 시인들 역시 이미지즘의 범주를 크게

• • •

93. 송욱, 『시학평전』, 일조각, 1976, pp. 178-183 참조.
94. 김기림, 앞의 책, p. 24.
95. 김기림, 「시의 「모더니티」」, 위의 책, p. 113.

벗어나지 못하고 있는 것도 모더니즘을 이미지즘과 혼동하게 되고 그 한계를 내재하고 있는 이유가 될 것이다.

주지하다시피 이미지즘은 낡은 감상적 시어의 배격 그리고 새로운 시, 새로운 시어를 외치고 1913년 E. Pound를 중심으로 한 소위 Imagist라는 일군의 등장에서 출발한다. 김기림은 이미지즘에 대한 사전적 설명에서,

> 그것은 「빅토-리안」의 격조와 요설과 비만을 함께 경멸하고 자유시
> 와 간결과 적확을 목표로 하고 대전大戰 직전에 영미의 젊은 시인들의
> 손으로 봉화를 들었다. 그 이론적 지도자는 「T. E. 흄(1883-1917)」
> (…) 정확한 「이메지」(영상影像)를 자유로운 「리듬」으로 간명하게 그린
> 다고 하는 「이마지즘」의 특징은 그의 이론에 근거를 갖인다.[96]

라고 이미지와 리듬의 두 가지를 소개하고 있다. 그러나 그가 이미지즘 이론을 수용할 때에는 시의 주요한 재산의 하나인 음악성을 제거하고 있는 것이다. 그는,

> 「파운드」는 말하였다. 「음악이 무도舞踏로부터 너무 떨어져 있을
> 때 그것은 썩는다 시가 음악에서 너무 멀리 떨어질 때 그것은 시들어버
> 린다」고[97]

라는 진술이 있음에도 불구하고 E. Pound가 분류한 시의 세 가지 즉 멜로포이아, 파노포이아, 로고포이아 중에서 멜로포이아를 염두에 두지 않는 시를 요망했던 것이다.[98]

• • •

96. 김기림, 「이마지즘(모던문예사전)」, 『문예평론』 1호, 1940, p. 120.
97. 김기림, 「의미와 주제」, 『시론』, p. 247.

김기림이 E. Pound의 이론을 전면적으로 수용하지 못하였기 때문에 그 후의 전개 과정에서 오류가 많이 발견되고 지적되기도 하였으나, 사실상 하나의 일반적인 사실을 부정하기 위하여는 새로운 시론에 전 요소를 잔류시킨다는 것은 극히 힘들었으리라는 추측도 가능하다. 그러나 다시 이 점은 초기부터 운율의식의 정립이 없었다는 점에서 좀 더 정확한 운율에 대한 그 이전의 인식의 천착이 없었기 때문에 김기림의 음악성 배제는 실로 중요한 시의 일부를 스스로 버리게 되는 것이다.

그러나 이미지에 대한 그의 의식적인 인식, 그 기반 및 효용 가치에 대한 언급[99]은 방법의 측면의 개척뿐만 아니라, 시어에 대한 각고, 그리고 한 편을 전체로 조망하는 태도의 확립에 기여했던 것이다.

2.3. 순수시론

1930년대 이후 모더니즘 계열과 이전의 프로계열과 대항하면서, 그리고 초기 시단에서의 무의식적 체험인 센티멘털리티를 극복 심화해 나가면서, 한국어의 미의 탐색에 주력했던 박용철은 시인으로서, 비평가로서, 그리고 잡지 편집자로서의 다양한 면모를 지닌다. 그러나 시론가로서의 활동에 비하면 시인이나 편집자의 그것은 두드러지지 못한다.

박용철이 일관되게 주장해온 것은 시에서 체험의 측면의 모색이다. 모더니즘이나 프로계열의 의도적 체험이 아닌 시정신, 즉 선시적先詩的인 데에만 치중하였던 것이다.

1930년 「시문학 창간에 대하여」라는 글과 1931년 「미의 추구」, 「효과주의비평론강」을 발표하였으나 그것은 소박한 경험의 소산인 시론이었

●　●　●

98.　김기림, 「시의 회화성」, 위의 책, p. 149.
99.　김기림, 「1933년 시단의 회고」, 위의 책, pp. 83–86 및 pp. 145–152 참조.

다. 그 후 1934년 발표된 지 1년밖에 되지 않은 A. E. Housman의 「시의 명칭과 성질」을 번역[100]하면서부터, 그리고 1937년 「시적 변용에 대해서」에서 R. M. Rilke의 시론을 차용하여 박용철은 뚜렷한 자신의 시론을 지니게 된다.

박용철의 A. E. Housman 발견에 대한 뚜렷한 이유는 별반 찾아볼 수 없으나 박용철이 평소 지니고 있던 "우리는 시를 살로 색이고 피로 쓰듯 쓰고야 만다"[101]는 미분화된 생명의 비밀로서 시를 파악한 점과 일치하는 면이 적지 않다.

A. E. Housman은 「시의 명칭과 성질」에서, 우선,

> 그들이 성공할 때에 그 성공은 본능적 분별과 청각의 자연적 우수에
> 의거하는 것이다.[102]

라고 하여 시의 가치의 기준을 독자나 시인의 체험으로부터 이끌어내고 있다. 이 점을 박용철은 비평가로서의 하나의 조건으로 받아들였던 것이다.

다음으로 A. E. Housman의 이 글에서 자주 나오는 진술로서,

> 시는 말해진 내용이 아니요, 그것을 말하는 방식이다. 그러면 그것은
> 분리해서 따로 연구할 수 있는 것이냐 언어와 그 지적 내용 그 의미와의
> 결련結聯은 상상할 수 있는 가장 긴밀한 결합이다. 혼성混成되지 않는

● ● ●

100. 번역 과정에 대하여는, 김윤식, 「무명화와 순수의 논리」, 『한국근대문학사상』, p. 185, 주1 참조.
101. 박용철, 「편집후기」, 『시문학』 1호, 1930. 3, p. 39.
102. A. E. Housman, 박용철 역, 「시의 명칭과 성질」, 『문예월간』 2호, 1934. 4, p. 2.

순수한 시 의미에서 독립된 시 그런 것이 어디 잇겠느냐 시가 의미를
가지고 잇슬 때에는 (언제나 그러한 것이지마는) 그것을 따로 끄러내는
것은 재미스럽지 않다. (…) 의미는 지성에 속한 것이나 시는 그렇지
않다.[103]

　라는 순수시론이다. 내용과 그 방식은 분리할 수 없으나 독자나 시인의
체험이라는 측면에서 볼 때 의미란 또는 사상, 지知란 시의 원천이나,
산출될 때의 시의 인식에 방해가 되면 되었지 도움을 주지 않는다는
것이다. A. E. Housman의 이 진술은 감정의 오류를 범하고 있는 것인데
그것은 독자 심리학은 결코 시의 가치의 기준이 될 수는 없기 때문이다.[104]
　그러나 박용철은 이러한 오류에도 불구하고 A. E. Housman의 이론에서
첫째 체험의 측면으로서의 시의 인식과 시란 말해지는 방식이라는
점을 배웠던 것이다. 이 양자는 시사詩史의 측면에서 중요한 의미를
지닌다. 즉 이전의 센티멘털리티의 극복 및 모더니즘 계열로부터의
대비, 내용편중에 의한 프로문학의 배격 등 당시 문단 상황 전체를
포괄할 수가 있기 때문인 것이다.
　A. E. Housman에 이어 박용철의 시론에 영향을 준 것은 R. M. Rilke의
'변용'에 관한 시 및 산문이다. 물론 박용철은 A. E. Housman의 체험의
측면의 연장선상에서 Rilke를 받아들였고, 그의 「시적 변용에 대해서」는
「젊은 시인에게 주는 편지」와 「말테의 수기」를 읽었기 때문에 쓰였다고
할 수 있고 또한 그 기술 방식도 논문의 형식을 떠나 수필의 형식을
가지고 있다. 그리고 그가 다루고 있는 내용 역시 직접 감지할 수 없는
'변용'의 이론이기 때문에 그 글을 읽어도 적확한 논리를 발견할 수

● ● ●

103. 위의 글, p. 5.
104. René Wellek · Austin Warren, 앞의 책, p. 147.

없게 된다.

물론 이 점에서 그의 문체와 말하고자 하는 내용과의 일치라고도 할 수 있으나 그 글은 전기前記 A. E. Housman의 경우와 다를 바 없는 번역에 머무르고 있는 셈이다.[105]

Rilke의 주요한 단어인 변용은 다음과 같이 정의된다.

> 대체로 변용은 사물 자체에서 스스로 일어나는 경우와 인간의 정신
> 력과 예술적 형상화를 통해서 〈보이는 것〉으로 변용하는 경우도 생각
> 해볼 수 있다. 릴케가 중시하는 것은 물론 후자이다.[106]

이러한 '보이는 것에서 보이지 않는 것으로'의 변용은 Rilke가 「말테의 수기」를 쓰기 전까지 '보이지 않는 것에서 보이는 것으로'의 변용에서 추구되어 온 것이다. 여기서 R. M. Rilke가 「말테의 수기」를 쓰고 10여 년간 침묵 끝에 즉 그의 "전생애를 두고 될 수 있으면 긴 생애를 두고 참을성 있게 기다리며 의미와 감미를 모으지 아니하면 아니 된다. 그러면 아마 최후에 겨우 열 줄의 좋은 시를 쓸 수"[107] 있다는 신념이 실현된 뒤 「비가」, 「오르페우스 소네트」를 완성한 점으로 볼 때 박용철은 R. M. Rilke의 전개 과정에서 중간 단계인 '보이지 않는 것에서 보이는 것으로'의 변용만을 도출한 것이다.

「시적 변용에 대해서」는 다음과 같은 점에서 고찰되어야 한다. 우선 그가 시의 체험의 측면을 강조했다는 점과, 기술적인 측면을 염두에

● ● ●

105. "박용철에게 이렇듯 내밀하고 주아적(主我的)인 상태 속에 시 이전의 순수 정신으로만 남아 있던 릴케의 체험"(손재준, 「릴케의 즉물성과 그 영향」, 『심 상』, 1974. 2, p. 37).

106. 위의 글, p. 36.

107. 박용철, 「시적 변용에 대해서」, 전집 2권, p. 5.

두지 않았다는 점이다.

> 우리의 모든 체험은 피 가운데로 용해한다. (…) 교묘한 배합, 고안,
> 기술 그리고 그 우에 다시 참을성 있게 기다려야 되는 변종 발생의
> 챤스[108]

에서 보여주는 배합, 기술 등은 시화에까지 이른 것이 아니라 시 이전의 상태의 배합 기술인 것이다. 그가 R. M. Rilke의 시에서 얻은 시론은 다만 영감의 암시를 존중하고 그것을 고이 간직함에 그치고 언어를 통한 형상화까지는 이르지 못하고 있는 것이다.

이러한 점에서 김기림, 임화 등의 비판을 받게 되는데 그것은 시에 대한 인식이 일반적, 궁극적이며 체험에 의한다는 점에 기인한다. 시란 선시적인 곳에서 머물면 결코 시라 할 수가 없고, 다만 언어의 형상화 작용을 거친 후에만 시라고 명명할 수 있기 때문이다.

그러나 박용철이 이전의 무의식적인 체험의 발로로서의 시를 극복하고 센티멘털리티에 하나의 논리를 제공하였다는 점은 그가 R. M. Rilke에게서 받은 주요한 수확이다.

III. 인식의 태도

시에 대한 인식은 크게 두 가지로 나누어 볼 수 있다. 하나는 체험의

• • •

108. 위의 글, pp. 3-4.

측면이고, 다른 하나는 방법 내지 기술의 측면이다. 즉 시인이 또는
비평가가 어느 면에 중점을 두고 있는가 하는 점에서 나누어질 수
있다. 물론 이 양자를 따로 떼어낸다는 것은 사실상 불가능하기 때문에
먼저 체험의 측면을 다룸으로써 방법의 측면에 자연스럽게 접근할
수 있을 것이다.

　우선 체험이란 시인이 갖는 체험을 말한다. 선시先詩라든가 시정신
등이 이를 말하는 것으로 이에는 시인이 오랫동안 지니고 있는 모든
의식적 무의식적 체험과 시인이 자기의 시 속에 체현하려고 하는 의도적
체험으로 나누어[109] 고찰된다. 물론 전자는 문제를 "전연 손에 미치지도
않고 또 순수하게 가정적인 X로 하여버린다는 중대한 불리한 점"[110]을,
후자는 "언제나 합리화이며 해설적이며"[111] 동시에 "의식적인 의도와
현실적인 실천과의 사이의 간격"[112]이 생긴다는 점을 유념해야 한다.

　한편 방법 내지 기술이란 시인에 의해서 전자, 즉 시정신이 투영되어
시로 실현되는 과정을 뜻한다.

　다시 한번 강조해야 할 점은 이 체험이나 방법 어느 한 면만으로는
정당한 시에 대한 인식이 불가능하다는 점이다. 그러나, 그럼에도 불구하
고 우리의 시사에서는 그 어느 하나가 일방적으로 강조되고 있었다.

●　●　●

109.　René Wellek · Austin Warren, *Theory of Literature*, Penguin Books, 1970, pp.
　　　148-150 참조.
110.　"In practice, this conclusion has the serious disadvantage of putting the problem
　　　into a completely inaccessible and purely hypothetical X."(위의 책, p. 149).
111.　"'Intention' of the author are always 'rationalizations', commentaries"(위의 책,
　　　p. 148).
112.　"Divergence between conscious intention and actual performance"(위의 책, p.
　　　149).

1. 체험의 측면

1.1. 의식적·무의식적 체험

가. 무의식적 체험

1919년부터 프로계열의 문학과 민족주의 문학의 대두 이전까지 발간된 잡지를 일별해 보면 대부분 다음과 같은 태도에서 시작詩作을 하고 있고 시론도 이에 준하고 있다.

> 이 지상에 살아잇는 사람들은 다 시인일 것이외다. (…) 미를 대하야
> 늣겨 탄성을 발한다 할진댄 그 탄성이 곳 시가 안이고 무엇이며 시를
> 읇은 자가 시인이 아니고 무엇이리잇가[113]

영탄은 물론 위의 인용과 같이 단순하게 기술되어 있는 것은 아니나 운문이라는 표현형식을 일단 배제하고 보면 시인이 대상을 바라보고 거기에서 얻어지는 감흥을 직접적으로, 느끼는 그대로 옮겨놓은 것이다. 즉,

> 이지를 써나 감정세계를 소요逍遙하는 것은 시가입니다. 그러기에
> 비과학적이며 비논리적입니다. 시가가 초연한 지위를 가진 것도 실로
> 이 점에 잇슴니다[114]

라고 했을 때 이는 시라는 상태 이전의 시정신의 상태를 보여주는 것이다. 즉 시 자체의 인식 이전 시인의 태도를 기술한 것에 불과하다.

● ● ●

113. 유춘섭, 「시와 만유」, 『금성』 창간호, 1923. 11, p. 41.
114. 김억, 「작시법(1)」, 『조선문단』 7호, 1925. 4, p. 23.

이러한 태도가 시대를 내려오면서 순수시의 옹호 혹은 현실도피의 한 방편으로 흐르게 됨은 간과하지 못할 사실이 된다.

비록 박용철이 김기림의 과학 내지 지성 논의에 대한 비판으로 센티멘털리즘을 옹호[115]하였으나 한편으로

한 민족의 언어가 발달의 어느 정도에 이르면 국어로서의 존재에 만족하지 안이하고 문학의 형태를 요구한다. 그리고 그 문학의 성립은 그 민족의 언어를 완성식히는 일이다.[116]

라는 진술과 앞뒤로 하여

우리는 우리의 조선말로 쓰인 시가 조선 사람 전부를 독자로 삼지 못한다고 어리석게 불평을 말하려 하지도 안는다[117]

라는 진술을 살펴볼 때 그의 태도 역시 시인의 태도이며, 이는 곧 정당한 시의 인식, 즉 언어에 대한 인식에도 불구하고 당시 상황에 얽매여 대척점만을 의식하고 올바른 지향점을 찾지 못한 것이 된다. 그리하여 그는 다시 영탄으로 되돌아가고 만다.

우리의 감각에 녀릿녀릿한 깃븜을 이르키게 하는 자극을 전하는 미美 우리의 심회에 빈틈업시 폭 드러안기는 감상 우리가 이러한 시를 추구하는 것은 현대에 잇서 힌거품 몰려와 부듸치는 바희 우의

• • •

115. 김윤식, 『한국근대작가론고』, 일지사, 1974, pp. 131–142 참조.
116. 박용철, 「후기」, 『시문학』 창간호, 1930. 3, p. 39.
117. 위의 글.

고성古城에 서 잇는 감이 잇슴니다[118]

이와 같이 시의 인식을 영탄으로 파악한다는 것은 시 이전 즉 인식 이전의 차원이며 또한 쉽게 주위 상황을 무시하게 되고 단순히 취미로 전락하게 되는 결과를 가져온다.

물론 후기에 오면 이러한 자연발생적 태도를 극복한 영탄의 옹호도 등장한다. 1935년 이후의 박용철 자신뿐만 아니라 김환태는 현대에 있어서 가장 큰 잘못의 하나는 "시인이 영탄을 경멸하는 사상"[119]이라고 하고 있다.

이러한 영탄에 대한 반발은 두 가지로 나타나게 되는데 그 하나는 목적의식을 강조한 프로계열과 다른 하나는 지성을 중시한 주지주의 계열이 그것이다. 물론 이 양자가 아닌 반발도 상당수 있다.

김기진이 1923년 3월에 박종화에게 보낸 편지에서 "사死에 대한 불복 ― 즉 운명에 대한 반역"에서 문학이 출발해야 한다는 전제하에 그 방향을 다음과 같이 말하고 있다.

형의 도피적 영탄조의 시가 일전기一轉期를 획하여 현실의 강경한 열가熱歌 되기를…. 형이 「개벽」에서 〈역力의 예술〉이라고 부르짖은 것이 형의 시가 위에 나타나기를[120]

이 진술에는 다음 두 가지가 먼저 언급되어야 할 것이다. 김기진에게는 학문이나 예술의 위기 이전에 민족 존망의 위기가 선행하고 있었다[121]는

● ● ●

118. 박용철, 「미의 추구」, 『시문학』 3호, 1931. 3, p. 32.
119. 김환태, 「표현과 기술」, 『시원』 4호, 1935. 8(『김환태 전집』, 현대문학사, 1972, p. 26 재인용).
120. 박종화, 「백조―40년간의 문예계」, 『사상계』, 1960. 1, p. 253.

점과 박종화의 처녀시집 『흑방비곡』의 자서^{自序}에

> 이것은 내 노래이며 내 울음이다. 이곳에 무엇을 차지며 무엇을
> 자랑할 게 잇스랴마는 나 젊은 어린 혼이 풋된 마음과 거짓 업는
> 참을 다하야 밤마다 밤마다 홀로 읊허 가슴 속 깁히 간즉해 두엇든
> 내 노래이다.¹²²

라는 글이다. 인용한 김기진의 편지나 박종화의 자서 모두 동년에
이루어진 것으로 보면 박종화가 영탄 및 힘의 예술 두 가지를 동시에
의식하고 있음을 알 수 있다. "우슴이 임^臨하"¹²³지 않는 상황에서 두
가지가 동시에 내재하고 있음은 일견 타당하다고 보이지만 이것은
결코 시에 대한 인식이 아니라 상황에 대한 인식일 뿐이다. 대처하느냐
아니면 회피하느냐 하는 두 가지는 피지배자로서의 당면한 상황이지만
이 상황이 그대로 시인으로서 혹은 시로서의 태도와는 일치할 수 없는
것이다. 다만 전술한 김억의 태도와는 약간의 상이한 태도를 보여주고
있을 뿐이다.

최재서는 「시의 장래」¹²⁴라는 글에서 김기림의 인텔렉츄얼리즘이나
임화의 사상성에 기대를 거는 한편, "센티멘털한 어리광이나 목 쉰
비명은 어지간이 실쯩이 난다"고 1939년에 말하고 있다.

한편 김기림은 철두철미하게 영탄을 배격하고 나서고 있다. 그는
현재 많은 논문에 의해 비판을 받고 있으나 비판을 받는 소지는 그가
주장했던 논술 때문이 아니라 그 주장하는 방법론에 문제가 있는 것이

● ● ●

121. 김윤식, 앞의 책, p. 55.
122. 박종화, 「자서」, 『흑방비곡』, 조선도서주식회사, 1923, p. 1.
123. 위의 글, p. 2.
124. 최재서, 「시의 장래」, 『시학』 1집, 1939. 4, p. 33.

다.[125] 그는 센티멘털리즘, 로맨티시즘, 상징주의, 센티멘털·로맨티시즘, 자연발생적 시가, 감상적 노만주의, 격정적 표현주의[126] 등등의 용어를 만들어가면서 모더니즘의 옹호 주장을 곳곳에서 설파하고 있다. 그는 모더니즘 이전의 시는 대부분 "표현주의"라고 부르면서

주관의 영탄이 시의 유일의 동기요 또한 과실이었다. 그것은 시인의 감정과 의지 우에 입각하는 것으로서 제일인칭 혹은 제이인칭의 것이 많았다.[127]

그리고,

「센티멘탈리즘」은 예술을 부정하는 한개의 허무다.[128]

라고까지 언명하고 있다. 즉 그에게는 과거의 모든 것을 배격 부정하는 것이 그의 임무였고 모더니즘의 이론이었으며 그 과거란 모두 영탄이며 자연인 것이다. 물론 우리의 시는 너무나 생활표면에 깊이 결부된 감정노출이었음도 사실이지만 감정노출이 보편성을 획득할 때는 그것이 곧 시의 인식에 도달할 수 있다는 점을 김기림이 몰랐기 때문에 이러한 무리한 이론으로 함몰하였던 것이다.

나. 의식적 체험
a. 암시

● ● ●

125. "오류가 극명히 드러나는 것은 그의 방법론이다"(김윤식, 앞의 책, p. 99).
126. 김기림, 『시론』, 백양당, 1947.
127. 위의 책, p. 167.
128. 위의 책, p. 81.

김억에 의해 수용된 상징주의는 그 내면적 요소들의 의식이 없이 다만 애매한 채로 정착되어 가는데 그 중 암시라는 단어는 상징주의의 요약이자 시의 정의로까지 사용되었다.

> 육을 써나서 혈이 무슨 의미를 가지며 시가의 본질이라고 하는 것보다도 대체의 암시적이면 시가요 설명적이면 산문이라는 관념도 모르는 신문잡지의 편집자[129] (방점 - 인용자)

이 인용은 김억의 프로계열과 소위 기교주의 계열에 대한 비판을 위한 글에 삽입된 것인데 방점 부분은 단적으로 암시라는 단어의 영향이 1926년까지도 미쳐 있다는 점에서 주목을 끈다.

사실상 암시가 시의 전부인 양 오해된 것은 김억의 경우에 한정되지 않는다.

> 안서군은 시의 음조로써 낫하나는 기분이며 무 - 드에 대하야 아모런 이해를 가지지 못한 듯 합니다. 「황사장黃沙場」이란 말의 「황」자음과 「장」자음이 엇던 기분을 낫하내이는지 몰으는 것 갓습니다 (…) 안서군의 말대로 「문자 외에 숨은 암시」가 도모지 업서지고 맘니다.[130] (방점 - 인용자)

> 개념을 그대로 쓰기 째문에 암시력이 업슴니다[131] (방점 - 인용자)

---

129. 김억, 「현시단」, <동아일보>, 1926. 1. 14.
130. 양주동, 「개벽 4월호의 「금성평」을 보고」, 『금성』 3호, 1924. 5, p. 67.
131. 주요한, 「시선후감」, 『조선문단』 11호, 1925. 9, p. 96.

그 암시가 풍부한 것을 취하니[132] (방점 - 인용자)

첫 번째 인용에서는 암시라는 단어가 어감에서 사용되고 있고 둘째, 셋째 인용에서는 어의에 관계되어 사용되고 있다.

심한 예로 주요한이 시선후감[133]에서 독자 투고시를 암시와 직유 은유 등의 용어로 해체하고 다시 조립하는 경우도 있다. 투고시는 "윈천지를 내리 쬐이는 / 모지고 쓰거운 해볏은 / 멀고먼 서녁 하날에 / 하염 업시 쓸어지고"라는 「녀름의 황혼」으로 형용사 남용을 지적하기 위해 인용되어 있는데 선자인 주요한이 네 차례의 가감을 하고 있다. 그 가감의 이유가 바로 암시라는 말에 놓여 있는 것이다. '먼하늘'은 "암시가 없으므로" "암시적"으로 '숨다하는 곳에'로, '슬어지고(←쓸어지고)'는 '재만 남기고'로 고쳐놓고 있다. 그러나 처음 시와 마지막 개작 당한 시가 마찬가지 차원의 시인 것은 변함이 없다. 아무리 시에 암시가 풍부한 단어로 메워져 있고 직유나 은유로 꽉 차 있다고 하여도 허황된 말장난이기는 마찬가지이기 때문이다. 여기에 물론 영탄에 대한 배격이 삽입되어 있지만 이러한 태도는 곧 영탄을 다시금 내세우게 하는 이유가 되고 있으며 근본적으로 수사 내지 기교를 단어의 선택으로만 인식하는 데에서 빚어지는 차원인 것이다.

b. 순수

전술한 바대로 순수시론은 박용철에 의해 수입 소개되었으며 동시에 그는 순수시론에 의거하여 확고한 비평태도를 지니게 되었다. 박용철은 1934년 A. E. Housman의 「시의 명칭과 성질」의 번역을 계기로 이전과

● ● ●

132. 박종화, 「9일의 시단」, 『조선문단』 12호, 1925. 10, p. 173.
133. 주요한, 「시선후감」, 앞의 책, pp. 160-161.

이후의 시에 대한 두 가지 인식을 가지게 되는데 전자는 『시문학』을 중심으로 했던 소위 영탄이었고 후자는 이를 극복한 순수시론이었다.

1935년 「을해시단총평」을 필두로 1936년 「병자시단의 1년 성과」, 「시단 1년의 성과」, 1937년 「정축시단」 등의 총평을 해마다 썼고 1936년에는 「기교주의설의 허망」을 썼다.

「을해시단총평」은 <동아일보> 1935년 12월 24일부터 28일까지 연재된 총평으로서 '새로우려하는 노력, 변설 이상의 시, 태어나는 영혼, 기상도와 시원 5호, 활약한 시인' 등의 항목으로 되어 있다.

> 생리적 필연의 진실로 새로운 예술에 도달할 것이다. 우리는 우리의
> 생리적 필연 이외에 한 줄의 시도 쓸 필요도 인정하지 않는다.[134]

이 주장은 김기림 등의 '신기'를 추구하려는 의도적 체험에 대한 비판으로, 박용철의 시에 대한 생리 우위의 인식을 보여주고 있다.

> 이메지의 공교한 구사, 풍자적 문명비평의 정신 더욱이나 그의
> 야심적인 기도에도 불구하고 이 시인[김기림]의 정신의 연소가 이
> 거대한 소재를 화합시키는 고열에 달치 못했다는 것이다.[135]

에서도 김기림의 「기상도」를 비판하면서 "정신의 연소"를 역설하고 있다.

이제 구체적으로 박용철의 시론을 「기교주의설의 허망」을 통해 살펴보자. 이 글은 김윤식 교수의 지적[136]도 있거니와 체험의 측면을 이론화한

●　●　●

134.　박용철, 『박용철 전집』 2권, p. 85.
135.　위의 책, p. 109.

시론이다.

이 글은 임화의 시평 즉 「담천하의 시단 1년」과 「기교파와 조선시단」에 대한 논란의 형식[137]과 "김기림씨의 기교주의시론이라는 것은 필자가 전능력을 경주傾注해서 격파하고저 하든 다년의 숙제"[138]라는 형식의 양면을 취한 시론의 전개이다.

우선 그는 기교를 좀 더 이론적인 술어 즉 '기술'로 환치하는 것이 정당하다[139]고 한 후 기술에 대한 정의 및 보다 중요하고 기술에 앞서는 운동을 설명하고 있다. 이 설명에서 역시 그는 「시적 변용에 대해서」에서와 같이 비유적인 언어를 사용하고 있다.

> 기술은 우리의 목적에 도달하는 도정이다. 표현을 달성하기 위하야 매재媒材를 구사하는 능력이다. 그러므로 거기는 표현될 무엇이 먼저 존재하는 것이다. 일반으로 예술이전이라고 부르는 표현될 충동이 있어야 하는 것이다.
>
> 이것은 강렬하고 진실하여야 한다. 바늘끝 만한 빈틈도 없어야 한다. 그것은 그 자체 굵을 수도 있고 가늘 수도 있고 조용할 수도 있고 격월激越할 수도 있으나 어느 것에나 열렬히 빠질 수는 없다. 밧작 켱긴 금선琴線과 같이 스치기만 해도 쟁그렁 소리가 나야 한다. 일분의 이완도 용서되지 않는다[140]

그러나 이러한 충동이 결정적으로 귀중하기는 하나 "출발점"에 불과

● ● ●

136.　김윤식, 『한국근대문학사상』, 서문당, 1974, pp. 209-223 참조.
137.　박용철, 앞의 책, p. 11.
138.　위의 책, p. 17.
139.　위의 책, p. 18.
140.　위의 책, p. 18.

하다는 것을 박용철은 알고 있다. 충동을 시 자체에까지 이끌어가는 데에 그는 "영감"이라는 단어를 사용한다. 그 이유는 다음과 같다.

> 별반 거기 신비의 옷을 입힐래서가 아니라 그 성립을 자유로 조종할 수도 없고 또 예측할 수도 없는 까닭이다.[141]

따라서 그가 말할 수 있는 것은 표현의 "엄격"을 위한 "언어"의 선택뿐인 것이다.

> 대체로 언어란 조잡한 인식의 산물이다. 흔히는 우리가 간단히 감지할 수 있는 것 볼 수 있는 것 드를 수 있는 것 만질 수 있는 것 용이하게 사고할 수 있는 것에서 추상되어 오고 있다. 우리는 원시로부터 지금까지 모든 것을 축적해 왔다하지마는 우리의 평균 재보財寶란 극히 빈약한 것과 마찬가지로 우리의 공통인식 능력이란 극히 저급인 것이다. 교통수단인 언어는 이 공통인식에 그 불발의 근기根基를 박고 있다. 이것은 최대공약수와 같이 왜소하면서 또 평균점수와 같이 아모 하나에게도 정확히 적합하지는 않는다. 우리가 조금만 미세한 사고를 발표할 때는 그 표현에 그리 곤란을 격지 않는 경우에도 표현의 뒤에 바로 그 표현과 생각과의 간間의 오차를 느낀다.[142]

이전에는 볼 수 없었던 언어에 대한 투철한 인식을 보여주는 구절이다. 일상 쓰이는 언어가 시의 언어로 직접 차용될 수는 없으며 더군다나 언어란 생각의 표현에 얼마나 부족한 것인가 하는 점을 명백히 밝혀주고

• • •

141. 위의 책, p. 19.
142. 위의 책, p. 20.

있다.

이러한 언어에 대한 인식으로 해서 상징파 시인들의 시에 대한 정확한 인식이 가능케 된 것[143]이고 다다이즘 입체파, 초현실파 등의 언어 파괴에 대한 정당한 이해[144]를 가지게 되는 것이다.

자유시에 대한 이해도 이러한 논리의 추구로 해서 얻어진 것이다.

> 자유시의 진실한 이상은 형(形)이 없는 것이 아니라 한 개의 시에
> 한 개의 형을 발명하는 것이다.[145]

그리고 또 언어에 대한 각성을 가져온 현대시의 공적을 높이 사고 있으면서도 언어의 결합이 "우성적(偶成的), eccentric"[146]이어서는 안 된다는 점은 박용철이 처음부터 고수해 온 선시적 의미의 시론인 것이다. 그것이 곧 「시적 변용에 대해서」에 맥락이 닿고 있는 것이며 아울러 순수시론의 골자인 것이다.

이상 살펴본 바와 같이 박용철은 충동이나 영감 등은 시의 출발점임에 불과하다는 것을 인식하여 이전의 자연발생적 영탄에 의한 시를 부정하고 있으며 역시 영탄을 배격하려 하는 김기림 등의 기술 치중에도 동조를 하지 않고 필연적인 생리작용으로 시를 인식하고 있다.

이 점에서 박용철은 체험이라는 측면의 존중과 언어의 자각에서

• • •

143. "그러므로 상징시인들이 그들의 유현(幽玄)한 시상(詩想)을 이 조잡한 인식의 소산인 언어로 표현하게 되었을 때에 모든 직설적 표현법을 버리고 한가지 형체를 빌려서 그 전정신(全精神)을 탁생(托生)시키는 방법을 취한 것이다"(위의 책, p. 20).
144. 위의 책, p. 21.
145. 위의 책, p. 21.
146. 위의 책, p. 22.

강점을 가지고 있으나 어디까지나 체험 그 자체에서 더 나아가지 못했다는 결점 또한 지니고 있다. 언어의 형상화를 거치지 못했을 때 그것은 여전히 시 이전의 차원에 머무르고 있는 것이다.

이러한 박용철의 의식적 체험의 한 측면인 순수시론은 정지용의 몇몇 글에서도 보인다. 정지용은 시를 제외하고는 다른 장르의 글은 거의 쓰지 않았으나 『문장』지를 비롯한 몇몇 신문 잡지에 수필을 발표했으며 해방 후 1947년 『문학독본』을, 1948년 『산문』을 발간하였다. 그 중 『문학독본』에 있는 「시의 위의威儀」, 「시와 발표」, 「시의 옹호」는 시에 대한 인식을 단편적이나마 보여준다.

세 글은 모두 1939년에 쓰인 것으로 역시 명확한 논리를 지닌 것은 아니나 다음 두 가지로 요약해 볼 수 있다. 첫째는 감상의 억제이고, 둘째는 기법의 초월이다.

감격벽感激癖이 시인의 미명美名이 아니고 말았다. 이 비정기적 육체적 지진 때문에 예지의 수원水源이 붕괴되는 수가 많았다.[147]

시의 기법은 시학 시론 혹은 기법에 의탁하기에는 그들은 의외에 무능한 것을 알리라 (…) 구극에서는 기법을 망각하라[148]

위의 두 가지로 출발한 정지용은 박용철의 시론에 다음과 같이 접근하고 있다.

● ● ●

147. 정지용, 「시의 위의」, 『문학독본』, 박문출판사, 1948. 2, p. 197.
148. 정지용, 「시의 옹호」, 위의 책, p. 212.

시가 충동과 희열과 능동과 영감을 기달려서 겨우 심혈과 혼백의
결정을 얻게 되는 것[149]

이상과 같이 무의식적·의식적 체험은 원초적 혹은 개인적 감정의
직접적 토로라는 시의 제일차적인 차원으로 드러난다. 그러나 그러한
상태에서 머물러 있는 것은 결코 시가 아닌 것이다. 그러한 차원은
보편성과 밀도 있는 운율의식 그리고 언어에 대한 각성 및 방법의
측면이 병행될 때에만 존재 의의를 지니게 되는 것이다. 우리의 시는
II장에서 밝힌 바와 같은 초기의 인식에서 나아가 박용철 등에 의해
심히 확대되었지만 여전히 시란 무엇인가라는 궁극적 물음에서 벗어나
지 못하고 있는 것이다.

1.2. 의도적 체험

의도적이란 의식적인 것의 변형 내지 이론에의 추종을 뜻하는 것이다.
이에 다음의 René Wellek의 설명은 우리의 경우에도 타당성을 지니고
있다고 생각된다.

예술가들은 자기들의 의도를 표현하려고 하는 동안에 동시대의
비평적 상황과 동시대의 비평적 방식으로 해서 강하게 영향을 받게
될지도 모른다. 그러나 이 비평적 방식 그 자체는 실제적인 예술적
성취를 특수화시키는 데 아주 부적절할지도 모른다.[150]

● ● ●

149. 정지용, 「시의 발표」, 위의 책, p. 202.
150. "Artists may be strongly influenced by a contemporary critical situation and by
contemporary critical formulae while giving expression to their intentions, but
the critical formulae themselves might be quite inadequate to characterize their
actual artistic achievement"(René Wellek · Austin Warren, 앞의 책, p. 148).

위에서 두 번째 문장은 특히 1920년대 중반에 시작된 프로계열의 문학 및 1930년대 모더니즘 문학에 적절히 원용될 수 있다.

이어 René Wellek은 의도와 현실적 실천과의 간격을 언급하고 있는데 그 예로 Zola와 Gogol을 들고 있다. 전자는 실험소설에 의한 과학적 이론으로 소설을 썼지만 결국 문학사의 조망에서 보면 멜로드라마적, 상징적인 소설을 쓴 셈이 되고 후자는 사회개혁자 내지 이학자^{理學者}의 태도로 소설에 임했지만 환상적이고 괴기한 소설을 썼다[151]는 것이다.

프로계열의 시인들은 무산계급의 대변인으로 자처하려 했으나 시에서 예술성을 제거함으로 인해서, 모더니즘 계열의 시·시론은 현대문명을 다루려고 하였으나 특히 김기림의 경우 평면적인 관찰로 인한 신기, 언어유희 등으로 머물고 말았다는 것은 우리의 경우가 될 것이다.

가. 사회의식적인 면

프로계열의 문학은 주창자들이 만든 많은 어휘와 개념에서부터 근대 문학에 많은 논란을 던진 하나의 문학운동이다. 일반적으로 문학운동은 전대의 문학에 대한 반동으로 출발을 하는 것이 보통이나 이 프로계열은 전대 문학의 의식구조부터 뜯어고치려고 했던 점에서 그 과정, 귀결이 다른 문학운동과는 다르게 나타난다.

프로문학은 1922년 염군사 조직에서 출발하여 1925년 KAPF의 결성 및 활동 후에 1927년 1차 방향 전환, 1931년 2차 방향 전환 및 검거 그리고 1934년 2차 검거로 인해 표면적으로는 문단에서 사라진 약 10년간의 역사를 지니고 있다.[152]

● ● ●

151. 위의 책, p. 149.
152. 김윤식, 『한국근대문예비평사』, 한얼문고, 1973, pp. 24–38.

프로문학의 주도자는 김기진과 박영희로서 모두 『백조』 동인들이었고 동시에 『백조』를 해체한 장본인이기도 하다. 그리고 이들이 주로 힘을 기울인 것은 프로문예운동 혹은 사회주의 비평의 확립이었다. 이런 점에서 그들에게는 시론이 별반 쓰이지 못했던 것은 당연한 일일는지도 모른다. 있다고 하여도 시평이나 월평의 일부로서 삽입되었을 정도이다.

우선 문제로 삼을 수 있고, 사실 당시 논란의 시작이었던 것은 프로문학이란 무엇이냐 하는 프로문학의 정의이다. 김동인 등의 "무산계급의 사정을 쓴 작품이라고 그것을 푸로레타리아 문학이라 하며 (…) 즘승의 사정을 쓴 작품은 금수문학이라 하겠습니까?"[153]라는 조롱기 섞인 반박에 대해 김기진은 대상이 문제가 아니라 작자의 태도 여하에 의미가 달려 있다고 말하고 있다.

　　작자가 쌀르 의식을 가지고 이 작품에 대하얏느냐 쏘는 작자가
　　푸로 의식을 가지고 이 작품을 창작하얏느냐 하는 것이 그 근본문제이
　　다.[154]

이어서 프로의식을 다음과 같이 설명한다. 즉 부르문학은 사회악의 긍정임에 반해 프로문학은 사회악의 부정에서 출발한다는 것이며 그때 사회악이란 "착취, 침략, 혹사, 정복, 제도, 조직"을 뜻한다[155]는 것이다.

이상에서 보아 알 수 있듯이 김기진은 프로문학이란 의도적인 체험임을 확실히 밝히고 있는 것이다. 사실 그는 "문학이라는 명제의 인텐슌"[156]

● ● ●

153. 김동인, 「예술가자신의 막지못할 예술욕에서」(계급문학시비론), 『개벽』 56호, 1925. 2, p. 48.
154. 김기진, 「피투성이된 푸로 혼의 표백」, 위의 책, pp. 44-45.
155. 위의 글, p. 45.

이라는 직접적 발언도 하고 있다.

그러나 뒤에도 언급되겠지만 사회악의 부정이라는 근본명제에서 전개되어 나가는 방향은 작자의 의식을 소위 무산계급에까지 끌어내림으로써 "비문학非文學이래도 유용한 것을 알어 보기 쉽도록"[157] 쓰라는 문학의 부정에 이르고 마는 것이다.

다음으로 김기진, 박영희가 주장하는 프로문학의 존재 이유에 대해서는 김기진의 「금일의 문학·명일의 문학」에 잘 나타나 있으며 다음 글에서 그 요약을 하고 있다.

> 사회상태는 변천하야 계급의 대립을 세워노앗다. 이것은 생활상태의 분열이다. 그리고 이 생활의식의 분열은 미의식의 분열을 이르키였다. 여그서 부르조아의 미감과 푸로레타리아의 미감이 달라젓다. 기교의 미를 찻고 인종의 미를 설하는 것은 부르조와의 미감 내지 미학이다. 이와 반대로 어듸까지든지 정의의 미를 찻고 반역의 미를 고창高唱하는 것은 푸로레타리아의 미감 내지 미학이다.[158]

"생활의식의 지배를 밧는 미의식"[159]도 계급의 대립으로 인하여 달라진다는 점에 프로문학의 존재 이유가 있음을 알 수 있다.

다음으로 프로문학의 이론이 시의 인식에 어떻게 투영되어 있는가를 살펴보자. 앞서도 언급했지만 그들은 의도적 측면으로서 문학을 인식하고 있다는 점과 극히 적은 양의 시론 내지 시평밖에 없다는 점을 미리 염두에 두어야 할 것이다. 다시 말하면 시 자체가 가지고 있는 내적

* * *

156. 김기진, 「금일의 문학·명일의 문학」, 『개벽』 44호, 1924. 2, p. 53.
157. 위의 글, p. 54.
158. 김기진, 「피투성이된 푸로 혼의 표백」, 앞의 책, p. 44.
159. 박영희, 「문학상공리적가치여하」, 위의 책, pp. 51~52.

요인과 문단 상황이라는 외적 요인으로 인해서 그들이 시론을 활발히 전개하지 못하였다는 점이다.

그들은 KAPF가 무너지기 시작하는 1930년대 초까지 소위 '문예운동' 주장에서 벗어나지 못하고 있다. 박영희의 「시의 문학적 가치」는 그 부제 '현금 조선시단을 도라보면서'에 나타나듯 "자기도취의 시·자기 유희의 시"[160]에 대한 반발 내지 대응책의 주장을 위한 글이다.

> 정서는 환경을 떠나서는 완전한 작용을 하지 못하는 까닭이다. 그러함으로 시인이 시인된 가치는 엇더한 환경으로부터 어든 주관화한 정서가, 누구보다도 먼저, 그 환경에 잇는 사람이 장차 요구할 진리를 예언자와 가티, 부르지짐으로, 잠자고 잇는 만인의 뇌중에 잇는 심원의 곡을 깨워서 이리키여야 할 것이다. 그곳에 비로서 시의 문학적 가치를 발휘할 수 있는 것이다.[161]

이 글은 심원의 곡, 그리고 정서는 환경을 떠날 수 없다는 점 두 가지로 정리된다. 우선 심원의 곡A melody of heart's desire은 "모든 사람이 한가지로 부르고 십허하는 노래"로서, "시대와 시대의 인생생활의 변천을 따러서" 변한다는 것인데 그 예로 예전에는 정서를 생활에서 독립시키려고 노력했으나 지금 생활 무능자의 감정은 곧 생활화된다는[162] 것을 들고 있다. 이러한 심원의 곡이 변한다든지 정서의 독립·생활화라는 진술은 앞서 언급한 미의식의 분열이라는 발상에 연유하고 있다.

이러한 이유로 해서 박영희는 "조선이 혁명문학을 요구한다면" 하는

● ● ●

160. 박영희, 「시의 문학적 가치」,『개벽』57호, 1925. 3, p. 13.
161. 위의 글, p. 12.
162. 위의 글, pp. 11-12.

가정에서 시는 "그 요구를 더욱 쓰거웁게 불부칠만한 힘이 잇서야 그 시의 시적 가치가 잇는 것"[163]이라고 인식하고 있으며, 김기진은 좀 더 구체적으로 사건적 소설적 소재, 심하게 속마조각(雕磨彫刻)이 불필요한 문장, 소재, 생경, "된 그대로의 말"에 의한 야성적 굴강미(屈強味) 지닌 용어를 프로 시인의 주의할 점[164]으로 열거하고 있다.

이상과 같은 계급의식에 의한 시의 인식에 대하여, 그 비판은 계급이라는 말의 무용, 내용편중에 대한 반발로 나타난다. 우선 단어의 경우 "문학은 아모 것에도 예속된 것이 아니다"[165] 등을 비롯한 문학의 독자성 즉, 예술을 위한 예술을 주장하는 사람들의 반발과, 같은 사회의식이라는 체험을 지니면서도 프로문학에 대치하는 민족주의 문학계열[166]의 두 가지로 대표된다. 다음 내용·형식 문제에서 양주동은 프로문학의 내용편중에 반대하면서 내용·형식의 조화를 최고로 생각했다.[167]

그러나 이러한 비판에 앞서야 할 것은 체험의 의도적 변형으로 인한 도식적인 논리의 전개이다. 특히 부르와 프로라는 이분법은 논리가 전개되어 갈수록 양자의 거리가 멀어졌고 결국 그들이 주장했던 프로문학이나 배척했던 부르문학은 문학이 아니고 말았다. 또한 이들은 시대나 민중이 프로문학을 요구한다는 과언에 얽매여 있었던 점도 지적할 수 있다.

다만 이들이 영탄을 배격했다는 점,[168] 당시 한국의 상황을 다소 올바르

• • •

163. 위의 글, p. 14.
164. 김기진, 「단편 서사시의 길로」, 『조선문예』 1호, 1929. 5(정한모·김용직, 『한국 현대시요람』, 박영사, 1974, p. 176 재인용).
165. 염상섭, 「작가로서는 무의미한 말」(계급문학시비론), 앞의 책, p. 52.
166. 김윤식, 앞의 책, p. 119 이하 참조.
167. 양주동, 「문예상의 내용과 형식문제」, 『문예공론』 2호, 1929. 6, pp. 83-94.
168. 물론 영탄이 모두 부르주아 문학이라고 몰아버린 점은 역시 비판받아야 하지만 다음의 구절은 영탄에 대한 적절한 지적이다. "조선의 시를 보량이면 모도가

게 인식했다는 점[169]은 우선 그 성과를 불문하고 체험의 영역을 확장한 것으로 평가할 수 있다.

나. 현대문명

프로문학이 의도적으로 식민지 상황을 무산자 계급 상황으로 변형시키려는 태도라고 한다면 모더니즘 계열의 문학은 당시의 상황을 근대의 소산으로 파악하여 그 회복을 꾀하려는 태도라고 할 수 있다.

바로 이 근대는 김기림이 준비한 현대의 장애물이자 전면적 부정의 대상이었다. 또한 근대의 추구는 "조선에 있어서의 지금까지의 신문화의 「코-쓰」를 한마디로서 요약"[170]한 것이었다. 여기에서 물론 김기림이 파악하고 있는 근대의 어의도 문제가 되겠지만[171] 보다 중요한 것은 문학에서의 근대적인 것이 무엇인가 하는 점이다.

그것은 "주관적 감상", "자연의 풍경" 그리고 "풍월"[172]이었다. 이 근대적인 것을 타파해야지만 시에 대한 새로운 인식에 도달할 수 있으리라고

• • •

자기찬미, 자기감정도취의 이야기, 유희, 매춘사… 등 (…) 무슨 「나는 이 어둔 밤에 애인의 품안으로 도라가련다」든가, 「그는 가고 말더이다. 다듯한 내품을 버리고」든 「그난 이 밤에 가더이다… 내가 죽으면 새가 되고, 네가 죽으면 곳치 되고」 「시와 한가지, 나의 일생을 가티 하련다」 (…) 등 무슨 것이 쓸데없는 자기예찬에 더 지내지 안는다"(박영희, 「시의 문학적 가치」, 앞의 책, pp. 13–14).

169. "조선은 정치적으로 파멸을 당한지도 벌서 오램으로 민족적으로 궁경에 잇는지가 오래 되엿다 (…) 경제적으로 파산을 당하고 사지에서 미로(迷路)하는 것이 사실이다. (…) 경제적 궁핍으로써 우리는 지적 발달까지도 정지되고 말았다"(박영희, 「고민문학의 필연성」, 『개벽』 61호, 1925. 7, p. 63).

170. 김기림, 「우리 신문학과 근대의식」, 앞의 책, p. 57.

171. 김기림은 근대라는 개념을 다소 모호하게 쓰기도 한다. 일반적으로는 모더니즘 이전을 가리키나, 경우에 따라서는 모더니즘까지 포함한, 즉 김기림 당시까지도 모두 근대로 처리하고 있다.

172. 김기림, 「「모더니즘」의 역사적 위치」, 앞의 책, pp. 74–75. Passim.

믿었다.

> 신시의 발전은 그것의 환경인 동시에 모체인 오늘의 문명에 대한
> 태도의 변천의 결과였다는 것은 매우 흥미 있는 일이다. 「모더니즘」은
> 특히 이 점에 있어서 의식적이여서 그것은 틀림없이 문명에 대한
> 새로운 태도를 가져왔다[173]

김기림이 체험의 측면에서 인식하고 있는 것은 "오늘의 문명"이며
특히 그는 문명이라는 의도적인 체험을 강조하고 있다.

근대와 현대, 무의식적 체험과 의도적 체험이라는 이분법에 의한
이상과 같은 전제 자체가 우선 오류를 내포하고 있으며 전개 과정
역시 이분법에 의거하여 극히 경직된 도식성에 흐르고 있다. 이는 물론
김기림이 생각한 과학 때문이었다.

우선 현대문명의 요소로 과학, 기계, 도회 등이 추출될 수 있다.

> 무엇보다도 과학의 세계를 노래하는 시가 생겼고[174]

에서 보여주는 것은 체험의 측면을 벗어나 대상까지도 의도적으로
과학을 다루어야 한다는 극단적인 오류다. 한 예로서 김기림은 집과
비교하여 기계의 미를 찬양하고 기계가 곧 시의 명제라고까지 하는
등 현대시의 지향점을 밝히고 있다.

> 첫째 우리들의 시는 기계에 대한 열렬한 미감을 가지게 되었다는

● ● ●

173. 위의 글, p. 72.
174. 김기림, 「시와 언어」, 앞의 책, p. 24.

점 (…) 둘째 정지 대신에 동하는 미 (…) 셋째 일하는 일의 미[175]

그리고

　근대의 지식계급을 형성하는 층은 인간을 떠난 기계적인 교양을
쌓은 사람들이며 그들은 또한 도회에 알맞도록 교육되어 왔다. 전원은
벌서 그들의 고향도 현주소도 아니다[176]

　과학, 기계, 도회에 대한 과중한 편향은 김기림에게, 나아가 모더니즘
에 어떠한 의미를 지니는가의 탐구는 바로 그 편향의 원인과 결과를
아울러 해결해줄 것이다.

　우선 김기림에게 과학이란 지상목표였다는 점을 들 수 있다. 시의
과학화를 주장하는 그는 비평뿐만 아니라 시 자체에서도 과학을 중시하
던 나머지 체험, 나아가 대상까지도 과학적인 것을 고집하게 되었던
것이다. 그러나 주지하다시피 우리가 지니고 있었던 과학적이라는 것은
과학정신이 아닌 표면적인 기계 자체이거나 아니면 소비재에 불과한
것이었다. 내면성이 결여된 시대의식이란 피상적이고 상식적인 결과로
낙착되기 마련이다.

　다음으로는 누차 지적한 바 있는 센티멘털리티의 배격 내지 억제이다.
단순한 말로 과학에는 감상이 개재할 수 없기 때문이다.

　그리고 김기림이 보여주는 서구 지향성을 들 수 있다. 그가 배운
시론은 낭만주의를 역시 부정하고 나선 T. E. Hulme이나 후에 수정하였으
나 시와 과학을 대립시킨 I. A. Richards, 그리고 한편으로는 T. S. Eliot였다.

● ● ●

175.　김기림, 「시의 「모더니티」」, 앞의 책, p. 113.
176.　김기림, 「새 인간성과 비평정신」, 앞의 책, p. 124.

서구지향은 자체 내의 전통과의 간격이 항시 있기 마련이나 김기림의 경우는 극단적이었다. 다음과 같은 예는 서구지향과 전통과의 갈등이 얼마나 극대화되었는가를 보여준다.

소월이나 박용철씨가 아모리 울라고 강권해도 울지 못하던 사람들도

슬픈도시엔 일몰이 오고
시계점 지붕위에 청동비둘기
바람이 부는날은 구구 울었다.
— 김광균, 「광장」, 『와사등』

에 이르러서는 어느새 제 자신이 소리없는 흐느낌 소리를 깨처듣고는 놀랐다[177]

한편 김기림이 생각한 현대문명의 특징은 건강성과 명랑성으로 드러난다.

명랑성은 애매와 감상에 대립한다.[178]

그러면 너는 나와함께 어족과같이 신선하고
기빨과같이 활발하고 표범과같이 대담하고 바다와같이 명랑하고
선인장과같이 건강한 태양의풍속을 배우자[179]

• • •

177. 김기림, 「삼십년대도미(掉尾)의 시단동태」, 앞의 책, pp. 92-93.
178. 김기림, 「감상에의 반역」, 앞의 책, p. 153.

현대시의 출발은 T. E. Hulme에게서였고 그 이유가 현대의 위기의식에서 빚어진 것이라고 한다면 결코 건강성이나 명랑성이 현대시를 나타내지 못할 것은 당연하다. 그럼에도 불구하고 김기림은 현대문명을 시각적으로 피상적으로만 관찰하고 있는 것이다. 그것은 T. S. Eliot의 「황무지」를 "화전민의 신화"[180]라고 오해하는 데에서도 뚜렷이 나타난다.

근대를 부정하고 현대문명을 의도적으로 체험할 것을 주장한 김기림은 이분법에 의해 자연과 대립시킨 과학, 기계, 도회를 통해 영탄을 배격하고 건강과 명랑을 되찾고자 하였다. 그러나 현대 또는 현대문명에 대한 피상적 관찰과 과도한 서구지향으로 해서 전통과의 맥락을 찾지 못하고 또한 현대문명도 체험으로 정당하게 수용하지 못하였던 것이다.

2. 방법의 측면

이제까지 시의 인식의 첫 번째 태도인 체험의 측면을 다루어왔다. 여러 번 강조한 바와 같이 체험은 어디까지나 그 자체로서는 시가 아닌 것이다. 시가 시로서 성립하려면 시에 있어서 전체적인 구조를 부여하고 통일된 유기체를 형상화하는 여러 가지 요소가 필요하며 이를 검토하는 것이 두 번째 인식의 태도인 방법의 측면이다.

시를 주제나 체험에 의해 연구하는 것에서 나아가 시란 어떻게 쓰이는가를 살펴볼 때 대두하는 것이 운율Rhythm과 이미저리Imagery이다. 일반적으로 전자는 시간성에 관계를 가지고 있고 후자는 공간성을 지니고

●●●

179. 김기림, 「태양의 풍속」 서문, 앞의 책, p. 220.
180. 김기림, 「과학과 비평과 시」, 앞의 책, p. 32.

있다고 하지만 양자는 그렇게 획일적으로 나누어 다룰 대상은 아니다. 왜냐하면 운율이나 이미저리는 시의 전체적 구조 그 자체로 파악되어야 하기 때문이다. 다만 그 '정도'의 차이에 의해 어느 하나의 강조는 있을 수 있으나 전적으로 어느 하나를 배제한 경우는 실지로 있을 수 없는 것이다.

양자는 논의 초기에 모두 구체적인 모습을 띠고 있었다. 즉 운율은 주로 율격metre으로 파악되어, 고저, 장단, 압운, 음보, 행 및 연수^{聯數} 등 외형적 연구가 있었고, 이미저리 역시 수사 내지 감각으로 파악되어 직유, 은유 등 혹은 시각적, 청각적 등의 분류 해석에 힘을 기울여 왔다. 그러나 현재는 언어학 등의 인접 인문과학의 도움으로 개념의 확산을 통해 지엽적 문제를 떠나 보다 더 포괄적이고 깊이 있는 탐구가 이루어지고 있다.

2.1. 운율Rhythm

운율은 음악성에 그 바탕을 두고 있다. 그러나 운율이 곧 음악이라는 등식은 성립하지 않는다. 즉 한때 음악에 매우 접근하려 했던 시도나 음악과 경쟁하려 한 노력이 있었으나 정도의 차이에서 오는 치중일 뿐이었다. 그것은 시의 음악성이 의미와 떨어져서는 존재할 수 없다[181]는 점에 기인한다.

René Wellek도 음의 효과는 의미와 분리될 수 없다고 설명하고 있다.

각각의 언어는 자신의 음소체계를 가지고 있고 그래서 모음의 대립 과 병행 혹은 자음의 인척관계의 체계를 가지게 되고 (…) 그러한

● ● ●

181. "the music of poetry is not something which exists apart from the meaning"(T. S. Eliot, "The Music of Poetry", *Selected Prose*, Penguin Books, 1958, p. 56).

음 효과조차도 시 한 편이나 행의 일반적인 의미meaning _ 음조tone와
거의 분리할 수 없다.[182]

운율은 한편 그 기원[183]에서 보여주듯 질서에의 충동으로 나타난다.[184]
구어에 대한 질서에의 충동이 구어를 시의 용어로 편입시키고, 발전시키
고, 개량하게 된다. 이러한 점에서 시의 운율은 그 시대의 일상용어에
잠재하는 운율이어야 하며 시인 자신의 내적 충동과 일치하는 운율이어
야 하는 것이다. 이와 아울러 구조에 대한 충동은 여러 가지 형태를
모색하게 하는데 그 구조는 외형뿐만 아니라 내형까지도 결정하고
있는 것이다. 전체로서의 구조에 대한 인식이 없이 다만 외형적인 구조만
을 다룰 때 정형시와 자유시의 해결을 꾀할 수가 없는 것이다. 이렇게
음악성은 의미와 밀접한 관계 위에 구조의식과 운율의식을 시에 부여하
고 있다.

고래로 운율에 대한 연구는 주로 기법에 국한되어 이루어져 왔다.
그것은 현재처럼 시각적인 효과를 거의 염두에 둘 수 없어 창으로
불려 청각에 주로 호소하였기 때문이며 또한 운율이 내재하고 있는
미묘한 기술문제 때문이었다. 따라서 기본적으로 검토되어야 할 어의에
대한 해석도 학자에 따라 상이하게 나타나고 있다.

● ● ●

182. "each language has its own system of phonemes and hence of oppositions and
parallels of vowels or affinities of consonants, (…) even such sound-effects are
scarcely divorceable from the general meaning-tone of a poem or line"(René Wellek
· Austin Warren, 앞의 책, p. 160).
183. Coleridge는 운율의 기원을 다음과 같이 설명하고 있다. "정신내부에서 열정의
발동을 억제하려는 의지적인 효력으로 말미암아 결과되는 평형상태에 있다"
(김춘수, 『시론』, 송원문화사, 1971, p. 9 재인용).
184. "The impulse toward metrical organizations seems to be a part of the larger human
impulses toward order"(Alex Preminger(ed.), 앞의 책, p. 496).

그 주안점은 Rhythm과 Metre의 상호영역 문제인데 광범위하게 Rhythm 의 영역을 취한 견해에서부터 극히 협소하게 영역을 다룬 견해도 있다. 우선 Metre를 "Rhythm의 특수한 형태"[185]로 다루는 경우가 있다.[186] 이때 Rhythm은 어떤 법칙이나 과학적 측량으로, 또는 수치로 잴 수 없는 시에 내재한 움직임을 가리킨다. 다음으로 Rhythm 및 Metre를 별다른 차이 없이 사용하는 경우가 있다. 마지막으로 Metre를 Rhythm의 상위개념 으로 보는 견해가 있다. 이때 Rhythm은 극히 좁은 뜻을 지니게 된다.[187] 그러나 이러한 개념들이 모두 그 하부 단위로 rhyme, stress, accent들을 언급하고 있는 것은 공통적이다.

운율에 대한 정의 역시 미묘하기 때문에 대부분 기술문제로 환원하여 고찰하는 경우가 대부분이다.[188] I. A. Richards는 심리학적인 측면에서 운율을 '반복repetition', '기대expectancy'[189]에 의존하는 것으로 파악하고 있고 René Wellek은 '관계relation'[190]로, Roger Fowler편 사전에서는 '긴장ten-sion'[191] 등 모두 내적 충동으로 보고 있다.

● ● ●

185. I. A. Richards, *Principles of Literary Criticism*, Routledge & Kegan Paul, 1970, p. 103.
186. *Understanding Poetry*에서 metre를 "systematization of rhythm"(C. Brooks · R. P. Warren, *Understanding Poetry*, Holt Rinehart and Winston, 1950, p. 562)로 보거나 Princeton 시학사전에서 "more or less regular poetic rhythm"(Alex Preming er(ed.), 앞의 책, p. 496)라고 설명하는 것도 동궤이다.
187. "there is a metrical super structure over the rhythm. An additional level of phonetic organizations gathers the rhythmical groups into metrical units-line"(Roger Fowler(e d.), 앞의 책, p. 114).
188. "If (…) 'rhythm' becomes 'meter', the closer it approaches regularity and predictabilit y"(Alex Preminger(ed.), 앞의 책, p. 496).
189. I. A. Richards, 앞의 책, p. 103.
190. René Wellek · Austin Warren, 앞의 책, p. 159.
191. Roger Fowler(ed.), 앞의 책, p. 115.

이상과 같은 소략한 설명에서 우리는 다음 몇 가지에 주의해야 한다. 첫째 운율적 조직체에 대한 충동은 질서에 대한 인간의 충동의 일부라는 점, 둘째 운율은 의미와 떨어져서는 생각될 수 없지만 의미에는 해석자의 자의성이 개입하므로 운율 연구 역시 의도적 오류Intentional Fallacy를 범할 가능성이 많다는 점, 셋째 전체적 구조로서의 운율의 연구가 이루어져야 한다는 점이다. 특히 세 번째의 경우는 T. S. Eliot의 적절한 지적[192]과 같이 한 단어 혹은 한 구, 한 행 등만을 분리하여 운율을 검토할 때 결코 시적 운율이 아닌 경우가 있다는 점에서 전체적 구조로서의 운율 의식은 중요한 것이다.

우리의 경우 운율에 대한 인식은 산문과의 구별, 정형 및 자유시의 설명, 전통 단절의 옹호, 부정 등의 과정에서 이루어지고 있다.

김억은 『태서문예신보』에 수록된 시론 「시형의 음율과 호흡」을 통해 최초로 운율에 대한 발언을 하고 있다. 물론 전술한 바와 같이 문단 초기라는 점과 상징주의 수입이라는 점, 양면은 고려되어야 할 것이다. 호흡은 음률을 결정하며 또한 호흡과 고동은 시형을 선택하게 한다는 논리를 그는 펴나가고 있다.

여기서 그는 전통적인 시가에서 보여주는 정형성과 상징주의 수입 과정에서 얻은 자유시 사이의 갈등을 느끼고 있으나 내적 질서의 충동이 아니라 다만 외형상의 형식의 갈등에 머물고 있는 것이다.

그 후 그는 『조선문단』의 「작시법」 등에서 갈등의 지향을 보여주고 있으나 종합 지향이 아니라 고전시가의 전면 파기라는 방향으로 나가고 있다.

● ● ●

192. "there must be transitions between passage of greater and less intensity, to give a rhythm of fluctuating emotion essential to the musical structure of the whole; and the passages of less intensity will be, in relation to the level on which the total poem operates, prosaic"(T. S. Eliot, 앞의 책, p. 59).

고전적 시형, 표현 방식을 반항하고 일어난 근대의 시가는 모두
새로운 시가[193]

이 글에서 그는 '시란 무엇인가'에 이어 '운문과 산문', '서시와 한시의
운율'이라는 항목에서 좀 더 자세한 설명을 가하고 있다.

김억의 음악성에 대한 경도는 그가 예술 표현방법을 논하는 자리에서
음악은 음향을, 문학은 문자를, 회화·조각은 색채를 각각 수단으로
삼는다고 전제하고서도 시가의 본질은 음향에 있다[194]는 설명에서 뚜렷
이 나타난다. 그리고 그가 음향이라는 표현을 쓴 것은 상징주의의 영향
탓으로 볼 수 있다. 이러한 음악성에의 경도 이외에는 운율에 대한
필연성이나 존재 이유에 대해서 언급이 없이 곧바로 운율의 기능과
정의를 설명한다.

운율이 일정한 규정과 제한을 준다 (…) 리듬은 율, rhyme, 일정한
박자 있는 운동[195]

여기서 김억이 말하는 규정과 제한을 내적 긴장이라고 보기가 어려우
며 리듬을 율격meter으로 파악하고 있음을 볼 수 있다.

그리고 시에서는 리듬을 어떠한 형식으로 표현하느냐는 질문을 던진
후 그에 대한 해답으로서 산문리듬의 평면성·추상화에 대비하여 입체
성·구상화를 운문의 표현 형식이라고 말하고 있는데, 입체적·평면적

• • •

193. 김억, 「작시법」, 『조선문단』 11호, 1925. 9, p. 79.
194. 김억, 「작시법」, 『조선문단』 8호, 1925. 5, p. 102.
195. 김억, 위의 글, p. 100.

이라는 어휘에 대한 개념 규정 없이 애매하게 사용하고 있다. 이어서 서구의 운율 및 한시의 운율을 개관하는 데 있어서 역시 형식에 치중한 소개에 그치고 있다.

운율에 대한 김억의 이런 인식으로 볼 때 그가 '운율은 자유율'이어야 한다고 내세울 때 그것은 단지 정형률에 대한 태도로서 외형적임을 알 수 있다.

그러나 김억이 보여준 운율에 대한 인식은 여러 가지 점에서 특기할 만하다. 먼저 그는 음악성에 상당한 관심을 가지고 있었고 운율에 대한 인식에 남다른 노력을 기울였다. 그러나 전통적인 운율에 대한 천착이 없이 전통시가의 운율을 정형률로 파악하여 전통시가의 운율을 전면적으로 부정했으며 그리고 그 이후의 운율 인식에 상당한 영향을 끼쳤던 것이다.

그리고 주요한은 「시선후감」[196]에서 시어의 형식은 운율이며, 그 운율은 다만 자연적 호흡에 달려 있다고 말하고 있는데 이는 김억이 보여준 운율관과 별반 다를 바 없다. 그리고 그는 소위 자유시 내지 상징시의 작품을 시험했으나 자유시에 대한 그의 인식은 다만 율격에 관계하고 있는 정도이다.[197]

프로문학 계열은 내용편중으로 운율에 대하여 별다른 관심을 보여주고 있지 않다. 다만 김기진의 몇몇 글에서 그 단편을 볼 수 있을 뿐이다.

> 언어가 시가로 사용될 째에는 개념을 요구하는 동시에 개념아닌
> 언어의 음영吟詠을 요구함으로 거긔에는 언어의 발성이 무엇보다도
> 필요하다[198] (방점 – 인용자)

● ● ●

196. 주요한, 「시선후감」, 『조선문단』 11호, 1925. 9, p. 95.
197. 주요한, 「노래를 지으시려는 이에게」, 『조선문단』 창간호, 1924. 10, p. 49.

노동자들의 낭독에 편하도록 호흡을 조절해야 한다. 프로레타리아
의 리듬의 창조이어야만 할 것이라는 말이다[199] (방점 - 인용자)

즉 운율을 기법에서가 아니라 이데올로기의 강조를 위한 낭독으로
파악하고 있다. 물론 이때 낭독이란 독자의 음악성을 충동시키는 기능과
는 거리가 먼 것은 사실이다.

지금까지 김기림에게서 음악성 내지 리듬은 별로 논의되어 오지
않았으나 그의 운율에 대한 인식은 누구보다도 심화되어 있고 전체적
구조로서의 운율을 파악하고 있다. 다만 김기림이 오해했건 그 후의
문학사가가 오해했건 그의 운율에 대한 어휘, 개념, 정의 등은 심한
편차를 보여주고 있으며 논리의 비약으로 자기부정을 초래하기도 한다.

자유시는 시의 「리듬」을 고전적 격식의 고루한 장벽에서 해방하였
다. 그래서 시에 있어서 음이라고 하는 것은 매우 관심되지 아니하면
아니된다. 그러나 그것은 결코 음악의 음은 아니다. 음악의 대상은
순수한 음, 즉 의미를 초월한 추상적 음과 그러한 음 상호간의 관계다.
즉 음악의 음은 음 자체이며 시의 음은 의미 있는 단어의 언어적
사실로서의 구상적 음을 말함이다.[200]

우선 그는 음에 대한 관심을 표시하고 음악의 음과 시의 음과의
차이를 의미에 의해 설명하고 있다.

• • •

198. 김기진, 「시가의 음악적 방면」, 『조선문단』 11호, 1925. 9, p. 62.
199. 김기진, 「단편 서사시의 길로」, 앞의 책, p. 176.
200. 김기림, 「시와 인식」, 앞의 책, p. 97.

다음으로 구어의 도입으로 인한 새로운 운율에 대한 인식이 있다. 정지용의 시를 평하는 자리에서 김기림은 "안서 등이 성盛하게 써오던 「하여라」, 「있어라」로써 끝나는 시행들에서부터 오는 부자연하고 기계적인 「리듬」"[201]을 깨어버리고

일상대화의 어법을 그대로 시에 이끌어 넣어서 생기 있고 자연스러운 내적 「리듬」을 창조하였다.[202]

고 정지용의 시를 상찬하고 있다. 여기에서도 운율과 율격의 혼란이 있긴 하지만, 일상용어에 바탕을 둔 운율을 인식하는 깊이를 보여준다. 물론 실패한 모더니즘 계열의 시 일부가 일상용어의 도입이 신기 등으로 전락하고 마는 것은 그 내적인 운율의 몰각과 김기림의 허황한 문명관 때문이다.

그리고 시가 음악을 지향할 때는 회화를 지향할 때와 마찬가지로 "시의 상실을 의미한다"[203]고 보고 양자를 전체로서 통일해야 한다고 주장하고 있다.

이상과 같이 김기림은 운율에 대하여 정확한 인식을 지니고 있는 것으로 보인다. 그러나 불행히도 김기림이 운율은 음악성이고, 음악성은 감정의 자연발생적 노출이라는 등식으로 해서 "우수운 일은 많은 사람들은 운율이야말로 시의 본질인 것처럼 생각하고 있는 일이다"[204]라고 말할 때 그의 운율에 대한 개념의 인식 등은 원론에 그치고 마는 것이다.

이상의 검토에서 우리는 다음과 같은 몇 가지 점을 비판할 수 있다.

● ● ●

201. 김기림, 「1933년 시단의 회고」, 앞의 책, p. 85.
202. 위의 글.
203. 김기림, 「기교주의비판」, 앞의 책, p. 131.
204. 김기림, 「시의 회화성」, 앞의 책, p. 148.

첫째, 고전시가의 운율에 대한 피상적 관찰과 서구의 자유시의 수용의 갈등이 운율에 대한 인식을 다만 지엽적인 문제 즉 음수율이나 음보율 등의 율격에만 국한시켰다. 물론 운율이 내적 생명의 표현이라는 인식도 보여주긴 했으나 원론에 불과하였다. 둘째, 위의 갈등에서 자유시가 전통시가를 압도하고 나섰을 때 즉 신시가 자유시와 등식으로 놓였을 때 그 운율을 다만 개인의 독자적 영역으로만 파악하고 율격에 치우쳐서 논의의 한계가 그어졌다. 셋째, 내용편중 위주의 상태에서 운율의 연구가 소홀했고, 넷째, 운율 자체의 요인으로서 그 미묘한 탓으로 해서 인식을 명확하게 지닐 수 없어 추상성에 흘렀다. 그러나 이상과 같이 운율이 대부분 율격의 차원에 머물러 있었으나 황석우[205]나 김기림이 보여준 것은 이전의 인식에서 한 단계 심화 확대된 것이라고 볼 수 있다.

2.2. 이미저리 Imagery

이미저리 역시 운율과 마찬가지로 쉽사리 정의를 내리기란 지난한 작업에 속한다. 왜냐하면, 이미저리라는 개념이 수많은 학자들에 의해 저마다 편차를 지니면서 사용되어왔고 문학연구의 시작과 발맞추어 이미저리의 연구가 이루어져 왔으며 따라서 역사를 통해 사용되는 의미가 확장되거나 수정되어왔기 때문이다.

또한 이미저리의 구현방법이라고 할 수 있는 이미지image, 은유metaphor, 상징symbol, 신화myth 등은 일상생활에도 다양하고 빈번히 사용되어 문학 연구의 차원에까지 스며들어 심한 난맥상을 나타내고 있다.

그러나 좀 더 추구해 보면, 이미저리를 사용 또는 적용하는 입장에서 오는 혼란과 문학연구에서 오는 혼란은 위의 난점들보다 더욱 해결점을 찾기가 어렵다.

● ● ●

205. 황석우, 「시가의 제문제」, 『조선문단』 속간 8호, 1934. 9, pp. 1–4 참조.

원래 이미저리는 수사 내지 감각을 총칭하는 말로 쓰여왔다. 그러나 인문과학, 특히 언어학, 심리학, 인류학 등의 발달과 그 영향으로 이미저리가 독자의 체험, 구현방법 등 구체적으로 연구되고 이미저리를 문학연구에 적용할 때 A. Warren의 지적과 같이 "이미저리를 얻을 수 있는 영역의 연구"와 "이미지를 사용할 수 있는 방법의 연구"의 구별을[206] 이해하지 못하거나 N. Frye의 설명처럼 "의미와 이미저리의 통합은 이미지들을 포함한 진술의 의미, 그리고 이미지들 자체, 의미와 이미지의 통합과 관련되어 다양하게 사용되기 때문"[207]에 혼란이 더욱 가열되고 있는 것이다.

이러한 혼란을 타개하기 위하여 여러 가지 가설이 나타났으나 그때마다 그 무엇을 강조하기 위한 일면의 과장으로 또는 특수한 종류에 대한 기호로 인한 왜곡된 판단으로 나타나는 경우가 흔하였다.

우리의 경우도 예외는 아니었다. 더욱이 현재까지도 역어의 통일을 보지 못하고 있다는 점, 그리고 예를 들어 은유의 경우처럼 단순한 수사적인 측면만을 직접 연상하게 하는 경향이 있는 점으로 혼란은 좀 더 심한 실정이다.[208]

● ● ●

206. "We must distinguish between a study of the spheres from which the images are drawn (⋯) and a study of 'the ways in which images can be said'"(René Wellek · Austin Warren, 앞의 책, p. 207).

207. "This combination of meaning and imagery may indicate the confusion which can result when 'imagery' is applied to the literary study, for it is used variously to refer to the meaning of a statement involving images, to the images themselves, or to the combination of meaning and images"(Alex Preminger(ed.), 앞의 책, p. 363).

208. N. Frye의 다음 설명에서 수사학적 구별은 다른 측면(예컨대 그가 말하는 기술적(記述的)인 측면)에서 보면 무용하다는 것을 보여준다. "Descriptively (⋯) all metaphors are similes (⋯) [metaphor], on the descriptive levels, is a simile with the word 'like' omitted for greater vividness, and to show more clearly

그리고 이론의 수용과정에서의 오류가 만든 오해도 적지 않다. 즉 이미지가 지적인 것 혹은 시각적인 것과의 결부만으로 끈질기게 여겨져 온 것이다.

수많은 이미저리의 논의를 본고에서는 Princeton 시학 사전의 Imagery 항목을 중심으로 살펴보기로 한다. 그러나 집필자가 N. Frye라는 사실로 해서 몇 가지 집필자 주관이 개재하고 있음은 불가피한 사정이며, 특히 논의의 전개를 상징이나 신화, 원형에 귀착시키고 있음을 미리 주의를 해야 할 것이다.

그는 이미저리의 다양한 정의를 다음 셋의 범주로 묶어 각각을 설명하고 있다. 첫째는 Mental Imagery로서 "진술이 마음에서 생산하는 감각현상과 글의 진술과의 관계를 강조"[209]한다. 이 정의에서의 요점은 심리학적 용어인 감각에 있다. I. A. Richards는 감각을 고착 이미저리tied imagery와 유리遊離 이미저리free imagery로 나누어 파악하고 있는데 전자는 개인에 따라 변화가 없으나 후자는 개인에 따라 대단한 변화를 가져온다. 이 이미저리는 비평의 일부로 유용하지만 "이미지 자체의 감각적 질에 초점을 맞추어 시적 문맥에서 이 이미지의 직능으로부터 관심을 돌리게"[210] 한다는 중요한 결점을 지니고 있다. E. Pound가 이미지란 회화적 재현이 아니라 일순간의 지적 정적 복합을 나타내는 것이라고 정의했을 때, 이것은 위에서 지적한 결점을 극복하려 한 것인데 우리의 경우는 그 결점을 그대로 지니면서 감각만을 중시했던 것이다.

• • •

that the analogy is only a hypothetical one"(N. Frye, *Anatomy of Criticism*, Princeton University Press, 1957, p. 123).

209. "The first definition emphasizes the relation of the statement on the page to the sensation it produces in the limited"(Alex Preminger(ed.), 앞의 책, p. 364).

210. "In focusing upon the sensory qualities of images themselves, it diverts attention from the function of these images in the poetic context"(위의 책, p. 365).

둘째의 정의는 Figurative Imagery이다. 이것은 은유metaphor로 대치할 수 있는데, 물론 수사학적인 의미의 은유는 아니다. "주체와 유추 사이의 관계의 본질",[211] 즉 은유에 집중하며 "수사학적 타입의 문제, 주체와 유추 사이에서 획득하는 관계의 종류 문제, 상징적 표현의 본질적 문제, 시에 있어서의 수식figures 사용의 문제"[212]를 내포한다. 주체와 유추 사이의 관계를 이전에는 수사학적으로 설명하였으나 I. A. Richards의 tenor, vehicle, 혹은 P. Wheelwright의 epiphor, diaphor 등의 이원성으로 은유의 구조를 규정하고 있다. 관계된 사물보다는 그 관계가 일으키는 본질 기능 즉 은유의 본질 및 기능에 중점이 놓여 시를 전체적이고 통일된 구조로 인식하는 것이다.

P. Wheelwright는 John Middleton Murry의 정의를 원용하여 "은유는 시라는 살아 있는 말speech, 살아 있는 사고의 정수"[213]라고까지 은유의 지위를 높이고 있다. 한편 이 이미저리는 "시적 언어의 본질과 발달 혹은 시적 상상력의 자질에 관하여 다양한 조망을 위한 기초"[214]로 사용될 때 비평에 있어서 중요한 용어가 된다.

셋째로 이미지 패턴의 직능에 관계하는 Symbolic Imagery가 있다.

● ● ●

211. "the nature of the relationship between a subject and an analogue"(위의 책, p. 364).

212. "an investigation of figurative imagery involves such problems as that of rhetorical types, that of the kinds of relationships which may obtain between subject and analogue, that of the nature of symbolic expression, and that of the use of figures in poetry"(위의 책, p. 365).

213. "metaphor is essential to the living speech and thought that are poetry"(P. Wheelwright, *Metaphor and Reality*, Indiana Press, 1973, p. 69).

214. "When these distinctions serve as the basis for various speculations regarding the nature and development of poetic language, or the quality of the poetic imaginatio n, "imagery" becomes one of the key terms of criticism"(Alex Preminger(ed.), 앞의 책, p. 366).

이 정의는 N. Frye가 역점을 기울인 부분으로 다음 사항과 관계된다. "시인의 이미저리 선택이 어떻게 그의 마음의 지각능력뿐만 아니라 그의 홍미, 기호, 기질, 가치, vision을 드러내는가의 확인; 그것들이 tone-setters, 구조적 의장意匠, 상징으로 일어나는 시에서 다시 떠올리는 직능의 결정; 시인의 전체 이미지 패턴과 신화와 의식ritual의 패턴 사이의 관계 시험".215 이 글 뒤에 다시 상론되지만 "어떻게 저자 시편에 대한 것을 작품에서 드러내느냐"216에 귀착된다.

다소 무리가 가는 검토이겠으나 이상과 같은 개념을 염두에 두고 우리의 경우를 검토해 보면 이미저리에 대한 인식은 그 시기가 훨씬 후기에 내려오고 또한 몇몇에 국한되고 있음을 볼 수 있다. 초기의 시론을 형성했던 김억, 주요한 등이나 프로문학에서 김기진, 박영희 등에게서도 그리고 박용철의 경우에서도 이미저리에 대한 언급이 거의 없다.

1930년대 최재서와 김기림에 의해 출발한 모더니즘 계열에 와서야 단편적이나마 그 인식이 나타나고 있다. 그러나 대부분 감각 및 수사의 정도에서 머물고 있다.

먼저 김기림의 경우, 「이메지」의 성립과정을 보면,

　　　시는 한개의 「엑쓰타시」의 발전체와 같은 것이다. ─ 한개의 「이메

- - -

215. "the problems here are to ascertain how the poet's choice of imagery reveals not merely the sensory capacities of his mind but also his interests, tastes, temperament, values, and vision; to determine the function of recurring images in the poem in which they occur as tone-setters, structural devices, and symbols; and to examine the relations between the poet's over-all images patterns and those of myths and rituals"(위의 책, p. 364).

216. "How the patterns of imagery (⋯) in the work reveal things about the author and/or his poem"(위의 책, p. 367).

지」가 성립한다. 회화의 온갖 수사학은 「이메지」의 「엑쓰타시」로 향하야 유기적으로 전율한다.[217]

직유나 은유 등이 이미지의 성립을 위해 작용한다는 뜻으로 해석할 수 있는데 이때 이미지는 시각적 혹은 청각적의 뜻을 지니고 있다. 시각적인 것은 시에서 회화성을 가져다준다고 보고 있다.

> 이십세기의 시에서 음악성을 구축[剔除]한 회화성이란 무엇이며 그것
> 은 대체 어떠한 형태로써 나타나는가? 1. 문자가 활자로서 인쇄될
> 때의 자형배열의 외형적인 미 (…) 2. 독자의 의식에 가시적인 영상을
> 출현시키는 것을 목적으로 하는 때의 그 시의 내용으로서의 회화성[218]

이 설명은 I. A. Richards의 "시편의 분석the Analysis of a Poem"[219]에 기술되어 있는 독자의 체험의 과정의 6항목 중 첫 번째와 세 번째에 해당하는 것이다. 두 번째 고착 이미저리는 "청음 언어 이미지auditory verbal image"와 "발음 언어 이미지articulatory verbal image"로 나누어지고 "정서와 반응과 직접 관련"되고 "시의 형식적 구조의 요소" 즉 율격의 기초가 되기 때문에 중요하다.[220] 그러나 김기림의 주안점이자 치명적 결함인 음악과의 관련이 고착 이미저리에 있기 때문에 제외한 것은 그로서는 당연한 일일 것이다.

김기림이 꼽은 자신의 이론에 합당한 시인의 시는 「모더니즘의 역사적 위치」와 「1933년 시단의 회고」에서의 정지용, 신석정, 김광균, 장만영,

• • •

217. 김기림, 「시의 모더니티」, 앞의 책, p. 109.
218. 김기림, 「시의 회화성」, 위의 책, pp. 149–150.
219. I. A. Richards, 앞의 책, p. 90 참조.
220. 최재서, 『문학원론』, 춘조사, 1957, pp. 168–169.

박재륜 등의 것으로 그 비평용어를 일별해 보면 이미지에 관계되는 것만으로 시각적 이메지, 상징적 이메지, 조소적 이메지 등 모두 회화성에 기초를 두고 있다.

최재서 역시 수사 내지 감각의 차원에 머물러 있는데 김기림과 달리 시어 또는 새로운 조어에 역점이 주어지고 있다.

> 시가 (…) 예술이라면 그 본질은 형상화에 있을 것이다. 심장이 느끼는 막연하고 무정형한 감각에 윤곽을 주고 육체를 주어 형상으로 결정^{結晶}하는데서 시는 생겨난다.[221]

여기서 예술의 본질은 형상화에 있다는 정확한 인식을 보여주고 있으나 곧이어 감각이 그 형상의 대상이 될 때 위의 정당한 인식은 일부에 불과한 것이 되고 더군다나 그 방법으로 "새로운 이메지를 맨들던가 또는 새로운 씨미리^{직유}나 매타포아^{은유}를 맨들어 내면 된다"[222]고 하고 그 관계성의 본질에 접근하지 못하고 만 것은 이미저리에 대한 인식이 수사 내지 감각에 머물고 더 심화되지 못하고 있기 때문이다. 김기림이나 최재서는 전술한 각주 211번의 결점을 그대로 노정하고 있는 것이다.

3. 태도의 지향

1930년대는 날로 심해가는 일제의 정치적공세 아래서 조선의 지식

• • •

221. 최재서, 『문학과 지성』, 인문사, 1938, p. 249.
222. 위의 책, p. 262.

인들이 그들의 최후의 것을 잃지 안기 위하야 비통한 수세로 들어간 것을 특징으로 한 시기였다. (…) [문학인들은] 예술주의라는 연막에 가려서라도 그들의 문학을 지켜가려한 듯하다. 그 문학에는 따라서 내면화와 소극성이라는 시대의 정신적 징후가 짙게 흘렀다. 그러나 그것은 구라파의 예술주의처럼 스스로 취한 길이라느니 보다는 차라리 강요된 둔신술遁身術인 듯하다. 그것은 현실의 심각한 영상이 유미적으로 항상 변신을 하고 나타난 「메타포어」의 문학이었다. 그러므로 나는 그것을 일종 의장된 예술주의라고 부르고저 하는 것이다.[223]

1947년 8월 해방 후 2년 되던 해 일제시대의 시론을 묶어 책을 내놓으면서 김기림이 머리말로 쓴 1930년대의 문학 상황이다. 2년이란 짧은 시간이 흐른 다음이라서 냉정하고 정확한 기술이라고 보기는 어려우나 몇 가지 중요한 증거를 발견할 수가 있다.

첫째는 시대가 문학에서 내면성을 요구한다는 진술로 문학의 심화가 이루어지게 되었다는 의미가 그 이면에 깔려 있으며, 둘째 소극성으로 문학이 지닌 중요한 효능의 하나인 교훈 지향을 포기하게 되어 예술지상주의로 향하게 되었다는 점이다. 여기서도 김기림의 서구 내지 세계 지향을 볼 수 있는데 바꾸어 말하면 그는 이러한 내면성·소극성의 원인을 세계적인 시대 징후로 파악하고 있는 것이다. 셋째 변신이라는 단어에 걸리는 의미 내용이 문제가 된다. 즉 "현실의 심각한 영상"이 "유미적"으로 변신하였을 때 그 구체적인 방법 및 성과가 검토되어야 할 것이며, 넷째 의장된 예술주의의 정확한 뜻이 추출되어야 할 것이다. 분명 김기림이 쓴 의장이란 단지 서구의 유미주의의 변형이라는 뜻보다는 "「메타포어」의 문학"이라는 표현과 결부시켜볼 때 다분히 풍자적인

• • •

223. 김기림, 「서(序)」, 『시론』, 백양당, 1947, p. 1.

것을 염두에 두고 있다고 보이기 때문이다.

이상과 같은 상황이 보다 심해지는 것은 프로문학의 퇴조와 많은 사조 및 논쟁의 위축 이후『문장』,『인문평론』의 일제 말 양대 잡지의 출현을 전후한 1940년대 경이었다.

주지하다시피『문장』과『인문평론』은 여러 가지 점에서 대립된 문학지이다.『문장』이 작품과, 고전 발굴 소개에 주력하고 민족적 주체성을 고수한 반면『인문평론』은 평론이 주류를 이루고 외래 사조에 민감했다고 볼 수 있다. 이를 시의 경우에 한정시킨다면『인문평론』은 작품이나 이론의 양에서『문장』에 비해 압도적으로 적다.『문장』은 시에서 정지용이, 시조에서 이병기가 각각 선選을 맡아 여러 시인들을 배출시켰고 그들로 하여금 시론을 쓰게 하였다. 이 시인들은 정지용의 "에피고넨"이라고 질책을 받을 만큼[224] 정지용의 영향이 컸고 시에 대해서 유사한 인식을 보여주고 있다.

이 시기에 뚜렷한 시론을 보여준 이들은 김기림, 김환태, 이원조, 한식, 김광균, 윤곤강 등과 정지용이 추천한 김종한, 박남수 등으로 대부분 30년간의 시사를 개관하면서 비판과 반성을 잊지 않고 있으며 동양예술 및 고전에 대한 의식적 접근을 하고 있다. 또한 사상성의 무시와 표현의 역점도 이들의 주요한 공통점이 된다.

우선 언어에 대한 관심을 들 수 있다. 물론 전술한 김기림이 보여준 회화繪畵에서 시어의 추출을 통한 시어의 확장 노력이 있었지만 이 시기에 오면 그 인식이 국부적이 아니라 보편성을 띠게 된다.

상식적인 내용을 특수한 언어를 사용하야 표현하랴고 무리를 짜낸다. 허나 남는 것은 기습奇習뿐이요 현학뿐이다. 시인의 직능이란 심상

• • •

224.『문장』2권 1호 좌담회 참조.

이라든가 특수한 주관의 경험을 항상 사용하는 평범한 의미의 언어로
표현하는 데 있다.[225]

다음으로 내용·형식의 대립을 지양하고 대신 시정신·표현으로 인
식하고 있음을 볼 수 있다. 여기서 시정신이나 표현은 필자가 추구하여
온 체험의 측면과 방법의 측면에 각각 대응하는 것으로 개인마다 편차가
있으나 어느 정도 양 측면의 조화로서 시를 인식하고 있다. 물론 이에는
전대의 내용편중이나 기교치중에 대한 반발이 선행되어 이루어진다.

> 최재서씨의 시에 대한 인식부족은 산문에 요구할 사상성을 시에
> 요구하얏고 다시 시의 목적성을 사상의 도구로 타락시키고 말았다.[226]

시에서 사상성을 전연 수용하지 않는다는 것은 어휘의 오용이나
논리의 파탄을 말해주는 것이기는 하지만 같은 글에서 "최씨는 다시
주체의 시를 주장하야"라는 반박으로 미루어 보면 그가 말하는 사상성은
내용을 뜻하고 있는 것으로 추측할 수 있다.

한편 이원조는 현대시에서 상징주의가 수사학을 망각한 데서 혼돈이
야기되었다고 보고 그 근거로 "이마-주의 과잉"과 "웅변조"를 제시하고
있다. 이 두 가지는 모두 형식에 관계하고 있는 것으로 볼 수 있는데
그것은 단지 "포에지의 맵시라든지 몸집"을 뚜렷하게 하기 위한 효과의
방편이지 "결코 포에지는 아나"라고 말하고[227] 있기 때문이다. 여기에서
이원조는 감각에 치중된 시를 비판하고 있는 것이다.

●●●

225. 윤곤강, 「촌어집(寸語集)」, 『시학』 3집, 1939. 8, p. 51.
226. 김종한, 「나의 작시설계도」, 『문장』 1권 8호, 1939. 9, p. 129.
227. 이원조, 「현대시의 혼돈과 그 근거」, 『시학』 1집, 1939. 3, p. 4.

그러면 내용과 형식의 이원성을 부정하고 대치시킨 시정신과 표현을 살펴보자. 첫째, 시정신은 영탄을 넘어선 차원으로 부각된다. 이 점에서 박용철이 수립해 놓은 순수시론과의 밀접한 관련도 나타난다.

「감정의 표출」은 작시의 동기는 될 수 있어도 시자체의 목적성은 아닙니다.[228]

한 개의 「풍경」을 「있는 그대로」, 「보는 그대로」 그려놓은 것은 그 시인이 한 개의 카메라맨보다도 불건강한 것을 의미한다. 한 개의 단순한 감정을 「느끼는 그대로」 노래하는 것은 그 시인이 한 개의 전설보다도 허망한 것을 의미한다. (…) 오즉 시인이 자아의 감정에 대하야 자아의 의욕하는 방면으로부터 거짓없는 도전을 개시할 때 비로소 그 자유는 도래할 것이다.[229]

인용 중 첫 번째는 감정은 무의식적 체험에 그친다는 점을, 두 번째는 한 걸음 더 나아가 변용의 일종으로 파악, 감정을 의식적 체험에까지 끌어올리고 그것을 위해서는 치열한 내부투쟁이 필요함을 명확히 밝히고 있다.

또한 동양예술 내지 고전에 대한 이전에 볼 수 없었던 인식이 체험의 측면에서 비로소 제자리를 잡게 된다.

미개에서 얻는 슬픔이야 과학에서 찾지만 과학에서 얻는 권태와

• • •

228. 김종한, 「시문학의 정도(正道)」, 『문장』 1권 9호, 1939. 10, p. 202.
229. 윤곤강, 「현대시의 반성과 자각」 (이해문, 「중견시인론」, 『시인춘추』 2집, 1938. 1, p. 63 재인용).

불안은 어디서 찾나요 앙상한 분석을 거쳐 나는 다시 천품통일된
하나의 세계인 우리의 고향 동양의 하늘로 돌아 가겠읍니다.[230]

간결하고 수필에 가까운 문체이지만 이 글에서 우리의 시가 추구해
온 경과에 대한 반발과 그 지향점을 보여주고 있다. 즉 너무나 서구지향에
정신을 집중시켜 급기야는 정신의 불안과 생경한 과학에 권태를 가지게
되었던 것이다. 과학이 전술한 김기림의 경우처럼 체험의 영역을 확장시
켜주었지만 고전의 지반이 붕괴된 상황에서 그것은 단편일 뿐이었다.
이 의식적 체험을 김환태는 "생에 대한 진실한 느껴움"[231]으로, 한식은
감동이 아닌 "정서의 변혁"[232]으로 또는 "포에지"[233]로 표현하고 있으며,

「포에지 ―」는 물론하고 그것만으로 「포엠」 시라고 할 수는 없다.
그것은 언어와 기술로 표현되지 않으면 안 되겠다.[234]

에서 체험은 어디까지나 시 이전이라는 것을 인식하고 그것을 형상화
할 방법의 측면이 필요함을 말하고 있는 것이다.
표현은 시의 전부라는 강경한 발언을 위시해서 이들의 방법의 측면에
대한 자각·인식은 이전의 어느 때보다도 강조되어 있다. 물론 본 장의
처음 인용한 상황 설명에서도 김기림은 예술주의라고 말하고 있고
또 사실 시인들이 지닐 수밖에 없었던 한계로서도 설명이 되겠으나
시인이 지닌 시에 대한 인식의 투철로도 설명할 수 있을 것이다.

● ● ●

230. 조지훈, 「약력과 느낌 두셋」, 『문장』 2권 3호, 1940. 3, p. 157.
231. 김환태, 「시인 김상용론」, 『문장』 1권 6호, 1939. 7, p. 160.
232. 한식, 「시와 비평과」, 『문장』 2권 8호, 1940. 10, p. 112.
233. 위의 글, p. 191.
234. 위의 글.

언어 자체의 기계성(음악성, 회화성 등)을 정복하지 못한 시인이란
것은 생각할 수도 없는 일입니다.[235]

전술한 방법의 측면에서 지적한 바와 같이 운율과 이미저리를 율격과
수사·감각으로만 인식한다면 시인이 아니라고 냉혹히 비판하고 있다.
그리고 음악성·회화성은 언어 자체의 미가 아님을 밝히고 있다.
다음 예거^{例擧}한 것은 모두 표현의 중요성을 말하고 있다. 그러나
그것이 내면적이고 개성적이어야 함도 잊지 않고 있는 것이다.

예술이란 궁극에 있어 표현이란 말로 끝날 것인데 시문학도 종말에
있어 표현에서 끝마무리를 지을 것이다. 이말은 물론 예술지상적
언사가 아니요, 사상은 예술 속에 포섭될 때만 예술일 수 있다는
말이다.[236]

시인에게 있어서 가장 특수적인 요소를 「기교」라고 할 수 있다.
여기서 기교란 말은 (…) 어데까지든지 특수적인 어느 한 작가에
있어서만 가능한 내면적인 기교를 의미함이다. 즉 개별적이고 독창적
인 「독자적 양식」을 말함이니[237]

요컨댄 기법(이 기법이란 시인 각자가 가지는 인격의 촛불입니다)
그 소화의 방법이 문제인 것입니다.[238]

● ● ●

235. 김종한, 「시문학의 정도」, 앞의 책, p. 199.
236. 박남수, 「현대시의 성격」, 『문장』 3권 1호, 1941. 1, p. 142.
237. 박두진, 「시와 시의 양식」, 『문장』 2권 2호, 1940. 2, p. 160.
238. 조지훈, 앞의 책, p. 157.

이러한 표현의 중요성의 인식으로 해서 감상·감각 등의 차원을 극복하고 형상화에 이르게 되는 것이다.

접근방법의 차이로 해서 한 편의 시가 가지는 수많은 특질을 일일이 지적해낼 수는 없지만 전체로서의 시를 인식함으로써 어느 하나의 편중이나 강조로 시를 이해하는 오류를 방지할 수 있을 것이다. 1940년대의 시에 대한 인식은 김기림이 지적한 대로 시대 상황에 밀접히 결부되어 나타난다. 그러나 그에 얽매이지 않고 인식의 심화를 보여주기도 한 시기였다.

그러나 진정하고 중요한 결실을 맺기 이전에 한국문학의 말살 정책으로 말미암은 시인들의 태도·방향의 문제가 더욱 급한 문제가 되어 해방 이후로 넘어가게 되었던 것이다.

IV. 맺는말

지금까지 시에 관한 연구는 일반문학사 내지 문단사 혹은 시인론, 시 자체의 내적 연구가 주로 수행되어왔다. 그러나 우리의 시가 전통의 맥락에서 계승된 것이라기보다는 전통지향과 서구지향의 접합으로부터 시작되었다는 특수성으로 인해 시의 본질을 비롯한 정의 등의 논의가 시론의 전반적인 흐름을 이루어왔기 때문에 무엇보다도 시의 인식에 관한 탐구가 필요하게 된다. 이러한 인식에 접근하기 위해 인식의 출발 및 태도의 고찰을 꾀하였다.

인식의 출발은 시인 스스로의 인식과 아울러 외래 사조의 수용이라는 양면성을 띠고 있으며, 시란 체험의 측면과 방법의 측면의 조화 있는 통일이라는 점에 입각하여, 인식의 태도 역시 위의 두 가지로 구별하였다. 이러한 전제 아래 고찰해온 것을 정리해 보면 다음과 같다.

첫째, 초기에 활동했던 김억, 주요한 등의 선구적인 위치를 인정해야하겠다. 계몽의식 및 시대 상황의 인식, 민족적 주체성의 고취라는 점에서 그리고 자유시와 운율에 대한 성찰, 한국어에 대한 자각이라는 점에서 인식의 정당한 출발을 보여주었던 것이다. 그러나 자연발생적인 태도와 이들이 수용한 상징주의와의 접합 및 전통 단절에의 의욕으로 해서 영탄으로 시를 인식하였고 운율을 율격으로 또는 개인 영역에의 후퇴로 연구의 심화를 보여주지 못하였다. 한편 상징주의 수용과정에서의 암시 이외에는 이미저리에 대한 인식도 보여주지 못하였다.

둘째, 많은 외래 사조의 수입이 있었지만, 적지 않은 영향력을 가지면서 수용된 사조나 이론으로는 상징주의, 모더니즘, 순수시론 등이 있다.

외래 사조의 수용은 어느 경우나 마찬가지로 정도의 차이는 있으나 사조의 성립 배후에 있는 이데아의 이해 부족과 수용자 개인의 내면성의 심화가 뒤따르지 못하여 무리한 이론으로 공전하였다.

상징주의는 주로 김억에 의해 이루어지는데 자유시라는 시 형태의 도입과 음악성에 이론적 근거를 제공해주었다. 그러나 김억 자신의 취향에 의한 번역 과정에서 상징주의를 이해하여 전반적인 상징주의 수용에 한계가 그어졌고, 결코 상징주의 시인들이 배제하지 않은 이미저리의 무시, 그리고 동시에 수입된 데카당스가 당시 상황과 연결되어 인식의 심화를 저해하였다.

최재서, 김기림이 수용한 모더니즘은 체험의 측면은 물론 방법의 측면을 인식하게 했다는 점에서 제일차적인 의의를 지닌다. 그리고 시란 언어로 쓰인다는 사실의 인식과 일상체험과 예술체험의 동일시로 현대시에의 접근, 또한 지적 현대문명이라는 체험의 영역 확장, 회화성

내지 시각성의 주장 등은 성과로서 받아들여져야 한다. 그러나 잘못 이해한 탓으로 음악성이 무시되었고 그리고 모처럼 수용된 이미저리가 단순히 감각이나 수사 특히 편중된 시각적 이미지로만의 인식, 그리고 피상적인 현대의식은 그들의 실패이자 시사^{詩史}가 지니는 불행이었다.

박용철은 A. E. Housman에게서 시란 내용이 아니라 말하는 방식이라는 명제를, R. M. Rilke에게서 변용을 수용했는데 비록 형상화의 단계까지 인식하지는 못하였지만 체험의 측면에서 그 존재 의의와 중요성을 강조했다는 점에서 모더니즘과 더불어 인식의 확립을 위한 기반을 만들어주었다.

셋째, 인식의 태도 중 체험의 측면에서는 무의식적·의식적 체험에서 영탄·암시·순수 등을, 의도적 체험에서는 사회의식·현대문명 등을 다루었다. 영탄은 자연발생적 태도의 소산으로 감정의 직접적 유출로 해서 보편성을 획득하지 못하였고, 상징주의의 제1원리라고까지 생각된 암시는 대상을 몽롱하게 파악하여 시적 진실을 은폐하였을 뿐 아니라 비평의 용어로 마구 쓰였다. 무의식·의식적 체험인 순수는 이상의 영탄과 암시를 극복하고 있다. 특히 전통지향의 시인들에게 이론적 근거를 마련해주었고 시는 내면의 결정체라는 인식을 확립시켰다.

사회의식에서 민족문학과 대립한 프로계열은 현실을 인식하는 태도를 보여주었으나 미의식이 생활의식의 변천에 따라 달라진다는 무리한 논리와 예술의 독자성 무시, 나아가 시의 부정에까지 이르고 있다. 특히 김기림이 역설한 현대문명은 그 요소로 기계·과학·도회를, 특징으로 건강성·명랑성을 제시하여 체험의 영역에 문명이나 지적인 것을 도입하여 자연에 대한 직접적 유로^{流露}가 강한 우리 시에 자극을 주었으나, 근대에 대한 전면적 부정, 문명에 대한 이해의 부족 및 오류, 전통의 뿌리 없는 세계성 지향으로 신기^{新奇}로 몰락하고 말았다.

넷째, 운율과 이미저리는 시를 구성하는 주요한 원리로서, 전체적인 구조로 파악되어야 한다. 그러나 운율 자체에 대한 연구가 선행되지 못한 채 김억이나 주요한 등에 의해 고전시가의 운율 부정이나, 산문과의 구별, 정형·자유형의 설명과정에서 대부분 율격으로 환치되어 인식되었다.

프로문학에서는 음악성 역시 무산자 계급에 맞아야 한다고 주장하여 운율을 시 자체에서 밖으로 끌어내고 있다.

한편 김기림의 운율의식은 비록 시론에 불과하고 또한 논리의 모순을 보여주고 있으나, 구어의 도입과 음악은 의미와 결부되어야 하고, 음악성의 강조는 시의 상실을 의미한다는 인식은 괄목할 만한 것이었다.

고전의 진부한 수사나 감각에 대해 새로운 각성은 '언문일치'로만 끝이 났고 모더니즘의 대두 이전까지는 별반 언급이 없었다.

김기림은 I. A. Richards의 심리학적 연구와 그리고 E. Pound를 비롯한 이미지즘에게서 이미저리의 개념을 배웠으나 시각에 치중한 이해와 음악성의 무시로 그가 세운 시 전체로서의 이미저리는 다시 무너지게 되는 것이다. 그리고 이미지나 메타포 역시 수사의 차원으로만 머물러 구어의 도입이라는 운율관과 이데의 혁명이라는 현대문명관이 내면적 질서를 가지고 승화되지 못하고 말의 조립에 그치고 말았다.

다섯째, 해방 전 『문장』 등을 통해 시론을 발표한 시인들은 이상의 두 가지 인식 태도를 조심스럽게 합치시키는 방향을 모색하였다. 시정신과 표현의 강조는 그들의 공통적 특색이었다. 그러나 일제 말 식민지 상황은 그 인식을 심화 확대할 수 없게 하였다.

— 서울대학교 석사학위논문, 1977.

1940년 전후의 시정신과 그 형상화

I

1930년대 후반에 접어들면서 일본은 소위 '내선일체'란 표어를 내걸고 민족말살정책을 감행하기 시작하였다. 1935년의 신사참배, 1939년의 창씨개명, 1942년 조선어학회 회원 검거사건, 한국어 사용금지 등은 한국 민족이라는 의식과 그 존재를 완전히 말살하려는 그들의 악랄한 마지막 발악이었다. 이와 아울러 식량, 원료, 노동력의 강제 동원, 지원병, 학병, 징병제도 등의 군대 동원으로 경제적, 인적으로 한국은 피폐의 극을 달리게 되었다.

물론 문화적인 면에서도 예외일 수는 없었다. 1939년 친일 단체인 조선문인협회가 생겨나고 1940년 <동아일보>, <조선일보> 양대 한글 신문과 마지막 발표기관이었던 『인문평론』, 『문장』의 폐간(1941) 그리고 조선어학회 기관지 『한글』의 폐간(1942) 등으로 민족문화 자체의 사활이 달린 암흑기를 맞이하게 되었다.[1]

• • •

1. 이기백, 『한국사신론』, 일조각, 1967, pp. 390–391. 신동아편집실, 『개항 100년

이상과 같은 일제의 민족말살정책은 급격한 변화는 아니었다. 그들은 1930년대에 들어서면서 민족의식의 기초를 아예 뿌리 뽑으려는 음모로 '교육즉생활주의^{敎育卽生活主義}'를 표방하고, 교육기관을 통해 일본어와 실업 교육에 치중하는 정책을 펴나갔던 것이다.

이러한 민족말살, 특히 민족적인 문화활동의 금지로 악화일로를 걷던 이 시기에 대해 백철 교수의 다음과 같은 지적을 보게 된다.

> 우리는 일제의 야만성의 탄압을 만나 민족적 고유 성명과 언어까지 허용이 되지 않아서 마침내 우리의 언어 문화 예술이 존재할 수 없는 시대가 왔지만 그러나 그 전 1936년 이후 약 3, 4년간의 우리 문단은 의외로 계절 아닌 개화의 기^期를 갖게 되었다.[2]

백철 교수는 계속해서 그 이유를, 현실적으로 민족적인 일을 할 수 없는 때이기 때문에 문화예술 방면으로 희망과 기대가 집중되었음에 두고 있다. 그리고 그 방증의 하나를 문예지와 작품집의 판매 부수의 증가에 두었다. 즉 "우선 이때에 다수한 시집이 나왔으며 그 수가 1936년부터 1941년경까지 54개에 달"[3]했다고 말하고 있다.

그러나 이러한 양적인 팽배 현상만을 두고 '개화의 기'라고 할 수 있는지에 일단은 회의감을 갖게 된다. 바꿔 말해서, 그것이 전대의 축적된 소산인지, 아니면 구체적으로 시적 성숙을 의미하는지 등에 대한 검증 없이는 그 실체를 잡을 수 없는 것이다.

백철 교수의 사적^{史的} 정리에 반^反하여, 이 시기 문학에 대한 평가는

• • •

연표 자료집』, 동아일보사, 1976, pp. 192-196.
2. 백철, 『신문학사조사』, 민중서관, 1953, p. 322.
3. 위의 책, p. 323.

대부분 묵시적 내지 부정적이다. 물론 이 시기가 한마디로 암흑기로 처리되고 그에 따른 모든 양상을 정치적, 사회적, 경제적인 면으로 부각시키려는 탓도 있지만 보다 근본적인 면에서, 다루기가 애매하고 어려운 여건에 처해 있다는 데도 일단의 이유가 있을 것이다.

그 한 예로 다음과 같은 진술을 볼 수 있다.

> 식민지 후기의 한국시는 김소월, 한용운, 이상화의 시적 공간을 전통으로 흡수하고 일제의 악랄한 식민지 정책에 대응할 수 있는 예술적 구조를 획득하는 그러한 폭넓은 문제와 부딪친다. 그러나 식민지 후기의 한국시는 그것이 그러한 문제에 성실하게 대답했다는 것을 보여주지 않는다.[4]

계속해서 김현 교수는 정지용, 윤동주, 이병기 등의 시인을 제외하고는 '상상력의 자유로운 일탈이 꽉 막혀'버렸기 때문에 깊이 있는 시를 창조하지 못했다고 진단한다.

> 자신의 내적 고통을 외적 현실에 투사시키고, 외부의 정경을 자신의 내적 경험으로 환치시키는 어려운 시인을 식민지 후기의 한국시는 거의 보여주지 않는다.[5]

이상과 같은 상황과 몇몇 진술을 바탕으로 이 글을 시작한다. 어려운 상황에서도 시인들은 시를 써왔고, 거론하여왔으므로 이 시기의 시는 새로운 조명을 받을 필요가 있을 것이다.

● ● ●

4. 김현·김윤식, 『한국문학사』, 민음사, 1973, p. 202.
5. 위의 책.

이러한 작업의 검토 방법의 한 방향으로 일단은 소재의 검토부터 시작하였다. 즉, 극한으로 치닫는 상황과의 관련 하에 시인들은 그 소재 내지 상황을 어떻게 받아들이고 인식했으며, 그 인식의 강도가 어떠했는가, 그리고 소재의 선택과정에서 어느 정도 적극적으로 나름대로의 의지를 모색했는가, 나아가서 그 소재의 해석은 어떠한 방향으로 이루어졌는가 등을 검토하려 하였다. 이러한 방법의 일단은 시정신이 어떻게 시로 구현되느냐와도 동일한 과제가 될 것이다. 상황에 대처하는 자세라든가 그 방법은 곧 현실에 대한 시인의 태도이며 형상화의 기초가 되는 것일 수가 있기 때문이다. 그러나 자료의 취사선택 내지 해석, 지엽적이지만 자구字句의 선택 등에서 주관적임을 부인할 수는 없다.

II

1

시가 있어온 이래 어떠한 것도 시인의 시선 밖에 난 것은 없을 것이다. 그러나 그 선택은 시인 나름대로의 시정신에 좌우됨을 볼 수 있다. 특히 이 문제는 1940년을 전후한 시기의 시인들이 상황에 대처하는 자세에까지 결부되어 쉽사리 해석할 수 없는 어려움도 내포하고 있다.

한편 이 시기의 특징으로서 언어에 대한 인식의 확립을 들 수 있다. 영탄이나 자기도취에 의한 무절제한 토로, 혹은 이를 전면적으로 배격한 김기림 등의 언어관을 수용하면서 시에 있어서 언어의 위치를 인식해 나간 때가 이 시기라고 말할 수 있다. 이러한 점의 일단을 김종한은 다음과 같이 지적하고 있다.

언어 자체의 기계성(음악성, 회화성)을 정복하지 못한 시인이란

생각할 수도 없는 일입니다.[6]

언어가 가지는 의사소통 등의 속성에서 벗어나, 시적인 언어로의
재확립을 강조한 것으로 윗글은 해석될 수 있다.

2

현실에 민감하여야 한다 혹은 그와는 다른 면이 있는 것이 시^詩다
라는 소박하나마 상반된 의견은 누차 이어져 내려오는 논의의 대상이다.
그러나 1940년 전후의 시를 대상으로 살펴보면서 감지할 수 있는 것은
그러한 논쟁과는 다른 차원이 앞서 검토되어야만 할 것이라는 사실이다.

1939년 간행된 김광균의 『와사등』의 목차를 보면 '벽화^{壁畵}', '구도^{構圖}',
'인상^{印象}', '석고^{石膏}' 등 그 제목에 평면적이고 고정적이며 아울러 정적인
단어가 쓰이고 있음을 볼 수 있다. 그리고,

> 하이한 모색^{暮色}속에 피여잇는
> 산협촌^{山峽村}의 고독헌그림속으로
> 파 – 란역등^{驛燈}을다른 마차^{馬車}가한대잠기여가고
> 바다를향한 산마루길에
> 우두커니 서잇는 전신주우엔
> 지나가든구름이하나새빨간노을에 저저있었다.
>
> — 「외인촌^{外人村}」

에서 방점 친 '그림'이나 '우두커니'라는 어휘가 보여주듯 그의 시는
한결같이 움직이지 않는 정적인 상태의 묘사로 일관되어 있다.

• • •

6. 김종한, 「시문학의 정도」, 『문장』 1(9), 1939. 10, p. 199.

그러나 보다 노출되는 것은 그의 시의 주조음을 이루는 '차단함'이다.

　　어제도 오늘도 고달픈기억이 / 슬픈행렬을짓고 창밖을 지나가고
(「창」)
　　오후의 노대露臺에 턱을고이면 / 한장의푸른하늘은 언덕넘어 기우
러지고 (「창」)
　　차창에 서리는 황혼저멀 - 니 / 노을은 / 나어린향수鄕愁처럼 히미
한날개를피고있었다 (「성호부근星湖附近」)
　　비인방에 호올노 / 대낮에 체경體鏡을 대하여안다 (「광장」)

　이러한 '창', '노대', '노을', '체경' 등은 나와 무엇과를 차단시키는,
따라서 '내'가 어떠한 행동을 할 수 없게 하는 역할을 하고 있다. 슬픈
과거의 기억, 황혼의 쓸쓸함, 향수만을 일깨워줄 뿐 현실에서 살게
하지 못한다. 그리하여 시인은,

　　내 호올노 어델가라는 슬픈 신호냐 (「와사등瓦斯燈」)

　라고 말도 못하고 방향도 잡지 못하고 급기야는 현실까지도 믿지
못하게 된다.

　　아 — 내하나의 신뢰할 현실도없이 (「공지空地」)

　이처럼 김광균은 과거의 추억 이외에는 현실에 보이는 모든 사물을
정지시키고 나와의 관계를 절연시키는 데 모든 어휘를 집중시키고
있는 것이다.
　박남수의 「초롱불」에서 먼저 눈에 뜨이는 것은 종지형에서 '~했단다'

의 빈번한 출몰이다.

> 시약시를 못 가진 나는 휘파람 불며 논두렁을 넘어버렸단다. (「심
> 야」)
> 순임이는 인력거에 흔들리며 / 삼십리 뒷산 넘어 읍으로 갔단다.
> (「흐름」)

자신의 혹은 우리 민족의 이야기를 그는 직접 하지 않고 남에게
들은 듯이 간접적으로 표현하고 있다. 자신과는 직접 관계없는 상황에
의한 어쩔 수 없음을 토로하고 있는 것이다.

> 열두살짜리 내 소년은 이산길 울면서 고향을 떠난 전설을 묻었단다.
> (「몇길」)

"온천"이 생기고 "내향리 신작로에 / 번지자옥이 울리며 승합자동차
가 달곡달곡" 돌아오는 새로 생긴 마을 때문에 '나'는 "모래성깃든
꿈"을 버려야만 하게 되는 것이다. 이러한 새로운 변화와 더불어 생긴
것이 "술방아가씨", "기생" 등이었다. 어릴 때 그리던 소녀가 읍내에서
타락해가고 끊지 못할 슬픈 전설로 '나'는 망연자실 서 있는 것이다.
  김광균이나 박남수 등은 시시각각으로 변화하는 상황, 점점 뿌리가
뽑혀가는 현실을 희미하게 바라만 보거나 남의 이야기인 양 회피하고
있는 것이다.
  김광섭은 『동경』(1938)에서 정지된 상태의 시간과 공간이라는 어휘
를, 그리고 사변적이며 추상적인 어휘를 많이 사용하고 있다. 우선
제목 중에서 '상想'자가 쓰인 곳이 여러 곳('상대想隊', '수상隨想', '나상裸想'
등)에서 보임에도 알 수 있다.

홀으고 싸여 나려온 / 온갖 울분을 다하여서도 / 결국은 돌맹이하나

움직이지못할 / 허망한 사념에 다달을뿐 (「독백」)

그대는 무한에 비상하는순간을 가지라 (「개성」)

등 거의 모든 시에 엿보이고 있다. 그러나 그가 사용하는 그 많은
추상어는 단지 직접적인 감정유출이나 형이상학 혹은 언어희롱에 불과
한 것이 아니다.

① 태양이 업슴이 아니나

태양이 이슴이 슬픈이유가 되엿다.

(…)

시간이 전율하고

공간이 냉각된다.

맑은 눈물이 외로히 소스나

해가업스니 무지개가 서질못한다.

망허荒墟한 사례를 바더

육체가 자연을 일헛다. (「푸른하늘의 전락」)

② 인생 사회 시대

여기가 지옥이라면

신은 하필 여기에 하나의 순라純裸한아이를 보내여

일즉 권태의말을 배워

눈물의대가를 엇지못하게하느요 (「고민의 풍토지風土誌」)

③ 나는 아픔을 말하고 슬픔을 애껴서

나의 구석진곳에 머물러 고애孤哀의역사를 읽으랸다

(…)

현실이 나의 침상寢床이되야 추근한밤

고독이 머믄뜰안에서 서리가 안개우에 나린다.

아 심원心願의나라… 심원의 나라가 이서

이밤이 한송이 빨간꽃으로 핀다면… (「태만의 언어」)

①에서 그는 투철한 상황인식에서 현실을 직시하고 나아가 ②, ③에서 시인의 자세를 견지하고 반성하겠다는 다짐을 하고 있는 것이다. 아울러 자신의 시가 노예문화라는 것을 똑바로 자각하고 있다.

그는 스스로 다음과 같은 말도 하고 있다.

추상된 세계를 가지지 못한 시인의 생명은 의심스러울 것이나 이 추상된 세계란 현실을 통하여서의 이상이거나 반역일 것이다. 그러므로 저 건너에 깃들어있는 추상과 세계의 거울은 곧 현실이요 현실없는 추상은 없다. 그러므로 또한 현실은 쓰거운데 추상의 세계만이 감미로울 수도 없다.[7]

노천명의 경우엔 '잃은 전설', '벙어리', '방언' 등의 어휘가 나타난다.

보내고 도라오니 잊은것도 많것만 / 차창곁에걸린 국경의 지명을잃자마자 / 배왔든 방언도 갑작이 굳어버려 / 발끝만 구버보며 감물든

• • •

7. 김광섭, 「서문」, 『동경』.

입은 / 해야될 한마듸도 발언을 못했다 (「밤차」)

이 시인은 상황을 닫힌 세계로 인식한다. 고향을 표상하는 방언도 굳어버리게 되고, 하고 싶은 말도 하지 못하게 되는 상황에서 시정신이 배태된다. 자신의 말처럼[8] 민족적 운명 앞에 해야 할 말을 혼자 삼키며 스스로 속죄양이기를 바라고 있는 것이다.

이용악의 초기 시는 『분수령』의 여러 시편에서 생활을 흔들리는 터전으로 인식한다.

너의 터전에 세둘기의 단란團欒이 질식한지 오래다 / (…) / 가자 / 씨원이 써나가자 (「도망하는 밤」)

그리고 흔들리는 터전에서 떠나감이나 혹은 침묵으로 향한다.

나의 동면은 위대한 약동의 전제다 (「동면하는 곤충의 노래」)

이러한 안정되지 못하는 흔들림에서 그는 조국의 산하를 오욕의 산하, 슬픔과 이산의 산하로 파악한다.

네가 흘러온 / 흘러온 산협山峽에 무슨 자랑이 잇섯드냐 / 흘러가는 바다에 무슨 영광이 잇스랴 / 이 은혜롭지못한 꿈의 향연을 / 전통을 이어 남기려는가 / 강아 / 천치의 강아 // 너를 건너 / 키 넘는 풀속을 들쥐처럼 기여 / 색달은 국경을 넘고저 숨어단이는 무리 / 맥풀린 백성

● ● ●

8.　"꼭담은 입은 괴로움을 내뿜기보다 흔히는 혼자 삼켜버리는 서글푼 버릇이 있다"(노천명, 「자화상」, 『산호림』, p. 2).

의 사투리의 향여鄕閭를 아는가 / 더욱 돌아오는 실망을 / 묘표墓標를 걸머진듯한 이 실망을 아느냐 // 강안江岸에 무수한 해골이 딩굴러도 / 해마다 계절마다 더해도 / 오즉 너의 쑴만 아름다운듯 고집하는 / 강아 / 천치의 강아 (「천치의 강아」)

그러나 그러한 산하를 파악하는 근저에는 민족의 수난과 그 수난을 직시하는 준엄한 의식이 도사리고 있다. 두 번째 시집 『낡은 집』에서,

철없는 누이 고수머릴랑 어루맞이며 / 우라지오의 이야길 캐고 싶던 밤이면 / 울어머닌 / 서투른 마우재말도 들려주셨지 (「우라지오 가까운 항구에서」)

"가도오도 못할 우라지오"로 끝나는 이 시는 극한에 다다른 우리 민족을 표상해주고 있다. 나아가 이 시인은 다음과 같은 구절에서 다짐을 새롭게 하고 있는 것이다.

잠들지 말라 우리의 강아
오늘밤도
너의 가슴을 밟는 듯 슬픔이 목말으고
얼음길은 거츨다 길은 멀다 (「두만강 너 우리의 강아」)

한편 이육사는

서울 하숙방에서 이역異域 야등夜燈아래 이 시를 쓰면서 그가 모색한것은 무엇이었을까. 실생활의 고독에서 우러나온것은 항시 무형한 동경이었다. 그는 한 평생 꿈을 추구한 사람이다.[9]

에서 지적되었듯이 그의 시는 '꿈'과 '그리움'으로 점철되어 있다. 그것은 그가 걸어온 역정歷程의 한 결과로 안식을 갈구하는 데에서 기인한다. "거미줄만 발목에 걸린다해도 / 쇠사슬을 잡아맨듯 무거워졌다"(「연보」)라는 표현에서 이를 알 수 있다. 그러나 현실은 그를 안주하게 가만 놔두지 않는다.

> 매운 계절의 채쭉에 갈겨 / 마츰내 북방으로 휩쓸려 오다 // 하늘도 그만 지쳐 끝난 고원 / 서리빨 칼날진 그 우에서다 // 어데다 무릎을 꿇어야 하나 / 한발 재겨 디딜곳조차 없다 (「절정」)

현실은 그를 극한상황까지 몰고 가 행동의 여지를 주지 않는다. 『육사시집』에 수록된 시편 중 발표지나 연대가 알려져 있는 작품들은 대부분 이러한 극한상황의 인식 차원에 머물고 있다.

윤동주의 시를 파악하는 데 관건이 될 수 있는 요소 중의 하나가 '부끄러움'에 걸리는 상황이다.

> 인생은 살기 어렵다는데 / 시가 이렇게 쉽게 씨워지는 것은 / 부끄러운 일이다. // 육첩방은 남의 나라 / 창 밖에 밤비가 속살거리는데, // 등불을 밝혀 어둠을 조곰 내몰고 / 시대처럼 올 아츰을 기다리는 최후의나. (「쉽게 씨워진 시」)

이러한 부끄러움은 이 시인이 처한 자신의 상황을 극명하게 파악하고 인식하는 데에서 시작한다. 남의 나라 곧 지배자인 일본에 와서 시를

• • •

9. 신석정·김광균·오장환·이용악, 「서(序)」, 『육사시집』.

쓰고 있다는 사실로부터 노예문화라는 자성이 강화되고 있는 것이며, 그는 이를 극복하기 위해 '일'을 해야 한다고 스스로 다짐하고 있다. 그리고 그 '일'은 자신을 희생함으로써 민족의 구원을 얻는 일이라 볼 수 있다.

> 한번도 손들어 보지못한 나를
> 손들어 표할 하늘도 없는 나를
> (…)
> 일이 마치고 내 죽는 날 아츰에는
> 서럽지도 않은 가랑잎이 떨어질텐데 (「무서운 시간」)

시대의식에 투철할수록 어찌할 수 없는 자신이 괴롭고 부끄러운 것이다. 그러나 윤동주는 이육사와 달리 현재의 시간·공간과 역사성을 온몸으로 인식함으로써 부끄러움, 괴로움을 극복하고 "목아지를 드리우고 / 꽃처럼 피여나는 피를 / 어두어가는 하늘밑에 조용히 흘릴"(「십자가」) 수 있는 차원에 도달하는 것이다.

3

상황이 급박할수록 의연한 자세를 갖출 수 있고, 흔들리는 시정신을 가다듬을 수 있는, 다시 말해서 견고한 자세를 갖출 수 있게 하는 것이 고전에의 관심이다. 우리나라에서 고전에 대한 관심의 시작은 그리 오래되지 않았다. 그것은 서구 사조, 사상이 너무 강한 유혹으로 작용했기 때문에 미처 돌아볼 겨를이 없었다고 볼 수 있고 또한 그 후 어느 정도 정리되었다고는 하나 일부분에 치우치거나 피상적인 고전관古典觀을 낳게 한 식민지사관의 소산 때문이라고 볼 수 있다.

김환태는 김상용을 관조의 시인이라고 불렀다. 김상용 자신이 "내

생의 가장 진실한 느껴움을 여기 담는다"라고 시집 『망향』의 서두에서
밝힌 바 있지만 그 느껴움을 담는 하나의 방향으로 그는 고전지향을
택했다. 「남으로 창을 내겠소」에서 보여주는 고전적인 의연한 자세라든
가 '거문고', '사립' 등 고전시가에서 애용되던 어휘를 사용했다는 점에
서도 그 일단을 엿볼 수 있다. 그러나,

> 나와 다람쥐 인^馴친 산길을 / 넝쿨이 아셨으니 / 나귀끈 장ㅅ꾼이
> / 찾을리 없오 // 「적막」과 함께 / 낡은 거문고의 줄이나 고르랴오
> // 긴 세월에게 / 추억마자 빼앗기면 // 풀잎 우는 아츰 / 혼자 가겠오.
> (「서그푼꿈」)

에서 볼 수 있듯이 그의 고전지향은 은둔→안주, 안주에 실패하면
도피로 향하는 무력감을 보여주고 있다. 아울러 체념의 찬미도 보여주고
있다.[10] 이러한 체념, 무력감은 급기야 김기림류의 도시미로 빠지고
만다.

> 미웁도록 아름져 오르는 흑연 / 현대인의 뜨거운 의욕^{意慾}이로다.
> (「굴둑노래」)

회고조로만 인식된 고전취향이 곧 한계에 부딪혀 더 이상 발전적인
고전지향을 이루지 못하고 만 것이다.
이와 형태는 다르나 같은 고전취를 보여주는 김동명의 『파초』에
「손님」, 「벗을 맞음」이 있다.

• • •

10. "인고앞에 / 교만한 마음의 머리는 숙인다"(「어미소」).

묵묵히 앉었다가 / 다시 웃고 마조보니 / 가슴속에 만단^{萬端} 설활^{說活}
/ 다 들은 듯 하왜라 (「벗을 맞음」)

역시 피상적으로, 생각만으로 이루어진 고전지향의 일례가 될 것이다. 이병기는 그가 택한 장르에서부터 그리고 즐겨 사용하는 소재에서 고전에의 경도를 쉽게 짐작할 수 있다. 정지용의,

> 시조를 사적으로 추구한이 이론으로 분석한이 비평에 기준을 세운
> 정녕^{叮寧}한 주석가요 계몽적 보급시킨이가 바로 가람이다. 시조학이
> 설수가 있는 것이고 보면 가람으로부터이다.[11]

라는 발문에서도 볼 수 있듯이 그의 문학적 생애는 시조에 바쳐지고 있다. 그리고 『가람시조집』의 체제를 보면 5부로 나뉘어 있는바 명승지, 화초, 사모^{思母}와 어린 시절, 고찰^{古刹} · 능^陵 · 추도사^{追悼詞} 등이 1~4부를 형성하고 있다.

가람의 시조에 대한 기본적 태도는 사실적 묘사에 있다. 정중동의 자세로 간결하면서도 자연에 몰입되고 합일되는 순간을 포착하는 데 구태여 수식이 필요하지 않을는지 모른다.

> 그리운 옛날 자최 물어도 알이 없고
> 붉언뫼 검은 바위 파란물 하얀 모래
> 맑고도 고운 그 모양 눈에 보여 어린다. (「대성암^{大聖庵}」)

위 시조는 산, 바위, 물, 모래에 대한 형용이 원색으로 이루어져 있다.

● ● ●

11. 정지용, 「발(跋)」, 『가람시조집』, p. 99.

그리고 다른 대부분의 시조 역시 이러한 원색 형용 외에는 다른 형용을 받아들이지 않고 있다.

한편 그는 이두吏讀에서조차 차용하는 등 고어에서 많은 어휘를 빌려와 그의 시세계를 통시적으로 한층 확대시키고 있다.

> 제먼여[12] 봄인양하고 새움 돋아 나온다 (「파초」)
> 조고만 들건너 에두른 뫼와 뫼히 (「도봉」)

그리고 시를 위해선 생략이나 압축도 서슴지 않는다.[13]

가람은 옛 선인들의 행적을 좇아 명승지를 순례한다. 산에 오르고 골을 찾고, 미물도 외경하며, 자신의 피로도 이겨내며 조국 산하 곳곳을 애정 어린 눈으로 바라본다.

> 풀섶에 우는 버레 행여나 놀랠세라 / 발자욱 소리도 없이 조심조심
> 걷노라 // 돌바닥 험한 길에 발은 점점 부르튼다 / 어둑한 숲 속으로
> 좁은 골을 벗어 나니 / 하얀옥 깎아 세운듯 봉하나이 솟았네 (「천마산
> 협」)

그가 잊혀가고 있는 명승지나 죽어가는 고목, 쓰러져가는 사찰에 애착을 느끼며 어루만지고 하는 그 자세는 온 힘과 마음을 다하여 우리 민족의 근원을 찾으려는 정성의 발로에서 나온다. 이러한 표면화된 노력의 표면에는 우주의 질서 속에서, 난초, 매화, 수선화 등을 키우며, 키우는 그 과정에서 공간적인 질서, 근원을 찾으려는 작업이 있다.

● ● ●

12. '먼여'는 이두로 선역(先亦)이다. '먼저, 미리'라는 뜻으로 쓰였다.
13. 예를 들면, "골에 안옥하매 해도 별양 따스하다"(「만폭동」).

즉 자연이 화초를 생성시키고 이에 의해 인간이 생성되는 과정, 바꾸어 말하면 자연에 의한 인간성의 확립과정을 보여주고 있는 것이다.

　　드는 볕 비껴 가고 서늘바람 일어오고
　　난초는 두어 봉오리 바야흐로 벌어라 (「난초 1」)

볕과 서늘한 바람 혹은 우로雨露 만으로 생성되는 이 고고한 자세는 바로 '미진微塵도 가까이 않는' 이 시인이 지향하는 세계인 것이다.
　조지훈 역시 고전취에서 일보 전진하여 고전을 현대의 맥락 속에 심어놓은 시인 중의 하나다. 그가 구사하는 대상, 어휘, 그들을 유기적으로 연결시키는 이미지, 운율 등의 면으로 보아 성공적으로 고전을 살리고 있다. 그리고 "창열고 푸른 산과 / 마조 앉어라"에서 보이는 정적인 이미지는 역시 그러한 세계에 더욱 공헌을 하고 있는 것이다.

　　미개에서 얻은 슬픔이야 과학에서 찾지만 과학에서 얻은 권태와
　　불안은 어디서 찾나요. 앙상한 분석을 거쳐 나는 다시 천품天稟통일된
　　하나의 세계인 우리의 고향 동양의 하늘로 돌아가겠읍니다.[14]

　위 인용에서 조지훈은 자신이 동양적 세계에 몰두하게 된 경과를 밝히고 있다. 그의 고전지향은 고전에서 차용된 이미지 등에서 그 단면을 쉽게 찾아볼 수 있다.

　　꽃이 지기로소니 / 바람을 탓하랴 (「낙화」)
　　다정하고 한 많음도 병이냥하여 (「완화삼」)

● ● ●

14.　조지훈, 「약력과 느낌 두셋」, 『문장』 2(3), 1940. 3, p. 157.

귀히 지닌 해금의 줄을 혀느니 (「율객」)

또한 몇 편의 산문조의 시도 유장한 가락으로 옛 멋을 재현하고
있다. 그리고,

바람도 잠자는 언덕에서 복사꽃잎은
종소리에 새삼 놀라 떨어지노니

무지개빛 해ㅅ살 속에
의회한 단청은 말이 업고… (「고사古寺 2」)

에서 보여주고 있는 세계는 자연에 의해서가 아니라 인위적인 힘에
의한 조락의 세계이다. 역사의 현장을 지켜보고 있는 '단청'은 말이
없으나 이 시인은 굳건한 현실 인식의 기초 위에서 '단청'을 파악한다.
그리하여 역사적 유물이나 사실은 그 당대로 끝나거나 하나의 회고의
대상이 아니라 현실을 직시하게 하고 타개하는 데 말 없는 조언을
주는, 곧 현재에 살고 있는 존재가 되는 것이다.
한편 이와는 달리 고유의 민속이나 풍속, 어휘 등을 사용하여 새로운
차원의 시를 이루어놓은 시인에 노천명이 있다. 전술한 방언을 거세당한
벙어리에서 벗어나 방언을 찾아다니는 노력을 『산호림』과 『창변窓邊』에
서 보여주고 있다.

둥굴레산에 올라 무릇을 캐고
접중화 싱아 쌩국채 장구채 범부채 마주재 기룩이
도라지 체니곰방대 곰취 참두릅 개두릅을 뜯든 소녀들은
말끗마다 「쫘」 소리를 찾고

개암쌀을 까며 소년들은
금방맹이 노코간 독개비 얘길 질겄다. (「망향」)

에서 보는 소년 소녀의 행동이라든가

람프불을 도든 포장布帳 속에선
내 남성男聲이 십분 굴욕되다
(…)
나는 집시의 피 엿다.
내일은 또 어늬동리로 들어간다냐 (「남사당」)

에서 자신의 근원 및 그에 대한 인식을 확연히 하고 있다. 초기에
거세당한 방언의 확인에 애써왔던 이 시인은 이에 와서 그 방언의
본적을 찾는 작업을 성실히 하고 있는 것이다.
백석은 고향을 중심으로, 한 마을의 풍속도를 그려내고 있다.

내가날때 죽은누이도날때
무명필에 이름을써서 백지달어서 구신간시렁의 당즈께에넣어 대감
님께 수영을들였다는 가즈랑집할머니 (「가즈랑집」)

위와 같은 태어날 때의 정경을 비롯하여 온 일가친척이 모이는 제삿날,
설날이나 대보름 전야, 어린 시절, 마을의 전설들의 삽화를 때로는
사설조로 때로는 간결한 이미지[15]로 한 마을을 재구성하고 있다.

● ● ●

15. 예를 들어 「청시(靑柿)」에서 "별많은밤 / 하누바람이불어서 / 푸른감이떨어진다
개가좇는다"와 같은 표현은 시집 소제목 중의 하나인 '노루'편에 많이 나타난다.

또한 그의 시는 많은 사투리의 동원과 함께 풍성한 음식 이름, 나물 이름 등이 나열되며, 하나의 단어를 꾸미는 여럿의 관형절이 붙어 숨막히는 가락으로 정경을 보여준다.

열여섯에 사십이넘은홀아비의 후처가된 포족족하니 성이잘나는
살빛이매감탕같은 입술과 젖꼭지는더 감안 예수쟁이마을가까이사는
토산고무 고무의딸승녀 아들승동이 (「여우난곬족」)

그중에서도 특히 많은 음식, 토속적 음식의 이름 열거는 향수를 불러 앞세우기 전에 슬픔을 자아내게 한다. 풍성한 음식들이라고는 하나 제사나 명절 때가 아니면 보지도 못하는 것이고 그 나머지는 초목근피의 음식인 것이다.
이러한 기법과 이미지로 이루어진 한 마을의 풍속도는 곧 그 마을의 역사를 일깨우고 민족의 역사의 현장이라는 점까지 상승한다. 그 역사는 할아버지의 역사로부터 구체화된다.

모닥불은 어려서우리할아버지가 어미아비없는 서러운아이로 불상
하니도 몽둥발이가된 슳븐력사가있다. (「모닥불」)

그러나 백석은 결코 그 풍속도에 대해 어떠한 진단을 내리지 않는다. 다만 민족의 슬픔과 고난이, 그리고 그 극복의 자세가 은연중에 영롱하게 맺혀 있을 뿐이다.

• • •

여기서 주목할 점은 이 시인이 이러한 언어 구사로 동적인 이미지를 구하려 한다는 점이다. 그리고 이 부분에서 이 시인은 유독 현재형 어미를 많이 사용하고 있다.

4

시가 있어 온 이래 자연경치나 삶에 대한 태도는 시의 소재로 늘 등장해왔다. 그만큼 진부하고 안이한 상태에서 시라는 이름하에 양산될 가능성이 짙은 소재이다. 또한 이는 1940년을 전후한 시기의 시인들의 상황에 대처하는 자세의 문제에까지 결부되어 쉽사리 해석할 수 없는 어려움도 내포하고 있다. 즉 고향을 잃고 떠나가야 하는 북향길, 또는, 시골에 묻혀 사는 생활, 그리고 도시에서의 지식인의 생활 등 단순히 그 소재만을 가지고 가늠할 수 없는 난점이 있는 것이다.

오장환의 시집 『성벽』에는 자학에 가까울 정도로 시인의 방탕한 편력이 적나라하게 그려져 있다.

> 누덕 누덕이 기워진 때묻은 추억,
> 신뢰할만한 현실은 어듸에 있느냐!
> 나는 시정배와같이 현실을 모르며 아는것처럼 믿고 있었다.
>
> 괴로운 행려ㅅ속 외로히 쉬일때이면
> 달팽이 깍질틈에서 문밖을 내다보는 얄미운 노스타르자
> 너무나, 너무나, 뼈없는 마음으로
> 오―늬는 무슨 두 뿔따구를 휘저어보는 것이냐! (「여수旅愁」)

신뢰할 현실도 없고 알고 있는 현실도 없기 때문에 편력은 의지도 희망도 없는 방황으로 일관되고 있다. 그러나 이러한 방황의 기저에는 전통이나 풍습, 예절 등에 대한 완강한 거부가 깔려 있다. 그는 고전의 세계를 긍정적으로 받아들여 그 위에서 자신의 시세계를 구축해나간 시인과는 달리 고전을 부정적으로 인식함으로써 자신의 세계를 펼쳐나

간다.

세세전대만년성世世傳代萬年盛하리라는 성벽은 편협한 야심처럼 검고
빽빽하거니 그러나 보수는 진보를 허락치않어 뜨거운물 끼언ㅅ고
고추가루 뿌리든 성벽은 오래인 휴식에 인제는 이끼와 등넝쿨이 서로
엉키어 면도않은 턱어리처럼 지저분하도다. (「성벽」)

위 시에서 보듯 그는 이러한 전통이나 역사성을 위선으로 치부한다.
「어육」에서는 허식에 가득 찬 신사들의 위선을, 「향수」에서는 인위적인
세대의 단절을, 「화원」에서는 문명의 허망함을, 「성씨보」에서는 '피'의
순수치 못함을 곧 뿌리 없는 자신을 철저하게 들여다보고 있다.
　여기에서 주의해야 할 점은 보기 드물게 이 시인이 성의 묘사를
노골적으로 드러내고 있다는 것이다.

뚱뚱한 계집은 부 - 연 배때기를 헐덕어리고 / 나는 무겁다. (「해수海
獸」)
부끄럼을 갓 배운 시악시는 젓퉁이가 능금처럼 익는다. 줄기채
긁어먹는 뭉툭한 버러지. (「화원」)

등을 비롯하여 고래와 귀족으로 신사와 기녀를 이미지화한 「경鯨」,
썩은 나무와 독초, 버섯 등의 은유로 이루어진 「독초」 등 시집 전편에
'사탄의 낙륜落倫'을 보여주고 있다. 이러한 성적인 묘사 역시 전통이나
예전에 대한 거부반응의 일환으로 볼 수 있을 것이다.
　오장환의 전통에 빗댄 성적 묘사는 서정주에 와서 차원을 달리하면서
인간 근원을 확인하는 작업의 하나로 나타난다. 우선 서정주[16]의 성은
본능이나 자기기만, 배신과 생명현상에의 집착, 인간성 회복이라는

두 가지 대립되는 양면성으로 나타난다.

　　① 원수여. 너를 찾아가는 길의
　　　 쬐그만 이 휴식 (「도화도화」)
　　② 을마나 크다란 슬픔으로 태어났기에, 저리도 징그라운 몸뚱아리
　냐
　　　 꽃다님 같다
　　　 너의할아버지가 이브를 꼬여내든 달변의 혓바닥이
　　　 소리 잃은채 낼롱그리는 붉은 아가리로
　　　 푸른 하늘이다. …물어뜯어라. 원통히무러뜯어,
　　　 (…)
　　　 돌팔매를 쏘면서, 쏘면서, 사향 방초ㅅ길
　　　 저놈의 뒤를 따르는 것은
　　　 우리 할아버지의안해가 이브라서 그러는게 아니라
　　　 석유먹은듯…석유먹은듯…가쁜 숨결이야
　　　 (…)
　　　 우리순네는 스물난 색시, 고양이같이 고흔 입설 숨여라! 배암.
　（「화사」)

　　②에서 커다란 슬픔으로 태어난 원초적인 죄, 즉 원체험은 이 시인의
「자화상」에서 보여주는 '나'의 원체험과 동일하다. 이 원체험은 '징그라

●　●　●

16. 서정주의 시집 『화사집』은 시인의 의도가 엿보이는 체제로 되어 있다. Ⅰ부는
　　시를 향한 기본적 입장을 밝혔고 Ⅱ부 '화사'와 Ⅳ부 '지귀도시(地歸島詩)'는
　　동일한 선에 놓일 수 있는 시들을 수록하였다. 이 글에서는 언급되지 않으나
　　Ⅲ부 '노래'와 Ⅴ부 '문(門)'에서 현실 내지 민족, 국토에 대한 확인 작업이
　　보인다.

운 몸뚱아리', '아름다운 배암'과 '순네'라는 현실과 결합하여 행위를 이루게 된다. '물어뜯어라', '가쁜 숨결'이 그것이다. 즉 '나'는 '가쁜 숨결'로 색시의 뒤를 쫓고 있는 것이다. 그 이유가 무엇일까. 일차적으로 성욕으로 볼 수 있다. 그러나 ①에서 보여주듯 그것은 바로 원수를 찾아가는 길이 된다. 그때 휴식은 성 또는 「대낮」에서 보여주는 죽음을 의미한다. 그리고 '원수'는 원초적 죄로, '찾어가는 길'은 인간의 근원적인 체험을 확인하고 본능 또는 인간성의 회복을 위해 찾아가는 길이 된다. 따라서 푸른 하늘을 물어뜯는 행위나 가쁜 숨결로 뒤를 쫓는 것은 성행위로 보이나, 그 이면에는 인간 근원의 탐색을 위한 하나의 짙은 의식에 움직이고 있는 것이다. 아울러 단어들의 반복이나 명령, 결단형 등의 어휘들은 이러한 의식의 치열함에 기여하고 있다.

인과에 집착한 시인으로 유치환을 들 수 있다. 그의 시에는 뚜렷이 그 실체를 밝힐 수 없는 그 '무엇인가'의 근원적 슬픔이 도사리고 있다.

> 그대 만약 죽으면 ― / (…) / 그러나 이는 오직 철없는 애정의 짜증
> 이러니 / 진실로 엄숙한 사실앞에는 / 그대는 바람같이 사라지고 / 내
> 또한 바람처럼 외로이 남으리니 / 아아 이 지극히 가까웁고도 머언
> 자여 (「병처」)

인간의 한계 앞에서는 사랑이나 증오 등 모든 인간의 감정이 불필요하다는 귀결이 된다. 생활에서 쉽사리 뜨이는 이러한 한계성을 인식하고 있는 이 시인은 조그마한 사물에도 또는 추상적인 물체에도 시선을 향하고 있다. 이는 인간이 본래 지니고 태어난 근원적 슬픔을 체득하고 이를 극복하려는 의지의 초석을 이루게 되는 것이다.

> 나무에 닿는 바람의 인연 ― / 나는 바람처럼 또한 / 고독의 애상에

한 도道를 가졌노라. (「이별」)

이 시인이 즐겨 쓰는 종지형 '~로다', '~되어지이다', '~일네라' 등과 감탄형 '자여!' 그리고 낯설게 느껴지는 한자어의 많은 도입이 그러한 의식의 일단을 보여주고 있다.

신석정의 시집 『촛불』의 주조음은 단조로운 이야기, 어머니를 상대로 한 이야기와 '생활', '일과'라는 단어 사이에 놓여 있다. 즉 무의미하고 무변화인 생활이나 일과에 대한 반성으로서 단조로운 이야기, 어머니에게의 이야기가 깔려 있는 것이다.

나의 어린 은행나무여 / 이윽고 너는 건강한 가을을 맞이하여 / 황금같이 노란 잎새들로 하여금 / 그 푸른 하늘에 시를쓰는 일과를 잊지 않겠지… (「오후의 명상」)

저 숲넘어 푸른 하늘을 오고 가는 것으로 / 그들의 생활은 오늘의 일과를 삼을 것입니다. (「훌륭한 새벽이여 오늘은 그푸른하늘을 찾으러갑시다」)

여기에서 생활이나 일과는 모든 자연물 특히 새나 나무의 그것으로 되어 있으나 그 심층으로는 시인 자신의 생활인 것이다. 무의미한 생활에 대한 반성으로 시인은 '산새', '비둘기', '노루새끼', '어린양' 등을 '숲'이나 '호수', '하늘', '별', '달' 등으로 보내는 것이다. 시인이 희구하는 것은 어머니의 품, 자연의 품과 같은 포근함과 평화가 있는 이상향이다. 그러나 시인 자신은 자연물을 통해 그것을 그려낼 뿐 스스로 일과를 바꾸지 못하고 있다.

그러나 마음이여 / 나는 언제까지 너와 이별이 잦은 이 생활을 하여
야겠는가 (「산으로 가는 마음」)

이러한 신석정 초기의 자연은 그 후도 변함없이 같은 대상으로 등장한
다.

뼈에 저리도록 〈생활〉은 슬퍼도 좋다 / 저문 들길에 서서 푸른별을
바라보라 / 푸른별을 바라보는 것은 하늘 아래 사는 거룩한 나의 일과
이거니 (「들길에 서서」)

자연을 소재로 다룬 시인들 중에 박목월과 박두진은 특이한 위치를
차지한다. 이들은 다른 시인들과는 달리 자연을 그대로 두지 않고 움직임
으로써 자연에 대해 새로운 인식을 부여하였다.

① 흐르는 구름에 / 눈을 씻고 // 열 두고개 넘어 가는 / 타는 아지랑
이 (「삼월」)
　　청노루 / 맑은 눈에 // 도는 구름 (「청노루」)

② 뵈일듯 말듯한 산길 / (…) // …어쩐지 어쩐지 우름이 돌고 //
생각처럼 그리움처럼… // 길은 실낱 같다 (「길처럼」)

③ 어느 짧은 산자락에 집을 모아 / 아들낳고 딸을 낳고 / 흙담 안팎
에 호박심고 // 들찔레처럼 살아라 한다 / 쑥대밭처럼 살아라 한다
(「산이 날 에워싸고」)

박목월의 소재로서의 자연은 여러 형태로 나타나 시에 이바지한다.

①에서처럼 자신의 고고함이나 맑음의 의탁으로서의 자연, ② 슬픔이나 그리움 등을 보이지 않으려는 인내로서의 자연, ③에서 생활의 터전으로서 그리고 의지로 딛고 일어선 자연 등이 그것이다.

박두진의 자연은 동적인 자연이다. 시인의 심정을 대변해줄 수 있는 자연으로서 시인은 자연에 포용되어 자연과 더불어 존재한다.

> 산이여! 장차 너희 솟아난 봉우리에, 업드린 마루에, 확 확 치밀어
> 오를 화염을 내 기다려도 좋으랴? (「향현香峴」)

또한 '머루, 다랫넝쿨, 떠깔나무, 욱새풀' 등의 식물은 물론 '여우, 너구리, 사슴'들의 동물이 함께 살아가는 자연이다. 나아가,

> 금잔디 사이 할미꽃도 피었고 삐이 삐이 배, 뱃종! 뱃종! 매ㅅ새들도
> 우는데 봄볕 포군한 무덤 에 주검들이 누웠네 (「묘지송墓地頌」)

에서 보듯 사물死物까지도 포용하는 자연이다.

반면에 이 시인은 "산새도 날러와 / 우짖지 않고 // 구름도 떠가곤 오지 않는"(「도봉」) 자연도 가지고 있다. 언제나 있는 그대로의 것이 아니라 현실과 이상 사이에서 시인과 같이 움직이고 있는 자연인 것이다.

> 내가 이땅에 뿌리를 박고,
> 하늘을 바라보며 서있는날 까지는
>
> 내 스스로 더욱
> 빛내야할 나의 세기… (「연륜」)

시인과 동떨어진 것이거나 관조의 대상으로 그치고만 자연이 아니라 시인의 호흡과 일치하는 존재로서의 자연인 것이다.

III

시인이 선택한 모든 요소는 시인이 갖추고 있는 시정신에 수용되면서 저마다 다른 형상화로 나아간다. 1940년을 전후한 시인들도 예외는 아니었다. 다만 이 시기의 시인들에게는 시대의식이라는 소명감이 은연 중에 강조되고 있었기 때문에, 시정신의 의미 추출에는 어려움이 적지 않은 것이다.

(1) 시어의 확장을 이 시기의 두드러진 특징이라고 할 수 있다. 사변적, 추상적 어휘가 시대 상황에 의해 대거 등장함으로 인해서 감정의 직접적인 유로流露를 막을 수 있는 기회가 주어졌지만, 그 역효과도 간과할 수 없다. 즉 시대 인식의 의도적 회피, 무관함에 이용되기도 했다. 또한 고어의 차용, 고유의 민속이나 모습에서 민족적인 어휘의 발굴, 방언의 도입도 특기할 만한 현상이었다.

(2) 고전에의 경도도 이 시기의 주요한 특징이다. 시대 상황에 의한 민족의식 고취라는 탓도 있겠지만, 이전의 서구지향에 반발하여 우리의 것을 찾자는 노력이 이 시기에 결실을 맺었다. 장르로 시조를 선택한 이병기, 현재의 맥락 속에서 고전을 수용한 조지훈 등은 그들의 시에 의연한 태도를 보여주었다. 물론 이에도 두 가지 방향이 있었다. 현실의 적확한 인식의 토대 위에 수용된 고전은 생명력을 지닐 수 있으나, 그렇지 않은 경우 구태의연한 고전취를 남길 뿐이었다. 이와 아울러 백석은 풍속, 민속 등을 통해 자신의 위치, 근원을 탐색하고 확인하는 노력을 보여주었다.

(3) 이 시기에 이르러 인간 근원을 탐색하려는 시도가 있었다. 이병기는 화초의 생성과정을 통해, 유치환은 인간의 한계성을 인식함으로써, 서정주는 성 탐색으로써 인간 근원 문제 및 우주의 질서를 추구하였다.

(4) 자연의 해석이 다양해지면서 시는 그 소재의 폭을 넓혀나갔다. 바라보는, 또는 몰입되는 자연으로서만이 아니라 자신의 의지를, 인내를 표상하는 자연으로(박목월), 또는 정지된 상태가 아니라, 움직이는 역동적인 자연으로(박두진) 파악되어, 이에 자연은 생명력 있는 자연으로 수용되었다.

(5) 시대와 관련된 시인들의 현실의식이 이 시기에 오면 뚜렷하게 부각된다. 회피하거나 고전취에 빠지거나, 극한상황의 인식으로만 그치거나, 민족의 근원을 찾아 유랑하거나, 현실을 직시하여 시인 자신의 자세를 반성하거나, 시대 상황의 투철한 인식으로 새로운 차원의 극복을 보여주는 등 여러 가지 부정적, 긍정적 요소를 내포한 자세를 살펴볼 수 있다.

— 『관악어문연구』 4(1), 서울대학교 국어국문학과, 1979.

정지용 산문론

I. 문제의 제기

이 글은 정지용의 산문을 다룸으로써 그의 의식구조 파악과 아울러 그의 시 이해에 도움을 마련코자 함을 목적으로 한다.

정지용은 1925년 경도京都 유학생의 회지 『학조』에 시를 발표하고 『조선지광』을 거쳐 『시문학』에 이르면서 문단의 주목을 받았고, 그 후 『가톨릭청년』에 신앙에 관한 시를 발표했으며 『문장』에 이르러서는 선고위원으로 활약하는 등 우리 근대 시단의 중추적인 시인이었을 뿐만 아니라 후진들에게도 커다란 영향을 끼친 인물이었다.

그러나 그는 초기부터 『문장』에 이르기까지 여러 차례에 걸쳐 몇 년 간씩의 침묵을 지켰고 『문장』 폐간 후에는 시작에 거의 손을 대지

• • •

1. 그는 1926년 말부터 1927년 9월까지 많은 작품을 발표했으나 그 후부터 1930년 3월 『시문학』이 나오기까지는 「갈매기」, 「유리창」 정도를 발표했고, 1936년 7월부터 1938년 3월까지도 공백기였다. 1939년 초 『문장』이 나오기까지 또한 발표를 중단했으며 1941년 1월 『문장』 3권 1호에 실은 「조찬」을 비롯한 시 묶음 『정지용시

못한 시인이기도 했다.

해방 후 그가 시에 손을 대지 못하고 산문만을 주로 쓴 것은 물론 외적인 상황도 크게 작용하지만 보다 더 근본적인 이유는 그의 내면의식 속에서 찾아야 할 것이며, 해방 전 중간 중간에 있었던 침묵과 산문지향 역시 그러해야 할 것이다.

이러한 시의 침묵과 산문지향은 겉으로 드러나는 그의 시적 편력으로 서만이 아니라 의식의 변모 양상을 드러내는 데 중요한 몫을 차지할 것이다. 이와 아울러 식민지 치하와 해방을 겪은 심한 변동기 지식인의 성격 파악에 또 하나의 예를 보여줄 것으로 기대된다.

정지용에게는 두 권의 산문집이 있다. 첫 번째 것은 1948년 2월 초판, 1949년 3월 재판을 낸 박문출판사 간^刊의 『지용문학독본』이고 또 하나는 1949년 1월 동지사에서 펴낸 『산문』이다. 이밖에 『문장』에 추천사 또는 선후평^{選後評} 형식의 짧은 글들과 『정지용시집』과 『백록담』 Ⅴ부에 몇 편이 실려 있다. 우선 『지용문학독본』은 첫 부분인 사회평론 성격의 4편을 제외하면 해방 전 글로 볼 수 있는데, 기행문 성격의 글이 32편으로 전체의 반을 차지하며 그에 「시의 위의^{威義}」, 「시와 발표」, 「시의 옹호」 등 그의 시론을 보여주는 글이 있고, 그리고 간단한 감상문 이 수록되어 있다. 『산문』은 그 머리말에 밝혀 있듯이 해방 후 글이 압도적이고 또한 서평, 발문, 연극, 무용평 등과 휘트먼의 시 번역이 있다. 그 중 제Ⅱ부에 「조선시의 반성」과 「시와 언어」가 수록되어 있다.

• • •

집』도 그러하다.

II. 산문지향의 의미

해방 후 시에 대한 그의 의식은 많은 논자들이 지적하듯 해방 전과 전혀 다른 양상을 보여준다.

> 현실과 사태에 대응하여 정확한 정치감각과 비판의식이 희박하면 할쑤록 유리되면 될쑤록 그의 시적 표현이 봉건적 습기習氣 이외에 벗어날 수 없는 것을 본다. 시의 재료도 될수 있는 대로 현실성이 박약한 것일쑤록 「시적」인 것이 되고 언어도 이에따라 생활에서 후퇴된 것이므로 그런 것이 「교묘한 완성」에 가까울쑤록 우수한 분식粉飾이 될지언정 생활하는 약동하는 시가 될 수 없는 것이다.[2]

그가 사용하고 있는 단어에서부터 그 의미에 이르기까지 해방 전의 글, 예컨대,

> 시인은 정정亭亭한 거송巨松이어도 좋다.
> 그위에 한마리 맹금猛禽이어도 좋다.
> 굽어보고 고만高慢하라.[3]

등과는 전혀 다른 인식체계를 보여주고 있는 것이다. 이러한 인식의 변화는 그로 하여금 스스로 해방 전의 자기 시세계를 비판하게 한다.

● ● ●

2. 정지용, 「조선시의 반성」, 『산문』, 동지사, 1949, p. 101.
3. 정지용, 「시의 옹호」, 『지용문학독본』(재판), 박문출판사, 1949, p. 211(이하 정지용의 글은 작품명, 출판, 페이지만 밝힘).

사춘기에 연애대신 시를 썼다. 그것이 시집이 되어 잘 팔리었을
뿐이다. 이 나이를 해가지고 연애대신 시를 쓸수야 없다. 사춘기를
훨씬 지나서부텀은 일본놈이 무서워서 산으로 바다로 회피하여 시를
썼다.[4]

결국 그가 해방 후 주장한 글 "시와 문학에 생활이 있고 근로가
있고 비판이 있고 투쟁이 있고 적발이 있는 것이 그것이 옳은 예술이다"[5]
에 비추어 볼 때 '산으로 바다로 회피하며' 쓴 시는 옳은 예술이 아닌
'그른 예술'인 것이다.

이로 보아 정지용이 해방 후 이데올로기를 선택했을 때, 그 이데올로기
에서 헤어나지 못하고 또한 그 이데올로기의 경직성으로 인해 시를
포기하기에 이르고 나아가 정치·사회평론을 주로 했다고 해석할 수
있을 것이다.

이러한 시에 대한 인식체계의 변모와 함께 다음과 같은 진술도 산문지
향의 이유를 드러내준다.

그 동안에 시집 두권을 내었다. 남들이 시인 시인 하는 말이 너는
못난이 못난이 하는 소리 같이 좋지 않았다. 나도 산문을 쓰면 쓴다
— 태준泰俊만치 쓰면 쓴다는 변명으로 산문쓰기 연습으로 시험한
것이 책으로 한 권은 된다.[6]

● ● ●

4. 「산문」, 『산문』, p. 31.
5. 위의 글, p. 32.
6. 「몇 마디 말씀」, 『지용문학독본』, 서문.

시를 지고至高로 생각하던 그의 태도[7]의 중대한 변화를 보여주는 글로서, 앞서도 말했지만 그의 시세계를 더듬어보면, 시로써 그가 향하고자하는 궁극에 대한 흔들림을 자주 보여주었고 그리하여 시의 발표에서 자주 휴식을 취했고 그러고 나면 새로운 변모를 보여준, 정지용의 인식체계에 심한 모순 내지 괴리감을 드러내준다.

이는 또한 장르 선택의 면에서도 설명될 수 있을 것이다. 우선 그가 스스로를 이태준과 대비한 말, "나도 산문을 쓰면 쓴다— 태준만치"에서도 나타나지만 시 장르 선택에 어떠한 회의를 지녔음을 가정할 수 있다. 세계의 자아화를 서정양식으로, 세계와 자아의 대결을 서사양식으로서의 성숙한 장르라고 구분 설명할 경우 정지용은 스스로 자신의 문학세계가 미숙했었다고 느끼고 있음을 볼 수 있다.

그리고 정지용 자신의 기질 내지 자기변호에서도 산문지향을 볼 수 있다.

표현기술에 있어서도 다정다한을 주조로 하는 봉건시대 시인 문사의 수법적 원형에 외래적 감각 색채 음악성을 착색하여 무기력하게도 미묘한 완성으로서 그친것이므로 이를 차대次代 민족문학에 접목시키기에는 혈행력血行力이 고갈한 것이다.[8]

에서 드러나듯, 자신의 시가 어떠한 민족적인 토대 위에서 이루어진

• • •

7. 예컨대 "사랑은 커니와 시를 읽어서 문맥에도 통하지 못하나니 시의 문맥은 그들의 너무도 기사(記事)적인 보통상식에 연결되기는 부적(不適)한 까닭이다. 상식에서 정연(整然)한 설화, 그것은 산문에서 찾으라. 예지에서 참신한 영해(嬰孩)의 눌어(訥語), 그것이 차라리 시에 가깝다."(「시의 옹호」, 위의 책, p. 208)가 그 예증의 하나가 될 것이다.
8. 「조선시의 반성」, 『산문』, p. 94.

것이 아니라 봉건시대의 잔재와 외래의 영향에 의한 것이라는 자조에 가까운 자기비판은 그가 고수해온 시세계를 심화·확대시키지 못하고 대신 정치·사회평론에 기울게 된 이유라고 볼 수 있다.

　이러한 여건을 감안한다 해도 그의 산문지향은 서정적 차원에 머물고 있다. 스토리를 지닌 글도, 대화를 끌어들이거나 성격을 보여주는 글도 있긴 하지만 그것은 여전히 세계의 자아화의 일부로 나타날 뿐이다.

　정지용의 산문은 그의 득의(得意)의 작 「유리창」의 변주에 지나지 않는다.

　　벌써 유리창에 날벌레처럼 미끄러지고 엉키고 동그르 궁글고 홈이 지고 한다. 매우 간이(簡易)한 풍경이다. 그러나 빗방울은 관찰을 세밀히 하게 하는 것이 아닐까. 내가 오늘 유유히 나를 고늘수 없으니 만폭(滿幅)의 풍경을 앞에 펼칠수 없는 탓이기도 하다.[9]

III. 산문에 투영된 의식구조

　정지용 산문은 몇 가지 기본항을 바탕으로 이루어진다. 이 기본항들은 그의 세계관을 형성하면서 전체 글 속에서 지반 구실을 하고 있다. 물론 이 기본항들은 상호 밀접한 상관관계를 이루며 나타난다.

● ● ●

9. 「비」, 위의 책, p. 123.

1. 동심의 세계와 그 변용

동심의 세계는 그의 기질에서 연유된다고 보이며 이것은 사물의 파악·인식을 거쳐 시정신의 문제에까지 확산된다.

> 간밤에 웃층에서 와사난로瓦斯煖爐를 피우고 형님과 술을 통음하고나
> 서 형님이 주정하시는 바람에 나는 나려와 큰조카 아이를 붙들고
> 울은 생각을 하고 나의 옅은 정이 부끄러워진다.[10]

형의 주정 후 그 나름대로의 해결방식은 직접적으로 구하지 못하고 아이를 붙들고 우는 동심의 세계로 표현되어 있다. 그러면서 또한 취한 상태에서 깨어난 그는 즉시 자기의 "옅은 정"을 부끄러워하는 것이다. 이는 미숙과 성숙의 갈등을 보여주는 것으로 파악되며, 따라서 정지용의 내면은 동심의 세계라는 바탕 위에서 이루어지고 있는 것이다.

후술되겠지만 그의 시론의 기본이 되는 천재론은 바로 이러한 동심세계의 자리바꿈에 다름아니다.

> 어린아이는 새 말마께 배우지 않는다. 어린아이의 말은 즐겁고
> 참신하다. 으례 쓰는 말일지라도 그것이 시에 오르면 번번히 새로
> 탄생한 혈색에 붉고 따뜻한 체중을 얻는다.[11]

다른 곳에서도 그는 "꾀꼬리는 꾀꼬리소리바께 발하지 못하나 항시 새롭다. 꾀꼬리가 숙련에서 운다는 것은 불명예이니라, 오직 생명에서

• • •

10. 「화문행각(畵文行脚)(11), 오룡배(五龍背)·1」, 『지용문학독본』, p. 176.
11. 「시의 옹호」, 위의 책, p. 208.

튀어나오는 항시 최초의 발성이야만 진부하지 않는다"[12]라고 언급하고 있는데 그 최초의 발성은 바로 '어린아이의 새 말인 것이며 그것이야말로 시를 이루는 기본이라고 그는 보고 있는 것이다.

그러나 그의 이러한 동심의 세계는 성숙을 지향하고자 하는 그의 의지와 모순 충돌한다. 그것은 때로는 퇴행성으로 빠지거나 때로는 대상의 외면적 관찰에 그치고 만다.

> 홍역, 압세기, 양두발반, 그리고 감기, 백일해 그러한 것들을 앓지 않고도 다시 소년이 될 수 있소? 그럴수 있다면 다시 되어봄직도 하지요[13]

결국 성숙에의 기본적인 행로에 있는 고뇌라든지 어려움을 직시하지 않고 피하고자 하는 의식구조를 보여주고 있는 것이다.

그리고 동심의 세계에 대한 동경은, 그가 뛰어들지 못하고 다만 바라보는 것으로만 해서 보상될 뿐이다. 그의 시 「유리창」에서 나타나는 유리창이나 그의 산문 곳곳에서 보이는 유리창의 이미지는 바로 이러한 사물화 내지 대상화 추구의 한 수단인 것으로 파악될 수 있다. 따라서 그에게 있어서, 유리창이란 저편 세계를 아름다움, 깨끗함으로 파악하게 하는 수단일 수밖에 없다. 그리하여 아름다움에 대한 경도는 여자에 대한 많은 글을 낳게 된다.

> 아픈 사람이 고혼 사람이고 보면 서둘러 위로하기가 즐겁지 않은 노릇도 아니다.[14]

• • • •

12. 위의 글, p. 213.
13. 「더 좋은데 가서」, 위의 책, p. 22.

미^美에 대한 경도는 아픔도 미에 싸여 있음으로 해서 그 아픔까지도 자아화하는 데까지 이른다.

그의 산문에는 소재로 여자가 많이 등장한다. 이는 소녀, 기생 등 생활과 무관하다고 파악한 소재와, 여급이나 해녀 등 생활과 밀착되어 있다고 그가 믿은 소재 그리고 주부 혹은 아내와 같은 생활상의 여성이라는 세 부류로 나누어 생각해볼 수 있다. 우선 첫 번째 소재는 아름다움이 사물로 형상화되며, 동심세계의 변용으로 보인다. 반면 두 번째 소재는 생활과 관련된 것이라고는 하나, 그 생활의 표면만 포착되어 예찬된다. 그리고 세 번째 것은 개성과 인격을 도외시한 정물로서의 여성상이다. 그러나 이상 셋 모두 사물화 과정에서 나타난다는 점으로 보아 동일한 양상을 띤다.

소녀를 동백과 동일시[15]한다거나,

> 현관까지 뛰어나오며 환호하는 은희는 뛰고 나는것이 난만^{爛漫}한
> 조류^{鳥類}가 아닐 수 없었다.[16]

에서처럼 난만한 조류로 소녀를 파악하고 있는 것은 인간의 식물화·동물화로서 전혀 상대방의 내면세계를 의식하지 않고 그저 바라다보는, 나아가 완상하고자 하는 태도다. 이러한 태도는 그의 결벽성과 결부되어 다음과 같은 표현으로까지 변모된다.

● ● ●

14. 「안악(安岳)」, 위의 책, p. 72.
15. 「화문행각(3), 선천(宣川)·3」, 위의 책, p. 135.
16. 위의 글, p. 138.

우린 일어섰다. 차고 움추린 귤 하나를 집어들며 「귤하고 우리
정숙이하고 조끼에 집어넣고 갈까?」 깃을 사리며 아양아양 다가드는
정숙이가 주머니 속에서도 구기어지지 않을 것 같다.[17]

2. 생활과 시선의 위화

일이라든지 직업 또는 풍습 등 생활에 관련된 서술은 기행문에서
두드러지게 나타난다. 그러나 그것은 예찬에 그치는 동심세계의 변용에
다름아니다. 다시 말하면 그 내부의 갈등 모순은 도외시한 채 겉으로
고운 것만 골라 언급하고 있다는 것이다. 그것은 역시 앞에서 언급되었듯
사물화에 그치고 있기 때문이다. 그리고 눈앞에 보이는 인간 생활과
자신과의 대결을 통해 얻어진 인식체계가 아니라 자기 자신을 중심으로
한 세계의 자아화로서 서정의 차원에 머물고 있음으로 파악된다.

여인은 대개 구름이 그처럼 좋치는 않았다. 그리하여 여인의 살림살
이란 스－ㅍ과 애정을 날름으로 제한되고 만다. 그럴수바께 없는것이,
이 수증기를 말아올려 세운, 움직이는 건축, 너무도 공상적인 방대한
구성, 허망한 미학, 그러한 것들이 여인의 심미에 맞을 까닭이 없는
것이오.[18]

여성은 '스－ㅍ'이라는 생활, '애정'의 굴레 속에서만 존재한다고
규정되고 그 이외의 면은 하등 관련이 없다고 말하고 있다. 이는 소녀·

● ● ●

17. 「안악」, 위의 책, p. 72.
18. 「구름」, 위의 책, pp. 16–17.

기생과는 다른 부류의 여성 묘사로 볼 수 있는데 소녀·기생은 완상의 대상이지만, 이 경우 여성은 생활 속의 여성이다. 이 묘사는 정지용 자신의 부인이 그의 산문에 거의 등장하지 않는다는 것과 무관하지 않으리라고 생각된다. 이 여인의 경우 "나를 생활과 가정의 흑노黑奴"로 만든 장본인이며 "솔선하여 남편을 선동해서 어린 것들과 가까운 거리의 해풍이라도 쐬임즉도 한것이 자기해방의 일리—利가 되는 것일줄을 도모지 모르는것에 틀림없다"[19]라고 그 자신의 아내를 치부하고 있는 점에서 그러하다. 따라서 이 여인들은 다만 생활 속의 여성이지 개성을, 인격을 지닌 여성은 아닌 것이다.

> 잠수경을 이마에 붙이고 소중의潛水衣로 간단히 중요한데만 가린 것에 지나지 않았으나 그만한 것으로도 자연과 근로와 직접 격투하는 여성으로서의 풍교에 책잡힐데가 조금도 없는 것이요 실로 미려하게 발달된 폼이 스포-츠나 체조로 얻은 육체에 비길 배가 아니었읍니다.[20]

제주도 여행에서 해녀를 묘사한 부분으로 생활을 위한 '격투'라는 언급 후, 곧바로 '실로 미려하게 발달'하였다는 묘사가 아무런 충돌 없이 이루어져 있다. 이는 그가 생활마저도 하나의 사물로 취급하고 있음을 보여주는 것으로 생활 예찬과 그 서술에서 심한 위화감을 불러일으키는 것이다.

또한 다음의 글,

● ● ●

19. 「다도해기(多島海記)(1), 이가락(離家樂)」, 위의 책, p. 109.
20. 「다도해기(6), 귀거래(歸去來)」, 위의 책, p. 127.

물건팔기 위한 아첨이라든지 과장하는 언사를 들을 수 없고 등을
밖으로 향하야 앉어 성경 읽기에 골몰하다가 손님이 들어서면 물건을
건늬고 돈을 받은 후에 별로 수고로운 인사도 없이 다시 돌아앉어
책을 드는 여주인을 볼 수 있는 것이 예사다.[21]

와 같이 생활을 생활 자체로 파악하지 않고 다만 심미적인 대상으로
보고 있는 것이다.

이렇게 그의 여행은 "연애와 비애에 대한 풍습"[22]에 대한 호기심으로
부터 출발하여 호기심의 충족으로 끝날 뿐이다.

3. 식민지 치하 조국인식의 피상성

그의 조국인식은, 시의 경우 소시민, 백수의 인텔리, 망국인으로서의
고뇌, 고향애착으로 나타난다고 평가되고 있다. 그러나 그의 산문을
살펴볼 때 그러한 인식은 상당히 피상에 흐르고 있음을 간파할 수
있다.

한번은 어을빈魚乙彬 부인한테 들은 말인데 미세스·시오미[금발벽
안 미인인데 국제결혼한 탓으로 시오미 성을 따른 회화선생 — 인용자
쥐는 조선유학생을 싫어한다는 것입니다. 나는 적의를 갖게 되었읍니
다. 어느 날 내가 상국사 솔밭길로 산책중에 미세스·시오미가 허둥지
둥 쩔쩔매며 오다가 나를 보고 「마스터·테이시오우! 당신 우리 어린애

• • •
21. 「화문행각(1), 선천·1」, 위의 책, p. 131.
22. 「다도해기(3), 해협병(海峽病)·2」, 위의 책, p. 118.

못보았오?」 나는 그저 「노우!」하여 버렸읍니다.[23]

조선 유학생을 싫어한다는 말을 듣고 자기 아이를 찾는 선생에 대한 대답에 "그저 「노우!」하여버렸"다는 것은 어린아이 세계의 쾌감 외에는 다른 아무 의식도 아니다. 근본적인 이유조차 확인하지 못한 다만 감정적인 차원에서의 행위에 불과한 것이다.

한편으로 다음과 같은 서술에서는 정지용이 아닌, 일본 본토에 끌려온 노동자들이 더욱 구체적인, 조국에 대한 인식을 갖고 있다고 볼 수 있다. 무조건 일본인을 싫어하는 태도는 소박한 민족주의이기는 하지만 적대의 이유는 뚜렷이 나타난다.

> 세루양복에 머리를 길렀거나 치마대신에 하까마, 저고리 대신에 기모노를 입었다는 이유로만 욕을 막 퍼붓고 희학질이 여간 심한 것이 아니었다.[24]

이러한 노동자들의 행위에 대한 조선인 여학생과 함께 산책을 나온 정지용의 태도는 가식적이다.

> 뻔히 알아들을 소리[욕설 - 인용자주]를 모르는체 하는 그러한 것이 이를테면 교양의 힘일 것이리라. (…) 그러나 우리들의 호기심과 향수는 좌절되지 아니하였었다.[25]

● ● ●

23. 「수수어(愁誰語)(4)」, 위의 책, p. 83.
24. 「압천상류(鴨川上流)(하)」, 위의 책, p. 53.
25. 위의 글, p. 54.

이러한 피상적인 인식은 조선 것이면 무엇이든지 좋다는, 비판의식을 수반한 투철한 생활이 없는 감상으로 이루어진다.

> 조선 초갓집 지붕이 역시 정다운 것 (…) 산도 조선산이 곱다 (…) 다시 정이 드는 조선추위와, 안면顔面혈관이 바작바작 바스러질듯한데도 하늘빛이 아주 고와 흰옷 고름 길게 날리며 펄펄 걷고 싶다.[26]

한편 조국 인식의 한 경향으로 한국어에 대한 애착을 들 수 있다. 특히 그의 시에서 두드러지는 사투리 차용, 고어의 재생, 조어 등의 노력은 산문에서도 드러나는데, 시와는 달리 외래어 역시 그에 못지않게 등장한다. 예컨대 「화문행각(10), 평양 4」는 글 전체가 평안도 사투리로 이루어져 있음에도 불구하고 "스탠드에 불을 댕기구 쉔데리아는 끄구 이내 잠이 들기에 힘이 아니들었던 모양이다. 길丰이 내가 누운 침대에 걸테앉아 꿈에서 같이 웃는거디었다"[27]에서 보듯 '댕기고', '걸테앉아', '웃는거디었다'와 함께 '스탠드', '쉔데리아'를 등장시키고 있다. 물론 배경이 호텔이어서 그런 외래어가 쓰이겠지만, 정지용 자신의 조사措辭의 식에서 마찰을 불러일으키고 있는 것이다.

4. 고전취향의 허구성

정지용은 그 고전취향에 있어서 남보다 도저한 바가 있다. 그가 후진들에게도 "고전적인 것을 진부로 속단하는 자는 별안간 뛰어드는 야만일

● ● ●

26. 「화문행각(4), 의주·1」, 위의 책, pp. 139-140.
27. 「화문행각(10), 평양·4」, 위의 책, p. 166.

뿐이다"[28]라고 말할 정도다.

과연 그가 말하는 고전이란 무엇일까? 혹자는 한국어의 탐구라고 하기도 하고, 경서·성전, 동양화론·서론을 뜻한다고도 하고, 감정노출의 억제, 절제 등의 태도라고 풀이하기도 한다. 그러나 그의 산문에 드러나는 고전취향은 두 가지로 나누어 살피는 것이 타당하다고 보인다. 그 하나는 품격으로 파악되는 것과 다른 하나는 시론에서 검출될 수 있는 것이 그것이다. 그리고 이는 소위 그가 해방 후 말하는 "표현기술에 있어서는 다정다한을 주조로 하는 봉건시대 시인·문사의 원형"[29]의 맥락 속에 놓여 있는 것이다.

> 밤늦어 들어온 장국에 다시 의주의 풍미를 느끼며 수백년 두고
> 국경을 수금守禁하기는 오직 풍류와 전통을 옹위하기 위함이나 아니었
> 던지 … 멀리 의주에 와서 훨적 「이조李朝적」인 것에 감상하며 …[30]

이 경우의 고전취향은 '이조적'인 것으로 나타나고 있으며 '풍류와 전통을 옹위하기 위한 국경의 수금'으로 국경의 의의를 표명하고 있다. 이는 모든 역사적 상황을 자기 편의대로 확정짓는 태도이다. 자신의 지반을 확인할 겨를은 차치하고 모든 것을 자기 감정 유로의 장식화로 삼고 있는 것이다.

한편 그의 고전취향을 잘 드러내주는 것으로서, 술과 나무, 화초 그리고 글, 글씨 등을 인격, 인품에 비유하여 묘사한 글들이 많다.

● ● ●

28. 「시의 옹호」, 위의 책, p. 213.
29. 「조선시의 반성」, 『산문』, p. 94.
30. 「화문행각(6), 의주·3」, 『지용문학독본』, p. 149.

구렁이나 뱀이 허리를 감아올라가면 이내 살지 못하고 말라버린다 합니다. 정렬^{貞烈}한 여성과 같은 나무의 자존심을 헤아릴 수 있지 않읍니까 (…) 맛이 좋아서 치는 과실이 아니라 품이 좋아서 조상을 위하는 제사에나 놓는다 하니 백에 한번이라도 감기어 쓰겠읍니까.[31]

석류를 정렬한 여성으로 비유하고 그 자존심을 예찬하고 있다. 그리하여 석류는 제상에나 올린다고 하는 품격을 말하고 있다. 이러한 품에 대한 설명은 술이나 글의 경우도 마찬가지다.

품이 좋은 것으로 한되으로는 탁시 신세를 혹시 지우지 않을사한데 그것은 양의 소질로 의론할바이요 남은것은 격을 높일 것이며 분별을 기를것이라.[32]

글이 좋은이의 이름은 어쩐지 이름도 덧보인다. 이름을 보고 글을 살피려면 글씨도 다른것에 뛰어난다. 원고지 취택에도 그사람의 솜씨가 들어나 글과 글씨와 종이가 그사람의 성정과 풍모가 서로서로 어울리는듯도 하지 않은가?[33]

처음 글은 술 먹는 품에 인격의 기준을 두고 있으며, 다음 글은 원고지 선택에서도 인격을 볼 수 있다는, 조금의 흠도 고려하지 않으려는 결벽성을 드러내주는 차원의 것이다.

한편 민요에 대한 그의 인식도 고전취향의 하나로 볼 수 있다. 그러나

• • •

31. 「석류, 감시, 유자」, 위의 책, pp. 106–07.
32. 「수수어(2)」, 위의 책, p. 75.
33. 「시와 언어·7」, 『산문』, p. 118.

이때는 위의 경우와 달리 날카로운 역사 감각을 아울러 보여준다는 점에서, 그리고 시세계에서 민요적인 면을 실험했었다는 점에도 그것은 중요한 의미를 갖는다.

남도소리나는 것이 봉건지배계급을 즐겁게 하기 위함이라든지 아첨하기 위하여 발달된 일면이 있는것을 부정할수 있는 것이라면 어떨지! 결국 음악적 원리에서 출발한 것이 둘이다 못될 바에야 수심가는 순연히 백성사이에서 자연발생한 토속적 가요라고 볼수바께 없을가 한다.[34]

또한 문체에서도 그의 고전취향은 잘 드러난다. 즉 남쪽에 김영랑의 고향에 여행 가서 쓴, 그리고 제주도 여행에서의, 편지글 형식의 기행문에서 보이는 아름답고 고운 대상만의 선택, 고전취향의 어휘 사용, 그리고 문체면은 아니지만 부덕婦德의 칭송에서 바로 그러하다.

세상에 착한 어머니로서 재조와 덕이 높음에도 불구하고 이름조차 묻히어 알 바이 없이 다만 누구의 어머니로서 전할뿐이니 동양의 부덕이란 이렇다시 심수한 것이로다.[35]

이러한 고전취향은 그 다루는 방법에서 정지용 특유의 동심의 세계, 결벽성, 깨끗함의 추구와 결합되면서부터 그 허구성을 드러낸다.

값진 도기陶器는 꼭 음식을 담아야 하나요. 마찬가지로 귀한 책은

• • •

34. 「화문행각(8), 평양·2」, 『지용문학독본』, p. 156.
35. 「옛글 새로운 정(上)」, 위의 책, p. 87.

몸에 병을 진히듯이 암기하고 있어야할 이유도 없읍니다. 성화^{聖畵}와
함께 멀리 떼워놓고 생각만 하여도 좋고 엷은 황혼이 차차 짙어갈제
서적의 밀집부대앞에 등을 향하고 고요히 앉었기만 함도 교양의 심각
한 표정이 됩니다.[36]

즉 그에게 고전은 몸과 마음에 스며들어 육화되는 존재가 아니라
깨뜨려지지 않도록 바라다만 보는, 그리하여 과거로만 존재하는 골동품
이며 또한 교양을 꾸며주는 방편일 뿐이다. 그의 고전취향에서는 역사의
식이 전혀 드러나지 않는다.

5. 시론에 나타난 시정신과 형상화 논리

정지용의 시론은 그의 시를 다룰 때는 물론, 1930년대 시와 함께
혹은 독자적으로도 다루어지면서, 여러 논자들이 언급하고 있는 부분이
다. 여기서는 그의 산문과 관련하여 고찰하기로 하자.

① 시정신의 면
시 정신의 면에서 그의 시론은 성정론, 천재론 그리고 사상성의 강조로
나누어 생각해볼 수 있다.
첫째로, 그는,

시는 마침내 선현의 밝히신 바를 그대로 좇아 오인^{吾人}의 성정에
돌릴 수밖에 없다. 성정이란 본시 타고난 것[37]

● ● ●

36. 「밥」, 『정지용시집』, 시문학사, 1939, p. 148.

이라고 파악하여 본시 타고난 성정에 의하여 시가 이루어진다고 보고 있다. 고전시학에 의하면 "성정은 개인적 정서의 표현"이라는 면으로 조선조 시인들이 시의 본질로 성정을 다루고 있는바[38] 이와 정지용의 성정론은 일치하고 있다. 또한 정지용은 성정을 물에 비유하여 "성정이 썩어서 독을 발하되 바로 사람을 상할 것"인데도 불구하고 시라는 이름하에 나오는 것이 세상에 범람하며 시를 이루기는커녕 성정마저 상하게 되니 차라리 "목불식정의 농부"가 되라고 하고 있다.[39] 그럼에도 그는 시를 통한 인격 도야에까지 언급하여 중국 고전시학 내지 한국 고전시학의 성정론의 차원까지 접근하고 있으나 시인 자신의 덕성 함양을 중시할 뿐 그 이상의 세계로의 확대를 구체적으로 논의하지는 않는다. 즉 그의 대사회적 시관이 해방 전에는 보이지 않은 것은 그러한 이유에서라고 할 수 있다.

다음으로, 그의 시론의 핵심을 이루는 것 중 무엇보다 우위에 서는 것이 소위 천재론이다. 20세 전후의 청춘에 서정시로 일가를 이루어야 한다는 것이나, 시를 자연현상으로, 영감의 소산으로 그리고 시인의 타고난 재분才分으로 이루어진다는 일련의 시관은 모두 궤를 같이하고 있는 술어들이다.

• • •

37. 「시와 언어·2」, 『산문』, pp. 109-110.
38. 정대림 교수의 「조선후기의 시학」에 의하면 "시가 성정에서 나오지 않거나 풍교(風敎)에 관계되지 아니하며, 선이건 악이건 사람을 권장하거나 징계할 것이 못되면 모두 취하지 않을 것이다", "시는 성정의 허령(虛靈)한 곳으로부터 나오는 것이다"라는 성삼문, 유몽인의 글을 다루면서 성정을 논하고 있다(전형대 외 3인, 『한국고전시학사』, 홍성사, 1979, pp. 371-375 참조).
39. 「시와 언어·2」, 『산문』, pp. 110-111.

시는 실력이람보다도 먼저 재분이 빛나야[40]

시가 충동과 희열과 능동과 영감을 기달려서 겨우 심혈과 혼백의 결정을 얻게 되는 것[41]

시인은 구극究極에서 언어문자가 그리 대수롭지 않다 (…) 표현의 기술적인 것은 차라리 시인의 타고난 재간 혹은 평생 숙련한 완법腕法의 부지중 소득이다.[42]

따라서 그가 언어탁마에 힘을 기울이고 그로써 일단 시적 성공을 가져왔지만 이 천재론에 비추어볼 때, 그 언어문자나 표현은 대수롭지 않은 것이 된다. 이것은 전술한바 동심의 세계나 꾀꼬리의 최초의 발성과도 통하는 것이다. 그리고 정신적인 천재론과 실제 현실에서 나타나는 언어 조탁 문제의 모순 극복에 정지용의 시론은 맞닥뜨리게 된다.

둘째, 그는 정신미精神美와 사상성을 강조하고 있으며 그것이 순수하고 열렬한 것이면 복장·몸짓 등의 외형미는 저절로 온다고 보고 있다.

문학인이 추구할바는 정신미와 사상성에 있는바니 복장이나 외형미도 논란하기란 예禮답지 못한 노릇이라고 하라. 그러나 지향하고 수련하는 바가 순수하고 열렬한 것이고 보면 몸짓까지도 절로 표일飄逸하게 되는 것이니[43]

• • •

40. 「시선후(詩選後)」, 『문장』 1(7), p. 205.
41. 「시와 발표」, 『지용문학독본』, p. 202.
42. 「시의 옹호」, 위의 책, p. 208.
43. 「시와 언어·3」, 『산문』, p. 112.

그가 말하는 정신미나 사상성의 속성은 자연과 인간에 대한 깊은 개발적 심도에서, 긴밀히 혈육화된 자연·인간·생활·사상에서, 고전에서, 신앙에서, 원천으로서의 동양화론·서론, 경서·성경 등에서 파악된다고 보고 있다.

사실 그의 시론은 엄격한 논리에 의한 사유나 언어로 이루어지고 있는 것은 아니다. 추상적인 어휘를 끌어온다든지, 비유조차 자연현상에 기대고 있기 때문에 더욱더 그의 시론의 본성을 파악하기 힘들게 한다. 이러한 면 역시 그의 산문 전체를 관통하고 있는 동심의 세계, 깨끗함, 대상(여기서는 시)의 사물화 과정, 고전취향 등이 시론에서도 드러남을 말해주고 있는 것이다.

② 형상화의 면

우선 그는 감정의 절제를 강조하고 있다. 많은 논거에서 즐겨 인용되고 있는,

> 안으로 열熱하고 겉으로 서늘옵기란 일종의 생리를 압복壓伏시키는 노릇이기에 심히 어렵다. 그러나 시의 위의威儀는 겉으로 서늘옵기를 바라서 마지 않는다.[44]

는 시관이 바로 그것으로, 구체적으로는 자기의 감격을 먼저 신중히 이동시켜야 한다는 말이 된다. 이 언급은 그 이전의 영탄, 감정 유로로 이루어진 시에 대한 반성이자 앞으로 시가 나아가야 할 방향으로, 이 점에서 정지용이 현대시의 선편을 쥐었다고 판단된다. 또한 이 점에서 그가 모더니티를 추구했던 이유도 드러난다. 그러나 전술한 시정신

● ● ●

44. 「시의 위의(威儀)」, 『지용문학독본』, p. 196.

면과는 또한 이 점에서 충돌하고 있는 것처럼 보인다. 안으로는 청춘이나 영감이나 재분에 의해 이루어져야 하고 겉으로는 그것이 감격적으로 이루어져서는 안 된다는 상호 모순을 해결하는 것이 정지용이 해방 전까지 마지막으로 붙잡았던 문제가 아니었을까. 다만 그는 정열을 청빈의 운용으로써 타개해나가야 한다는 고전취향의, 그리고 추상적인 방안을 제시하고 있을 뿐이며, 실제로 산문시, 민요시 등의 다각적인 실험을 『백록담』에서 보여주고는 있으나, 해방 후 기질과 장르 선택의 문제에 부딪혔을 때 그는 이 문제를 포기하고 급기야는 시를 쓰지 못하는 시인이 되고 만다.

다음으로 그는 다작을 피하고 휴양의 중요성을 역설하고 있다.

꾀꼬리 종달새는 노상 우는 것이 아니고 우는 나달보다 울지않는 달수가 더 길다 (…) 시를 위한 휴양이 오히려 시작詩作보다도 귀하기까지 한 것이니, 휴양과 정체停滯와 다른 까닭에서 그러하다.[45]

이 다작의 문제는 "감정의 낭비는 춘춘병春春病의 한가지로서 다정과 다작을 성적性的 동기에서"[46] 다정과 동일시되어 모두 춘춘병으로 보고 있다. 이 점과 함께 다음 언급할 서적 심독心讀이나 여행의 권유는 모두 정지용 자신의 휴양 방법으로서 나타나는데, 해방 후 '일본놈이 무서워서 산으로 바다로 회피하며' 시를 썼다는 그의 진술과 『백록담』의 시편을 아울러 고찰해보면 자신으로서도 참담한 내외적 환경을 반증한다고 보인다.

휴양기간 중 해야 할 일로서 고인古人의 서書 심독, 새로운 지식 접촉,

• • •

45. 「시와 발표」, 위의 책, p. 199.
46. 위의 글, p. 200.

모국어 외국어 공부를 권하고 있는데 이 점 역시 그가 평생을 두고 합치점을 찾으려고 애쓴 분야들이었다. 그리고 그보다 더 자연현상의 몸짓, 호흡을 같이할 것을 말하고 있다. 또한 신과 영혼, 신앙, 사랑, 삶과 죽음에 열렬한 천착을 강조하고 있다.[47]

한편 기법 문제에서 시학, 시론, 시법에 의탁하지 말되 그것은 연습 · 숙통에서 얻고 구극에는 기법을 망각해야 한다[48]고 말하고 있다. 이는 다시금 그의 천재론과 넘나드는 태도이기도 하다.

마지막으로 앞에서 인용한 글에서 보듯이 언어문자란, 천재론에 비추어볼 때 그리 중요한 것은 아니라고 하고 있다. 그러나 다음의 진술을 볼 때 그가 말하는 언어가 "시의 소재 이상 거진 유일의 방법"[49]이라면 그때 그것은 구체적 언어가 아니라 추상적 · 심미적 언어인 것이다.

> 시의 신비는 언어의 신비. 시는 언어의 Incarnation적 일치다.
> 그러므로 시의 정신적 심도는 언어의 정령精靈을 잡지 않고서는 표현제
> 작에 오를 수 없다.[50]

따라서 그가 '언어'라는 용어를 사용하고 있는 경우, 구체적 실제적 언어문자와 추상적 언어, 정령을 지닌 신비적 언어를 구분하여 이해하여야 할 것이다. 한편 언어는 시의 집이라는 소위 하이데거의 명제에 상응하는 언어관을 그는 가지고 있다.

> 시신詩神이 거룹居하는 궁전이 언어요[51]

● ● ●

47. 위의 글, pp. 202-203.
48. 「시의 옹호」, 위의 책, p. 212.
49. 「시와 언어 · 1」, 『산문』, p. 106.
50. 위의 글, pp. 108-109.

그러나 여러 사람이 지적하듯 그는 언어에 대한 재분 내지 노력이 너무 승勝했고 정신적인 면에서 내면적인 천착에서 심한 자기부정·갈등을 겪어왔다. 이러한 점은 역시 시에서도 잘 드러나고 있다고 볼 수 있다.

IV. 요약 및 반성

이상, 정지용의 산문을 통한 그의 인식구조의 파악을 위하여 전개된 논의를 요약 정리하면 다음과 같다.

우선 그가 산문이라는 장르를 선택하게 된 이유로서 다음 몇 사항을 들 수 있다. (1) 그의 시가 봉건시대의 잔재와 외래의 영향이라는 스스로의 자기회의, (2) 해방 후 이데올로기의 선택, 자기 부정, 경직성으로 인한 산문지향, (3) 장르선택 면에서 서정양식과 서사양식 사이에서 일어나는 문학적 혹은 기질적 회의.

그럼에도 불구하고 그의 산문 역시 서정적 차원에 머물고 만다. 이점은 해방 후 그가 문학적인 글을 쓰지 못한 이유 중의 하나라고 생각된다.

그리고 산문을 주로 해방 이전 것을 중심으로 살펴보면 다음 사항들이 그의 의식구조로서 드러날 것이다.

(1) 그의 산문의 기조를 이루는 것은 동심의 세계임을 알 수 있다.

• • •

51. 위의 글, p. 109.

이 점에서 그의 깨끗함이라든가, 아름다움에 대한 경도, 나아가 시론의 기본이 되는 천재론의 발상이 놓인다. 그와 아울러 그의 산문의 소재로 많이 등장하는 여자라든가 나무 등의 자연물은 모두 사물화되어 나타난다. 따라서 그 대상의 내면세계는 차치되고 다만 관찰자 정지용 자신의 자아화 과정만이 노출된다.

(2) 위 사항과 마찬가지로 생활에 대한 글에서도 동일한 판단이 내려질 수 있다. 그가 시론에서 밝히고 있는 심도 있는 생활이라는 면을 포함하여 그가 대하는 현실과 그에 대한 서술은 심한 위화감을 드러낸다.

(3) 식민지 치하에 서 있는 백수의 인텔리로서의 고뇌의식은 그에게서 좀처럼 찾아보기 어렵다. 감정적 차원 혹은 호기심이나 향수에 그치는 조국인식을 보여줄 뿐이다. 한편 한국어에 대한 애착을 보여주고 있으나 그에 못지않게 외래어의 빈번한 출입은 그의 조사措辭의식에서 모순을 노정시키고 있다.

(4) 고전취향은 시는 물론 산문에서도 두드러지게 나타나는데 산문의 경우 그 취향은 품격으로 파악될 정도일 뿐 역사의식을 보여주지 않는다. 다만 민요론, 문체에서 역사 감각과 고전취향을 어느 정도 보여줄 뿐이다. 결국 그의 고전취향은 완상용의 골동품 취미에 불과하다고 볼 수 있다.

(5) 그의 시론은 크게 시정신 면과 형상화의 면으로 나누어 볼 수 있는데 우선 성정론의 경우 고전시학의 영향을 간과할 수 없고, 천재론은 그의 기본적 시관을 잘 드러내주는 것이라고 볼 수 있다. 정신적 면에서 그는 시를 자연과 인간의 깊은 통찰에서 이루어진다고 보고 있다. 다음, 감정의 절제, 휴양의 필요, '시는 언어의 incarnation적 일치'라는 면에서 그 형상화의 면을 볼 수 있다. 그러나 '안으로 열하고 겉으로 서늘옵기'를 지고의 목표로 삼은 정지용에게 이 양자는 서로 모순·충돌하면서 그의 시세계에서 진행되다가 결국 그는 해결책을 찾지 못하고 만다.

이상으로 정지용의 산문을 살펴보았으나 시와 산문과의 직접적인 관련 상황은 거의 언급치 못했고 그의 특질 중의 하나인 수사 내지 문체의 특성을 산문에서 추출하지 못했고, 그가 이어오고 지녀온 동양 내지 한국의 전통과 서구문물의 영향 관계를 다루지 못하였다. 또한 판이한 양상을 띤 해방 후의 시사평론을 비롯한 글들도 거의 논의되지 못하였다. 위의 요약에서 나타나는 미숙한 점에 대한 보완과 언급하지 못한 부분에 대한 해명이 가해질 때 정지용의 전면적인 의식구조가 드러나리라고 기대된다.

　　　　　　　—『관악어문연구』 6(1), 서울대학교 국어국문학과, 1981.

한국시가에 나타난 '비극적인 것'

I

문학을 전면적으로 파악하는 것은 문학사를 기술하는 데 있어서의 기본태도이다. 그리고 문학은 문화 내지 인문학의 일분야이기 때문에 다음과 같은 여러 특질을 통합하는 방향이 본질을 밝혀주게 된다.

그러므로 인문학은 우리로 하여금 감상과 유용을 위한 이 면들을 고립시킬 수 있는 기술이나 방법과 동연同延이다. 그리고 인간의 성취로 인한 인문학적 재산이 다음과 같은 점에 의하여 독립적으로 변화한다는 점에서 다차원적이다. 성취가 구체화되거나, 우리에게 효력을 주는 상징적 매개물의 성격: 성취가 표현하거나 내포하는 철학적, 과학적, 도덕적, 종교적 사상의 특질, 성취가 이룩되는 문학적, 예술적 구조의 본질, 그리고 성취가 이루어지는 가운데서 역사적 상황의 특이성.

(The humanities are, therefore, coextensive with the arts or methods that enable us to isolate these aspects for our appreciation and use.

And they are necessarily multidimensional, inasmuch as the humanistic properties of human achievements vary independently according to the characters of the symbolic medium in which the achievements are em-bodied or through which they affect us; the quality of the philosophic, scientific, moral, or religious ideas which they express or imply; the nature of the literary or artistic structures into which they are built; and the peculiarities of the historical situations in the midst of which they emerge)[1]

물론 이러한 통합의 방향은 우선 그 문학의 시대적 역사적 배경, 다시 말하면 공시적인 안목과 통시적인 안목을 동시에 가지고 봄을 전제로 한다.

이러한 점에서 출발하는 문학사의 기술 태도는 여러 가지 난관과 그에 따른 특징을 수반하는 방법을 취하게 된다. 다음의 기술은 이러한 점에서 시사해 주는 바가 크다.

[절대주의와 상대주의의 약점을 피하기 위해] 몇 개의 사실형을 추출해내고 그 사실형의 배후에 흐르는 진실을 파악해내는 길 밖에 없다. 문학사에 나타난 몇 개의 사실형 —— 현실을 양식화하는 능력의 표현된 형태를 찾아내고 그것을 하나의 장場으로 파악하여, 그 장을 통찰하고, 그 장이 다른 장으로 전이되는 것을 이해함으로써, 각 장의 사고체제를 정당히 흡수하고 동시에 그 전이의 과정에 내재해 있는 공통된 진실을 파악하는 길만이 상대주의와 독단주의를 벗어나는

● ● ●

1. R. S. Crane, "Introduction", *Critics and Criticism*, The Univ. of Chicago Press, 1957, p. 2.

길이라 생각한다.[2]

　어떤 문학적 관습은 genre나 동기movement 없이 연합된다. 오히려
그 관습은 전통적이고 theme를 일으키고 motif로 알려진다.
　(Certain literary conventions are associated with neither genres nor
movements. They are, rather, traditional and recurring themes also,
known as motifs)[3]

　이러한 점을 토대로 본고는 출발한다. 즉 한국문학에서 그 '비극적인
것'이 얼마나 일관된 모티브로 이어져 내려와 현재에 이르게 되었는가
하는 점을 고찰하려는 것이다.
　물론 여기에는 다음과 같은 문제점이 내포되어 있다.
　그 첫째는, 한국문학 나아가서 동양문학에는 '비극적인 것'이 없다는
논술이다.

　비극 이전의 지知에 비극적인 지가 대치될 수는 없다. 비극적인
지보다 먼저의 단계라고만 생각된 것이 독자적인 진리성을 가지는
것으로서 사물의 비극적인 근본관根本觀, Grundan schaung에 대하여 존립
을 유지할 수 있을 것일지도 모른다. 세계를 조화로운 모습으로 보는
해석과 이 조화관에 따라서 수행되는 생활의 현실과가 훌륭하게 성공
을 거둔 데 있어서는 거기에 재난이 있다고 하더라도 비극적인 근본관
이 생겨나지 않는다. 이러한 조화로운 세계관과 생활현실이 이룩한

● ● ●

2.　김현, 「한국문학의 양식화에 대한 고찰」, 『창작과비평』 6, 1967, p. 247.
3.　Marlies K. Danziger and W. Stacy Johnson, *An Introduction to Literary criticism*,
　　Boston: D.C. Heath and Company, 1968, p. 123.

것이 고대 중국이요, 특히 불교 수입 이전의 중국에는 이것이 아주 순수하게 형성되어 있었다. (…) 다만 우수憂惑, Klage가 있을 따름이다. 절망에 빠져 망연자실한 상태가 아니고 단지, 태연자약한 인종忍從과 죽음이 있을 따름이다.[4]

이러한 논술에 대부분 동의하고 있는 듯하다. 다음 글을 보자.

(…) 골계적인 작품이 많다. 그 이유를 다음과 같이 생각해 본다. (ㄱ) 긍정적으로 확고한 생각의 창조가 구체적으로 활발하지 못했던 반면에 낡은 생각 주어진 생각 등 경화된 생각의 피해가 더 큰 문제였다. (ㄴ) 낙천적으로, 현실적으로 살아 왔고, 거짓되게 경화된 생각을 쉽사리 받아들이지 않았다. 자연스러운 변화를 즐기는 정서를 지녀왔다. (ㄷ) 경화된 생각의 파괴를 인식론의 중심과제로 삼고, 이로써 자연적 조화에 이르고자 하는 노장사상이나 선불교가 계속 작용해 왔다.[5]

박이문 교수도 서구의 비극적 인간에 대한 대립 개념으로 동양의 평화적 인간을 내세워 다음 도표[6]와 같은 설명을 하고 있다.

평화적 인간	비극적 인간
자연의 여건, 운명과 타협 적응	자연과 대립, 군림
인간은 우주의 한 부분	인간은 우주에 특수한 권한을 가진 존재
여성적, 수동적	남성적, 능동적
장자, 부처	Socrates, Faust

● ● ●

4. 야스퍼스, 신일철 역, 『비극론』, 신조문화사, 1973, pp. 34–35.
5. 조동일, 「한국문학에 있어서의 골계」, 『국어국문학』 51, 1971, pp. 117–118.
6. 박이문, 「비극적 인간」, 『문학사상』 8, 1973, p. 364(필자정리).

그러나 이러한 일련의 논술은 항상 동양은 역사적인 움직임에 둔감하여 일체만물의 근거와 관련을 맺는다는, 곧 질서정연하고 무한한 영원의 현실을 끊임없이 되풀이한다는 가설이 배후에 도사리고 있다.

둘째는 희곡 내지 연극에서 희극의 대^對가 되는 개념으로, 또한 미학에서 우아미Niedlich의 대가 되는 개념으로 사용 인식되어왔던 비극 내지 비장미Tragisch가 '비극적인 것'으로 심화·확대되어 시에 어떻게 적용될 수 있는가 하는 점이다. 비극 하면 쉽게 연상되는 것이 희곡에서의 개념이다. 이 개념은 갈등이라는 관계를 수반하여 나타난다. 즉 한 인물이 사회나 혹은 다른 인간과의 갈등에서 나타나는 마지막 행동에서 추출되는 개념이 비극이다.

그러나 비극이 성립하는 근저에는 '인간'에 대한 탐구가 제일차적으로 문제된다. 시가 인문학의 일분야이고, 또한 '인간존재'에 대한 탐구라는 면에서 성립할 때, '비극적인 것'은 시에서 나타날 것이다.

셋째는, 두 번째 문제점과 관련하여 생겨난다. 흔히 비극이 행동의 결과라는 개념으로 풀이되어 적용될 때, 시 연구에서 본래의 의도와는 다르게 적용됨을 간혹 볼 수 있다. 「한국시에 있어서의 비극적 황홀」이라는 평문에서 김종길 교수는 한국시의 비극적 요소의 여부를 추출하는 작업의 시합석^{試合石}을 "W. B. 예이츠의 만년의 작품 「유리」가 보이는 비극적 감각과 그 주제에 착상한 과정에 있어서의 예이츠의 비극에 관한 견해"[7]로 잡고 그 대상을 황매천, 이육사, 윤동주로 하여 파악하려 하고 있다. 주지하다시피 위의 세 시인은 그 생애에서 비극성이 쉽게 노정된다. 따라서 작가 내지 시인의 비극적인 삶을 선입견으로 받아들여 시 자체가 아닌 시인의 일부로서 시를 재단하게 되는 것이다.

• • •

7. 김종길, 「한국시에 있어서의 비극적 황홀」, 『심상』 1(2), 1973, p. 10.

한국문학에서 '비극적인 것'의 추출 가능성은 김열규 교수의 「한국문학과 그 <비극적인 것>」[8]에서 시사되고 있다. 이 논문은 원형이론을 해석 방향으로 잡고 있긴 하지만 '비극적인 것'의 개념 파악에 큰 도움을 주고 있다.

문학 특히 시가는 그 잠재력으로서 시간과 공간을 포용하고 있다. 또한 자기 자신을 표현할 뿐만 아니라 그 이상의 것, 예컨대 형이상, 이데아를 아울러 표현하고 있는 것이다. 이에 '비극적인 것'의 추구가 지니는 의의가 있을 것이다.

II

1. '비극적인 것'의 개념과 모티브로서의 성립 가능성

시에 있어서의 '비극적인 것'의 개념 추출은, 흔히 연상되듯 비극의 기본요건인 인물 및 행동이 시의 주가 아니므로, 지난한 작업에 속한다. 따라서 전술한 바와 같이 시인 자체가 자주 이 작업에 개입하게 되는 것이다.

이러한 난점으로 간접적 방법을 가지고 그 개념을 추출해 보고자 한다. 그 하나로 원용될 수 있는 것이 시에 있어서 어쩌면 가장 중요한 개념이 될지도 모르는 '이미지'이다.

• • •

8. 김열규, 「한국문학과 그 <비극적인 것>」, 『한국민속과 문학연구』, 일조각, 1975, pp. 278-302.

이미지의 효용성을 Austin Warren은 다음과 같이 기술한다.

우리가 시|poem의 주제에 의해 시를 분류하는 것에서 시|poetry, 시정신란 어떠한 기술記述인가를 묻는 것으로 방향을 돌릴 때, 그리고 산문 - 의역화 대신에 우리가 시|poem의 '의미meaning'와 그 전체적인 구조의 복합성을 동일시할 때, 그때 우리는 동심적인 시적 구조로서 위 제목의 네 개의 개념[Image, Metaphor, Symbol, Myth]에 의해 제시되는 상황과 만나게 된다.

(When we turn from classifying poems by their subject - matter or themes to asking what kind of discourse poetry is, and when, instead of prose - paraphrasing, we identify the 'meaning' of a poem with its whole complex of structures, we then encounter, as central poetic structure, the sequence represented by the four terms of our title)[9]

이때의 이미지는 다음 설명에서 볼 수 있듯이 확장된 개념임에 유의할 필요가 있다.

몇몇 시 운동의 이론가인 Ezra Pound는 'image'를 회화적 재현이 아니라 '시간의 일정함에서 지적, 정서적 복합성을 표현하는 것' 혹은 '본질적으로 다른 관념의 통일화'로 정의하고 있다.

(Ezra Pound, theorist of several poetic movements, defined the 'image' not as a pictorial representation but as 'that which presents an intellectual and emotional complex in an instant of time', a 'unification of disparate ideas')[10]

• • •

9. René Wellek · Austin Warren, *Theory of Literature*, Penguin Books, 1970, p. 186.

이러한 이미지는 시인이 하나의 사물 사상을 표현하려 할 때 그 전체적인 시의 구조에 함몰되면서도 독자적인 개성을 지니고 시에서 튀어나온다.

이미지로서의 '비극적인 것'은 역동적 이미지와 역설적 이미지에 기초를 두고 있다. 역동적 이미지는 시에 개입하는 시인과 상황과의 관계, 혹은 행과 행, 구와 구, 자와 자의 관계에서 나타나며, 또한 이 두 가지가 혼합되어 나타나는 경우도 있다. 한편 역설적 이미지는 비극적 몰락과 비극적 초월, 생에 대한 긍정과 부정의 교우 지점에 근거를 두어 나타난다.

'비극적인 것'의 개념을 살피기 위하여 다음의 세분화된 질문을 던지고자 한다. 첫째, '비극적인 것'은 어떠한 상황에서 성립하는가. 둘째, 그 '비극적인 것'의 주체와 객체는 무엇이며 그 기능은 어떠한가. 셋째, 마지막으로 이러한 '비극적인 것'은 어떠한 정신적 가치를 지니는가. 이러한 세분화된 방법으로서의 고찰은 서로 뚜렷이 한계를 지을 수도 없으며 또한 서로 배타적인 것도 아니다.

그리고 이러한 '비극적인 것'의 개념은 전술한 바의 이미지로서 어떻게 나타나는가, 그 역은 어떻게 되는가, 더 나아가서 이 '비극적인 것'이 한국문학에서 하나의 사실형 혹은 모티브로서 성립하는가 하는 점까지도 문제가 될 수 있을 것이다.

㉠ 성립조건

시는 물론 모든 예술에 있어서 제일차적인 요건은 '인간존재'에 대한 탐구이다. 인간존재를 둘러싸고 있는 모든 환경, 나아가서 인간존재의

● ● ●
10. 위의 책, p. 187.

탐구를 방해하고 있는 상황에 대한 이미지로서 '비극적인 것'은 성립한다.

Aristotle은 이러한 '비극적인 것'의 성립을 다음과 같이 보고 있다.

> Aristotle은 그가 가장 고도로 효과적이라고 여긴 두 가지 plot의
> 요소를 기술한다. 그 하나는 인물(주인공)의 상황의 전도peripetia로,
> 인물이 의도했거나 기도했던 것의 반대인 극적 아이러니의 효과를
> 매우 자주 가져온다. (…) 두 번째는 발견 혹은 인식enagnorisis으로
> 인물은 부족했던 본질적 지식을 최종적으로 획득한다.
>
> (He then describes two further elements of the plot which he regards
> as highly effective. One is the **reversat** of the character's sit-
> uation(**peripetia**), very often having the effect of dramatic irony - bring
> about, that is, the opposite of what the character has intended or expected.
> (…) The second - element favored by Aristotle is the discovery or **recog-**
> **nition** (**anagnorisis**) whereby the characters finally gain the essential
> knowledge they have lacked)[11]

이러한 상황에서 그 인물은 재생과 성숙을 포함하는 카타르시스를 경험하게 되고 인간생활의 가장 문제성 있는 부분 즉, 인생에 대한 사상Idea을 고찰하게 되는 것이다.

한편 야스퍼스는 '비극적인 것'의 성립을 다음과 같이 설명하고 있다.

> 새로운 것이 갑자기 힘차게 나타나려고 해도 처음에는 낡은 것이
> 지속성을 가지고 낡은 것의 응결력이 여전히 작용하고 있으므로 해서

• • •

11. Marles K. Danziger and W. Stacy Johnson, 앞의 책, p. 91.

좌절당하지 않을 수 없다. 이 옮아가는 전환이 비극적인 것의 장이 된다.[12]

이러한 견해들과 함께 '비극적인 것'은 투철한 역사의식에 의해 성립한다. 다음의 예에서 볼 수 있는 "또 와 나는구나^{又來飛}"는 자기존재의 이유를 확인하려 하는, 그리하여 '비극적인 것'의 출발을 보여주고 있는 것이다.

> 우습구나 이몸은 봄 사일^{社日}의 제비인가 自笑自如春社燕
> 그림대들보 높은 곳에 와 또 나는구나 畫樑高處又來飛[13]

㉃ 주체와 객체

인간존재의 탐구에 있어서 주체는 역시 인간이다. '비극적인 것'의 과정을 시종일관 통찰하고 그 역시 '비극'에 함몰되는 것이다. 다시 말하면 인간에 대해, 상황에 대해, 그리고 역사에 대해 그 근원적인 의식을 꿰뚫어 보려는 의지를 지닌 것이 주체가 된다.

이에 반해 객체는 이 모든 것에 대한 반대 개념으로 등장한다. 전술한 바대로, 인간존재의 탐구를 방해하고 있는 모든 상황, 그리고 사회적으로 경화된 사상, 나아가서 인간 본연의 초월자에 이르기까지 인간을 둘러싸고 있는 모든 상황이 객체가 된다.

따라서 이 양자는 필연적으로 부딪혀 싸움과 갈등을 일으킨다. 그리고 여기에서 승리와 굴복이 나타난다. 야스퍼스는 "역사적인 생존 원리들

• • •

12. 야스퍼스, 앞의 책, p. 53.
13. 최치원, 「추일재경우이현기리장관(秋日再經盱眙縣寄李長官)」, 『동문선』 권지십이(卷之十二).

서로간의 싸움"[14]이야말로 진정한 비극적 싸움이라고 하였다. 이 싸움은 피할 수 없는 싸움이며 직관을 통한 투쟁이다.

> 당신은 물을 건너지 마오 公無渡河
> 당신이 물을 건너다가 公竟渡河
> 물에 빠져 죽으면 墮河而死
> 당신은 어이 할 것인가 當奈公何

이 시에서는 모든 전후 사정이 거두절미된 채 '공公'과 '하河'와의 대립만이 나타난다. 원형이론을 빌려올 필요 없이 '타하墮河'라는 비극을 인지함으로써 '비극적인 것'을 획득하는 '공'의 의지가 표상되어 있다.

㉢ 정신적 가치

해방은 또한 인간이 비극적인 것을 그대로 비극적인 것으로써 응시하는 자리에 서서, 비극적인 것이 오직 빛을 발휘하기 위하여 그대로 「카타르시스」의 작용을 함에 의해서 행하여지는 경우도 있다. 또한 비극적인 사건의 움직임을 응시하기 전에 벌써 해탈이 행하여져 있을 경우도 있다. 그것은 인간의 생활태도가 이미 어떤 신앙으로 인해 해탈의 길에 들어서고 벌써 비극적인 것을 보는 경우에 있어서도 초감각적인 것에도 초월하면서 온갖 포괄적인 것을 포괄하는 더 큰 포괄자 속에 들어가 비극적인 것이 당초부터 이마 극복된 것으로써 응시하는 경우도 있다.[15]

• • •

14. 야스퍼스, 앞의 책, p. 53.
15. 위의 책, p. 46.

위의 두 번째 설명에 적합한 예로 '처용'과 '역신'의 대립으로 나타나는 「신라 처용가」와 「고려 처용가」를 우리는 갖고 있다. 「신라 처용가」에서 보여주는 패배에 이은 해탈의 길은 「고려 처용가」에 내려와 독자의 입장에서, 위 설명의 첫 번째 경우를 볼 수 있다.

흔히 체념의 대표적인 표현으로 일컬어지는 「처용가」는 '비극적인 것'의 인지작용으로 해석해야 할 것이다. 그 이유는 「고려 처용가」에서 보여주듯 결코 그것이 체념이 아니기 때문이다.

> 본ᄃᆡ 내해다마ᄅᆞᆫ
> 아ᅀᅡ 늘 엇디ᄒᆞ릿고

이미 해탈이 이루어져 있는 이 구절은 시인이 '비극적인 것'을 통찰한 소산이다.

> 바늘도 실도 어ᄢᅵ
> 처용 아비ᄅᆞᆯ 누고 지어 셰니오
> (…)
> 이런 저긔 처용 아비옷 보시면 열병신이야 회膾ㅅ가시로다
> 천금을 주리여 처용아바 칠보를 주리여 처용아바

한편 '비극적인 것'의 완결은 해탈하려는 의지로서 이루어진다. 즉 "인식과정에 있어서 스스로 형성하는 인식작용"이며 이것은 "변신" 과정을 거쳐 "해탈의 길", "비극적인 것을 초극하여 진정한 존재에로 돌진하는 길"을 걷는다.[16] 그렇지 않으면,

인간을 방심상태에 떨어뜨려 성실성을 잃게 함에 의해서 서 있는
기반을 상실케 하는 안목에만 있는 특이한 탐미적인 무책임한 태도로
타락하는 길을 걷는다.[17]

이러한 정신적 가치는 그 수용 면에서 보아 시인 자신과 그 시를
받아들이는 독자로 양분하여 생각해 볼 수 있다. 예술의 그 근원적
발생요인을 더듬어 보면 쉽게 이해할 수 있는 것이 시인 자신이 획득하는
정신적 가치이며, Aristotle이 언급했듯 두려움과 연민fear and pity을 느끼어
나아가서 강력한 정서적 경험을 맛보는 것이 독자의 작품에 대한 정신적
가치이다. 전례의 처용가에서 이 점을 쉽게 파악할 수 있다.

곧 '비극적인 것'은 작품을 매개로 하여 시인과 독자 모두가 같은
감정을 불러일으킨다는 예술의 한 역할을 충분히 수행하고 있는 것이다.

2. 시에 보이는 이미지로서의 '비극적인 것'

앞 장에서 인례引例한 「공무도하가」는 그 음악적 형태를 중시하면
「공후인箜篌引」이라고 불린다. 여기에서 '인引'은,

일의 본말·선후를 서술하되 순서 있게 그 의서意緒를 뽑아낼 수
있는[18]

• • •

16. 위의 책, p. 88. Passim.
17. 위의 책.
18. 이가원, 『한문학연구』, 탐구당, 1969, p. 659.

형식으로 하나의 사건이 삽입되는 형태인 것이다.

'공^公'과 '하^河'의 대립은 고대인의 근원적인 대자연관의 소치이다. 그들의 '비극적인 것'은 자연에 대한 두려움, 경외감에서 출발한다. 이때의 자연은 적대자 혹은 초월자로 인식되기 마련이다. 따라서 두 가지 자연관이 생긴다. 그 하나는 자연에 대해 순응하는 태도이고 다른 하나는 극복하려는 의지를 보여주는 태도이다.

'도하^{渡河}'의 역동적 이미지는 또한 '타하^{墮河}'의 역동적 이미지와 갈등 대립한다. 그리하여 필연적으로 '사^死'에 이른다. 이 '사'의 이미지로서의 '비극적인 것'은 다음과 같은 가치를 지닌다.

> 인간에 있어서 죽음을 내거는 한 때처럼 그 대상과 자신 사이의 결극^{缺隙}과 갈등을 크게 의식하는 때도 없을 것이고, 또 그때처럼 그 같은 결극의 충전, 갈등의 지양을 깊이 신심^{信心}하는 순간도 없을 것이다.[19]

한편 이 '죽음'은 역동적 이미지의 최종적 단계로서 우리나라 시의 처절한 발상법으로 자주 등장한다. 이때는 역설적 방법으로 쓰여, 그 태도를 변용함으로 인해 그 인간존재의 탐구라는 '비극적인 것'의 근본 태도와는 거리가 먼 경우가 특히 고려가요의 님을 둘러싼 시에 많이 보인다.

그러나 자연과 대립하여 그 갈등에서 패배(죽음)를 끝까지 인지함으로써 '비극적인 것'의 해탈을 획득하는 것은 「공무도하가」의 마지막 구의 '공^公'에서 찾아볼 수 있다. 타인이 개입하지 않는 '비극적인 것'은 (이 시는 작자 내지 이 노래의 창자도 배제되고 주인공만이 있을 뿐이다)

● ● ●

19. 김열규, 앞의 책, p. 282.

자연과의 직접적인 싸움에서 강렬하여, 자기 존재의 탐구의식이 더욱 확연한 것이다.

「공무도하가」의 인간존재의 근원적 탐구와는 달리 역사의식 위에서 성립하는 '비극적인 것'의 이미지는 또 다른 고시가 「황조가」에서 보인다. 일국의 제왕으로서 하나의 자연 '자웅상의雌雄相依'에서 빚어지는 정치적 고독감을 표상한 이 「황조가」는 이상과 현실에서 자신의 역사적 존재 위치 파악을 갈망하려는 의지가 노출되어 있다. 즉 이 「황조가」는 작가가 제왕이라는 역사적 인물이기 때문에 그 '비극적인 것'이 심화·확대되는 것이다. 신의 위치에서 이미 인간의 위계질서로 하강한 제왕은 다시금 신에 대한 도전을 감행한다. 그러나 여기서 이루어지는 것은 필연적인 결과로 패배이다.

일단 이상의 두 가지 '비극적인 것'의 양태는 끊임없이 이어져 한국시에 흘러왔다고 볼 수 있다. 즉 서론에서 언급한 바의 사실형 혹은 모티브로서 성립하는 것이다.

첫 번째, 인간존재의 탐구라는 측면에서 '비극적인 것'은 대체로 죽음의 이미지에 이르는 동안 발생한다. 여기에서 죽음을 끝까지 인지함으로써 갈등의 지양은 심화하여 '비극적인 것'의 해탈을 획득하는 경우와 전술한 대로 죽음과 동시에 그 역동적 이미지의 정지 상태로 끝나는 또 하나의 경우가 있다. 전자는 대체로 향가의 몇몇 작품에서 보이고 후자는 많은 고려가요, 그리고 시조에서 보여준다.

두 번째, 역사의식에서 역동적 이미지 및 역설적 이미지를 수반하여 자기확보와 자기부정 간의 갈등의 소산으로 인한 '비극적인 것'의 성립을 볼 수 있다. 이 경우는 최치원의 시와 「청산별곡」, 그리고 일제하의 현대시에서 엿볼 수 있다.

A) 인간존재의 탐구로서의 '비극적인 것'

이것의 대상이 되는 작품은 긍정적으로 「찬기파랑가」, 「제망매가」, 「모죽지랑가」 등이 있고 부정적으로 「만전춘별사」와 정몽주, 성삼문 등의 시조가 있다.

「찬기파랑가」에 대한 '비극적인 것'의 고찰은 김열규 교수에 의해 이미 시도되었다. 그는 우선 '달과 구름', '강수와 석원石原(지벽)', '백柏(화花)판判과 서리' 등의 대립을 추출한 후 여러 원형[20]을 원용하여 다음과 같은 결론을 내리고 있다.

> 인간비가는 참담한 인간좌절의 고백이다. 그러나 그 고백이 절대적
> 인 것에 바쳐지는 찬가의 내밀의 짝인 때 인간좌절은 초월의 결기로
> 긍정될 만한 것이다. 이러므로 인간은 찬가를 부르면서 자신의 비극을
> 노래 부르는 것이다. (…) 달과 강, 잣과 꽃 등 일련의 구원의 상징을
> 통해 천상적인 것과 지상적인 것, 해탈과 속박, 성聖과 범凡의 갈등
> 속에 있는 인간존재가 부각되어 있다.[21]

그러나 이러한 사물의 이미지에서 '비극적인 것'을 고찰한다는 것은 다음과 같은 모순에 빠지기 쉽다. 즉 시의 어휘가 항상 일정한 상징만을 내포하고 있지 않다는 점이다. 다시 말하면 전기前記 김열규 교수의 어휘의 대립에서 추출한 원관념은 전자가 천상적, 피안적, 무위, 안주임에 비해 후자는 인간적, 차안적此岸的, 유위有爲, 변전變轉이라고 설명하고 있는바 이 원관념과 보조관념은 항상 유동적일 수 있다고 보이는 것이다.

따라서 이 시의 역동적 내지 역설적 이미지를 추출하는 각도로 이루어 져야 할 것이다.

• • •

20.　위의 책, p. 259.
21.　위의 책, p. 298.

열치매
나토얀 ᄃ리
흰구름 조초 ᄠᅥ가ᄂᆞᆫ 안디하
새파른 나리여히
기랑^{耆郎}이 즈싀 이슈라
일로 나릿 ᄌᆡ벽히
랑^郎이 ᄃᆞ니다샤온
ᄆᆞᄉᆞᄆᆡ ᄀᆞᆺ홀 좃누아져
아으 갓ㅅ가지 노파
서리 몯누올 화판^{花判}이여

이에 대해 김현 교수는 다음과 같이 설명하고 있다.

정확히 진리의 구극에 도달하려고 하는 사람의 눈뜬 시가이다.
그것은 미래와 자아에게로 활짝 열려 있다. 두 개의 동사가 타동사로
쓰이고 있다는 사실은 이런 정신의 탐구 자세를 여실히 보여준다.[22]

하나의 죽음 앞에서 정지되어 있지 않은 역동적 이미지의 연속은
'좃누아져'의 의도형에서 '몯누올'의 금지형으로 이어져 인간존재의
한계에 대한 의식을 뚜렷하게 보여주고 있다.
이러한 이미지로서의 '비극적인 것'은 「제망매가」의 다음 구절,

나ᄂᆞᆫ 가ᄂᆞ다 말도

• • •
22. 김현, 앞의 글, p. 260.

몯다 닏고 가ᄂ넛고
(…)
ᄒᆞ돈 가재 나고
가논 곧 모ᄃ온뎌
아으 미타찰彌陀刹애 맛보올래

에서 인간 혹은 생의 근원적 죽음에 대한 인식을 보여주며, 특히
'맛보올래'에서 해탈의 경지를 드러내준다.
　한편 죽음과 동시에 역동적 이미지의 정지상태, 나아가서 '비극적인
것'의 인식의 부족, 실패에 이르는 것은,

어름우희 댓닙자리 보아 님과 나와 어러주굴 만뎡
정든 오ᄂᆞᆳ밤 더듸 새오시라

에서 알 수 있듯이 이별과 죽음의 이 두 관념은 괴리되어 따로따로
존재하고 있다. 이러한 표피적인 이미지는 인간존재에 대한 탐구의
자세의 결여라기보다는 회피라고 보인다. (물론, 다른 면, 예를 들면
애조, 해학 등의 요소는 인정해야 한다.) 이는 시대적 상황에서 그 원인을
찾을 수 있는바 후대로 내려와, 이러한 예는 조선조의 극단적으로 경화된
사고방식의 발로라고 볼 수 있는 양반계층의 평시조에서 쉽게 발견된다.

이 몸이 주거주거 일백번 고쳐주거
백골이 진토되어 넉시라도 있고 없고
임 동한 일편단심이야 가실 줄이 이시랴

B) **역사의식에서의 '비극적인 것'**

개념 추출에서 인례한 최치원의 시는 우리나라 시詩·문文의 개조라는 의미 외는, 만당풍晩唐風을 배격하고 웅혼雄渾한 시를 높이 평가해온 여조麗朝말 문인은 물론 조선조 문인들도 그 기려綺麗한 점에서 소홀히 여겨왔다.

그러나 그의 시에서 볼 수 있듯이 자기 자신의 타국에서의 존재 이유 및 위치에 대한 그의 천착은, 그 후 그의 생애의 패턴이 된 방랑 생활 및 초탈에 대한 이미지와 함께 그의 시 이해에 중요한 관건이 된다.

세상사람 예 오는 길 아는 것이 도리어 한이어라 世人知路醜應恨
돌 위의 이끼를 신자국이 더럽히는구려 石上苺苔汚屐痕23

이러한 인간존재와 초탈에 대한 탐구는 아직 그 어의의 논란이 남아 있긴 하지만 고려가요의 하나인 「청산별곡」에서 절실하게 드러난다.

한국시가의 가편佳篇이라고 불리는 이 「청산별곡」은 흔히 은둔, 도피 등으로 해석해왔다. 그러나 곳곳에서 나타나는 그 주인공의 역사의식에 뿌리박은 '비극적인 것'을 드러내는 뚜렷한 이미지를 볼 수 있다.

가던 새 가던 새 본다
믈아래 가던 새 본다
잉무든 장글란 가지고
믈아래 가던 새 본다
얄리 얄리 얄랑셩 얄라리 얄라

주인공과 상황의 관계는 극대화되고 주인공은 상황에 의해 패배하고

● ● ●

23. 최치원, 「증재곡난야독거승(贈梓谷蘭若獨居僧)」, 『동문선』 권지십구(卷之十九).

있다. 그것도 '임무든 장글란'이란 이미지가 보여주듯 불가피하게 패배하고 있는 것이다. 「청산별곡」의 상황은 주인공에게 그 존재의 위치를 설정해주지 않고 있다.

이러한 부재된 인간존재는 역설적인 이미지로 변환된다.

> 어디라 더디던 돌코
> 누리라 마치던 돌코
> 믜리도 괴리도 업이
> 마자서 우니노라
> 얄리 얄리 얄랑셩 얄라리 얄라

미워할 사람도 사랑할 사람도 없는 이 인간성의 부재에 대한 '우니노라'의 역동적 이미지는 모든 상황에 의해 둘러싸인 채 패배하고 만, 패배하지 않을 수 없는 주인공의 역사의식을 뒷받침해주고 있다.

상황에 대한 투철한 의식으로 인한 '비극적인 것'의 성립은 현대시에 와서 몇몇 시인에 의해 이어진다.

> 한번도 손들어 보지 못한 나를
> 손들어 표할 하늘도 없는 나를
>
> 어디에 내 한몸 둘 하늘이 있어
> 나를 부르는 것이요
>
> 일이 마치고 내 죽는 날 아츰에는
> 서럽지도 않은 가랑잎이 떨어질텐데

나를 부르지 마오

일제하의 식민지 상황은 수많은 사람들에게 비극적 삶을 강요했다. 그러나 그 '비극적인 것'을 '비극적인 것'으로 냉철히 인지하고, 성실한 태도로 대결하는, 해탈하려는 의지를 가지고 비극적인 싸움을 행한 사람은 많지 않았다. 윤동주의 시에서 '부르는 것'과 '불리는 나'와의 대립, 대결은 "한번도 손들어 보지 못한", "손들어 표할 하늘도 없는" 극한 상황에서 이루어진다. 그러나 그 대결은 '불리는 나'의 '죽음'으로 끝날 수밖에 없다. 인간존재, 특히 식민지 치하에서 피지배민의 존재의 확인은 패배로 끝날 수밖에 없는 것이다. 그러나 승리는 살아남은 자에 있는 것이 아니라 굴복하는 자, 초월하는 자의 마음속에 있는 것이다. 우리는 "서럽지도 않은"이라는 구절에서 그것을 확인하며 그 초월의 의지를 읽을 수 있다.

III

본고는 '비극적인 것'을 하나의 사실형 또는 관습convention, 모티브로 보아 한국시에 있어서의 그 가능성을 타진해 보려는 의도로 쓰였다. 그 이유는 문학사의 기술에 있어서 일관된 논리 전개를 위한 것이었다. 이상을 요약하면 다음과 같다.

첫째, 우선 이에 따르는 문제점과 그 대처 방안을 살펴보았다. 비극은 역사의식에서 찾아볼 수 있으며 시에서의 비극의 개념은 인간존재의 탐구라는 면에서 그 성립 가능성을 지닌다.

둘째, 개념 추출을 위하여 다음 두 가지의 방법을 사용하였다. 그 하나는 역동적 이미지와 역설적 이미지, 또 다른 하나는 성립조건, 주체 및 객체, 정신적 가치이다. 전자에 있어서 역동적 이미지는 시에 있어서의 주인공과 상황과의 관계, 또는 문맥 속에서의 자체 관계, 그리고 그 양자의 혼합에서 나타나고 역설적 이미지는 비극적 몰락과 비극적 초월의 교우 지점에서 나타난다. 후자에 있어서, 인간존재에 대한 탐구, 새로운 천재의 탄생, 역사의식을 성립 조건으로, 주체의 의지와 객체와의 싸움 혹은 갈등에서 승리와 극복, '비극적인 것'의 인지 및 해탈을 정신적 가치로 파악하였다.

셋째, 인간존재 탐구로서의 '비극적인 것'은 「공무도하가」, 「찬기파랑가」, 「제망매가」 등에서 죽음을 끝까지 인지함으로써 갈등의 지양을 심화하여 '비극적인 것'의 해탈을 획득하는 것을, 역사의식에서의 '비극적인 것'은 「황조가」, 최치원의 시, 「청산별곡」, 「무서운 시간」 등에서 자기확보와 자기부정 간의 갈등의 소산으로 인한 '비극적인 것', 즉 존재이유와 위치에 대한 탐구를 볼 수 있었다.

—『어문학보』 5, 강원대학교사범대학국어교육과, 1981.

한국 근대시와 '비극적인 것'

I. 머리말

우리는 시를 보는 시각으로 다음 두 가지를 상정할 수 있다. 그것은 예술은 물론 인간의 모든 영역에 걸치는 바로서 '깊이'와 '넓이'로 이야기될 수 있다. 곧 다름아닌, 깊이로서 인간존재의 시와 넓이로서의 현실인식의 시가 그것이다.

존재탐구는 형이상의 문제에 속한다. 문학이 '삶의 근본문제에 대한 물음'이라고 말해질 때 바로 그것에 해당한다. 이때 물음의 제기 및 해결을 꾀하고자 하는 주체 및 객체는 인간 자신이다. 즉, 인간 자신 및 인간을 둘러싼 자연의 근원, 운명의 정체, 죽음의 인식, 사랑의 본질 등을 꿰뚫어 보려는 의지를 지닌 인간 자신의 문제인 것이다. 이 경우 시간과 공간에 좌우되지 않는 태도라고 일단 이야기될 수 있다.

다음 현실인식은 사회나 역사에 대한 관점을 드러낸다. 시간과 공간의 제약 하에서 주체인 인간에게 다가드는 주위와 전통의 모든 위협에 대한 직시, 사유, 투쟁 등의 현실적인 태도에 대한 문제인 것이다.

그러나 이상의 두 가지 시각은 시사詩史의 흐름으로 볼 때 양분된 상태로 이루어지는 것은 아니다. 때에 따라 어느 한 면에의 집착이나 경도를 낳게 했고 그것은 곧 시인 자신이나 당대 혹은 그 후대에 의해 수용되거나 저항이나 반발을 받아왔다. 또한 이 두 가지 시각은 혼유 상태를 빚기도 했다. 그리고 간혹 합일되기도 했다. 합일의 경우는 일단 행복한 상태라고 말할 수 있다.

한편 시는 그 언어, 장르, 양식 등의 특수성으로 인해 독자적임과 동시에 역사적 존재임을 거절하지 못한다. 그것은 인간이 개체적인 존재임과 아울러 역사적인 존재라는 점과 같은 선상에 놓이게 된다. 그리고 시는, 자체의 속성으로 해서 시인 자신을 은연중에, 때로는 음험하게, 혹은 의식적으로 드러내곤 한다. 그리하여 시와 시인 자신이 동일 차원에 놓이는 경우가 종종 있게 된다. 그리하여 시는 역사적 존재 이전의 상태에서 역사적 존재를 거치게 되는 것이다.

우리의 경우, 역사적으로 위의 두 가지 시각이 혼유 상태로 이어져 내려왔음을 볼 수 있다. 그 대표적인 경우로 우리는 최치원을 들 수 있을 것이다.

> 우습구나 이몸은 삼짇날의 제비인가
> 그림대들보 높은 곳에 또 와 나는구나[1]

여기 "또 와 나는구나又來飛"에서 위의 두 시각을 동시에 아우르고 있음을 볼 수 있는 것이다.

또한 근대시의 경우 한용운을 들 수 있다.[2]

● ● ●

1. "自哂自如春社燕 畵梁高處又來飛". 최치원, "秋日再經盱眙縣寄李長官"의 끝 2행, 『동문선』권지십이(卷之十二).

우리는 개화기 때 국가상실의 위기감을 지녀야 했고 일제 치하에서는 국가상실이라는 체험을 겪었다. 그리고 해방 이후 전쟁을 통한 현존의 어려움까지 치러야 했다. 결국, 일제 식민지 치하라는 점이나 그 후 산업사회의 성립으로 인한 사회적, 역사적 여건으로 말미암아 위의 두 시각에 대한 논의는 극명하게, 그리고 첨예하게 대립·충돌되어왔다. 그 시대 성격상으로 식민지 치하에서는 저항의 노래[3]를 부르거나, 아니면 시인 내면으로 침잠된 시를 드러낼 수밖에 없었다.[4] 그 후 산업사회 성립 이후, 급격하게 밀어닥친 산업화에서 야기되는 여러 문제로, 알게 모르게 산업사회 안에 시가 놓이거나 그와 반대로 외곽으로 밀려나는 현상으로 시가 나타나게 되었던 것이다.

이러한 두 가지 시각을 둘러싼 모든 상황은 그것을 안존히 지속하게 하거나 존재하게 하지 못하게 한다. 그 안존에서 직관과 반성, 대립, 갈등, 사유, 투쟁을 거쳐 극복 내지 초월로 그 시각들이 나아갈 때 '비극적인 것'의 탄생을 보게 된다.

II. '비극적인 것'의 개념

가. '비극적인 것'을 둘러싼 몇 가지 문제점들

●　●　●

2. 한용운의 경우는 후술될 것이다.
3. 정한모, 「개화기시가의 제문제」, 『한국학보』 6, 1977, p. 221.
4. 물론 양자에서도 그 강도의 면은 고려되어야 할 것이다.

시에서 '비극적인 것'을 거론할 때 드러나는 문제점은 다음 몇 가지로 나누어 생각해 볼 수 있다. (1) 다양한 뜻을 내포하고 있는 어휘들의 문제, (2) 세계관의 다름으로 인해서 동양에는 비극이 있을 수 없다는 견해, (3) 시, 특히 서정시에는 그 장르의 성격상 비극이 없다는 소위 '비극적인 것'의 추출에 대한 회의, (4) 시인의 삶 자체에서 드러나는 '비극적인 것'과 시에서의 '비극적인 것'의 혼효에서 오는 문제점을 들 수 있다.

'비극적인 것'을 둘러싸고 있는 유사한 의미의 어휘는 많다. 그것은 대개 다음의 부류로 묶을 수 있다. 우선 장르에서 보이는 희극의 대^{對}가 되는 비극, 미학에서 말하는 비극미나 비장미, 그리고 인간 문제에 있어서 드러나는 비극성이나 '비극적인 것' 등이 그것이다. 물론 여기에서는 마지막 어휘에 의지하게 된다. 그것은 여기에서 논의하고자 하는 바가 특수한 장르에 한하거나 분야에 국한되는 것이 아니라 인간의 전면적인 면에 관련되기 때문이다. 또한 비극성은 어감상 하나의 속성으로 느껴지기 쉽기 때문이다. 이와 아울러 이러한 비극적인 것을 낳게 하는 선험적인 어휘도 파악해야 할 것이다. 즉 원죄, 고해, 한, 부정, 비애, 은근, 끈기, 불가피성, 부조리성 등이 그것으로 이러한 어휘 역시 '비극적인 것'의 개념을 둘러싸고 있는 불가분리의 것들이기 때문이다.

다음으로 살펴볼 것은 동양은 그 성격상 비극적인 것의 배태 요인이 없다는 언급이다. 야스퍼스는 "비극 이전의 지에 비극적인 지가 대치될 수는 없다"고 전제한 후 다음과 같이 다만 "우수^{Klage}가 있을 따름"이라고 말하고 있다.

세계를 조화로운 모습으로 보는 해석과 이 조화관에 따라서 수행되는 생활의 현실과가 훌륭하게 성공을 거둔 데 있어서는 거기에 재난이 있다고 하더라도 비극적인 근본관이 생겨나지 않는다. 이러한 조화로운 세계관과 생활현실이 이룩한 것이 고대 중국이요, 특히 불교 수입 이전의 중국에는 이것이 아주 순수하게 형성되어 있었다.[5]

물론 중국문화를 전형으로 말한 것이지만 그 기저에서는 동양 전반에 관한 언급으로 보인다. 이와 유사한 견해는 여러 사람들에 의해 나타난 다.[6] 조동일 교수는 "한국문학에서는 골계가 비장보다 우세하다"고 말한 뒤 그에 대해 다음 세 가지를 들고 있다. 즉, 낡은 생각, 주어진 생각 등 경화된 생각의 피해가 확고한 생각의 창조보다 더 큰 문제였다는 점, 낙천적 현실적으로 살아왔고 거짓되게 경화된 생각을 쉽게 받아들이지 않았다는 점, 그리고 경화된 생각의 파괴를 인식론의 중심 과제로 삼았고 자연적 조화를 이루고자 하는 노장사상이나 선불교가 작용했다는 점이 그것이다.[7]

위의 두 언급들은 모두 '조화'라는 면으로 동양 나아가 우리의 세계관을 규정짓고 있는 것으로 보인다. 여기에서 우리는 '삶의 근본적인 물음이 문학이다'라는 명제를 다시 되새겨볼 필요가 있다. 쉽게 이야기 해서 죽음을 우리는 어떻게 받아들였는가, 또는 연인이나 부모와의 이별 내지 사별, 국가의 상실, 이데올로기의 흔들림 등을 내적으로 극심한 갈등을 겪지 않고 다만 우수 정도로만 받아들였는가 하는 의문을 제기할 수 있다. 또한 "경화된 생각의 피해"가 많지만 "경화된 생각을

●　●　●

5. K. 야스퍼스, 신일철 역, 『비극론』, 신조문화사, 1973, pp. 34–35.
6. 위의 야스퍼스는 다음과 같은 언급도 하고 있다. "비극적인 것의 의식이 존재의식에 기초가 된 것을 비극적 태도(tragische Haltung)라고 한다. 제행무상(Vergänglichkeit, 덧없는 것)의 의식은 진정한 비극적인 의식과 구별되지 않으면 안된다"(위의 책, p. 44). 또한 조윤제는 "진정으로 말하면 우리나라 문학에는 순비극도 없지만은 또 희극이 없는 것만은 사실이다"(『국문학개설』, 탐구당, 1981, p. 480)라고 말하고 있다.
7. 조동일, 「한국문학에 있어서의 골계」, 『국어국문학』 51, 1971, pp. 117–118.

쉽게 받아들이지 않음"으로 해서 "경화된 생각의 파괴를 중심 과제로 삼았다"는 것 역시 한쪽 측면으로의 경사진 언급이라고 볼 수 있다. 또한 노장 사상이나 선불교 등의 종교적인 측면의 입장이 위와 같은 '비극적인 것'의 인지 없이 가능했을까, 즉 그 종교적 측면들이 이러한 '삶의 모든 물음'에 대한 해답으로서 그 인식의 방법과 과정에서 '비극적인 것' 없이 성립될 수 있을까 하는 의문을 제기할 수 있는 것이다. 인간은 자기 자신의 존재의의에 대해, 그리고 현실에 대해 무의식적이든 의식적이든 묻게 마련이다. 인간의 허무, 참다운 인간 등등은 바로 '비극적인 것'의 근원을 이루고 있는 것이다.

다음으로 연극이나 희곡에서 '비극적인 것'이 가능하지 시 특히 서정시에서는 가능하지 않다는 언급에 대해서 살펴볼 필요가 있다.

> 정말 서정적인 작가는 어떠한 비극적인 통찰도 얻을 수 없다. 그가 사물들과 하나로 융화되는 한 아예 그는 아무것도 보지 않으며 오로지 말할 뿐이다.[8]

이러한 언급은 전통적인 3분법에 의거하여 문학을 설명할 때 자주 나타난다. 물론 이러한 태도는 다음과 같은 인용에서 볼 수 있듯이 엄정한 의미에서 추출된 것이다. "[어떤 소설들을] 「비극」이라고 하지는 않고 비극적인 소설들이라고 말한다. 비극이라는 명사는 그 정확한 용법에 있어서 희곡에 한정되어 있다."[9]

그러나 후술되겠지만 '비극적인 것'의 개념은 이러한 '드러난 문제'에서가 아니라 '인간 근원의 문제'에서 성립된다. 그것은 예술이 시간과

● ● ●

8. E. 슈타이거, 이유영·오현일 역, 『시학의 근본개념』, 삼중당, 1978, p. 259.
9. C. 리치, 문상득 역, 『비극』, 서울대 출판부, 1980, p. 45.

공간을 아우르며 나아가 그들을 넘어서는 존재로 파악되어야 하기 때문인 것이다. '비극적'이라는 관형어는 그 장르의 논리를 떠나 그 자체에서 의미를 추출하는 태도가 바람직하다. 프라이는 다음과 같이 말하고 있다. "희극처럼 비극의 연구는 드라마를 대상으로 삼아서 연구하는 것이 가장 쉽고 가장 훌륭한 방법이다. 그렇지만 비극은 드라마에만 한정되는 것도 아니고 (…)".[10] 다른 곳에서 슈타이거 역시 다음과 같이 밝히고 있다. "'비극성Tragik'은 우선 희곡론Dramaturgie의 개념에 속하지 않고, 형이상학Metaphysik에 속한다."[11]

다음,

> 시인은 아무것도 '행하지' 않는다. 여기에서는 자아와 대상의 대립이 없다.[12]

라는, 서정시가 세계의 자아화라든가 혹은 주관화 과정이라고 풀이될 때 역시 이러한 견해가 나타나게 된다. '비극적인 것'이 일단 존재 내지 상황의 대립을 전제로 한다고 할 때 위의 언급과 부딪치게 된다. 즉 서정시에 대립이 가능할 수 있겠느냐는 회의가 그것이다. 그러나 모든 현상은 하나의 개체일지라도 독자적으로 성립하지 못하고, 그것을 드러내지 못한다. 주체와 객체의 관계를 보게 되고 그로 인한 좌절 · 고양을 통해 현상은 현상으로서 값하게 된다. 예컨대 인간과 자연의 관계에 있어서도 그것은 순리를 따르느냐 아니냐에 의하기 때문에 일단 그 저항과 의지의 면은 '숨어 있는 문제'인 것이다.

● ● ●

10. N. 프라이, 임철규 역, 『비평의 해부』, 한길사, 1982, p. 288.
11. E. 슈타이거, 앞의 책, p. 257.
12. 위의 책, pp. 20-21.

앞서도 언급되었지만 시는 시인을 드러내며 동시에 시인은 시를 통해 무엇인가 인식, 인지한다. 이것은 동류항으로서 존재하는바, 간혹 시인의 생애에서 노정되는 '비극적인 것'을 시에 끌어들이는 것과 무분별하게 언급되고 있음을 볼 수 있다. 그러나 시인 생애의 '비극적인 것'과 시 자체에서의 그것은 엄연히 다르게 파악되어야 한다. 시인을 둘러싼 개인적 혹은 시대적 여건으로 인한 그것이 시에 작용함도 거부할 수 없겠지만 시를 통해 만나는 시인이 문제가 되는 것이지 그렇지 않은 경우는 다른 곳에서 언급되어야 할 것이다. 이 점에서 "W. B. 예이츠의 만년의 작품 「유리」가 보이는 비극적 감각과 그 주제에 착상한 과정에 있어서의 예이츠의 비극에 관한 견해"를 시금석으로서 우리 시의 '비극적인 것'의 여부를 추출하려는 시도[13]는 시사하는 바가 크다.

나. '비극적인 것'의 개념

'비극적인 것'은 존재탐구와 현실인식의 투철함을 전제로 하여 나타나게 된다. 이때 존재탐구란 자신의 문제를 둘러싼 의식, 참다운 의식을 말하는 것으로 주체로서의 인간존재에 대한 천착을 의미한다. 한편 현실인식에는 현실, 즉 사회와 역사를 에워싸고 있는 자연과 이념 등이 거론될 것이다.

이에 각각이 어떠한 전제 하에 어떠한 여건으로 성립하며 그것이 '비극적인 것'을 낳기 위한 끈질긴 과정은 어떠하며 그의 의의는 무엇인가를 살펴보기로 한다. 이러한 검토는 곧 '비극적인 것'의 개념을 정립하는 바탕을 마련하게 될 것이다.

● ● ●

13. 김종길, 「한국시에 있어서의 비극적 황홀」, 『심상』 1(2), 1973. 7, p. 10.

① 존재탐구로서의 '비극적인 것'

'인간은 존재한다'라는 그 존재 자체에서부터 '비극적인 것'은 배태되고 있다. 프라이는 아담의 예를 들어 설명하고 있는바, 아담은 타락하자마자 자신이 만들어낸 생활 속으로 들어가는데 이 생활, 세계는 존재 그 자체가 비극적인 세계이며 그저 존재하고 있다는 것이 자연의 균형을 깨뜨리는 것이라고 하고 있다.[14] 결국 산다는 것, 생존하고 있다는 것, '나'라는 의식 자체가 '비극적인 것'으로 치닫는 전제 조건이며 따라서 '비극적인 것'은 인간의 행위 여하에 의해 낳아지는 것은 아닌 것이다.

이 점은 인간이 현존재로 파악될 때 그 의미가 뚜렷하게 드러난다. 그것은 유한성과 무상에 대한 참다운 의식이 인간을 불가피성의 존재로 부각시키기 때문이다.[15]

이러한 경우 우리는 주체로서의 인간을 다루어야 할 당위성을 가지게 된다. 주인공이, 비극의 논의에서 핵심적 요소의 하나로 다루어지고 있다는 점이 그것을 더욱 뒷받침해주고 있다. '비극적인 것'은 주인공의 도덕의 정당성 즉 윤리에 달려 있지 않고 행위의 귀결이 지니는 불가피성에 의해서 드러난다. 주인공은 본질적으로 그 본성인 약점으로 해서, 혹은 과오hamartia, 오만hybris, 그리고 불안angst에 의해 고립된 존재가 되거나 소외되거나 한다. 또한 주인공은 사회의 구성원임으로 인해서 죄가 있는 것도 아니고 죄가 없는 것도 아닌 산 제물pharmakos이 되기도 하는 것이다. 이것은 그의 성격이나 행위의 흐름에 의해서 이루어지는 것이

• • •

14. N. 프라이, 앞의 책, p. 257.
15. 또한 골드만은 다음과 같이 말하고 있다. "비극적 변증법이란 인간적 삶, 타인과 우주와의 관계 등이 제기하는 모든 근원적 문제에 '예(oui)'와 동시에 '아니오(non)'라고 대답하는 것이다"(L. 골드만, 송기형·정과리 역, 『숨은 신』, 연구사, 1980, p. 15).

아니라 존재 자체에서 이미 드러나 있는 것이다. 이를 프라이는 다음처럼 등산가의 예를 들어 설명하고 있다.

> 파르나코스는 죄가 있는 것도 죄가 없는 것도 아니다. 고함소리로 산사태를 가져온 등산가처럼, 자기가 저지른 행위에 비해서 그에게 닥친 불행이 그 결과로서는 훨씬 심각하다는 의미에서 그는 죄가 없다. 그러나 그가 죄에 물들어 있는 사회의 한 구성원이라는 의미에서 또 죄를 짓는 행위가 피할 수 없는 존재의 일부가 된다는 의미에서 그도 죄가 있는 것이다.[16]

존재는 또한 신이나 절대사랑, 진실성 등으로 파악할 수 있다.[17] 그리고 인간은 자신의 존재 내에서 바깥으로 시선을 돌리면 자연의 질서에 맞닥뜨리게 된다. 즉 시간의 흐름이나 계절의 순환, 인간의 태어남과 죽음 등의 문제에 다다르게 되는 것이다. 시간의식을 기저에 깔고 있는 이러한 자연의 질서는 인과응보와 관계가 있다는, 혹은 그 순환과정에서 전락으로 향한다는 예감을 풍겨주고 있다. 역시 프라이는 시간의 움직임과 인과응보의 관계를 다음과 같이 문학에서 예를 들어 보여주고 있다.

> 시간의 움직임이 인간사에 있어서 때의 흐름을 놓치는 일로 인식되

• • •

16. N. 프라이, 앞의 책, pp. 62–63.
17. 그것은 다음과 같은 설명에서 그 방증의 근거를 찾을 수 있을 것이다. "비극적 인간은 《방관자적인 신》의 영원한 시선 아래 살고, 그에게는 《기적만이 현실적》이며 세계의 근본적인 모호함에 절대적이고 일의적인 가치와 명확성, 본질성에 대한 요구를 대립시킨다. 신의 현존으로 인해 세계를 받아들일 수 없으며, 동시에 신의 부재로 인해 세계로부터 완전히 등을 돌릴 수도 없기 때문에 (⋯)"(L. 골드만, 앞의 책, p. 77).

어지든, 시간에는 관절이 빠져 있다고 인식되어지든, 시간이 생명을
탐식하는 것 즉 바로 직전의 순간을 삼켜버려 잠재적인 것을 영원히
현실적인 것으로 고정시켜버리는 지옥의 입으로 느껴지든, 가장 무서
운 모습으로서는 시간은 단순히 시시각각으로 움직이는 시계소리로서
맥베드에 의해서 느껴지든 간에[18]

는 셰익스피어의 작품 즉 「시이저」, 「햄릿」, 「맥베드」 및 소네트
등에서 시간의 흐름을 보여주는 예로서 그것은 곧 인간 자신의 문제로
환원하는 것이다. 또한 죽음은 삶과 대척적인 관계로 보이기 십상이지만
결코 죽음과 삶은 멀거나 배타적인 것은 아니다. 특히 죽음을 건다는
것은 인간이 지니는 가장 극한적인 용기이며, 또한 자기 발견의 혼적이며
인식이다.

② 현실인식으로서의 '비극적인 것'

한편 현실인식 역시 그 자체 필연적으로 '비극적인 것'을 지니고
있다. 모든 인간이 현실에 뿌리박고 있으며, 나아가서 더더군다나 그러하
다는 것을 지각하고 있는 한, 인간은 그 부조리성에 의해 현실에서
헤어날 수 없기 때문이다.

인간과 현실과의 관계는 두 가지로 드러날 수 있다. 그 하나는 화해이
며 다른 하나는 투쟁 혹은 갈등이다. 이것은 자아와 사회 내지 역사의
문제 즉 진실과 현실의 문제로 드러난다.[19] 이 진실과 현실의 분열상태
곧 투쟁이나 갈등의 상태에서 '비극적인 것'이 나타나게 되는 것이다.

이 경우 먼저 언급되어야 할 것은 이념의 선택에서이다. 이념을 설정하

• • •

18. N. 프라이, 앞의 책, pp. 298–299.
19. K. 야스퍼스, 앞의 책, p. 51 참조.

고 그 타당성에 대해 회의하지 않고 거기에 도달하고자 하는 노력은 거의 불가능하고 따라서 희생이 불가피하게 된다. 바로 "의식적이건 무의식적이건 이념의 선택 그것이 비극적 세계관을 형성"[20]하는 것이다. 이와 아울러 하나의 이념과 또 다른 이념의 대립은 본질적으로 투쟁을 불러일으키며 어느 하나의 붕괴를 가져오고 새로운 질서를 낳게 되는 것이다. 이때 우리는 아웃사이더나 선각자로 불리는 주인공을 만나게 되는 것이다. 이들은 탈전통인 듯 보이나 전통의 새로운 추진세력으로 대두하는 근대적 안목을 지니고 있다. 야스퍼스는 이러한 두 이념의 대립·충돌에서 '비극적인 것'의 배태가 보인다고 말하고 있다.

> 역사적 생존원리는 갑자기 바꿔치울 수 있는 것이 못된다. 새로운 것이 나타난 속에도 낡은 것이 아직도 살아남아 있다. 새로운 것이 갑자기 힘차게 나타나려고 해도 처음에는 낡은 것이 지속성을 가지고 낡은 것은 응결력이 여전히 작용하고 있음으로 해서 좌절당하지 않을 수 없다. 이 옮아가는 전환이 비극적인 것의 장이 된다.[21]

또한,

> 나라가 독립을 잃은 것은 자기의 책임이 아니라 주로 부패된 관료들의 책임이었으니 그에게는 죽어야할 명분이 없었던 것이다. 그러나 그는 그가 생각한바 선비의 사는 방법을 고수하기 위해 그는 스스로 죽기를 결심하였다.[22]

• • •

20. 김윤식, 『한국근대문학사상비판』, 일지사, 1978, p. 53.
21. K. 야스퍼스, 앞의 책, p. 53.
22. 김종길, 앞의 책, p. 13.

라는 설명은 황매천의 "오무가사지의^{吾無可死之義}"라는 시구와 그의 행동 방식과의 관계 하에서 언급된 것으로 앞의 존재탐구의 면에서 살펴본바 산 제물로서의 주인공임에 드러나기도 하지만, 그것은 이념의 선택, 즉 '선비의 사는 방법'을 보여줌으로써 그 '비극적인 것'의 성립여건이 되는 것이다.

이때의 이념은 님, 사랑이나 자연, 사회체제 등으로 바꾸어도 무방할 것이다. '비극적인 것'은 님과 나, 사랑과 나, 사회체제와 나 등의 서로 화합되거나 융화되기 어려운 갈등의 상태에서 이루어지기 때문이다.

③ '비극적인 것'의 탄생

이상과 같은 존재탐구와 현실인식 측면에서의 전제조건 내지 성립여 건만으로는 '비극적인 것'의 개념은 미흡하다. 그것은 다음 프라이의 설명에서도 볼 수 있듯이 어떠한 과정을 통해, 어떠한 인식 혹은 초월 · 해탈을 겪어야만 완성되기 때문이다.

> 비극의 압도적인 다수가 우리로 하여금 초인격적인 힘의 우위와 인간의 노력의 한계를 의식하게 하는 것은 사실이다. 그러한 비극을 운명적인 것으로 돌려버린다면 비극적인 조건을 비극적인 과정과 혼돈하게 되는 것이 된다.[23]

그 탐구와 그 인식의 진실한 철두철미함은 필경 몰락이나 파멸에 이르게 된다. 고투를 낳고 정열적이 되거나 폐쇄적이 되는 등의 그것이 다. 야스퍼스 역시 다음과 같이 말하고 있다.

● ● ●

23.　N. 프라이, 앞의 책, p. 293.

이런 것[참다운 의식]이 비극적인 것이 되려면 거기에 인간행동이 들어가지 않으면 안 된다. 인간은 자기의 행동에 의하여 비로소 분쟁을 일으키고 다시 이 불가피한 필연성에 의해서 파멸에로 떨어진다. 이것은 현실존재로서의 삶의 파멸일 뿐만 아니라 어떤 일의 완성된 온갖 현생명의 좌절인 것이다. 그것은 무수한 가능성 속에서 좌절하는 인간의 정신적인 본성이다.[24]

이러한 현존재의 파멸 내지 몰락은 물론 근본적으로 현존재가 문제가 되나 현존재에 대한 진실하고 참된 의식은 불가피하게 '비극적인 것'을 낳게 되는 것이다.

이 점은 또한 현실인식의 경우도 마찬가지다. 인간이 존재한다는 그 자체에서 출발하여, 신이나 진실성 추구에 있어서 이룰 수 없는 근원적 문제, 그리고 자연의 질서, 죽음에 대한 거역의 불가능성의 문제에 그치는 것이 아니라 이념의 선택, 사회의 질서 문제에도 해당하는 것이다. 몰락, 파멸, 혹은 자살,[25] 희생이라는 보상행위는 물론 좌절, 부재감, 비탄, 한, 원, 헛됨, 깨어짐 등 역시 '비극적인 것'의 인지로 행하는 과정에 돌입하고 있는 것이다.

이제 우리는 '비극적인 것'의 인지가 어떠한 의의를 지니는가 하는 '비극적인 것'의 결말 혹은 의미, 의의를 살펴볼 단계에 이르렀다. 그것은 인간으로서 존재탐구의 면이나 현실인식의 면에서 참다운 인식의 최후의, 최대의 투철함을 보여주는 것이다. 이때 우리가 주의해야 할 점은,

• • •

24. K. 야스퍼스, 앞의 책, p. 45.
25. A. 알바레즈는 그의 저서를 통해 이 점을 우울병의 경우나 비탄의 경우로 나누어 그 보상행위에 대한 흥미 있는 논급을 보여준다(A. 알바레즈, 최승자 역, 『자살의 연구』, 청하, 1982, pp. 134-135 참조).

단순하게 인간 자신에게 일어났던 것을 인식하는 데 그침이 아니라 그가 있고자 했던 혹은 선택하고자 했던 그러나 좌절되고 파멸된 잠재적인 삶과 그가 이룬 창조적인 삶을 놓고 나서야 그 인식이 최후에 도달한 것이며 그에 의해 '비극적인 것'의 진정한 탄생을 보게 된다는 사실이다. 대립·충돌하고 있는 경우 양자 모두 진실성을 추구하고 있다. 진실한 존재들의 불일치·불화합 등에 대한 인지야말로 '비극적인 것'의 진실성 추구의 극점을 보여주고 있는 것이다. 무엇이 진실한 것이며, 그 물음의 결과로서 보여주고 있는 것이 무엇이며, 그것 또한 진실한 것이냐가 계속 추구되는 것이다. 야스퍼스는 해탈·초월·승리자라는 말로서 이러한 '비극적인 것'의 탄생을 찾고 있다.[26] 그리고 그 외에 전통추진, 새로운 의식의 고양 등을 첨가할 수 있다. 자신의 삶은 물론 타인, 세계 내지 우주와의 관계에서 근원적 문제에 대한 물음인 것이기 때문이다.

III. 한국 근대시와 '비극적인 것'

가. 세계관과 근대의 상황

'비극적인 것'의 추출은 세계관의 문제와 마주치게 된다. 그것은 세계관이 자신의 존재와 현실을 바라보는 태도이기 때문이다. 이 세계관은 흔히 한 시대, 한 민족, 좁게는 일 개인에서 드러나지만 그것은 단일한

---

26. K. 야스퍼스, 앞의 책, p. 28 참조.

성격으로 이루어진 것이 아닌 복합적 존재이다. 또한 한 시대, 한 민족의 세계관이라고 해도 서로 대립·충돌하는 성격을 내포하고 있으며 어느 때는 일 개인에 있어서도 관념과 생활이 밀착 융합되지 못하고 분열되어 모순된 세계관을 이루고 있는 경우가 있는 것도 사실이다. 이러한 대립·충돌이나 모순은 역사적으로 내려오면서 이루어진다. 하나의 세계관이 정립되고 성장하면, 그에 대한 또 다른 세계관의 반발이 있게 되고, 그 두 세계관의 혼유 상태 속에서 상호투쟁을 거쳐 새로운 질서의 세계관을 형성하는 것이다. 이것은 일 개인의 성장과정에서도 같은 양상을 띠고 있는 것이다.

세계관 형성에 있어서 하나의 근거로 종교 내지 철학을 예로 하여 보자. 종교나 철학은 곧 나와 우주와 세계와의 관계에 대한 문제이기 때문에 그 근거의 타당성은 충분하다고 보인다. 우리의 경우, 고유 신앙에서 출발하여 많은 외래 종교의 유입과 습합, 자체의 종교 발흥을 보여주었다. 같은 불교나 유교라 해도 그 세계관에 있어서 현격한 차이를 드러내고 있음을 현금의 상황에 비추어 보아서도 알 수 있다. 혹자는 근대 이후, 기저에 고유 신앙, 맨 위층에 기독교가 있다는 적층으로 보고 있으나 그 점은 그리 쉽게 파악될 수 있는 것은 아닐 것이다. 고유 신앙과 도참설 내지 풍수지리설과 원시 유교라는 생활과 밀접한 경우와 불교, 성리학, 천주교 등의 관념에 관련된 경우가 존재되어 있어 — 극단으로 말하면 양분된 상태 — 단일한, 즉 관념과 생활의 합치를 보여주는 세계관을 추출하기 어려운 것이 근대 이후 우리의 경우라고 진단함이 옳을 것이다. 이러한 복합된 층과 그 서열 관계는 또한 '비극적인 것'의 인식에 있어서 혼란된 상태를 빚을 것은 당연하다고 할 수 있다. 따라서 근대시에 나타나는 '비극적인 것' 역시 어느 하나의 세계관으로 재단할 수 없는 것이다.

한편 근대는 자아와 국가라는 관계에 있어서 그리 행복하지 못한 시대였다. 개화 이후 국가의 상실 위기에서 한편으로는 국가의식은 자아의식의 성장을 막을 수밖에 없었을 뿐만 아니라 또 다른 한편으로 자아의식 역시 키워나가지 않으면 안 되는, 상호 대립 관계가 아니어야 함에도 불구하고, 첨예하게 대립해야만 했다. 그 예를 개화기의 척사파와 개화파의 대립에서 볼 수 있다. 개화파는 자아의식의 우선을 주장하며 그 당시 사회의 모순을 시정·극복하려 하면서 그 모범을 서구에서 찾으려 하였으며 척사파 역시 국가의식에 절대 우선을 부여하였으나 양자 모두 사회의 구조적 모순을 직시하지 못한 채 새로운 차원의 질서구현에 이르지 못하고 있는 것이다.

그리고 1910년 이후 해방까지 국가상실기에서 국가의식은 가중된 억압으로 성장을 보기 힘들었고, 그에 따라 자아의식은 파행성을 보이며 자랐던 것이다. 이러한 측면에 의해 '비극적인 것'은 우리의 경우, 그리고 근대시의 경우 특이함을 보여주고 있는 것이다. 보상행위로서 위장되거나, 내부로 침잠되거나, 퇴폐로 흐르거나 한다. 그리고 몇몇 시인에 의해 인간의 삶에 대한 근원적 물음인 '비극적인 것'을 보게 된다.

나. 근대시에서의 '비극적인 것'

① 최남선

육당의 여러 면에서 주목을 끄는 것 중의 하나는 그가 '새로운 시'를 실험하고자 혹은 했다는 점이고 또 다른 하나는 다시 시조라는 형태에 복귀했다는 점이다. 전자는 『구작삼편舊作三篇』(1909)과 『태백산시집』(1910)에서 두드러지고 후자는 『백팔번뇌百八煩惱』(1926)로 대표될 수 있다. 주지하다시피 그는 바다나 산을 통해 민족의 집단의식을 고취하는 데 시를 끌어들이고 있다. 따라서 새로운 시를 실험하기도 했고 옛

시에 회귀하는 태도도 보이고 있는바 이는 내면으로는 결코 모순되지 않은 일관된 의식의 소산이다.

그의 시는 대부분 개화파의 정신자세를 보여준다. 바다라는 광대하고 서구 지향적인 매개체는 쉽게 그의 시 세계에 들어온다. 전술한 바와 같이 현실인식의 면이 존재탐구의 면에 앞서야 하는 당위성을 지니는 이 시기에서 그는 양면에 걸쳐 피상적인 인식을 보여주고 있을 뿐이다.

우리님 — 태백이는 웃둑!
독립 — 자립 — 특립特立!

송굿? 화저火著? 필통의 붓?
영광의 첨탑?
피뢰침? 기旗ㅅ대? 전간목電桿木?
온갖 아름다운 용勇이 한데로 뭉킈어된 조선남아의 지정대순至精大淳
의 큰 팔쑥!

천주天柱는 불어지고 지축은 썩어져도,
싸싹업다 이 첨탑!

삼손(유대국 용사의 이름)이 쳐도, 항우가 달녀도 — 구정九鼎을 녹여
서 몽치를 만들어 가지고 쌍쌍쌍 싸려도
싸싹업다 이 팔쑥[27]

• • •

27. 최남선, 「태백산부(太白山賦)」의 일부. 『少年』3년 2권, 1910. 2. 『육당 최남선전집 5』, 현암사, 1974, pp. 323-324에서 재인용.

'나'라는 개체의 집단화 표상인 '태백산'에 대한 시에서 보이는 존재탐구의 노력은 허장성세나 추상화와 개념에 머물고 있다. 또한 현실인식의 경우 그의 대표작이라고 불리는 「꽃두고」 역시, 같은 차원에 머무르고 만다.

다시 말해, 현존재나 현실에 대한 깊이 있고 진실한 철학이 없이 존재나 현실을 바라보기 때문에 갈등과 고투 없이, 전 민족에 관련된 파멸에 대한 의식 없이, 그리고 이루고자 하는 삶과 이루어지고 있는 삶과의 대비 없이 승리자나 해탈의 이야기를 하고 있는 것이다. 즉 그에게는 '비극적인 것'에 대한 전제 내지 과정의 인식이 없기 때문에 그의 시는 공허하게 울리고 있을 뿐이다.

② **박영희**

1920년대 초기 밀어닥친 분위기 중 현재에까지 적지 않은 영향을 끼친 것으로 『백조』지를 중심으로 한 여러 시인의 시가 있다. 박종화, 홍사용, 박영희, 노자영, 이상화 등의 시가 그것이다. 이들은 그 후 방향을 달리해 나름대로 문학세계를 펴나갔으나 일단 초기에는 한 묶음으로 볼 수 있다. 그것은 존재와 현실의 파멸이나 몰락을 예찬하고 있는 동일한 작품들로 이루어져 있기 때문이다.

우선 그들의 제목에서부터 그러한 면을 엿볼 수 있는바 「유령의 나라」(박영희), 「흑방비곡黑房悲曲」(박종화), 「말세의 희탄欷歎」(이상화) 등이 그것이다. 또한 어휘도 마찬가지이다.

꿈은 유령의 춤추는 마당
현실은 사람의 괴로움 불부치는
싯벌건 철공장鐵工場!
눈물은 불에 달은 괴로움의 찌꺽지

사랑은 꿈속으로 부르는 여신!

아! 괴로움에 타는
두 사람 가슴에
꿈의 터를 만들어놓고
유령과 같이 춤을 추면서.

타오르는 사랑은 차듸찬 유령과 같도다
현실의 사람사람은
유령을 두려워 떠나려하나
사랑을 가진 우리에게는
꽃과 같이 아름답도다.

아! 그대여!
그대의 흰 손과 팔을
이 어둔 나라로 내밀어 주시오!
내가 가리라, 내가 가리라
그대의 흰 팔을 조심히 밟으면서!
유령의 나라로 꿈의 나라로
나는 가리라! 아 그대의 팔을 — [28]

　제 3연에 주목해 보자. '현실의 사람사람'과 '사랑을 가진 우리'의
대립은 이 당시 대표적 구조로 보인다. 유령이 두렵지 않고 아름답다는

•　•　•

28. 박영희, 「유령의 나라」, 김팔봉, 「카프문학과 회월의 인간」, 『문학사상』 11,
1973. 8, p. 380에서 재인용.

것은 퇴폐주의의 극치일 것이다. 그러나 우리가 문제 삼는 바는 다름 아니라 이 현실의 의미가 무엇인가 하는 점이다. 외적인 상황으로 비추어 보아 그 현실이 식민지 치하의 젊은이로서의 고뇌라는 점과 식민지 치하라는 실제 현실이라는 점은 파악할 수 있다. 그러나 그것은 인간의 유한성이나 자연 질서의 거부 불가능성 그리고 사회체제의 선택 및 지향에 있어서 '비극적인 것'의 전제 조건을 보여주고 있지 못하다. 당시 존재나 상황에 대한 안목이 없이, 즉 존재나 성립여건 없이 다만 파멸로 향하는 과정과 그 인지만을 보여줄 뿐이다. 물론 그 인지 역시 투철한 것은 아니다. 맹목적이고 외골수의 인지일 뿐이다.

이와 아울러 같은 시기의 다음과 같은 발언과 비교해보면 이들이 얼마만큼 의식 없이 시작詩作을 했는가를 알 수 있다.

그러나 나는 여긔 두가지 자백할 것이 잇습니다. 첫재는 내가 의식덕으로 「데까단티즘」을 피한 것이외다. 「나」와 「사회」는 서로 써나지 못할 것이외다. 그럼으로 엇던한 작은 「나」의 행동이던지 「사회」에 영향을 주지아늠이 업슬것이외다. 나는 우리 현재 사회에 「던까단」덕, 병덕 문학을 주기를 실허합니다. (…) 오직 건강한 생명이 가득한, 온갓 초목이 자라나는 속에잇는 조용하고도 큰힘가튼 예술을 나는 구하엿습니다.[29]

③ 김소월

소월은 흔히들 한으로 매듭지어진다. 더더군다나 화자가 여성임으로 인해서 그 강도는 더해진다. 그러나 소월의 시 전편을 볼 때, 그와 전혀 다른 강인한 목소리가 상당수 있을 뿐만 아니라, 존재의 문제를

● ● ●

29. 주요한, 「책씃테」, 『아름다운 새벽』, 조선문단사, 1924, pp. 168-169.

깊이 다룬 작품들을 어렵지 않게 접할 수 있다. 1939년에 나온 『진달래꽃』을 보면 목차에 「님에게」를 비롯하여 15개의 소제목이 있는데 그 중 「尖燭불 켜는밤」 중 「사노라면 사람은 죽는것을」이라는 작품이 있다.

> 하로라도 멧번식 내생각은
> 내가 무엇하랴고 살랴는지?
> 모르고 사랏노라, 그럴말로
> 그러나 흐르는 저냇물이
> 흘너가서 바다로 든댈진댄.
> 일로조차 그러면, 이내몸은
> 애쓴다고는 말부터 니즈리라.
> 사노라면 사람은 죽는것을
> 그러나, 다시 내몸,
> 봄빗의불붓는 사태흙에
> 집짓는 저개아미
> 나도 살려하노라, 그와갓치
> 사는날 그날까지
> 살음에 즐겁어서
> 사는것이 사람의 본쯧이면
> 오오 그러면 내몸에는
> 다시는 애쓸일도 더업서라
> 사노라면 사람은 죽는것을[30]

30. 김소월, 『진달래꽃』, 매문사, 1939, pp. 213-214.

그의 다른 시와 달리 이 시는 '그러면', '그러나' 등의 접속어의 빈번한 사용이 우선 눈에 띈다. 따라서 형상화의 문제가 걸려 있긴 하지만 그와 반대로 그의 시 세계의 변모과정, 내지 의식세계의 변화를 엿볼 수 있게 해준다.

삶에 대한 회의에서 시작하는 이 시는 '사노라면 죽는 것을'이라는 결론에 이르게 된다. 그러나 이러한 결론은 단순히 그 자체에 그침이 아니라 살다 보면 죽기는 하지만 '사는 것이 사람의 본뜻'이라는 인식을 거쳐 도달된 것이다. 여기서 그는 '냇물'과 '개아미'의 이미지를 끌어온다. 그것은 현존재에 대한 인지인 것이다. 그리하여 그의 시는 마지막 행에서 진정한 해탈을 보여주고 있는 것이다.

이러한 시 세계에 도달하기까지 그의 추구과정은 그리 순탄한 것은 아니었다.

> 흔들어 깨우치는 물노래에는 / 내님이 놀라 니러차즈신대도 / 내몸은 산우헤서 그산우헤서 / 고히깁피 잠드러 다 모릅니다. (「산우에서」에서)

> 드르면 듯는대로 님의 노래는 / 하나도 남김업시 닛고마라요 (「님의 노래」에서)

등에서는 님을 애써 잊고자 하는 그의 의지가 드러나 있다. 님을 잊고자 하면 할수록 그의 의지와 상반되게 그 자신은 더욱더 님에게 집착한다. 따라서 님을 잊는다는 것은 곧 그에게는 죽음을 의미한다.

> 그누구가 나를헤내는 부르는 소리 / 부르는소리, 부르는 소리 / 내 넉슬 잡아끄러헤내는 부르는 소리 (「무덤」에서)

선채로 이자리에 돌이되여도 / 부르다가 내가죽을 이름이어! / 사
랑하든 그 사람이어! / 사랑하든 그사람이어! (「초혼」에서)

그러나 그 죽음은 단순한 죽음이 아니다. 죽음을 건다는 것은 인간이
지니는 최대·최고의 용기라고 할 수 있다. 그것은 삶과 죽음이 함께
어우러져야 진정한 존재를 인지하기 때문이다. 소월의 경우, 이승에서의
죽음은 저승을 거쳐 다시 이승으로 넘어온다. 전설을 소재로 한 시
예컨대 「접동새」에서 보여주는 시 세계는 새로운 탄생, 즉 부활을 의미한
다. 이것이 바로 소월이 지니는 존재에 대한 깊은 천착을 보여주는
것이다. 그리하여 사노라면 사람은 죽는 것이라는 단순하게만은 들어
넘길 수 없는 진실성을 그의 시 세계에서 드러낼 수 있었던 것이다.

④ 한용운

한용운은 그의 시집 『님의 침묵』을 통해 전편에 걸쳐 일상생활을
넘어선 그 어떤 면모를 보여주고 있다. 그 어떤 면모 때문에 그는 다각도
로 조명을 받아왔고 또한 그러한 이유로 해서 전면적인 검토가 미흡한
것도 사실이다.

여기에서 그의 시 전편에 흐르는 전체적인 맥락을 몇몇의 항목에
의해서 추출한다는 것은 무리이며 불가능하지만 이 몇몇의 단순한
항목에 의해서 그의 시 세계가 이루어져 있다는 것이, 역설 같지만,
그것에 의해서 다시 한 번 그의 세계가 넓혀진다는 점에서 충분히
검토할 필요가 있을 것이다.

우선 만해의 시 제목은 「이별은 미의 창조」, 「자유정조」, 「낙원은
가시덤불에서」, 「반비례」, 「사랑을 사랑하야요」와 같이 실제에서는
반대로 쓰이는 개념들의 합으로 이루어지는 경우가 적지 않다. 또한

그에게 「님의 침묵」이라는 제목이 있듯이 '님 곧 침묵'이라는 등식은 많은 예를 가지고 있다. 예컨대 '사랑 곧 죽음', '이별 곧 미', '자유 곧 복종' 등이 그것이다.

다음 그에게는 님이나 당신, 그대 그리고 나라는 존재가 등장한다. 이 경우 말하는 이가 주체가 아니라 대상이 주체임에 중요한 거점이 놓인다. 대상은 일반적으로 객체에 해당한다. 그러나 만해의 시에 대상은 엄연히 주체로서 존재한다. 이 점에서 '나'의 존재는 '비극적인 것'을 이미 지니고 있는 것이다. 이와 아울러 그의 님은 현상적으로 부재의 님이다. 그리하여 인식이 깊어질수록 부재 아닌 존재이면서 존재 아닌 부재임으로 인해서 참다운 존재인식의 차원에까지 끌어올려지고 있는 것이다. 따라서 그에게 이별과 만남, 죽음과 부활이라는 주목을 끄는 이미저리를 갖게 한다.

만해가 불교 선사이고, 그의 님에 불가에서의 님이라는 것이 어우러져 있음을 부인하지 못할 것이다. 따라서 사랑, 님 등에게는 절대라는, 인간의 구심점이라는 면을 항시 놓쳐서는 안 될 것이다.

다음에도 언급되겠지만 그에게는 존재탐구와 현실인식의 면이 한데 혼용되고 있다는 면을 간과할 수 없다. 그것은 이념의, 혹은 민족의 선택 문제에서 두드러지는바 생존원리의 차원에까지 이르고 있는 것이다.

만해는 시집 서두에서 다음의 구절을 적어놓고 있다.

연애가자유라면 님도자유일것이다. 그러나 너희는 이름조은 자유에 알뜰한구속을 밧지안너냐 너에게도 님이잇너냐 잇다면 님이아니라 너의그림자니라[31]

• • •

31. 한용운, 「군말」, 『님의 침묵』, 회동서관, 1926.

얼핏 보아 여기에서 말하고 있는 바는 무한한 자유인 것 같지만 실은 해탈 내지 초월의 경지를 들려주고 있는 것이다. 그러한 경지는 그의 시편에서 보여주듯 존재 내지 현실에 대한 통찰과 그에 대한 회의, 고뇌, 갈등, 투쟁을 통해 얻은 것임을 알 수 있다.

그의 「님의 침묵」의 6행 이하의 후반부는 다음과 같다.

사랑도 사람의일이라 맛날째에 미리 써날것을 염녀하고경계하지 아니한것은 아니지만 리별은 뜻박긔일이되고 놀난가슴은 새로운슯음 에 터짐니다.

그러나 리별을 쓸데업는 눈물의원천을만들고 마는것은 스々로 사랑을 쌔치는것인줄 아는까닭에 것잡을수업는 슯음의힘을 옴겨서 새희망의 정수박이에 드러부엇슴니다.

우리는 맛날째에 써날것을염녀하는것과가티 써날째에 다시맛날것 을 밋슴니다.

아々 님은갓지마는 나는 님을보내지 아니하얏슴니다.

제곡조를못이기는 사랑의 노래는 님의침묵을 휩싸고 돔니다.

6행 첫 부분에서는 '비극적인 것'의 배태를 보여준다. 그것은 인간이 지니는 성격이나 행위의 소산이 아닌 나를 중심으로 한 의식 자체이며 그것은 곧 인간의 유한·무상성에 대한 인식이며 나아가 존재에 대한 문제의 제기를 드러내 보이고 있다. 그리고 같은 행 뒷부분에서 그에 대한 갈등과 고뇌를 읊고 있다. 그러나 다음 7행에서 반전되면서 '슬픔의 힘'을 '새희망의 정수박이'로 옮기는 즉 갈등의 극복을 보여준다. 그리하여 8행부터 그 이하 '비극적인 것'의 인지를, 곧 초월과 해탈, 그리고 인간문제에 대한 진실성을 추구하고 있는 것이다.

「나루ㅅ배와 행인」에서는 현실과 의지의 대립·투쟁을 거쳐 좌절을 보여주고 있다. "당신이 아니오시면 나는 바람을쐬고 눈비를마지며 밤에서낫가지 당신을기다리고 잇습니다"에서는 시련과 의지를, "당신은 물만건느면 나를 도러보지안코 가십니까 그려"에시는 원망이 아닌 현존재의 확인을, "나는 당신을 기다리면서 날마다々々々 낡어감니다"에서는 패배와 좌절을 보여주고 있다. 그러나 바로 앞 행 "그러나 당신이 언제든지 오실줄만은 아러요"에서 드러나는바 믿음에 대한 자신, 당위에의 확신으로 해서 그 패배는 승리로 전화되어 승화되는 것이다.

전술한 바와 같이 그에게는 죽음이라는 단어가 많이 등장한다. 그때에는 대부분 이별이라는 것과 함께 나타나는데 모두 "죽엄보다도 리별이 훨씬 위대하다"(「리별」에서)로 귀결된다. 그것은 죽음과 이별에 대한 인간세에서의 의식과 그것을 초월한 세계에서의 의식의 대비로 이루어진다. 「리별」에서는 그러한 점이 잘 나타난다.

> 아々 사람은 약한것이다 여린것이다 간사한 것이다
> 이세상에는 진정한 사랑의리별은 잇슬수가 업는것이다
> 죽엄으로 사랑을바꾸는 님과님에게야 무슨리별이 잇스랴 (1연에
> 서)

에서 보듯 죽음보다는 이별을 택하는 것이 인간세에서의 마음이라는 것이다. 그것은 약하고 여리고 간사하기 때문이다. 한순간의 시점에서 인간세가 갖는 존재의식이다. 그러나,

> 만일 애인을 자기의생명보다 더사랑하면 무궁을회전하는 시간의수
> 리박휘에 이끼가끼도록 사랑의 리별은 업는것이다. (3연에서)

에서처럼 보다 더 큰 세계를 얻게 되고 그것은 님과의 이별이라는 잠깐동안의 부재의 갈등을 거쳐 "진정한사랑은 애인의 포옹만 사랑할쑨 아니라 애인의리별도 사랑하는 것이다"(7연에서)라는 죽음을 극복하고 이별을 포용할 수 있는 차원에까지 오르는 것이다. 그리하여 그것은 인간의 자기발견이며 새로운 의식의 앙양인 것이다.

아々 리별의눈물은 진이요 선이요 미다
아々 리별의눈물은 석가요 모세요 짠다크다 (마지막 연에서)

역사의식 내지 현실인식을 두드러지게 보여주고 있는 시편에 「논개의 애인이되야서 그의묘에」와 「당신을보앗습니다」 등이 있다. 이 중 「당신을보앗습니다」는 그의 여타의 시와는 다르게 구체적인 어휘로 이루어져 있어 그의 존재탐구가 이 면과도 떨어질 수 없다는 하나의 암시를 보여주는 시라고 할 수 있다. '나'가 없는 것은 '갈고심을짱', '추수', '저녁거리' 등의 생존에 관계된 상황과 '인격', '생명', '민적', '인권' 등 인간성, 그리고 마지막으로 님에 대한 '정조'로, 하나의 심화되는 선을 이루고 있다. 없음으로 인해서 도움도 받지 못하고 능욕당할 뻔도 하고 자포자기하게 하는, 곧 소외됨을 인식했을 때 '나'는 '당신'을 보게 된다. 이 시의 서두는 이렇다.

당신이가신뒤로 나는 당신을이즐수가 업습니다
까닭은 당신을위하나니보다 나를위함이 만습니다

나 자신 개인의 삶이 선택한 이념이 우리라는 전체의 삶에 다름 아니라는 투철한 현실인식을 지니지 못한 채 드러날 때 모든 것은 무화되고 님에 대한 정조마저 잃게 되는 것이다. 파멸과 좌절의 극대화를 보여주고 있는 것이다. 그러나 "남에게대한격분激憤이 스스로의슖음으로화化하는 찰나 당신을 보았습니다"에서 진실성을 추구하는 존재들의 불일치·불화합이라는 인지에 이르게 되고, 갈등을 거쳐 무엇이 진실한 것이냐의 물음에 의해 당신과의 만남 즉 '비극적인 것'의 극점을 보여주고 있는 것이다.

IV. 남은 말

문학이 삶의 근본문제에 대한 물음이라면 '비극적인 것'의 추출은 문학에서 하나의 중심과제가 될 것이다. 그것은 '비극적인 것'이야말로 인간존재의 문제에서부터 자연의 질서, 이념의 선택, 역사의식 등의 생존원리에 이르기까지 끊임없이 진실성을 추구해 나가는 것이기 때문이다. 또한 세계관의 혼미와 불안의 상태의 요즈음에 보다 더 그 근본을 통찰하여 초극해 나갈 수 있는 기반을 마련해주기 때문이다.

여기에서는 '비극적인 것'의 개념 추출과 그에 의해 몇 시인의 시세계를 살펴보았다. 앞으로도 고전시인들은 물론 1930년대, 그리고 그 후 나아가 해방 후의 시인들에까지 계속해서 다루어져야 할 것이다.

—『관악어문연구』 7(1), 서울대학교 국어국문학과, 1982.

신석정 시에 나타난 자연의 의미
—— 초기시를 중심으로

1

신석정은 1924년 투고시를 출발로 하여 1974년 타계할 때까지 쉬지 않고 시를 발표한 시인으로, 그 기간만 감안한다 해도 우리 시사에서 중요한 위치를 차지한다고 할 수 있다.

더군다나 그는 '시골'에서 거의 벗어나지 않고 그곳에서 생활하며 시를 써왔다. 촛불— 밤 — 대竹로 이어지는 중핵적 시상은 자연을 바탕으로 하여 그 의미의 탄탄함을 구축하고 있다. 신석정이 지니는 자연에의 강한 회귀성은 현재 많은 시인들이 향토적·지방적 색채를 추구하고 있는 점을 고려할 때, 새로운 조명을 받을 충분한 가치가 있는 것이다.

이와 아울러 그가 본격적으로 시작詩作을 하기 시작한 때는 1930년대였다. 주지하다시피, 이 시기에 모더니즘이라는 다소 서구적인, 그래서 새롭게 보이는 사조가 실험 내지 정착되고 있었다. 모더니즘의 영향 하에서 신석정의 시가 시작된다고 보이지만, 그는 점차 그것을 극복하면서 동양적인 특히 우리 것인 자연에 몰입해왔다. 또 그는 우리 시사의 이대 조류를 형성하고 있는 모더니티 지향과 전통 지향의 합일을 꾀하려

하였고, 그러한 작업을 타계할 때까지 계속하였던 것이다.

그리고 그의 긴 생애는 외적 환경의 극심한 변화와 겹쳐왔다. 그리고 그의 수필집 『난초잎에 어둠이 내리면』에서의 자신의 술회나 주변 사람들의 이야기에서도 나타나듯 그의 생활 역시 순조로운 것이 아니었다. 그럼에도 불구하고 그는 시 쓰는 일을 자신에게 주어진 단 하나의 '일과'라 믿고 정진해 나갔다.

이러한 정진에는 다음과 같은 술회가 보여주듯 '지조지킴'에의 의지가 담겨 있는 것이다.

> 만해萬海처럼 지조를 지켜야겠다고 다짐했지만 살다 보니 그도 어렵고…[1]

또한 "부조리한 상황에 대결한다는 의식구조는 문학하는 근본태도라고 봐요"[2]라는 진술 역시 바로 그러한 점을 드러낸다고 볼 수 있는 것이다.

신석정은 『촛불』(1939)을 비롯 『슬픈 목가』(1947), 『빙하』(1956), 『산의 서곡』(1967), 『대바람 소리』(1970) 등 5권의 시집을 간행했다. 각 시집에 실린 시들은 그 시대상황에 따른 현실인식의 변모를 보여주고 있으나 그의 기조음은 언제나 자연이었다.

이 글에서는 해방 이전에 발표했던 시, 즉 『촛불』과 『슬픈 목가』를 중심으로 신석정 시에서 자연의 의미를 밝혀 보고자 한다.

●　●　●

1. 신석정·박목월 대담, 「차(茶)·난(蘭)·서도(書道)·시」, 『심상』, 1974. 9, p. 67.
2. 위의 글, p. 66.

2

　최승범 교수의 조사에 의하면 1924년 4월 19일 <조선일보>에 투고한 「기우는 해」가 최초의 시이고, 첫 시집 『촛불』에 실린 시 중 제일 연대가 빠른 시는 『신생』 2월호(1928. 2)에 발표한 「아! 그꿈에서 살고 싶어라」이다. 그러나 본격적으로 『촛불』에 실리기 시작한 작품은 1931년 8월 『동광』에 발표했던 「임께서 부르시면」으로, 이는 『촛불』의 서두를 장식하고 있다.

　따라서 시인 자신이 1931년 이전의 작품은 습작기의 소산이라고 생각하고 있음이 분명하다. 뿐만 아니라 이 시기의 작품을 검토해보면 그러한 점이 잘 드러난다. 제목에서부터 「사람이 되자」, 「흙에서 살자」 등의 구호조, 「무제」, 「실제失題」, 「단가음미短歌吟味」 등 한시투 혹은 나름대로 감정을 주체하지 못한 것, 「나의 영」, 「염세자의 노래」, 「창조의 비극」 등 1920년대 감상주의 내지 병적 퇴폐주의의 투를 벗어나지 못한 것 등으로 이루어져 있다.

　하나의 예로서

> 내일이 또 오면
> 내일은 내일의 오늘이 될지니
> 오— 이르노라
> 「삶」과 「죽음」은
> 때와 때의 바뀜이던가
>
> — 「밤」에서

　와 같이 감정의 직접적인 유로에 생경한 관념이 그대로 드러나고 있다. 이는 또한 1920년대 시와 맥이 닿는 면을 보여주고 있는 것이다.

이 시기의 시에는 다음과 같은 평가가 내려질 수 있다. 즉 직서에 의존하고 있으며 유아기적 관념과 현실 파악이 아닌, 현실 목도에 따른 슬픔 토로에 그치고 있음이 신석정 초기시를 덮고 있는 것이다. 1931년 『시문학』 3호에 실려 소위 시문학파로 불리게 된 「선물」 역시 이에서 크게 벗어나지 못하고 있다. 때문에 이 작품 역시 시집에는 수록되지 못하고 있다.[3] 어느 정도 관념의 드러남, 동요적인 발상, 감정 유로가 가시고, 형태구도 면에서도 주의를 기울이고 있으나, 여전히 절제되지 않은 감정의 유출과 1920년대의 퇴폐적인 투의 잔재가 가시지 않고 있다.

이러한 초기 습작기의 시에는, 앞선 시대의 흐름의 모방에 불과하거나, 즉흥적이고 관념적인 시상전개에 머물러 있고 특히 그 후 그의 시의 중핵적 시상이 되는 자연은 나타나고 있지 않다. 이 점에서 이 시기는 아직 그가 자신만의 시 세계를 구축하고 있지 못한 때라고 판단된다.

3

1939년에 나온 그의 첫 시집 『촛불』은 시문학으로의 데뷔 후 10년 만의 소산이다. 이 시집은 「은행잎」, 「촛불」, 「난초」 등의 소제목으로 다시 이루어지고 있으나 이 소제목들은 난초를 제외하면 수록된 시에는 직접 드러나지 않는다. 앞에서 잠깐 언급되었지만, 이러한 체계에 대한 배려는 시인의 의도적인 편집에 따른 것이리라. 또한 이보다 중요한 것은 이러한 체계가 이 시인의 시상의 전개를 보여주고 있다는 점이리라.

이제 각 소제목을 중심으로 신석정 시의 정체를 살펴보기로 하자.

● ● ●

3. 신석정의 시집의 체제는 시인 자신의 의도적인 배려에 의하고 있다.

가을날 노랗게 물들인 은행잎이

바람에 흔들려 휘날리듯이

그렇게 가오리다

임께서 부르시면…

호수에 안개 끼어 자욱한 밤에

말없이 재 넘는 초승달처럼

그렇게 가오리다

임께서 부르시면…

포곤히 풀린, 봄 하늘 아래

굽이굽이 하늘 가에 흐르는 물처럼

그렇게 가오리다

임께서 부르시면…

파아란 하늘에 백로가 노래하고

이른 봄 잔디밭에 스며드는 햇볕처럼

그렇게 가오리다

임께서 부르시면…

— 「임께서 부르시면」

이 시는 『촛불』의 서시에 해당한다고 볼 수 있는 작품이다. 그 이전의
시에서 볼 수 없는 형태구조의 탄탄함이 우선 눈에 띤다. 4행 4연의
안정된 구조에 도치된 반복구와 여운을 남기는 연의 끝처리는 부드러움
과 신비함을 드러내는 데 더욱 기여를 하고 있다. 이 시는 이렇게 풀이할

수 있다. 즉 임이 부르시면 자연의 질서에 순응하듯이 작중 화자인 내가 부름에 따르겠다는 것이다. 그리고 그 자연의 순리는 어두움에서, 혹은 가을에서 여명기를 거쳐 밝음과 봄으로 이행하고 있다.

이 시에는 그의 『촛불』 시기에서 살펴볼 수 있는 몇몇 측면이 드러난다. 그 중 주요한 것은 '임'의 의미와 '가오리다'에서의 그 출발점과 지향점, 곧 나와 임이 있는 곳의 의미이다.

서시의 형식으로 이루어진 이 작품은 그 후의 『촛불』, 『슬픈 목가』에서의 시와는 대조적인 면, 즉 촛불 켜는 행위나 밤으로의 침잠이 아닌 밝음으로의 이행을 보여주고 있다. 그러나 이것은 역설적으로 그의 지향점이 되고 있으며, 또한 신석정 시의 기본적인 음조가 되고 있다. 바꿔 말해 그의 세계관은 현실을 딛고 선 미래지향적인 것이며, 이러한 면은 그가 자신의 터전인 자연을 굳건히 디디고 있음을 보여주고 있는 것이다.

이제 구체적으로 『촛불』 및 『슬픈 목가』의 시를 검토함으로써 임을 둘러싸고 있는 여러 의미 내지 현실, 자연 등을 살펴보기로 하자.

「은행잎」 부분에서 하나로 묶일 수 있는 것이 '꿈'과 '먼 나라'를 중심으로 이루어진 몇 편의 시이다.

① 내가 만일 산새가 되어 보금자리에 잠이 든다면
　　어머니는 별이 되어 달도 없는 고요한 밤에
　　그 푸른 눈동자로 나의 꿈을 엿보시겠읍니까?
　　　　　　　　— 「나의 꿈을 엿보시겠읍니까」에서

② 어머니
　　당신은 그 먼 나라를 알으십니까?
　　(…)

멀리 노루새끼 마음놓고 뛰어 다니는 아무도 살지 않는
그 먼 나라를 알으십니까?

　　　　　　　　　　　　　―「그 먼 나라를 알으십니까」에서

③ 어머니
만일 나에게 날개가 돋혓다면

산새새끼 포르르 포르르 멀리 날아가서
찬란히 틔는 밤하늘의 별밭을 찾어가서
나는 원정園丁이 되오리다 별밭을 지키는…
그리하여 적적한 밤하늘에 유성이 뵈이거든
동산에 피는 별을 고이 따 던지는 나의 장난인줄 아시오.

그런데 어머니
어찌하여 나에게는 날개가 없을까요?

　　　　　　　　　　　　　―「날개가 돋혓다면」에서

　　이 계열의 작품들은 산문체, 경어법, 청유형, 가정법 등을 적절히
구사함으로써 부드러움과 간절함을 더욱더 드러내주고 있다. 또한 '어머
니'와의 대화체는 그러한 면을 훌륭하게 뒷받침해주고 있다. 여기에서
'꿈'의 정체를 밝히는 것은 신석정의 지향점을 드러내줄 수 있으리라고
보인다. 시인의 심사를 단적으로 보여주는 이 '꿈'은 그리움과 동경의
세계이며 밖으로가 아닌 안으로의 침잠인 것이다. 그리고 그는 곧잘
'나'를 '산새'로 대치하곤 한다. '보금자리'와 '산새'는 곧 '어머니의
품'과 '나'인 것이다. 여기에서 그의 시가 동심의 세계를 기조로 하고
있으며 따라서 자연의 품이 그의 기본적인 바탕인 것을 파악할 수

있다. 이 점 또한 그의 초기시가 불투명하고 동화적인 증거이며, 그것은 시인이 아직 유아의식, 대외의식에 눈뜨지 못한 이유가 되는 것이다.[4] 이러한 면이 위의 ①에 해당하는 점이다.

다음 ②에 오면 그의 지향점과 좌절을 드러내준다. 여기에서 핵심으로 나타나는 것이 '그 먼나라'의 정체이다. 혹자는 이를 현실생활에 대한 관심의 회피, 혹은 현실이나 자연에 대한 단순한 관조로 풀이하고, 이와 반대로 다른 논자는 '그 먼나라'는 상징적으로 "눈앞에 펼쳐지고 있는 숨 막히는 현실적 공간이 부정되고 있음"[5]으로 해석하고 있다. 이러한 상반된 견해는 현실을 바라보는 눈과 그 해석방법 등의 관점이 해명이 되고 나서야 그 정당한 평가가 이루어질 것이다.

이에 대한 해결의 실마리로 ③의 시를 보자. 이 시는 '그 먼나라'의 정체를 해명할 수 있는 어떤 계기를 마련해준다. 일단 이 시는 '나에게 날개가 돋혔다면'이라는 동심세계적인 가정에서 출발한다. 그리하여 '별밭을 지키는 원정'이 되고자 한다. 그 세계는 먼 나라의 세계이고 어머니와 나 그리고 동물 식물만이 사는, 다시 말해 현실적 인간부재의 세계이다. 그리고 그곳은 목가적이고 전원적이다. 이렇게 읽어오면 현실부재이며 동심세계로의 퇴행현상을 볼 수 있다. 그러나 마지막 연의 "그런데 어머니 / 어찌하여 나에게는 날개가 없을까요?"라는 물음을 통해서 현실에서 이루어낼 수 없음을, 곧 자신의 한계와 현실에 대한 인식을 동시에 보여주고 있다.

또한 '임'의 하나의 속성으로 파악될 수 있는 '어머니'의 존재 역시 아무런 도움이 되지 못한다. 여기에서 다시금 이 시인이 이상향만을

4. 김윤식, 「댓 이파리, 바람소리, 슬픈 초승달의 표상」, 『시문학』 97, 1979, pp. 119-120 참조.
5. 정한모, 「네 사람의 시」, 『심상』, 1974, p. 29.

그리고 있지 않다는 점이 드러난다. 다만 인간부재의 인식으로 해서 현실과의 대립이 드러나지 않을 뿐이다. 즉 이 시에서 신석정의 현실과 자연에 대한 인식의 실마리를 마련해주고 있음을 볼 수 있는 것이다.

'촛불'은 그의 세계관과 모든 시에 맥락을 갖는 주요한 단어이다. 이미 그는 1936년 <조선일보>에 「촉燭ㅅ불 촉ㅅ불 켜기 전」의 수필을 발표하고 있는데, 이 글은 그의 시 해석 전반에 걸쳐 하나의 실마리를 던져준다.

> ① 삼림처럼 평화하고 호수처럼 정밀한 황혼의 성스러운 얼굴이 창문에 어른거린다. 그의 부드러운 손길이 나의 이마와 머리를 쓰다듬는다. 지금 저 남쪽 하늘 밑에서는 늙은 산들이 주름잡힌 턱을 괸 채 명상에 잠겨 그대로 또 밤을 맞이한 것이다. 나도 어서 내 일과를 비롯할 때가 되었다. (⋯) 이윽고 촛불을 켤때까지

> ② 밤이 오기전, 그리고 황혼이 떠나기 전같이 내 작은 방안의 풍경이 가장 절경일 때는 없다. 이 풍경들이 사라질 무렵에 나는 촛불을 켠다. 그러면 갑자기 이것들은 나를 다시 찾아와서 내앞에 전개된다. 황혼의 명상이 내 생활의 큰 일과와 같이 촛불을 켜는 것도 밤의 큰 일과인 것이다. (⋯) 어서 나도 심원한 사색을 쌓자. 저 촛불 아래 앉아서

①은 촛불을 켜기 전, ②는 촛불을 켤 때이다. 이를 요약하면, 우선 촛불을 켜기 전은 '내 일과'를 시작하려 할 때이다. 이때 내 일과란 명상의 준비, 그리고 시작詩作의 준비이다. 다음 촛불은 황혼과 밤 사이에 놓인다. 촛불을 켜는 행위는 곧 밤의 큰 일과이며, 또한 황혼의 명상의 연장이다. 이때 일과 역시 명상, 시작, 사색인 것이다.

① 밤과함께 나의 침실을 지키는

　작은 촛불이 있다.

　(…)

　그래도 작은 침실의 좁은 영토를

　혼자 지키려는 잔인한 촛불이여!

— 「나는 어둠을 껴안는다」에서

② (…) 침실에 한 촛불을 켜고앉어

　내 인생을 사색하는 거룩한 명상을 비롯할 때입니다.

　밤이여 이 정안靜安한 나의 일과가 끝날때까지

　당신은 언제까지나 보드라운 내 숨결을 지켜주시겠습니까?

— 「밤을 맞이하는 노래」에서

　시간상으로 보았을 때 촛불을 중심으로 보면 다음과 같다. 즉 낮
→황혼→촛불→어둠→[새벽]→낮, 여기에서 촛불은 빛의 연장이
며, 어둠의 소멸이다. 그리고 그것은 새벽으로 곧바로 이어진다고 볼
수 있다. 그러나 이 시인은 「새벽을 기다리는 마음」에서 "그러나 나는
밤마다 네가 속삭이는 / 그 '새벽'을 한번도 맞아본 일도 없다 / (대체
네가 새벽이 온다는 이야기를 한것도 오래되건만)"이라고 말하고 있다.
즉 새벽은 오지 않는 것이다. 그리하여 ②에서처럼 이 시인은 계속해서
촛불을 켜고 있겠다는 결의를 보여주고 있는 것이다. 즉 어둠과 새벽
사이에서 밤을 정면으로 맞아들이겠다는 의지인 것이다.

　이러한 시간상의 의미는 또다시 내면의 의미에 대응하고 있다. 곧
낮의 단조롭고 무심한 생활은 황혼이 옴으로 인해서 명상의 준비를
하고 이것은 다음 촛불을 켜는 행위로써 명상, 인내, 일과 준비를 한다.

앞서의 먼 나라를 동경하는 생활이 이 경우에 오면 현실과 유리되지 않은 진실한 일과의 세계가 된다. 물론 아직 이 진실한 일과는 뚜렷하지는 않다. 그러나 그것은 실마리를 그의 후기 시에서 자주 나타나는 산의 이미지를 붙잡을 때 어느 정도 드러난다.

> 마음이여
> 너는 해가 저물고 이윽고 밤이 올 때까지 나를 찾아오지 않아도
> 좋다.
>
> 산에서
> 그렇게 고요한 품안을 떠나와서야 쓰겠느?
>
> 그러나 마음이여
> 나는 언제까지 너와 이별이 자진 이 생활을 하여야겠는가?
>   ―「산으로 가는 마음」에서

단조한 허상의 세계, 일상적 생활과 그 이면의 정신적 생활이 합치하고 있지 못함을 토로하고 있다. 이 시는 여러 면에서, 특히 자연이라는 점에서 주목을 끈다. 먼 나라 계열의 동화적이고 환상적인 자연에서의 변모를 보이는 시인 내면의 자연으로 산이 등장하고 있기 때문이다. 후기시에 더욱 잘 드러나고 있지만, 1950년대 『빙하』기의 현실의 직서적 묘사에서 한걸음 나아가 자연의 포용 및 자연에서의 침잠을 이 시인은 그리고 있는 것이다.

「난초」 계열에서는 명상 행위의 사물성 획득이 두드러진다. 「은행나무 선 정원도庭園圖」, 「송하논고松下論古」, 「난초」 등의 제목에서 드러나듯 일단 동양화적인 자세로 사물을 관조하고 있는바, 현실에 대한 대결의식

에서는 한걸음 물러서고 있다. 이 점 역시 일단은 대외적이라기보다 대내적이고 내면적인 침잠의 상태로 파악할 수 있으나, "호수처럼 가라 앉는 날", "평온한 마음을 가지고 싶다", "사철 난초와 살고 싶다" 등에서 보듯 자연시인으로서의 면모를 보여주고 있는 것이다.

4

1947년 간행된 『슬픈 목가』는 『촛불』 이후부터 해방 전까지의 시들을 수록한 시집으로 역시 「산수도」, 「애가」, 「헌시초獻詩抄」의 3부로 나누어 져 있다.

우선 「산수도」에는 자연과 인사人事 사이의 대립이 드러나는 시들, 터전을 확인코자 하는 시들 및 짐승과 밤으로 표상되는 시들로 이어진다.

굽이돈 숲길을 돌아서 돌아서
시냇물 여울이 옥인듯 맑어라

푸른산 푸른산이 천년만 가리
강물이 흘러흘러 만년만 가리

— 「산수도」에서

서정적인 자연묘사의 뒤를 이어 자연의 무궁함을 보여준다. 여기에서 자연의 불변성과 대립되어 인사人事의 무상함과 아울러 초연함, 희망, 바람 등이 함축되어 나타난다. 결국 이는 본질과 허상, 영원과 순간의 대립으로 말할 수 있다. 그러나 당시 현실 상황에 비추어 심화되지 못함을 볼 수 있다. 그것은 외적 상황에도 관련되겠지만 시인 자신의 의식 변모에도 그 원인이 있을 것이다. 다시 말해 이 시인은 촛불이라는 '안'에서 '바깥'으로의 탈출을 꾀하고 있는데 그 바깥도 물론 먼 나라의 세계는 아니나 그의 의식에 자리한 「난초」 등에서 보여주는 관조의 세계와 다음 설명에서의 동심의 세계를 밀어낼 수 없었기 때문이라는 진단이 가능하다. 동심의 세계인 경우는 이 시기 그의 시에 어머니 대신 시인 자신의 말들이 빈번하게 등장함에서 그 근거를 찾을 수 있다.

그럼에도 이 계열의 시에서 주목을 끄는 것은 '터전의 확인'으로, 이 터전은 이 시인이 굳건히 서 있는 자연으로 드러난다. 그 이전에 보여준 공상 내지 몽상에서 벗어나 현실 내지 자연을 재발견했다는 점에서 그 의의는 더욱 높다. 이것은 그 후 극한 상황인 1940년대 지구로도 확대되고 있는 점이다.

① 일림아 어서 란이를 데리고 나오렴
　이끼 낀 돌에 앉아 머언 하늘을 바라보자
　　　　　　　　　　　— 「월견초月見草 필 무렵」에서

② 두 다리는 비록 연약하지만 젊은 산맥으로 삼고
　부절히 움즉인다는 둥근 지구를 밟았거니…
　푸른 산처럼 든든하게 지구를 드디고 사는 것은 얼마나 기쁜
일이냐
　　　　　　　　　　　— 「들ㅅ길에 서서」에서

한편 전술한바 안에서 바깥으로의, 내면의 침잠에서 외면으로의 떠오름, 서구적인 것에서 동양적 내지 우리 것으로의 뚜렷한 변모가 이 시기에 보인다. 즉 안으로의 침잠은 곧 상상력의 확대를 가져오고 그것은

현실성의 축소를 낳는다. 따라서 바깥 현실의 움직임을 인식하게 되는 것은 곧 상상력 대신 현실과의 직립적인 대결을 초래하게 되는 것이다. 또한 이에서 신석정의 경우 자연의 의미가 두 가지로 나타나는 것이다. 그것은 곧 지향점으로서의 자연과 출발점으로서의 자연이다. 이에 임의 의미가 바로 자연 그것임도 간파해낼 수 있는 것이다.

이 「산수도」 계열에서 또 하나 짚고 넘어가야 할 부분은 '짐승'에 걸리는 시편들이다.

> 란이와 나는
> 역시 느티나무 아래에 말없이 앉아서
> 바다를 바라다 보는 순하디 순한 작은 짐승이었다.
>
> — 「작은 짐승」에서

터전의 확인이 한층 강화되고 있고 시인 자신은 물론 주변 인물이 모두 자연화되고 있다. 그렇다고 '먼 나라' 계열의 인간 부재의 자연은 아니다. 그것은 현실을 직시하는 인간의 존재를 다짐하는 차원의 것이다. '순하디 순한'이라는 역설적 구조에 힘입어 더욱 그것을 드러내준다. 다시 말해 안으로 뜨겁고 겉으로 서늘한 정신인 것이다.

이러한 현실에 대한 의식의 심화는 '밤'의 이미지를 주조음으로 한 시련에 오면 더욱 극명하게 나타난다. 그리고 이러한 시들의 전개가 시간적이 아니고 공간적 질서에 의함으로 인해서 더욱 강화되고 있는 것이다.

> 나와
> 하늘과
> 하늘아래 푸른산 뿐이로다

꽃한송이 피어낼 지구도 없고
새한마리 울어줄 지구도 없고
노루새끼 한마리 뛰어다닐 지구도 없다

나와
밤과
무수한 별 뿐이로다

밀리고 흐르는게 밤 뿐이요
흘러도 흘러도 검은 밤 뿐이로다
내마음 둘곳은 어느밤 하늘 별이드뇨

— 「슬픈 구도」

　자연 특히 어둠의 불변에 대한 인식의 심화가 여기에 오면 일과마저
빼앗긴 현실 생활의 부재화로 이어져 극한 상황을 보여주며 급기야는
앞 시들에서 보여주었던 터전마저 상실하고 만다. 그러나 '내마음'과
'푸른산, 하늘, 별' 등은 여전히 존재하고 있다. 이 점에서 이 시인이
'밤'을 극복하고자 하고, 또는 극복되리라는 신념을 가지고 있음을 알
수 있다. 그것은 "그래도 서러울리 없다는 너는 / 오 너는 아직 고운심장
을 지녔거니 / 밤이 이대로 억만년이야 갈리라구…"(「고운 심장」에서)
에서 잘 드러난다.
　이러한 신념의 객관적 상관물로 등장하는 것이 「애가」 계열에서
나타나는 나무, 특히 대^竹이다. 그것은 미래에의 의지나 다짐을 보여주는
역사의식의 배태로, 또 지조의 표상으로 나타난다.

지치도록 말이없는 이 오랜날을 지니고

벙어리처럼 목놓아 울 수도 없는 너의 아버지 나는

차라리 한그루 푸른 대^竹로

내 심장을 삼으리라

— 「차라리 한그루 푸른 대로」에서

'밤'에서 보여주고 있는, 모든 것의 부재에서 이제 이 시인은 하나의 존재를 내세운다. 그것은 미래에의 기대이며 그것을 위해 치욕과 인고의 역사를 치르고 있는 '나'는 곧 그 희생의 상징인 것이다. 현실과의 대립에서 정신적 승리를 획득하는 이 자세는 진정한 비극적 삶을 인식하고 있는 것이다. 그리고 이러한 비극적 삶은 자연에 굳건히 뿌리박은 대—곧 시인의 지조—에 의해 견고해지고 있다. 이에 신석정은 진정한 출발점과 아울러 지향점을 동시에 이루어내고 있는 것이다.

5

신석정에 있어서 자연은 그의 시관 내지 세계관의 출발점과 지향점을 동시에 마련한다.

『촛불』에서 지향점은 동심의 세계를 기조로 하여 촛불을 통한 먼 나라에 대한 명상으로 확대된다. 그것은 곧 인간부재가 자연의 품에서 산을 매개로 한 정신적 생활로 나아감으로 해석된다. 이때 그의 출발점은 단조롭고, 불투명한 빛의 자연이다.

그러나 그 후 『슬픈 목가』에서는 인사^{人事}와의 대립으로서의 자연이 출발점으로 놓인다. 그것의 극복은 현실직시에서의 지조지킴으로 나아가며 그것은 대^竹를 통해 이루어지고 있다.

즉 그의 세계관은 현실을 딛고 선 미래지향적인 것이며 이러한 면은 그가 자신의 터전인 자연을 굳건히 디디고 있음으로 인해서일 것이다.

— 박기동 외, 『동해별곡 : 1984 여름』, 심상사, 1984.

1930년대 한국시의 시정신과 그 형상화

1

1930년대는 우리의 근대시사에서 하나의 획을 긋는 시기로 파악되어 왔다. 그것은 곧 시에 대한 올바른 인식에의 도달이 이때에 이르러 이루어졌다는 데에 기인한다. 시정신 면에서나 형상화의 면에서 시적 성숙을 보여주었다는 것이다.

그러나 여기서 이러한 파악에 찬의贊意는 보내면서도 어딘가 미흡한 점이 남아 있음을 지적하지 않을 수 없다. 그것의 이유는 다음과 같다.

1930년대는, 1920년대의 유화정책의 허울을 벗어버린 일제의 노골적이고도 악랄한 식민지 정책에 부딪힌 시대이다. 이것을 우리는 문화적인 측면에서 위기의식의 고조라고 부를 수 있다. 곧 정신면에서의 '우리 것'의 말살이기 때문이다. 그런 반면에 이때 우리의 문학적 연령은 이제 성숙기에 도달하고 있다고 판단된다. 그것은 표면상으로도 동인지를 비롯한 수많은 잡지의 발간에서도 확인된다.[1]

• • •

1. 자료에 의하면 1933년 5월 1일 조선문계속발행(朝鮮文繼續發行) 출판물은 무려

한편 1930년대의 중요한 문단적 사건은 아무래도 KAPF의 퇴조일 것이다. 내외적 요인으로 인한 이러한 문단의 변화는 문인들로 하여금 방향전환을 불가피하게 했으며 그것은 시의 경우도 역시 예외는 아니었다. 즉 강하게 드러나지는 않으나 시에서 빠질 수 없는 대사회적 발언이 거세되면서부터 시는 타 장르와 마찬가지로 외적 응전력應戰力의 대상의 상실을 받아들여야 했고 내적으로 서정화의 일방적 통로로 나갈 수밖에 없게 되었다. 일면 시정신의 경직화와 아울러, 일면 형상화 작업의 활발함이라는 일방성을 띠는 현상으로 나타나는 것이, 소설을 비롯한 타 장르와 다른 시의 경우였다. 그리하여 우리 국어에 대한 인식과 자각이나 우리 운율에 대한 배려, 서구 이론의 정착화 노력, 나아가 시인들의 주체적 세계관의 회복 등이 1930년대의 수확으로 꼽힐 수 있게 되었으나 외적 응전력의 상실이 또한 1930년대 시에서 치명적인 결손이었음도 간과하지 못할 문학사적 사실인 것이다.

이러한 위기의식에 반하여 양적 팽창을 가져온 점과 외적 응전력의 상실과 이에 따른 내적 형상화 면에의 침잠 등에 대한 올바른 인식과 해석이 1930년대 우리 시의 위치 정립에 직결되는 방향이 될 것이라고 판단된다.

이때 '문화적 분위기'는 많은 시사를 해준다. 어떠한 사회현상이나 문화현상의 가치나 질서를 이루어내고 평가 판단하는 것은 한 개인에 의해서가 아니라 대개 같은 세계관, 인생관을 가진 사람들의 해석에 의해서 이루어진다. 이것은 가정에서부터 그의 전 생애에 걸쳐 형성된다. 물론 문화적 분위기는 해석의 면에 편차의 다양성을 드러내기는 한다. 이는 당시의 표면적 분위기와 새로이 대두하려는 이면적 분위기의

• • •

228종에 이르고 있다. 김근수 편저, 『한국 잡지개관 및 호별 목차집』, 한국문화원, 1973, p. 534 참조.

관계로 파악되어야 한다. 이를 일제하 문화계에 국한한다면 표면적 분위기는 외적 압력 즉 일제의 압박, 또는 대사회적 발언의 폐쇄를, 이면적 분위기는 문학적 성숙도, 또는 개인적, 내면적 침잠을 말한다고 할 수 있다. 1925년경부터 이면적 분위기가 표면적 분위기에 응전하여 문화적 분위기의 정당한 분열이 싹이 보이기 시작하여 1930년대는 그 분열상이 첨예하게 노출되기 시작한 때라고 진단할 수 있다. 그러나 표면적 분위기의 음험함과 강력함에 곧장 이면적 분위기는 압살하고 마는 것이다. 이때 이면적 분위기만을 들어 거론하거나, 표면적 분위기만을 일방적으로 강조할 때 우리는 당시의 '문화적 분위기'의 진면목을 잃게 됨은 두말할 필요가 없다. 이렇게 시정신 면에서 외적 응전력의 상실은 그만큼 시적 긴장을 지니지 못하게 하는 것이며, 이 점이 1930년대의 하나의 중요한 성격이 아닌가 하는 것이다.

1930년대 시를 거론함에 있어 여러 면으로 보아 선편을 쥐고 있을 뿐만 아니라 중요한 위치를 점유하고 있는 것이 『시문학』을 중심으로 한 문학 활동이다. 그들은 1920년대와 달리 의식적이고 분명한 문학의식을 지니고 문학 세계를 펴나갔다. 따라서 『시문학』을 중심으로 한 시인들에 대한 분석은 곧 1930년대 시정신과 형상화의 추적에 값한다고 하겠다.

2

『시문학』은 통권 3호로 끝난 단명의 시 잡지이다. 그러나 그 동인들의 문학관은 편집후기나, 기고 규정 등에 잘 나타난다. 물론 박용철이 쓴 것이지만 동인 전체의 의식으로 보아도 무방하리라 보인다. 이 점은 앞으로 동인 각 시인의 시를 검토할 때 드러난다.

우선 전체적으로 일별하자면 가능하면 한글로 표기하고자 한 점이 눈에 띈다.

살로색이고 피로쓰듯

우리는 조금도 바시대지안이하고 늘 진한거름을 쭈벅거러 나가려
한다.

위의 예에서 보듯이 산문도 시어로 쓰고 있다. 그것은 논리의 시화라고
할 수 있다. 이러한 의도의 밑바탕에 깔린 의식세계는 과연 어떠한
것인가에 주목하지 않을 수 없다. 일단 시작태도로서는 안정되고 견실한
것이라고 말할 수 있다. 생경한 관념이나 주장을 배제하고 서정성을
추구하겠다는 의식이 깔려 있기 때문이고, 이것이 시의 본령을 확보하는
길의 하나이기 때문이다. 그러나 이러한 태도를 밀고 나갈 때 부딪치는
점은 사상이나 관념의 배제이다. 이렇게 이들은 문체면에서 이미 '닫힌'
의식을 보여주고 있는 것이다.

① 우리는 시를 살로 색이고 피로 쓰듯 쓰고야 만다. 우리의 시는
우리 살과 피의 매침이다.
② 가슴에 늣김이 잇슬 째 절로 읊허나오고 읊흐면 늣김이 이러나야
만 한다.
③ 한말로 우리의 시는 의여지기를 구한다. 이것은 오즉 하나 우리의
오만한 선언이다.

①에서 보듯이 이들은, 시란 두뇌로 제작하는 것이 아니라 온몸으로,
가슴으로 쓰는 것이라고 파악하고 있다. 앞서 말한 대로 산문을 시어로
썼기 때문에 정확히 문맥을 읽어낼 수는 없으나 ①, ②, ③ 모두 소박한

견해라는 점은 지적할 수 있다. 이 경우 소박하다는 말은 현대적이 아니라는 말로 대치할 수도 있다. 특히 ③의 방점 친 부분, 이것은 박용철 자신의 표시인데, 그것은 현대적 안목의 시관이 아닌 것이다. 이들이 KAPF계의 시를 겨냥하고 발언한 것이 분명한 위의 구절들은 문화적 분위기의 파악에 실패하고 있음을 보여준다. 즉 그것은 일방적인 통로만을 열어둔 채 다른 방향을 차단하고 있는 것이다. 그리하여 이들은 시정신의 면에서 볼 때, 전근대성으로 퇴행하고 마는 것이다.

> 우리는 우리의 조선말로 쓰인 시가 조선사람 전부를 독자로 삼지
> 못한다고 어리석게 불평을 말하려지도 안는다. (…) 한민족의 언어
> 가 발달의 어느 정도에 이르면 구어口語로서의 존재에 만족하지 안이하
> 고 문학의 형태를 요구한다. 그리고 그 문학의 성립은 그 민족의
> 언어를 완성식히는 길이다.

이 문맥을 유심히 검토하여 보면 위 ③의 '오만한 선언'이 어떠한 의미인가를 밝혀낼 수 있다. 그것은 곧, 조선어가 지금까지는 구어로서의 존재였다는 점, 이제 문학의 형태를 요구할 때라는 점, 아울러 문학 성립이 민족어, 즉 조선어를 완성할 것이라는 점 등에서이다. 물론 마지막 부분은 문학과 언어와의 관계를 정당하게 파악하고 있는 언명이 지만, 이전까지 문학으로 인정할 만한 것이 없었고, 이전까지의 문학이 정제되거나 여과 장치를 거치지 않은 단순한 감정의 흘림에 불과하다는 점이 그 언명 속에 내포되어 있다는 점에서 이것이 곧 그들이 말한바 '오만한 선언'인 것이다. 이와 아울러 위의 인용 처음 부분은 독자 수준의 미흡을 말하고 있고 앞서 인용한 ③과 연관지어 볼 때 전대에 시다운 시가 없었다는 그야말로 일방적으로 고고한 선구자 의식의 '선언'인 것이다.[2]

이러한 일련의 선구자 의식은 전대나 독자에게 통하는 통로를 막고 자기반성은 염두에 두지도 않는, 다시 말하면 압박해 오는 외부 정황에 대한 응전력을 전면 포기한 닫힌 의식인 것이다. 이 점에서 그 후 스스로 난관에 처하게 되었을 때 자기 자신을 전면 부정하여 시 세계는 물론 의식까지도 파탄에 이르게 되는 것이다.

한편 이들의 동인지 혹은 시전문지로서의 편집방안은 타당한 것으로 보인다.

> 임의 일가 家의 품격을 이루어가지고 또 이루엇슴으로 작품의 발표를 써리는 시인이 어덴지 여러분이 잇슬듯십다. (…) 새로운 동인들을 마지하려 한다.

이와 아울러 '시, 시조, 외국시집', 연구로 '시인', '외국시인소개' 등을 다루겠다는 편집방향도 그렇고 격월 간행으로 졸속을 피하겠다는 의도도 당시로서는 바람직한 태도였을 것으로 보인다.

한편 기고규정에 중요한 언급이 보인다.

> 발표되는 것이 의례 당연한 일이고 발표되지 안는 것은 그야말로 편집자의 면력 眠力에 책임이 잇다는 자신을 가지고 원고채택에 대하야 자동계산기와 가튼 공평을 기할 수 없는 이상 엇저는 수업이 편집동인의 눈이라는 조그마한 문턱을 넘게 됩니다.

• • •

2. 이러한 생각은 김영랑에게도 보인다. "도시(都是) 그때 정세의 탓도 있지마는 동인들이 편즙의 수준을 너무 높혀논 잘못도 있다 할 수 있다. 동인의 누구나 다 이즉 순진한 처녀들이였슴이 죄라 하면 죄일 수밖에 없다"(김영랑, 「저자약력」, 『박용철전집 2』, 동광당, 1939, p. 13).

주목되는 것은 비평에 주관을 배제할 수 없다는 점과 이들의 시적 태도와 다른 작품은 받아들일 수 없다는 점이다. 이 점은 전대의 입법비평에 대한 반성과 아울러 이들 자신들의 시에 대한 수준이나 의식의 고고한 태도에 다름아닌 것이다.

그리고 제3호 46면에 다음과 같은 정오표가 있다.

혈頁	10	24
행行	1	3행4행간間이
오誤	제운밤	
정正	제운맘	뜰일

위의 표처럼 시어에 대한 애정, 아울러 행간에 대한 배려 등 시에 대한 올바른 인식을 보여주고 있는 것이다.

이상에서 보아온 대로 이들은 바람직한 문학관, 언어관, 동인지관을 갖고 출발했으나 전대와 독자를 무시한 선구자 의식, 대사회성 내지 의미의 배제라는 일방적인 태도만을 보여주었다. 이는 곧 이들이 갖는 한계이자, 서정성의 추구에 매달린 1930년대 우리 시의 공통적인 모습이라고 할 수 있겠다.

3

『시문학』은 박용철의 문학사업 의욕에 의한 문학지라고 말할 수 있다. 이미 1호의 편집후기 등에서 그 자신이 밝힌 바대로 서정성의 추구라든가 조선문학 수립에의 열망은 곧 박용철 자신의 희망이었다. 후술하겠지만 이 두 가지가 정지용이나 김영랑의 경우 결과론적으로 시를 '닫힌 의식'의 세계로 해석하게 만든 반면 박용철에게는 선험적으로 그러하게 하였다. 서정성의 극도의 추구는 실체험을 의도적으로 무화시켜버리거나 은폐시켰고 조선문학의 수립 의욕은 전대에 대한 피상적 인식으로 인한 무에서 유의 창조라는 파행적인 선구자 의식을 낳았다. 이 두 가지 의식은 그의 시뿐만 아니라 생활에까지 깊숙하게 뿌리를 내리고 있었다.

박용철의 문학 활동의 전모는 그의 친우들의 도움으로 부인 임정희가 간행한 『박용철전집』(전2권, 동광당, 1939)에 낱낱이 드러난다. 이 전집 특히 그의 「잔영殘影」을 보다 보면, 다소간은 개인의 비밀로 내놓지 않았으면 하는 바람 아닌 바람이 생기는 것이 필자의 솔직한 심정이다.

내 욕망은 그의 취미나 체면을 위하기 보다 우열간優劣間에 다만 걷우어 보관하고 싶은 것입니다. 그가 이 전집을 볼 수 있다면 그는 나무라기도 하리라. 크게 노하기도 할 것입니다. 친구 몇 분의 간절한 권고에도 불구하고 시집 내기를 여태 사양한 그가 아닙니까. 그러나 이미 그를 잃은 우리는 그의 말 한 마디 목소리가 얼마나 그리운 것입니까. 한때의 표정이라도 붙잡아 둘 수 있었기를 바라는 처지입니다. 나는 취사선택을 않기로 뜻을 결정하였읍니다.[3]

이것은 그가 죽은 후 몇 개월 되지 않은 가족으로서의 혹은 친구로서의 솔직한 심정임에 틀림없으며 그로 인해 그만큼 가릴 곳, 첨삭한 곳이

● ● ●

3. 임정희, 「간행사」, 『박용철전집 1』, 위의 책, p. 153.

없이 적나라하게 드러나 연구자들에게는 더할 나위 없는 자료이지만, 면면을 살필 때마다 생기는 당혹감, 당황하게 됨은 역시 어쩔 수 없는 사실이다.

이 전집을 일별할 때 창작 시편의 분량이 매우 적음을 알 수 있다. 또한 간행사에서 밝힌 대로 지상誌上에 발표한 편수는 더욱 적다. 그나마 『시문학』을 통해 발표된 시들이 그 대부분을 이루고 있다. 그리고 노트나 휴지 조각 등에서 찾아낸 시편들이 『시문학』 발간 전후에 쓰인 것임을 알 수 있다. 따라서 박용철의 시작 생활은 1930년 전후 몇 년간 그것도 약 5년간에 집중되어 있다고 할 수 있다. 그가 시를 발표하기를 꺼려한다 함은 앞서의 간행사에도 나타나 있지만 함대훈이나 이헌구, 그리고 김영랑의 글에도 보인다. 그의 죽음 직후에 쓰였음을 감안하여 읽을 때 다음 진술은 매우 의미가 있다 하겠다.

> 헛되이 글 한 줄을 그적어 내바리기를 누구보담도 싫어했다. 반드시 적은 글에도 문장을 가다듬고 상想을 쫓아서 하나의 옥玉을 이루랴 했다. 이것은 형이 시를 사랑하는 마음에서 그러했거니와 때로는 순정과학純正科學인 수학적 총혜聰慧가 크게 힘이 되기도 하였다. 형은 수학과 시와의 정일淨─되는 경지를 찾으랴 하였다. 그러므로 그 문장이 귀납과 연역의 해명을 다하야 이로정연理路整然하게 하나의 착오 없이 풀려나가는 것이요.[4]

시는 과학이 아니다. 또한 논리적으로 시가 쓰이는 것도 아니다. 이 점에서, 논리적으로 시를 대하고 시를 쓰려고 한, 그리하여 발표를 꺼려하고, 결국 시에 실패하고 만 박용철, 그 원인을 곁에 놔둔 채

●　●　●

4.　이헌구, 「용아형의 시와 수필의 세계」, 위의 책, pp. 6-7.

찾지 못하고 좌절과 방황을 한 그의 모습이 드러난다고 보인다. 심하게 말하여 그가 시에 기울인 노력은 시적 탐구가 아니라 논리적 과학적 구조의 구축이었던 것이다. 이 점에서 그가 구조적 특성을 지닌 연극이나 영화에 매달렸거나, 논리적 비판을 생명으로 하는 평론으로 돌아선 이유 역시 찾아볼 수 있을 것이다.[5]

또한 뒤에 언급되겠지만 김영랑의 대외적 창구가 박용철이었다면, 시 창작 발표의 견인차는 김영랑이었다. 현재 전집에 수록되어 있는 김영랑에게 보낸 편지의 대부분이 자신의 시에 대한 이야기로 가득 차 있다.[6]

그중 김영랑의 평에 '재현설再現說'과 '정서를 푹 삭후라'는 것이 있고, 이어,

나는 요즘 와서야 그것들을 차츰 깨달아가네 좀 늦지만 어쩔 수 없지 느끼는 것이 없이 생각해 이해할랴니까[7]

라는 자기반성의 글이 있다. 여기에서 박용철은 시인으로서의 자신의 한계를 '알고' 있음을 볼 수 있으며, 그럼에도 그 후 몇 년간이나마 시작을 계속한 것은 김영랑의 격려였기 때문이라고 할 수 있다.

• • •

5. 그가 영화에 관심을 기울인 것은 엑조틱한 그의 성격 탓도 무시할 수 없다. 이 이국 취향은 시에서 '정거장' 등의 이미지 구축에도 드러난다.
6. 이 경우 편찬 과정에서 김영랑이 자료로 박용철의 편지를 어느 정도 제시했는가는 세심히 다루어야 할 것이다. 그러나 『시문학』 창간 직전, 즉 1929년도 편지가 상당히 많다.
7. 이 편지는 1929년 9월로 되어 있다. '느낌'은 『시문학』 편집후기에 그들의 시론으로 나타나는데 이것 역시 김영랑에게서 배운 것임이 여기에서 드러난다.

지난번 「나두야 간다」(「떠나가는 배」를 말함 – 인용자)로는 요외料
外로 호평을 얻어서 — 참 영랑의 칭찬을 얻으면 안심도 할 만하지

　이러한 몇몇을 토대로 하면 『시문학』 특히 1호에 실린 시는 박용철의
시 세계를 대변한다고 할 수 있다. 그러나 그 분량은 정지용이나 김영랑에
비해 극히 적다. 1호의 5편, 2호의 4편, 3호의 2편이 고작이다. 더구나
이 중에서 1호의 시편들만이 거론할 수 있을 뿐 나머지는 구태의연한,
지면 메움이라는 인상을 떨치기 어려운 것들이다.
　박용철의 문학의식은, 그에 앞서 윤리의식의 확보 하에 그 거점이 드러난
다. 저자 약력에서도 드러나듯 그의 주변에는 부모, 부인, 아우들, 임정희
그리고 몇몇 문우들이 있었다. 그러나 그가 이들을 대하는 태도는 매우
다르게 나타나는바 그것은 문文을 둘러싸고 그 관련 상황의 유무에 의한다.

　　그는 동양도덕의 가장 충실한 실천자라고 볼 수 있겠지. 부모님게
　　대한 효성에 아우에 대한 우애와 부인에 대한 화和 이것을 잘 실천하였
　　고, 더욱이 교육문제를 논하면 — 아니 가정의 교육문제로 보면
　　— 교육수준을 향상하여야만 되겠다는 것이며 그것을 위하여 노력하
　　였고 결국 어느 정도로 성취하였다. 그 반면에 그는 심적 고통을
　　받엇고 또 그 해결을 위하여 자기를 희생한 것이다. 수년간 고향에
　　도라가 생활을 하였으니 아마도 그의 지구전持久戰이였던 듯하다.[8]

　효성과 우애 등 유교적 덕목에 충실한 실천자라고까지 한 친한 친구의
진술 속에, 그의 모순된 태도가 드러나는바, 곧 지구전의 형식 혹은
부친에게 보낸 불손하다시피 한 편지, 예컨대 "그러나 오늘부터는 생각

● ● ●

8.　장용하, 「저자약력」, 『박용철전집 2』, 앞의 책, p. 9.

하는 바를 복장^{腹藏}없이 말씀 여쭙기로 결심하였읍니다"의 구절이 그것
이다. 그가 끝까지 밀고 나간 것은 한마디로 누이동생의, 즉 여자의
교육문제였다. 하나의 인간을 인간답게 바라보아야 하고, 그러기 위해서
는 그 인간이 인간이라는 점을 깨우쳐야 한다는 의식은 다른 면, 예컨대
흥미조차 없으면서 부모의 말이라면서 미두취인^{米豆取引}에 손을 댄다든가
하는 의식과는 비교도 할 수 없는 강한 의식으로 박용철에게 작용하고
있었던 것으로 보이며, 그 점 임정희를 대했을 때도 마찬가지이다.
여기에는 여러 가지 이유가 있지만 드러난바 그의 언급을 주워보면,
교육받지 못해 인간으로 대우받지 못하는 여성의 운명에 대한 느낌,
외국 문물을 접해본 결과의 인간관 등으로 나타난다.

그러나 무엇보다 중요한 것은 박용철 자신과 모든 면 특히 예술이나
문학에서 동등한 입장의 인격체를 주위에 두고 싶다는 욕망 때문이 아닌가
하는 판단을 가지게 한다는 점이다. 남동생이나 누이동생이나 임정희에
대해서 그는 끊임없이 문^文을 조목조목 세밀하게 강의를 하고 있다.

이럴 경우 그 윤리의식은 파행성을 보이게 된다. 그것은 봉건질서에
대한 무관심과 새로 개편되는 질서에 맹목적으로 편입하고자 하는
의식이 된다. 그러나 무관심에서 출발하기 때문에 그 의식 역시 논리적
근거를 잃고 있다.[9]

동격으로 이끌어 올리고자 하는 그의 노력은 집요해서 결국 스스로도
모르게 그 자신이 부모와 마찬가지로 또 다른 가장 입장에 서게 되는
것이다. 이러한 가장의식이 가족관계를 벗어나 사회에 놓였을 때 그것은
선구자 의식으로 나타난다. 선구자 의식은 일단 그 이전의 모든 것을

• • •

9. 이 점에서 그가 구태의연한 시조를 상당수 남기고 있음과 동시에 서구 취향도
   보이며, 그의 시의 주조음인 '떠나야 한다'는 단절되었다는 의식의 근거가 행방이
   묘연해지는 이유를 찾을 수 있다.

무로 돌리거나 무관심 상태에서 도외시함에서 형성된다.

> 용아형龍兒兄은 순수시의 세계에서 더 나아가 참다운 조선문학수립
> 에 대하여 치열한 이념을 가지었었다.[10]

비록 동료 문우의 언급이지만 여기서 '순수시의 세계', '조선문학수립'
을 무에서 박용철이 이루어놓았다는 점에 주목을 요한다. 그 스스로도
"우리는 우리의 거름을 조용조용 더듬더듬 걸어가려 한다."[11]라고 말하고
있는데 이 의식은 그에게 끝까지 여러 가지 의미를 띠며 작용하는바,
시 창작에의 열정과 후퇴, 그리고 포기, 문학평론의 추구, 시 이외의
문화 활동에의 집념 등으로 나타난다.
    이러한 파행적인 가장의식, 선구자 의식이 문학에 놓일 때 논리와
설명만 남고 그 밖의 것은 사상된다.

> 나는 이것을 그대로 고치기가 어려워 새판으로 맨들었다. 될 수
> 있는 대로 너의 본뜻을 상하지 아니하려 하였으나 네가 애써 맨들어쓴
> 말이라든지 수사는 다 다러나고 줄가리만 남었다. 또는 너의들 소녀시
> 대에 있는 감격성이 다 사려졌다. 이것은 아까운 일이나마 내가 고쳐치
> 으면 피할 수 없는 일이다. (방점 – 인용자)

위 글은 누이동생에게 보낸 편지이다. 진정한 문학 수련이라면 감정의
억제가 아닌 절제가 되어야 할 터인데 이것저것 수사를 빼다 보면
감정은 들어앉을 자리가 없어짐은 분명하다. 또한 '줄거리'만 남는 것이

• • •

10. 이헌구, 「저자약력」, 『박용철전집 2』, 앞의 책, p. 13.
11. 박용철, 「시전집 간행에 대하야」, 『박용철전집 2』, p. 14.

어쩔 수 없는 일이라는 스스로의 언급으로 보아서도 알 수 있지만 그는 논리와 시를 혼동하고 있는 것이다. 이 점이 바로 박용철의 시에 대한 인식의 한계인 것이다. 그리하여 그의 시는 대부분 설명적이다. 김영랑의 시에 대한 다음 언급을 그 예로 들 수 있다.

> 실비단 문제에 대해서는 본시 가지고 있는 감感じ와 사이에 어떤 관계로 고치랴고 하는지는 모르나 "실비단"이라는 명사적 형용을 "보배론"이라고 명백히 형용사의 형태를 취하는게 더 나을지 나는 모르겠네 (방점 - 인용자)

이것은 후에 『시문학』 2호, 그리고 『영랑시집』에 실린 「내마음 고요히 고흔 봄길우에」의 끝 행 '실비단 하날을 바라보고 십다'에서의 '실비단'에 대한 것이다. 이처럼 그는 은유에 대한, 그리고 음에 대한 감수성을 미처 가지고 있지 못하다. 나아가서 그 설명적인 것에 과학적 논리성이 첨가되기도 하는 것이다.

이러한 논리와 설명으로 시를 쓰고 본다는 바로 그것이 그의 시의 파탄에 결정적인 요인으로 작용하였다. 후술되겠지만 외적 정형성 집착, 이미지가 보이지 않는 설명적 전술, 의미구조에서의 논리 혹은 인과성 부여, 사건이나 행동이 드러나는 대화체의 형식 도입 등 서정양식보다는 서사양식에 접근하는 면모를 보여 그가 의도한 서정성과는 거리가 먼 시적 태도를 보여주고 있는 것이다.

4

박용철은 『시문학』을 중심으로 한 시기에 동시, 시조, 시 등의 형태를 빌려 작품을 썼는데, 동시는 아우들의 교육용으로, 시조는 연문戀文, 애사哀詞의 경우로 거의 지상에 발표하지 않았고 소위 시만을 내보였다. 동요의 경우, 어린아이의 심정은 그려지지 않고 외적 정황만 나타나고 있고, 그것조차 바라봄의 결과에 불과하다. 한편, 시조의 경우 전혀 근대적인 면을 찾아볼 수 없다. 「우리의 젓어머니」를 제외한 시조들은 이전의 시조와 다를 바 없이 '임'에 대한 아쉬움, 슬픔이 의미구조로, 글자 수에서는 보다 더 규칙적이며 종장의 운용 역시 전대 그대로의 형태구조를 보이고 있다.

> 맛나면 낫빛살펴 볼고여윔 그념하고
> 행여 때아닌때 꺽길세라 애끼더니
> 네몬저 버리단말가 꿈인듯만 시퍼라
>
> ── 「애사哀詞」 중에서

그의 시에서 두드러지는 것은 앞서 말했듯이 표현에 있어서 설명적 진술이 압도적이라는 점이다. 그것은 일면으로는 김영랑의 "정서를 폭삭후라"라는 평에 단적으로 드러나는바 논리추구에, 일면으로는 독자 수준이 미흡하리라는 생각에 기인한다고 여겨진다. 한편 무대를 연상시키거나 사건을 도입하는 경우가 자주 나타나는데 이에 따라 현장에 대한 직설적 묘사가 전면에 나타나 서정성은 찾아보기 어렵다. 이와 아울러 정형성에 대한 집착도 대단하다.

이러한 점은 1929년에 쓰였다고 믿어지는, 그리고 「싸늘한 이마」와 더불어 가편佳篇으로 꼽을 수 있는 「센티멘탈」을 두고 임정희와 김영랑에게 보낸 편지에 뚜렷이 나타난다. 이와 아울러 '떠나감'과 '단절' 즉 그의 시의 주조음이 이 시에 잘 나타나므로 그 부분을 길게 인용할 필요가 있을 것이다.

① 포름한 가을하날에 해빛이 우렸하고
　 은빛 비늘구름이 반짝반득이며
　 「나아가잣구나 나아가잣구나」
　 가자니 아 — 어디를 가잔말이냐

　 솔나무 그늘에 가만히 서있어볼까
　 잔디밭에가 픽주저앉을거나
　 그러지않아 안타까운가슴을
　 웨이리 건드려 쑤석거려내느냐
　 가을날 우는듯한 비올린소리따라[12]
　 마련없는 나그내길로 나를불러내느냐
　　 (여기두줄을더넣고싶네)
　 저넓은들에 누른기운이 움지기고
　 저기사과밭에 붉은빛이 얽혀가는데
　 병풍같이 둘린산이 의젓이 맞는듯하고
　 훤칠한 큰길이 끝없이 펼쳐있는데
　 아 — 이하늘아래 이공기속에[13]
　 열매익히는 저햇빛 가득담은 술잔을
　 고마이 만들어 앞뒷없이 취하든못해도
　 눈감은 만족에 바다같이 가라앉지못하고

　 가슴속에 머리에 넘치는 우름을
　 눈섭하나 깟닥이지못하는 사람은!

• • •

12. 이 부분은 행 구분이 없지만 박용철의 의도로는 행 구분이 되어야 할 곳이다.
13. 이 부분은 행 구분이 없지만 박용철의 의도로는 행 구분이 되어야 할 곳이다.

사행육절^{四行六節}을 맨들고 싶은데 (…)

② 너무 노골에 기울지 않는다면 제^{題}를 「탁가운 마음」이라고 하고
싶었네. 「가자니 아― 어디를 가잔말이냐」를 주조로 イうダタツイ
탁가움 뇌자체내의 분열 하염없는 자연에 Contrast로 자신의 안정못되
는 마음을 세워볼랴던 것이네.

③ 푸른하날에 가을햇빛이 우렸하고 은비늘구름이 손짓하여 부르
듯 (반듯반듯하며) 「나아가잤구나 나아가잤구나」 가자니 오― 어디
를가잔말이냐 이야말로 탁가운마음 생의 탐험에 배질할용기야 물론없
고 가을날 우는듯한 비올린소리따라 마련없는 나그내길을걸을 실망도
없으니 솔나무 밑에가 서있어도보라 잔디밭에가 퍽주저앉어도보다
할뿐 일전 어느동무[김영랑임 ― 인용자]에게 보낸 글에 (중략; 이 부분
에 ①의 5, 6연이 있음) 우리의 말할 수 없이 막연한불만 분명한
목표가 서지않는 동경^{憧憬} 우리의괴로움은 어쩐지 숙명적인가 보오.
우리는 다만 「무언지하겠다는 마음만가득안고」 (…) 우리가 반듯이
일의성공만을 바랄것이요 일 그것가운대에서 전신경이긴장하고 온몸
에 땀을흘릴 멍에라도 메이기를 바라는것이지마는 그멍에를 매일만한
기회를 붙잡을힘조차 부족한 것에 우리의 탁가움이있소. 이당나귀는
제게 실을 짐을 찾지못하였구로. 이렇게 혼자중얼거려 글을 지었소.

①, ②는 김영랑에게 보낸 편지이고 ③은 임정희에게이다. ①, ②의
시간은 약 10일 차이가 있다.
①은 미완성이지만 "(여기 두줄을 더 넣고 싶네)"에 ‘무얼찾어야 할
줄도 모르는 길로／발사슴하는 욕망에 가슴죄이며 걸으랴느냐'가 들어

가면 마지막 연을 제외하고는 4행씩으로 이루어져 어느 정도 정리가 되는 듯싶다.[14]

정형성에의 집착은 그에게 유난히 두드러진다. 그것은 한 연에서뿐만 아니라 전편에서 각 연끼리에서 더욱 그러하다. 그의 대표시로 불리는 「떠나가는 배」 역시 1연과 4연, 2연과 3연이 정형적인 대칭 구조를 이루고 있다. 문제는 이 정형성이 리듬의식과는 무관하다는 점에 있다. 이러한 정형성 고집이 리듬의식에서가 아니라 논리화의 소산임은 앞서 도 몇 번 논급한 바 있다. 누구에겐가 논리를 세워 설명하고자 하는 의도가 감수성에 앞서 나오고 있는 것이다.[15]

③은 시를 그대로 줄글로 옮겨놓은 것과 별반 다를 것이 없다. 역으로 말해서 박용철의 시는 산문을 적당히 나누어 늘어놓은 것이 아닌가 하는 생각이 들게도 하는 것이다. 설명이 앞서는 조급함에도 기인하겠지 만, 내용의 전달을 보다 더 중요하게 여기고 있었던 것으로 파악된다. 따라서 그에게는 현대적 시적 의장인 이미지는 물론 은유, 상징 등이 보이지 않는다. 그의 시에 보이는 이미지는 실상 고전체계에서 자주 드러나는 그러니까 죽은 은유인 것이다.

다시금 ②와 ③을 살펴보자. 여기에서 박용철이 이 시에서 다루고자 하는 내용이 설명되어 있다. 그것은 한마디로 '안정못되는 마음'이다. 안정하지 못한 마음은 방황이라고 할 수 있다. 그러나 박용철에게는

● ● ●

14. 전집 1권의 pp. 68-70의 「센티멘탈」의 모습이 이렇다.
15. 그러나 그는 무의식적으로나마 글자 수 맞춤이 리듬에 아니라는 생각은 가지고 있었던 듯하다. 1929년 영랑에 보낸 편지에 다음과 같은 글이 있다. "그 외에 무명 이삼인에 혹점 재분(才分)이 뵈는듯한도 한게 더구나 칠오조(七五調)에 가서는 자수 마치느라고 아니해도 할말을 작고 느려서 골이 아퍼 (…) 우리 칠오조는 어찌 그리 잡으 느린게 뷜까. 맨드는 사람의 솜씨의 부족인가. 우리 말은 바침이 드러가니까 같은 음절수라도 time이 기러서 그럴가"(『박용철전집 2』, 앞의 책, p. 315).

그 마음의 근거가 마련되지 못하기 때문에 방황에는 끝이 없는 것이며 동시에 역설적으로 그 자제가 끝인 것이다. 당시의 사회적 현실이나, 박용철 개인의 상황으로 보아 그 근거는 나름대로 충분히 갖추어질 수 있으리라 보인다. 시 문면에서 그 근거는 '하염없는 자연'으로 나타난다. 「떠나가는 배」에서는 '안윽한 항구', '주름살도 눈에 익은 아 — 사랑하는 사람들'로 그리고 「선녀의 노래」에서는 '휘장드린 밝은 창', '맑은 새암', '한송우리 모란꽃', '지저귀는 미영새', 그리고 「센티멘탈」에서는 '이 하늘', '이 공기' 등으로 어릴 때 느끼고 체험했던 것에 대한 그리움이 그것일 것이다. 그러나 앞서 살폈듯이 그가 가진 윤리적 또는 문학적 의식의 파행성이 그 근거의 존재의의를 확보하지 못하게 하는 것이다. 그리하여 그는 ''「나아가잣구나 나아가잣구나」 / 가자니 아 — 어디를 가잔 말이냐'라고 한숨 쉴 뿐이다. 이러한 지향점 없는 떠남이나 단절은 이 시를 포함하여 「떠나가는 배」, 「이대로 가랴마는」, 「선녀의 노래」, 「시집가는 시악시의 말」 등 그의 시 여러 곳에서 보인다. 떠나기는 하나 지향점이 없음은 단절이 되는 것이다. 그것은 곧 앞뒤로부터의 폐쇄감을 낳는다. ③에서 그 지향점에 관한 자기 해설이 보이지만 결국 '멍에'를 메일만 한 '기회'를 붙잡을 힘조차 부족하다는 현실인식의 불철저함, 그 인식으로부터의 도피성향을 보이고 있는 것이다.

결국 박용철은 마음의 근거의 파행성, 지향점 없는 떠나감, 현실인식의 불철저함 등을 보이고 있다. 그것은 현존재를 무시한 맹목적 지향이었고 자신과의 철저한 싸움에서의 한걸음 물러선 애상일 뿐이었다.

5

김영랑은 전라남도 강진 출신으로 철저히 자신의 고장을 고수한 시인이라고 볼 수 있다. 다만 대외적인 창구로 박용철의 존재가 드러날 뿐이다. 그는 또한 대단한 결벽증을 가지고 있었던 것으로 파악되는데 그것은 그가 시작품 이외에는 별다른 글을 남기지 않았을 뿐만 아니라 발표된 작품 이전의 준비기의 초고조차 남에게 보이기 싫어했었다는 박용철의 진술에서도 그러하다. 다음 인용은 박용철이 김영랑에게 보낸 편지의 하나이다.

> 이런것이 한재료材料의 정도程度에 벗지않었지만은 무릅쓰고 적는것
> 은 형에게 답찰의 의미와 또하나는 무어랄까 형의 결벽이랄게에대한
> 항의 한번추구를 하면 그 전형前形이 남에게 남어있는것도 불만히 여기
> 면 자기궤중의 구고舊稿까지라도 소각해버리는. 나는 지난번 강진갔을
> 때 형의 구고에 대한 흥미를 많이가지고갔다 실상실망했네 지금의정
> 제된시형 전의 オモカゲ를접하야 닦어지기전 흙 묻은보석의 형태를
> 살피고 또거기서 이제로 정돈되여 나오는 시적발전을 내딴엔 연구겸
> 좀보려든것인데

따라서 그에 접근하는 길은 대단히 어렵다. 박용철이 남긴 단편적인 조각이나 시 속에서 찾아볼 수밖에 없는 형편인 것이다.

『시문학』에는 1호의 13편, 2호의 9편 그리고 3호의 7편 등 모두 29편이 발표되는데 그것은 1935년에 발간된 『영랑시집』의 총 53편의 반이 넘는 분량으로 그의 시 세계의 상당 부분을 드러내주고 있다. 한편 이 시집이 1, 2, (…) 53의 번호로 되어 있는 점이 주목된다. 『시문학』에 발표했을 때는 「사행소곡四行小曲」이라는 것 이외에는 시 제목이 있었다. 물론 박용철의 계획에 의한 것이지만 김영랑의 성격을 알고 있었던 박용철이었기에 그에 걸맞아 보인다. 그것은 자신을 또는 인간을 극도로 축소화 내지 거세화하고자 하는, 그리하여 심리만을 전면에 내세우고자 하는

김영랑의 의도의 소산으로 볼 수 있으며, 그것은 또한 대외에 대한 폐쇄성에 다름아니다. 응전력의 포기라는 점에서는 『시문학』의 다른 시인과 마찬가지이다.

『시문학』 1호의 서두를 장식하고 있는 시가 『영랑시집』의 첫머리인 1에 놓여 있다는 점은 그의 시 탐색에 실마리를 보여줌과 동시에 그의 의식의 일단을 파악할 수 있다는 점에서 퍽이나 상징적이라고 할 수 있다.

> 내마음의 어듼듯 한편에 깃업는 강물이 흐르내
> 도처오르는 아츰날빗이 쌘질한 은결을 도도내
> 　가슴엔듯 눈엔듯 쏘피ㅅ줄엔듯
> 　마음이 도른도른 숨어있는곳
> 내마음의 어듼듯 한편에 깃업는 강물이 흐르내
>
> 　　　　　　　　　　　— 「동백닙에빗나는마음」

동백은 북쪽 지방에서는 볼 수 없는 식물이면서 겨울로 그 이름이 드러난다. 남도와 겨울이라는 상황은 얼핏 보기에 어긋나고 있다. 근대 이후 아니 그 이전까지 남도는 한편으로는 곡창지대이며, 아울러 그와는 정반대의 궁핍상을 보여주는 곳이기도 하다. 따라서 남도는 열림과 닫힘을 동시에 보여주고 있다는 점을 지적해야겠다. 열림은 자신의 세계를 개방하여 받아들일 것은 받아들이는 그러한 자세이며, 닫힘은 자신의 의지의 굳힘이고 따라서 보수적인 성향이라고 하겠다. 한편 닫혀 있는 계절인 겨울로 표상되는 동백은 또한 그 이면에 열림을 아울러 가지고 있는 것으로 볼 수 있다. 앞으로 논술되겠지만 이러한 점이 열릴 듯하면서 끝내 열림을 허용하지 않는, 곧 대외적인 자세를 취하는 듯하다가 자기 세계로 칩거하는 의식을 김영랑이 보여주고 있는 것을 상징한다고 볼 수 있다. 물론 이 시에는 '동백닢'이라든가 '빛나는'의 어휘가 문면에 나타나지 않는다. 그러나 동백잎에 자신을 얹어 그가 지향하는 '마음'을 표상하고 있는 것이다.

이 시는 다음 몇 가지 점에서 주목을 끎과 동시에 이어 발표되는 시의 기조를 이룬다.

우선 각운의 사용이다. 1, 2행 그리고 5행의 '흐르내', '도도내', '흐르내'의 '내'와 그 중간 3, 4행의 '피ㅅ줄엔 듯', '숨어있는 곳'의 반복 및 교차는 사물을 바라보고 응시 내지 관조하는 자세에서 열릴 듯하면서도 열리지 않는 시인의 심경을 대변해주고 있다.

한편 부드럽고, 기복이 심하지 않은 어휘, 음운의 구사로 일관되다시피 한 이 시에서 2행의 첫 구 '도처오르는'은 그 상승 이미지와 함께 개방성을 보여주고 있는 듯하나 다시 다음의 수평적 이미지에 묻히고 만다. 역시 밖으로의 시선의 확산을 스스로 거두어들이고 있는 것이다. 이러한 점은 앞서 잠깐 언급했듯이 남도의 따스함과 겨울의 차가움을 다소나마 드러내고 있지만, 전체적으로는 바깥에 대한 스스로의 돌아앉음의 자세를 취하여 폐쇄된 세계에 집착하고자 하는 의식의 반영이라고 볼 수 있는 것이다.

그리고 1행과 그것이 다시 그대로 반복된 5행에서 보듯이 이 시에 사용된 어휘의 의미는 매우 불투명하다. '어딘듯'에서 보여주듯 실체를 잡을 수 없고 '긋없는'에서처럼 한정되지 못하거나, 적절한 심정이 드러나지 못하고 있다. 이것은 외부상황에 대한 의도적 돌아앉음으로 시인 내부로 침잠하게 되는데 그 내부 자체에 대한 인식이 미흡하다는 것을 말해준다.

아슬한 하날아래 귀여운맘 질기운맘
내눈은 감기엿대 감기엿대

— 「어덕에 바로누어」에서

감긴 눈은 상황과 무관하고자 하는 상태와 의식을 보여주고 있다. 그리하여 상상력을 동원하여 마음속에 상황을 만들어내고 있다. 그것은 동심의 세계에 다름아니다.

그리고 그의 시적 상황은 대체로 가을 내지 겨울, 밤, 인적 드문 무덤가 등 조락, 소멸의 이미지를 내포하고 있다.

- 문허진 성터에 바람이 세나니
- 좁은 길가에 무덤이 하나
- 구버진 돌담을 도라서도라서
- 오랜밤을 나도혼자 밤사람 그립고야
- 이밤은 캄캄한 어느뉘 시골인가
- 밤도 산ㅅ골 쓸々하이 이한밤 쉬여가지
  어느뉘 쓺에든셈 소리업들 못할소냐

이러한 시적 상황의 설정에 따른 시인의 심경은 기다림, 외로움, 그리움 등으로 나타난다. 그런데 그 상황은 대립 갈등에서 빚어진 것이 아니라 한쪽이 배제된 다시 말해 근거가 없고 불투명한 것이다. 이 상황설정의 불투명함은 곧 그 기다림, 외로움, 그리움 등을 공허하게 만들어 간다. 다시 말해 이유 없는 감정들인 것이다. 물론 그의 시에 '임'이 나타나지 않는 것은 아니다.

내마음을 아실이
내혼자ㅅ마음 날가치 아실이
그래도 어데나 계실것이면

내마음에 때때로 어리우는 티끌과
소김없는 눈물의 간곡한 방울방울
푸른밤 고히맺는 이슬가튼 보람을
보밴듯 감추었다 내여드리지

아! 그립다
내혼자ㅅ마음 날가치 아실이
꿈에나 아득히 보이는가

향말근 옥돌에 불이 다러
사랑은 타기도 하오런만
불미테 연긴듯 히미론 마음은
사랑도 모르리 내혼자ㅅ마음은

— 「내마음을아실이」

기다림, 외로움 등의 마음을 그리고 있는 이 시에서는 님의 존재와 부재가 엇갈리고 있다. 1연에서는 님이 있기를 희망하고 있다. 그리하여 2연에서는 님에 대한 사랑을 표현하고 있다. 그러나 3연에서는 님의 부재를 깨닫고 있다. 4연에서는 님의 있음, 없음에 대한 인식마저 사라지는 불투명한 심정을 보여주고 있다. 결국 있음에 대한 희망 역시 없음에 대한 느낌과 마찬가지로 님의 부재를 확인시켜줌에 다름아니다. 또한 앞서 본 바와 같이 이 시에서도 '내마음'은 불투명한 대상에 대한 느낌뿐이다. 상황에 대한 인식이 없음으로 인해서 추상화된 혹은 퇴행화된 시인 자신만의 세계 속의 마음일 뿐이다. 대립·충돌하는 상황에 대한 극복의지는 물론 인식조차 찾아볼 수 없이 다만 사라짐을 보여주고 있을 뿐이다. 이를 우리는 소멸의 미학이라고 부를 수 있겠다. 이러한 면은 전체 29편 중 반이 넘는 17편의 「사행소곡」에서 더욱 두드러진다. 4행시임에도 그 구조는 3단 구조에 의하며, 대부분 하강이미지로 이루어지는 이 시편들은 자연 정경에 함몰되면서 다만 자연현상의 변화에 따른 심정의 토로에 그치고 만다.

바람에 나붓기는 깔닢
여울에 히롱하는 깔닢
알만 모를만 숨쉬고 눈물매즌
내 청춘의 어느날 서러운 손짓이여

그러나 이 소멸에 대한 의식은 소멸을 둘러싼 모든 상황의 인지에서 배태된 것이 아닌 단순한 유아적인 의식일 뿐이다. 현실을 직시하지 못하고 외적 응전력을 상실할 때 그 시는 공허함에 머물러 있을 뿐이다.

한편 많은 평자들이 지적하듯 그리고 앞서 잠깐 언급했듯이 그의 음악성에 대한 경도와 조사措辭의식에는 치열한 바 있다. 유성음에 의한 부드러운 어휘, 유장하고 여운이 남는 남도 사투리의 구사로 운율에 대한 남다른 모습을 보여주었다. 그리고 한자어를 그다지 쓰지 않았고 필요하다면 조어까지도 행한 그의 시적 노력은 평가되어야 할 것이다. 다만 이러한 노력이 의미구조와의 연계에서 심한 편차를 가져왔다는 데 그의 한계가 드러난다. 이 또한 1930년대 시인들의 공통점이라 아니할 수 없다.

6

정지용은 1925년 경도京都 유학생 회지인 『학조』에 시를 발표하면서

『조선지광』을 거쳐 『시문학』에 이르러 주목받은 시인으로 나타난다. 그 후 『문장』의 선고選考위원으로 활약하면서 많은 시를 발표했는데 그의 시적 경력 중 특이한 것은 한때 집중적으로 발표하고 또 몇 년 쉬고 하는 것의 반복 현상이다.

『시문학』에도 그는 1호의 3편, 2호의 7편, 3호의 4편 등 모두 14편을 발표하고 있다. 그리고 2호의 「바다」, 3호의 「그의 반」을 제외한 나머지 12편이 모두 『정지용 시집』 2부에 수록되어 있다. 박용철의 발문에 의하면 이 시집은 모두 5부로 짜여 있는데 일정한 체계 하에 이루어져 있음을 알 수 있다.

> 제2부에 수합된것은 초기시편들이다. 이 시기는 그가 눈물을 구슬같
> 이 알고 지어라도 내려는듯하든 시류에 거슬러서 많은 많은 눈물을
> 가벼이 진실로 가벼이 휘파람불며 비누방울 날리든 때이다.

우선 『시문학』에 실린 시가 그의 초기시들이며, 그것은 1920년대의 무절제한 감정 유로 및 KAPF계의 목적의식을 거부한 모더니티의 취향을 보여준다는 설명으로 위 글은 받아들일 수 있다. 그러나 보다 중요한 점은 많은 눈물을 비눗방울로 만들고자 했다는 문맥에 놓인다. 그것은 정지용이 가지고 있는 태도에 애초부터 대사회적 응전력이 포함되어 있지 않다는 점이다. 앞으로 논술되겠지만, 따라서 정지용에게는 형상화의 면이 두드러진 시편들만이 나타난다.[16]

이러한 응전력의 상실 혹은 포기는 세계를 보는 눈이 성인의 그것이

● ● ●

16. 정지용이 시작을 중단했을 때 기행류의 수필을 많이 쓰거나 해방 이후 시를 쓰지 못하고 가벼운 수필만을 쓰고 만 것도 같은 맥락에서 파악할 수 있다(졸고, 「정지용 산문론」, 『관악어문연구』 6(1), 서울대학교 국어국문학과, 1981, pp. 164-167 참조).

아니라 뒤틀리거나 소극적인 성인의 그것이나 어린아이의 그것으로 퇴행함을 의미한다. 이 시각은 1930년대의 공통된 것으로 파악된다. 그것은 다음 몇 가지로 나누어 설명될 수 있다.

우선 정지용이 다루고 있는 세계는 생활인의 그것이 아닌 동심의 세계라는 점이다. 일상생활이나 자연현상을 다루고 있음에도 불구하고 그는 동심의 시선을 가지고 그것들을 바라보고 있다.

> 마음이 이일 저일 보살필 일로 갈러저.
> 수은방울 처럼 동글 동글 나동그라저.
> 춥기는 하고 진정 일어나기 실허라.
> ── 「일은봄 아츰」에서

화자는 지금 보살필 일이 많음에도 불구하고 추위를 핑계로 일어나기 싫다고 말하고 있다. 그 이면에는 세상 일이 싫고, 귀찮고, 어려운 것이므로 한걸음 물러나는 자세를 취하고 있음이 보인다.

또한 시적 대상으로 자연물 중 작은 동식물이 곧잘 등장하고 있으며 그것은 곧 시인의 마음으로 환치된다.

> 새색기 와도 언어수작을 능히할까 십허라.
> ── 「일은봄 아츰」에서

이 동심의 세계는 한편으로 시인의 기질에 연유된다고 보이는데 이것은 사물의 파악·인식의 문제에서부터 그의 시정신·형상화의 문제에까지 확산된다.[17] 그것은 곧 성숙에의 필연적인 도정에 놓여 있는

● ● ●

17. 위의 글, pp. 175-180 참조.

고뇌, 갈등, 어려움을 직시하지 않고 피하고자 혹은 후퇴하고자 하는
의식에 다름아닌 것이다.

> 금金단초 다섯개 달은 자랑스러움, 내처 시달픔.
> 아리라랑 쏘 라도 차쳐 볼가, 그전날 불으던,
>
> 아리라랑 쏘 그도저도 다 니젓습네. 인제는 버얼서,
> 금金단초 다섯개를 쎄우고 가쟈, 파아란 바다 우에
>   ― 「선취船醉」에서

금단초도 아리랑조도 다 버리고 잊고자 하는 그의 의식이 바로 그러한
점을 뚜렷하게 보여주고 있는 것이다.

> 새색기야 한종일 날어가지 말고 울어나다오,
> 오늘아츰 에는 나이어린 코키리 처럼 외로워라.
>   ― 「일은봄 아츰」에서

실체를 잡을 수 없고 전달되지 않는 모호한 감정을 드러낼 뿐인
이러한 시들은 적절한 객관적 상관물의 획득에 실패하여 시인의 의도와
유리된 묘사에 그치고 만다. 이것은 또한 감정이입의 면으로 보아서도
그러하다. 구체적이지도 자연스럽지도 않은 작은 동물에 기댐으로써
자연교감상태가 일방적인 방향으로 나아가고 마는 것이다. 결국 성숙하
지 못한 대상을 동심의 시선으로 바라보고 있음으로 인해서 정당한
인식이 거세되고 감각화나 상상력은 어린이의 무분별함에 떨어지고
마는 것이다. 이와 아울러 "산에서 새색기가 차져 왓다 / 쌔알간 쏜니트를
쓰고 왓다 / 쌔알간 쏜니트가 하나 잇섯스면 ― / 사철 발버슨어린누이

씨워주고"(「일은봄 아츰」에서)에서의 '쏜니트' 같은 외국어의 삽입은 동심의 호기심만을 자극할 뿐이다. 이러한 시정신은 시인의 기질에도 연유한다고 볼 수 있으나 한편으로 고전체계와 서구 모더니티의 접목에서 기인하는 것으로 보인다. 여기에 정지용은 외적 응전력의 상실로 인해 어떠한 시적 긴장을 유발하지 못하는 시를 쓰고 있는 것이다.

또한 그의 세계는 문화인의 그것이 아니라 자연인의 그것에 가깝다. 이것은 생활을 심리적 대상으로 바라볼 뿐이라는 언급과 통한다. 생활을 생활 자체로 파악했다면 그의 감각화는 생명력을 지니게 될 수 있었을 것이다.

한편 이 시인은 곧잘 동화나 민담의 세계를 시에 끌어온다.

꽃봉오리 줄등 켜듯한
조그만 산으로 ― 하고 잇슬가요.

솔나무 대나무
다옥한 수풀로 ― 하고 잇슬가요.

노랑 검정 알롱달롱한
블랑키트 두루고 쪽으로 호랑이로 ― 하고 잇슬가요.

당신도 「이러한 풍경」을 데불고
흰 연기 가튼
바다
멀니 멀니 항해합쇼.

― 「바다 6」에서

이 부분은 1. 바다의 수면 묘사 2. 바다의 상하 묘사 그리고 3. 바다 속 묘사로 이루어진 「바다 6」의 세 번째 부분이다. 그러나 그 묘사는 자연(바다) 그 자체로 끝나고 거기에 또한 단순하고 환상적인 어린이의 시선이 놓여 있다. 여기에 펼쳐지는 것이 바로 동화, 민담의 세계인 것이다. 동화나 민담은 현실과 차단된 세계이며, 현실에 대한 인식 및 대결의 의지가 필요 없는 곳이다. 이러한 점은 「피리」 등에도 나타난다. 이와 아울러 역사의식이 결여된 과거 회귀의 태도도 보인다.

자근아씨야, 가녀린 동무야, 남몰리 깃드린
네 가슴에 조름조는 옥톡기가 한쌍.

넷 못속에 헤염치는 힌고기의 손가락. 손ㅅ가락.
외롭게 가볍게 스스로 서는 은^銀실. 은실.

아아, 석류알을 알알히 비추어 보여
신라천년의 푸른 하늘을 꿈 꾸노니.

— 「석류」에서

동심의 시각으로 출발하는 그는 문화인인 아닌 자연인의 태도로 그리고 동화나 민담의 세계에 함몰하는 그만큼 폐쇄적이고 차단된 통로만을 가지고 있었다. 이러한 응전력의 결여는 그의 득의의 의장이라고 할 수 있는 감각화의 생명력을 약화시킨다고 말할 수 있다. 그것은 또한 '닫힌 의식'이라고 말할 수 있으며 이전의 시에 대한 전면적 거부에 기인한다고 볼 수 있다.

그러나 이상의 시정신의 면을 제외하고 형상화의 측면에서 본다면 역시 정지용은 한걸음 앞선 근대적 의장의 실천자라고 부를 수 있다.

우선 시어의 조락을 들 수 있다. 감각화에 그치고 말긴 하지만 묘사의 뛰어남을 지적할 수 있고 아울러 어미 구사나 종결법·압운에 대한 세심한 배려를 엿볼 수 있다.

> 산봉오리 — 저쪽으로 돌닌 푸로우피일 —
> 패랑이꽃 빗으로 불그레 하다.
>
> — 「일은봄 아츰」에서

여기에서 산봉우리에 대한 묘사가 뛰어남을 볼 수 있다. '푸로우피일'이 지니는 유연하고 유장한 어감과 '저쪽으로 돌린'에서 드러나는 이동감. 따라서 움직이는 시선으로 산 전모를 보여주는 듯한 묘사라고 볼 수 있고 다음은 시각적 표현으로 해가 뜰 무렵 이른 봄의 아침의 풍경이 선명하게 들어온다. 이러한 감각의 뛰어남은 이에 그치지 않는다.

- "새색기 도 포르르 포르로 불녀 왓구나"(「일은봄 아츰」): '포르르 포르르'가 주는 청각에의 신선함과 작은 산새의 귀엽게 움직이는 모양
- "젓가슴과 북그럼성이 / 익을 째로 익엇 구나"(「Dahlia」): '시악씨'의 객관적 상관물인 다알리아에 대한 묘사에서 젓가슴과 부끄러움의 병치
- "고래가 이제 횡단 한뒤 / 해협이 천막처럼 퍼덕이오"(「바다 6」): '천막처럼 퍼덕이오'가 주는 시각적 효과와 시원한 느낌. 그러나 이것은 시 전체의 면에서 볼 때 단순한 묘사 이상의 것이 아님을 지적해야 할 것이다.
- "…힌 물결 피여오르는 알에로 바독들 작고작고 나려가고 / 은방울 날니듯 써오르는 바다종달새…"(「바다 6」): 하강과 상승 이미지의

대립으로 생동감 있는 바다를 그려내고 있다. 또한 앞뒤의 '····'는 그 생동감의 무한을 뒷받침해주고 있다.

- "오리 목아지는/ 호수 를 잡는다"(「호수」): 파문을 중심으로 한, 관계의 역전으로 말미암아 단순한 관찰을 뛰어넘어 '오리 — 시인 — 호수'의 관계를 내면화시켜준다.

> 불 피여오르듯하는 술
> 한숨에 키여도 아아 배곱하라.
>
> 수저튼듯 노힌 글라스 컵
> 바쟉 바쟉 씹는대도 배곱흐리.
>
> 네 눈은 고만^{高慢}스런 흑^黑단초.
> 네 입술은 서운한 가을철 수박 한점.
> 빨어도 빨어도 배곱하라.
>
> 술집 창문에 붉은 저녁해ㅅ살
> 연연하게 탄다 아아 배곱하라.
>
> — 「저녁 햇살」

이 시는 단순히 저녁 햇살과 술의 시각적 유추에 의한 것만이 아니라 연과 연 사이의 전이과정이 종결법과 이미지 그리고 객관적 상관물에 힘입어 탄력 있게 이루어짐과 아울러 그에 따라 시인이 드러내고자 하는 바가 여실히 나타난다. 우선 여러 번 반복되는 '배곱하라, 배곱흐리, 배곱하라, 배곱하라'에서 지루하거나 단순한 반복이 아닌 배고픔의 강한 충동을 '배곱흐리'라는 어미변형에서 느끼게 된다. 또한 술, 컵,

단초, 한점, 햇살 등 각 연의 첫 행(3연은 2·3행)이 명사로 끝나며 그 크기가 점점 작아지는 것도 저녁 햇살이 짧아짐을 아쉬워함과 동시에 배고픔의 점층적 강조를 도와주고 있다. 실상 배고픔의 충동의 점진적 강화는 저녁 햇살에 대한 아쉬움의 강렬한 표현에 다름아니다. 이러한 술과 짧아지는 햇살의 병치 곧 배고픔과 아쉬움의 병치로 이루어진 이 시는 율동감의 도움을 받아 뛰어난 감각의 세계를 우리에게 보여준다. 이 점이 정지용이 지닌 형상화에의 공적이며, '열린 의식'이라고 말할 수 있다.

그러나 현실과 폐쇄되거나 차단된 그리하여 비현실적인 상황을 제시함으로 인해서 응전력의 상실 내지 결여를 보여준 점은 이 시인, 나아가 1930년대의 공통적인 한계라 하지 않을 수 없다.

7

1930년대의 우리의 시는 날로 더해가는 위기의식 하에 문학적 성숙을 꾀하여야 하는 소명감을 지녀야 하는 때의 시라고 말할 수 있다. 즉 시정신과 형상화의 양면에 걸쳐 다함께 이루어야 한다는 당위성을 안고 있는 것이다. 그러나 지금까지 1930년대 시에 내려진 평가가 그 어느 하나에 치우치거나 어느 하나를 배제한 채 이루어져 왔음을 반성하는 작업으로 이 논문이 시도되었다. 특히 시정신면 다룸을 소홀히 해온 것은 1930년대 시의 올바른 이해에 적지 않은 난점을 지니게 했던 것이다.

이 시기의 대표적인 활동으로 『시문학』을 들 수 있는바, 이 동인지는 그 활약한 박용철, 김영랑, 정지용의 의식적인 문학의식을 보여주고 있다. 따라서 『시문학』의 검토는 1930년대 시정신과 형상화의 추출에 중요한 부분을 차지하리라 믿는다.

『시문학』이 주장한바, 그것은 선구자 의식과, 사상 내지 관념의 배제로 대외적인 면을 무시 내지 소홀히 하는 태도를 보여주었다.

서정성 추구와 조선문학 수립에의 열망을 선험적으로 받아들인 박용철은 파행적 윤리의식 및 문학의식, 곧 모순된 가장의식 및 시의 논리화로 자기 폐쇄를 가져오고 그것은 그의 시의 파탄에 결정적 역할을 한다.

한편 '떠나감'을 주조음으로 하는 그의 시는 지향점 없는, 그리고 근거 없는 떠나감이며 그 근거의 의의를 상실하여 맹목적 애상에 떨어지고 만다.

운율 감각이 뛰어난 김영랑은 불투명한 상황의식에 대한 스스로의 돌아앉음으로 인해서, 투철한 상황인지에서 오는 것이 아닌 소멸상태만을 보여주었다.

정지용은 감각화에 뛰어난 반면, 동심의 시각으로 사물을 대함으로 인해서 응전력의 결여를 가져오고 그것은 또한 감각화의 약화를 초래하였다.

이와 같이 시정신의 자기 폐쇄 및 형상화에의 일방적 집착이라는 양분될 수 없는 것을, 이 시기의 시인들은 양분하여 의식하는 태도를 보여주었고, 따라서 이 시기의 시는 시적 긴장을 지니지 못했으며 그것 역시 응전력의 결여 내지 상실이라는 점에서 그 이유를 찾을 수 있다.

— 『인문학연구』 22, 강원대학교, 1985.

한국에 있어서의 주지주의 문학의 양상
— 시를 중심으로

1. 서구의 주지주의 문학

1. 서구 주지주의 문학의 이론

서구에서 19세기를 '연속^{連續}의 원리'로 보아 이를 부정하고 나선 사람은 T. E. 흄이다. 그는 19세기의 상황을 혼돈이며, 잿더미라고 파악하고 이를 타개해 나갈 새로운 질서의 필요성을 역설했다. 곧 1차 세계대전 등으로 인한 혼란과 무질서는 인간성 신뢰, 현대문명에 대한 허망함을 낳았고 그것은 곧 정신적 위기의식을 불러일으켰다. 이러한 위기의식의 극복책으로 그가 내세운 것이 '불연속의 원리'를 바탕으로 하는 종교적 태도, 기하학적 예술, 고전주의의 제창이다.

우선 그는 실재를 다음과 같이 세 개의 동심원에 의해 나누고, 서로서로 절대로 있을 수 없는 균열 내지 간격을 "아무런 동요 없이 쳐다볼 수 있는 기질 내지 심성"의 확립을 촉구한다. 그 세 개의 세계란 "① 수학적·물리적·과학의 무기적 세계 ② 생물학·심리학 및 역사에 의해서 취급되는 유기적 세계 ③ 윤리적·종교적 세계"를 가리키는바 이 세 개의 세계는 전혀 별개의 것으로, ①과 ③은 절대적 세계, ②만이 상대적 세계인데 19세기의 세계관은 이 세 개의 세계를 연속으로 파악하여 오늘의 혼란성을 야기했다고 말하고 있다.

실재의 상이한 두개씩 똑같은 것처럼 취급하고자 하는데서 두 쌍의 오류가 생겨난다. ① 수학적 물리학적의 '절대'를 생명의 본질적으로 상대적인 중간 구역 안에다 끌어들이려는 기도는 '기계론적'인 세계관을 초래한다. ② 종교적 윤리적 가치의 '절대'를 본질적으로 상대적이며 결코 절대적이 아닌 생명적 구역에 상응한 범주에 따라서 설명하려는 기도는 이러한 가치에 대한 전적인 오해를 초래하며, 또한 일련의 혼잡하고 혼혈아적인 현상을 조성하기에 이른다.[2]

여기에서 흄은 두 개씩 쌍을 이루는 대립개념을 산출해 내는바 휴머니즘과 종교적 태도, 자연주의 예술(혹은 생명적 예술)과 기하학적 예술, 낭만주의와 고전주의가 그것들이다. 계속해서 실천적 측면으로서의 고전주의에 대해 그의 견해를 따라가 보자. 우선 그는 고전주의에 대한 정의를 다음과 같이 내린다.

고전주의는 이것(인간 즉 개인은 제諸가능성의 무한한 저수지라고 하는 낭만주의의 근원)에 정반대된 것이라고, 명확히 정의할 수 있다. 인간은 지극히 고정되었고 한정된 동물로서 그 본질은 절대적으로 항구적인 것이다. 그것에서 품위 있는 것을 찾을 수 있다고 한다면

• • •

1. T. E. 흄, 김용권 역, 『반(反)휴매니즘론』, 신양사, 1958, p. 7.
2. 위의 책, p. 15.

그것은 오직 전통과 조직에 의해서 있을 따름이다.[3]

인간의 불완전성에 대한 인식 다음에 전통과 조직이 반드시 뒤따라야 한다는 점, 이것이 흄이 생각하고 있는 새로운 문학에의 과정이다. 시에 있어서 고전적이란 것은 "가장 상상적인 비상을 하고 있는 가운데에서도 억제하고 있는 것, 머뭇거리는 것이 있는 것"으로 고전적 시인은 결코 인간의 유한성을 잊지 않는다. 따라서 상상으로만 그치는 것이 아니라 "엄격히 지상적인 것", "명백히 사물에 국한되어 있는 시"가 고전적인 시인 것이며, "보고 있는 바를 명료하고 정확하게 표현하려 한다면 언어와 무시무시한 싸움을 하여야" 하며, 또한 "정신의 집중상태" 곧 자기 자신에 대한 억제가 필요한 것이다.

인간성의 유한성에 대한 인식은 언어와의 투철한 싸움, 사물을 있는 그대로 본다는 태도, 시각적 구체적 언어의 제시, 나아가 고담枯淡한 견실성에까지 이어진다.

이러한 흄의 논리는 에즈라 파운드에 의해 이미지즘 운동에 옮겨진다. 그의 기본 입장은 무엇보다 과거의 훌륭한 작품을 직접 자주 보는 것에 있고 다음으로 어떻게 보며 어떻게 볼 것인가에 있다. 그러고 나서 쓰는 문제가 대두한다. 여기에 언어에 대한, 표현에 대한 그의 강조가 놓인다.

어떠한 잘 모르는 말, 완곡어, 도치도 있어서는 안됩니다. 그것은 모파상의 최상의 산문처럼 소박해야 하며 스탕달의 산문처럼 단단해야 합니다. (…) 어떠한 클리쉐도, 진부한 구절이나 판에 박힌 신문기사 투가 있어서는 안됩니다. 이러한 것들로부터 벗어나는 길은 [자기가]

• • •

3. 위의 책, p. 97.

쓰고 있는 글에 주의를 집중한 결과로서의 엄밀성에 의하는 것입니다. (…) 객관성, 또다시 객관성, 그리고 표현, 즉 후면전위後面前位인 어떠한 것도(no hindside beforeness), 양다리를 걸치는 어떠한 형용사도('축축하게 부패한 이끼' 따위), 어떠한 테니슨류의 어법도, 아무것도— 어떤 상황하에서 어떤 정서의 강세하에서 당신이 진정으로 말할 수 없는 것은 아무것도.[4]

이것은 곧 모든 언어들이 제각기 작품에서 기능을 다하기 위해 쓸데없는 장식이나 애매모호한 표현이 개입되어서는 안 된다는 것을 의미한다. 1915년 에이미 로웰에 의한 사화집詞華集『수 명의 이미지스트 시인들: 사화집』에 실린 6가지 원칙은 이를 구체적으로 보여주고 있다.

    1. 일상적인 언어로 쓰되 반드시 정확한 언어를 쓸 것

    2. 새로운 감정의 표현으로서 새로운 리듬을 창조할 것

    3. 제재의 선택에 절대 자유를 허용할 것

    4. 한 이미지를 표현할 것

    5. 시는 견실하고 분명해야지 흐릿하거나 불분명해서는 안 된다

    6. 끝으로 우리는 모든 집중이 시의 근본이라고 믿는다[5]

한편 파운드의 입장은 점차 영상적·시각적 이미지의 영역에서 벗어나 로고포에이아의 시로 나아가게 된다. 일찍이 이미지란 "지적·정서적 복합체를 한 순간에 제시한 것이다"라고 언명한 바 있는 파운드는

• • •

4. 클리언스 브룩스·W. K. 윔셀 2세, 한기찬 역,『문예비평사』, 월인재, 1981, pp. 154-155 재인용.

5. 윤재근,『이미지즘 연구』, 정음사, 1973, pp. 26-28 재인용.

시의 언어는 여러 가지 방법으로 충전되어 있다는 사실과 에너지가 부여되어 있다는 사실에 주목하여 시를 다음과 같이 3종류로 나눈 바 있다.

> 1. (움직이든 고정된 것이든) 대상을 시각적 상상력에 투영시킨다.
> 2. 어휘의 소리와 리듬에 의해 감정의 상관물을 생성한다.
> 3. 사용되는 실제의 단어 내지 어조에 관련하여 받아들이는 사람의 의식 속에 남아있던 연상(지적이든 감정적이든 상관없이)을 자극함으로써 이상의 두 가지 효과를 생성한다.
> (이상에 설명한 것은 각각 파노포에이아, 멜로포에이아, 로고포에이아라 한다.)[6]

여기서 우리는 파운드에게서 이미 이미지스트로서의 면모가 가셔지고 있음을 감지할 수 있다. 로고포에이아 곧 "어휘의 무리 속에서의 지성의 무도舞蹈"[7]는 주지적 태도의 짙은 반영을 보여준다.

이러한 흄과 파운드의 이론은 T. S. 엘리엇에게 상당한 영향을 미치는데, 그의 이론 역시 반낭만적 태도에 기초하고 있다. 엘리엇의 기본적인 태도는 무엇보다 '질서'라고 말할 수 있다. '전통', '객관적 상관물', '감수성의 통합' 등이 이론적 핵심인 그의 논문 「전통과 개인의 재능」, 「햄리트와 그에 관련된 문제」, 「형이상학파 시인론」 및 「앤드루 마아블론」 등에서 나타나는 개략이 그 후 1923년 「비평의 직능」에서 다시 한번 다음과 같이 언급된다.

● ● ●

6. 에즈라 파운드, 이덕형 역, 『현대시학입문』, 문예출판사, 1984, p. 65.
7. 위의 책, p. 287.

비평의 기능은 본질적으로 역시 질서의 문제인 것처럼 보인다. 현재도 그렇게 생각하지만 그때 문학을 세계의 문학, 유럽의 문학, 한 나라의 문학을 막론하고, 그것을 개인들의 문학작품의 집성이 아니라 '유기적 전체'로 보았으며, 개개의 문예작품이나 각개 예술가들의 작품들이 그들의 의미를 가지고 있는 그 상호관계 안에서의, 다만 그 관계 안에서의 체계로서 생각했던 것이다. 따라서 예술가는 자기 외부에 존재하는 그 무엇에 복종하지 않으면 안 되며, 자기의 독특한 위치를 획득하기 위해서 그것에 대하여 자신을 굽히고 희생하는 헌신이 있어야 한다.[8]

우리는 여기서 고전주의적 태도를 비롯하여, 몰개성론, 감수성의 통합 등 그의 대체적인 이론의 윤곽을 읽을 수 있을 뿐만 아니라 무질서 혹은 혼돈의 안티체제로서의 질서가 그 바탕에 깔려 있음을 알 수 있다.

그는 "시는 정서의 방출이 아니고 정서로부터의 도피이다. 그것은 개성의 표현이 아니고 개성으로부터의 도피이다."[9]라고 발언하고 있다. 「전통과 개인의 재능」 마지막에서 보듯 이것은 전통과 연결된다.

예술의 정서는 비개성적이다. 그리고 시인은 제작되는 작품에 자기 자신을 전적으로 맡겨버리지 않고는, 이러한 개성몰각에 도달할 수는 없다. 그리고 시인은 다만 현재 뿐만이 아니라 과거의 현재적 순간 속에 살지 않는 한, 그리고 죽은 것이 아니라 벌써부터 살고 있는 것을, 의식하지 않은 한 자기가 해야 할 일이 무엇인지를 알지 못할

• • •

8. T. S. 엘리어트, 최종수 역, 『문예비평론』, 박영사, 1974, p. 79.
9. 위의 책, p. 25.

것이다.[10]

이 점이 그가 초기부터 유지해온 개성 배제, 개성 몰각의 이론이다.

　　시인은 현재 존재하는 그대로의 자신을 자기보다 더 가치있는 그
　　무엇에 계속적으로 굴복시키게 되는 것이다. 예술가의 진보란 끊임없
　　는 자기 희생이요, 끊임없는 개성 몰각이다.[11]

한편 이 개성 몰각의 이론은 시와 시인의 관계에서 소위 '객관적
입장'에 서며 이 점에서 보다 구체적인 엘리엇 자신의 태도가 드러난다.
그것은 곧 시인의 정서가 주목되는 것이 아니라 시 안에서의 정서가
주목되어야 한다는 점이다.

　　원숙한 시인의 정신은 특수한 여러 가지 감정을 자유자재로 결합하
　　여 새로운 복합체를 만들 수 있게 한층 더 완성된 매개체가 되는
　　데 있다.[12]

이러한 방법의 하나로 제시된 것이 소위 통합된 감수성 이론이라고
말할 수 있다. 그에 의하면 영국의 17세기에 하나의 변화가 발생했는데
그것은 생각(사고, 혹은 사상)과 정서가 분리된 상태로의 변화로, 그렇게
기분적으로 받아들여 감성이 균형을 잃게 되면 시에서 이미지와 의미가
분리되어 시로서의 의의를 잃게 된다는 것이다. 이를 그는 「형이상학파

• • •

10.　위의 책, p. 26.
11.　위의 책, p. 18.
12.　위의 책, p. 19.

시인」이라는 논문에서 테니슨이나 브라우닝과 단을 비교하여 다음과
같이 말하고 있다.

> 테니슨이나 브라우닝도 시인이며 그들도 사색을 한다. 그러나 그들
> 은 사상을 장미의 향기처럼 느끼지는 못한다. 단에게 있어서 사상은
> 경험이었으며 이것은 그의 감수성을 변화시켰다. 시인의 마음은 작업
> 을 위해서 완전히 준비가 갖추어졌을 때 언제나 분산된 경험을 통합하
> 고 있지만 일반 사람의 경험은 무질서하고 불규칙하며 단편적이다.
> 일반 사람은 연애를 하거나 스피노자를 읽거나간에 이 두 경험은
> 서로 아무런 관계를 갖지 못하며, 또 타자기의 소리나 요리하는 냄새와
> 도 아무런 관계가 없다. 그러나 시인의 마음 속에는 이러한 경험이
> 언제나 새로운 전체를 형성하고 있다.[13]

이것의 실천적인 예를 "나는 커피스푼으로 내 인생을 재왔다."라는
그의 시 구절에서 볼 수 있거니와 이는 그의 객관적 상관물의 발견이
정서를 표현하는 유일한 방법이라는 견해와 일치하게 된다. 객관적
상관물이란 그에 의하면,

> 그 특수한 정서의 공식이 될 수 있는 일련의 사물, 하나의 상황,
> 일련의 사건[14]

이다. 이것은 바로 이미저리에 해당한다고 볼 수 있으며 주지주의
문학의 핵심의 하나로 떠오르게 되는 것이다.

● ● ●

13. 위의 책, p. 47.
14. 위의 책, p. 33.

한편 리차즈는 시의 탐색에 심리학과 의미론을 끌어들여 시를 과학적 방법으로 다루고자 애쓴 이론가이다. 그는 미에 대한 새로운 개념의 정착, 공감각의 중시, 포괄의 이론, 언어의 정서적 용법, 상상론, 그리고 문맥이론 등에 다양한 관심을 기울여 왔다.

리차즈의 기본 입장은 물활론적인 습성의 배제인바 흄의 불연속의 원리를 연상시킨다. 그가 독자들에게 "우리의 내적 감정과 객관적 실재의 속성 간의 부당한 연관을 맺도록 하는 물활론적 습성을 비평적 사고에서 일소하도록"[15] 요구하고 있는 점에서 그러하다. 이에서 나타나는 그의 이론 중의 하나가 바로 언어의 과학적 용법과 정서적 용법과의 구별이다. 또한 이전의 미에 대한 개념의 재정립을 가능하게 해준 것도 바로 이 점에서이다. 리차즈는 미적 경험이나 미적 정서 같은 특수한 정신활동이 따로 있는 것이 아니라 일상체험에서 겪은 경험이나 예술 작품에서 취급되는 점에서는 마찬가지인바, 그것이 감정이입, 더 나아가 공감각에 의해 이루어진다는 점에서는 마찬가지라고 주장한다. 이때 공감각은 자극과 균형의 조화인바 여기에서 그의 포괄의 이론이 도출된다.

경험이 체계화될 수 있는 데에는 두 가지 방법이 있다. 배제에 의한 것과 포괄에 의한 것, 곧 삭제에 의한 체계화와 통합에 의한 체계화이다. 온갖 모순이 없는 정신 상태는 이 두 가지 방법을 모두 이용하여 성립되어진다. 그런데 반응을 좁힘으로써 안정과 질서에 도달하고 있는 경험을 반응을 넓힘으로써 그렇게 되어있는 경험에 대조시켜 생각하여도 무방할 것이다.[16]

● ● ●

15. 클리언스 브룩스 · W. K. 윔센 2세, 앞의 책, p. 94.
16. I. A. 리차즈, 김영수 역, 『문예비평의 원리』, 현암사, 1977, p. 335.

첫 번째 유형의 시는 이질적인 경험을 배제한 불안정한 시이고, 두 번째 유형의 시가 안정되고 최고의 시라고 말하면서 이질적인 충동들이 균형과 조화를 이룸에서 그 이유를 찾으면서 그것이 아이러니의 독법을 이겨낼 수 있기 때문이라고 말하고 있다.

2. 이미지즘, 모더니즘 그리고 주지주의

이미지즘은 흄과 파운드에 의해 주도된 문학운동이다. 특히 이 이미지즘은 강령을 발표한다거나 사화집을 펴내는 등 구성원과 방법론을 가진 모임에 의한다는 특징을 우선 보여주고 있다. 이 이미지즘은 19세기의 낭만주의에 대한 반동으로 성립한다. 이것은 곧 견고하고 건조한 이미지 제시에 의한 사물시를 목표로 함을 말해주는 것이 된다. 전술한 『수 명의 이미지스트 시인들: 사화집』에 실린 6가지 원칙이 이들의 방법론을 잘 말해준다 하겠다.

모더니즘은 19세기의 낭만주의, 20세기의 이미지즘, 조지아니즘에 대한 반동으로 출발한다. 이때 낭만주의는 다음과 같은 성격 즉 개인적 감정의 빈번한 발산, 신비주의, 심각성, 인류 전진에의 정열적 맹신, 또는 민중에의 지나친 관심, 그것으로 인해 거부되며, 한편 이미지즘은 선언발표, 정치단체적인 집단 운동, 사화집의 발간, 비평가와의 논쟁, 선전 행동 등으로 해서 모더니즘에 의해 반대된다. 이 모더니즘의 특징으로는 단순한 과거에의 복귀가 아닌 황폐화된 현대문명을 구제할 질서와 가치에 관련된 전통의식을 우선 들 수 있다. 그것은 과거의 과거성에 대한 인식뿐만 아니라 그 현재성에 대한 인식이며 작가가 작품을 쓸 때에 그의 골수에 박혀 있는 자신의 세대를 파악하게 하는 것이다.[17] 그리고 엘리엇의 객관적 상관물 이론이 보여주듯 이미지즘의 경우와 달리 모더니즘의 경우는 조직된 일련의 이미지를 중시한다. 다음으로 이미지스트들은 사물시를 목표로 하지만 모더니즘은 "어휘의 무리 속에서의 지성의 무도"[18]를 목적으로 한다. 곧 파운드가 말한 파노포에이 아가 아닌 로고포에이아의 추구인 것이다.

한편 주지적 태도는 이미지즘이나 모더니즘에 다 걸려 있다. 주지주의 는 이미지즘에서 모더니즘으로의 이행과정에서 강한 주지적 태도를 갖춘 경향이라고 말할 수 있다. 그것은 곧 지성, 혹은 이지의 강력한 힘이 작품이나 시인의 태도에 작용한다는 것으로 바꿔 말할 수 있을 것이다. 글자 그대로 주지주의는 주정主情 내지 주의주의主意主義에 반대를 한다. 따라서 낭만주의, 상징주의, 편내용주의를 배격한다. 즉, 감정적 문학, 혹은 영감의 소산인 무의식적인 정신활동의 문학 등을 거부하고 합리적인 측면을 모색하는 것이다. 그리고 지성의 개입이 있을 경우, 전통이나 이미지, 로고포에이아의 이론과 자연스럽게 접맥되는 것이다.

따라서 주지주의는 태도나 형식, 방법상의 문제가 우선한다는 점에 주목해야 할 것이다. 그리하여 합리성과 질서가 추구되며 의식적 방법의 모색이 두드러진다 하겠다.

2. 한국에서의 주지주의 문학론

1. 형성배경과 수용양상

• • •

17. T. S. 엘리어트, 이창배 역, 『엘리오트 선집』, 을유문화사, 1959, p. 37.
18. 에즈라 파운드, 앞의 책, p. 287.

서구에서 그 물결이 쇠퇴한 1930년경, 주지주의가 우리나라에 어느 정도 비판이 가해지면서 소개되고 그러한 입장의 작품 활동이 이루어진다. 한마디로 우리의 1930년대는, 1920년대의 유화정책의 허울을 벗어버린 일제의 노골적이고도 악랄한 식민지 정책에 부딪힌 시대이다. 1931년 만주사변이 일어난 후 우리에게 가해진 여러 가지 군사적, 경제적 탄압, 수탈은 항일민족운동으로 집약할 수 있는 대사회적 응전력의 약화 내지 상실을 야기하는데 문학적 상황 역시 다를 바 없었다. 그 대표적 예로 1931년 신간회 해산, 1935년 KAPF의 해산을 들 수 있다. 이러한 정세 하에서 문학은 현실에 대한 관심이 차단된 채 이루어지고 있었다. 물론 그들이 차단한 현실은 우리만의 식민지 체제하의 현실이었고, 우리를 넘어선 현실은 아니었다. 바꿔 말해 시정신은 기정사실로 받아들인 세계문명에 두고, 그 형상화 작업에만 몰두하게 된다. 한편 1920년대의 문학은 낭만주의로 묶어 이야기할 수 있을 만큼 현실성 내지 현장성을 획득하지 못한 감정유로의 그것이었다. 이러한 내외적인 상황에서 일군의 비평가, 시인들은 전대의 문학에 대한 반대, 혹은 극복의 방법으로 지적인 태도에 대한 관심을 집중시킨다. 따라서 이념적 성향의 문제보다는 시적 태도 내지 해석의 자세에 보다 더 열중했다.

그러나 서구의 이론은 기독교의 절대 이념의 몰락으로 등장한 과학에 의한 합리주의 세계관도 역시 서구에게 새로운 행동양식, 가치기준, 윤리질서를 제시해줄 수 없었다는 절박한 상황에서 이루어진 것이다.

따라서 이러한 역사적, 문화사적 문맥이 우리와는 다르다는 점에서 주지주의 문학의 출발은 방향부터 달랐던 점을 우선 인식할 필요가 있다. 주지주의의 수용은 T. E. 흄, T. S. 엘리엇, I. A. 리차즈 등의 이론을 소개한 최재서와, 주지적 태도라든가 하는 사조적 입장은 거론하지 않지만 리차즈의 문예가치론을 소개한 이양하, 그리고 서구 이론을 바탕으로 나름대로의 시학을 세우려 한 김기림에 의해 이루어졌다.

최재서는 이 땅에 주지주의 문학을 체계적으로 소개한 비평가로 알려져 있다. 그러나 엄밀하게 말하여 주지주의에 한한다면 그의 활동은 그 자신의 영문학에 대한 넓은 지식에 의한 것으로 비평 원론에 상당하는 것이었지, 실천비평에 뚜렷한 자취를 남겨놓은 것은 아니었다.

그는 1933년 <조선일보>의 「구미현대문학개관 — 영국편」을 비롯하여 1934년 「현대주지주의문학이론의 건설 — 영국평단의 주류」 등을 발표하면서 나름대로의 비판을 가한 주지주의 문학에 대한 소개를 본격적으로 시작한다. 그가 주지주의의 소개에 힘을 기울인 것은 무엇보다도 서구의 주지주의의 형성요인이 1930년대 우리의 상황과 흡사한 것으로 보았기 때문일 것이다. 다시 말해 그때까지 하나의 도그마로 군림해 온 카프계 및 민족주의의 이론이 내외적 사정으로 퇴진하고 난 후 그를 대신할 새로운 문학관이 필요하다고 파악한 것이 그 첫째 이유가 될 것이다. 이에 최재서는 새로운 문학관 정립에 힘을 기울이게 되고 그 결과 그 선행 작업으로 세계관의 정립이 절실해진 것이다. 원론적 소개에만 그치고 실천적 성과를 별로 보여주지 못한 것도 이 때문이라고 말할 수 있다.

최재서는 현대를 한마디로 '과도기적 혼돈'이라고 하면서 "이 혼돈에서부터 주지주의문학이 일보일보 건설되어 갈 것을 믿는"[19]다고 전제하고 있다. 또한 다른 글에서는 위기의 시대라고 하고 있다. 그러나 왜 그러며, 구체적으로 어떠한 면에서 그러한지에 대해서는 직접적인 언급이 없다. 다만 흄 등의 견해를 빌려 법칙이나 도그마가 없는, 즉 비평의 직능을 무시한 19세기의 전통이 파괴되고 있고, 의거할 전통, 신념을 잃어 불안과 초조 가운데 이를 대신할 새로움의 모색이 필요하다

• • •

19. 최재서, 「현대주지주의문학이론」, 『문학과 지성』, 인문사, 1938, p. 1.

고만 말하고 있다. 이 새로움의 구체적인 방향으로 "도그마론, 모랄론, 가치론, 역사관"[20]을 들고 있는데 이는 흄, 엘리엇, 리차즈 등의 이론 그중에서도 원론 부분으로 대치된다.

최재서의 초기 비평적 견해는 19세기의 비평과 20세기 비평의 종합을 꾀하려 한 점과 과학적 방법의 원용으로 현대 비평의 혼돈을 타개할 수 있으리라는 기대, 둘로 나누어 볼 수 있으며 여기에 그의 주지주의 문학론이 자리 잡고 있다고 판단된다. 그는 「현대비평의 성격」, 「비평과 모랄의 문제」, 「문학과 모랄」 등에서 현대에는 모랄이 없다고 진단한다. 비평은 작품판단이며, 가치판단은 어떤 의미에서나 선악의 변별을 포함하기 때문에, 비평은 모랄을 가져야 한다고 한 리차즈의 언급에서 출발한 최재서는 그때의 모랄이란 도덕적·사회적 가치이며, 그것은 가치의식을 합리화시킨 가치체계, 혹은 도그마이며 지성에 의한 가치의 직관적 판단에 의한다고 말하고 있다. 그가 다음과 같이 19세기와 20세기의 두 타입을 이분법으로 도식화했을 때, 그 결과 문제로 등장한 것이 모랄이었다.

> 감상과 비평, 감수성과 도그마, 감성과 지성, 개성과 성격, 낭만주의
> 와 고전주의[21]

이때 모랄론에서 그가 문제의 핵심으로 삼은 것은 비평의 기준이었다.

> 비평에 있어서의 모랄은 앞에서도 말한 바와 같이 가치의식을 합리
> 화시킨 가치체계이다. 따라서 비평적 모랄에 관한 일체의 논의는

• • •

20. 최재서, 「현대비평의 성격」, 『최재서 평론집』, 청운출판사, 1961, p. 11.
21. 최재서, 「비평과 모랄의 문제」, 위의 책, p. 14.

비평의 기준을 어디에 구하는가 하는 점에 귀착시킬 수 있다. 그러나 엘리어트 자신의 말을 빌려 결론으로 삼는다면, 이상의 논쟁은 '인간으로 하여금 만물의 척도가 되게 하려는 자와, 인간 이외의 척도를 발견하려는 자와의 차이'의 결과이다.[22]

그리고 모랄의 근거를 개인의 심리 내부에 두어 행동의 요소를 결여했다는 점에서 리차즈를, 현실적으로 확립된 것이 아니라 하나의 이상으로 추구되었다는 점에서 엘리엇의 모랄을 비판한 후 모랄이 개성과 성격의 종합이어야만 성립한다고 보아 이를 향해 고민한 리드의 견해에 동의하고 있다. 확대해석이 가능하다면 앞의 대립 개념의 종합 내지 조화가 바로 최재서가 바란 비평적 입장일 것이다. 따라서 자신이 주장하는 도그마 확립과 어울리지 않으며, 자신 안에 두 세기의 상반된 이론이 함께 놓이는 것이다. 따라서 그의 경우 지성 등의 용어는 상식적 차원이었고 주지주의 역시 그러하다고 판단된다.

이렇듯 그는 흄 등의 이론을 들여오지만 영미의 그것과는 판이한 입장에서 주지주의 문학의 건설을, 또한 그들의 이론을 원용하여 세우려 하고 있다. 그것은 「현대주지주의문학이론」, 「비평과 과학 — 현대주지주의문학이론속편」, 「네오·클라씨시즘」을 통해서 나타나는데 한마디로 과학적 방법 원용에의 비상한 기대감이라고 말할 수 있다.

현대가 혼돈하다함은 바꾸어 말하면 현대가 의거할만한 전통과 신념을 잃었다는 말이다 (…) 불안과 초조를 특징으로 삼는 현대 정신 (…) 여하튼 현대정신이 과학에 절대적 기대를 걸고 있는 것만은 사실이다. 따라서 우리가 현대의 비평이론 가운데서 많은 과학의

• • •

22. 위의 글, p. 16.

원용을 목도함은 당연한 일이라 할 것이다. 나는 그러한 주지적 경향을
선명하게 표시하는 비평가로서 리차즈와 리드 두 사람을 든다.[23]

    그에게는 과학적 방법의 원용이 곧 주지적 경향이다. 그러나 그의
글을 통해 본 과학적 방법이란 심리학, 그중에서도 프로이트류의 정신분
석학 정도라고 짐작할 수 있고, 그것도 매우 원론적이며 문학 이해를
위한 차원을 면치 못한다. 예컨대 리드의 경우 정신분석학은 문학에
어떤 일반적 직능을 주느냐, 정신분석은 우리로 하여금 비평의 기능을
확장시켜주느냐 등으로, 리차즈의 경우 시란 무엇이냐, 시는 어떤 소용이
있느냐, 시는 어째서 가치가 있느냐는 등 각각에 대한 요약 소개에
그치고 있다. 그는 그들의 관습 내지 전통에 생소하면서 각 이론가들이
암중모색하고 있는 점을 떠올려 같이 고민하고 있을 뿐 어떠한 방향의
설정이나 실천적 비평을 보여주지 못하고 있는 것이다.
    김기림은 1930년대 초부터 시작과 비평 활동을 시작하였으나 여러
외래이론의 탐색을 통해 1930년대 말과 1940년대에는 자신 나름대로의
시론을 확립하여 간다. 그가 탐색 과정을 통해 받은 영향은 흄, 엘리엇,
리드 등으로부터 비평방법, 낭만주의 배격, 현대문명관과 리차즈로부터
언어에 대한 자각, 시의 심리학적 측면의 연구 등 다양한 양상을 보여주고
있다.

    그속에 인간이 참여하는 것을 극도로 배제하는 예술이 있다. 예술뿐
만 아니라 근대문명의 모든 영역에서 인간이 쫓겨나고 있는 사실을
누구나 쉽사리 지적할 수 있는 일이다. 인간의 흠핍[?] 그것은 근대문명
그 자체의 병폐와 문학에 있어서 인간을 거부하는 이러한 주장을

• • •

23. 최재서, 「비평과 과학」, 위의 책, p. 68.

일즉이 영국에서는 T. E. 흄이 체계를 세워 나중에는 T. S. 엘리엇에 의하여 계승되었다.[24]

이렇게 해서 흄이나 엘리엇은 "인간의 냄새라고는 도무지 나지 않는 「삐잔틴」의 기하학적 예술을 존중"[25]했다고 하며 엘리엇의 시는 근대문명의 반영에 불과하며 이것이 곧 그의 한계[26]라고 김기림은 지적하고 있다. 여기서 지적되고 있는 것은 흄의 기하학적 예술관 및 고전주의 예술관 그리고 엘리엇의 개성 배제 이론이다. 김기림은 휴머니즘 경향에 대한 반동의 시대적 의의를 인정하고 있고[27] 역시 흄의 사상은 옳게 파악하고 있지만 엘리엇의 수용 경우는 다르다. 엘리엇의 개성이 배제된 감정은 "실지의 감정actual emotion과 예술 감정art emotion을 구별하여 예술 감정은 그것이 시인의 정신을 거쳐 나왔건만 시인의 일상적 실지 감정이 아니고 개성이 완전히 배제된 새로운 감정"[28]이다. 그러나 이에 못지않게 엘리엇이 강조하고 있는 것은 "시인은 개성을 표현할 뿐만 아니라 특수한 개체의 구실을 해야 한다"[29]는 그 매개체 즉 집중성, 포괄성, 극적 구도의 성격인 것이다. 그러나 이러한 용해된 개성을 김기림은 인간성으로 파악하여 여기에서 인간성 결핍의 회복을 부르짖는 소위 건전한 오전의 시론을 도출하고 있다.[30] 엘리엇이 방법의 측면까지 확장하여 내세운 이론을 김기림은 체험의 측면으로만 소박하게 받아들

● ● ●

24. 김기림, 「인간의 흄苑」, 『시론』, 백양당, 1947, p. 226.
25. 김기림, 「고전주의와 로만(魯漫)주의」, 위의 책, p. 232.
26. 김기림, 「의미와 주제」, 위의 책, p. 246.
27. 김기림, 「고전주의와 로만주의」, 위의 책, p. 232.
28. 이창배, 『이십세기 영미시의 형성』, 민중서관, 1972, p. 30.
29. 위의 책, p. 30.
30. 김기림, 「동양인」, 앞의 책, p. 227.

이고 있는 것이다. 그리고 김기림은

> 시는 물론 일상회화에서 그 기초를 둔 것이나 객관세계에 관한
> 지식하고 아무 관련도 없다. 다만 사람의 심적 태도의 어떤 조정에
> 봉사할 뿐이다. (…) 다만 그 작품[엘리어트의 「창머리의 아침」]이
> 우리의 마음에 일으키는 어떤 내부적 태도의 조정이 있을 뿐이다.
> 그러므로 주지주의의 시에 있어서조차 그것이 관련하는 것은 지식이
> 아니고 지성에서 오는 내부적 만족이다.[31]

라고 시에 있어서의 지성에 대하여, 시인 및 독자의 양 측면을 언급하
고 있는데 지적이라는 것이 표현하는 태도가 아닌 대상을 대하는 태도로
파악될 때 김기림은 지성에 대해 비교적 정확히 인식하고 있는 것으로
보인다. 그러나 그의 시들이 대부분 객관세계에 대한 지식으로 끝남이
많은 것은 엘리엇에 대한 이해 부족, 피상적인 문명비평의 결과라고
볼 수 있다.

다음으로 리차즈의 이론은 흄, 엘리엇의 이론과 연결하여 파악되어야
하는데 김기림은 후기에 리차즈에 대하여는 각별한 탐구가 있었다.
리차즈의 이론 역시 유미주의에 대한 반발로 이루어지고 있는데 이론의
전개 과정을 보면 다음과 같은 단계를 밟고 있다.[32] 첫째, 일상 체험은
예술 체험과 다를 바 없으나 단지 예술 체험이 일상 체험에 비해 완전
형태의 경험이라는 차이만이 있을 뿐이다. 둘째, 여기에서 포괄의 시
이론이 나오는데 이전의 시가 체험의 동질적 충동의 균형 조화임에
비해 포괄의 시는 체험의 이질적 충동의 균형 조화이다. 셋째, 이러한

● ● ●

31. 김기림, 「시와 언어」, 위의 책, pp. 27–30.
32. 이창배, 앞의 책, pp. 30–41 참조.

이질적 충동으로 인한 시는 지시적 기능을 가진 과학 용어와 구별되는 정의적 기능의 시적 언어인 의사疑似진술로 이루어진다. 넷째, 여기에서 비논리의 아이러니가 나온다. 여기까지가 정의적 요소와 지시적 요소의 대립 개념이다. 그러나 그는 나아가서 코올리지의 상상력 이론을 원용하여 지시적 : 정의적 대립을 극복하고 하나의 세계로서의 시, 지식으로서의 시라는 근본 개념을 이루어내고 있다. 이러한 리차즈의 이론 전개에서 김기림이 추출한 것은 가假진술 즉 시와 과학적 명제에 대한 이론과 시의 과학화였다. 이와 아울러 시어에 대한 각성을 가지게 되었고 또한 피상적이나마 시를 하나의 체계로 인식하게 되었다.

> I. A. 리차즈는 과학의 명제와 구별해서 시를 「가진술假陳述」이라고 규정했다. 시와 과학은 서로 상대해야 한다고 선동한 것은 주로 19세기의 반동적 노인들이었다.[33]

여기에서 김기림이 리차즈와 그 근본적인 전제 및 출발을 같이 하고 있음을 볼 수 있다. 즉 리차즈가 예술 체험을 일상 체험보다 우위에 두어 강조한 신비, 영감, 천재 등에 대한 반발로의 출발은 역시 김기림이 그 당시 만연되었던 센티멘탈리티에 가까운 감정의 직접적 토로에 대한 극복의 의지를 보여주고 있다는 점과 그 문화사적 요인의 일치를 보여준다. 그러나 김기림의 오류의 하나로 지적받는 시의 과학화는 리차즈의 논리 추구 방향과는 거리가 멀게 된 것이다. 그러나 시가 언어로 쓰인다는 인식, 체험의 영역 확대 등은 리차즈에게서 수용한 중요한 점이었다. 한편 이미지즘의 영향 하에서의 이미지에 대한 인식, 그 기반 및 효용 가치에 대한 언급은 음악성에 대한 오해가 있지만

• • •

33. 김기림, 「시와 언어」, 앞의 책, p. 24.

방법의 측면의 개척뿐만 아니라 시어에 대한 각고^{刻苦}, 그리고 한 편의 시를 전체적으로 조망하는 태도의 확립에 기여했다고 볼 수 있다.

2. 김기림, 『시론』

1929년 일본대학 문학예술과를 졸업하고 1930년 4월 20일부터 <조선일보> 기자생활(처음에는 사회부에 있다가 학예부가 신설되면서 그곳으로 옮겼다)을 하던 김기림은 1936년부터 1939년까지 일본 동북제대 법문학부 문과에 2차 유학을 한다. 이 두 차례에 걸친 유학은 그의 문학적 관심의 면모를 그대로 보여주는바 1930년부터 1935년까지의 글을 제1기, 1936년부터 해방 전까지의 글을 제2기의 것으로 일단 구분할 수 있다. 그의 『시론』의 제 3부 「감상에의 반역」에 실린 대부분의 글과 제 5부 「오전의 시론」은 1기에 속하는 것으로서 과거의 시에 대한 비판과 새로운 시에 대한 기대를, 제 1부 「방법론시론」은 2기의 소산으로서 새로운 소위 과학적 시학의 추구를 드러내고 있다.

그의 시론을 점검하기 이전에 우리가 주의해야 할 사항은 그가 시에 관한 논리를 폈으나 채택한 언어는 시어였다는 점이다. 그것은 어느 페이지를 들춰보아도 알 수 있다. 따라서 의미가 모호한 경우가 많다. 그것은 이 글들이 그 자신의 이론의 정립 과정이기 때문일까, 아니면 시론을 시로 만들어야 함이 궁극적이라고 생각해서 그런가, 아니면 과거의 것에 대한 점검보다는 미래에 대한 지향이 강해서 그러한가. 시는 사고보다는 언어의 지배를 더 받는다고 볼 수 있다. 그러나 논리는 언어보다는 사고에 의해야 할 것이다.

명랑 — 그렇다. 시는 인제는 아모러한 비밀도 사랑하지는 않는다.

이대^{現代}를 호흡하는 새로운 시인들은 그러한 까닭에 복잡미묘한 감정을 완롱^{玩弄}하는 것을 꺼리고 우선 「언어의 경제」를 그 미덕의 하나로 삼는다. 그리하여 「폴·폴」 이전의 시인에 의하야 항상 감정의 표백을 과장시키는데 유용하게 씨워지고 있던 시적운율과 격식까지를 내던졌던 것이다. 과거에 있어서는 시의 본질이며 생명이라고까지 규정되여 있던 시적 리듬(운율)이라든지 격식을 쓰레기통에 집어넣은 것은 현대의 시인에게 있어서는 결코 상찬할만한 창험^{刱險}도 아무것도 아니다. 그것은 벌써 한개의 상식으로 화하였다. 그리하야 그들은 너무나 시적인 언어의 선택에 고심하던 것을 끊지고 생명의 호흡이 걸려있는 일상의 회화속에서 시를 탐구한다. 시인은 벌써 무슨 현학적이고 오묘한 말씨를 가장할 필요는 없었다. 그것은 지성에 의한 감정의 정화작용을 한편에 가지고 있다. 이도 또한 시의 원시적 명랑에 대한 욕구다.[34]

명랑은 그의 시나 시론에 자주 나오는 단어로, 이 단어로 해서 윗글은 맥락을 이어가고 있다. 곧 비밀, 복잡미묘는 명랑의 반대어이고 언어의 불경제를 초래한다. 따라서 운율과 격식은 감정의 표백을 과장하는데 유용하므로 버려야 하고 언어선택은 현학적 심오한 말씨를 가장하므로 그만해야 한다. 이러한 시어로서의 논리는 운율, 격식, 시어(물론 너무나 시적인 언어라고 말하고 있긴 하나) 선택의 포기로 이어지고 있는 것이다. 그리하여 그 용어에 의해 논리의 파탄이 종종 일어난다. 따라서 그의 용어에는 우리의 세심한 해석이 요청되고 있다.

또 하나 전제로서 짚어야 할 것은 그는 항용 역사적 흐름에서 시를 보고자 한다는 점이다. 예컨대 「의미와 주제」라는 글에도 "참고로 시에

• • •

34. 김기림, 「현대시의 표정」, 위의 책, pp. 120-121.

한국에 있어서의 주지주의 문학의 양상 _ 597

서 의미가 취급된 방식의 변천을 도라보자" 하고 상징주의, 사상파, 초현실주의 등을 설명(물론 "시의 의미에 심오하고 막연한 회색의 세계를 환출^{幻出}시키려고 한 것은 심령학의 가장무도회였다'는 예의 어법을 드러낸다)하고[35] 있지만 우리와는 거리가 있는 구체화되지 못한 검토인 것이다. 이러한 세계인적 태도는 그의 논리의 곳곳에 스며 있다. 여기에는 당시 문학 내·외적 상황이 강하게 작용하고 있겠으나 이 점 역시 저널리스트로서의 그의 입장, 이론 정립의 한 과정, 혹은 미래지향적인 태도 때문이라고 볼 수 있다.

그가 처음으로 쓴 평론은 1930년 4월 28일부터 30일까지 걸쳐 쓴 <조선일보>의 「일기장에서 — 오후와 무명작가들」이지만 본격적인 그의 논리는 1931년 「시의 인식」에서 시작된다. 그는 여기서 막연하게나마 그의 시론의 출발을 보이고 있다.

① 시인은 그가 위치한 시대는 어떠한 특수한 이데에 의하야 추진되고 있는가를 항상 이해하지 아니하면 아니된다. 따라서 그것의 특수한 구상작용으로서의 양식의 발견에 열중하지 아니하면 아니된다. 시의 혁명은 양식의 혁명인 동시에 아니 그 이전에 이데의 혁명이라야 한다.

② 많은 성급한 시파나 시인이 너무나 조급하게 20세기적이고 싶은 까닭에 시를 삼요소 즉 의미 음^{音} 형^{形}으로 나누고 그 중의 하나를 부당하게 과장하는 것은 우리의 눈에는 고집이나 편협으로밖에는 보이지 않는다.

③ 시는 제일 먼저 「말」의 예술이다.

④ 시는 시인의 주관이 부단히 객관에로 작용할 때 그래서 그것이

• • •

35. 김기림, 「의미와 주제」, 위의 책, pp. 247-248.

이러한 상호작용에 의하여 선율^{旋律}할 때 거기 발생하는 생명의 반응이다.[36]

①에서 그는 '양식의 발견', '양식의 혁명'이라는 용어를 쓰면서 새로운 양식의 필요성을 강조하고 있다. ②에서는 의미, 음, 형에 대한 과다한 집착이나 배제를 배격하고 있고 ③에서는 말의 중요성, ④에서는 주관 객관의 상호작용의 문제를 시의 인식과 연결지어 살피고 있다. 비록 그의 시와는 거리가 있지만 시에 참여하는 모든 부분을 수용하고 있다는 점에서 그의 시에 대한 인식의 출발을 타당하다고 할 수 있다. 역사, 사회, 인생 등 현실에 대한 과다한 혹은 소홀한 관심의 배제, 객관성 혹은 주관성 어느 하나에의 침잠의 거부 등이 그것이다. 이것을 중용적 혹은 전체적 태도라고 부를 수 있겠다.

이후 그는 1932년 「시의 방법」, 1933년 「시의 모더니티」 등을 시작으로 계속된 논리에서 주지적 문학태도의 확립에 역점을 기울인다. 이러한 그의 이론을 중점적으로 살필 수 있는 글이 전기한 두 편과 1935년의 「감상에의 반역」, 짧막한 단편 모음인 ― 그러나 계기적인 글인 ― 「오전의 시론」이다. 이후 1936년부터 그는 시의 과학화라는 문제에 매달리게 된다.

시인은 시를 제작하는 것을 의식하지 않으면 아니된다. 시인은 한개의 목적 = 가치의 창조로 향하야 활동하는 것이다. 그래서 의식적으로 의도된 가치가 시로써 나타나야 할 것이다. 이것은 소박한 표현주의적 방법에 대립하는 전연 별개의 시작상^{詩作上}의 방법이다. 사람들은 흔히 그것을 주지적 태도라고 불러왔다.[37]

• • •

36. 김기림, 「시의 인식」, 위의 책, pp. 100-104 참조.

자연발생 시가는 표현 즉 주관에 치우쳤기 때문에, 단순 묘사자는 모방 즉 객관에 치우쳤기 때문에 부정된다. "시적 가치를 의욕하고 기도하는 의식적 방법론"의 필요성을 강조하는 김기림은 일단 현대시에 대해 올바른 인식 태도를 표명했다고 볼 수 있다. 구태여 꼬집어 말할 수는 없으나 시인은 누구나 의식의 작용을 부인할 수 없을 것이다. 이것이 주지적 태도인가는 차치하더라도 자연발생적 영탄이나 유로에 대해 가한 비판은 정당한 것이다. 문제는 그가 말하고 있는 주지적 태도란 무엇인가, 구체적으로 어떠한 것인가일 것이다. 그러나 미리 언급해야 할 것은 과거에 대한 과대한 반발, 논리를 위한 논리 때문에 처음의 타당한 출발에서 벌써 벗어나고 있다는 점이다. 예컨대 "자연과 문화가 대립"[38]한다는 식의 논리다.

1933년 7월 발표된 「시의 모더니티」(『신동아』에 당시 발표될 때는 「포에지와 모더니티」였고 '요술쟁이의 수첩에서'라는 부제가 있다)는 주지적 태도의 구체화를 꾀한 글이라 할 수 있다. 10개의 부분으로 나누어져 있는 이 글은 내용상 넷으로 살펴볼 수 있는데 1~5는 형상화의 측면을, 6은 시정신의 문제, 7~9는 과거의 시와 현재의 시의 구분, 10은 시는 문명비평이어야 한다는 점을 드러내고 있다. 현대에 이미지의 중요성은 부인할 수 없을 것이다. 그런 면에서 우선 이미지에 대한 김기림의 강조는 정당성을 얻을 수 있다.

> 시는 한개의 엑쓰타시의 발전체와 같은 것이다. — 한개의 이메지가
> 성립한다. 회화의 온갖 수사학은 이메지의 엑쓰타시로 향하야 유기적

- - -

37. 김기림, 「시의 방법」, 위의 책, p. 107.
38. 위의 글, p. 107.

으로 전율한다. (…) 그러므로 시인은 그의 엑스타시가 어떠한 인생의
공간적 시간적 위치와 사건하고 관련하고 있는가를 보여주어야 할
것이다.[39]

위의 인용은 서두 부분이다. 여기에서 그는 인생의 구체적 현실을
보여주기 위해서는 이미지, 영상을 통해야 함을 말하고 있다. 따라서
인생의 구체적 현실과 무관함으로 인해서, 이미지를 통하지 않은 '감정
적 로만주의의 시'와 '격정적 표현주의의 시'는 눈물을 강요하기 때문에
거부될 수밖에 없다. 그는 다음과 같이 이미지를 강조하고 있으며,
그것이 곧 주지적 태도임을 천명하고 있다.

　　광범한 어휘 속에서 그의 엑쓰타시를 불러이르킨 이메지에 대하야
　　가장 본질적인 유일한 단어가 가려져서 그 이메지를 대표할 것이다.
　　이 일은 시작상에 있어서 가장 지적인 태도다.[40]

이와 관련하여 1933년에 발표한 「1933년 시단의 회고」는 실천 비평이
라는 점에서, 그리고 1933년이라는 단위 설정 하의 시단의 전면적 흐름의
파악 노력에서, 그리고 정지용, 신석정 등에 대한 새로운 해석 등에서
주목되는 평문이라고 할 수 있다.

　　일시 시단을 풍미하던 상징주의의 몽롱한 음악 속에서 시를 건져낸
　　것은 그[정지용을 말함 - 인용자]다. 그래서 상징주의 시의 시간적
　　단조單調에 불만을 품고 시 속에 공간성을 이끌어 넣었다.[41]

● ● ●

39.　김기림, 「시의 모더니티」, 위의 책, pp. 109-110.
40.　위의 글, pp. 112-113.

그[정지용을 말함 - 인용자]는 실로 그러한 특이한 감성[관능적인 말초신경적인 의미가 아니라 가장 야성적이고 원시적이고 직관적인 감성 - 인용자]의 창문을 열어서 현대의 심장에서 움직이고 있는 지적 정신 — 더 광범하게 말하면 고전적 정신을 민감하게 맞아들여서 그것에 상당한 독창적인 형상을 주었다.[42]

지적 정신에 대한 설명은 구체화되어 있지 않으나 그 형상화 방법은 공간성과 감각성의 추구, 그리고 언어에 대한 인식, 일상 대화의 채용이라는 점을 정지용 시에 대한 평에서 살펴볼 수 있다. 이러한 점은 앞의 「시의 모더니티」와 일관된 맥락을 지니고 있는 것이다.

한편 그는 리듬의 경우 낭만주의와 상징주의의 리듬을 인공적·외면적 부자연한 리듬으로 파악하고 "지적인 투명한 비약하는 우리의 시대"[43]에는 내면적인 본질적 리듬이 필요하다고 말하고 있다. 그런데 그에 의하면 그 리듬은 회화繪話에 다름아니다. "그[정지용을 말함 - 인용자]는 (…) 일상대화의 어법을 그대로 시에 이끌어 넣어서 생기 있고 자연스러운 내적 리듬을 창조하였다."[44]에서처럼 이 회화에 대한 강조는 그의 글 곳곳에 보이는바 리듬에 대한 천착은 더 이상 구체화되지 못하고 이상하게도 리듬의 무시에까지 이른다.[45] 그것은 그가 리듬을 내면의 질서라고 인정하고 있으면서도 그 실체에 대한 탐구보다는 표면에 드러나는 일상대화에만 집착하고 있기 때문으로 보인다.

● ● ●

41. 김기림, 「1933년 시단의 회고」, 위의 책, p. 83.
42. 위의 글, pp. 84-85.
43. 김기림, 「시의 모더니티」, 위의 책, p. 112.
44. 김기림, 「1933년 시단의 회고」, 위의 책, p. 85.
45. 김기림, 「현대시의 표정」, 위의 책, p. 121.

이와 같이 김기림은 형상화의 측면에서 이미지의 강조, 리듬의 무시, 프리미티브한 감성을 강조하는 태도를 보여주며 이것을 주지적 태도라고 부르고 있다.

한편 그는 현대의 시가 움직임에 대한 관심을 높여야 할 것을 강조하고 있다.

> 스윗타스는 말하였다. "무슨 까닭에 우리들의 기계는 아름다운가? 그것은 일하고 움직이는 까닭이다. 무슨 까닭에 우리들의 집은 아름답지 아니한가? 그것은 그들은 아무 일도 하지 아니하고 멍하니 서있는 까닭이다." 그는 이 짧은 말 가운데 현대시에 대한 매우 중대한 세개의 명제를 포함시켰다. 첫째 우리들의 시는 기계에 대한 열렬한 미감을 가지게 되었다는 것 (…) 둘째 정지 대신에 동動하는 미 (…) 세째 일하는 일의 미, 다시 말하면 노동의 미다. 움직이지 않는 것은 「죽음」이다.[46]

이것은 그의 논리적 방법인 대립적 구조에서 만들어진 것으로 볼 수 있는데 어느 한 면의 일방적 긍정으로 인하여, 집 대신 기계, 정지 대신 동, 그리고 죽음 대신 일 등 움직임에의 경도가 가져오는 결과를 그는 간과하고 있다. 그것은 시에서의 인간성의 후퇴에, 곧 인간의 의미, 과정에 대한 탐구보다는 겉으로 드러난 문명의 자취에 집착하는 결과를 낳게 되는 것이다. 그리고 보다 중요한 면으로, 그는 기계, 동, 일에 대한 미감을 갖는 것을 현대시의 매우 중요한 세 가지 명제라고 말하고 있는데 이 세 가지는 정신적 태도가 아닌 시적 대상 내지 소재에 불과하다는 것을 그는 감지하지 못하고 있다는 점이다.

● ● ●

46. 김기림, 「시의 모더니티」, 위의 책, p. 113.

곧 이것들은 지적인 문제와는 무관한 것이다. 지적인 태도는 소재에 대한 해석의 어떠한 자세에서 나타날 것이기 때문이다.

8에는 대립적 구조에 의한 일방적 승인 형식이 또다시 나타나는데 과거의 시와 새로운 시의 대립이 그것으로 이 대립은 주지주의 혹은 모더니즘의 이론의 핵심으로 흔히 용인될 정도다.

<과거의 시>	<새로운 시>
독단적	비판적
형이상학적	즉물적
국부적	전체적
순간적	경과적
감정의 편중	정의와 지성의 종합
유심적	유물적
상상적	구성적
자기중심적	객관적[47]

마지막으로 그는 시는 문명비평의 시가 되어야 한다고 주장한다.

한 편의 시는 (…) 항상 청신淸新한 시각에서 바라본 문명비평이다.
(…) 문화현상 속에서 한개의 가치형성으로서의 위치를 요구할 권리를
가지게 되며 (…) 시에 나타나는 현실은 단순한 현실의 단편이 아니다

● ● ●

47. 위의 글, p. 115.

그것은 의미적인 현실이다.[48]

1935년 발표된 「감상에의 반역」은 지성 혹은 지적인 태도를 명랑이라는 말로 바꾸어 그의 주지적 태도의 일단을 밝힌 글이라 할 수 있다. 여기에서 명랑은 암흑의 대립인바 그 암흑을 초극한 명랑한 시를 그가 도달하고자 하는 시로 보고 있다.

지성은 현실에 대한 태도로서는 리얼리즘을 대표하고 문학태도상 다시 말하면 예술활동에 있어서는 고전주의를 대표한다. (…) 이상은 주로 정신의 위치와 태도상의 명랑성이다.[49]

우리는 여기서 명랑의 의미를 살펴보아야 할 것이다. 김기림은 암흑의 대립으로 명랑이라는 단어를 쓰고 있는데 그것은 르네상스를 나타내기도 하고 문예사조로서의 고전주의를 대신하기도 한다. 그러나 그것은 전면적으로 지성, 혹은 지적인 태도로 바뀔 수는 없다. 그에게는 명랑이라는 단어에 의미가 너무 넓게 부여됨과 동시에 시적 형상화의 측면에만 기울어져 있기 때문이다. 지성, 지적이란 보다 더 시정신의 측면 즉, 인식이나 예지, 통찰력과 더욱 관련이 깊은 말일 것이다. 또한 명랑한 시는 논리적으로는 가능할지 모르나 그 실천방안이 강구되어 있지 못하다. 다만 유추한다면 대립개념으로 설정한 애매, 감상이 울음을 낳고 그것은 음악과 연결되므로 이미지의 추구라고나 할 수 있을지 모른다.

역시 같은 해 발표한 「오전의 시론」은 9개의 단상 모음으로 『기상

• • •

48. 위의 글, p. 116.
49. 김기림, 「감상에의 반역」, 위의 책, p. 155–157 참조.

도』의 이론인 듯한 면모가 보인다. "시 속에서 시인에 시대에 대한 해결을 의식적으로 기도할 때에 거기는 벌써 비판이 나타난다. 나는 그것을 문명비판이라고 불러왔다."[50]에서의 문명비판에의 의욕이나 "비인간성이야말로 고도로 발달된 근대문명 그 자체의 본질임이 밝혀졌"[51]으나 "인간의 결핍 — 그것은 근대문명 그 자체의 병폐"[52]라는 인간의 참여 문제, 그리고 동양정신의 비판, "다양성의 통일"[53]을 노리는 장시는, "동양인의 가장 빠지기 쉬운 예술상의 함정"[54]에서 시를 구할 수 있다는 주장이나 "애상, 비탄, 제읍嗁泣, 단념"[55] 등과 대립인 행동의 자세를 가져야 한다는 것 등이 그러하다.

그러나 보다 주목을 끄는 것은 지성 옹호이다. 그가 지성 옹호를 펴는 논리의 근거는 '동양'에 있다. "대체로 동양인은 사물을 전체적으로 통솔하는 지성이 결여한 것이 통폐通弊다."[56]라고 단언한 그는 우리의 경우 카프나 1920년대의 이전의 시로 퇴폐적 낭만주의, 김억 등의 민요조, 거슬러 올라가서 시조에까지, 비만한 정서로, 주제의 과잉으로 진단하고 그것을 배격하고자 지성을 높이 주장한다. 이를 우리는 단순하게 파악하여 절제하지 못한다는 의미로 받아들일 수는 있겠다. 한편 기계나 일, 동의 미를 예찬하던 그는 이때에 이르러 어느 정도 극단적 대립을 피하고 그의 말대로 전체적인 안목을 논리적으로나마 보여준다.

● ● ●

50. 김기림, 「시의 시간성」, 위의 책, p. 224.
51. 김기림, 「인간의 흠핍」, 위의 책, p. 226.
52. 위의 글, p. 226.
53. 김기림, 「각도의 문제」, 위의 책, p. 240.
54. 위의 글, p. 239.
55. 위의 글, p. 240.
56. 김기림, 「동양인」, 위의 책, p. 228.

생명적인 것에서 아주 단절된 상태에 있는 예술은 지극히 투명한 지성의 상태에 도달할는지는 모르나 드디어는 한개의 허무로 발산하고 말 것이다. 허무 속에서는 인간도 한가지도 소실되고 말 것이다.[57]

1936년 들어서 발표한 「시와 현실」, 「객관세계에 대한 시의 관계」 등에 오면 이전과는 다른 면모를 보여준다. 그것은 그 자신의 시론의 한계, 모순 등을 느껴 그것의 극복을 꾀해야 할 시점과 밀접히 연관된다. 이 점에서 재차 도일 공부한 것이 아닌가 한다. 이전에도 그는 가끔 전체, 상호작용이라는 용어를 쓰고는 있으나 그것은 생리적인 차원 ─그가 싫어하는 감정적인 것이었다─ 에 머문 것이었고 따라서 그가 지성을 강조하다 보면 그 감정을 부정해야 했다. 그러나 그에게는 대립되는 두 성향이 있었는바 불변하는 시인의 고유한 감수성과 시대에 민감한 현실적 감각이 그것이었다. 그리하여 그는 스스로 느낀 모순의 극복이라는 문제로 하여 그들의 종합을 꾀하고자 하는 의욕을 가지게 된 것이었다.

1936년의 「객관세계에 대한 시의 관계」에서 그는 "말을 소재로 써야하는 시는 결국은 그러한 말들이 대표하는 사물의 세계(자연 = 객관세계)와 어떠한 모양으로든지 관계하지 않을 수 없다."[58]고 전제한 뒤 시가 사물에 대하여 가지는 관계를 다음과 같이 넷으로 나누고 그것은 또 낭만주의 이후 근대시의 역사적 단계와 일치한다고 말하고 있다. [도표-인용자 작성] 또한 우리 근대시의 역사와도 관련을 짓고 있다.[59]

● ● ●

57. 김기림, 「고전주의와 로만주의」, 위의 책, p. 232.
58. 김기림, 「객관세계에 대한 시의 관계」, 위의 책, p. 165.
59. 위의 글, pp. 165-169 참조.

시가 사물에 대하여 가지는 관계	근대시의 역사	우리 근대시의 역사
A. 사물을 통하여 시인의 마음을 노래하는 것	1. 표현주의시대 — 로맨틱, 상징파, 표현파까지를 포함한다.	신시 초기
B. 사물에 대하여(또는 사물에 부딪혀서) 시인의 마음을 노래하는 것	2. 인상주의시대 — 사상寫象파	1930년대 시
C. 물物의 인상	3. 과도시대 — 초현실파, 모더니스트	
D. 시 자체의 구성을 위한 사물의 재구성	4. 객관주의	

A. 1. 에 대한 태도는 변함이 없다. 그러나 여기서 주목을 끄는 것은 C를 과도시대라고 부르고 있고 거기에 모더니즘을 편입시키고 있다는 점이다. 그것은 곧 그가 지금까지 주장해온 바의 수정이라고 아니할 수 없다. 1930년대 시에 대한 반성은 다음과 같다.

우리 시단에 이메지의 향연과 에스프리의 향기가 대량적으로 발로된 것은 아마 30년대 이래의 일인 것 같다. (…) 그런데 이는 모두 주관의 인상의 영역을 거진 벗어나지 못하였다. 그것이 모두 너무나 단편적이라는 점에 있어서는 모든 표현주의 시와 마찬가지였다. 이러한 사상파적 시는 결국은 신비나 감흥 대신에 이메지를 애완愛玩함에 그치기 쉽다. 거기 쓰여진 사물은 시인의 투영이요 사물자체의 성격은

아니었다.[60]

　이러한 반성에서 시는 사람의 사고의 조직에 관련하며 또한 문명의 인식과 비판에 관련되어야 한다[61]는 결론을 내린다. 이것이 바로 그가 앞으로 추구해 나가고자 하는 심리학과 사회학에 기초를 둔 '과학적 시학'의 맹아인 것이다.

　1939년 일본 동북제대 영문학과를 졸업하고 귀국한 그는 리차즈에 경도하면서 과학적 시학의 확립에 경주한다. 그러나 이 노력의 결실은 해방 후 「시의 이해」에서 이루어지는데 해방 전에는 「시학의 방법」 등에서 과학적 시학의 서설을 준비한다. 한 유파나 한 시인의 시의 합리화를 위한 시론과 구별되는 시학을 강조한 그는 시란 무엇인가, 왜 있느냐 보다는 어떻게 있느냐에 관심을 돌려 언어학 심리학 사회학들의 보조과학의 도움을 받으면서 과학적 시학의 확립을 꾀해야 한다고 말하고 있다. 「시와 언어」에서는 그의 과학적 시학의 한 부분인 언어학적 측면을 다룬 것이나 리차즈 이론에 근거하여 시의 언어는 회화에 기초를 두어야 함을 주장하고 있고 「프로이드와 현대시」에서는

　　첫째로 그것은 시의 제재에 아주 새로운 영토를 제공하였다. 둘째로
　　시의 기술에 혁명을 가져왔다. 세째로 오늘의 시에 별다른 철학을
　　가져왔다.[62]

라고 프로이드의 영향을 중시하면서 심리학의 일부에 관심을 보이고

• • •

60. 위의 글, p. 168.
61. 위의 글, p. 169.
62. 김기림, 「프로이드와 현대시」, 위의 책, p. 183.

있다. 그러나 이미 이때부터 그에게는 주지주의란 시학이 아닌 시론의 일부로서 관심 밖으로 밀려나게 됨을 볼 수 있다.

3. 한국에서의 주지주의 문학의 양상

우리나라의 주지주의 문학은 주로 구미 계통의 문학을 공부한 사람들에 의해 이루어진 것으로 일단 짐작할 수 있으나 그 성과는 그리 괄목할 만한 것이 못되었다. 그중에서도 정지용은 『정지용시집』, 김기림은 『태양의 풍속』과 『기상도』에서, 이상은 「오감도」에서 어느 정도 지적인 접근을 보여주었다.

1. 정지용, 『정지용시집』과 『백록담』

1930년대 새로운 시의 모습을 보여주는 데 선편을 쥐었다고 인정되는 정지용은 시론이라고 할 만한 체계화된 논리를 남겨놓지 아니했다. 비록 두 권의 산문집을 남겨놓을 정도의 산문을 쓰기는 했으나 그것은 서정적 차원의 것이지 논리적이진 못했다. 다음의 글도 그러하다.

일제말기까지의 양심적 문학도는 소시민층 민족정서의 최후 처녀 성만을 고수하기 위하였던 것이므로 다분히 개성적이요 주관적이요 고립적인 것이었다. 따라서 지극히 소극적인 우울비애 아니면 까닭없는 명랑 쾌활의 비정기적인 신경질적 발작의 예술적 형상화에 정진하였던 것이다. 표현기술에 있어서는 다정다한을 주조로 하는 봉건시대 시인 문사의 수법적 원형에 외래적 감각 색채 음악성을 착색하여 무기력하게도 미묘한 실감으로서 그친 것이므로 이를 차대 민족문학에 접목시키기에는 혈행력血行力이 고갈한 것이다.[63]

비록 비평적 용어로 이루어지지는 않았으나 1930년대 이후 혹은 1920년대 이후 우리 시의 상황을 이렇게 적출한 글도 드물 것이다. 논리에 앞서 사물이나 관념을 파악하고 있다는 하나의 증거가 될 것이다. 윗글은 몇 가지 중요한 측면을 보여주고 있는바 정지용 자신의 시 세계에 대한 반성과 아울러 민족문학의 수립의 열망을 보여주고 있는 점 이외에도 일제 치하 또는 1930년대 이후의 우리 시의 흐름을 정확히 지적하고 있다. 그것을 그는 시정신의 측면과 형상화의 측면으로 나누어 살피고 있다. 우울·비애 및 명랑·쾌활이 전자에 속하는 것으로 1920년대 및 1930년대 시의 거점을 지적하고 있다. 우울·비애나 명랑·쾌활 등이 부정될 이유는 없다. 다만 그것이 소극적이고 까닭이 없기 때문에 그리고 '비정기적인 신경질적인 발작'이기 때문에 그는 그것을 거부하고 있는 것이다. 이 점에서 그는 시에서 지적인 통제, 절제의 절대 필요성을 말하고 있다. 한편 후자의 경우 봉건시대 즉 조선조의 수법적 원형 — 아마도 어즈버, 아희야 등이 아닐까 생각되는데, 그것에 대한 천착, 반성이 없이 답습하거나 표면적 기법을 무조건 받아들인 태도에 대해 반성을 하고 있다. 그 이유로 그는 '혈행력의 고갈'을 들고 있는데 그것은 아마도 형상화에 앞서 시정신의 탄탄함의 미흡이라고 보인다. 이 점들은 주지주의의 측면에서 보면 지성의 힘이 제대로 개입하지 못했고 감각, 색채, 음악성의 착색에 있어 필연성이 부족하다고 풀어볼

● ● ●

63. 정지용, 「조선시의 반성」, 『산문』, 동지사, 1949, pp. 93–94.

수 있다.

정지용은 그의 시 세계의 펼침에 있어서 몇 번의 변모를 보여주고 있는데 그것은 대체로 그의 시적 대상의 변화와 일치하고 있고 그 대상을 보는 시선 역시 그에 조응하고 있다.

1926년 「카페·프란스」를 『학조』에 발표하기 이전 그는 1922년 「풍랑몽風浪夢」을 비롯, 1923년 「향수」, 1924년에 「석류」 등을 쓴 것으로 알려지고 있는바,[64] 1922년경부터 1930년 『시문학』 참여 전까지를 하나의 시기로 묶어 생각해볼 수 있다. 이 시기는 언뜻 고향에 대한 정서를 중심으로 한 시편, 바다를 대상으로 한 시편으로 나누어지는데 기저에 깔린 그 대상들에 대한 해석의 태도는 동일하다고 보인다.

투명한 옛 생각, 새론 시름의 무지개여,
금붕어 처럼 어린 녀릿 녀릿한 느낌이여.
(…)
자근아씨야, 가녀린 동무야, 남몰래 깃들인
네 가슴에 조름 조는 옥토끼가 한쌍.
(…)
아아 석류알을 알알이 비추어보여
신라천년의 푸른 하늘을 꿈꾸노니.[65]

나는 자작子爵의 아들도 아모것도 아니란다.
남달리 손이 히여서 슬프구나!

● ● ●

64. 김학동, 『정지용연구』, 민음사, 1987, pp. 262–263.
65. 정지용, 「석류」, 『정지용시집』, 시문학사, 1935, pp. 36–37.

나는 나라도 집도 없단다.

대리석 테이블에 닷는 내뺨이 슬프구나!66

「석류」는 고향에 대한 그리움을 석류에 기대어 읊은 시이다. 여기에서 읊음이란 표현은 이 시기의 시에 음악성이 회화성보다 강하게 드러나고 있음 때문이다. 정지용 이전 시인들의 시에 비하면 직설적 감정 토로는 정리되어 있으나 그것이 환상으로 해결되고 있음을 볼 수 있다. 「카페·프란스」에는 "대리석 테이블에 닷는 내뺨"과 같이 슬픔을 촉각으로 처리한 뛰어난 기법이 있긴 하지만 이 시의 두 번째 부분의 첫머리의 "「오오 패롤鸚鵡서방! 꾿 이브닝!」 // 「꾿 이브닝」(이 친구 어떠하시오?) // 울금향鬱金香 아가씨는 이밤에도 / 경사更紗 커틴 밑에서 조시는구료!"67 의 진지함이 결여된 표현과 상쇄되어 슬픔이 지적으로 처리되지 못함을 드러낸다. 한편 이 시기에 바다를 중심으로 한 시들이 나타나기 시작하는데 이때의 바다는 젊은이의 불투명한 슬픔, 외로움을 담은 대상물로 등장한다. 「갑판우」는 3개의 부분으로 「바다 4」는 4개의 부분으로 이루어져 있는데 앞부분은 바다의 객관 묘사로, 뒷부분들은 화자의 감정투사 상태로 이루어져 있다.

나지익한 하늘은 백금빛으로 빛나고
물결은 유리판처럼 부서지며, 끓어오른다.
동글동글 굴러오는 짠 바람에 뺨마다 고흔 피가 고이고
배는 화려한 짐승처럼 짓으며 달려나간다.68

66. 정지용, 「카페·프란스」, 위의 책, p. 47.
67. 위의 글, p. 47.
68. 정지용, 「갑판우」, 위의 책, p. 42.

울음우는 이는 등대도 아니고 갈매기도 아니고

　　어덴지 홀로 떠려진 이름모를 스러움이 하나[69]

　바다의 외면을 다루거나 화자의 내면 정서를 다루거나 그것이 실체가
없는 막연한 감정에 근거하고 있음에 주목할 필요가 있다.

　이 시기 그의 시적 대상이 되는 것은 이와 같이 소위 김기림이 말한바
'오후'에 해당하는, 그래서 김기림이 애써 배격하려는 풍경, 정서가
대부분이다. 기계에 해당하는 기차에 대해서도 「슬픈 기차」[70]라는 제목
하에서 정지용은 "느으릿 느으릿 유월소 걸어가듯 걸어 간 단 다"라고
역동성을 배제한 해석을 하고 있다. 그리고 "나는 차창에 기댄 채로
회파람이나 날리쟈" 혹은 "나는 차창에 기댄대로, 옥토끼처럼 고마운
잠이나 들쟈"에서 보듯 그는 기차 자체보다는 기차 여행이 가져다주는
풍경 및 감정에 대한 정신적 관조에 더 시선을 보내고 있다. 그러나
이 시의 마지막 연,

　나는 언제든지 슬프기는 슬프나마,

　오오, 나는 차보다 더 날러 가랴지는 아니하란다

　에서 자신의 정신적 방황에 대한 절제를 가하고 있음이 주목된다.
그러나 이러한 넘쳐나는 감정 상태의 정리는 이지에 의한 것이라고는
볼 수 없다. 이 시 앞뒤 어디에도 그러한 근거를 마련해주고 있지 않기
때문이다. 이러한 정리는 아마도 정지용 자신의 생래적인 것이 아닌가

• • •

69.　정지용, 「바다 4」, 위의 책, p. 87.

70.　정지용, 「슬픈 기차」, 위의 책, pp. 60-62.

한다. 여기서 또한 정지용 시의 기본 흐름의 하나인 ‘여행’이 나타난다. 이 여행은 지적 탐구의 수단이 될 수도 있지만 자기 위안을 위한 수단에 불과할 수도 있다.

1930년 『시문학』에 참가하면서 발표되는 시편들에서는 보다 감정을 감추려 하여 생활인의 체취를 거세하기 시작한다. 『정지용시집』 첫머리를 장식하는 「바다 1」, 「바다 2」는 바로 바다 그 자체의 모습의 묘사에 그친다. 다만 그 기법에 있어서 거시적 미시적 공간성이 적절하게 조화됨을 볼 수 있다.

> 고래가 이제 횡단한뒤
> 해협이 천막처럼 퍼덕이오.[71]

> 바다는 뿔뿔이
> 달어 날랴고 했다.

> 푸른 도마뱀떼 같이
> 재재발렀다.[72]

그러나 이 묘사 역시 호기심의 소산일 뿐 지적 탐구에까지는 나아가지 못한다. 그것은 정지용 스스로가 자신의 세계를 폐쇄하고 있기 때문이 아닐까 한다. 외적인 접촉이 없는 상황을 즐겨 다루면서 그 안에 안주하고 자 하는 태도가 이 시기에 두드러진다. “아아, 항안에 든 금붕어처럼 갑갑하다 / (…) / 이 알몸을 끄집어내라, 때려라, 부릇내라 / 나는 열이

• • •

71. 정지용, 「바다 1」, 위의 책, p. 2.
72. 정지용, 「바다 2」, 위의 책, p. 5.

오른다. / 뺌은 차라리 연정^{戀情}스레히 / 유리에 부빈다."⁷³에서처럼 상황의 전환을 스스로 포기함으로 인해서 인식의 계기를 마련하지 못한다. 그것이 지나쳐 탈속의 경지에까지 나아가려는 듯 보이기도 한다.

> 난초닢에
> 엷은 안개와 꿈이 오다.
> (…)
> 난초닢은
> 드러난 팔구비를 어쩌지 못한다.
>
> 난초닢에
> 적은 바람이 오다
>
> 난초닢은
> 칩다.⁷⁴

이러한 직관에 의한 선적^{禪的}인 경지 추구에는 지성을 넘어나는 면이 개입하기 마련이다.

이 시기의 중요한 시로 「유리창 1」을 들 수 있다. 죽음에 대한 감정을 다룬 것으로 그 절제에 있어 하나의 모범을 이룬다. 그것은 현실에 정면으로 맞선 감성과 지성이 균형감 있게 놓여 있기 때문이다.

> 유리에 차고 슬픈것이 어른거린다.

● ● ●

73. 정지용, 「유리창 2」, 위의 책, pp. 16–17.
74. 정지용, 「난초」, 위의 책, pp. 18–19.

열없이 붙어서서 입김을 흐리우니

길들은양 언날개를 파다거린다.

지우고 보고 지우고 보아도

새까만 밤이 밀려나가고 밀려와, 부디치고,

물먹은 별이, 반짝, 보석처럼 백힌다.

밤에 홀로 유리를 닥는것은

외로운 황홀한 심사 이어니,

고혼 폐혈관이 찢어진 채로

아아, 늬는 산ㅅ새처럼 날러갔구나![75]

1933년 『카톨릭 청년』의 편집을 도우면서 그는 소위 신앙시를 몇 편 발표한다. 그 낌새는 이미 1932년 4월의 「바람」에 나타나는데 의미부여를 과하게 꾀하다 보니 또 다른 의미에서 관념이 넘쳐흐르고 말았다. 마찬가지로 이 시기의 시들은 고백, 참회, 예찬, 기도 등의 형식을 통해 신앙에 대한 직설적 토로를 보여주고 있다. 맹목적인 믿음은 회의조차 용납하지 않으며 여기에 지적 태도는 틈입하지 못한다. 그리고 또한 그의 기법 역시 이 시기의 시에서는 역효과를 내고 있다.

신앙시 이후 침묵을 지키던 그는 1939년 『문장』에 참여하면서 산을 소재로 한 시를 쓰기 시작한다. 산에 대한 시는 이전에도 간혹 보이지만 이 시기에 집중적으로 나타나는데 이것 역시 여행의 소산이다.

절정에 가까울수록 뻐국채 꽃키가 점점 소모된다. (…) 나는 여긔서 기진했다.[76]

● ● ●

75. 정지용, 「유리창 1」, 위의 책, p. 15.
76. 정지용, 「백록담」, 『백록담』, 백양당, 1946, p. 14.

로 시작하는 연작시 「백록담」에서 인간은 동물 혹은 식물과 다름 아닌 고정된 물체로 변모한다. 나아가 감정은 물론 인간 자체가 사라진다.

> 3
> 백화 옆에서 백화가 촉루髑髏가 되기까지 산다. 내가 죽어 백화처럼 흴것이 숭없지 않다.[77]

다만 남아 있는 것은 불변하는 상황과 무화되고자 하는 의지뿐이다. 그것은 선적 태도이며 직관의 소산이다. 폐쇄된 공간 속에서 칩거하고 있는 것이다. 이것은 지적 탐구의 포기라고 볼 수 있다.

2. 김기림, 『태양의 풍속』과 『기상도』

1939년 간행된 『태양의 풍속』은 1930~34년의 신문잡지에 발표한 시들을 묶은 시집으로 당시 그의 시론의 시화詩化라고 말할 수 있을 정도로 그의 주장이 곳곳에서 강렬하게 펼쳐진다. 「어떤 친한 시의 벗에게」라는 제하의 서문에서 보이듯 그는 전대의 시에 대한 부정에서 출발한다.

> 저 동양적 적멸로부터 무절제한 감상의 배설로부터 너는 이 즉각으로 떠나지 않아서는 안 된다. (…) 탄식 (…) 비밀 (…) 그 비만하고 노둔魯鈍한 오후의 예의 대신에 놀라운 오전의 생리에 대하여 경탄한

● ● ●
77. 위의 글, p. 15.

일은 없느냐? (…) 까닭모를 울음소리, 과거에의 구원할 수 없는 애착과 정돈. 그것들 음침한 밤의 미혹과 현훈眩暈에 너는 아직도 피로하지 않느냐? (…) 너는 저 운문이라고 하는 예복을 너무나 낡았다고 생각해 본 일은 없느냐?[78]

오후의 예의라고 한마디로 묶을 수 있는 이러한 감정주의에서 그리고 음악성에서 벗어나 신선, 활발, 대첨大瞻, 명랑, 건강한 오전의 생리를 배우자라는 주장을 하고 있다. 여기서 우리는 그가 우선 움직임에 대한 남다른 의식을 가지고 있음을 지적할 수 있다.

이러한 주장의 직접적 시화가 시집의 첫머리에 있는 두 편 「태양의 풍속」이며 「기차」이다. 「태양의 풍속」이 그의 시적 태도의 개념적 개괄적 모습이라면 「기차」는 기차라는 하나의 사물을 김기림 자신의 태도에 의해 형상화한 작품이다.

레일을 쫓아가는기차는 풍경에대하야도 파랑빛의로맨티시즘에 대하야도 지극히냉담하도록 가르쳤나보다 그의 끝없는여수旅愁를 감추기위하야 그는 그붉은정열의가마우에 검은강철의조끼를 입는다.
내가식당의 메뉴뒷등에 (나로하여곰 저바다까에서 죽음과 납세와 초대장과 그수없는 결혼식청첩과 계고들을잊어버리고
저 섬들과 바위의틈에 섞여서 물결의 사랑을 받게하여주옵소서)
하고 시를쓰면 기관차란놈은 그 둔탁한 검은 갑옷밑에서 커 ― 다란웃음소리로써 그것을지여버린다.
나는 그만 화가나서 나도 그놈처럼 검은 조끼를 입을가보다하고 생각해본다.[79]

• • •

78. 김기림, 「어떤친한「시의벗」에게」, 『태양의 풍속』, 학예사, 1939, pp. 3-4.

이 시는 다음과 같은 내용을 담고 있다. 낭만적 경향을 감출 것, 그리고 현대문명에 의해 만들어진 기계의 권위 예찬, 그리고 그 속에 들어가자, 혹은 그것을 배우자는 것 등. 또한 이 시는 그의 시작 방법의 일단도 보여준다. 곧 그가 선택한 사물 — 그것은 대부분 현대문명과 관련되는 것으로 보인다. 그러나 그 문명 이면은 돌보지 않는다 — 의 겉모습, 혹은 나름대로의 상상에 의한 가정에서 시가 출발하여 대립을 거쳐 오전, 과학의 우위를 주장하여 배우자는 입장에서 그것에 대한 예찬으로 끝난다. 그러나 여기서 문제는 현대문명의 성립까지 오는 과정 그리고 우리나라에서의 굴절에 대한 무시에서 드러난다. 그것은 사물의 깊이 나아가서 인간존재 차원의 탐구에 대한 소홀로 연결된다. 그리고 겉모습으로 혹은 가정 상태로 사물을 드러내기 때문에 유기적인 전체성, 관련성을 지니지 못한다. 따라서 받아들여야 한다는 점만을 반성 없이 드러내어 또 다른 문제점을 내포하고 있는 것이다. 한편 위의 두 편의 시에서 잘 드러나듯 형상화의 측면에서 그는 이분법적인 대립구조를 즐겨한다. 그러나 상충하면서 새로운 사물, 관념을 불러일으키는 것이 아니라 대립으로 그쳐 각각이 파편화한다. 그리고 "검은강철의 조끼"[80]처럼 의인화를 비롯한 이미지의 방법이 곧잘 동원되는데 이것 역시 겉모습의 묘사와 호기심에 의한 단순한 연상작용으로 그치고 만다. 그리하여 이미지라기보다 설명이라고 할 수 있을 정도가 된다. 밤을 "칠흑의 술잔"[81]이라고 한다든가 "고양이의 눈을 가진 전차"[82] 등이 그러하다. 또한 그는 호격, 청유형 등의 문장구조를 주로 채용한다.

• • •

79. 김기림, 「기차」, 위의 책, pp. 21-22.
80. 위의 글, p. 21.
81. 김기림, 「해도에 대하야」, 위의 책, p. 32.
82. 김기림, 「비」, 위의 책, p. 35.

"탄식하는 벙어리의 눈동자여 / 너와나 바다로 아니가려니? / 녹쓰른 두 마음을 잠그려가자"[83] 호격 청유형의 사용은 언어의 기능 중 능동적 기능에 해당한다. 그런데 김기림의 경우 판단의 근거 제시 없이 사물을 받아들이는 데 그치고 마는 것이다. 그러나 다음과 같이 날카로운 관찰에 의한 상호교감을 보여주는 부분도 있다.

설어운나의시를 어두운병실에 켜놓고[84]

글세 봄은 언제온다는 전보도없이 저차를타고 도적과같이 왔구려[85]

그러나 이러한 표현들은 전체 문맥 속에서 유기적으로 작용하지 못하고 있다. 「봄은 전보도안치고」의 뒷부분 "어쩐지 무엇을 — 굉장히 훌륭한 무엇을 가져다줄 것만같에서"라는 설명이 뒤따름으로 인해서 앞의 표현이 살아나지 못하는 것이다.

이러한 시적 태도는 『태양의 풍속』 전편에 걸치는데 그의 개작 과정은 그것을 구체적으로 보여준다.

① 1.
날러갈줄을 모르는 나의 날개여
2.
나의꿈은 졸고잇다.
오후의 피곤한 그늘에서 —.

* * *

83. 김기림, 「꿈꾸는 진주여 바다로 가자」, 위의 책, p. 53.
84. 김기림, 「태양의 풍속」, 위의 책, p. 20.
85. 김기림, 「봄은 전보도 안치고」, 위의 책, p. 63.

3.

창조자를 교수대에 보내라

4.

그러나 한우님 내게 날개를다고 나는 화성에걸터안저서 나의살림의 깨여진지상을 우서주고 싶다.

한우님은 그런재주를 부릴수잇슬가? 원 —

5.

오후는 아름답지안타. 내일은 오겟지[86]

② 날어갈줄을 모르는 나의날개

나의꿈은
오후의 피곤한 그늘에서 고양이처럼 조려웁다.

도무지 아름답지 못한 오후는 꾸겨서 휴지통에나 집어넣을가?

그래도 지地문학선생임은 오늘도 지구는 원만하다고 가르쳤다나, 갈릴레오의 거짓말쟁이.

홍 창조자를 교수대에보내라.

하누님 단한번이라도 내게 성한 날개를다고, 나는 화성에 걸터앉아서 나의 살림의깨어진지상을 껄 껄 껄 웃어주고싶다.

● ● ●

86. 김기림, 「오후의 꿈은 날줄을 모른다」, 『신동아』, 1933, pp. 132-133.

하느님은 원 그런재주를 부릴수있을가?[87]

우선 "고양이처럼"과 "껠 껠 껠"의 첨가에서 이미지화, 감각화에의
노력을 볼 수 있으나 보다 중요한 개작인 3연, 4연의 첨가, 그리고
①에서 5의 삭제의 요인은 지적 태도의 개입에 있다. 이 시는 '살림의
깨어진 세상'인 오후에 대립하는 미래지향적인 것으로 그가 판단하는
오전을 강조하기 위해 창조자 곧 하느님을 동원하고 또한 과학적 지식을
위트로 처리하고 있다. 그것은 김기림 자신의 시적 논리의 강화에서
오는 것으로 판단된다. 그러나 이 시의 '원만하다'는 표현에서 우리는
아름답지 못함의 숨김 상태가 아름다움과 갈등을 빚고 있음을 감지하게
되는데 그 갈등 자체뿐만 아니라 해결도 '창조자를 교수대로 보내라'는
비과학적, 비시적인 태도로 이루어진다.

모두 6개의 부분으로 짜인 시집『태양의 풍속』중 두 번째 부분인
「화술」은 '1. 오후의 예의, 2. 길에서, 3. 오전의 생리'로 되어 있는바
그의 시적 세계의 전개 과정과 방법론을 함께 살펴볼 수 있다. 그가
오후의 예의라고 부르고 있는 것은

나의 고향은
저산 넘어 또 저구름밖
아라사의 소문이 자조들리는곳.

나는 문득
가로수스치는 저녁바람 소리속에서
여엄 ― 염 송아지부르는 소리를 듣고 멈춰선다.[88]

• • •

87. 김기림, 「오후의 꿈은 날줄을 모른다」, 앞의 책, pp. 23-24.

에서의 "향수", 「첫사랑」, "고독"(「람푸」), "너를 기쁘게 하지 못"하는
들과 "네 눈을 즐겁게 못하는 슬픈벗포푸라"(「감상풍경」), 「이별」에서
보이듯 그리움, 슬픔, 움직이지 않는 자연, 그리고 "자유롭지 못한 안해"
(「가거라 새로운 생활로」) 등이다. 이러한 감상에서 벗어나기 위해
그가 택한 것은 그의 시의 중요한 모티브인 여행이다. 그 여행은 무엇인가
를 기대하게 되는데 김기림에 있어서 그 기대는 바로 감정이 배격된
상태로 나타난다. 그 배격하고자 하는 노력이 「2. 길에서」에 나타난다.

> 해변에서는 여자들은 될수있는대로
> 고향의냄새를 잊어버리려한다.
> 먼 — 외국에서온것처럼 모다
> 동딴몸짓을 꾸며보인다.[89]

이처럼 외국에 대한 동경은

> 그러고 너는 적도에서 들은 수없는
> 이야기를 가지고 왔니.
> 거기서는 끓는물결이 태양에로향하야
> 가슴을헤치고 미쳐서뛰논다고하였지?[90]

에서처럼 겉모습만으로 묘사되는 환상으로 이어지기도 한다. 이러한

• • •

88. 김기림, 「향수」, 위의 책, p. 47.
89. 김기림, 「풍속」, 위의 책, p. 81.
90. 김기림, 「제비의 가족」, 위의 책, p. 97.

과거, 감상의 부정에서 출발하여 도달하는 것이 소위 오전에의 기대감이다.

> 오— 전조선의 시민제군
> 고무공과 같이 부프러오른 탄력성의
> 대지의가슴으로 뛰여나오렴
> 우리들의 경주를위하야 이렇게도 훌륭하고 큰아침이 준비되었다.[91]

그가 말하는 밤은 보이는 것, 움직이는 것 없는 축자적 의미로 무無이다. 따라서 그것과 상관관계가 없는 미래란 환상이며, 생활인의 자세와는 무관한 것이다. 그 여행 역시 지적 탐구심과는 따라서 거리가 멀다. 그 대표적인 예로 「2. 길에서」 중 「함경선오백킬로여행풍경」의 「서시」를 들 수 있다.

> 세계는
> 나의학교
> 여행이라는 과정에서
> 나는 수없는 신기로운일을배우는
> 유쾌한 소학생이다.[92]

시적 대상의 선택, 그리고 시선에 있어서 분명 전과 다른 지성의 낌새를 보이고 있으나 그 해석에 있어서 그 지성은 힘을 발휘하고 있지 못하고 있는 것이다.

● ● ●

91. 김기림, 「새날이 밝는다」, 위의 책, pp. 104–105.
92. 김기림, 「서시」, 위의 책, p. 77.

이상의 장정으로 1936년 나온 전작 시집 『기상도』는 장시라는 형태를 지닌 작품이다. 김기림 자신이

　　장시는 장시로서의 독특한 영분領分을 가지고 있다. 어떠한 점으로 보아 더 복잡다단하고 굴곡이 많은 현대문명은 그것에 적합한 시의 형태로서 차라리 극적 발전이 가능한 장시를 환영하고 필연적 요구를 가지고 있는 것처럼 보인다.[93]

라고 말하고 있듯 현대문명의 위기 상황, 병적 현상에 대한 진단과 그 극복을 꾀하고자 한 것이 바로 『기상도』이다.

7부분으로 나누어진 이 작품의 내용은 다음과 같이 전개된다.

　　1. 세계의 아츰 : 태풍 내습 이전의 일상적인 상황

　　2. 시민행렬 : 노예제도, 전쟁광, 파시즘, 서구풍속, 우리나라의 직업난, 독재자, 동양의 안해, 실업자 문제, 거짓 신도들에 대한 묘사

　　3. 태풍의 기침起寢 시간 : 태풍의 성격이 심술쟁이, 싸홈동무, 장거리 선수 등으로 묘사되고, 사공과의 대화를 통해 행동을 시작하려고 한다.

　　4. 자최 : 흔들리는 중국, 실직자의 넋두리, 미국의 돈만 아는 행위, 믿음의 거짓, 지혜의 거짓, 예의지키지 않음, 쫓겨나는 공자 등 태풍에 의해 혼란된 정황이 묘사된다.

　　5. 병든 풍경 : 태풍이 휩쓸고 간 해협의 황폐한 풍경

　　6. 올배미의 주문呪文 : 도시의 황폐한 풍경. 여기에 처음으로 믿음과 허무 사이를 방황하는 화자 '나'가 등장한다.

● ● ●

93.　김기림, 「시와 현실」, 『시론』, p. 141.

7. 쇠바퀴의 노래 : 태풍이 남긴 온갖 폐허를 딛고 새 희망을 노래한다.

　　그러나 이 작품의 구조를 살펴보기 위해 태풍을 중심으로 하여 그 문맥을, 2·4가 전제조건, 5·6이 그에 대한 결과, 3이 행위자로 재배열해 볼 필요가 있다. 2·4는 동양·서양 할 것 없이 정치적·경제적 그리고 종교적·도덕적 문제가 파탄에 이른 현재의 상황이다. 그리고 5·6은 그 파탄에 따른 '나'의 허무함을 보여주고 있다. 그러나 7은 미래에 대한 막연한 기대감만을 보여주고 있을 뿐이다. 이러한 구조로 본다면 이 작품은 균형감을 상실하고 있다고 판단된다. 2·4의 현대의 상황은 비교적 동·서양의 여러 면에 걸쳐 무대에서 펼쳐지나 5·6은 다만 무대의 폐허와 화자인 '나'의 허무만이 나타난다. 그것과 아울러 2· 4는 객관적 이미지 구성에 힘을 썼으나 5·6 특히 6은, '나'의 주관이 강렬하게 들어온다. 그것은 지성의 힘으로 상황을 제시했으나 또한 지성의 힘으로 상황의 분석·해결을 함에 있어 미흡함을 보인다는 의미 이다. 그것의 이유는 또한 태풍의 성격에서도 나타난다. ─ 태풍이 동서 양에 걸쳐 있음은 논외로 하고 ─ 태풍은 사고를 완전 배제하고 행위만 을 추구한다. 3에서 태풍은 헐벗고 늙은 한 사공과 만나 대화한다. 그는 파우스트이다.

　　「오 파우스트」

　　「어디를덤비고가나」

　　「응 북으로」

　　「또 성이났나?」

　　「난 잠잫고 있을수가없어. 자넨 또 무엇땜에 예까지왔나?」

　　「괴테를 찾어단이네.」

　　「하지만 그는 내게 생각하라고만 가르켜주엇지.

행동^{行動}할줄은 가르켜주지 않았다네.

나는지금 그게 가지고싶으네.」[94]

그리고 태풍으로 현대문명을 진단하려고 하는 의도가 우선 문제를 안고 있다. 태풍으로 인한 것은 파괴, 곧 전대, 기존의 것의 전면 부정이 아니겠는가? 비록 7에서 "떨치고 이러날 나는 불사조"[95]라고 외치지만 그것은 전체 문맥과 무관한 시인의 기대사항일 뿐이다.

또한 정치·경제적인 면은 물론 종교 윤리·도덕적인 면에서도 왜 그러했고 거부되어야 하고 어떻게 극복되어야 하는가 하는 논리가 사상된 채 현상만을 보여주고 있다.

3. 이상, 「오감도」

1933년부터 일문시에서 벗어나 국문시를 쓰기 시작한 이상은 그 후 4년이라는 짧은 시기에 「오감도」를 비롯 「지비^{紙碑}」, 「역단^{易斷}」, 「위독」 등 주목할 만한 연작시들을 발표한다. 「오감도」를 필두로 한 이러한 시들에서 그가 관심하는 바는 인간과 인간 곧 인간과 사회, 인간과 인간의 내면세계와의 관계 검토이다. 그 관계 탐색을 통해 그는 일상현실을 이루고 있는 근본을 파헤치고자 한다.

기후^{其後}좌우^{左右}를제^除하는유일^{唯一}의 혼적^{痕迹}에잇서서

익은불서 목대부도^{翼股不逝 目大不覩}

• • •

94. 김기림, 『기상도』, 창문사, 1936, p. 6.
95. 위의 책, p. 25.

반왜소형^{胖矮小形}의신^神의안전^{眼前}에아전낙상^{我前落傷}한고사^{故事}를
유^有함.

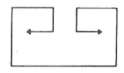

(장부^{臟腑}타는것은 침수^{浸水}된축사^{畜舍}와구별^{區別}될수잇슬는가)⁹⁶

여러 가지로 이 시를 해석할 수 있겠으나『장자』외편의 구절인
익은불서 목대부도(^{翼殷不逝 目大不覩}, 날개는 큰데 높이 날지 못하고 눈은
크나 보지 못하다니)와 그림에 주목하면 이 시는 기존의 모든 것을
달리 보아야 하는 시선의 변화를 촉구한 것이라 하겠다. 그것은 곧
「오감도」를 비롯한 그의 시의 방법론으로 등장한다. 관계의 비틀림,
혹은 역전을 통해 겉으로 드러난 현상의 이면을 캐내 그 허구성을
밝혀보고자 하는 의도로 보인다. 「오감도」 1, 2, 3호에는 아이들의 질주,
아버지의 역할, 싸움 등이 공간적 내지 시간적 상황으로 전개된다.
그러나 이상의 대부분의 시가 그러하듯 그 극복을 이루어내지 못하고
절망이나 억압상태의 확인, 혼란의 자각으로 마무리된다. 제 3호의
뒷부분은 다음과 같다.

싸움하는구경을하고싶거든싸움하지아니하든사람이싸움하는것
을구경하든지싸움하지아니하든사람이싸움하는구경을하든지싸움
하지아니하든사람이나싸움하지아니하는사람이싸움하지아니하는
것을구경하든지하였으면그만이다.⁹⁷

● ● ●

96. 이상, 「오감도 시 제 5호」, 『한국현대시문학대계 9』, 지식산업사, 1982, p. 16.

4호에서는 정신적 상황이 정상적이라고 생각하는 현대 일상인의 의식은 착각임을 시각적으로 보여준다. 그리고 6호의 "내가이필二匹을아는것은내가이필二匹을아알지못하는것이니라"[98]에서 지식 혹은 상식의 허구를 보여주고 있고 9, 10, 11호에서는 자신의 병, 혹은 죽음을 다루고 있는데 그것을 무기물 대하듯 하는 그의 태도가 주목된다. 그것은 인간을 물질문명과 관계 짓는 당대 상황에 대한 재인식을 반어적으로 촉구한 것으로 파악된다.

이처럼 그가 즐겨 다루는 대상은 일상현실이다. 그러나 그에 접근하는 그의 태도는 회의적임으로 인해서 지적인 측면을 엿보게 한다.

> 문득 성城밑내모자겼혜한사람의결인이장승과같이서잇는것을나
> 려다보앗다걸인은성밑에서오히려내우에 잇다혹은종합된역사의망
> 령인가.[99]

등과 같이 의문을 제기하는 형태를 자주 보여준다.

「오감도 시 제 15호」는 이상과 같은 여러 면을 아우르면서 자아탐색이라는 당시로서는 보기 드문 자화상을 그려내고 있다.

3
나는거울있는실내로몰래들어간다나를거울에서해방하려고그러

• • •

97. 이상, 「오감도 시 제 5호」, 위의 책, p. 14.
98. 이상, 「오감도 시 제 6호」, 위의 책, p. 17.
99. 이상, 「오감도 시 제 14호」, 위의 책, p. 26.

나거울속의나는침울한얼굴로동시에꼭들어온다거울속의나는내게
미안한뜻을전한다내가그때문에영어(囹圄)되어있드키그도나때문에영
어되어떨고있다

4

내가결석한꿈내위조가등장하지않는내거울무능이라도좋은나의
고독의갈망자다[100]

거울과 꿈을 매개로 하여 닫혀 있음과 해방을 다루고 있는 이 시는
일상적 약속의 이루어질 수 없음으로 인해 절망에 빠진 자아를 그려내고
있다.

5

내왼편가슴심장의위치를방탄금속으로엄폐하고나는거울속의내
왼편가슴을겨누어권총을발사하였다탄환은그의왼편가슴을관통하
였으나그의심장은바른편에있다.[101]

한편 시어나 이미지 구사에서 그는 자연이나 사물보다는 정신현상,
관념을 주로 다루고 있고 띄어쓰기를 무시하면서 의사소통의 문제를
새삼 끄집어내고 있다. 이것은, 그가 비록 회의나 절망에 그쳤지만
현상의 이면을 파헤치겠다는 문제의 제기, 혹은 재인식의 측면에서
분명 지적인 태도라고 말할 수 있을 것이다.
　　　　　　—『강원인문논총』1, 강원대학교 인문과학연구소, 1990.

● ● ●

100.　이상, 「오감도 시 제 15호」, 위의 책, pp. 27–28.
101.　위의 글, p. 28.

이건청론
— 이건청의 『망초꽃 하나』에 대하여

1

크게 보아 시인은 인간의 내면세계의 추이, 자연현상의 현존과 그 변화, 그리고 사회현상 나아가 사회의 구조 등을 시적 대상으로 삼는다. 물론 작품의 전개에서 바라본다면 위의 여러 면이 섞이겠지만 최초의 시작의 출발은 그 어느 하나에서 비롯될 것이다. 이러한 시적 대상에 대해 시인이 반응하게 되는데 반응 양태는 시인마다 다를 터이고 여기에서 시인들의 의식과 시 작품은 갈래지어지게 될 것이다. 시인은 여기에서 '발견'이라는 작업을 하게 된다. 고통이라든가 소외 억압 혹은 인간의 사물화 현상에 대한 천착이 그것이다. 이러한 발견은 곧이어 보다 개인적 입장에서는 불안, 슬픔, 좌절을, 보다 집단적인 차원에서는 분노, 비판정신을 가져온다. 한 마디로 부정정신의 발현이라고 할 수 있다. 또한 그것은 '검증'이라는 작업에 해당한다. 그러나 시인의 작업은 여기에서 끝이 나지 않는다. 끝이 난다면 개인적인 사상과 감정의 토로일 뿐 시가 아니기 때문이다. 시는 하나의 목표 지향 즉 사회적 가치를 향하여 열려야 한다. 그것은 때로는 위안을 가져오거나 포용으로 혹은 그 부정적인 면의 해소로 나타나기도 하고 극복에의 의지를 보여준다든가 하는 차원을 담게 된다. 한 마디로 사랑정신 혹은 꿈의 정신이라고 부를 수 있겠다.

그러나 이러한 과정은 모든 사람들이 상황에 부딪혔을 때 일반적으로 사유하는 과정이고 유독 문학, 특히 시에 국한된 것은 아니다. 그것이 시로 일컬어진다는 것은 시만이 지니는 상상체계에 있다. 그것은 상상력과 세계관을 바탕으로 한다. 이것은 서정주체 혹은 창작주체의 문제가 기본을 이루고 있다. 그리고 그것은 이미저리나 운율 그 밖의 장치를 거친 형상화의 도움을 받아야 한다. 실상 우리가 시를 다룰 때 가장 깊게 관심을 가져야 하는 것이 이 점이 되어야 할 것이다. 위에서 말한 발견이나 검증이 어떻게 시로 이루어지는가, 다른 글로 되지 않고 왜 하필 시로 되는가 하는 점의 해결이야말로 우리의 주된 임무이기 때문이다.

2

연보에 의하면 이건청은 1967년 <한국일보> 신춘문예에 「목선木船들의 뱃머리가」와 그 후 『현대문학』에 「손금」(1968. 11), 「구시가舊市街의 밤」(1969. 10), 「구약舊約」(1970. 1)이 추천되어 시인의 길을 걷게 된다. 등단 전까지의 작품을 모아 제1시집인 『이건청 시집』을 1970년 간행한 이후 『목마른 자는 잠들고』(1975), 『망초꽃 하나』(1983), 『청동시대를 위하여』(1989), 『하이에나』(1989), 시선집 『해지는 날의 짐승에게』(1991) 등의 시집과 시론집 『초월의 양식』(1983)과 시극 『폐항廢港의 밤』을 발표해왔다.

하나의 시인을 놓고 그 전면적인 시 세계를 완벽하게 파악하고자 하는 것이 시를 공부하는 사람들의 한결같은 열망이겠으나 어찌 보면 그것은 불가능한 일일지도 모르고 구체적인 작품들을 추상적인 세계로 환치시킴으로써 처음의 소망을 저버리는 일이 될지도 모른다. 더군다나 현재 나름대로의 시 세계를 천착해가고 있는 시인의 경우는 그것이 시인에게나 독자에게 하나의 고집으로 자리 잡게 하는 불운을 가져다줄 지도 모르는 일이다. 이러한 점을 애써 강변하면서 이 글은 1980년대 초에 간행된 이건청 시인의 시집 『망초꽃 하나』를 대상으로, 앞서 말한 시와 사회의 관계를 염두에 두면서 이 시인의 시 세계의 한 측면을 살펴보고자 한다.

3.1

시집 『망초꽃 하나』의 첫머리에 놓여 있는 「부리」는 새와 새를 둘러싼 새장, 새장 바깥에 존재하는 인간 그리고 바로 우리 인간을 둘러싸고 있는 그 무엇 — 시인은 '섭리'라고 말하고 있다 — 을 공간적으로 보여 주고 있는 작품으로, 다음 인용처럼 '죽음'을 놓고 인간존재의 의미 그리고 사회적인 문제를 동시에 조명하고 있는 것처럼 보인다.

> 아내여, 언젠가
> 새장 속의 새는 그 안에서 죽을 것이고
> 새장 밖의 우리는 그 밖에서 죽을 것이다.
>
> — 「부리」

그러나 보다 더 시인의 관심은 인간 문제에 놓인다. 인간은 여기서 객관적 상관물로 제시된 새처럼 그 누군가의 보살핌 없이는 존재할 수 없음을, 또한 자율적 존재일 수 없음을 보여준다. 실상 시인 자신도 이 시집의 앞머리 「독자를 위하여 — 풀꽃 하나로서의 자아」라는 글에서 다음과 같이 이 점을 말해주고 있다.

> 40대에 펴내게 된 세 번째 시집 『망초꽃 하나』에서 나는 왜소한
> 개체로서의 나의 두 눈을 발견하게 된 것 같다. 객체와 주체의 의미와
> 상호 연관을 생각한다.

따라서 지향점에 있어 문제의 범위를 개인에, 혹은 같은 계층에 국한시 킨다는 측면이 드러나 그것은 좌절의 승인으로 나타나기도 한다.

> 조금씩 무너져 내리는 석탄 더미가
> 복구될 수 없을 만큼씩 무너져 내리는
> 나를 닮았는지
>
> — 「석탄」

> 거대한 뿌리가 묻힌 채 기화氣化해 가는
> 한 세대의 겨울
> 떨리는 사람들이
> 문을 닫고 산다.
> 결빙에 잠긴 지상엔
> 무너지는 사내와
> 무너진 사내가
> 등걸만 남아 있다.
>
> — 「무너지는 사내」

돌아오는 사내가 보였다. 하루종일 무너져 내리는 남자, 똑같은
일상을 걷고 있는 사내가 있다.

—「거대한 시계」

사회에 대한 인식은 명시되지 않고 다만 개념적인 차원에 머물러
있다. 그 사회는 이 시인에게 인위적인 세계, 부자유의 세계, 길들이는
세계, 유명有名만이 인정되는 세계로 드러난다.

누구도 심지 않은 풀씨 하나 자라고 있었다. 누구의 안중에도 없었으
므로, 베꼬니아 곁에 싹을 내민 이름모를 잡초 하나쯤 무시하기로
하였다. (…) 덤으로 주어졌으나 당당히 자라올라 베꼬니아를 능가하
는 풀. 가는 줄기에 매달려 무심히 흰 꽃을 흔들고 선 풀, 하늘을
향해 펼쳐든 풀잎. 당당한 푸르름

—「잡초 기르기」

후박나무는 법정法庭이 바라뵈는 구릉 위에 서 있습니다. (…) 이파리
를 찌들게 하는 것들은 보이지 않지만 잎은 찌들고 색깔까지도 하얗게
질려 있습니다

—「흔들림에 대하여」

완전히 자유로와진 그는 달릴 수 있는 한 달리고 별안간 멈춰서기도
하였다. 그리고 내 휘파람소리가 들리지 않은 곳까지 가선 다시 돌아오
지 않았다. 「개 같은 놈!」 하늘 아래 소리만 자욱했다. 나를 향해
그 소리만 자욱했다.

—「축견畜犬」

가을엔 메마른 육신으로
연기를 뿜어올리는
무명無名의 면면들

한 더미 마른 풀인 나도
재가 된다.

─「잡초」

그럼에도 불구하고 이 시인이 사회에 대한 관심을 게을리 하고 있지
않다는 것은 다음과 같이 그러한 인위적이고 자유롭지 못하고 길들여져
야 하는 세계에 대해 우리들이 무관심하고 있다고 지적함에서 잘 드러난
다.

아, 우리는 그렇게 그려진 횡단보도를 건너며 잘리어진 밑둥과
파헤쳐진 뿌리를 생각지 않는다. 비탈에 쓰러진 것들을 생각지 않는다.
새 길이 우리를 향해 서서히 다가오고 있음을, 무수히 많은 횡단보도가
그려지고 있음을 생각지 않는다.

─「새길 2」

이러한 사회 인식은 시인으로 하여금 무너져내림 혹은 쓰러짐 나아가
죽음으로 반응하게 한다. 앞서 인용한 「석탄」, 「무너지는 사내」, 「거대한
시계」 등을 비롯 다음의 시는 바로 그러한 점을 살피게 한다.

가령, 버려진
배추잎과 잘려진 전선電線일지라도
버려지면서 공고한 유대로 묶인다.

반쯤 무너진 사내가
던져진다.
이 광막한 쓰레기 하치장에
가장 편한 모습으로 던져져 있다.

　　　　　　　　　　　　　　　　　　—「쓰레기 하치장」

　따라서 시인은 유대감을 희구한다. 그것은 '버려지면서 공고한 유대로
묶'임에서 잘 드러난다.
　그러나 시인의 노력은 그리 밝은 전망을 보여주지 못한다. 그리하여
자아와 세계가 화해에 이르지 못하고 있음을 말하고 있으며,

길은 산 가까이 갈수록 희미해진다.
산은 능선과 능선이 겹쳐져
거대한 질량을 이루고
그 속에서 모든 것들을 화해시킨다.
(…)
다만, 길가의 오랑캐꽃 여린 싹을 보며
봄이 오고 있음을 알 뿐,
길들이 산에까지 와서 끝나는 이유를
알지 못한다

　　　　　　　　　　　　　　　　　　—「희미한 길」

　그것은 어두움이 더해가기 때문일 것이다.

을숙도乙淑島의 어둠이

완벽해지고 있다.

— 「잠자는 겨울새」

3.2

이 시집의 경우 대립구조를 다수 보여주고 있는바 그것은 앞서 지적한 대로 그의 사회 인식의 결과라 하겠다. 즉 인위적인 세계와 자연스러운 세계, 자유롭지 못함 혹은 길들여짐과 자유로움 그리고 유명有名과 무명無名의 대립이 그것인바 각기 전자는 시인이 파악하고 있는 현실인식에서 기인하는 것이고 후자는 시인이 희구하는 바라고 말할 수 있다. 즉 「잡초 기르기」에서의 '베꼬니아'와 '잡초'의 대립, '법정이 바라뵈는 구릉 위에' 있는 '찌들고' '질린' '후박나무', '무명의 흐름을 지키'고자 하는 사내, '재가 되'는 '무명'인 '나' 등은 바로 그것이다.

또한 이 시인의 상상체계는 유기체적 세계라고 할 수 있는바 그중에서도 식물적 상상력이 주가 되고 있다. 앞서 인용된 「쓰레기 하치장」에서 '버려진 배추잎', '잘려진 전선', '무너진 사내'는 바로 식물은 물론이고 인간, 그리고 무기체인 전선까지도 하나로 포용하여 하나의 유기체적인 바탕을 이루고 있다. 다음의 '잡초'들도 시인에게는 범상하게 보이질 않는다. 그것은 바로 잡초 생명의 일환이기 때문이다.

누구도 심지 않은 풀씨 하나 자라고 있다. 누구의 안중에도 없었으므로, 베꼬니아 곁에 싹을 내민 이름모를 잡초 하나쯤 무시하기로 하였다. (…) 덤으로 주어졌으나 당당히 자라올라 베꼬니아를 능가하는 풀. 가는 줄기에 매달려 무심히 흰 꽃을 흔들고 선 풀, 하늘을 향해 펼쳐든 풀잎. 당당한 푸르름

— 「잡초 기르기」

가을엔 메마른 육신으로
연기를 뿜어올리는
무명無名의 면면들

한 더미 마른 풀인 나도
재가 된다.

— 「잡초」

광물질인 석탄조차도 다음처럼 이 시인에게는 식물적인 상상력으로
처리되고 있음을 볼 수 있다.

석탄이라는 보통명사로 남아
크레인 카에 실려나오는 것인지
이곳 저곳에 검은 더미를 이루는 것인지
끝내는 한 줌 재로 남는 것인지

— 「석탄」

그러나 보다 더 시인의 시선을 끄는 것은 앞서 지적한 바의 그 무심함에
서 기인한 무기력감이다.

그러나, 꽃들이 피어나면서 꽃의 무게를 이기지 못한 가지가
조금씩 처지고 있다.
담장 밖, 골목을 따라 걷고 있는 사내의 어깨가
조금씩 처지고 있다.

—「넝쿨 장미」

한편 시인은 서경적 방법론을 즐겨 사용하고 있음을 지적할 수 있는데 그것은 곧 서경에 시인의 마음을 기탁하는 전통적 기법에 다름아니다.

그러나
시냇물이 흘러가 닿는
하류는 어디냐,
거기도 무명無名의 흐름을 지키던
한 사내가
저물녘의
시냇물이 되어
산굽이를 지나고 있을 것이다.

—「시내」

그러나 서경과 시인의 관계가 주체 객체가 각각 독립되어 평행을 이루는가 아니면 주체의 객체화 혹은 객체의 주체화의 모습을 지닌 몰입을 보이는가가 이 시인을 비롯한 현대 시인과 고전과의 차이점의 하나로 드러날 듯싶다. 「시내」에서의 시내는 무명의 사내와 나란히 가고 있다. 그러나 다음 김정희金正喜의 시는 시인의 마음 혹은 지조가 난에 녹아들어 있지 않은가.

산중에 찾고 또 찾아서 山中覓覓復尋尋
붉은 꽃 흰 꽃 찾아내었네 覓得紅心與素心
한 가지 보래련들 길이 멀구나 欲寄一枝嗟遠道
이슬 향기 차기가 지금 같고저 露寒香冷到如今

고전 체계의 창조적 계승이라는 점에서 이 문제는 깊이 있는 고찰이 요청된다 하겠다. 이 점은 병치 은유의 기법이라고 바꿔 말할 수 있는데 이 시인의 경우 그것은 유대감을 회복하지 못한, 단절 혹은 무너져 내림과 밀접한 관계를 맺고 있음을 알 수 있다.

그런 밤엔 두 다리가 절단된
27호실의 그를 생각하지 않았다.

어느 날에도
달려가는 기차들은 있었고
아예 머리 부분도 없는 무개화차들이
멈춰 있기도 하였다.
칸마다 무연탄이 가득하였다.

— 「정형외과병동에서」

4

이 시인의 초기작 예컨대 「목선들의 뱃머리가」 등은 어둠과 절망, 억압 그리고 비굴한 역사를 극복하고 청춘의 힘으로 미지와 수확의 세계로 나가자는 것이었고 또한 그것의 지속을 다짐하고 있는 시편들이었다. 그리고 그 청춘이란 구체적으로는 시였다.

내 유년의 금강석을 찾으러
정박했던 해변에서

삽으로 팠다.
시의 뿌리를,
굽이치는 그 가을파도를 보며.

— 「만리동 비탈길」

　여러 연구자들이 지적한 대로 이 시인은, 언어로, '황인종', '심봉사' 혹은 제 기능을 상실한 동물들을 통해, 그리고 지금까지 소략하게 언급한 대로 이 사회의 결핍을 극복하고자 하고 있다. 그러나 그 희원이 이루어진 것처럼 보이지는 않는다. 아마도 그것은 불가능하리라. 불가능함으로 인해서 역설적으로 이 시인의 다음 시편들을 우리들은 기다리는 것이다.

—『현대시』 3(4), 한국문연, 1992.4.

자유시 논의의 전개 과정

I. 자유시라는 용어와 상징주의와의 관계

1909년 1월 『소년』지에 실린 「신체시가대모집」에는 응모 작품의 선정 기준으로 4가지 항목이 제시되어 있는바 그 중 첫 번째로 "어수와 구수와 제목은 수의隨意"[1]라는 항목이 보인다. 비록 자유라는 용어에 의거하지는 않았지만 어절수와 행수에 있어서 자유를 허용한 것으로 보아 자유시에 관한 단편적 언급으로 파악할 수도 있겠으나, 이것 역시 세 번째 항목을 제외한 다른 두 항목과 마찬가지로 최남선 자신의 관심하는 바의 바깥에 놓인 것으로 파악해야 할 것이다. 따라서 비록 작품 창작에 어떠한 제약을 가하지 않은 언급이지만 이 항목은 예술 혹은 장르 개념과는 무관한 무의식적인 것으로 보인다.

본격적으로 자유시라는 단어가 문면에 나타난 것으로는 "앙리 드 레니에는 20세기 초 구주歐洲 시단을 풍미한 상징주의 시와 자유시의

• • •

1. 최남선, 「신체시가대모집」, 『소년』 2, 1909. 1.

태두이며"²에서라고 보이지만 실상 자유시라는 용어는 김억과 백대진의 다음의 글에서 실질적으로 사용되고 있다.

김억은 프랑스 시단을 소개하는 자리에서 자유시를 언급하고 있는데 형태의 면에서 그것은 재래의 모든 형식을 타파하려는 데에서, 그리고 의미의 면에서 시인의 내부 생명의 요구에 의해서 성립한다고 말하고 있다.

> 여러 말을 허비하기 전에 과거의 모든 형식을 타파하려하는 근대예술의 폭풍우적 특색이 시인의 내부 생명의 요구에 따라 무형적되게 되었다 하는 한마디면은 그만이다.³

그러나 그는 같은 글에서 자유시를 '언어의 음악'으로 파악하고 또한 자유시는 '산문시'라고 말⁴하고 있다. 이러한 언급으로 보아 김억이 파악한 자유시는 형태의 면이나 의미의 면에서 자유에 대한 말풀이에 의한 용어로밖에는 의식되지 않았던 것으로 볼 수 있다. 그러나 언어의 음악이 내부 생명의 요구와 결합이 된다면 그것은 후의 김억이 누차 주장하고 있는 호흡률, 즉 내재율의 성립 근거로 파악될 수도 있다. 그러나 이때의 경우는 아직 거기까지 나아간 흔적은 보이지 않는다. 다시 말하면 새로운 시의 모색이라기보다는 전통적 시의 해체 과정에 지금 김억이 위치하고 있는 셈인 것이다.

한편 백대진은 자유시는 상징주의에 의해 일어났다는 설명을 들려주고 있다.

• • •

2. 백대진, 「이십세기 초두 구주 제 대문학가를 추억함」, 『신문계』 4–5, 1916. 5.
3. 김억, 「프랑스 시단」, 『태서문예신보』 11, 1918. 12. 14.
4. 위의 글.

여러 복잡한 표상파를 끊어버린 것은 자유시의 기인旗印이올시다. 제각금 자기의 모델model에 부합되지 아니하는 개성의 인상을 읊음과 동시에 이에 맞는 바 각자의 표현법을 구하였나니 곧 기억식인 시형의 제국을 돌파하고 제각금 자기의 시풍을 수립하였습니다. 곧 단순무미한 전통적 시법에 헤매지 아니하고 제각금 자연으로 돌아갔습니다. 이제 1830년의 낭만파 이래 무릇 60년 동안 전성을 지속하던 제국식 규범이 파르나스 제국에 이르러 절정에 달하였다가 상징주의의 파괴운동으로 말미암아 자유시의 건설을 보게 되었습니다. 곧 시에 대한 공화적 자유사상이 확실히 세워졌습니다.[5]

이 역시 자유시가 상징주의에 의해 일어났다는 개략적인 설명에 불과하다.

II. 자유시 논의의 전개 과정

1. 운율에 관한 논의

전통적 시의 해체 과정과 맞물리어 수용된 자유시 논의는 김억이나 백대진의 초기 언급 즉 단편적이고 해설적인 설명에서 나아가 김억의 「시형의 음률과 호흡」, 그리고 황석우의 「조선시의 발족점과 자유시」

• • •

5. 백대진, 「최근의 태서문단」, 『태서문예신보』 9, 1918. 11. 30.

등에 이르면 어느 정도 자각적이고 구체적인 자리를 확보하게 된다.

자유시 논의에 있어서 혹은 운율 문제에 있어서 중요한 위치를 차지하고 있기에 김억의 「시형의 음률과 호흡」이 짧은 글이지만 세밀하게 검토될 필요가 있다.[6] 김억의 예술에 대한 기본적 태도는 내용과 형식의 조화에 있는데 그때 내용은 '맘' 혹은 '심령'으로, 형식은 '육체'로 표현된다. 이러한 기본적 태도를 전제하면서 김억의 주된 관점을 살펴보자.

> 그 육체의 한 힘 즉 호흡은 시의 음률을 형성하는 것이겠지요.
> 그러기에 단순한 시가 보다 더 시미를 주는 것이요, 음악적이 되는
> 것도 또한 할 수 없는 하나하나의 호흡을 잘 언어 또는 문자로 조화시킨
> 까닭이겠지요. (…) 시는 시인 자기의 주관에 맡길 때 비로소 시가의
> 미와 음률이 생기지요. 다시 말하면 시인의 호흡과 고동에 근저를
> 잡은 음률이 시인의 정신과 심령의 산물인 절대 가치를 가진 시될
> 것이요, 시형으로의 음률과 호흡이 이에 문제가 되는 듯합니다.[7]

이를 좀 더 쉽게 파악하기 위해 여러 개념들을 상위, 하위 개념으로 갈래지어 도표화해보면 다음과 같이 될 것이다.

• • •

6. 김억의 이 글이 자유시론을 펼친 것이라는 점은 이미 여러 연구자에 의해 지적되어 왔다. "이 안서의 「시형의 음률과 호흡」은 자유시를 이론적으로 성찰하고 주장한 최초의 시론이었다"(정한모, 『한국현대시문학사 연구』, 일지사, 1983, pp. 285–290); "김안서의 주장은 프랑스 상징파 시론을 바탕으로 한 자유시의 개념"(김학동, 『한국 근대시의 비교문학적 연구』, 일조각, 1981, p. 91); 한편 수용양상의 연구에서 한계전 교수는 보다 구체적으로 크로델로부터 빌려온 상전민의 호흡률, 밴스 톰슨으로부터 빌려온 복부가향의 개성률을 받아 김억이 자유시론을 수립하였다고 하고 있다(한계전, 『한국현대시론연구』, 일지사, 1983, p. 183).
7. 김억, 「시형의 음률과 호흡」, 『태서문예신보』 14, 1919. 1. 12.

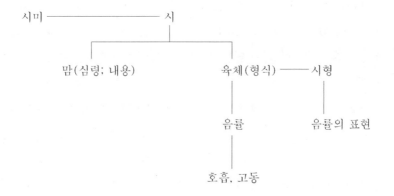

시미 ──────────── 시

맘(심령; 내용)   육체(형식) ── 시형

음률   음률의 표현

호흡, 고동

이때 김억이 주장하는 바의 또 하나 주목해야 할 것은 형식인 시형이 음률의 표현이라는 점이다. 이 부분에 김억의 관심이 놓이는데 그것 때문에 민족 혹은 조선이 같은 글에서 거론되고 있기 때문이다. 다시 말하면 김억이 "조선 사람으로는 어떠한 음률이 가장 잘 표현될 것이겠 나요, 조선말로의 어떠한 시형이 적당한 것을 먼저 살펴야 합니다. (…) 진정한 의미로 작자 개인이 표현하는 음률은 불가침입의 경역이지 요, 얼마동안은 새로운 일반적 음률이 생기기까지는"[8]이라고 말할 때, '불가침입'은 개인적 차원뿐만이 아니라 민족적 차원까지 미치는 영역 이다. 불가침입은 분명 자유의 영역이다. 그러나 그 뒤의 단서를 보면 결코 개성률을 인정한 것이 아니라 그것을 과도기적인 것으로 보고 있다는 점을 알 수 있다. 결국 어디까지나 김억은 시미를 위한 시형의 모색을 하고 있으므로 김억이 지금 생각하고 있는 작업은 자신을 포함하 여 하나의 실험단계로 보고 이러한 주장을 하고 있는 셈이 되는 것이다.[9]

• • •

8. 위의 글.
9. 1924년 10월 주요한은 초창기를 회고하는 글에서 "조선말로 시험할 때에 자유시의 형식을 취하게 된 것은 그 시대의 영향도 있었거니와 조선말 원래의 성질상 그러지 않을 수 없었습이외다"(「노래를 지으시려는 이에게(1)」, 『조선문단』)라고

그렇다면 후의 언급에 자주 나타나듯이 그가 말하는 시형은 그리하여 음률이나 호흡은 외면적 형식에 의한 것이므로 김억이 말하고 있는 것은 직접 자유시에 닿지 않는다. 그러나 김억 개인으로는 원했건 원치 아니했건 호흡률은 자유시 논의의 중요한 부분인 운율 논의의 계기를 마련했고 그것은 현재까지 정당하게 받아들여지고 있는 것이다.

황석우의 글은 그 글 바로 한 달 전의 글 「시화(1)」의 연장선상에 있는데 이 「시화(1)」는 김억의 글과 달리 회화성까지를 언급[10]하고 있다는 점이 일단 주목을 끄나 그 논의의 전개는 그 후 보이지 않는다. 한편 「조선시의 발족점과 자유시」는 우선 그 표제를 보더라도 황석우의 지향하는 바를 짐작하게 하는데 그는 우선 자유시의 발상지인 프랑스의 현황을 그리고 자유시의 성격의 하나로 율을 말하고 있다.

> 율이라 함도 이 자유시의 혹 성률을 이름입니다. 이 율명에 지하여는 사람에게 의하여 각각 혹 내용률, 혹 내재율, 혹 내심률, 혹 내율, 혹 심률이라고 호합니다. 그러나 이는 모두 자유율 곧 개성률을 형용하는 동일 의미의 말입니다. 나는 차등 종종의 명을 포괄하여 단히 '영율'이라 호하려 합니다.[11]

• • •

말하고 있고 김억 역시 1925년 8월 시가는 "어디까지든지 일정한 규율적 표현형식을 가진 것"(「작시법 5」, 『조선문단』)이라고 말하고 있다. 이 점에 대하여는 오세영 교수의 지적도 있다. "안서는 자유시의 존재를 부정하지는 않았다. (…) 그러나 안서는 자유시형을 어느 정도 인정하면서도 시의 율조에 관한 한 내재율은 인정하지 않는 태도로 일관한다. 내재율(자유율)이란 근대시 형성에 있어서 과도기적 존재에 지나지 않는다는 것이 그의 주장이다"(오세영, 『한국낭만주의시 연구』, 일지사, 1980, p. 255).
10. 황석우, 「시화(1)」, <매일신보>, 1919. 9. 22.
11. 황석우, 「조선시단의 발족점과 자유시」, <매일신보>, 1919. 11. 10.

여기에서 내재율이라는 명칭이 등장하지만 그러나 그에 대해 의미 부여는 이루어지지 않고 있다. 그러나 우리가 보다 더 주목해야 할 것은 황석우가 자유시를 주장하게 된 이유이다. 이 글의 앞에 그는 이렇게 말하고 있다.

> 제군이여 우리 시단은 적어도 자유시로부터 발족치 않으면 아니 되겠습니다. 그리고 시단이 차차 깨우는 때를 따라 상징시, 혹 민중시, 인도시, 혹 사상寫象시 등에 기를 분하여 나가는 것이 그 가장 현명한 순서라 하겠습니다.[12]

먼저 인용된 바에 의하면 개성률이 자유시의 근저에 있는데 그 운율을 발견한 연후에 의미 내용 문제를 다루어 나가야겠다는 언급이 위의 인용에 나타나 있다. 우리가 아는바 형태 구조와 의미 구조는 순차적으로 따질 성질의 것이 아니라 동시적일 터인데, 여기에서 왜 자유시 논의가 운율론으로 시작되었는가 그리고 김억, 황석우 등에서 보는 바와 같이 시종일관 형식 논의로 이루어졌는가를 살펴볼 필요가 있다. 운율 등의 문제는 형식 논의를 오래 견디지 못하는 속성을 지니고 있다. 즉 형식 논의를 밀고 나가면 그때 부딪치는 것은 의미인 것이다.

우선 당시의 문단 내지 시단의 분위기를 그 이유로 들 수 있을 것이다. 이광수나 최남선의 이념적 수단으로서의 문학에 대한, 순수하게 파악하고 나선 순수문학 옹호가 그것이 될 것이다. 이 점은 다른 각도에서 우리나라에서의 상징주의 운동의 실패와 관련하여 살필 수 있다. 김윤식 교수는 그 실패의 원인을 세 가지로 나누어 살피고 있는데 그중 두 번째 "상징시 속에 자연주의적 요인이 침입한 결과, 현실주의적 이념이

• • •

12. 위의 글.

'심령의 은미한 소식', 혹은 '세균보다 섬미'한 기미를 이상으로 하는 상징시를 파괴한 것"[13]이 그것으로 이때 김억의 기본적 문학 태도가 예술을 위한 예술이라는 점[14]을 들 수 있다. 또한 "한국에서는 상징주의를 시의 방법으로는 별로 고려하지 않고 막연한 기분으로 시종했다"[15]는 상징주의 운동의 실패의 세 번째 원인도 들 수 있다. 그 막연한 기분은 특히 김억에게 음악적인 것으로 받아들여졌기 때문이다. 그리고 다른 나라에 비해 두드러지지 않는 것으로 보이는 우리 운율의 정체를 밝히고자, 즉 새로운 시형, 그것은 정형시형인데, 그 시형의 모색 과정에서 자유시 논의가 전개되었기 때문일 것이다. 이 점과 관련하여 "우리의 자유시는 신체시로부터 비롯된 것이 아니라 신체시라는 반동적 시형 ―정형시 시형― 의 창안 운동이 좌절됨으로써 완성될 수 있었다"[16]라는 오세영 교수의 진술은 시사하는 바가 크다.

2. 자유에 관한 논의

1920년 11월 『개벽』지의 황석우의 「최근의 시단」이라는 글 후미에 여백을 메우기 위하여 현철이 일본의 생전장강의 『문학신어소사전』에서 인용한 「시의 정의」가 두 사람 사이에 작은 논쟁[17]을 불러일으키는데 이 논쟁은 '자유'의 범위에 기초를 두고 있다. 현철은 황석우를 초점으로

• • •

13. 김윤식, 『한국 현대 문학비평사』, 서울대 출판부, 1982, p. 20.
14. 오세영, 앞의 책, p. 261.
15. 김윤식, 앞의 책.
16. 오세영, 『20세기 한국시 연구』, 새문사, 1989, p. 63.
17. 이 논쟁은 현철에 대한 황석우의 논박으로 시작하는데 그 자세한 것은 김학동, 『한국근대시의 비교문학적 연구』, 일조각, 1981, p. 96의 주33 참조.

하여 당시의 시단의 분위기를 매우 강한 어조로 비판하고 있다. 현철이 말하는바 당시의 시들은 몽롱체이다.

> 황군이 자칭 시인이라는 명목하에서 단행의 어구를 나열하여 그 형식은 소위 자유시라는 이름에 밀고 그 뜻은 상징주의라는 간판에 부쳐 성대히 몽롱체를 만들며[18]

그가 지적하고 있는 것은 두 가지이다. 하나는 필연성 없이 행만 나누면 자유시인가 하는 점이고 의미상으로 애매모호한 것을 내놓고 있지 않은가 하는 점이 다른 하나이다. 지금의 입장에서 보았을 때 현철의 지적은 상당한 설득력을 지니는데 당시에도 사정은 마찬가지였다. 이후 이 '몽롱체'라는 말이 종종 쓰이고 있었다.[19] 이러한 비판을 가한 후 그는 자유시에 대한 자신의 견해를 보여준다.

> 그러나 폐해를 구제하기 위하여 18세기에 미국시인 왈트 화이트맨이 자유시형이라고 하는 것을 창시하게 되었다. (…) 그 적은 그릇에 복잡하고 다단한 금인의 생활감정을 담을 수 없다는 이유와 자유로 유출하는 정서를 군이 구속하여 형식에 구애할 것이 없다는 것으로 자유시형이라는 명칭이 생겼으니 즉 자유의 사상 감정을 담은 그 그릇의 형상도 그 담은 물건에 따라 자유가 되어야 하겠다는 말이다.[20]

• • •

18. 현철, 「소위신시형과 몽롱체」, 『개벽』 8, 1921. 2. 1.
19. 예컨대 1927년 양주동은 「병인문단개관」에서 "조선 시계에서 불가해 시체가 유행 (…) 되지도 않는 상징시니 무엇이니 하여 의미불통할 몽롱체를 쓴 것이 작용의 시가 되어"라고 썼다(『동광』 9, 1927. 1).
20. 현철, 앞의 글.

상징주의 시인에 의한 자유시 수용이 아닌 휘트먼에 의한 자유시 수용이라는 점에서 이전과는 다른 자유시에 대한 개념이 도출될 가능성을 그는 열어 놓고 있다. 즉 김억 등의 경우는 시인 내부 생명의 필요에서라는 근거보다는 우리의 운율 정체를 모색하기 위한 방편으로 자유시라는 용어를 들여오는데 이에 이르러서는 운율 문제보다는 자유의 사상이 자유시의 중요한 근거로 대두되는 것이다. 그리고 이러한 자유시 혹은 자유사상의 필연적 대두에 대해서도 "[외형의 형식]이 연구세심하여 일정한 법규가 됨에 왕왕이 시인들이 그 내용보다도 외형의 형식에 끌려 정의 실질이 희박하여 감은 사실이다."[21]라고 암시적이나마 언급하고 있다. 그러나 이후 이 방면의 글은 극히 개론적인 입장에서만 나타난다.

또 하나 이 글에서 우리의 주목을 끄는 것은 이후 전개되는 논의 과정의 핵심 중의 하나인 시조에 대한 그의 견해이다. 대다수가 형태적인 면에서는 글자 수를 중시하고 있는데 현철은 그것을 다른 각도에서 보고 있는 것이다.

> 시조 (…) 그 형식이 가조(歌調)에 탁하는 고로 비교적 형식에 여유있음
> 은 우리 시의 자랑거리[22]

3. 자유시 논의에 대한 비판과 시조 문제

(1) 자유시 논의에 대한 비판과 반성

● ● ●
21. 위의 글.
22. 위의 글.

앞서 언급한 현철의 글에서 이미 보았듯이 자유시 혹은 자유시 논의에 대한 비판은 1920년대 초부터 시작되는데 그 요점은 역시 전술한바 형태면에서, 늘어놓으면 줄글 즉 산문과 다를 바가 없는데 행만 가르면 시 혹은 자유시가 되느냐라는 것과 수용된 상징주의를 빌미로 그 의미 내용에서 몽롱하게 표현해 놓고 시라고 내놓기만 하면 되느냐라는 당시의 시단 정황에 대한 것이었다. 이 점을 김기진도 지적하고 있는데 그는 주로 형태적인 면에서 이러한 정황을 비판하고 있다.

> 약 7, 8년 전부터 2행 3행 혹은 4, 5행씩 절을 떼어 가지고 잡지나 신문지의 하반부에 여백을 두고 글을 써 나아가는 한 개의 별다른 글이 생기게 되었다. 이것을 소위 신시 혹은 신체시 혹은 자유시라고 불러 내려왔다. (…) 〈오오 ─〉 〈아 ─〉하는 말을 써가며 〈사랑아〉 〈님아〉 〈그리워〉하여가며 줄글로 써놓았으나 행수를 잘라서 늘이여 놓으나 마찬가지인 그 소위 〈신시〉[23]

이러한 비판의 근거를 김기진은 산문과 시를 가르는 리듬에 두고 있다. 내용률의 엄격한 조건을 요구하는 것이 현대의 자유시라고 말하고 있는바 그것은 김억 등의 운율 논의의 연장선상에 있다. 즉 여전히 음악성에 치우쳐 논의되고 있으니 섣부른 논의의 시작이 끼치는 영향이 적지 않다는 것을 또한 볼 수 있다. 음악성 혹은 리듬에 관해서 김기진은 그 후 「시가의 음악적 방향」이라는 글에서 상론하고 있는데 호흡론 등의 보강 내지 극복의 차원을 보여준다.

> 시가의 음악적 방면은 언어의 발성으로 말미암아 전개된다. 호흡도

● ● ●

23. 김기진, 「현시단의 시인」, 『개벽』 57, 1925. 3.

발성의 일부다. 그리고 단지 언어의 발성만으로가 아니라 그 발음의
정돈 배열로 말미암아 음악적 효과를 낳는다.[24]

발음의 정돈 배열로 말미암아 음악적 효과를 볼 수 있다고 전제한
다음 그는 구체적으로 베를렌느의 「가을」을 예시로 하여 1. 유성음의
사용, 2. 음수, 3. 두운, 4. 각운, 5. 음향 등을 분석하고 있는데 그것은
음운 배열 즉 압운과 음성상징에 대한 것으로 파악된다. 운율에 대한
현대적인 논의의 일부를 보여주는 것으로 분명 김억 등의 원론적인
설명에 비해 진일보한 실천적인 논의라 할 수 있다. 그러나 문제는
또다시 우리나라의 경우에 와서 발생한다.

조선말은 엄격한 의미에서 리듬이 없는 말이다. 다만 그 음악적
효과를 얻고자 할 때에는 자수— 서양어로 말하면 실라블 수— 로
조자를 맞추는 것이 가장 중요한 방법일 것이다. 44 혹은 45, 55,
65, 75 — 등의 조자로써 효과를 얻을 수 있다.[25]

애써 베를렌느의 시에서 찾아낸 자유시의 내재율의 바탕이 될 수
있는 것을 다시 포기하고 음수율로 되돌아가고 있다. 이후 김기진은
이 문제는 거론하지 않는다.
이러한 부분적인 비판과 대안은 1926, 7년에 이르러 양주동에 의해
전면적인 반성에까지 이르게 되는데 양주동이 제시하고 있는 당시
우리 시단의 문제는 1. 운율론 문제 2. 소위 몽롱체의 범람 3. 민중과의
거리가 멀어짐 4. 시의 독립성 문제로 요약될 수 있는바 이 모두는

• • •

24. 김기진, 「시가의 음악적 방향」, 『조선문단』 11, 1925. 8. 20.
25. 위의 글.

자유시 혹은 자유시 논의 과정에서 파생되는 문제들이었다.

　신체시가 생긴지 이미 10년 동안이 경과하였고 많은 시인들이 어간
에서 노력하여온 결과 점차 형성되는 도정에 있다. 물론 그 근본적인
운율론 문제가 아직 해결되지 못하고 시형 시풍 같은 것들이 모조리
미정고의 범위를 벗어나지 못한 것은 사실이로되[26]

　조선 시계에 불가해 시체가 유행하였습니다. 재래의 소위 시인들이
되지도 않은 상징시니 무엇이니 하여 의미불통할 몽롱체를 쓴 것이
작용의 시가 되어 신진시인들도 흔히 그 작품을 모방하기에 이른
것입니다. 그리하여 일반인들은 시라는 것을 당초부터 〈불가해 문학〉
이라고 생각함에 이르렀으니, 이는 조선에 있어서 시와 민중과의
거리가 한층 더 서어하게 된 중대 원인입니다.[27]

　특히 부기코 싶은 것은 시 그것의 독립성이다. 시의 영역이 많이
근대적 산문으로 인하여 침식된 이날 시로서의 독립성 보존은 매우
귀한 문제이다. (…) 근래 우리 시단에는 시의 본조를 잊고 형식의
산문화를 도모하는 무리, 혹은 사상 내용에 산문적 요소를 많이 혼합하
는 무리가 있다. 예시하자면 산문을 행만 끊어 시라 하는 것, 사상적
내지 Prosaic한 선언류의 것을 시로 쓰는 따위가 정히 그것이다. 소위
프로시라는 것도 그것이다.[28]

• • •

26.　양주동, 「시단의 회고」, <동아일보>, 1926. 11. 30.
27.　양주동, 「병인문단개관」, 『동광』 9, 1927. 1.
28.　양주동, 「문단전망」, 『조선문단』 19, 1927. 2.

문제점을 적시한 데 비하여 그 대책은 당시로서는 어쩔 수 없는 일이었을지도 모르나 그리 만족스러운 것은 아니었다. 다음과 같이 작품 내부 혹은 이론의 탐구 과정에서 해결책을 구하지 못하고 대안 아닌 대안으로 그치고 있다.

> 이 시단 부진의 대책은 장황히 서술할 수가 없으나 이미 나의 숙사하던 자유시의 제한과 시의 민중화가 시단일부에서 주창되고 실행되는 것은 위선 가희할 일입니다. 지금까지의 시는 너무나 산문적이오 너무나 형의 통일이 없는 잡박한 결점이 있었기 때문에 자유시에도 좀더 제한적 조건을 두지 않으면 안될 줄 생각합니다.[29]

그것은 개인의 힘에 의해서 이루어지는 것이 아니라 시단 전체의 힘에 의해서 이루어지는 것일 것이다. 그러나 이때에도 여전히 김억 혹은 주요한 등 시단의 선배격인 인물들에 의해 완강한 보수주의의 태도가 견지되고 있었고[30] 또한 사회주의 이념에 의한 문학운동이 표면화되고 있었던 때라 자유시에 대한 논의는 그만큼 위축될 수밖에 없었다.

● ● ●

29. 양주동, 「병인문단개관」, 『동광』 9, 1927. 1.
30. 예컨대 김억은 1927년 1월 다음과 같이 우리 시의 진로를 밝히고 있다. "민족적 견지로 보아 조선 사람에게는 다른 민족과는 다른 조선 사람의 고유한 일방적 호흡이 있음을 잊을 수가 없으니 우리의 고유한 조선 사람의 호흡에 가장 적절한 시형되는 시조가 그것입니다. (…) 현대의 우리의 생활과 사상과 감정을 표현하기에는 적지 아니한 신구 상반되는 점이 있습니다. (…) 조선 시형은 다른 곳에서 구할 것이 아니고 조선 사람의 사상과 감정에 또는 호흡에 가장 가까운 시조와 민요에서 구하지 아니할 수가 없는 줄 압니다. 다시 말하면 시조나 민요의 형식 그것을 그대로 채용하지 아니하고 이 두 가지를 혼합절충하여 현대의 우리의 생활과 사상과 감정이 여실하게 담겨질만한 시형을 발견하는 것이 좋지 아니할까 합니다"(김억, 「밝아질 조선시단의 길」, <동아일보>, 1927. 1. 3).

그리하여 이 문제는 또 다른 문제를 파생시키는 하나의 원인이 되는데 그것이 바로 시조 부흥 문제였다.

(2) 자유시와 시조의 관련 문제

1927년 3월 『신민』지는 「시조는 부흥할 것이냐」라는 특집을 마련하여 여러 문인들의 견해를 싣고 있다. 이는 시조 문제가 당시의 시단의 관심의 중심에 있었다는 이야기가 되는데 그 이유 중의 하나가 자유시와 관련되었기 때문이라고 볼 수 있다. 『신민』지의 글들과 그 외 여러 지상에 나타난 견해들을 정리하면 시조는 1. 부흥할 것 혹은 부흥해야 하리라는 주장, 2. 사문학이므로 파괴해야 한다는 주장, 그리고 3. 이러한 문제 자체가 제기되는 데에 대한 의구심, 즉 논의의 필요가 없다는 태도 등으로 요약된다.

좀 더 살펴보면 부흥론자의 견해는 다시 둘로 나뉘는데 "자유시 운동이라고 하는 것은 일시적 과도기적 운동에 불과한 것으로 결코 뿌리를 박을 것이 못된다고 생각하는 동시에 시조 부흥 운동은 이와 반대되는 의미에 그 의미가 자못 심원하다 하겠다."[31]라는 주요한의 주장과 같이 자유시에 대한 전면적인 배격의 입장과 시조를 하나의 수단으로 삼자는 다음과 같은 최남선의 주장이 있다.

> 시조 부흥은 시조 자신을 위해서도 물론이지마는 다시 과거에 대하
> 여는 조선 시심의 성조적 자연상을 살피고 아울러 그 발달의 극치를
> 현전코 실험하는 상에도 필요하며 장래에 대하여는 더 나은 시형의
> 유도체와 더 자유로운 시체 발달의 발판과 버팀나무를 만드는 상에도
> 필요한 줄을 알아야 합니다.[32]

● ● ●

31. 주요한, 「시조부흥은 신시운동에까지 영향」, 『신민』 23, 1927. 3.

이어서 그는 시조가 "우리 문학적 건축의 유일 소유"이기 때문이라고 그 이유를 밝히고 있다.

주요한의 경우 형태상의 문제에 보다 더 관심을 기울이고 있는 것으로 보이는데 그것은 외국의 시에 필적할 만한 소위 우리만의 것[33]에 대한 집착에 기인하는 것으로 볼 수 있다. 자유시란 그의 입장에서는 우리의 시 형태가 아니라 서구 시와 일본 시의 이차에 걸친 모방[34]에 불과한 것이다. 이러한 입장에 서면 의미의 면은 거론할 자리를 잃게 된다.

그리고 시조에 대한 배격은 김동환의 글에 보이는데 "나는 이에 시조를 배격하려 조그마한 이 글을 쓰려 한다. 위선 시조가 사문학이며 아무리 양보한대도 감옥에 불과하다는 논증과 그러니까 파괴하자는 주장과 아울러 시조에 대할 신시형의 창조를 말하여 끝을 맺으려 한다"[35]라 시작된 이 글은 시형과 내용면에서 고시조를 비판한 것으로 끝나는 글이다. 신시형의 창조 문제는 '부기'에 지면 부족으로 별고를 만들겠다고 하고 있다. 그러나 우리가 지적할 수 있는 김동환의 안목은 하나, 즉 시조는 짧기 때문에 배격한다는 것에 불과하다.

한편 문제 삼을 필요가 있겠느냐의 논지를 펼친 사람으로 염상섭을

● ● ●

32. 최남선, 「부흥 당연, 당연 부흥」, 『신민』 23, 1927. 3.
33. 주요한의 「시조부흥은 신시운동에까지 영향」의 후반부에 다음과 같은 언급이 있다. "시조의 시형이 악착한 것이 특수한 점인 동시에 결점이라고 볼 수도 있겠으나 이것은 사도에 전력하는 현대 혹은 미래 작가의 노력으로 어느 정도까지는 고쳐질 것이라고 믿는다. 마치 불란서의 <알렉상드랭>이나 영국의 <쏘네트> 같은 모양으로 시형을 확장한대도 무방할 것이라고 믿는다."
34. 1928년 10월 주요한은 「조선 시형에 관하여」라는 제목의 강연을 하였는데 그 내용 요약이 비판을 위한 김억의 글 「「조선 시형에 관하여」를 듣고서」에 실려 있다.
35. 김동환, 「시조배격 소의」, 『조선지광』 68, 1927. 6.

들 수 있다.

여하간 과거의 기성한 시조라도 내용 여하에 따라서 취사할 것이
없지 않은 것이나 그렇다고 과거인의 유한계급이 읊은 것이니까 무용
한 것이라 하여 덮어놓고 버리지 못할 것은 물론이요 설혹 그 내용이(과
거의 작의) 전부 현대인의 사상 감정과는 상반하는 것이라 하기로서니
그것이 곧 시조라는 예술형식을 부인할 이유가 되는 아님을 번설하느
니만큼 어리석은 일일 것이다. 그 다음에 만일 현대인의 자유정신으로
말미암아 그와 같은 일정한 형식의 구속을 받기 싫다는 사람이 있으면
그 사람은 자유시 — 산문시를 짓는 것이 좋을 것이니 구태여 시조만을
지으라고 강권할 묘리도 없는 일이거니와[36]

그의 입장은 절충적이라고도 볼 수 있겠으나 장르의 운명을 바르게
인식한 경우라 하겠다.

그러나 사실 시조를 둘러싼 논의들은 자유시 문제를 중심으로 이루어
진 것은 아니었다. 당시 팽배하기 시작한 사회주의 경향의 문학에 대한
강구된 하나의 대책이라고 볼 수 있다. 그럼에도 불구하고 이 논의들은
그 방향이 형태면에서의 탐구에의 노력을 잠재우는 데 일조를 하였다고
볼 수 있다. 그것에는 초기부터 자유시가 서구의 상징시 등의 수용의
소산이라는 잘못된 인식이 당시까지 지속적으로 미쳤기 때문인데 그에
는 정형성의 탈피 또한 자생적인 하나의 작지 않은 흐름이었다는 점에
대한 인식의 부족과 아울러 실천적인 탐구, 즉 작품 창작을 둘러싼
자유시 논의가 활발치 못한 당시 문인들의 자세도 포함되어 있다고
할 수 있다.

• • •

36.　염상섭, 「의문이 왜 있습니까」, 『신민』 23, 1927. 3.

4. 자유시 논의의 행방

1928년경에 "시형타파의 자유시 운동은 운율의 부정이 아닌 것을 알아야 한다"[37]라는 언급에 이르게 되는데 이는 자유시 논의에 있어서 운율론에서 벗어난 것으로 주목할 만한 것이다.

또한 이하윤은 운율과 의미와의 관련을 논급하면서 자유시 논의를 본 궤도에 올려놓는다.

> 리듬을 단 외형적 장식물로만 경시하는 이는 시인의 미묘한 내부
> 생활의 깊은 속맛을 알지 못하는 피상적 관찰자의 독단에 지나지
> 않는다. 여기서 자유시 발생 이래 저 무미건조한 기계적으로 분석하던
> 연구보다도 내부적 발동에 기대하는 케이던스에 기초를 두는 감상이
> 왕성해진 것은 실로 당연한 현상이랄 것이다.[38]

글자수를 세는 것으로 운율의 논의를 다했다는 것에 대한 비판과 함께 내부 생활의 깊은 속맛 즉 의미와 내부적 발동에 기대하는 케이던스 즉 운율의 불가분리의 문제를 제시하고 있는 이하윤은 그 이유가 운율은 내적 필연성에 의한 창조적 형태라는 점에 기인함을 적시하고 있다. 아울러 그는 외부율 — 외형률, 구체적으로는 시조의 형식을 가리킬 터인데 — 역시 그러한 필연성에 의해 형성된 것이므로 필연성 없는 외형률의 답습은 영과 육의 분리라는 사태를 초래하게 된다고 말하고

● ● ●

37. 유엽, 「신시에 대하여」, <동아일보>, 1928. 5. 5.
38. 이하윤, 「형식과 내용」, <동아일보>, 1928. 7. 2.

있다.

　　시에 있어 리듬은 원래 기성된 모형에 충일한 생명을 주입함이
아니오 내적 필연성에 근저를 두어 부득이 유출하야 나타나는 감정
생명이 밖으로 나옴에 자연히 취하게 된 형태이다. 즉 창조적 형태이다.
창조적 형식이란 내면적 형식과 동시성을 가진 형식 즉 내용이랄
것으로 크로체의 〈직관 즉 표현〉과 결연을 부치어 설명할 수가 있는
것이다. 내용률 자신이 취하고 있는 형식이 자연 재래의 정형과 일치하
였음으로 그 외부율과 합치하여 완전한 시를 형성한 것이오 단정형에
서의 억양의 무의미한 반복이 아니다. 이 양자간에 필연성이 없다는
것은 내면적 결합이 없다는 것은 시형을 취함에 필요치 않은 것이
시형을 취한 바가 된다. 이 실로 영육일체와 다름있으랴[39]

　여기에 이르러 자유시에 대한 나아가 시에 대한 원론적인 논의가
본격적으로 나타나는 듯싶다. 그러나 사회주의 문학의 대두에 따른
문단 상황과 자유라는 용어에서 나오는 제약 없음, 그리고 논의에 앞서는
작품 창작은 더 이상 이러한 형식 논의를 진전시키지 못한 것 같다.
운율에 대하여는 1960년대에 이르러 학문적인 정리가 시작이 되었고
여러 시론류의 서적에서도 자유시에 대한 구체적인 논의가 아직도
펼쳐지고 있지 않음을 보아서도 알 수가 있을 것이다.
　　　　　　　　　　─『한국현대문학연구』 2, 한국현대문학회, 1993.

● ● ●

39.　이하윤, 「형식과 내용」, 〈동아일보〉, 1928. 7. 4.

한국시의 사회적 인식과 그 의미

1. 문제의 제기

시는 단순히 개인적 체험과 감동의 표현만은 아니다. 시는 넓고 깊은, 인간의 사유 영역, 행동 양식의 모든 곳곳에 미치는 하나의 성찰이며, 인식인 것이다. 그것은 어느 한 부분을 끄집어내어 다른 부분을 설명한다든가, 압도한다든가 하는 차원이 아니라 서로서로 이끌면서 어느 하나를 아무런 사심 없이 불러 세울 수 있는 존재인 것이다.

그러나 인간의 모든 영역에 대한 충분한 설명과 이해가 불가능하다는 것을 우리가 인정하지 않을 수 없으므로, 부분적이고 단편적인 설명 그것만이라도 인간 이해에 도움이 되듯 시에 대한 우리의 설명과 이해 역시 부분적인 측면에서부터의 접근을 시도하지 않을 수 없다. 그러나 이러한 의도가 시를 잘라낸다든가 하는 것이 아니라 통합적이고도 전체적인 시의 이해를 위한 어쩔 수 없는 방편일 수밖에 없음은 다시 한번 반복되지만, 그럼으로써 우리는 인간인 것이다.

이러한 전제 하에 시의 영역을 대별한다면 존재 탐구의 그것과 현실인식의 그것으로 나눌 수 있다. 그것은 예술은 물론 인간의 모든 영역에 걸치는 바로서 깊이와 넓이로 이야기될 수 있다. 곧 다름아닌 깊이로서의 인간존재 문제와 넓이로서의 현실인식의 문제가 된다. 문학이 삶의 근본 문제에 대한 물음이라고 말해질 때, 이 물음의 제기 및 해결을 꾀하고자 하는 주체 및 객체는 인간 자신이다. 즉, 인간 자신 및 인간을 둘러싼 자연의 근원, 운명의 정체, 죽음의 인식, 사랑의 본질 등을 꿰뚫어 보려는 의지를 지닌 인간 자신의 문제인 것이다. 이 경우 시간과 공간에 좌우되지 않는 태도라고 일단 말할 수 있다. 다음 현실인식은 사회나 역사에 대한 관점을 드러낸다. 시간과 공간의 제약 하에서 주체인 인간에게 다가드는 주위와 전통의 모든 위협에 대한 직시, 사유, 투쟁 등의 현실적인 태도에 대한 문제인 것이다.

　여러 가지 상황에 의해 우리 시의 경우 현실인식은 금기시되거나 일방적인 방향으로만 통로가 열려 있었다. 그러나 현실인식, 혹은 사회인식이 시에서 무시되거나 한 방향으로만 해석될 때 우리는 시를 제대로 읽어낼 수 없을 것이다. 우선 시인의 상상체계를 어느 정도 완전하게 파악해낼 수 없다. 시인이 지닌 현실인식을 도외시함으로써 환상이나 공상에 의존하여 시에 대한 근본 탐구의 자세를 놓칠 것이다. 또한 시인이 채택한 시어, 운율, 이미저리의 파악에 있어서 창의성이 보다 더 노출될 것이다. 그리고 시의 위기라고 불릴 만큼 거리가 먼 요즈음 독자와의 관계도 회복하기 어려울 것이다. 시란 선취이다. 이때 선취란 부정정신에 의한다. 무엇에 대한 부정인가.

　서정시는 모든 개개인이 그 스스로에 대해 절대적이며, 낯설고 매몰차고, 압제적인 것으로 느끼는 사회적 상황에 대한 항의를 포함하고 있습니다. 또 그 상황은 그 작품으로 하여금 부정적인 인상을 남겨줍니다. 그 상황이 지고 있는 짐이 고달프면 고달플수록, 작품은 꺾이지 않고 완강하게 그에 맞서는 것입니다. 어떤 타율성에도 승복하지 않고 완전히 독자적인 법칙에 따라 자신을 세웁니다. 그 작품이 가지고 있는 단순한 현존재와의 거리는 그 존재의 허위와 악의 척도가 됩니다. 이에 대항하는 항의를 통해 시는 거기서는 그렇지 않은 세계의 꿈을 말해주는 것입니다. 사물의 폭력에 대항하는 서정시 정신의 증오감은 근대 이후 넓게 퍼진, 산업혁명 이후 삶의 지배적인 힘으로 전개된 세계의 사물화, 인간에 대한 상품의 지배에 대한 한 반작용 형태인 것입니다.[1]

이처럼 현대 사회에서 시는 사회 문제에 밀접히 결부되지 않을 수 없기 때문에 시에서의 사회적 인식이 필요한 것이다.

2. 시의 사회적 인식에 대한 기존의 논의들

문학과 사회와의 관련 문제가 거론되기 시작한 것은 근대 사회 성립부터라고 말해진다. 경제구조의 변화, 정치체제의 전환, 그리고 문화유형의 변모는 문학인으로 하여금 자신의 위치를 돌아보게 하였음이 분명하다. 그것의 하나가 자율과 구속이라는 측면일 것이다. 자율과 구속은 자유인, 혹은 전인全人과 전문인이라는 서로 깊이 간섭할 수밖에 없는, 그리하여 갈등과 고뇌를 수반하는 현재의 문학인을 생성시켰다.

그러나 명시적으로는 근대 사회 이후라고 말하지만 실상 문학과 사회는 역사의 시작부터 논란의 대상이었다. 어느 시대 어느 지역 가릴 것 없이 자율과 구속은 문학을 둘러싸고 있었다. 이로 미루어 보면 자율과 구속이 문학에 의해 제기되는 문제이긴 하지만 그 갈등과 해결(해

● ● ●

1. T.W. 아도르노, 김주연 역, 『아도르노의 문학이론』, 민음사, 1985, pp. 14–15.

결이 이루어진다면)은 문학 외부에 의해 더 다루어졌다고 말할 수 있을 것이다. 이 점은 다시 문제를 문학과 사회의 관계로 이끌어간다.

문학의 한 장르인 시는 그 속성으로 해서 사회와의 관련 상황 파악에 난점을 지니고 있다. 시는 "작품 외적 세계의 개입이 없는 세계의 자아화"[2]로 파악되는 경향이 농후하기 때문이다. 그러나 언어의 문제만으로도 사회와의 관련 상황은 마련되지 않으면 안 될 것이다. 말할 것도 없이 말과 글은 사회나 역사 등의 상황에서 벗어날 수 없기 때문이다.

우리의 근대시의 경우[3] 1920년대 이후부터 카프를 중심으로 이 문제가 크게 대두되기 시작하였다. 그러나 마르크스적인 관점에서의 논의는 일방적인 통로만을 고집했을 뿐 진정한 시의 사회적 인식과는 거리가 멀었다. 1940년대에 들어서 김기림은 '시의 사회학'을 세우고자 하는 노력을 기울여 왔는데 그 결실의 하나가 해방 이후 나온『시의 이해』에 담겨 있다. 비록 문제의 제기에 그친 아쉬운 점은 있으나 그는 사회학적 연구의 필요성과 문제들은 다음과 같이 지적하고 있다.

가치의 문제는 심리적 사실로서의 시적 경험의 정확 정밀한 파악과 분석과 아울러 그것이 유래하는 역사적 사회적 배경과 의미에까지 그것을 소급해서 관련시킴으로써 비로소 완전함을 기할 수 있을 것이다. 종래 사회적 관점에서 한 연구는 문학과 그 사회적 배경과 근거와의 관계에 대한 약간의 기본적 공식을 설명하였다. 그러나 아직도 더 정밀하고 체계가 선 연구에 의하여, 예상된 공식의 안을 충분히 떠받치고도 남을 경지까지는 이르지 못하고 있다. 과학적 기초 위에 확립된 시의 사회학은 역시 금후에 기대할 수밖에 없다. 시를 규정하는 근본적

● ● ●

2. 조동일, 『문학연구방법』, 지식산업사, 1980, pp. 171–173 참조.
3. 고전시가에서의 사회적 인식에 대한 논의도 마련되어야 할 것이다.

인 사회적 계기는 무엇무엇인가? 또 그것들은 시에 어떻게 작용하나? 문학의 다른 영역의 뭇 분과와 시와의 상호관련은 어떤 것인가? 시는 어떻게 그것이 속한 문명을 반영하는가? 또 시의 사회적 기능은 무엇인가? 그러한 문제들에 대하여 시의 사회학은 언제고 대답을 해야할 것이다.[4]

한편 1970년대에 들어서면서 시에서 보여주는 여러 현상들은 시의 사회적 인식의 필요성을 더욱 깨우쳐 주고 있다. 서정성을 배제한다든가, 줄글로 시가 이루어져 있다든가, 공동체의 이야기를 시에 끌어들인다든가, 세속성의 문제 제기, 집단의 이상 표출에의 노력 등이 바로 그러한 점을 말해주고 있다.

이러한 시인들의 노력에 힘입어 많은 평자들이 시의 사회적 인식에 대한 탐구를 해왔다. 그들은 '시란 무엇인가'라는 원론적인 문제에서부터 '시인의식', '형상화 방법' 그리고 '리얼리즘'과 '민족문학' 등의 문제를 다루고 있다.

우선 김주연은 시는 부정정신이라고 하면서 그것은 "인간을 사랑하는 아름다운 마음씨 위에 자리 잡고 있고 절망을 딛고 꿈을 생산하는 처절한 노력과 결부되어 있다"[5]라고 말하고 있다. 그리고 백낙청은 시는 사랑이라고 말하면서 "시민의식과 무관해진 사랑이 기만적인 박애주의나 쎈티멘탈리즘, 또는 가장 반시민적인 감정의 질곡을 뜻하기 쉽듯이, 사랑을 잊어버린 시민의식은 공민 교과서적인 공염불과 속임수, 내지는 비인간적인 독단주의로 떨어질 염려가 있다"[6]라고 말하고 있다.

●　●　●

4. 김기림, 『시의 이해』, 을유문화사, pp. 213-214.
5. 김주연, 『새로운 꿈을 위하여』, 지식산업사, 1983, p. 27.
6. 백낙청, 『민족문학과 세계문학』, 창작과비평사, 1978, p. 17.

한편 시인의식의 경우 최하림은 김수영을 예로 하여 지성인의 자세를 말하고 있다.

> 그가 어떻게 해서 군중들이 소시민으로 전락해가는가를 구조적으로 살피지 않고 자꾸 번식해가는 소시민들의 비중과 그 악요소를 공격함으로써 소시민들을 더욱 궁지에 몰아 넣으려 하였다.[7]

시와 리얼리즘 혹은 시와 사회와의 관계에서 자주 다루어지는 것이 민중이다. 여기에 대해 이동하는 다음과 같이 단세포적 흑백논리와 주관주의의 환상을 버려야 할 것이라고 주장하고 있다.

> 그 흑백논리와 환상은 다시 어디에서 연유한 것일까. 이 물음 앞에서 나는 관념적 허위의식이라는 것을 생각하지 않을 수 없다. 이 경우의 허위의식이란 말할 것도 없이 〈민중〉에 관한 허위의식, 즉 〈민중 = 억압받는 자 = 선〉이라는 등식이 내포하고 있는 허위의식을 가리킨다. (…) 아예 민중을 신앙의 대상처럼 거룩한 위치에 올려 앉히기까지도 한다. (…) 이처럼 민중이 일단 신성한 존재로 승격되면 그 앞에서는 어떤 비판도 가능하지 않으며, 어떤 의심도 허용되지 않는다. 시인이 취할 수 있는 행동은 단지 경배의 예물을 올리는 것뿐이며 독자 역시 그의 행동을 본받도록 요구된다. 도대체 이게 무슨 짓인가? 허위의식의 극치를 보여주는 것이 아닌가?[8]

한편 언어와 사회와의 관계에 대해서 많은 논자들은 사회의 언어와

• • •

7. 최하림, 『시와 부정의 정신』, 문학과지성사, 1984, p. 37.
8. 이동하, 『물음과 믿음 사이』, 민음사, 1989, pp. 48-50.

시의 언어를 부단히 가깝게 만들어야 하며, 시의 언어는 민중언어로 이루어져야 한다는 것을 강조하고 있다.

이와 아울러 형상화에 대하여도 여러 가지의 방향이 제시되어 있다. 백낙청은 시에 서사성과 희곡성을 도입하여 총체성을 회복해야 한다고 하고,[9] 고은은 작가의식의 개조, 민중의 삶을 소재로 그리고 기왕의 봉건문학, 서구 자본주의의 문학의 예술적 성과를 도입하여 수사 방법, 사물에 대한 시선과 내적 통찰, 서술과 묘사의 완벽성을 기해야 할 것이라는 민족문학의 방법을 제시[10]하고 있다. 보다 구체적으로 김주연은 끊임없는 자기 질문과 아이러니의 방법을 제시한다.

그 어느 때보다도 오늘의 현실은 인간의 이성이 주도하고 있음에도 불구하고 비인간화의 방향으로 내닫고 있다. 정치적, 경제적, 문화적 측면들을 분리해서 말하는 사람들도 있으나 근본적으로는 하나의 얼굴이다. 말하자면 인간 압제적인 방향으로 나가고 있기 때문에 주체와 현실과의 관계에서 주체의 왜곡된 모습이 크게 부각된다. 이것은 누구보다 시인 자신이 잘 터득하고 있고 또 깨달아야 한다. 그러므로 오늘의 현실에서 시인이 자신의 왜곡된 모습을 느끼지 못하고 있다는 것 이상으로 그의 현실의식 결핍을 나타내는 말은 없을 것이다. 시인의 자기 질문은 바로 이 왜곡된 모습으로부터의 끊임없는 탈출의 시도일 수 있다. 덧붙여 아이러니에 대해서 한 마디 — 이것은 낭만주의 이후 부르주아적이라는 지적을 받기도 하지만 언제나 사물이나 현상의 겉껍질을 뒤집어 보여주는 힘을 갖고 있다. (…) 오늘의 시는, 가능한 모든 '전도된 방법'에 의해 '전도된 진실'을 숨기고 있는

● ● ●

9. 백낙청, 앞의 책, pp. 84–85.
10. 고은, 『시와 현실』, 실천문학사, 1986, p. 16.

현실의 실상을 파악할 수 있어야 할 것이다.[11]

그리고 시에 국한하지는 않았지만 김현은『문학사회학』에서 문학과 사회와의 관계 그리고 문학사회학의 구조에 대해 논하고 있다.[12]

3. 시의 사회적 인식과 그 의미

도식적으로 보면 시인은 인간의 내면세계의 추이, 자연 풍경의 현존과 그 변화, 그리고 사회현상 나아가 사회의 구조 등을 시적 대상으로 삼는다. 물론 작품의 전체를 고려한다면 위의 여러 면이 섞이겠지만 최초의 시작의 출발은 어느 하나에서 비롯될 것이다. 다음으로 고려되어야 할 사항이 그 시적 대상에 대한 시인의 반응 양태이다. 여기에서부터 시인의 의식과 시 작품은 갈라지게 된다. 이것을 시정신이라고 부를 수 있겠다. 시인은 여기서 '발견'이라는 작업을 하게 되는데 고통이라든가 소외, 억압 혹은 인간의 사물화 현상에 대한 천착을 하게 된다. 이 점에서 이 부분을 시적 인식이라고 하겠다. 이러한 발견은 곧이어 보다 개인적인 입장에서는 불안, 슬픔, 좌절을, 보다 집단적인 차원에서는 분노, 비판 정신을 가져온다. 한 마디로 부정 정신의 발현이라고 할 수 있다. 또한 그것은 '검증'이라는 작업에 해당한다. 물론 꿈, 행복과 기쁨, 열광의 경우도 상정할 수 있으나 그것은 허위의식일 뿐으로 시인이 희구하는 가치 지향에 해당하는 차원이 된다. 그러나 시인의 작업은 여기서 끝이 나지 않는다. 끝이 난다면 개인적인 사상과 감정의 토로일

● ● ●

11. 김주연,『민족문학과 세계문학 2』, 창작과비평사, 1985, p. 68.
12. 김현,『문학사회학』, 민음사, 1983.

뿐 시가 아니기 때문이다. 시는 하나의 목표 지향, 사회적 가치를 향하여 열려야 한다. 그것은 때로는 위안을 가져오거나 포용으로 혹은 그 부정적인 면의 해소로 나타나기도 하고 극복에의 의지를 보여준다든가 하는 차원을 담게 된다. 한 마디로 사랑 정신 혹은 꿈의 정신이라고 부를 수 있겠다.

그러나 이러한 과정은 모든 사람들이 상황에 부딪혔을 때 일반적으로 사유하는 과정이지 유독 문학, 특히 시에 국한된 것은 아니다. 그것이 시로서 일컬어진다는 것은 시만이 지니는 상상체계에 있다. 그것은 상상력과 세계관을 바탕으로 한다. 이것은 서정 주체 혹은 창작 주체의 문제가 기본을 이루고 있다. 그리고 그것은 이미저리나 운율, 그 밖의 장치를 거친 형상화의 도움을 받아야 한다. 실상 우리가 시를 다룰 때 가장 깊게 관심을 가져야 하는 것이 이 점이 되어야 할 것이다. 위에서 말한 인식이나 태도가 어떻게 시로 이루어지는가, 다른 글로 되지 않고 왜 하필 시로 되는가 하는 점의 해결이야말로 우리의 주된 임무이기 때문이다.

4. 사물화와 순환 구조
— 정현종의 "고통의 축제"의 세계

1965년 『현대문학』으로 등단한 정현종은 지금까지 적지 않은 시를 발표해오고 있는 시인이다. 그러나 그의 시에 대한 해석 내지 평가는 논자마다 상당한 편차를 보이고 있다. 여기에서는 사회적 인식이라는 점에 초점을 맞추어 그의 시를 살펴보려고 한다.

그는 사회 구조 인식에 회의를 표명한다. 시대의 모습이나 그 흐름을 누가 알 수 있겠느냐는 거시적인 안목을 가지고 있는 듯하다. 다음의 시가 그것을 잘 보여주고 있다.

> 한 시대는 가고 또 한 시대가 오도다, 라는
> 코러스가 이따금 침묵을 감싸고 있을 뿐이다.
>
> ─「고통의 축제」에서

또한 사회 구성원으로서의 사회 구조에 대한 대응 역시 회의적이다. 다음의 시에서 굵은 고딕 글씨는 시인 자신의 표현인데 '무엇을 위해' 생명을 거느냐에 대해서는 생각하지 않고 다만 맹목적으로 '생명을 거는' 것에만 관심을 가진다고 이 시인은 말하고 있다. 그러나 이러한 태도는 또 다른 자기주장이라고 할 수 있다.

> (**생명을 거는 일**이 몇 년 전부터 습관이 되어 오는데, **무엇을 위해** 생명을 거느냐에 관해서는 캄캄하고 단지 생명을 걸었거나 거는 일로 부터 일체의 힘의 정당성을 주장하려 함)
>
> ─「우리들의 죽음」에서

우리는 여기서 시인들의 성향을 크게 둘로 나누어 살필 필요가 있다. 내부 지향의 태도와 외부 지향의 태도가 그것인데 전술한 바의 존재 탐구 영역이 전자에, 현실 인식의 태도가 후자에 해당된다. 문제는 어느 태도나 지향을 택하느냐가 아니라 그 어느 태도만을 일방적으로 승인하는 경우에 비롯된다. 내부 지향적 태도는 자기 성찰의 좋은 기회가 된다. 그러나 그것은 폐쇄적이 되기가 쉽고 따라서 잘못하면 공동체의식을 외면하게 된다. 반대로 외부 지향적 태도는 공동체의식을 추구하게 되나 역시 익명화 현상을 가져와 개체의식이 무화될 수가 있다. 정현종의 경우 후자를 거부하고 전자를 승인하는데 그 생에 대한 성찰도 다음

시에서처럼 비관적임으로 인해서 시대와 사회에 대한 문제가 의식되지 않는 것이다.

　　곡식은 거두고 쭉정이는 버리리라, 거듭 부탁하지만 싸우되 방법적 회의와 방법적 미움을 다 안고 있는 방법적 사랑으로 싸워라, 너희에게는 무엇보다도 너희 공동의 적이 있고, 그리고 자기 자신이 자기의 가장 큰 적이란다. 상식의 슬픔. 슬픔 다사^{多謝}
　　　　　　　　　　　　　── 「노시인들, 그리고 뮤즈인 어머니의 말씀」에서

　　계절이 바뀌고 있읍니다. 만일 당신이 생의 기미를 안다면 나는 당신을 사랑합니다. 말이 기미지 그게 얼마나 큰 것입니까.
　　　　　　　　　　　　　　　　　　　── 「고통의 축제」에서

　　이러한 그의 의식은 사물이 곧 인간 혹은 시인 자신의 내면세계에서 비롯된다고 할 수 있는데 문제는 그 사물 역시 개체화되거나 구체화된 사물이 아니라 언어 자체로서의 사물이라는 데 있다. 즉 대상언어가 아니라 메타언어인 셈이다. 따라서 시가 추상적이고 난해해진다고 볼 수 있다.

　　사물을 캄캄한 죽음으로부터 건져내면서
　　거듭 죽고
　　　　　　　　　　　　　　　　　　　── 「시인」에서

　　사물을 가장 잘 아는 법이 방법적 사랑이고 사랑의 가장 잘 된 표현이 노래이고 그 노래가 신나게 흘러다닐 수 있는 세상이 가장 좋은 세상이라면, 그렇다면 형은 어떤 사랑을 숨겨 지니고 있읍니까?

— 「사랑사설 하나」에서

또한 그의 시는 사변적으로 흐르고 현장감을 맛보기가 어렵다. 그것은 그의 시 구조 중의 하나가 순환 구조라는 점과 관련이 있는 것으로 생각할 수 있다.

> 그대 힘써 걸어가는 길이
> 한 어둠을 쓰러뜨리는 어둠이고
> 한 슬픔을 쓰러뜨리는 슬픔인들
> 찬란해라 살이 보이는 시간의 옷은.

— 「상처」에서

그리하여 그의 시에는 시적 전망을 보기가 쉽지 않다.

5. 가치 지향의 양면성
— 이성부의 "우리들의 양식"의 세계

이성부는 1942년 광주에서 태어났다. 이 점은 특히 이 시인의 시 세계를 밝히는 데 하나의 길잡이가 된다. 그의 시의 출발점이 남도 즉 전라도에 있기 때문이다. 1962년 『현대문학』에서 추천 완료되고, 1967년 <동아일보>의 신춘문예에 「우리들의 양식」이 당선되어 시작 활동을 하게 된다.

그는 사회 구조를 어둠으로 인식하고 있다. 구체적으로 공간적으로는 현재의 사회, 그리고 시간적으로는 전라도 즉 억압받던 역사를 어둠으로 파악하고 있는 것이다. 그러나 그것이 그러리라고 짐작할 수 있는 데에서 나오는 해석이라는 점에 문제가 있는 것으로 보인다.

밤이 한가지 키워주는 것은 불빛이다.
우리도 아직은 잠이 들면 안 된다.
거대한 어둠으로부터 비롯되는
싸움, 떨어진 살점과 창에 찔린 옆구리를
아직은 똑똑히 보고 있어야 한다.

　　　　　　　　　　　　　　　　— 「밤」에서

오랜만에 하나뿐인 이 아들 만나도
말씀 못하시네, 도무지 말씀을 못하시네.
모진 하늘이 또 어머니의 가슴에
들어와 박힌 것일까?

　　　　　　　　　　　　　　　　— 「어머니」에서

　‘거대한 어둠’이나 ‘모진 하늘’로 파악되는 사회 구조는 구체성이나
개별성을 띠지 못한다. 따라서 다음에 언급되겠지만 그것의 극복 방향이
적실하게 드러나지 않으며 ‘어머니’ 역시 추상화된 또는 역사의 전체성
만을 보여주고 있다. 이 어둠 때문에 시인은 고향과 동질감의 상실을
노래하고 있다. 그 상실감은 시인으로 하여금 더 이상 고향을 고향으로
인식하지 못하게 하고 더더군다나 본래적 의미의 고향도 아니게 한다.

다른 한 손으로 나를 떠다미는,
고향은 이미 제 몸짓을 잃고 있었다.

　　　　　　　　　　　　　　　　— 「어머니」에서

그러나 그 상실의 원인이나, 시적 화자가 도망을 다니는데 그 도망의 원인이 모호하다. 그것은 이 시인이 사회 구조에 대한 인식이 보편적인 점에 기인하고 있는지도 모른다.

그럼에도 시인은 우리들로 하여금 사회구조에 대한 인식의 반성을 촉구하고 있다. 우리들은 지향점이 없고 순응적이며 말을 못하고 있다고 하고 있는 것이다.

> 그러나 나를 끝끝내 묶어버리는
> 시·문화·우리들의 사랑·교과서 따위.
>
> 형편없는 술은 쉽사리 사랑을 버리게 하고
> 쉽사리 삶을 깨닫게 한다.
> 교과서는 틀린 것도 아니고 옳은 것도 아니다.
> 그것들은 가르치지만, 그것들은 부지런히 말하고
> 큰소리로 외치지만,
>
> ―「이 볼펜으로」에서

서로서로 말을 못하고 그리하여 고향이 고향이 아닌 것이다. 따라서 방황을 하게 되나 방향도 보이지 않는다.

> 나는 어떻게
> 나를 더 감출 수가 없구나.
> 더 어떻게 누구를 찾을 수가 없구나.
> 혼자로도 혼자를 거느릴 수 없구나.
>
> ―「어머니」에서

나아가 기다림마저 잃는다. 그것은 노여움, 서러움으로 나타나기도 하나 지적될 뿐이다.

> 기다리지 않아도 오고
> 기다림마저 잃었을 때에도 너는 온다.
> — 「봄」에서

그렇다면 우리는 어떻게 해야 할 것인가? 시인은 우리가 똑바로 보아야 한다고 말해주고 있다. 즉 부분적이거나 말초적, 혹은 감정적인 단순한 반발이나 동정은 안 된다고 한다.

> 시를 몰랐다면 나는 아마 살인자나 도둑이 되어
> 남의 피를 훔쳤을 게다. 혹은 눈물뿐인 사내도 되어
> 저 배고픔과 죽음들 쪽에
> 쓸데없는 슬픔만 보탰을 게다.
> — 「마을」에서

> 승리에 굶주린 그 고운 얼굴을
> 아직은 남아서 똑똑히 보아야 한다.
> — 「밤」에서

이러한 인식하에서 시인은 그것을 어떻게 시로 만드는가? 일깨워주는 존재로서의 논, 벼, 어머니, 남도를 상상체계로 채택하고 있다.

> 그러나 나는 아직 지키고 본다.
> 말없는 땅에 남아버린 것은 목마른 힘,

붉게 타는 논바닥의 고요, 노안과 아녀자의 마른 손들이
더듬어 찾는, 없는 사랑의 물기를 본다.

                                  — 「마을」에서

벼는 서로 어우러져
기대고 산다.
햇살 따가와질수록
깊이 익어 스스로를 아끼고
이웃들에게 저를 맡긴다.

                                  — 「벼」에서

왜놈 순사를 때려 죽였다는 삼촌과
징용에 나가시던 아버지에게
만들어 주시던 주먹밥을 나는 기억한다.

어머니는 하나 뿐인 아들에게마저
또 이것을 만들어 주시었다.

                                  — 「어머니」에서

다른 한 손으로 나를 떠다미는,
고향은 이미 제 몸짓을 잃고 있었다.
우리집 흙담에 다다를 수 있었음은
내 발걸음을
그래도 남도의 발이
숨죽이며 대신 걸어 주었기 때문이다.

                                  — 「어머니」에서

즉 잠재력으로서의 논을, 인간적 성숙으로서의 벼를, 우리 역사의 이어짐의 근원으로 파악하고 있는 어머니, 그리고 시인의 고향인 남도를 상상체계로 채택하고 있다. 그러나 상상체계가 시간과 공간의 제약을 받는 구체적이고 확실한 측면보다는 보편화되고 일반화된 측면을 다분히 지니고 있기 때문에 시가 불투명하다. 그리고 우리들의 인식과 대응을, 나아가서 가치지향을 짚어가면서도 시인 자신이 소위 헤매고 있으므로 시는 줄곧 추상성을 면치 못한다. 이 점은 양면성을 띠고 있긴 하다. 어느 논자의 말대로 그의 시는 이야기시이긴 하지만, 주로 자신의 이야기인 듯한 것을 도입하기 때문에 그의 시는 시의 테두리 안에서 해석을 가능하게 한다.

그는 자기 희생, 자기 죽음으로 이룰 수 있는 가치지향을 보여주고 있으나 의지일 뿐인 경우가 많다.

> 벼가 떠나가며 바치는
> 이 넓디 넓은 사랑,
> 쓰러지고 쓰러지고 다시 일어서서 드리는
> 이 피 묻은 그리움,
> 이 넉넉한 힘….
>
> ―「벼」에서

> 그러나 끝끝내 이 새벽은 새벽마다
> 흔들리는 것들을 제자리에 세우면서
> 옳게 튼튼하게 뿌리를 박는구나.
> 아아 비로소 나도 큰눈을 뜨고
> 나를 떠나 나아가게 되는구나.

완성된 암흑의 한가운데로
미래의 처음으로….

　　　　　　　　　　　　　　　　　　　　—「새벽길」에서

　즉 사회에 대한 인식의 모호함으로 인해 그 지향점이 공허하고 나쁘게
말해 맹목일 수도 있다. 공간적인 이미지를 주로 보일 때는 드러나지
않으나 시간적인, 즉 이야기가 시에 들어올 때 그러한 면이 많이 노출된
다. 그리고 자포자기의 심리를 보인다든가 무력감을 드러내는 경우도
보인다.

이 볼펜으로 이 사랑으로 시로
나는 베트남을 갈 것이냐 온갖 것 그만두고
대통령을 할 것이냐 술마실 것이냐

　　　　　　　　　　　　　　　　　　　　—「이 볼펜으로」에서

　이 역시 사회인식을 제대로 드러내지 않음으로 인해서 감상성으로
그 감정들을 빠지게 하고 만다. 시에는 어떠한 감정이라도 들어올 수
있으나 우선 그 시적 논리가 확보되어야 하는 것이다. 그는 형상화의
방법으로 "죽음으로 더운 사랑 앞당기는"(「불도저」에서), "그대 비록
묶여 있으나 / 갈수록 싱싱하고 싱싱하고녀!"(「바보강」에서)와 같은 역
설과 "혼자서 부딪치는 그리움도 / 모두 다 같은 외로움, / 같은 그리움인
것을."(「집」에서)와 같은 잠언투를 끌어오는데 전자의 경우 시적 논리가
없으면 공허하게 되고 후자의 경우는 상상체계의 또 다른 획일화, 상투화
를 가져온다. 시인이 무자각하게 채택하게 되면 독자 역시 의식 없이
받아들이게 되는 것이다.

6. 마무리

본고의 목적은 시의 사회적 인식과 그 의미를 마련하는 데 있다. 우선 시와 사회와의 관련을 학문적으로 정립할 수 있는 근거를 마련하고자 하였다. 다시 말하면 문학적으로 사회를 이해하고자 함이라고 할 수 있는데 그것은 인간이 질서 있게 살아가기 위해 제도화시킨 것을 인간이 갖고 있는 꿈에 비추어 반성한다는 것을 뜻한다고 하겠다. 또한 어떠한 형태로 제도화되었는가를, 나아가 그것의 의미를 반성한다는 뜻이 될 것이다. 시의 모든 의장意匠이 사회의 단순한 반영이 아니라 상상체계에 의해 사회의 구조를 드러냄으로써 그 밑바닥에 있는 사회 구조의 원리를 읽어내게 하고 또한 그것을 읽어내는 시인의 세계관을 통해 사회 변동의 의미와 인간 문제의 본질을 드러냄이 시임을 확인하게 되는 것이다.

—『어문연구』 23(4), 한국어문교육연구회, 1995.

강원도 북부 남북한 접경 지역의 민요 조사

1

민요는 두루 알다시피 음악, 민속, 문학 등 여러 갈래를 아우르고 있다. 그래서 민요 연구의 기본이 되는 그 분류도 각 영역에 따라 다르게 나타나고 있다. 그러나 대부분 민요의 기능에 초점을 맞추어 노동요, 의식요, 유희요 등등으로 나누어 생각하고 있는 것이 일반적이다. 그러나 여러 여건과 형편상 요즈음에는 이러한 기능에 따라서 불리는 민요를 찾아보기가 어렵다. 그 기능이 변질되거나 약화되고 심지어는 없어지기까지 하였으니 말이다.

그리하여 요즈음 답사, 채록된 민요를 다루기 위해서는 다른 접근이 필요하리라고 생각되는데 다음과 같은 순서를 따르는 것도 하나의 방법이 되리라고 생각된다. 물론 이 경우는 음악적 요소나 민속적 요소보다는 문학적 요소에 더 큰 비중을 두어 가능하게 되는 것인데 위의 여러 기능을 일단 차치하고 그 문학적 요소 즉 사설의 발생 동기를 우선하고자 하는 것이다. 민요에서 그 사설은 자연에서, 인간 내면 문제에서, 가정 문제에서 그리고 사회 문제 등에서 출발한다고 볼 수

있다. 그것은 달리 말하여 어떠한 삶의 구조, 사회구조의 불합리함에서
비롯되는 것으로 볼 수 있는데 그 불합리함의 깨달음에서 사설 화자의
반응이 나타난다. 순응이나 불만 토로 등이 그것인데 한 편의 잘 짜인
민요에서는 이 단계를 넘어 어떠한 지향까지도 보여준다. 다시 말해
구조에 대한 인식 → 그에 대한 반응 → 지향점 마련의 순서로 민요가
형성되어 가리라는 것이다.

   이 글은 강원도 북부지방 즉 접경 지역의 민요의 특징을 알아보기
위해 마련된 것이다. 철원 지방을 제외하고는 산악지대, 혹은 해안지대로
이루어진 이 지역은 그러한 자연환경 말고도 접경 지역이라는 특수한
인문적 상황에 놓인 곳이다. 따라서 다른 지역과는 다른 민요의 모습을
보여주리라고 기대된다.

2

(1) 가갸는 거겨 가이없는 이내 몸이 거이없이 되었구나
   고교는 구규 고생하던 우리 낭군 구관하기 짝이 없어
   나냐는 너녀 나도 등에 볼개하여 조선팔도 유람갈까
   노뇨는 누뉴 노세노세 젊어 노세 늘어지면 못놀아
   나냐는 너녀 날라가는 원앙새야 널과 날과 짝이로다
   노뇨는 누뉴 노류장화 일개일에 젓자리마다 있건마는
   다댜는 더뎌 달도 밝고 명랑한데 임이나 생각이 절로나
                           ─ 양구군 방산면. 심여배

(2) 띠띠디 띠띠디 아니 노지는 못하리라
   옛날 옛적에 진시황은 만고지석을 불을 살를제

이별 별자를 왜 남기었나 사랑의 두자를 왜 남겼소
이별 별자를 내놓은 사랑 당신하고 백년이지

— 철원군 와수리. 한장성

어떠한 상황에서 불리든 사랑과 정에 대한 인간사는 민요의 소재로서 큰 줄기를 형성하고 있다. 그러나 그에 따른 인식이나 지향은 여러 가지로 나타난다. (1)은 임에 대한 그리움으로 해서 이별한 남편을 찾아나서는 여자의 처지가 나타난다. 이와 흡사한 상황이 (2)의 경우다. 다시는 만나지 못하지 않을까 하는 불안을 애써 떨쳐버리고 짐짓 낙천적인 태도를 꾸며 보여주고 있는 것이다. 이 점에서 우리 역시 짐짓 이 사설을 풀어내는 화자를 따라가게 된다. 같이 울고 웃고 하는 하나의 공동체적인 심성을 자연스럽게 이루어내는 효과를 보여주고 있는 것이다.

사랑의 끈질김 혹은 밀고 당김을 통해 사랑에의 의지를 보여주는 경우도 적지 않다.

(3) 앞 뒷동산에 밤따는 아가씨야
    밤 한 톨만 올리려나
    당신을 언제 봤다고 밤을 드릴까
    외톨박이를 드릴까 두톨박이를 드릴까
    애 좋다 얼씨구나 좋다
    정말로나 좋다 아니 아니 노지는 못하리다

— 철원군 와수리. 이효성

(4) 에헤이에
    무릉도원 홍도화도

삼월이면 모춘이라
이여라 놓아라 못놓겠구나
참 증말 죽어도 못놓겠네
　　― 화천군. 임동권 편, 『한국민요집 6』 125면에서 재인용

　이러한 사랑의 문제를 다음 (5)에서는 하나의 훌륭한 시적 구성을
통해 잘 보여주고 있다.

　(5) 가세가세 가세가세
　　　가세가세 놀러를가세
　　　배를타고 놀러를가세
　　　지두덩기여라 둥개둥
　　　덩덩시루 놀러가세
　　　앞집이며 뒷집이라
　　　각위각댁 가인내들은
　　　장부간장 다녹인다
　　　동삼월 계삼월회양도
　　　봉봉돌아를 오소에
　　　남나에일손이 돈받소
　　　가든임은 잊었는지
　　　꿈에한번 아니뵌다
　　　내아니 잊었거든
　　　제설마 잊을소냐

　　　가세가세 가세가세
　　　가세가세 놀러를가세

배를타고 놀러를가세
지두덩기여라 둥개둥
덩덩시루 놀러를가세
이별이라 이별이라
이별두자 내든사람
날과백년 원수로다
동삼월 계삼월회양도
봉봉돌아들 오소에
남나에일손이 돈받소
사라생전 이별은
새초목에 불이나니
볼꺼줄이 뉘있음나

가세가세 가세가세
가세가세 놀러를가세
배를타고 놀러를가세
지두덩기여라 둥개둥
덩덩시루 놀러를가세
나는죽네 나는죽네
임자로하여 나는죽네
나죽는줄 알았드면
불원천리 오련마는
동삼월 계삼월회양도
봉봉돌아들 오소에
남나에일손이 돈받소

낭랑사중 쓰고남은철퇴
천하장사 항우를
죽여깨치리라 깨치리라
이별두자를 깨치리라
가세가세 가세가세
가세가세 놀러를가세
배를타고 놀러를가세
지두덩기여라 둥개둥
덩덩시루 놀러를가세

— 화천군. 임동권 편, 『한국민요집 1』 56-57면에서 재인용

처음 단락에서는 임이 가고 없음을, 그러나 시적 화자가 잊지 않고 있음을 말하고 있다. 다시 말해 현재의 상황을 이겨내려는 사랑의 확인을 보여주고 있는 것이다. 비록 배를 타고 놀러가면서 부르고 있지만 실은 배를 타고 일을 하러 가는 것이라고 해야 옳을 것이다(그것은 세 번째 단락에서 나는 죽네 라는 표현이 그것을 말해주고 있다). 두 번째 단락에서 화자는 사랑에 절망한다. 그 심정은 더욱 깊어져서 세 번째 단락에서 죽음까지도 생각하게 되고 죽음을 통해서라도 사랑을 성취하고자 한다. 여기서 이 노래는 그치지 않는다. 네 번째 마지막 단락에서 이별 두 자를 깨치리라는 의지를 보여줌으로써 화자는 사랑을 성취하게 되는 것이다. 그 점은 죽여 깨치리라는 강한 표현으로 해서 더욱 커지고 깊이 있게 되는 것이다. 육체적인 노동, 그 중에서도 공간적 이동이 심한 노동의 경우 이러한 사랑에의 의지를 낳는다고 해도 될 것이다.

3

기능상으로 볼 때 노동요가 민요의 대부분을 차지하고 있는 것은 일할 때의 여러 상황이나 심정 등이 그 노래의 발생 동기로 작용하기 때문일 것이다. 그리하여 노동요라고 분류된 많은 노래의 사설에 앞서 말한 사랑이나 정이 자주 등장하는 것이다. 여기서는 그러한 정서는 제외하고 일이라는 상황을 중심으로 노래가 어떻게 발생하는가 그리고 화자가 어떻게 반응하며 그것을 어떻게 해결하는가를 살펴보자.

강원 북부지방에서 특히 들을 수 있는 소리는 아마도 산과 나뭇일에 관련된 것일 것이다. (6)에서 보듯 화자가 산에 오게 된 것은 물론 돈이 없어서이다. 돈이 없어 님과도 헤어져 심산유곡에 들어오게 되는 것이다. 그러나 이 경우 대부분 체념으로 마무리된다.

(6) 신우산천에 참매미소리는
다들게좋은데 우리야정든님
한숨소리는 나도듣기싫어
기차는천리요 울타리가시인데
호박잎이 너울댄다구 앞못볼소냐
다달이두세번씩 편지질말구
일년에한번씩만 오셨다거요
산천이고와서 내가여기를왔노
금전이하그리워서 나여기를왔지
　　　　　 — 철원. 임동권 편, 『한국민요집 2』 87면에서 재인용

그러나 농사일이나 뱃일의 경우는 그래도 현실을 승인하거나 현실에 굴복하지 않는 태도를 어느 정도 보여준다.

(7) 둘러주게 둘러주오

　　회논 떤 배이히 둘러주오

　　회논 떤 배이히 둘러주면

　　준치 자반을 먹는다네

　　준치 자반을 아니 먹는

　　신계 곡산 중이살까

　　　　　　　　　　　　　　　　— 철원군 갈말읍. 안일봉

(8) 에싸니 에싸니 에싸니 에싸니

　　행상 나귀 찬바람에 손발이 쓰려서 못하겠네

　　에싸니 에싸니

　　어떤 사람은 팔자가 좋아 고대광실 높은 집에 부귀영화 누리건만

　　이내 팔자 기박해서 후릿꾼 신세가 웬말이냐

　　에싸니 에싸니 에싸니 에싸니

　　이번 후리 놓치면은 여우같은 우리 각시

　　뙤끼같은 우리 아들 무얼 먹고 산단 말이냐

　　에싸니 에싸니 에싸니 에싸니

　　댕겨라 댕겨 고깃떼 나간다 댕겨라 댕겨

　　에싸니 에싸니

　　행상 나귀 찬바람에 울고가는 저 기러기

　　우리 부모 만나거든 암바우에서 후릿배 탄다고

　　이내 소식을 전해 주려마

　　에싸니 에싸니

　　　　　　　　　　　　　　　　— 고성군 거진읍. 서재호

(9) 인제골 합강정 양소 앞에서 뗄 맸소

　　귀암 여덟 치올라가니 뒷 다리가 떨리네

　　귀암 여덟 지나니 신라오가 당해

　　신라오 당하니 겁이 뚝뚝 난다

　　그 아래 뚝 떨어지니 비틀이가 당해

　　비틀이 산고개 술붜놔라

— 인제군 신남면. 심복남

　(7)은 논매기 소리로서 두벌 논맬 때 부르는 노래이다. 일의 어려움은 나타나 있지 않지만 '준치 자반을 먹는다네'에서 보듯 생활의 어려움이 여실하게 나타나 있다. (8)은 후리질 노래로서 일의 어려움, 신세 한탄이 앞부분에 나오기는 하지만 가장으로서 해야 하는 또는 할 수밖에 없는 심정을 잘 보여주고 있다. 이 노래의 끝부분은 '자 며르치 한 이백자 들었구나 / 자 부지런히 퍼내자 퍼내'로 되어 있는데 이 문맥만으로 본다면 일의 보람도 나타나 있다. (9)는 뗏목 노래인데 인제 합강정에서 시작하여 서울 뚝섬까지 가는 뗏목길을 보여주고 있다. '뒷다리가 떨리'고 '겁이 뚝뚝 난다'는 사설에서 보듯 이 노동 역시 죽음과 마주치는 일인 것이다.

　일과 관련하여 또 다른 면을 보여주는 것들로서 일의 과정, 혹은 일의 종류를 보여주는 노래가 있다. 이 경우는 대부분 일에서 느끼는 보람 혹은 일을 다 하고 나서 느끼는 성취감이 나타난다. 그러나 경우에 따라서는 마취를 통해 세상을 잊고자 한다든가 (12)의 시집살이 노래에서 보듯 일의 성취를 인정받지 못하여 타락으로까지 빠지는 경향도 보여준다.

　(10) 2월달에는 기새기 범벅

3월달에는 느태 범벅

4월달에는 쑥 범벅

5월달에는 수지치 범벅

6월달에는 밀 범벅

7월달에는 수수 범벅

8월달에는 꿀 범벅

9월달에는 무시로 범벅

동짓달에는 동지 범벅

섣달에는 흰떡 범벅

정월달에는 달떡 범벅

열두가지 범벅을 개어 벙거지 속에다 넣었다가

아닌 밤중에 오시는 손님을 드릴까 요것도 난사로다

기집년의 행실을 보아 이도령이 달려들어 엎어놓고는 떡을 따니

제쳐놓고 배를 따려

따리지 마오 따리지 마오

우리 정리만 변하지 않으면 그만이지

— 양구군 방산면. 심여배

(11) 구이 구이야 담바구이야

동네는 월천의 담바구이야

너의 흙이 좋다드니

조선 팔도 왜 나왔나

금을 주랴고 나왔느냐

은을 주랴고 나왔느냐

금도 없고 은도 없고

담바구 씨를 가지고 왔네

저 산 밑에 담바구 씨를 뿌렸더니

낮이며는 양지를 받고 밤이며는 음지를 받아

겉잎 나고 속잎 나서 왕성하게도 잘 자라났네

그 담배를 뜯어서 양조칼로 썰어놓은 담배를 먹고 나니

목구멍 속에서 실안개 돈다

─ 철원군 갈말읍. 안일봉

⑿ 친정살이를 할망정 술담배 아니 먹구는 나는 못살아요

아리 아리 아리랑 아라리가 났구나

아리 아리 고개 고개로 나는 넘어 가누나

살림살이를 팔어버리면 내 살림살이가 되나요

주발 내다가 톡톡 털어서 술담배나 먹고 말란다

─ 양구군 방산면. 심여배

4

만가라고 하기도 하고 회다지 소리, 상여 소리, 달구질 소리라고도 하는 소리들은 흔히 의식요 중 통과의례에 해당하는 것으로서 인간의 삶 전체를 조망하고 있다. 그러나 그 긴 사설 때문이기도 하겠지만 구연 상황에 따라 어느 부분만 잘려서 나타나는 경우가 대부분이다. 따라서 살아온 오랜 세월에 대한 한탄이 되기도 하고 그 세월에 비추어 후손들에게 잘 살아 보아라라는 훈계조의 소리가 되기도 한다. 그러면서도 태어남, 자라나 출세함, 부귀영화를 누림, 좋은 명당터를 잡음에 대한 기원이 담겨 있기 때문에 현란한 수식이 자주 붙는 것도 이 경우이다.

그 하나의 예를 보자. 우선 발인제축이 있고 상여 떠날 때 사자의 입을 빌려 죽음의 슬픔을 이야기하고 장지에 도착하여 다시 한 번 사자가 살아 있는 사람들에게 다시 만나기를 기원하고 당자리가 명당임을 이야기한다. 그러고 나서 이렇게 된 것이 모두 따라와준 살아 있는 사람들 덕분이라고 치하를 한 후 마지막으로 공덕을 쌓으라는 덕담을 한다.[1]

5

강원도 북부지방의 민요는 다른 지방과 달리 생활의 문제 나아가 생존의 문제가 그 민요에 상당한 비중으로 반영되어 있다. 그리움과 사랑 그리고 이별을 다룬 경우도 그리 쉽게 포기하지 않고 끈질기게 집착하는 태도를 보여준다. 농사일, 뱃일, 나뭇일 등의 고된 노동의 현장에서도 임에 대하여 생활에 대하여 끊임없는 애정을 보여준다. 비록 죽어 저승에 가더라도 살아남아 있는 사람들에게 공덕을 쌓으라는 덕담도 잊지 않는다.

이러한 태도들은 인간의 슬픈 삶에 대한, 현실의 부조리함에 대한 뚜렷한 깨달음이 있었기 때문에 가능한 것이고 그 때문에 삶의 목표를 쉽게 포기하지 않는 것이다.

• • •

1. [부록]의 양구군의 「회다지 소리」 참조.

[부록]

　　본문에 인용되지 않았으나 그 외 중요하다고 판단되는 자료들을
지역별로 모았다.

• 　철원군
　　「강원도 엮음 아리랑」
　　내 팔자나 네 팔자나 원앙금침 깔아놓고 인물 병풍 둘러치고
　　네모 번듯 장판방에 요깔고 이불 덮고 따뜻하게 잠자기는
　　애당초 틀렸으니 오다가다 거리노중 상봉이라도 하여 보세
　　아리랑 아리랑 아라리로구나
　　아리랑 얼씨구 노다 가오
　　　　　　　　　　　　　　　　　　　　　　 ― 갈말읍. 안일봉

　　「사랑가」
　　창문을 닫쳐도 너는 달빛 마음을 달래도 파고드는 달빛
　　사랑이 달빛이냐 달빛이 사랑이냐
　　텅 빈 가슴 내 가슴에는 사랑만 가득히 타오르네
　　사랑 사랑 사랑이 아니 사랑이란 게 무엇인가
　　알다가도 모를 사랑 믿다가도 싫은 사랑
　　오목조목 알뜰 사랑 알칵달칵히 더운 사랑
　　　　　　　　　　　　　　　　　　　　　　 ― 갈말읍. 한장성

　　「베짜기 노래」
　　천하 공에다가 벗을 놓고

천하 공에다가 잉애를 달아

잉애대는 삼형제요 눌림대는 예덕심이라

에헤야 베짜는 아가씨

사랑노래 수심만 지누나

— 갈말읍. 신상만

- 화천군("화천군지"에서 재인용함)

「아리랑」

아리랑 고개다 정거장을 짓고

임 오실 때를 고대 기다립니다

니가나 잘나서 일색이냐

내 눈이 어두워서 환장 속이지

너는 누구며 나는 누군데

생산도 땅에나 조자롱이로구나

소양강 흐르는 물에 배추 씻는 처녀야

그때그때 다 조차놓고 속에 속잎을

나를 좀 주게

— 감동면

「청춘가」

신구명산 만장봉이 바람이 분다고 쓰러질까

송죽같이 굳은 절개 매를 때린다고 허락할까

우둑죽박에 능라주로 나를 칭칭 감지 말고

총각낭군의 긴긴 팔로 나를 나를 감아주소

한치 뒷산에 곤두레 딱지가 나지미만만 같다면

병자년 흉년에 암만 뜯어 먹어도 봉기탄 없이 살아간다네

저 건너 묵밭떼기가 재작년에도 묵더니

금년에도 나와같이 또 묵는다

남대뭄 기차야 소리 말고 가거라

살라는 요내 간장이 또 녹는다

박연폭포 흐르는 물에 풍둥실 띄워 놓고 뱃놀이를 가자

가는 님 허리를 담북 잡고 나 잘못하였으니 돌아 서십시요

달 뜨던 동산에 달이 떠야 보기 좋지

요내 맘 들뜬 건 병들었구나

노당수 대구리 뒤범벅 상투

저걸 언제나 길러서 내 낭군 삼을까

당신이 그런 말 마소 오늘 내일이 다 못 가서

당신이 내 품안에 들리라

― 간동면

「한탄가」

머루 다래는 꼭지나 있지

부모 형제 떨어지면 꼭지도 없네

저 건너 묵정 밭에는 잔풀도 많은데

올 같은 색시 풍년에 왜 장가를 못 가나

― 간동면

• 인제군

「뗏목 노래」

인제골 합강정 양소 앞에서 뗄 맸소

귀암 여덟 치올라가니 뒷다리가 떨리네

귀암 여덟 지나니 신라오가 당해

신라오 당하니 겁이 뚝뚝 난다

그 아래 뚝 떨어지니 비틀이가 당해

비틀이 산고개 술붜놔라

비틀에 뚝 떨어지니 황소못에 당해

황소못 앞에다 술붜놔라

황소못 떨어지니 이막손이 당해

이막손 앞에다 술붜놔라

이막손으로 뚝 떨어지니 까치여울이 당해

까치여울 앞에다 술붜놔라

까치여울은 뚝 떨어지니 화리가 당해

화리 앞에다 술붜놔라

모래 야무지 같으면 우리가 당한다

화리로 뚝 떨어지니 재여울에 당행

재여울 세순무지 달러가자

재여울을 뚝 떨어지니 배귀소리가 당해

배귀소리 뚝 떨어지니 송산파리가 나온다

송산파리여 뚝 떨어지니 거무여울이 나오네

거무여울 그 알른 개여울이 나온다

송산파리여 다 지내가니 어디메나 하니

춘천에 우두구아고 아우구가 나온다

우두구하고 밑에는 어디가 나오나

뒤뚜루 앞에야 모새여울 나온다

모새여울 뚝 떨어지니 소양강 다리 밑이요

소양강 다리 밑에는 붕어여울이 나온다

소양강 아래서 절별을 하니

돌아놓고 생각하니 황새여울 무서워

황새여울 뚝 떨어지니 차돌맹이가 무서워

차돌맹이 뚝 떨어지니 양수리 다리뺄이야 정말 무서워

양수리 다리뺄 밑을 떨어지니 석정바우로다

석정바우를 뚝 떨어지니 어디가 당해

우미네 광나루 다리뻘을 뚝 떨어지니

그 마을에 내려가니 천양산양소라

그 소를 다 지내니 어디메가 당하나

뚝섬을 들어가니 마지막이로다

— 신남면. 심복남

「사랑가」

참나물 모새다 씨러진 골로 우리랑 삼동서 보나물 가세

노랑에 대가리 뒤범벅 상투 언제나 길러서 내 낭군을 삼나

미나리는 간다마는 받을 사람 전혀 없네

임실로 갈 적에 밤도 딸래

임실어 놓고서 임도 따네

저 건너 곤드레 딱지가 낮이나 맘만 같더냐

　　　　곤스레 딱지가 정드신 맘만 같다면

그것만 뜯어 먹어도 올 봄 한 철 살겠네

— 신남면. 박옥란

「언문두 타령」

아차나 잠간 늦었구나 기역 니은 디귿 리을

기역자로 집을 짓고 지긋지긋 찾았더니

이미나 종치 못하여 못살겠소

가갸는 거겨 가이없는 이내 몸이 거이없이 되었구나

고교는 구규 고생하던 우리 낭군 구관하기 짝이 없어

나냐는 너녀 나도 등에 볼개하여 조선팔도 유람갈까

노뇨는 누뉴 노세노세 젊어 노세 늘어지면 못놀아

나냐는 너녀 날라가는 원앙새야 널과 날과 짝이로다

노뇨는 누뉴 노류장화 일개일에 젓자리마다 있건마는

다댜는 더뎌 달도 밝고 명랑한데 임이나 생각이 절로나

도됴는 두듀 도망가세 도망가세 너하고 나하고 도망가세

마먀는 머며 맞았도다 맞았도다 이미나 종치 못하여 맞았도다

모묘는 무뮤 모지도다 모지도다 한양 낭군이 모지도다

사샤는 서셔 사신 행차 바쁜 길에 즘심참이가 늦어가

소쇼는 수슈 소슬한풍 찬 바람에 울고가는 저 기럭기

한양성에 있거든 편지나 한 장 던져주

아야는 어여 안아담박 알았던 손 인정없이 끊어줘

오요는 우유 오동동 목탄 검은 골에 해들을 매어놓고

거기 봐서 제짐삼아 우쩔우쩔 춤만춰

자쟈는 저져 자등자등 갔던 임이여 소식이 무소식

초쵸는 추츄 초절낭군 연하낭군 편지 한 장 던져 주

차챠는 추츄 초당 안에 깊이 든 잠 물소리에 깨어났네

그악 소년은 간 곳 없고

카캬는 커켜 관우장비 쓰던 칼 요내나 몸을 베어주소

타탸는 터텨 타소타소 뭘타봐 누구를 바라고 여길 왔소

토툐는 투튜 토지 감동 하오실 적에 비나이다 비나이다

정연군님전 비나이다

— 방산군. 심여배

「곱사풀이」

일자도 몰르는 지아비 찾으자

일났다 봉산가자 곱곡

오현발명 때지대라

오촌댁이면 당숙모라

오라버니 시장에 소꾹소꾹 담 넘어간다 곱곡

— 방산군. 심여배

「회다지 소리」

영이기가 왕주유택 재진결례 영결종천

(좌상) 군정들 우물 채우셔

(우측) 아미 아미 (좌측) 미리 미리

(좌상) 에헤 에헤 아미아미 아미타불

　　　　아이 미리미리 미리타불

여보시오 군정님들 요네 말씀 들어보소

엊그저께 성튼 몸이 오늘날엔 북망산천

한백년을 사잤더니 인명은 재천인데 오늘날이 하직일세

여보시오 군정님들 요네 말씀 들어보소

인생 한번 거쳐가면 묘 모양이 되는 것을

저승길이 멀다더니 대문 밖이 저승일세

일가친척이 많다더니 죽음에도 대신 있나

이웃친구가 많지마는 죽음에도 대신 가나

한백년을 사잤더니 인명은 재천이라

한명으로 영결종천 울지마우 울지마라 한명으로 나는 가네

일가친척은 하직을 하고 고향산천을 등을 지고

이웃친구들은 작별을 하고 가요가요 나는 가요

북망산천 찾아를 가네

바늘같이 약한 몸이 태산같은 병이 드니
약을 쓴들 약덕입나 굿을 한들 굿덕입나
정을 잃으니 정덕을 입나 백약이 무효로구나
슬프구나 가련쿠나 자국마다 눈물이요
한백년을 사잤더니 오늘날이 하직이네
월직사자는 등을 밀고 일직사자는 앞을 끄고
복판사자가 등을 지며 어서 가자 바삐 가자
어느 영이라 지체하며 누구 분부라 거역하리
여보시오 군정님들 요네 말씀을 들어를 보소
인생 한번 합자하면 요 모양이 되는 것을
활등같이 굽은 길을 화살같이 달려를 가니
높은 데는 낮어를 지고 낮은 데는 높아를 지네
허둥지둥 달려를 가니 여기가 바로 북망산천
영촐종결 하직인데 북망산천이 여기로다
인제 가면은 언제 오나
고양이 머리 뿔이 나면 한번 다시 오련마는
삶은 밑에 삶은 밤이 싹이 나면 오련마는
뒷동산에 고목나무에 꽃이 피면 한번 올까
여보시오 군정님들 백발을 보고 웃지를 마라
엊그저께는 청춘이더니 오늘날에는 북망산천
해가 뚝 떨어져 달이 되면 다시 한번은 오련마는
바다가 뒤집혀서 육지가 되면 다시 한번은 오련마는
여보시오 군정님들 언제 한번 만내볼까
돌배를 타니 가라를 앉고 종이벨 타니 떠 달아나고
흙배를 타니 풀어지고 종이벨 타니 떠 달아나고
영결종철 하직이네

오오호 오리타로

여보시오 군정님들 요네 말쌈 들어보소

천지현황 생긴 후에 일월영천 생겼으니

이 세상이 매련됐네

조선 해동국에 대한민국 매련됐소

양구하고 방산인데 오미리가 탄생됐소

산지조종 곤륜지산 수지하조종 황해수요

이 세상에 최고 영장 사람밖에 또 있느냐

이 산에를 알아보세

천지조종 곤륜지산 수지조종 황해순데

이 세상에 명산대천 고루고루 찾아보세

함경도라 백두산 두만강이 순두르고

평안도라 모란봉은 압록강이 지나가고

경기도라 인왕산을 한강이 끈을 끼고

황해도라 대동강은 어허둥둥 지나가고

강원도라 동해바다 넘실넘실 출렁출렁

경상도라 태백산은 낙동강이 시작되고

충청도라 계룡산은 달래강이 지나가고

전라도라 지리산은 섬진강이 시작되고

제주도라 한라산은 사면이 바다로다

세계명산 금강산은 강원도에 위치하니

삼형제봉이 탄생되어 첫째 산맥 태백이요

끝에 두령은 서해로 가고 복판 두령 내려오다

여기서 주춤하니 여기가 천하 명당일세

좌우청룡 우백호는 학의 날개 틀림없고

뒷동산은 문필봉에 앞동산은 왕희지요

이 산 쓴 지 삼년 만에 천하문장 나오리라

우측봉은 효자봉에 좌측봉은 열녀봉에

이 산 쓴 지 삼년 만에 효자열녀 나오리라

형국은 삼태미요 안택은 고물갠데

이 산은 타적봉이요 저 산은 노적봉인데

한번 땡기라 백석이요 두번 땡기라 천석인데

이 산 쓴 지 삼년 만에 만석꾼이 생기리라 천하부자가 생기리라

이만하면 명당이지 명당이 따로 있나

어어허리 달호야

여보시오 군정님들 오늘날에 신세가 태산인데

천년만년 집을 지니 여러분의 신세로다

좋은 것은 남겨놓고 나쁜 것은 다 가져가요

여러분의 부귀영화 가화한이 만사성게

만사하니 형통이요

여보시오 군정님들 요네 말씀 들어보소

인간 한번 아차하면 요 모양이 되는 것을

이러쿵 저러쿵 말도마라

죽어지면 후회도 많으니 공덕을 많이 하소

배고픈 사람 밥을 주어 기아공덕 하옵소서

깊은 물에 다리를 놓아 월천공덕 하옵소서

돈 없는 사람 돈을 주어 금전공덕 하옵소서

깊은 산중에 법당짓고 중생공덕 하옵소서

옷 없는 사람 옷을 주어 인생공덕 하옵소서

목마른 사람 물 떠다주어 기갈공덕 하옵소서

— 방산면. 최성남

- 고성군

  「시집살이 노래」

  시집의 살이를야 하고나나니

  파대같은 연애머리가 쥐꼬리 팔자가 되었네

  호초가 덩초가 맵다고 하여도

  시집의 살이가 나는 젤 맵더라

  — 죽왕면. 함숙자

  「시집살이 노래」

  어머니 아버지 돈닷돈 질픈에 막내돈 질픈에

  산나가선에 술이나 먹자구 염방에 청춘에

  영 죽겠수 영 죽겠수 아이게 엄마 아이게 엄마

  칠사만사가 음— 백만사로구나

  고놈의 지집아해 저 소리 듣더니 너무도 좋아서

  홍두깨 다리미 민다듬이야 민다듬이야

  서방 욕하니 칙사리 맞아라 뒤져라

  아이게 엄마 아이게 엄마

  칠사만사가 음— 백만사로구나

  울산아래 씨래기 다미는 바람이 불어도 뒤둬라

  내일 아침에 절작 안에 훅 쓸어놓고

  토장을 뭐라 간장을 뭐라 꿇여라 먹어라 주잔다

  아이게 엄마 아이게 엄마

  칠사만사가 음— 백사로구나

  — 죽왕면. 함숙자

  —『강원민속학』11, 강원도민속학회, 1995.

제3부

산문·기타

깃발 없는 풍경

1

그 친구는 카프카를 무척 좋아했다. 뭔지 모르게 음산하게 그를 둘러싸고 있는 불안과 초조를 느끼고 있었다. 상식성常識性에 기겁을 하며 손을 내저으며, 웃을 때면 그 특유의 웃음 ― 비웃는 투의 시니컬한 웃음에 가까운, 속에서부터 울려나와 흠칫 듣는 이를 놀라게 하는 웃음을 조심스럽게 사물에 투영시켰다.

그 친구는 좋은 놈이었다. 한 권의 소설을 읽으면 그에 푹 빠져들어 며칠간은 몽롱한 속에서 살았고, 한 편의 영화를 보면 며칠을 그 배우에 대한 사진을 수집하러 돌아다녔다. 「개선문」의 라비크와 「의사 지바고」의 지바고를 "좋은 놈들이야"하며 "의사란 모두 좋은 놈들인 모양이야"란 결론을 서슴지 않게 내놓을 정도였고, 한편을 개봉관, 재개봉관 그리고 3류로 한 달에 걸쳐 혼자서 보고 집으로 돌아오곤 했다.

그 친구에게 여자와의 관계란 오입질할 때의 창녀 둘 뿐이었다. 좋아하면서도 상식성에 두려움을 느낀 그는 좋아하는 여자를 멀리하고, 따라서 아예 접근조차 제 능력 밖의 문제로 취급했다. 그 친구는 시를 잘 썼다. 열심히 그리고 훌륭한 시를 쓰기를 원했다. 집에서 모든 그의 식구가

다 잠든 밤, 도둑처럼 안방 다락으로 기어가 밤새 소주를 마시고 잠이 들었던 기억을 내게 털어놓았을 때, 그때 그는 '술병에 별이 떨어진다'는 시구에 술을 마셨다고 자신도 모르겠다는 어처구니없는 표정을 지었다.

2

음산한 바람이 불었다. 광장 여기저기에 마른 휴지조각이 날리고 가끔 기적소리가 이 풍경을 살려줄 뿐 행인들의 움직임조차 흡사 시신들의 그것이었다.

"아직 시간이 있지? 차나 마시고 올까?"

그 친구를 환송하러 나온 우리 몇몇은 추위에 몸을 떨었다. 이른 봄철, 계절의 뒤바뀜에 온 사물이 질서를 잃을 때였다. 그중 누군가가 마른 목소리로 얘기했다.

그러나 모두들 꼼짝 않고 주위만 휘둘러 볼 뿐 반응들이 없었다. 저녁 9시. 휭하니 바람이 빈 광장을 불어왔다. 나풀거리는 창가娼家의 빨랫줄에 걸린 언 세탁물, 미숙한 솜씨로 '공중변소 5원'이라고 빨갛게 그린 간판 그리고 그의 농구화 끈, 미약한 소리를 내고 다시 잠잠해진 광장.

"자, 그럼 몇 년 후면 다시 보지?"

또 친구 하나가 입을 뗐다. '현재를 제대로 살지도 못하면서 몇 년을 운위한다는 건 자기기만이다.'란 그의 냉소어린 내뱉음, 남의 가래가 목에 와서 닿는 불쾌감.

"또 보게 될 거야."

그가 말했다.

잠시 정적이 일고, 그리고 주위의 소란함에 깨졌다. 우리와 마찬가지로 환송 나온 몇몇 인파가 담배를 피우며 계속해서 떠들어댔다. 그중에는 손을 움켜잡은 어린 계집아이가 불안한 표정으로 제 부모들에게 매달려 있고 그 입대한다는 자식이 자못 심각한 표정으로 무엇인가 힘주어 말하는 모습이 보였다.

바람을 막으며 불을 붙여 다시들 담배를 피워 물었다. 질식했었다는 듯이 '후' 하고 저마다의 담배연기를 내뿜었다. 머리 위에서 맴돌던 연기가 그 위로 올라가서는 회오리를 일으키며 사라졌다.

"너 내일 학교 나올래?"

친구 하나가 누구에겐가 물어보았다.

"글쎄, 갈까? … 뭐 별다른 볼일도 없잖아."

"하긴 그런데."

대화가 중단되었다.

모두들 마치 호주머니 속에 손을 넣듯이 속을 집어넣고 있었다. 가끔 꺼내보다간 추위에 다시 집어넣듯이.

"뭐야 이거, 모이라는 시간에 모였으면 몰아갈 일이지, 시간을 연기…"

"조용히 해."

한 친구의 말에 그는 단조롭게 눌러버렸다.

추웠다.

광장 좌우의 고층건물이 마치 병든 옥수수 같았다.

음산한 바람이 또 몰려왔다. 서로의 얼굴을 바라보면서 아무 소리 없이 서 있었다. 빌딩이 서로 등을 맞대고 어둠속에 서 있듯이.

상행 열차가 닿았다. 쏟아지는 사람들. 보따리와 어린애들이 웅성웅성 광장으로 밀려나왔다. 종점. 오고가는 사람들이 뒤섞이며 몰려다녔다.

"사람들."

"정신없이 몰려다니는군."

세 갈래의 길로 흩어졌다. 그리고 잠시 후 광장은 다시금 조용해졌다.

"이제 3년 정도는 있어야 형하고도, 술이라도 한잔 나눌 수가 있겠군요."

그는 한창 인파를 둘러보다가 내게 입을 뗐다. 서로 멍하니 바라보기만 했다.

"별 수 없지."

외투 속에 손을 찔러 넣고, 어깨를 움츠렸다. 초봄 날씨.

눈이라도 내릴 듯한 날씨였다.

"집에 가다 그 포장마차에 들러야지."

"같이 가지 못하게 돼서 미안하군요."

"남쪽으로 내려가니 날씨는 괜찮겠는걸."

"곧 더워지겠죠."

그 친구는 입영했다. 음산한 바람과 낡은 창녀의 집을 뒤로 하고.

3

데모로 인해 학교 수업이 전폐되다시피 하게 된 무더운 초여름. 며칠간 비도 내려주지 않았다. 교정의 수목들은 모두 말라갔다. 개천도 흐르지 않았고 오가는 행인도 잠든 채 걸었다.

그 친구와 나는 잔디밭에 누워, 멍하니 푸른 하늘을 바라보았다. 푸른 하늘.

"찌는 걸."

난 일어나 앉았다.

"권태로워지는군."

그도 일어났다.

"벌써 권태롭습니다."

“모든 게 정지했군.”

“손발의 작용까지도.”

“오랜만에 학교가 조용한걸.”

조용한 게 아니었다. 친구들은 교문 밖에서 연좌데모를 벌이고 있었고, 말없는 불안과 권태가 휩쓸어갔다. 투석전이 벌어지고, 최루탄이 날고 그래도 아직 긴 오후가 남았다.

“교수님이나 뵈러 갈까요?”

“지금 계실까?”

“없을까요?”

“별 마음이 안 내키는데.”

“그만두죠.”

“그래, 그만두지.”

“바람이나 불어주지 않고.”

난 다시 벌렁 잔디에 누워버렸다.

“여자 하나 소개해줘요.”

그는 내게 얼굴을 내밀었다.

“여자 역시 재미없는 일인 것 같은데?”

“그래도 있는 게 낫지 않을까요?”

“집에 가서 시나 쓰자.”

“차나 마시러 갑시다.”

둘은 일어났다. 아직 가시지 않은 최루탄 가스. 교정은 온통 연기의 잔재로 차 있었다. 사회에 대한 참여와 그 좌절. 그 투쟁.

교문을 빠져나왔다. 몽유병 환자모양 길을 걸어갔다.

시끄러운 음악소리와 친구들의 열띤 다방에서의 토론. 선풍기와 열린 창문을 동원해도 땀은 계속 흘렀다. 레지가 다가왔다.

“아까 전화 왔었어요. X라고 하면 안다던데요.”

그의 얼굴에 희색이 돌듯 하다가 사라졌다.

"또 오겠지."

"차, 뭘로 드시겠어요?"

"나, 커피."

"나도."

레지가 멀어져 갔다.

"고등학교 때 변론반에 있었거든요. 기백을 배우러 갔었죠. 헌데 기백은커녕…"

멍하니 앉아 서로의 시선만을 쫓고 있었다.

"요즈음 어쩐지 시를 쓰는 것 같지 않아."

"시가 될 심정이 아닌 듯한데요."

"왜 쓰려면 쓸 수도 있겠지."

"형은 시 써요?"

"가끔은 쓴다고 할 수 있지."

"헌데 형의 시는 너무 메말라요."

"하긴 그래. 너무 그런 습성에 배어들었지."

"솔직해져야겠습니다."

"솔직해져야지."

"헌데 너무 빠져 있는 것 같군요."

"빠져나와야 하는데."

"잘 안 되죠."

서로의 대화를 중단하고 다방 주위를 둘러보았다. 벽면에 걸린 마른 인상의 베토벤, 슈베르트, 차이콥스키, 리스트, 브람스 등의 초상화. 천정에선 선풍기가 더위를 더해가며 돌고 있었다.

"어제 어떤 여자 만났었잖아."

뜨거운 커피는 마실 염도 않고 입만 벙긋했다.

"저쪽 동네 시화전에 갔다가 알게 됐지만 뭐 별 볼일 있었던 것도 아니었죠."

"…"

"차 사준다고 해서 온 거죠."

"연애라도 좀 신나게 해야 할 것 아냐?"

"그래야 할지도 모르죠."

쉴 새 없이 들락날락거리는 여자들. 변화 있는 색채에 어지러움을 느낀다.

"문학의 사상이 뭐냐는 둥, 왜 한국문학에는 사상이 없느냐는 둥, 저 혼자 지껄이데요.

요전에 현대시학을 보니 박 무슨 시인의 시가 좋다나요. 한 달에 한 편 좋은 시가 보이면 마음이 뿌듯해진다고.

비평이란 무엇인가를 생각해보니 문학을 먼저 알아야겠고 문학을 알려고 하니 예술을 알아야겠고 그리고 또 미를 알아야겠다는군요. 계보는 잘 세웠더군요. 미 예술 문학 비평. 그래서 미를 생각해보니 이런 게 아닐까 하며 그림까지 그려가며 설명을 해주더군요. 외부자극, 감각기관, 이모셔널, 평가, 즐거운 것, 등의 단어를 써가며."

"…"

"별 희한한 연애도 다 있더군요."

"남자를 앞에 놓고 열심히 문학 얘기를 하는 소녀. 별 미치광이도 다 있구나. 하하."

"하하하."

"하하하."

데모가 끝났다. 친구들의 허탈감을 보지 않아서 좋았다. 당분간 학교를 쉬게 되었다. 그러나 더위는 더욱더 기승을 부렸다.

한 회에 두 편씩 상영하는 영화관이 있다. 그 친구와 나는, 각자 혹은 같이 어울려 이런 영화관에 들어가 하루를 보냈다. 자막이 흐리고 몇 번씩 끊어지는 영화였지만 인상적인 배경이 아직 인생을 쉽사리 단념하게 만들지는 않고 있었다.

저녁. 해가 지고 있었다. 약간은 서늘한 바람이 불곤 했다. 8시. 많은 사람들이 열병에 걸린 양 들떠 여기저기로 몰려다녔다.

30분을 걸었다. 육교와 지하도를 몇 차례 지나고 네온사인이 켜지는 것을 보며 남대문을 지나 서울역에 왔다.

책을 한 권씩 옆구리에 끼고 터덜터덜 걸었다. 단 한 번도 펴볼 생각이 나지 않는 책을 끼고 다녔다. 펴보면 무엇인가에 정신없이 빠져 들어갈 것만 같았다.

거리는 소란했다. 집까지 한 정거장. 걷기가 싫어졌다. 무슨 요량으로 예까지 걸어왔는지 모를 일이었다.

집으로 향하는 버스 정류장에 서서. 그와 나는 바로 이웃하고 살았다. 몇 년은 서로 모르고 지내다가 우연한 기회에 집이 이웃임을 알았다. 그때는 살 길이 생긴 양, 서로 좋아했다.

"타고 갈까."

"걸어갈까."

대낮까지 자고 있는 내게 그 친구는 찾아 왔다. 골방 속에 박혀 책을 뒤적거리다가 점심도 내버려둔 채 집을 나왔었다.

지난 주 일요일은 교회에 따라 갔었다. 무엇인가 진기한 것을 찾는 듯이. 성모상을 비롯한 많은 상들. 뾰족탑. 뾰족탑에 걸린 말. 눈 내리는 교회. 예배가 끝나고 고등학교 모임에서 그는 작문 강의를 하게 되어 있었다. 그러나 내가 집에 돌아온 바로 다음 집에 찾아들었다.

"안 하기로 했어?"

"아니 그냥 나왔죠."

"…"

"그 어린 애들 얼굴을 보고 있으려니 차마 그 거짓말을 못 하겠던데요. 속이 뒤집어져 꼭 토하고 싶어집디다."

"그렇지만 촉탁을 받았다면서?"

"하지만 하고 싶지 않거든요."

결국 그는 몇 주일 전부터 기대하던 교회에 대한 앎을 단 하루 만에 끝내고 말았다. 교회를 요절냈지.

"타고 갈까."

"걸어갈까."

몇 발자국 걷다 다시 되돌아왔다.

"술 먹고 들어갑시다."

"…"

둘은 진한 살생의 냄새가 나는 어두컴컴한 속으로 들어갔다. 둥근 드럼통을 세워놓고 그 곁에 서서 땀을 흘리며 소주를 들이키는 서울역의 군상을 비집고 들어섰다. 하루의 피로를 위한 한 모금의 들이킴. 그러나 둘은 새로운 하루를 시작하려는 순간이었다.

더웠다.

지글지글 끓는 돼지의 토막토막을. 검게 그을린 벽과 천정으로 승천하는 속죄양.

"하나 더 하죠."

"조금만 더 하지."

조금씩밖에 술을 못하는 그는 무리를 해가며 나와 대작했다. 주위의 눈초리를 받으며.

"할 수 없죠. 안 그래요, 형?"

약간의 취기 끝에 그는 내 어깨를 짚었다.

"그런 거지."

밖은 완전히 어둠에 젖어 있었다. 슬픔에 잠긴 검은 눈동자처럼.

그러나 내일 아침의 밝음을 알기 전에 이미 내일의 밤을 생각했다.

"오늘은 그래도 나은 하루가 아니었을까요?"

"그럴지도 몰라."

"좀 더 낫게 할 수는 없을까요?"

조금씩 비틀거리며 조금씩 걸었다.

"나 여기서 자고 가야겠습니다, 형."

술집 다음 골목은 사창가였다. 흔들거리다가 붙들렸다. 그래라. 네 마음대로 해라. 그러나 아직 난 집에 갈 수 있다.

"같이 갑시다, 형?"

"같이 쉬다 가세요, 예?"

짙은 화장 냄새. 그 친구의 술 냄새. 얼굴 위로 뿌려지는 온갖 냄새. 냄새. 어지럽다. 정류장 팻말이 돈다. 버스가 도는구나. 난 간다. 너나 쉬다 와라.

그 친구는 그날 거기서 하룻밤을 지냈다.

아침 다방에서 탁자를 가운데 두고 마주 앉았다.

"집엔 안 갔다 왔지?"

"가서 뭐합니까? 이따 느지막이 들어가죠."

"어젠 어땠어?"

"죽고 싶을 지경입니다. 좀 더 솔직해져야겠다는 걸 어젯밤 깨달았죠 그러나 무엇인가 자꾸 내 목을 조이는군요."

"…"

"결단을 내려야 할 텐데요. 아울러 책임도 가져야겠습니다."

"…"

"인생은 결단의 연속이라나요? 하하하."

"여 오랜만이군."

그의 친구가 다방 안으로 들어섰다.

"실례하겠습니다…. 웬일이야 네가 이렇게 일찍 나오다니."

그의 옆에 주저앉아 몇 마디 인사말을 하고, 차를 주문하고, 메모지를 부탁하고, 뭔가 신청곡을 쓰고, 다시 건네주고, 설탕을 타고, 젓고, 또 젓고, 물 한 모금 마시고, 차를 음미하며.

"아주 기계가 되고 말았지."

"하하, 그거 행복한 소리군. 기계라니? 네 생활철학도 많이 변천을 거듭해왔군. 그래 그냥 기계로 있을 거야? 아니면 부서져 고물 조각이 될 거야."

그는 멍하니 날 쳐다보았다. 교회에서 돌아온 날과, 문학소녀 얘기를 할 때처럼. 아직 기계가 안 된 친구, 된 친구. 되려고 노력하는 친구.

"…"

"하하, 이제 권태가 생긴 모양인 걸 너한테도?"

"권태라니?"

"그게 권태가 아니고 뭔가. 좀 더 욕심을 갖고 있으면 권태가 생길 리 없잖아. 길을 걸을 때도 목표를 명확히 세워 놓고 욕심을 내며 걷고, 친구를 만나서도 욕심을 내며…"

카운터에서 그를 부르는 소리가 들렸다. 누굴까, 이렇게 일찍 그가 다방에 앉아 있는 것을 아는 이가. 다가갔다. 배시시 웃음을 흘리면서, 뭔가 즐거운, 열정 있는 일에 대한 희망을 가지려는 듯 다가갔다.

제대로 맞지도 않는 청바지에 군데군데 술 자국이 허옇게 묻어 있었다. 끈조차 매지 않은 낡은 농구화. 비스듬히 손을 앞쪽 호주머니에 찌른 채.

내 앞에 앉은 친구와 나는 서로를 무심히 바라보고 있었다. 잠시 담뱃불을 조심스레 붙인 후 자리를 가다듬었다. '이제 보니 두꺼비로군. 뭍에서도 물에서도 고만고만하게 살아가는 놈. 그러니 아까 그렇게 혼자 좋다고 웃어댔군. 하하하.' 내게서 웃음이 나왔다.

그 친구가 다가왔다.

"집에 가야겠는걸."

엉거주춤 의자걸이에 기대어 섰다.

"이따가 집으로 찾아가죠."

두꺼비는 슬그머니 그의 어깨를 툭 치고 일어선다. 잘해보라는 소린 모양이다. 툭. 툭.

"기분 나쁜 친군데?"

"그렇죠. 제 친구는 모두 기분이 나쁘죠. 그것도 요즈음에 와서 알았으니까."

그 친구는 나갔다. 11시. 갑자기 밝은 햇살이 좁은 창살 틈으로 기어든다.

교회 앞마당에도 깃발이 나부꼈었다. 물론 서울역에도. 학교에 나오면 높이 펄럭이는 깃발. 그리고 가끔은 버스 한쪽 모서리에도 나부꼈다. 흔들리는 깃발 속에 초점을 잡을 수가 있었을까?

4

더웠다. 몹시 더웠다.

며칠을 방에서 뒹굴었다. 그 친구는 그 후 며칠을 찾아오지도 연락도 하지 않았다. 물론 다방에 나가 앉아 있으면 소식이야 들을 수 있지만 자꾸만 빠져들고 싶지 않았다. 반성해보려고 몇 번씩 시도해보았지만 무위로 돌아갔다. 무엇을, 시를, 여자를, 인간에 대한 권태와 공포를, 사회적 책임을, 아니면 그 친구를?

바람도 없었다. 아침이면 남쪽 창문을 열고 저녁이면 창문을 닫으면서.

그가 빌려준 동화집을 읽고 있을 때 그가 나타났다. 해는 벌써 지기 시작했다. 빼곡히 들어찬 건물들, 아파트군[#] 때문에 여름이면 시계를 보아야만 저녁을 제때에 먹을 수 있었다. 저녁을 먹고 동화책을 읽고 있었다.

　　"오랜만이군."

　　"그렇군요."

　　"들어오지 그래."

　　"그럴까요?"

　　문밖에 흰 고무신을 놔둔 채 들어왔다.

　　"축하해주십시오."

　　"축하한다. 뭔지 모르지만."

　　"아주 즐거운 생각이 들었습니다."

　　"…"

　　"즐거운 일도 있고요."

　　물음 대신 그의 눈을 응시하며 담배를 권했다.

　　"오늘 학교 가서 친구를 만났죠. 3급 시험 공부하는 놈이죠. 문학과 다니면서 말이죠."

　　"…"

　　"그때 바로 「동물농장」이 생생하게 실감이 나더군요."

　　"…"

　　"3급 시험이나 고시 공부하는 놈들은 모두 돼지거든요."

　　"돼지…?"

　　"그렇죠. 그런 돼지가 우리를 지배한단 말이죠."

　　"…"

　　"하하하."

　　"하하하."

서로 손뼉을 두드리며 웃어댔다. 애니멀 팜, 애니멀 팜, 나폴레옹.
하하하.

"즐거운 생각이었군."

"..."

"..."

"아무튼 즐거웠습니다. 근래에 이렇게 즐거운 일도 없었죠."

실재 상태의 지속. 이건 아무래도 권태였다. 그리고 공포였다. 애니멀
팜.

"고민도 없이 즐거움을 얻다니 마치 음모라도 하는 것 같군요."

"어째 그런 생각도 드는군."

서로 상념에 잠긴 듯한 표정을 지었다. 그러나 나만은 멍한 시선을
방안에 흘리고 있을 뿐이었다. 개가 여름 한낮 침을 흘리듯이.

갑자기 침묵을 깨며 일어섰다.

"나가죠."

주위는 이미 어두워져 있었다. 창에 밀려드는 음산한 무더위.

"저녁이나 먹고 나가지."

"그냥 나가도 괜찮을 텐데."

"그래. 오늘 무슨 좋은 일이 있는 모양이구나. 좋아, 나가자."

"동화집이나 들고 가죠. 어쩐지 손이 어색하군요."

쓸쓸한 황야에서 왕자와 공주와의 환상적인 그림. 곳곳에서 등장하는
동물의 탈을 쓴 악마. 그 시련을 딛고 행복에까지 도달하는 동화책
이야기.

현란한 색상이 곳곳에서 눈을 어지럽게 하고 있다. 부르짖고 있듯이
원색은 이미 미개인들만의 소유가 아니었다.

명동의 다방, 한가운데. 그 친구와 나와 어떤 여자. 항상 그렇듯이
눈을 아래로 깔고 겸연쩍은 듯이 앉아 있는 여자. 그가 좋아하는 타입.

차를 주문하고, 잠시 음악을 듣는 척하다가, 차를 마시고, 그리고 나는 가끔 불필요한 용무임에도 카운터에 섰다가, 화장실에 갔다가, 그리고 다시 보금자리인 듯 자리에 앉아 사팔뜨기마냥 그 여자의 주위만을 바라보았다. 흰색의 배경에 푹 꺼진 검은 여자.

다방에 온 지 한 시간이 지나고 있었다.

"시 좀 쓰셨어요?"

그 여자가 그 친구에게 말문을 처음으로 뗐다.

"시를 읽고 계십니까?"

그 친구가 그 여자에게 반문했다. 그리고 동시에 둘은 나를 바라보았다.

"쓰지도 읽지도 않죠."

제3자의 조그마한 목소리.

내가 다시 화장실에 갔다 왔을 때, 그리고 담배에 불을 붙였을 때 그와 그 여자는 일어서려고 했다.

그 여자를 미심쩍게 보내놓고 그 친구와 나는 남아 있는 긴 저녁을 천천히 걸었다.

"왜 제3자를 데리고 오느냐는 거죠. 그렇게 자기를 혼자서 대할 수 없느냐는 겁니다. 며칠 전에도 만났었죠. 그때 오입한 다음날. 신선한 여자였죠. 신선한 용모, 신선한 몸매, 몸짓, 신선한 언어. 그래서 또 며칠 계속 만났죠. 오늘은 이상해지더군요, 아침부터."

"…"

"너무 자리를 자주 뜬 게 원인이 아닐까요?"

"내가 자리를 뜬 게?"

"신선한 게 점차 더러워져가더군요. 그래서 혹 셋이 앉아 있으면 그 여자가 다시 신선해질까봐 그랬었죠."

"내게 너무 어려운 역을 맡긴 게 아닐까?"

"그게 그렇게 어려운 역이었을까요?"

양장점. 다방. 1층엔 빵집. 2층 의상실, 3층 탁구장. 수많은 간판의 나열. 언어의 나열. 연인들을 위한.

"이젠 만나보지 않겠군."

"그렇게 되겠죠."

"내가 보기엔 그 여자가 널 싫어하는 기색이 없는 것 같던데."

"하지만 난 싫거든요. 한 번의 기복도 없이."

"몇 년 동안 사귄 것도 아니잖아?"

"반년은 됐죠. 그날 이후로 자주 만나기는 했지만."

"쓸쓸하군, 두 여자가 있는데."

"…"

"쓸쓸…."

"무섭습니다."

남의 관념을 제 것인 양 하여 다시 남에게 주입시키려는 어리석은 망상. 그러나 그것을 빼면 유희만이 남음을….

갑작스레 밀려드는 무서운 상념. 집요한 응시. 그 피안.

둘이 멈춰 선 곳에 커다란 약 광고가 있었다. 네온사인이 꺼졌다, 켜졌다 하고 있었다. 눈이 아려왔다. 인공의 별.

"계속해서 켜놓거나 꺼놓으면 효과가 더 나지 않을까요?"

"하지만 변두리에 나가면 항상 켜 있거나 꺼져 있지. 움직이는 건 여기뿐이지."

어둡고 밝음이 수 초 간에 반복되고.

우렁차게 둘은 술을 마셨다. 더위를 잊고, 그보다 더 큰 주위를 잊고, 그리고 서로를 잊고, 마지막에 자신을 잊을 때까지, 진정 우리는 우리의 정열을 술에 쏟고 있었다. 돼지갈비와.

다음날 아침. 내가 그 친구를 찾아갔을 때, 그는 밥도 먹지 않은 채 자리에 누워 있었다. 자그마한 방에. 카프카의 사진과 베토벤의 마스크가 벽에 붙어 있고, 스테레오 전축과 판들이 구석에 자리 잡고 있었다.

붕어 모습의 재떨이를 내게 내밀었다.

"밖엔 아직도 비가 오는 모양이죠?"

"조금씩 오던데."

의자에 앉았다. 서가를 장식한 수많은 인물들. 동서고금. 순식간에 방안에 연기가 꽉 찼다. 열린 창문을 통해 들어오는 빗줄기.

"어디 아퍼?"

"골이 띵하고 몸이 좀 결리고 있어요."

다시 자리에 누웠다. 얼굴에는 담뱃불의 빨간 부분만 남았다. 흰 재가 되어 날아가고 있었다.

"비만 오면 몸이 좀 찌뿌둥해지죠. 대대로 내려온 집안병인데…. 그리고 어젠 술을 너무 했죠."

"판이나 틀까?"

서른 장 정도의 판에서 겨우 찾아낸 현대 재즈 음악. 헌데 시끄럽지는 않을까.

"애야, 애야, 약 좀 먹어라, 일어나서."

그 친구의 어머니가 약탕 그릇을 들고 문밖에 서 계셨다. 담뱃불을 끄고 그는 일어나 방문을 조금 열었다.

두 곡이 거의 끝날 무렵 그는 약을 다 마셨다.

"건강에 주의해야 할 것 같군."

"몇 년 전부터 소홀히 다뤘죠. 이제 겨우 스무 살에 벌써 한약을 먹다니. 갑자기 늙어지는군요."

레코드를 끄고 그의 책을 뒤적거리다가 그가 넘겨주는 시의 글귀를

읽었다. '그의 뼈와 살, 그리고 본질, 방황도 부끄럽지 않음과 숙취의 이마, 밝혀내라.'

"아직 극복을 못 했습니다."

"몸부터 이겨내야 하지 않을까?"

"그래야죠."

"어제 일은 도무지 기억이 안 나던데, 어떻게 집에 왔는지."

"그렇게 마시고도 제대로 집에 가는 형을 보니…."

"어제 그 여자와 헤어진 것까지 생각나는데…."

"잃음이 곧 얻음이라고들 하데요. 어젯밤에 빗소리를 들으며 그걸 깨달았죠. 그 애와 헤어지고 나서 다시 그 애를 얻었다면 그건 더 좋은 일이 아닐까요?"

갑작스런 반전.

"그러나 몸을 잃으면, 곧 나를 얻으리라는 데까지는 아직 이르지 못했죠."

"…."

"그리고 또 하나 생각해 둔 게 있죠. 비록 극복을 하는, 탈피를 하는 방식이 나쁠는지도 모르지만, 군에 가야겠어요."

흔히 이런 얘기를 할 때 오랜 침묵과 정적, 그리고 엄숙함이 동반됨과는 달리 그 친구는 스스럼없이 얘기하고 있었다.

"군에?"

"몸도 건강히 만들고, 자신을 잃을 수 있는 단 한 번의 기회라는 생각이 들어서요."

비 내리는 소리가 갑작스레, 커졌다.

— 『형성』 6(1), 1973. 가을호.

제2회 『시와시학』 신인작품 당선소감

제 고향은 본래 제주도 모슬포입니다. 그러나 저는 유아기 때부터 서울서 살아 자랐습니다. 다시 정확히 말하자면 제주도는 제 부모님의 고향인 것입니다. 고향은 그러니까 제게는 없습니다. 고등학교 시절, 고향 제주도에 갔을 때 할머님과의 말씀에는 사촌 여동생의 통역(?)이 필요했었으니까요. 지금 생각하면 그때부터 보이기 위한 고향, 알지 못하는 고향을 남들에게 자랑하려 했었던 것 같습니다. 그건 지금도 그렇습니다. 잘못이라고 생각지 않으니까 말입니다. 물론 자기의 고향을 제대로 가진 사람들을 부러워합니다. 그러나 그것이 뜻대로 되는 것은 아니지 않습니까.

시를 공부하는 입장인 만큼 저는 시가 지니는, 시를 다루는 양면성을 자주 보고 듣게 됩니다. 예컨대, 탐구와 인식, 자각과 지향성 그리고 일탈과 논리 등의 측면을, 그리고 그 양면의 상호 간섭, 작용, 갈등 등이 시를 이루게 되는 것을, 또한 어느 면에서는 꿈이라든가 부정정신이 위의 대립을 극복해주리라는 판단을, 이러한 판단의 배후에는 중용이라는 자세가 놓여 있음을 저는 보게 됩니다. 그러나 시가 인간의 문제이고, 인문학의 한 분야라면 그때 저는 우리가 주목해야 할 점은 중용이 아니라 기울기라고 생각합니다. 어쩔 수 없이 저는 애증에 관련되니까 말입니다.

저는 우리의 시와 시론, 나아가서 한국적인 시와 시론이 무엇이고 어떠해야 할 것인가에 관심을 가져야 하리라고 생각합니다. 그것은, 제게 국한된 얘기겠습니다만, 학문적인 측면과 실제 시작의 측면에서 게을러서는 안 되리라는 다짐이 되겠습니다.

이제 앞으로 어떻게 해야 할지 부끄럽고 두려울 따름입니다. 공부하지 않았다는 것이 드러난 지금, 저를 보아주신 여러분께 드리는 깊은 감사의 말씀 외에는. 특히 돌아가신 정한모 선생님께 그리고 김용직 선생님께. 아울러 심사위원님들께도, 그리고 김훈 선생님과 저와 같이 있는 여러 동료 선생님께.

이젠 제 어머님, 저의 모든 가족들과 이 기쁨을 밤늦은 시간 같이 하고 싶습니다. 감사합니다.

—『시와시학』 3, 1991. 9.

제1시집 「자서^{自序}」

부재이나 결코 부재일 수 없으신
아버님의 영전에 이 시집을 삼가 바칩니다.

그리고 제 이야기

고향은 내게 더듬거림이다. 아버님과 어머니 고향은 제주도 남군, 나의 본적은 서울, 내 아이들은 강원도 춘천. 고향을 등지거나, 잊거나 혹은 잃어버린다면 그것은 항시 나를 더듬거리게 할 것이다.

허위란 고향을 더듬는 사람들을 따라 다니는 의식 같다. 사회생활에서, 가정에서, 사랑에서도 고향을 말하지 않거나 못 한다면 그건 내게는 허위의식으로 보인다.

고향을 더듬거리지 않게 하기 위해 허위의식을 버리기 위해 무엇을 할 것인가. 어머니께 처음부터 여쭈어보아야겠다.

많은 분들의 지켜봐주심이 없었다면 이 작은 시들은 드러나지 않았을 것이다. 돌아가셨지만 ─ 정한모 선생님, 그리고 김용직, 오세영, 김훈 선생님. 특히 <시와시학사>의 김재홍, 김삼주 선생님께 고마움을 표하지 않을 수 없다.

1994 춘천에서

731

제2시집 「앞머리에」

두 번째로 시를 모았습니다. 여전히 어렵고 힘이 듭니다.

시를 생각할 때마다, 그리고 시에 관한 이야기를 할 때마다 늘 저는 백두산 천지를 떠올립니다. 삼 년 전 맑은 날 백두산 천지를 보았습니다. 그 천지엔 이육사의 시 「광야」의 첫 구절이 있었습니다.

"까마득한 날에 하늘이 열리고"

제 고향은 제주도 모슬포랍니다.

부모님의 고향이지만 저는 일찌감치 떠났으니 제 고향이 아니라고 할 수도 있지요.

왜 다른 곳은 그만두고 백두산을 더 가고 싶은지, 그리고 왜 그곳에서 고향을 찾으려 했는지.

그걸 알고 싶습니다. 춘천의 나의 식구들과 같이.

1999. 11. 유태수

시작 메모: 아픔에 대하여

2000년 들어서면서부터 많이 아팠습니다. 저녁 먹으러 가는 승용차 안에서 몇 초간 졸도를 하여 '뇌종양' 수술을 하여 종양을 떼어내었고, 그 치료를 위해 그 후 지금까지 2년간 병원을 다니고 있습니다. '방사선' 치료도 받아 머리가 다 빠져 지금까지 모자를 쓰고 다닙니다. 병은 병을 부르나 봅니다. 알코올 중독 증세로 두 달간 입원해 있었고, 최근엔 전립선이 수상하답니다. 예전에 발표한 시가 맞아떨어진 현상도 있습니다. 어깻죽지가 또 아픕니다.

그 때문에 남춘천역에서 성북역으로, 성북역에서 남춘천역으로 참 많이 오르내렸습니다. 최근 몇 년간 유난히 눈이 많이 왔습니다. 모든 게 아픔이었고, 상처였습니다. 머리가 빠져 완전히 머리를 잃고 다니건, 모자를 쓰고 다니건. 그러나 기차에서 바라보는 풍경은 풍경일 따름이었습니다. 아픈 건 귀찮고 번거로운 것이라 생각해왔는데 지금 겪고 보니 아픈 것은 무서운 것입니다. (이를 이겨내어야 할 터인데 우선은 좀 더 깊이 아픔과 싸워볼 작정입니다. 왜, 어떻게 아픈지, 그리고 그 마지막은 어떻게 되는지.)

시는 아픔과 같다고들 합니다. 그러면 시인은 아픔을 앓는 사람이겠습니다. 더욱이나 시인은 영혼을 앓는 사람이라고 합니다. 요즈음 몸과 마음이 서로서로 따로 다니는 것 같습니다. 혼자라는 것이 무척 나를 외롭게 합니다. 아픔은 집을, 식구를, 친구들을 겉돌게 하고, 집과 식구와 친구들에게서 나를 겉돌게 합니다.

"따로따로 내린, 흙과 나뭇잎의 겨울의 눈은 / 시간과 장소를 넘어서서 한 개울에 모여들고 / 가다 개울 속에 들어앉은 작은 돌을 만나 헤어져 갈 데까지 간다 / 바다에서 다시 모인다 해도 그 누가 알 것인가 / 흙과 나뭇잎에 떨어졌던 그해 겨울의 눈임을 / 한번 갈라선 물줄기는 그 간격을 넓혀가며 어디서 왔는지 알지 못한다."

아직 몸을 추스르지도 못한 상태에서 그나마 역력한 생활을 하려고 했습니다. 눈에 찍힌 발자국만도 못한 껍데기이더군요.

2003. 1. 25. 춘천에서 유태수

—『시와시학』 49, 2003. 3.

고궁

검은 못에
호화로웠던 옛 임금의 궁궐이
스며들어 사라졌는가!
거무죽죽한 한 아름드리 고목과 엉켜
사라졌는가!

부귀영화가 싫어졌는가!
한 폭의 그림자가 그리웠던가!
왜 연 속으로 사라졌는가!

세상이 뒤집어질지언정 고궁마저 뒤집어져
못 속으로 사라졌는가!

하늘 높이 날다 떨어진 초라한
이름 모를 새처럼…
온 누리에 추앙받던 옛 궁궐을 휘돌아보며
어느덧 수심 위에
삼켜버릴 듯
낙엽 밟고 떠난다.

불러보아도 변함없건만
층층이 빛나는 누각은

호화로운 먼 옛날을 회상해주건만
수심에 잠긴 눈동자엔
고궁이 사라진 한 폭의 그림자만이
바라보인다

그리던 그곳을 버리고
왜 뽀얀 먼지만이 떨어져
검은 못
이곳으로 왔던가!

사르르 오백 년 창업이 사라질 듯
흔들거린다.

           ─ 서울 경복중학교 교내 백일장 입상 작품, 1965. 10. 9.

연보

1951(1세) 음력 11월 16일 제주도 대정읍 모슬포에서 부친 유경대와 모친 김춘삼 사이에 4남매 중 둘째로 태어난다.

1958(8세) 고향을 떠나 서울 남대문국민학교에 입학한다.

1961(11세) 4학년 때 미동국민학교로 전학을 한다. 이 해 7월 14일 헌병 대위였던 부친이 반反박정희파라는 이유로 예편을 당한다. 이후 연좌제로 인해 다시 일자리를 잡지 못해 가정형편이 어려워진다.

1964(14세) 경복중학교에 입학한다. 2학년 때 교내 백일장에서 비원祕苑의 풍경과 조선 왕조의 몰락을 연결시켜 쓴 시가 미당 서정주, 혜산 박두진의 심사로 차상을 받는다.

1967(17세) 경복고등학교에 입학한다.

1970(20세) 서울대학교 국어국문학과에 입학한다. 10월 유신의 영향으로 수업이 제대로 이루어지지 않는다. 아침에 학교 앞에서 동기들과 모여 막걸리를 밥 삼아 먹곤 했다. 휴업령, 휴교령, 위수령, 계엄령 등 점차 강화되던 법령이 잠시 해제되는 때가 있으면 그 틈을 타 중앙도서관에서 필요한 서적의

내용을 옮겨 적기 바빴다.

1974(24세) 학부를 졸업하고 공부와 창작 사이에서 고민하던 중 지도교수였던 정한모 시인이 더 공부를 해보라고 권한다. 동대학의 대학원에 입학한다.

1977(27세) 「시의 인식에 관한 연구」로 문학석사 학위를 취득한다. 집안 사정이 여의치 않아 박사과정에 진학하지 못한다.

1979(29세) 파주의 삼광중학교에서 짧은 교사 생활을 한다. 그 뒤 교장의 소개로 어문각 출판사에 입사해 고교생 잡지 『여고시대』의 편집을 맡는다. 9월부터는 서울대 국문과에서 반 년 간 조교로 일한다.

1980(30세) 강원대학교 강사로 부임한다. 그해 말 교수로 공개 채용된다.

1981(31세) 3월 1일 강원대학교 사범대학 국어교육과에 부임하고, 곧 국어국문학과로 옮긴다. 같은 해에 훗날 아내가 되는 6살 연하의 문계순이 인문교육 계열로 입학한다. 그가 어려운 가정환경에서 오빠들을 뒷바라지하며 검정고시로 대학까지 입학한 것을 알고 감명 받는다.

1984(34세) 12월 29일 문계순과 결혼한다.

1985(35세) 12월 9일 아들 찬현이 태어난다.

1989(39세) 12월 9일 큰딸 승현이 태어난다. 승현은 2015년 우준석과 결혼하여 이듬해 9월 10일 장녀 우아린을 낳는다.

1991(41세) 『시와시학』 신인작가 공모에서 「당신의 눈」 외 5편이 당선되면서 등단한다.

1993(43세) 1월 17일 막내딸 서현이 태어난다.

1994(44세) 4월 제1시집 『창밖의 눈과 시집詩集』(시와시학사)을 출간한다.

1996(46세) 공저 『한국의 극예술』(청문각)을 출간한다.

1998(48세) 공저 『민요』(국학자료원)를 출간한다.

1999(49세) 공저 『한국연극 바로보기』(북스힐)를 출간한다.

2000(50세) 1월 제2시집 『이 겨울의 열매』(북스힐)를 출간한다. 이 해 6월 말 검인정 국어 교과서 편집회의를 마치고 저녁을 먹으러 가던 중 졸도한다. 뇌종양 진단을 받고 12월 초 수술을 받는다. 한편 이 시기 과거부터 있었던 알코올의존증이 심해져 알코올의존증 치료센터에 몇 차례 입원한다.

2001(51세) 공저 『글쓰기의 원리와 실제』(북스힐)를 출간한다.

2003(52세) 공저 『한국의 전통극과 현대극』(북스힐)을 출간한다.

2005(55세) 공저 『인문학 글쓰기』(북스힐)를 출간한다.

2009(59세) 다시 졸도하여 병원에 입원한다. 알코올의존증으로 인한 기억력 장애가 점차 악화된다. 8월 31일 강원대학교에서 퇴직하고 명예교수로 추대된다.

2015(65세) 7월 21일 병세가 악화되어 숨을 거둔다.

□ 유태수 柳泰洙

1951년 제주도 대정읍에서 태어났다. 1970년 서울대학교 국어국문학과에 입학하고 동 대학원을 졸업했다. 1991년 『시와시학』 신인작가 공모에서 「당신의 눈」 외 5편이 당선되면서 시인으로서 활동을 시작했다. 시집 『창밖의 눈과 시집』, 『이 겨울의 열매』 등이 있고, 『한국의 극예술』, 『민요』, 『한국연극 바로보기』, 『글쓰기의 원리와 실제』, 『한국의 전통극과 현대극』, 『인문학 글쓰기』 등의 공저들이 있다. 강원대학교 국어국문학과 교수를 역임했다. 2015년 지병으로 세상을 떠났다.

□ 유서현 柳書鉉

1993년 춘천에서 태어났다. 서울대학교 국어국문학과를 졸업하고 동 대학원 박사과정에 재학 중이다.

유태수 전집

초판 1쇄 발행 | 2020년 7월 21일

엮은이 유서현 | 펴낸이 조기조
펴낸곳 도서출판 b | 등록 2003년 2월 24일 제2006-000054호
주소 08772 서울특별시 관악구 난곡로 288 남진빌딩 302호 | 전화 02-6293-7070(대)
팩시밀리 02-6293-8080 | 홈페이지 b-book.co.kr | 이메일 bbooks@naver.com

ISBN 979-11-89898-30-4 03810
값 40,000원